L'homme qui savait la langue des serpents

ANDRUS KIVIRÄHK

L'homme qui savait la langue des serpents

traduit de l'estonien
par Jean-Pierre Minaudier

Éditions Attila

Note du traducteur

L'Estonie, l'une des dernières régions païennes d'Europe, a été conquise au début du XIIIe siècle, dans le cadre d'une croisade, par des chevaliers-prêtres allemands, ancêtres des chevaliers teutoniques, arrivés par la mer. Durant tout le Moyen Âge, l'élite est demeurée germanophone et très largement ecclésiastique (chevaliers-prêtres célibataires, moines et nonnes).
Dans les mythes nationalistes du XIXe et du XXe siècle, les Estoniens de la préhistoire, c'est-à-dire d'avant l'invasion allemande, vivaient unis, libres et heureux, en accord avec la nature à laquelle ils rendaient un culte. Ils étaient censés être « un peuple de la forêt » par opposition aux Occidentaux, peuples d'agriculteurs, et aux cavaliers nomades des steppes orientales.

1

Il n'y a plus personne dans la forêt. Sauf des scarabées et autres petites bestioles, bien entendu. Eux, c'est comme si rien ne leur faisait de l'effet, ils persistent à bourdonner ou à striduler comme avant. Ils volent, ils mordent, ils sucent le sang, ils me grimpent toujours aussi absurdement sur la jambe quand je me trouve sur leur chemin, ils courent dans tous les sens jusqu'à ce que je les fasse tomber par terre ou que je les écrase. Leur monde est toujours le même — mais même cela, il n'y en a plus pour longtemps. Leur heure viendra ! Bien sûr, je ne serai plus là pour le voir, nul ne sera plus là. Mais leur heure viendra, j'en suis sûr et certain.

À vrai dire, je ne sors plus très souvent, je fais surface une fois par semaine peut-être, pour aller prendre de l'eau à la source. Je me lave et je lave ma protégée, elle est toute chaude. Il faut beaucoup d'eau, plusieurs allées et venues ; mais il est bien rare qu'en chemin je rencontre quelqu'un avec qui échanger quelques mots. La plupart du temps il n'y a pas âme qui vive, une ou deux fois je suis tombé sur un chevreuil ou sur un sanglier ; mais ils se sont faits froussards, ils me craignent rien qu'à l'odeur. Quand je siffle, ils se figent sur place, ils me fixent d'un air borné, les yeux ronds, sans s'approcher. En voilà un prodige : un homme qui sait la langue des serpents !

Cela les effraye encore plus : ils sauteraient volontiers tête première dans les fourrés, ils prendraient leurs pattes à leur cou pour mettre toute la distance possible entre eux et cette monstruosité — mais pas moyen : les mots, les mots des serpents, les en empêchent. Je siffle encore, plus fort ; sévèrement, je leur ordonne de venir auprès de moi. Ils brament désespérément, ils se traînent vers moi à contrecœur. Je pourrais prendre pitié d'eux et les laisser s'en aller, mais à quoi bon ? Il y a en moi une étrange colère envers ces créatures qui ont tout oublié des anciennes coutumes et bondissent dans les sous-bois comme si, de toute éternité, ceux-ci n'avaient été créés que pour qu'elles s'y ébattent librement. Alors je siffle
encore, et cette fois les mots que je siffle sont comme une 10
fondrière dont il est impossible de s'extraire. Perdant toute volonté, les bêtes se ruent sur moi comme des flèches tandis que leurs entrailles explosent sous l'effet de cette tension insupportable. Les ventres se déchirent comme des pantalons trop serrés et les intestins se répandent sur l'herbe. C'est un spectacle répugnant, et je n'en ai guère de joie, mais jamais je ne m'abstiens d'éprouver mon pouvoir. Est-ce ma faute si ces brutes ne savent plus la langue des serpents que mes ancêtres leur ont enseignée jadis ?

Une fois, pourtant, les choses ont pris un autre tour. Je venais de quitter la source, une outre bien lourde à l'épaule, lorsque soudain je vis sur mon chemin un bel élan. Aussitôt je sifflai les mots les plus simples de mon répertoire, méprisant par avance son embarras. Mais au lieu de s'effrayer d'entendre une bouche humaine prononcer cet ordre oublié depuis longtemps, il courba la tête, s'approcha sans délai, s'agenouilla et me tendit humblement le cou, tout comme dans l'ancien temps, lorsque nous nous procurions notre nourriture en appelant ses semblables au sacrifice. Combien de fois, dans mon enfance, ai-je vu maman pourvoir ainsi la famille de provisions pour l'hiver ! Dans un troupeau, elle choisissait la femelle qui convenait le mieux, l'appelait auprès d'elle, et la bête rendue docile par les mots des serpents se laissait égorger sans peine. Nous avions toujours assez de viande pour passer la mauvaise saison. Qu'elles nous paraissaient ridicules, en comparaison, les chasses stupides auxquelles se livrent les villageois : de longues heures à traquer un seul élan, quantité de flèches perdues dans les buissons, et tout cela pour rentrer bredouilles plus souvent qu'à leur tour. Alors qu'il suffisait de deux ou trois mots pour soumettre l'animal à leur volonté! Comme cette grande bête vigoureuse qui, à genoux devant moi, attendait le coup fatal. J'aurais pu l'égorger d'un seul geste. Mais je n'en ai rien fait.

Au contraire, j'ai posé mon outre à terre et je lui ai donné à boire. Il lapa paisiblement. C'était un mâle, forcément très âgé : un jeune ne se serait pas rappelé comment doit se conduire un élan lorsqu'un homme le convoque. Il se serait agité, débattu, il aurait essayé de se retenir aux buissons ne serait-ce qu'avec les dents, mais la force immémoriale des mots l'aurait attiré : il serait venu à moi comme un bouffon, alors qu'il vint comme un roi. Et peu importe que ce soit au sacrifice. Cela aussi, il doit le savoir. Qu'y a-t-il donc d'humiliant à se soumettre aux anciens principes et aux anciennes coutumes? Jamais nous n'avons tué un seul de ses congénères par plaisir — quelle joie peut-on éprouver à ce genre d'acte? Il nous fallait manger, nous avions un mot pour nous procurer de la nourriture, les élans aussi le connaissaient et lui obéissaient. Ce qui est humiliant, c'est d'avoir tout oublié, comme ces jeunes chevreuils et sangliers qui éclatent comme des vessies en entendant les ordres. Ou ces villageois qui se mettent à dix pour attraper un seul animal. C'est la sottise qui est humiliante, pas la sagesse.

Je lui ai donné à boire, à cet élan, je lui ai caressé la tête, il a frotté son museau à mon pourpoint. Le vieux monde n'est donc pas tout à fait mort. Tant que je serai là, tant que cette vieille bête existera, il y aura quelqu'un dans la forêt pour se rappeler, quelqu'un qui saura la langue des serpents.

Je l'ai laissé partir. Qu'il vive encore longtemps. Qu'il se souvienne.

Mais ce par quoi je voulais commencer, ce sont les funérailles de Manivaldi. J'avais six ans et je ne l'avais jamais vu de ma vie, car il n'habitait pas dans la forêt mais au bord de la mer. Je n'ai jamais vraiment su pourquoi mon oncle Vootele m'avait emmené à cette cérémonie. J'étais le seul enfant présent. Mon copain Pärtel n'était pas là, Hiie non plus. Pourtant elle était sûrement déjà née, elle n'avait qu'un an de moins que moi. Pourquoi Tambet et Mall ne l'avaient-ils pas prise avec eux ? C'était pourtant le genre d'événement qu'ils adoraient — non qu'ils aient eu quelque chose contre Manivaldi et qu'ils se soient réjouis de sa mort, loin de là. Tambet le tenait en haute estime ; je le revois distinctement déclarer auprès du bûcher que « des hommes comme ça, il n'en naît plus. » Il avait parfaitement raison, il n'en naissait plus. En réalité, il ne naissait plus d'hommes du tout par chez nous. J'ai été le dernier ; quelques mois avant moi il y a eu Pärtel, et l'année d'après, Tambet et Mall ont eu Hiie, mais ce n'était plus un garçon. Par la suite, dans notre forêt, il n'est plus né que des belettes et des lièvres.

Mais cela, à l'époque, évidemment, Tambet ne le savait pas encore — il ne voulait pas le savoir. Il croyait que le bon vieux temps allait revenir, et toutes ces sortes de choses. Il ne pouvait plus penser autrement, il était déjà devenu ce genre de personne qui respecte scrupuleusement tous les us et coutumes, qui se rend au bois sacré une fois par semaine, qui accroche aux tilleuls des rubans de tissu coloré avec la mine la plus sérieuse du monde en croyant faire un sacrifice aux génies de la forêt. Son meilleur ami, c'était Ülgas, le Sage du Bois Sacré. Enfin non, « ami » n'est pas le mot qui convient, Tambet n'y aurait recouru pour rien au monde, cela lui aurait semblé le comble de la balourdise. Ülgas était un Sage, quelqu'un de grand et de sacré, il fallait le vénérer, pas copiner avec lui.

Bien sûr, Ülgas aussi assistait aux funérailles : le contraire était impensable! C'était lui qui devait allumer le bûcher funèbre et expédier l'âme du défunt au pays des esprits. Il s'y employa longuement, interminablement : il chanta, il joua du tambour, il brûla des champignons et des herbes. Cela se faisait depuis toujours, c'était la coutume. C'est pour cela que j'ai dit que ces funérailles étaient tout à fait du goût de Tambet. C'était un grand amateur de rituels. Dès qu'on s'y prenait comme les ancêtres, il était content.

Moi, en revanche, je m'ennuyais affreusement, je me le rappelle très bien. Comme je ne connaissais pas le défunt, je n'avais pas de chagrin; je regardais autour de moi. Au début, c'était captivant de détailler le visage tout ridé du mort, sa longue barbe — en même temps, c'était passablement sinistre, vu que c'était la première fois que je voyais un cadavre. Mais les incantations et les conjurations d'Ülgas durèrent tant et tant qu'à la fin je n'éprouvais plus ni peur ni intérêt. J'avais envie de partir, de courir jusqu'à la mer, que je n'avais jamais vue — moi, j'étais un petit gars de la forêt. Mais mon oncle me retenait en me disant à l'oreille qu'on allait bientôt mettre le feu au bûcher. Au début, cela me faisait de l'effet : je voulais voir le feu, bien sûr, et tout particulièrement, je voulais voir comment ça brûle, un homme. Qu'est-ce que ça donne, quel genre d'ossements? Je restais bien sage, mais Ülgas n'en finissait pas avec son rituel, et à la fin j'étais à moitié mort d'ennui. Je crois que ça ne m'aurait même pas intéressé si mon oncle m'avait autorisé à équarrir le corps avant d'y mettre le feu — tout ce que je voulais, c'était rentrer à la maison. Je bâillais si fort que Tambet me faisait les gros yeux en grognant :

« Silence! Tu es à des funérailles! Écoute donc le Sage! »

« Allez, file, va te dégourdir les jambes! » me chuchota mon oncle. Je courus à la plage et me jetai à l'eau tout habillé, puis je jouai dans le sable jusqu'à ressembler à une grosse motte de boue. Alors je me rendis compte que le bûcher était en feu et je revins à toutes jambes, mais on ne voyait déjà plus rien de

Manivaldi, tant les flammes montaient haut dans le ciel étoilé.

«Tu as vu comment tu t'es mis?» me gronda mon oncle en essayant de me nettoyer de sa manche, et je croisai de nouveau le regard sévère de Tambet, car bien évidemment, il n'était pas convenable de se conduire à des funérailles comme je venais de le faire, et il respectait toujours les conventions avec la dernière rigueur.

Son courroux me laissa indifférent, car ce n'était ni mon père ni mon oncle, juste un voisin. Je tiraillai mon oncle par la barbe en lui demandant :

«Qui c'était, ce Manivaldi? Pourquoi est-ce qu'il habitait au bord de la mer et pas dans la forêt comme nous?»

«C'est ici qu'il avait sa demeure. C'était un vieil homme, et fort sage. Le plus ancien d'entre nous. Il avait même vu la Salamandre.»

«Quelle Salamandre?»

«La Salamandre, c'est une espèce de grand serpent. Le plus grand de tous, encore bien plus grand qu'une vipère royale. Elle est vaste comme la forêt, et elle vole. Elle a des ailes immenses. Lorsqu'elle s'élève dans le ciel, elle cache le soleil et la lune. Autrefois, elle le faisait souvent et elle dévorait nos ennemis, tous ces hommes vêtus de fer qui arrivaient sur nos côtes dans leurs bateaux. Et lorsqu'elle les avait croqués, leurs richesses étaient à nous. Nous étions puissants et prospères. On nous craignait, car personne n'était jamais revenu en vie de nos rivages. Mais on savait aussi que nous étions riches, et l'avidité était plus forte que la peur : il y avait toujours de nouveaux bateaux qui voguaient vers nos rivages pour s'emparer de nos trésors, et la Salamandre les ravageait tous.»

«J'aimerais bien la voir, moi aussi.»

«Ce n'est plus possible, hélas», soupira mon oncle. «Elle dort, et plus moyen de la réveiller. Nous ne sommes plus assez nombreux.»

«Mais un jour viendra où nous y arriverons!» intervint Tambet. «Ne parle pas comme ça, Vootele! Qu'est-ce que c'est que ce défaitisme? Sache bien que nous le verrons tous les deux, ce jour où de nouveau la Salamandre s'élancera dans le ciel pour dévorer tous ces gueux d'hommes de fer et ces rats de village!»

«C'est toi qui dis des bêtises», rétorqua Oncle Vootele. «Comment veux-tu t'y prendre? Tu sais très bien que pour la réveiller, il faut qu'au moins dix mille hommes se mettent en même temps à dire les mots des serpents. Alors seulement elle émergera de sa grotte secrète et prendra son envol. Où sont-ils, ces dix mille hommes? À nous tous, nous ne sommes même plus dix!»

«Ce n'est pas une raison pour renoncer!» chuinta Tambet. «Regarde Manivaldi, il a toujours gardé espoir, et chaque jour il faisait son travail : lorsqu'il voyait un bateau à l'horizon, il mettait le feu à une souche sèche pour avertir tout le monde qu'il était temps de réveiller la Salamandre! Il a fait ça pendant des années, même si personne ne répondait plus à ses signaux depuis longtemps, même si des bateaux étrangers accostaient sans cesse, même si les hommes de fer pénétraient chez nous sans encombre. Il ne renonçait pas, il continuait à déterrer des souches et à les faire sécher, il y mettait le feu et il attendait — il a passé sa vie à attendre! À attendre le jour où la puissante Salamandre surgira de nouveau au-dessus de la forêt comme au bon vieux temps!»

«Elle ne surgira jamais plus», répliqua Oncle Vootele, morose.

«Mais je veux la voir, moi!» m'écriai-je. «Je veux voir la Salamandre!»

«C'est impossible.»

«Elle est morte?»

«Non, elle est immortelle. Elle dort. Mais où, je ne sais pas. Personne ne sait.»

J'étais bien déçu. Cette histoire de Salamandre était captivante, mais la fin en était faible. À quoi bon un être fabuleux si c'est pour ne pas le voir? Tandis que Tambet et mon oncle poursuivaient leur discussion, je regagnai le bord de la mer en traînant. Je me mis à marcher sur la grève : c'était une belle plage de sable avec, çà et là, de grosses souches déracinées. Sans doute celles que le défunt faisait sécher, pour envoyer des signaux qui n'intéressaient plus personne. Quelqu'un se tenait blotti derrière l'une d'entre elles. C'était Meeme. Je ne l'avais jamais vu marcher : il était toujours couché quelque part dans les buissons, comme une feuille que le vent porte de-ci de-là. Il mâchonnait perpétuellement des amanites tue-mouches et m'en proposait à chaque fois, mais je refusais, car maman me l'avait interdit.

Cette fois encore il était par terre, vautré sur le flanc ; comme toujours, impossible de savoir depuis quand il était là ni comment il avait fait pour venir. Je me promis d'éclaircir ce mystère, d'arriver à voir de quoi il avait l'air sur ses deux jambes, comment il se déplaçait : s'il s'y prenait comme les hommes, ou à quatre pattes comme les élans, ou plutôt en rampant comme les serpents. Je m'approchai de lui et, à ma grande surprise, je me rendis compte que pour une fois, au lieu de mâcher un champignon, il buvait à une outre de cuir.

« Eh ! » s'écria-t-il en s'essuyant la bouche tandis que je m'accroupissais auprès de lui tout en reniflant avec intérêt l'odeur du liquide inconnu. « C'est du vin. C'est bien meilleur que l'amanite : il faut reconnaître que ces étrangers ont quand même un petit quelque chose dans la caboche. Les champignons, ça donne la pépie, alors que ça, ça calme la soif en même temps que ça saoule. Délicieux, ce truc. Je crois que je vais m'y tenir. Tu en veux ? »

« Non merci », répliquai-je. Maman ne m'avait certes pas interdit de boire du vin, mais je pouvais supposer que si Meeme m'offrait quelque chose, ça risquait de n'être pas meilleur que l'amanite. « D'où vient cette outre ? » Je n'avais jamais rien vu de tel dans la forêt.

« Des moines et des étrangers. Tu n'as qu'à leur casser la tête si tu en veux une. » Il reprit une gorgée. « Délicieux, rien à dire.

Ce niais de Tambet peut bien geindre et gueuler tout son saoul, rien à voir avec nos boissons à nous. »

« Qu'est-ce qu'il gueule et geint ? »

« Il ne peut pas supporter qu'on trafique avec les étrangers, ni même qu'on touche à leurs affaires. Je lui ai bien dit : je ne l'ai pas touché, ce moine, juste ma hache — mais il râle quand même. Et si j'en ai marre, moi, de mâcher du champignon à longueur de journée ? Si ce truc est meilleur et monte plus vite à la tête ? Il faut savoir apprendre. Mais nous sommes raides, raides comme cette souche. Regarde-nous : qu'est-ce que ça nous a rapporté, toute cette raideur ? On dirait les dernières mouches de l'automne qui volent en bourdonnant, tout engourdies, jusqu'à ce qu'elles tombent sur la mousse pour y crever. »

N'ayant pas compris grand-chose à ces paroles, je me relevai pour rejoindre mon oncle.

« Attends un peu, mon petit gars ! » s'écria Meeme. « J'ai quelque chose pour toi. »

Je me mis à secouer la tête avec vigueur, pensant qu'il allait me proposer de l'amanite, du vin ou autre chose de tout aussi dégoûtant.

« Attends, je te dis ! »

« Je n'ai pas la permission ! »

« Ferme-la ! Ta mère ne sait même pas de quoi il s'agit. Tiens, prends ! Je n'en ai rien à faire. Mets-le-toi au cou ! »

Il me glissa dans la main un petit sachet de cuir qui contenait quelque chose de minuscule, mais qui semblait peser lourd.

« Qu'est-ce qu'il y a dedans ? »

« Dedans ? Oh, dedans, il y a une bague. »

J'ouvris le sac. Effectivement, c'était une bague : en argent, avec une grosse pierre rouge. Je me la mis au doigt, mais elle était trop large.

« Garde-la bien dans son sac. Et mets-le-toi au cou, je te dis. »

Je remis la bague dans le sac. Il était fait d'un cuir étrange, fin comme une feuille : le genre d'objet qui s'envole au gré du vent si on le lâche. Mais pour un bijou aussi précieux, sans doute fallait-il un étui d'une telle élégance et d'une telle finesse.

« Merci ! » dis-je, au comble de la joie. « C'est vraiment une belle bague. »

Il se mit à rire.

« Pas de quoi, mon petit gars. Je ne sais pas si elle est belle ou moche, mais en tout cas, elle a son utilité. Garde-la bien soigneusement dans son sac. »

Je regagnai le bûcher à la course. Le corps s'était déjà entièrement consumé, il n'en restait plus que des braises. Je montrai la bague à mon oncle qui la contempla longuement, avec attention.

« C'est quelque chose de précieux », finit-il par dire. « Cela vient de l'étranger, sans doute d'un de ces bateaux qui débarquent sur nos rivages avec les hommes de fer. Ça ne m'étonnerait pas que son ancien propriétaire ait été victime de la Salamandre. Ce que je ne comprends pas, c'est pourquoi Meeme t'a fait ce cadeau à toi, précisément. Il aurait mieux fait de l'offrir à ta sœur. Qu'est-ce qu'un petit garçon peut bien faire d'un bijou aussi précieux dans la forêt ? »

« Pas question que je le donne à Salme ! » m'écriai-je, vexé.

« Garde-le si tu veux. Meeme ne fait jamais rien sans raison : s'il t'a donné cette bague, c'est qu'il devait en être ainsi. Je ne sais pas ce qu'il a en tête, mais ça ne veut rien dire. Un jour, tu comprendras. Pour l'instant, il est temps de rentrer à la maison.

« Oui, allons-y », répondis-je, car j'avais affreusement sommeil. Oncle Vootele m'installa à califourchon sur un loup et nous rentrâmes chez nous à travers la forêt, dans la nuit, laissant le bûcher en train de s'éteindre et la mer que nul ne surveillait plus.

2

EN FAIT, C'EST AU VILLAGE QUE JE SUIS NÉ, PAS DANS LA FORÊT. C'est mon père qui avait décidé de s'y installer. Tout le monde déménageait, enfin presque tout le monde — mes parents furent parmi les derniers. Sans doute à cause de maman : elle n'aimait pas la vie au village, elle ne s'intéressait pas à l'agriculture et elle ne mangeait jamais de pain. Elle me disait toujours :

« C'est de l'eau de vaisselle. Tu sais, Leemet, je ne crois pas que les gens aiment vraiment ça. S'ils en mangent, c'est juste pour faire les raffinés. Ils veulent avoir l'air distingués, vivre à la mode des étrangers. Un bon gigot d'élan, c'est quand même autre chose. Prends-en donc un bout, mon chéri ! Pour qui est-ce que tu crois que je l'ai cuisiné ? »

Mon père n'était apparemment pas du même avis. Il voulait être un homme de son temps, et un homme de son temps, ça devait vivre au village, sous le soleil, en pleine lumière, pas dans la pénombre des sous-bois. Un homme de son temps, ça devait cultiver le seigle, trimer tout l'été comme une fourmi crasseuse pour pouvoir, l'automne venu, fanfaronner en avalant du pain, et, ce faisant, ressembler aux étrangers. Un homme de son temps, ça devait avoir une faucille chez soi pour aller se courber dans les champs au temps de la moisson ; ça devait avoir une meule à bras pour y moudre du grain en suant et en soufflant. D'après Oncle Vootele, il n'en pouvait plus de vivre dans la forêt, il était à deux doigts d'éclater d'énervement et de jalousie à l'idée de l'existence captivante que menaient les villageois, et aussi de tous ces beaux outils qu'ils avaient.

« Il faut déménager tout de suite ! Ou bien la vie va nous passer devant ! Aujourd'hui, les gens normaux vivent à ciel ouvert, pas dans les buissons ! Moi aussi, je veux labourer et semer, comme ça se fait partout dans le monde développé ! Qu'est-ce que j'ai de moins ? Je ne veux pas vivre comme un mendiant ! Regardez tous ces chevaliers avec leurs armures, tous ces moines — on voit tout de suite qu'ils ont un bon siècle d'avance sur nous ! Il faut les rattraper à tout prix ! »

Et il emmena maman vivre au village ; ils se bâtirent une 20
petite chaumière et il apprit à labourer et à semer, et il eut une faucille et une meule à bras. Il se mit à aller à l'église et il apprit l'allemand pour comprendre les hommes de fer et pour en apprendre de nouveaux tours, encore plus chouettes, encore plus modernes. Il mangeait du pain et, tout en mâchant avec soin, il en vantait la saveur ; et lorsque par-dessus le marché, il eut appris à faire de la soupe d'orge, son enthousiasme et sa fierté n'eurent plus de bornes.

« Ça avait un goût de vomi », me racontait maman, mais mon père prenait sa soupe d'orge trois fois par jour ; il faisait bien un peu la grimace, mais il assurait que c'était un mets particulièrement savoureux et qu'il fallait juste savoir le manger : « Rien à voir avec nos morceaux de viande, ça, n'importe quel imbécile sait les avaler : la soupe, voilà une nourriture civilisée, qui convient aux palais les plus raffinés ! Ni trop fort ni trop gras, léger, aérien, mais ça nourrit ! Un mets royal ! »

À ma naissance, mon père exigea qu'on me nourrisse exclusivement de soupe d'orge, car son fils « avait droit à ce qu'il y avait de meilleur. » Il me procura une petite faucille afin que, dès que mes jambes me porteraient, je puisse aller me courber aux champs avec lui. « Bien sûr que c'est cher, une faucille, on pourrait penser qu'il n'y a pas de raison d'en donner une à un tout petit gamin, mais ce n'est pas comme ça que je vois les choses. Mon fils doit se faire aux technologies modernes dès sa plus tendre enfance», disait-il fièrement. «Bientôt personne ne pourra se passer de faucille, il est donc essentiel d'apprendre le noble art de la moisson!»

Tout cela, c'est Oncle Vootele qui me l'a raconté. Moi, mon père, je ne m'en souviens plus. Et maman n'aimait pas parler de lui : à chaque fois, elle se raidissait et elle changeait de sujet. Je crois que jusqu'au bout elle s'est tenue pour responsable de sa mort, et peut-être bien qu'elle avait raison. Elle s'ennuyait au village, vu qu'elle ne s'intéressait pas aux travaux des champs ; pendant que son mari allait labourer, tout faraud, elle traînait dans les bonnes vieilles forêts qu'elle connaissait bien, et c'est ainsi qu'elle fit la connaissance d'un ours. La suite est claire comme de l'eau de roche, c'est d'une telle banalité. Bien peu de femmes leur résistent, ils sont si grands, si tendres, si gauches, si velus. Et puis ce sont des séducteurs nés, les femmes les attirent à ce point qu'ils ne perdent jamais une occasion de s'approcher de l'une d'entre elles pour leur grogner quelque chose à l'oreille. Dans le temps, lorsque notre peuple vivait encore en majorité dans la forêt, il y avait sans arrêt des histoires de femmes qui s'acoquinaient avec des plantigrades, jusqu'à ce que le mari tombe sur les amoureux et chasse le grand brun.

Bref, le galant se mit à nous rendre visite, toujours à l'heure où mon père était aux champs. C'était une créature fort amicale — Salme, qui a cinq ans de plus que moi, se souvient de lui et m'a raconté qu'il lui apportait toujours du miel. Comme tous ses congénères en ce temps-là, il parlait un petit peu, car ce sont les moins bêtes des animaux, à part les serpents bien entendu, qui sont nos frères. Les ours, bien sûr, ils ne disaient pas grand-chose, et ce qu'ils disaient n'était pas particulièrement intelligent — mais un amoureux a-t-il besoin d'être brillant? Et pour les choses de tous les jours, cela suffisait largement.

Maintenant, bien sûr, tout a changé. Une ou deux fois, en revenant de la source, j'en ai vus et je leur ai sifflé quelques mots en guise de salut. Ils me fixent avec des yeux stupides avant de se précipiter bruyamment dans les broussailles. Tout ce vernis de culture qu'ils avaient mis des siècles à acquérir grâce à leur commerce avec les hommes et les serpents s'est évaporé en un rien de temps, ils sont redevenus des bêtes comme les autres. Comme nous-mêmes, les humains : qui, à part moi, sait encore la langue des serpents ? Le monde va à vau-l'eau, et même la source a un goût amer.

Mais laissons cela. Du temps de mon enfance, les ours savaient encore échanger des idées avec les hommes. Ils n'avaient jamais vraiment été nos amis, nous les regardions de trop haut. C'était quand même nous qui les tirions par l'oreille pour les arracher à leur ancestrale balourdise, qui leur manucurions leurs grosses pattes pleines de miel. À leur manière, ils étaient nos élèves, d'où notre sentiment de supériorité à leur égard. Sans parler de leur lascivité, et de cette attirance incompréhensible que nos femmes éprouvaient pour eux. C'est pourquoi nous les considérions avec un rien de méfiance — ce gros sac velu et libidineux, avec ma femme, quand même... Trop souvent, il y avait des poils d'ours dans notre lit.

Mon père eut encore moins de chance que cela : ce n'est pas seulement des poils qu'il trouva dans son lit, mais un ours tout entier. En soi, ce n'était pas un gros problème — il aurait suffi de lui siffler dessus bien fort et compère Brun, surpris *in flagranti*, aurait filé dans la forêt, l'oreille basse. Mais mon père avait déjà à moitié oublié la langue des serpents, vu qu'au village elle ne servait à rien, et puis il ne la tenait pas en grande estime : il pensait que la faucille et la meule à bras étaient d'une utilité bien supérieure. Aussi, en voyant le plantigrade dans sa couche, il grommela quelque chose en allemand, et l'animal, troublé par ces paroles qu'il ne comprenait pas et tout énervé d'avoir été interrompu dans ses activités, lui arracha la tête d'un coup de gueule.

Évidemment, il le regretta tout de suite, car l'ours n'est pas un animal assoiffé de sang, contrairement au loup par exemple : le loup, ce n'est que sous l'empire de la langue des serpents qu'il accepte de servir l'homme, de le porter sur son dos et de se laisser traire. Le loup, en vérité, c'est une bestiole sacrément dangereuse, mais comme il n'y a pas de meilleur lait que le lait de louve dans la forêt, il faut bien s'en accommoder, et puis les mots des serpents le rendent doux comme une mésange. L'ours, en revanche, c'est un animal doué de raison. Celui qui venait de tuer mon père était au désespoir, et comme il avait commis ce meurtre en état de rut, il se châtia lui-même en se châtrant à coups de dents.

Puis maman et lui brûlèrent le corps, et il s'enfuit au plus profond de la forêt après lui avoir déclaré qu'ils ne se reverraient plus jamais. Sans doute cela convint-il à maman, car comme je l'ai dit, elle se sentait affreusement coupable, et son attirance pour les ours s'évanouit sur-le-champ. De ce jour, elle cessa de les supporter : dès qu'elle en voyait un, elle lui sifflait les mots qui l'obligeaient à s'écarter de son chemin. Plus tard, cette hostilité a été cause de bien des problèmes et de bien des complications dans la famille, mais j'en parlerai en son temps.

Mon père mort, maman n'avait plus aucune raison de rester au village ; elle me mit sur son dos, prit ma sœur par la main et s'en revint chez elle. Son frère Vootele n'avait jamais quitté la forêt ; il nous prit sous son aile, nous aida à nous construire une hutte et nous fit cadeau de deux jeunes louves pour que nous ayons toujours du lait frais. Même si son veuvage l'avait profondément affectée, maman était soulagée, car c'était en forêt qu'elle se sentait bien ; elle se moquait bien de ne pas vivre à la manière des hommes de fer ou de ne pas avoir une seule faucille dans son ménage. Chez elle, on ne mangeait jamais de pain, mais il y avait toujours des montagnes de gigot d'élan et de chevreuil.

Je n'avais pas encore un an à ce moment, aussi je grandis sans rien savoir du village ni de la vie qu'on y menait. Je grandis dans la forêt : c'était mon seul foyer. Maman, ma sœur et moi, nous habitions une belle hutte au plus profond des bois, à proximité de la caverne d'Oncle Vootele. En ce temps-là, il y avait encore du monde dans la forêt, en faisant un tour on était presque sûr de rencontrer des vieilles occupées à traire leurs louves devant leurs cabanes ou des grand-pères à longues barbes en train de bavarder avec de gros serpents.

Des jeunes, il y en avait moins, et surtout leur nombre diminuait sans cesse : on avait de plus en plus de chances de tomber sur des habitations abandonnées. Elles étaient envahies de broussaille, des loups désemparés rôdaient alentour, et les vieux disaient que le monde était sens dessus dessous et que ce n'était plus une vie. Ce qui les attristait par-dessus tout, c'est qu'il n'y avait plus de naissance, mais malheureusement la chose était toute naturelle : qui donc aurait pu engendrer des enfants alors que tous les jeunes filaient au village ? Moi aussi, j'allais l'observer, ce village, je le guettais depuis l'orée des bois sans oser m'approcher davantage. Tout était si différent de chez nous, et je trouvais que tout avait beaucoup plus d'allure. Il y avait tant de soleil, tant de lumière, les maisons à découvert me semblaient bien plus belles que notre cahute à demi engloutie sous les sapins, et près de chacune d'entre elles je voyais des enfants, des tas d'enfants en train de courir dans tous les sens.

C'était cela qui me faisait le plus envie, car je manquais de compagnons de jeu. Ma sœur faisait peu de cas de moi : elle était de cinq ans mon aînée, et puis les filles, elles ont leurs occupations à elles. Par chance, il y avait Pärtel : nous étions toujours fourrés ensemble. Il y avait bien encore Hiie, la fille de Tambet, mais elle était trop petite, elle commençait tout juste à tituber sur ses jambes autour de chez elle et elle tombait régulièrement assise sur son derrière. Pas question encore de jouer avec elle, et puis je n'aimais pas trop aller du côté de chez son père — si jeune et naïf que j'étais, je sentais bien qu'il ne pouvait pas me supporter. Dès qu'il me voyait, il tremblait et soufflait de colère, et une fois que je revenais de cueillir des fruits dans les sous-bois avec Pärtel et que, passant par chez lui, je proposais une fraise à Hiie qui s'essayait à marcher sur l'herbe, il lui cria de la porte :

« Reviens ! Il ne faut rien accepter des gens du village ! »

Il ne nous pardonnait pas d'avoir un jour quitté la forêt et s'obstinait à nous considérer, ma sœur et moi, comme des villageois. Au bois sacré, il nous faisait toujours ostensiblement la tête, comme s'il reprochait à des créatures comme nous, qui puaient le village, de venir souiller par leur présence un endroit aussi important. À vrai dire, je n'avais pas besoin de cela pour répugner à aller au bois sacré : je détestais voir Ülgas arroser les arbres de sang de lièvre. Ce sont de si adorables petites bestioles, cela me dépassait qu'on puisse les tuer rien que pour verser leur sang sur des racines. Je craignais Ülgas, même s'il n'était pas désagréable à regarder, avec sa tête de bon vieux pépé qui aime bien les petits enfants. Il venait nous rendre visite de temps en temps et il racontait des tas d'histoires sur les génies des bois : il disait que les enfants, tout spécialement, devaient leur témoigner le plus grand respect, qu'il fallait leur faire un sacrifice avant d'aller se laver à la source et aussi lorsqu'on y avait puisé un seau d'eau. Et que lorsqu'on voulait aller se baigner dans la rivière, il fallait faire plusieurs sacrifices, sinon l'ondin du lieu allait nous noyer.

« Qu'est-ce qu'il faut sacrifier ? » demandai-je un jour, et il me répondit dans un sourire que le mieux était de prendre une grenouille vivante, de la couper en deux dans le sens de la longueur et de la jeter dans l'eau. L'ondin s'en satisferait.

« Qu'est-ce qui leur prend d'être si méchants, tous ces génies ? » demandai-je, effrayé, car cela me paraissait bien laid de torturer de la sorte un pauvre batracien. « Pourquoi est-ce qu'ils veulent tout le temps du sang ? »

« Ne dis pas de bêtises, les génies ne sont pas méchants », me gourmanda Ülgas. « Mais ils règnent sur les arbres et sur les eaux, et nous devons leur obéir et agir selon leur bon plaisir, car telle est l'ancienne coutume. »

Puis il me tapota la joue et m'ordonna de revenir très bientôt sans faute au bois sacré — « car il s'y trouve des génies à tête de chien qui déchirent en morceaux les petits garçons qui n'y viennent pas » — et s'en fut. Je restai en proie à la peur et à l'indécision, car pour rien au monde je n'aurais coupé en deux une créature vivante : par la suite, j'allai rarement nager, et le plus près possible de la rive, afin de pouvoir me mettre au sec avant qu'un cruel ondin en manque de grenouille ne me saute dessus. Au bois sacré aussi je me sentais de plus en plus mal, je cherchais partout du regard ces horribles chiens qui étaient censés y vivre et y monter la garde, mais tout ce que je rencontrais, c'étaient les yeux furibards de Tambet, lequel sans doute s'agaçait de voir un « villageois » dans mon genre bayer aux corneilles au lieu d'écouter les incantations du Sage.

Ça ne me dérangeait pas qu'il me traite de villageois : je l'ai dit, le village m'attirait. J'assommais maman de questions : pourquoi avions-nous déménagé, et est-ce qu'on ne pourrait pas y retourner — pas pour toujours, juste un petit peu, pour voir. Bien entendu, elle refusait ; elle essayait de m'expliquer comme on était bien dans la forêt et combien la vie là-bas était ennuyeuse et difficile.

« Ils mangent du pain et de la soupe d'orge », disait-elle, sans doute pour m'effrayer, mais comme je me rappelais ni l'un ni l'autre, cela ne suscitait en moi nul dégoût. Au contraire, ces nourritures inconnues m'alléchaient : j'aurais bien voulu y goûter. Je m'en ouvris à maman :

« Je veux du pain et de la soupe d'orge ! »

« Tu n'as pas idée de ce que c'est dégoûtant. Alors que nous avons tant de bonne viande bien à point ! Tiens, sers-toi, mon petit ! Crois-moi, c'est cent fois meilleur. »

Je n'en croyais rien. La viande, j'en mangeais tous les jours, c'était quelque chose d'ordinaire, sans mystères.

« Je veux du pain et de la soupe d'orge! » m'obstinai-je.

« Leemet, arrête tes bêtises une fois pour toutes! Tu ne sais même pas ce que tu dis. Tu n'as pas besoin de pain. Tu crois juste que tu en as envie, mais tu le recracherais tout de suite. C'est sec comme de la mousse, ça empâte la bouche. Regarde plutôt, je t'ai rapporté des œufs de chouette! »

C'étaient mes œufs préférés : je mis fin à mon caprice et je me dépêchai de les gober. Salme entra et, en me voyant faire, elle se mit à crier que maman ne gâtait que moi, et qu'elle aussi voulait des œufs de chouette.

« Mais bien sûr », dit maman. « Je t'en ai mis de côté. Pas de jaloux. »

Salme se jeta sur ses œufs, s'assit à côté de moi, et ce fut à celui qui faisait le plus de bruit en gobant. Le pain et la soupe d'orge m'étaient complètement sortis de l'esprit.

3

BIEN SÛR, IL AURAIT FALLU AUTRE CHOSE QUE DES ŒUFS DE CHOUETTE pour rassasier durablement ma curiosité : dès le lendemain, j'étais de nouveau à traîner à l'orée des bois en lorgnant le village avec envie. Mon copain Pärtel était avec moi, c'est lui qui finit par dire :

« Qu'est-ce qu'on fait là à traîner ? Allez, on s'approche. »

Cette proposition semblait des plus aventureuses, rien que d'y penser mon cœur battait la chamade. À vrai dire, Pärtel non plus n'avait pas l'air fort vaillant, il me regardait avec l'air d'attendre que je secoue la tête en signe de refus — manifestement, ses propres paroles l'effrayaient. Mais moi, au lieu de secouer la tête, je répondis :

« On y va. »

Ce disant, j'avais l'impression de m'apprêter à plonger dans un lac tout noir en pleine forêt. Nous fîmes quelques pas avant de nous arrêter, indécis, et en me tournant vers mon copain je vis qu'il était blanc comme un linge.

« On continue ? » dit-il.

« Bien sûr. »

Et nous nous remîmes en route. Nous étions morts de frousse. La première chaumière était déjà toute proche, mais par bonheur il n'y avait personne en vue. Nous n'avions pas décidé jusqu'où nous irions. Jusqu'à la maison ? Et ensuite ?

Jeter un coup d'œil à l'intérieur par la porte? Nous n'aurions jamais osé. J'avais les larmes aux yeux, j'aurais voulu filer ventre à terre dans la forêt, mais en présence de Pärtel, pas question de montrer que j'avais peur. Il était sans doute dans le même état d'esprit que moi, vu que je l'entendais étouffer des sanglots. Et pourtant nous avancions toujours, pas à pas, comme ensorcelés.

Sur ces entrefaites, une petite fille, à peu près de notre âge, sortit de la maison. Nous restâmes cloués sur place. Si cela avait été un adulte, nous aurions sans doute couru nous réfugier dans les bois en poussant des cris, mais devant une fille, pas de raison de se sauver. Elle ne paraissait pas bien dangereuse, même pour une petite villageoise. Cela dit, nous fîmes preuve d'une grande prudence : nous restâmes à la fixer sans nous approcher davantage.

Elle nous dévisagea à son tour. Elle ne semblait nullement effrayée.

«Vous êtes de la forêt?»

Nous approuvâmes du chef.

«Vous êtes venus vivre au village?»

«Non», répondit Pärtel ; quant à moi, trouvant le moment bien choisi pour fanfaronner un peu, j'expliquai que j'avais vécu au village, mais que j'avais déménagé.

«Qu'est-ce qui t'a pris?» s'étonna la petite fille. «Personne ne retourne en forêt, tout le monde vient s'installer ici. Il sont tous idiots par là-bas.»

«Idiote toi-même.»

«C'est celui qui l'a dit qui l'est. Il paraît que dans la forêt c'est tous des demeurés, tout le monde le dit. Regarde ce que tu as sur le dos! Des peaux de bête! Pas beau! On dirait un animal.»

Ayant comparé notre accoutrement au sien, nous dûmes lui donner raison : nos fourrures de loup et de chevreuil étaient indéniablement moins jolies, et elles pendaient comme des sacs. Elle, en revanche, portait une longue chemise fine faite d'une toute autre matière : mince et légère, elle s'agitait au gré du vent.

« C'est de la peau de quoi ? » s'enquit Pärtel.

« Ce n'est pas de la peau, c'est de l'étoffe. Ça se tisse. »

Ce dernier mot ne nous disait rien du tout. Elle éclata de rire.

« Vous ne savez pas ce que ça veut dire ? Vous n'avez jamais vu un métier à tisser ? Ni un rouet ? Venez, entrez, je vais vous montrer. »

Cette invitation nous effrayait autant qu'elle nous alléchait. Nous échangeâmes un regard et conclûmes qu'il fallait prendre le risque. Bien sûr que nous avions envie de voir ce que c'était que ces objets aux noms bizarres, et puis qu'est-ce qu'elle pouvait bien nous faire, cette fille, nous étions deux quand même. À moins, bien sûr, qu'elle n'ait des alliés à l'intérieur...

« Qui est-ce qu'il y a d'autre dans la maison ? »

« Personne. Je suis toute seule, ils sont tous aux foins. »

Encore une expression incompréhensible, mais vu que nous ne voulions pas avoir l'air trop godiches, nous hochâmes la tête comme si nous savions très bien ce que c'était que ce « foin ». Prenant notre courage à deux mains, nous entrâmes.

Comme logis, c'était stupéfiant. Tous ces machins bizarres plein la pièce, il y avait de quoi donner le vertige. Nous restions tout bêtes, comme si nous avions pris un coup de bâton sur le crâne, sans oser avancer ni nous asseoir. Elle, en revanche, était comme un poisson dans l'eau, toute heureuse de pouvoir faire l'importante.

« C'est ça, un rouet », dit-elle en tapotant l'objet le plus étrange que j'aie jamais vu. « Ça sert à filer. Je sais déjà faire ; vous voulez que je vous montre ? »

Nous grommelâmes quelque chose. Elle s'assit auprès du rouet, et soudain cet appareil bizarre se mit à tourner en vrombissant. Pärtel eut un soupir d'enthousiasme :

« Génial ! »

« Ça vous plaît ? » minauda la petite. « Ça suffit, pour l'instant je n'ai plus envie de filer. » Elle se leva. « Qu'est-ce que je peux vous montrer d'autre ? Ça, vous voyez, c'est une pelle à pain. »

La pelle à pain nous fit tout aussi forte impression.

« Et ça, c'est quoi ? » dis-je en désignant un objet en forme de croix, accroché au mur, auquel était clouée une petite forme humaine.

« C'est Jésus-Christ, notre dieu », répondit une voix. Pas celle de la fille, une voix d'homme. Pärtel et moi, nous filâmes comme des souris en direction de la porte, mais nous nous fîmes attraper au passage.

« Ne partez pas ! Pas besoin de trembler comme ça. Vous êtes de la forêt, pas vrai ? Calmez-vous, les garçons, personne ne vous veut de mal. »

« C'est papa », dit la petite fille. « Qu'est-ce qui vous prend, de quoi vous avez peur ? »

Craintifs, nous regardions l'homme qui venait d'entrer. Il était grand et ses cheveux et sa barbe dorés lui donnaient fière allure. Ses vêtements aussi nous faisaient envie : il portait le même genre de chemise claire que sa fille, un pantalon de la même couleur, et, au cou, une croix semblable à celle que j'avais vue au mur.

« Racontez un peu : il y a encore beaucoup de monde dans la forêt ? Dites donc à vos parents qu'ils arrêtent avec leurs âneries ! Tous ceux qui ont quelque chose dans la cervelle viennent s'installer au village. À notre époque, c'est idiot de s'enterrer au fin fond d'un fourré en se privant de tous les acquis de la science contemporaine. Ça me fend le cœur de penser à ces pauvres gens qui continuent à végéter dans des cavernes alors que d'autres vivent dans des châteaux ou dans des palais ! Pourquoi les Estoniens devraient-ils être les derniers à se civiliser ? Nous aussi, nous avons droit aux mêmes plaisirs que les autres peuples ! Dites-le à vos parents. S'ils ne pensent pas à eux, qu'ils aient au moins pitié de leurs enfants. Qu'est-ce que vous allez devenir si vous n'apprenez pas à parler allemand et à servir Jésus-Christ ? »

Nous fûmes incapables de répliquer une seule syllabe à ce discours, et pourtant certains mots étranges comme « châteaux » et « palais » nous faisaient frémir le cœur. C'était sûrement quelque chose d'encore plus magnifique qu'un rouet ou une pelle à pain. Qu'est-ce que nous avions envie de les voir ! Il fallait en parler à nos parents afin qu'ils nous laissent aller au village, au moins quelque temps, pour admirer toutes ces merveilles.

« Vous vous appelez comment ? » demanda l'homme.

Nous grommelâmes nos noms. Il nous tapota l'épaule.

« Pärtel et Leemet — en voilà des noms de petits païens. Quant vous viendrez vivre au village, vous en changerez, vous prendrez des noms bibliques. Moi, par exemple, avant je m'appelais Vambola, mais il y a déjà pas mal d'années que j'ai changé pour Johannes. Et ma fille, je l'ai baptisée Magdaleena. Si ce n'est pas beau ! Les noms chrétiens, ils sont tous magnifiques. Tout le monde en porte, les fiers gars et les belles filles de tous les grands peuples. Et nous aussi, les Estoniens. Le sage fait comme font les autres sages et les suit, au lieu de courir où bon lui semble comme un cochon qui s'est échappé de la soue. »

Il nous tapota encore la joue et nous accompagna dehors.

« Rentrez chez vous à présent, et parlez à vos parents. Et revenez vite. Il faut que tous les Estoniens sortent de la forêt pour sentir la lumière et le vent sur leur corps, ce vent qui nous apporte la sagesse des pays lointains. Moi, Johannes, doyen de ce village, je vous attends. Et ma fille aussi vous attend, imaginez comme ce serait chouette de jouer avec elle et d'aller ensemble le dimanche à l'église prier le Seigneur. Au revoir, les garçons ! Dieu vous garde ! »

Visiblement, Pärtel avait quelque chose sur le cœur : à plusieurs reprises il ouvrit la bouche, sans oser émettre un son. Finalement, alors que nous étions déjà en train de nous retourner pour partir, il fut incapable de se retenir :

« Monsieur, c'est quoi ce grand bâton que vous tenez à la main, avec toutes ces épines accrochées dessus ? »

« C'est un râteau », répondit Johannes dans un sourire. « Si tu viens vivre au village, tu en auras un à toi. »

Le visage de Pärtel s'illumina de joie. Nous nous précipitâmes dans la forêt.

Nous nous séparâmes presque aussitôt pour rentrer chacun chez soi. Je me ruai chez moi comme si j'avais quelqu'un à mes trousses, dans la certitude que j'allais convaincre maman que la vie a bien plus d'intérêt au village qu'en forêt.

Elle n'était pas là, Salme non plus. Seul Oncle Vootele était assis dans un coin, en train de grignoter un morceau de viande séchée.

« Qu'est-ce qui t'arrive ? Tu es tout rouge. »

« Je suis allé au village », répondis-je, et je me mis à lui expliquer à toute allure, en bredouillant et en perdant parfois mes mots d'excitation, tout ce que j'avais vu chez Johannes.

Toutes ces merveilles ne le firent pas changer de mine, même quand je lui dessinai un râteau sur le mur avec un bout de charbon.

« J'ai déjà vu ça. Ici, ça ne sert à rien. »

Ce propos me sembla incroyablement stupide et archaïque. Comment ? Une fois qu'un objet aussi passionnant que le râteau a été inventé, il y a forcément quelque chose à en faire ! Johannes, le papa de Magdaleena, en a bien l'usage !

« Lui, ça lui sert bel et bien à quelque chose, vu que c'est fait pour ramasser le foin », expliqua mon oncle. « Ils ont besoin de couper de l'herbe et de la faire sécher pour que leur bétail ne meure pas de faim en hiver. Nous, nous n'avons pas ce genre de souci, nos chevreuils et nos élans se débrouillent très bien toute l'année durant, ils trouvent à manger dans la forêt. Mais les villageois, leurs bêtes ne sortent pas de toute la mauvaise saison, elles craignent le froid, et puis elles sont tellement stupides qu'elles pourraient se perdre dans la forêt et ils ne les retrouveraient pas. Ils ne savent pas la langue des serpents, ils ne connaissent pas les mots qui attirent toutes les créatures.

C'est pour ça qu'ils tiennent leur troupeau tout l'hiver enfermé dans un bâtiment et qu'ils prennent tant de peine à le nourrir avec le foin qu'ils ramassent. Voilà pourquoi ils ont besoin de ce ridicule instrument, alors que nous, on se débrouille très bien sans.»

«Mais le rouet!» m'écriai-je. En vérité, le rouet m'avait fait plus forte impression encore, toutes ces ficelles et ces roues, ces trucs et ces machins qui vrombissaient, c'était quelque chose de si fabuleux qu'il n'était pas possible d'en rendre compte par des mots.

Mon oncle eut un sourire.

«Oui, c'est le genre de joujou qui plaît bien aux petits enfants. Mais nous, on n'en a pas besoin, car la peau de bête est cent fois plus chaude et plus confortable que les tissus. Sauf que les gens du village ne peuvent pas s'en procurer, parce qu'ils ne savent plus la langue des serpents : les lynx et les loups leur passent devant et courent se réfugier dans les buissons, quand ils ne leur sautent pas dessus pour les manger.»

«Mais il y avait encore cette croix avec une figure d'homme dessus, et le doyen Johannes a dit que c'est un dieu et qu'il s'appelle Jésus-Christ», répliquai-je. Il fallait que mon oncle comprenne une bonne fois pour toutes quelles choses fascinantes on trouvait au village!

Il se contenta de hausser les épaules.

«Il y en a qui croient aux génies et fréquentent les bois sacrés, et puis d'autres qui croient en Jésus et qui vont à l'église. C'est juste une question de mode. Il n'y a rien d'utile à tirer de tous ces dieux, c'est comme des broches ou des perles, c'est pour faire joli. Rien que des breloques pour s'accrocher au cou ou pour faire joujou.»

Mon oncle avait fini par me vexer à jeter toutes mes merveilles dans la boue, aussi je gardai la pelle à pain par-devers moi. Il aurait certainement trouvé quelque chose de vilain à en dire, du genre : nous, on ne mange pas de pain. Je me tus et me mis à le fixer d'un air mauvais.

Il eut un petit sourire en coin.

« Ne te fâche pas. Je sais bien que la première fois qu'on voit ce genre de bric-à-brac, on en a plein la tête, surtout un gosse. Les adultes aussi, d'ailleurs : regarde tous ces gens qui ont filé au village. Ton père aussi, il n'avait que ça à la bouche, qu'est-ce que c'était génial de vivre là-bas, il en avait les yeux qui brillaient comme ceux d'un chat sylvestre. Le village, ça rend fou, parce que c'est vrai qu'ils ont toutes sortes d'instruments bizarres. Mais il faut que tu comprennes que s'ils ont inventé tout ça, c'est uniquement parce qu'ils ne connaissent plus la langue des serpents. »

« Moi non plus, je ne la connais pas », grognai-je.

« C'est vrai, mais tu vas bientôt t'y mettre. Tu es déjà assez grand. Sûr que ce n'est pas facile, c'est bien pour ça que des tas de gens ne veulent plus se tracasser avec, ils préfèrent inventer tout un fatras de faucilles et de râteaux. C'est bien plus facile — si la tête ne fonctionne pas, les muscles, eux, ils travaillent. Mais toi, je suis sûr que tu vas y arriver. Je t'apprendrai moi-même. »

4

DANS L'ANCIEN TEMPS, IL ÉTAIT TOUT À FAIT NORMAL QUE LES ENFANTS SE METTENT À LA LANGUE DES SERPENTS dès leur plus tendre enfance. Bien sûr, il y avait déjà des gens qui la maîtrisaient mieux que la moyenne et d'autres qui n'en saisissaient point toutes les subtilités secrètes — mais dans la vie de tous les jours, même ceux-là pouvaient se débrouiller. Tous les humains savaient cette langue que les vipères royales avaient enseignée à nos ancêtres, en des temps immémoriaux.

Du temps de ma naissance, ce n'était déjà plus la même chose. Les plus âgés la pratiquaient encore dans une certaine mesure, mais même parmi eux, les véritables experts s'étaient faits rares ; et la jeune génération n'avait plus le courage d'affronter cet idiome ardu. Il faut dire que ce n'est pas une mince affaire de l'apprendre : l'oreille humaine peine à percevoir les infimes subtilités qui distinguent un sifflement d'un autre, donnant au propos des significations tout à fait différentes. Et puis nos langues ne sont pas faites pour siffler : au début, elles sont terriblement raides et maladroites, et tous les sifflements de débutants se ressemblent. Il faut entamer l'apprentissage par des exercices particuliers, se dérouiller quotidiennement le muscle lingual pour qu'il devienne aussi leste et adroit que celui des serpents. Au début, c'est passablement fastidieux : alors, fatalement, beaucoup de gens dans la forêt trouvaient que c'était au-dessus de leurs forces et préféraient déménager au village, où la vie était bien plus captivante et où l'on n'avait pas besoin des mots des serpents.

En vérité, il n'y avait même plus de bons enseignants. Cela faisait plusieurs générations que les gens avaient commencé à se désintéresser de la langue des serpents, et nos parents ne savaient déjà plus que quelques mots parmi les plus courants et les plus simples, comme celui qui force un élan ou un chevreuil à s'approcher et à se laisser égorger, ou bien celui qui calme les loups, ainsi que les formules de conversation courante, au sujet du temps qu'il fait et ce genre de choses, qu'il convenait d'employer pour saluer les reptiles qui rampaient auprès de vous. Il y avait belle lurette que les mots les plus puissants ne servaient plus à rien, car pour qu'ils soient d'un effet quelconque il faut être des milliers à les siffler, et nous n'étions plus assez nombreux pour cela dans la forêt. C'est ainsi que la plupart étaient tombés dans l'oubli, et dans les derniers temps les gens ne prenaient même plus la peine d'apprendre les plus simples, car comme je l'ai dit, ils étaient difficiles à retenir ; et puis à quoi bon s'y escrimer alors que derrière une charrue, on n'a besoin que de ses muscles.

Moi, j'étais dans une situation particulière, car mon oncle était sans aucun doute le dernier habitant de la forêt à maîtriser parfaitement la langue des serpents. C'est uniquement grâce à lui que j'ai encore pu en acquérir toutes les subtilités. Il faut dire que c'était un professeur impitoyable. Ce tonton si gentil d'ordinaire se faisait dur comme pierre dès qu'il s'agissait de mes leçons. « Il faut apprendre, un point c'est tout », disait-il sèchement en m'obligeant à répéter encore et toujours les sifflements les plus complexes, tant et si bien que le soir j'en avais la langue endolorie comme si quelqu'un avait passé la journée à me la tordre. Lorsque maman arrivait avec ses sempiternels gigots d'élan, je secouais la tête avec terreur — à la seule idée que ma pauvre langue, après s'être tourmentée toute la journée, allait encore devoir aider à mâcher et à avaler, la bouche toute entière me faisait affreusement mal. Maman, au désespoir, suppliait son frère d'arrêter de me torturer comme ça et de commencer par les mots les plus simples, mais il s'y refusait.

« Pas question, Linda. Je veux qu'il parle couramment, à ne plus savoir s'il est homme ou reptile. Il n'y a plus que moi qui sache cette langue comme notre peuple l'a sue depuis la nuit des temps et comme il doit la savoir ; et lorsque je ne serai plus là, c'est à ton fils que reviendra la tâche de la sauver de l'oubli. Espérons qu'il aura à son tour l'occasion de transmettre cette science à l'un de ses descendants, afin qu'elle ne meure pas tout à fait. »

« Tu es aussi têtu et aussi mauvais que notre père », soupirait maman en me mettant une compresse de camomille sur la langue.

« Pépé était méchant alors ? » grommelai-je à travers la compresse.

« Épouvantable. Pas avec nous, bien sûr, il nous aimait. En tout cas, c'est ce que je me rappelle — il y a si longtemps qu'il est mort, j'étais toute petite. »

« Comment il est mort ? » insistai-je. Je n'avais jamais entendu parler de mon grand-père, et je venais juste d'arriver à cette conclusion surprenante que mon père et ma mère n'étaient pas tombés du ciel, qu'ils avaient bien dû avoir eux-mêmes des parents. Pourquoi donc n'en parlait-elle jamais ?

« Les hommes de fer l'ont tué », répondit maman, et Oncle Vootele ajouta :

« Ils ne l'ont pas abattu, ils l'ont noyé. Ils lui ont coupé les jambes et ils l'ont jeté à la mer. »

« Et mon autre grand-père ? J'en ai bien deux ! »

« Lui aussi, les hommes de fer l'ont tué », dit mon oncle. « C'était dans une grande bataille qui a eu lieu bien avant ta naissance. Les nôtres sont allés vaillamment au combat, mais ils se sont fait tailler en pièces. Leurs épées étaient trop courtes et leurs piques n'étaient pas assez solides. De toute façon, ça n'aurait rien changé : notre peuple n'avait jamais eu ni l'un ni l'autre, il avait la Salamandre. Si nous étions parvenus à la réveiller, elle n'aurait fait qu'une bouchée de nos ennemis. Mais nous étions déjà trop peu nombreux, des tas de gens étaient partis au village et ils n'ont pas répondu à nos appels. Et même s'ils étaient venus à la rescousse, ça n'aurait servi à rien, car ils ne se rappelaient plus la langue des serpents, et il faut des milliers d'appels pour réveiller la Salamandre. Si bien qu'il ne nous restait plus qu'à combattre les hommes de fer avec leurs propres armes, et c'était sans espoir. Ce qui vient d'ailleurs ne peut apporter ni bonheur ni succès. Nos hommes sont morts et leurs femmes, dont tes deux grands-mères, ont élevé leurs enfants et puis sont mortes de chagrin. »

« Mais papa, lui, il n'est pas mort dans la bataille », précisa maman. « Personne n'osait l'approcher, car il avait des crochets à venin dans la bouche. »

« Comment ça, des crochets à venin ? »

« Comme les serpents », reprit mon oncle. « Autrefois nos ancêtres en avaient tous, mais avec le temps, alors qu'ils oubliaient la langue des serpents, ils les ont perdus. Dans les derniers temps, très peu de gens naissaient avec, et à présent je ne connais plus personne qui en ait, mais ton grand-père en était pourvu et il mordait sans pitié. Les hommes de fer le craignaient comme la peste et prenaient leurs jambes à leur cou lorsqu'ils voyaient briller ses dents. »

« Comment ils ont fait pour l'attraper alors ? »

« Ils ont apporté une grande catapulte », soupira maman, « et ils se sont mis à lui jeter des pierres dessus. Ils ont fini par le toucher, il a perdu connaissance. Alors ils l'ont ficelé en hurlant de joie, ils lui ont coupé les jambes et ils l'ont jeté à la mer. »

« Ils le craignaient et le haïssaient jusqu'à la folie », dit mon oncle. « C'était un authentique sauvage, le sang de nos ancêtres lui brûlait les veines. Si nous étions tous restés comme lui, jamais les hommes de fer ne seraient parvenus à s'installer dans ce pays : nous leur aurions sauté à la gorge et nous les aurions dévorés jusqu'à l'os! Mais les gens dégénèrent, et les peuples aussi. Ils perdent leurs crocs, ils oublient la langue des serpents — et à la fin des fins, les voilà tout tranquilles, tout voûtés, en train de couper de l'herbe à la faucille. »

Mon oncle cracha, fixant le sol ; il faisait une mine si terrible que je me dis que le sang de son père n'avait pas complètement déserté ses veines.

« Une fois dans l'eau, ton grand-père rugissait encore si fort que les hommes de fer se sont réfugiés dans leur château en fermant tous les volets », termina maman. « Ça fait bien trente ans. »

« Rien que pour ça, il faut que tu apprennes la langue des ser- 40
pents », conclut mon oncle. « En mémoire de ton grand-père, ce héros. Je n'ai pas le pouvoir de te planter des crocs dans la bouche, mais je peux t'assouplir la langue. Crache donc cette espèce de glaire, qu'on s'y remette. »

« Laisse-le se reposer un peu, quand même! » implora maman.

« Ce n'est pas grave », dis-je en essayant de faire bonne figure. « Je n'ai pas si mal que ça. Je peux apprendre. »

Il serait faux de prétendre qu'à bûcher la langue des serpents, j'oubliai incontinent tous mes songes de rouet, de râteau et de pelle à pain. Je rêvais toujours à toutes ces merveilles que j'avais vues chez Johannes, le doyen du village, et sa fille Magdaleena ; en secret, j'essayai même de me fabriquer une pelle à pain — un rouet, je n'y pensais même pas, cette machine me semblait tout simplement d'un autre monde, inaccessible à l'habileté manuelle d'une personne ordinaire. À vrai dire, même la pelle à pain ne donna pas grand-chose, elle était passablement tordue et fort peu lisse. Je n'en avais aucun usage et faute d'oser la ramener à la maison, je finis par l'abandonner dans un buisson.

Lorsque je rencontrais Pärtel, bien entendu nous évoquions

notre aventure au village et nous débattions de l'idée de retourner visiter la passionnante demeure du doyen Johannes. Il nous avait réinvités, mais notre méfiance ne s'était pas éteinte pour autant ; bien au contraire, au moins en ce qui me concernait, les récits de maman et de mon oncle l'avaient passablement renforcée. Aussi je repoussais la visite, et Pärtel ne voulait pas y aller seul. Bien sûr, je l'invitai à venir chez Vootele apprendre la langue des serpents avec moi, mais il répondit en fronçant le nez que sa mère s'y employait déjà, que c'était horriblement difficile et qu'il n'allait certainement pas prendre des leçons supplémentaires. Je demeurai donc le seul élève de mon oncle.

Après la torture des premières semaines, lorsqu'à plusieurs reprises j'eus la langue enflée comme un champignon, les muscles de ma bouche finirent par s'habituer aux tensions et j'émettais déjà un ou deux sons qui ressemblaient tout à fait à de vrais sifflements. Alors qu'au départ c'est essentiellement par obéissance et par respect pour mon oncle bien-aimé que j'avais bûché, avec le temps cela me plaisait de plus en plus de siffler. C'était passionnant d'essayer de produire de nouveaux sifflements et, en cas de succès, de voir les aigles faire demi-tour dans le ciel et piquer dans ma direction, les chouettes passer la tête hors de leur tronc en plein jour, ou encore les louves se figer sur place et écarter les pattes pour qu'il soit plus facile de les traire.

Seuls les insectes ne comprenaient pas, leur cervelle était bien trop petite pour ça, au mieux de la taille d'un grain de poussière. Aussi les mots des serpents n'étaient d'aucun secours contre les taons et les moustiques, ni contre les piqûres d'abeilles. La vermine a toujours été indifférente à ces sifflements ancestraux, elle a ses bruits dégoûtants à elle, elle bourdonne, elle stridule, elle grésille. Ce sont ces bruits-là que j'entends encore aujourd'hui quand je vais puiser de l'eau à la source : la langue des serpents est morte irrémédiablement ; les bourdonnements, les stridulences, les grésillements demeurent.

En ce temps-là, dans ma jeunesse et dans mon zèle à apprendre, je ne prêtais pas la moindre attention à ces bestioles, je les écrasais machinalement quand elles s'attaquaient à moi. La vermine, on dirait que cela ne fait pas partie de la forêt, que c'est juste de l'ordure qui vole. Ce qui me fascinait, c'était tous ces changements que je remarquais autour de moi grâce aux mots des serpents. Je ne me contentais plus de traîner dans les bois comme avant, je leur parlais. C'était un plaisir inépuisable.

Oncle Vootele était content de moi : il disait que j'avais la bosse de la langue des serpents, et lorsque nous n'avions plus de viande, il m'autorisait à appeler un chevreuil. Je sifflais : il accourait, docile, et mon oncle l'égorgeait tandis que maman contemplait la scène d'un air attendri. C'était quand j'avais neuf ans.

Mais bien sûr, ce qui eut le plus d'influence sur mon apprentissage, ce fut quand même ma rencontre avec Ints.

J'étais tout seul ce jour-là, mon oncle m'avait donné quelques nouveaux sifflements à répéter et à apprendre par cœur ; couché auprès d'une petite source, je m'escrimais à les prononcer le mieux possible, quitte à me faire un nœud à la langue. Soudain j'entendis quelqu'un d'autre siffler — fort, et sur un ton d'effroi.

C'était un jeune serpent, attaqué par un hérisson. Immédiatement je sifflai l'interdiction la plus sévère de mon répertoire : je pensais la prononcer à la perfection et elle ne manquait jamais de figer sur place quelque animal que ce soit. Mais le hérisson n'en tint aucun compte. Je compris alors que le serpent avait déjà essayé le même sifflement, et qu'il était parfaitement ridicule de ma part de recourir à sa propre langue pour lui venir en aide. Quelle que soit l'habileté d'un humain à siffler les mots des serpents, il n'y arrivera jamais aussi bien qu'eux. Ce sont eux qui nous ont enseigné cet art, pas le contraire.

C'était une aide d'une autre sorte que le jeune reptile attendait de moi. Il faut savoir que les hérissons sont, de tous les animaux, les plus stupides, et que depuis des millions d'années que leur race traîne de par le monde, ils n'ont jamais été fichus d'apprendre la langue des serpents. Voilà pourquoi mes sifflements, tout comme ceux de la jeune victime, étaient tombés dans l'oreille d'un sot. Sans prendre garde à moi, la brute poursuivait ses attaques, et elle aurait sans doute eu le dessus si je ne l'avais pas envoyée bouler dans les buissons d'un bon coup de pied.

«Je vous remercie», dit le serpent. «C'est toujours dangereux, ces hérissons, ils sont bêtes comme des pommes de pin et on peut siffler à en crever, ça ne sert à rien.»

Je ne sifflais pas encore très couramment, mais en bafouillant quelque peu, je parvins à lui demander pourquoi il ne l'avait pas mordu.

«Ça ne sert à rien non plus : comme je t'ai dit, ils sont complètement obtus, bêtes comme des mottes de terre. Notre venin ne leur fait aucun effet, ils continuent leurs sales blagues. Merci encore, grand merci! À propos, tu te débrouilles déjà pas mal du tout dans notre langue. Il y a longtemps que je n'ai pas rencontré un homme qui la comprenne aussi bien. Mon père dit qu'autrefois il pouvait discuter de tas de choses avec les humains, mais que maintenant, tout ce qu'ils savent faire avec notre langue, c'est de tuer des chevreuils.»

J'avais un peu honte, vu que c'était précisément ce que je venais de faire : je m'abstins de m'en vanter. Je lui expliquai, comme je pus, que c'était mon oncle qui m'enseignait sa langue, et je mentionnai son nom.

«Je l'ai déjà vu, ce Vootele, mon père le connaît bien. Il siffle tout à fait couramment. Il est déjà venu nous rendre visite. Si tu veux, Leemet, tu peux venir nous voir toi aussi. Allons-y tout de suite, je raconterai à mes parents comment tu m'as sauvé. Mon nom de serpent est trop difficile à prononcer pour toi, mais si tu veux, tu peux m'appeler Ints.»

J'acceptai tout de suite, par curiosité, car j'ignorais tout de la vie des vipères royales. Que ma nouvelle connaissance fût de race royale, cela sautait aux yeux : elles sont beaucoup plus grandes que les serpents ordinaires et, à l'âge adulte, une toute petite couronne dorée leur brille au front. Ints n'en était pas encore là, mais de son diamètre et de son intelligence, il était facile de déduire que son père était un roi. Les vipères royales sont bien moins nombreuses que les serpents ordinaires, comme les reines des fourmis parmi des millions de minuscules ouvrières. J'en avais déjà rencontrées, mais je n'avais jamais eu l'occasion de leur adresser la parole. De toute façon, elles n'auraient pas prêté attention à un petit garçon, c'étaient des créatures trop importantes pour cela.

C'est pourquoi j'étais au comble de l'excitation lorsque Ints me mena à un grand trou et m'ordonna de m'y glisser. C'était un peu inquiétant, quoique nettement moins que d'entrer dans la maison du doyen Johannes : les serpents, bien sûr, ils sont des nôtres, en aucune circonstance il n'y a rien à en craindre — mais quand même. Le tunnel était sombre et d'une jolie longueur, mais, à mes côtés, Ints sifflait pour m'encourager, et cela me rassurait.

Finalement, nous débouchâmes dans un grand terrier. Ce qu'il y avait comme serpents là-dedans! En majorité des petits, des ordinaires, mais aussi une douzaine de vipères royales — toutes arborant fièrement leurs couronnes, comme des tresses dorées d'églantines. La plus grande était sans aucun doute le père d'Ints, qui conta notre aventure à une telle vitesse que je ne saisis pas grand-chose à ses sifflements. Le grand reptile me dévisagea et rampa dans ma direction. Je fis la révérence et prononçai les formules de politesse que mon oncle m'avait enseignées.

«J'ai bien peur, mon garçon, que tu ne sois le dernier humain que j'entendrai siffler de la sorte. Les hommes se désintéressent de notre langue, ils rêvent d'une autre vie. Ton oncle est mon ami, je suis heureux de voir qu'il s'est trouvé un disciple. Tu seras toujours le bienvenu dans notre terrier, surtout depuis que tu as sauvé la vie de mon enfant. Les hérissons sont notre plus grand fléau. Des incultes, des têtes de bois ! »

« Dommage que les humains se soient mis à marcher sur leurs traces », intervint un autre serpent dans un coin. « Ils ne vont pas tarder à leur ressembler. »

« Pas étonnant », ajouta Ints. « Ils sont fascinés par ces hommes de fer qui doivent être des parents des hérissons : une armure ou des piquants, c'est du pareil au même. Et ils les nourrissent, ces hommes de fer : ça ne m'étonnerait pas qu'un de ces jours, ils aillent jusqu'à donner du lait aux hérissons dans des écuelles ! »

Tout le terrier éclata de rire.

« Bon, les hommes de fer et les hérissons, ce n'est pas encore tout à fait la même chose », reprit le serpent qui avait parlé avant Ints. « Les hérissons n'ôtent jamais leurs piquants, alors que les hommes de fer, de temps en temps, ils quittent bel et bien leurs armures. Les hérissons sont insensibles à notre venin, alors que l'autre jour, un homme de fer qui m'a trébuché dessus tandis qu'il revenait de se baigner, tout épluché — je peux vous dire que mon venin lui a fait de l'effet ! Il s'est mis à enfler et à crier d'une bien vilaine voix. »

Je n'avais jamais entendu parler d'un homme mordu par un serpent, et cela m'effraya. Le père d'Ints s'en rendit compte et me siffla des paroles rassurantes.

« Les humains qui vivent dans la forêt et savent notre langue sont nos frères. Mais celui qui est allé vivre au village et ne sait plus nous parler, il n'a qu'à s'en prendre à lui-même. S'il s'approche trop, nous commençons par le saluer courtoisement, mais s'il ne répond pas, cela veut dire qu'il n'est plus notre semblable. Il ne vaut pas mieux qu'un hérisson ou un insecte, et nous n'avons pas pitié de lui. »

« Pourquoi est-ce que tu lui racontes des choses pareilles, à ce garçon ? » demanda un troisième serpent, dont j'appris plus tard que c'était la mère d'Ints. « À quoi bon lui faire peur? Tout ceci ne le concerne pas : il a sauvé la vie de notre enfant et il a droit à notre reconnaissance éternelle. Il peut venir quand il veut et demeurer ici tant qu'il le souhaite. Désormais il fait partie de notre famille. »

« Oui, il est notre fils », confirma le père d'Ints. « Et avec la permission de notre ami Vootele, je lui enseignerai moi-même volontiers un peu de notre langue. Avant, c'était toujours comme ça, les hommes et les serpents se fréquentaient de près. Au moins de notre vivant, nous pouvons respecter cette ancienne coutume. Plus tard, advienne que pourra. »

5

INTS ET MOI DEVÎNMES DE GRANDS AMIS. Je lui fis faire la connaissance de Pärtel, qui était moins doué que moi en langue des serpents mais parvenait quand même à émettre quelques sifflements. Assez en tout cas pour pouvoir tenir des conversations simples avec Ints ; lorsque cela se compliquait, je traduisais. Cependant il progressa peu à peu, car même l'humain le plus engourdi de la langue finit par capter quelque chose quand il a quotidiennement affaire à un serpent. Et nous étions tout le temps avec Ints, ce qui était bien naturel, vu que n'importe quel jeu est plus amusant à trois qu'à deux.

Bien sûr, il y avait encore Hiie, la fille de Tambet. Elle avait grandi, elle ne tombait plus sur son derrière à chaque pas, et nous l'aurions volontiers enrôlée dans la bande. Mais elle n'avait pas le droit. À cause de son père. D'abord il ne pouvait pas me supporter parce que j'étais né au village, et il ne voulait pas de ce genre de compagnon de jeu pour sa fille. Et puis, de manière générale, il pensait que jouer, ça ne sert à rien, que ce qu'il faut, c'est travailler.

C'était le genre de personne qui se refusait obstinément à reconnaître ce qui était évident pour tout le monde : qu'il n'y avait plus grand-monde dans la forêt et qu'elle continuait à se vider. Il passait son temps à radoter au sujet de l'âge d'or des Estoniens, lorsque tous les peuples tremblaient devant notre Salamandre et que les bois regorgeaient de sauvages siffleurs chevauchant des loups et s'abreuvant de leur lait bourru. Comme dans l'ancien temps, il élevait une centaine de louves dans une immense étable, il les trayait et les dressait sans vouloir comprendre que depuis belle lurette il n'y avait plus assez de gens dans la forêt pour les chevaucher, ni pour absorber ces fleuves de lait. Tout le monde avait réduit son troupeau et relâché les bêtes en surnombre — à quoi cela peut-il bien servir à une vieille d'élever dix louves laitières quand elle n'a pas de descendants ? Une seule suffit largement. Mais Tambet, loin de suivre ces exemples, tenait les lâchers de louves pour une infamie sans précédent et une trahison de notre mode de vie.

« Du temps de nos ancêtres, il n'y avait pas une seule louve en liberté dans la forêt », enrageait-il. « Elles étaient toutes bien au chaud dans leurs étables, dûment traites et prêtes à être enfourchées par nos guerriers lorsqu'ils partaient en guerre. » Il ne voulait pas davantage admettre que plus personne ne partait en guerre. C'était comme s'il était incapable de le comprendre : parfois il semblait considérer la réalité comme une espèce de rideau de brouillard qui égarait les imbéciles, mais que lui perçait sans peine. Il était persuadé que ce brouillard allait bientôt se dissiper et qu'on allait se remettre à vivre comme dans l'ancien temps. C'est pourquoi, loin de réduire son troupeau, il l'augmentait encore en capturant des louves errantes : pour lui, elles n'avaient pas été créées pour trotter dans la forêt mais pour servir les hommes. Évidemment, cela prenait un temps fou de s'occuper de toutes ces bêtes, et c'était pour cela aussi que Hiie n'arrivait jamais à venir jouer avec nous : malgré son jeune âge, elle devait traire le troupeau et lui donner la pension. Maman trouvait que c'était un crime de tourmenter une enfant en la faisant trimer aussi dur, et souvent, en rentrant chez nous, elle maudissait Tambet et sa femme.

« Je suis passée devant chez eux et j'ai encore vu cette pauvre petite en train de tuer des lièvres. Ça faisait peine à voir. Des tas de lièvres dans un coin du jardin, paralysés par les mots des serpents, et elle en train de leur trancher la tête à la hache, sans jamais s'arrêter. Si encore son père lui avait donné une jolie petite hachette, mais non : un affreux machin aussi grand qu'elle. Elle est tellement menue, la pauvre mignonne, c'est tout juste si elle arrive à la soulever. Et que je tranche, et que je tranche — elle en avait les larmes aux yeux à force d'efforts.

Lorsqu'elle a eu fini, elle est allée les porter aux louves. À quoi ça sert d'entretenir une telle quantité de bestiaux dans leur étable, ils feraient mieux de les laisser filer, elles trouveront bien à manger toutes seules ! Il n'a pas de cœur, ce Tambet, et puis il n'est pas bien dans sa tête, à torturer sa propre gosse ! Et Mall, elle ne vaut pas mieux — qu'est-ce que c'est que cette mère qui laisse imposer de telles corvées à sa fille ! Moi, jamais je ne permettrais qu'on vienne tourmenter mes enfants comme ça ! J'aime autant te dire que si ton père s'était avisé de te forcer à couper la tête à des lièvres, il aurait pris une bonne... »

Sur ce, elle se tut, car son amour coupable pour certain plantigrade lui était revenu en mémoire, avec les circonstances dans lesquelles mon père avait perdu sa tête à lui. Mais il était indéniable que Tambet et Mall prenaient fort peu soin de leur fille. Pour eux, l'important était de vivre à la manière de leurs ancêtres, comme si le soleil s'était figé dans le ciel sans se coucher ni renaître, comme si la forêt ne s'était pas vidée de ses habitants, comme si le monde n'avait pas changé. Ils étaient prêts à tout sacrifier à cette illusion, à trimer à s'en faire saigner les ongles, et ceux de leur fille par la même occasion.

Outre qu'elle devait passer ses journées à décapiter des lièvres et à donner la pension au troupeau, Hiie avait encore un autre souci : il se trouvait qu'elle ne supportait pas le lait de louve, et son père trouvait cela scandaleux. D'abord, pensez à toutes ces bêtes accroupies dans leur étable, à ces fleuves de lait ! Qu'en faire, de ce lait ? Le boire, naturellement, et toute la famille aurait dû contribuer à cette noble entreprise. Au-delà de ces considérations strictement pratiques, Tambet était profondément convaincu que tout véritable Estonien a le devoir de s'abreuver de lait de louve, car telle était déjà la coutume de nos ancêtres et c'est précisément à ce breuvage qu'ils devaient leur force et leur puissance. Voilà pourquoi refuser le lait de louve était un crime abominable : c'était trahir la coutume, et rien n'était plus répugnant.

Le pire, c'était que la résistance venait de sa propre famille. Intolérable! Il forçait sa fille à avaler du lait, mais cela la faisait vomir ; alors il devenait tout rouge et se mettait à beugler comme un bouc. Il avait épuisé tous les châtiments possibles et imaginables, et la petite ne faisait que pleurer en le suppliant de lui faire grâce. Mais il ne voulait rien entendre, tandis que Mall frappait sur la table de son long doigt costaud en exigeant :

« Obéis à ton père! »

Il finit par aller demander conseil à Ülgas, le Sage du Bois
Sacré. Celui-ci examina la petite, l'enfuma avec des herbes,
lui arrosa les genoux de sang de martre et lui ordonna d'ava-
ler la cervelle d'un rossignol vivant. Lorsqu'elle se mit à vomir 50
de dégoût, le Sage expliqua à son père que les génies des bois
l'avaient envoûtée.

« Rien de grave, mes pouvoirs sont supérieurs aux leurs! » assura-t-il en promettant de la guérir. Elle dut se rendre tous les jours au bois sacré — le sang de martre coulait à flots, la puanteur des fumigations montait jusqu'au ciel, et le Sage n'arrêtait pas de lui mettre de nouvelles cervelles de rossignol sous le nez.

Tout cela en vain : elle était toujours incapable d'absorber du lait de louve. En vérité, elle n'arrivait pratiquement plus à rien absorber du tout, car les cervelles de rossignol lui avaient détraqué l'appétit et l'odeur suffocante des fumigations lui persistait aux narines et lui rendait toute nourriture répugnante. Le Sage se fâcha tout rouge, car il avait promis de faire entendre raison aux génies, et il recourut à de nouvelles méthodes de cure, encore plus sinistres. Il emmenait la petite au plus profond de la forêt, de nuit, auprès d'une source solitaire, et l'y laissait toute seule avec une outre de lait, en lui assurant que si à minuit il restait quelque chose au fond, un ondin émergerait pour l'étrangler. Au lieu de boire, elle versait le contenu de l'outre sur la mousse, et bien entendu nulle créature surnaturelle ne montrait le bout de son nez.

Il finit par se lasser de perdre son temps avec elle et dit à son père qu'il était parvenu à la désenchanter, mais qu'elle ne pourrait boire de lait qu'au bout de dix ans, lorsque la malédiction aurait cessé de faire effet. Il espérait sans doute qu'à cette date elle se serait mise à boire du lait ou qu'elle serait morte, ou encore que son père ne serait plus là pour contrôler l'accomplissement de la promesse. C'est long, dix ans, et dans cet intervalle il peut se passer pas mal de choses.

En tout cas, il lui sauva involontairement la vie, car si on avait continué à la torturer de la sorte, elle aurait sûrement rendu l'âme. Tambet accepta les explications de son ami et cessa de forcer sa fille à boire du lait. Mais il ne parvenait pas à aimer cette enfant irrespectueuse des traditions, il ne lui adressait pratiquement pas la parole et la considérait toujours d'un air vaguement dégoûté, comme une infirme.

Je continuais à prendre des cours chez Oncle Vootele. Nous ne nous concentrions plus autant sur la langue des serpents, que je savais déjà passablement : nous traînions plutôt dans la forêt, parfois seuls, parfois en compagnie d'Ints qui pendait à mon cou comme un lacet, en devisant de choses et d'autres. Mon oncle évoquait tout ce qui avait été et s'était irrémédiablement perdu. Il nous montrait des huttes envahies de broussaille, dont les occupants étaient morts ou avaient déménagé au village, et il évoquait les vigoureux vieillards et les vieilles revêches qui les avaient habitées. C'était voici des siècles, et personne alors ne pouvait s'imaginer qu'un jour elles seraient vides, que leurs murs et leurs toits s'effondreraient. Nous nous frayions un chemin dans la broussaille pour pénétrer dans les ruines. Nous y trouvions de nombreuses traces de leurs anciens propriétaires, parfois un ménage complet : de la vaisselle, des couteaux et des haches, des coffres avec des peaux de bêtes dedans et d'autres pleins d'or et de pierres précieuses. Il y a très longtemps, ils avaient été pillés sur des bateaux qui avaient accosté sur nos rivages et dont les équipages avaient été exterminés par la Salamandre. Cela faisait une étrange impression de toucher ces broches et ces colliers qui, en leur temps, avaient été témoins des envols de cette créature merveilleuse. On aurait dit qu'il y avait encore dans ces bijoux quelque chose du feu qui lui sortait de la gueule lorsqu'elle s'élevait dans le ciel.

Nous laissions toutes ces trouvailles sur place, car nous n'avions rien à faire ni de fourrures, ni de vaisselle, ni d'objets précieux. Nous en avions à suffisance, accumulés par les générations successives. Nous quittions ces ruines pourrissantes que les buissons recouvraient à nouveau comme la plus épaisse des toiles d'araignées.

Parfois, dans nos expéditions, il nous arrivait quand même de tomber sur des vivants. C'étaient généralement des vieillards qui se tenaient assis devant leur hutte, sommeillant à la chaleur des rayons de soleil qui tombaient d'entre les cimes des arbres. Oncle Vootele s'entretenait avec eux, et ils étaient ravis d'avoir un interlocuteur. Ils évoquaient leur vie et toutes les choses de l'ancien temps, lorsque mon oncle n'était qu'un petit garçon. Ils étaient tout contents aussi de voir Ints, et ils sifflaient savamment de leurs bouches édentées : ils lui demandaient les nouvelles de serpents qu'ils avaient connus. Ints leur répondait dans la mesure de ses connaissances, mais la plupart du temps il lui fallait reconnaître que tous ces serpents étaient morts depuis longtemps, car les reptiles vivent moins vieux que les humains.

« C'est sûr », approuvaient les anciens. « Bien sûr qu'ils sont tous passés. Il ne reste plus rien du monde que nous avons connu, et tout ce qu'il nous reste à faire, c'est de partir à notre tour. »

Moi, j'essayais surtout de les faire parler de la Salamandre. Ce thème me passionnait. Je mourais d'envie de la voir, même si je savais bien qu'il n'était plus possible de la convoquer comme autrefois, en sifflant très fort. Elle devait pourtant bien être quelque part, vivante, juste endormie, en tout cas c'était ce qu'affirmait mon oncle. Mais où donc dormait-elle? Mon oncle l'ignorait, lui non plus ne l'avait jamais vue. Mais ces vieux se souvenaient d'elle, dans leur enfance ils l'avaient vue s'élever dans le ciel, et un vieillard d'âge canonique, qui avait tout d'un squelette, avait même livré combat sous son aile au bord de la mer.

«Une sacrée bataille», grommelait-t-il en grimaçant d'un sourire sinistrement osseux — car sous sa peau incroyablement fine, on distinguait sa mâchoire inférieure dans les moindres détails. «La Salamandre les a exterminés jusqu'au dernier, ou bien elle les a roussis jusqu'à les laisser à moitié morts et nous n'avons eu qu'à les mettre en pièces et à ramasser le butin. C'était le bon temps!»

«Où est-ce qu'elle est maintenant, la Salamandre?»

«Où elle est? Sous terre. Mais où précisément, je n'en ai pas la moindre idée. Les seuls qui savent, ce sont les gardiens, ceux qui ont la clef. Sans clef, rien à faire.»

«Quels gardiens? Quelle clef?»

«La clef, c'est ce qui mène à la Salamandre. Évidemment je ne l'ai jamais vue, c'était un grand secret. Tout ce que je sais, c'est qu'il y a des gardiens et qu'ils ont accès à la grotte où elle dort, mais qui sont-ils, mystère. Sûrement qu'ils étaient parmi nous, mais jamais on n'a pu découvrir leur identité. Ce n'était pas notre affaire, et personne n'allait fourrer son nez dans les affaires de la Salamandre. Elle était notre puissance et notre force ; nous savions juste qu'elle se reposait quelque part sous terre, et qu'elle sortait lorsque tout le monde se mettait à siffler ensemble pour l'appeler. Pas besoin d'en savoir davantage, ça suffisait. C'était le bon temps!»

Plus tard, lorsque nous l'eûmes laissé sommeiller devant sa porte, je demandai à mon oncle s'il savait quelque chose de cette histoire de gardiens et de clef.

«J'en ai entendu parler, mais à mon avis, c'est le même genre de racontars que ceux du Sage du Bois Sacré. Toutes ces histoires de génies et d'ondins, tu sais. Ce sont de vieilles légendes, les gens ne les ont inventées que parce qu'ils ont besoin de trouver des solutions simples à tous les problèmes compliqués : nul ne veut reconnaître ses limites. Personne ne savait d'où émergeait la Salamandre ni où elle disparaissait, et c'était frustrant. Les gens ne supportent pas qu'il y ait des choses qui les dépassent, alors ils forgent une quelconque histoire de cachette avec une clef et des gardiens qui en détiennent le secret. Ça les console : eux ne savent pas où dort la Salamandre, mais bon, il y en a d'autres qui savent, et à l'aide de cette fameuse clef, eux aussi, en principe, ils pourraient la dénicher, cette fameuse grotte. C'est le genre de conte de fées qui facilite la vie et qui la simplifie. »

« Alors personne n'en sait rien, de cette clef. »

« Non, mais il y a quand même une légende que le vieux a oublié de te raconter. Il paraît que la nuit du solstice d'été, qui est la plus brève de l'année, la fougère fleurit, et que c'est précisément la fleur de fougère qui est la clef. »

« Ça fleurit, les fougères ? »

« Bien sûr que non. Mais c'est si bon de croire qu'il suffit de traîner dans la forêt une nuit de solstice et de cueillir une fleur, et hop ! Voilà la clef. Il va sans dire que ce n'est quand même pas une mince affaire que de la dénicher, cette fleur : la légende dit qu'elle est très rare — mais il y a des gens qui préfèrent entretenir ce fragile espoir plutôt que d'accepter l'idée qu'ils auront beau faire la culbute ou le poirier, la Salamandre restera toujours introuvable. Les hommes vivent d'espoir, aussi ténu soit-il : ils ne se satisfont jamais de l'idée que quelque chose soit irrémédiable. »

Mon oncle avait tout à fait raison : moi non plus, je ne me satisfaisais pas de ces paroles. Bien sûr, je le respectais profondément et je croyais tout ce qu'il disait, mais j'avais tellement envie de voir la Salamandre que je me convainquis que pour une fois, il était dans l'erreur. Elle devait bien exister, cette clef ! C'était bien plus excitant d'y croire que d'écouter la voix de la raison. Et comme le solstice approchait, je racontai toute cette histoire à Pärtel et l'invitai à partir avec moi en quête de la fleur de fougère. Il fut tout de suite d'accord ; Ints en revanche refusa tout net.

« C'est complètement idiot. Ça ne fleurit pas, les fougères, tous les serpents le savent. »

« Mais la nuit du solstice ! » répondis-je, plus pour me convaincre moi-même qu'à son intention.

« Pas plus cette nuit-là que les autres. C'est ridicule. Comment est-ce que tu peux prêter foi à de pareilles âneries ? Autant croire que les loups se mettent à voler ou qu'il pousse des jambes aux serpents la nuit du solstice. La nature reste la nature, toute l'année. »

Je savais bien qu'Ints avait raison, mais mon rêve insensé me rendait têtu.

« Moi, en tout cas, je vais essayer. Mais peut-être que tu penses aussi que la Salamandre n'existe pas ? »

« Elle, elle existe. Elle était déjà là bien avant que le premier serpent ne se mette à ramper dans la forêt, et elle est éternelle. C'est mon père qui me l'a dit. Mais je ne sais pas où elle dort. Nul d'entre nous ne le sait, et pour partir à sa recherche, ça ne sert à rien de savoir notre langue. »

« Les gardiens existent et la clef aussi ! » affirmai-je, et je racontai ce que m'avait appris ce vieux à face de squelette.

« Pourquoi pas, après tout », répondit Ints. « Il y a peut-être bien des gens qui l'ont trouvée, qu'est-ce que j'en sais. Les serpents savent beaucoup de choses que vous ignorez : pourquoi les hommes n'auraient-ils pas découvert des choses que nous, nous ignorons ? Mais je t'assure que ce n'est pas la fleur de la fougère qui est la clef. Parce qu'une telle fleur n'existe pas, tout simplement, et qu'il faut être bien bêta pour se lancer à sa recherche. »

« Eh bien, j'irai quand même ! » affirmai-je rageusement. En riant, Ints nous souhaita bien du courage avant de nous quitter. Pärtel et moi, nous restâmes à attendre le solstice.

Je ne vais pas me mettre à décrire par le menu cette randonnée qui dura jusqu'au matin, et dont le souvenir m'est aujourd'hui pénible. La seule excuse éventuelle de notre sottise, c'est que nous étions encore de tout petits garçons. Nous marchâmes énormément, retournant toutes les fougères que nous rencontrions, au cas où la fleur magique serait toute petite et ne serait visible que de tout près. Mais nous fîmes chou blanc. Pas une seule fougère n'avait fleuri, et le matin nous trouva vautrés sur un tronc d'arbre mort, les jambes affreusement lourdes et tout le corps engourdi et pesant d'insomnie.

C'est dans cette posture que Meeme nous trouva — ou plus exactement, que nous le trouvâmes. Comme toujours, nous ne l'avions pas vu approcher, et soudain nous l'aperçûmes, allongé de l'autre côté de l'arbre. Il s'écria :

« Hé, les garçons, vous voulez du vin ? »

Dans d'autres circonstances, nous aurions peut-être goûté à cette boisson villageoise défendue, par pure curiosité, car nous étions deux et ensemble on est plus audacieux pour se jeter à l'eau dans un endroit inconnu ou pour faire ce qui est interdit à la maison. Mais ce matin-là, nous étions trop fatigués et nous nous contentâmes de secouer la tête sans énergie.

« Qu'est-ce que vous faites par ici de si bon matin ? » demanda Meeme. « Vous n'êtes pas tout près de chez vous, il me semble. »

« On cherchait la fleur de la fougère », répondit Pärtel malgré les coups de coude dont je le gratifiais — car j'étais déjà presque convaincu qu'Ints et mon oncle avaient raison et que la fougère ne fleurit que dans les contes de fées. Et il m'était pénible de devoir reconnaître que nous avions passé toute la nuit dehors pour un motif aussi stupide.

Comme je le craignais, Meeme se mit à ricaner, jusqu'à ce que le vin qu'il se versait dans le gosier le fasse tousser. Puis il se mit à coasser comme une corneille :

« La fleur de la fougère ! Et pourquoi pas le renard vert pendant que vous y êtes ? Il paraît qu'il y en a qui l'ont vu dans la forêt. »

« On pensait que c'était la clef », se mit à expliquer Pärtel, sans prendre garde à mes bourrades — ou peut-être croyait-il que c'était la fatigue qui me donnait des convulsions. En tout cas, il raconta toute l'histoire à Meeme.

Celui-ci ne riait plus du tout, il se contentait de grommeler d'un air méprisant.

« On voulait juste essayer », dis-je comme pour m'excuser. « Bien sûr que c'était nigaud, sans doute qu'elle n'existe pas, cette clef. »

« Je n'ai jamais dit ça », répondit Meeme avec une brusquerie inattendue. « Ce qui n'existe pas, c'est la fleur de fougère. »

« Mais la clef, elle existe ? »

« On le dit », répliqua Meeme, revenant à sa diction pâteuse d'ivrogne. « Mais ça n'a pas de sens de lui courir après. Elle viendra en son temps à celui qui conviendra. »

« Comment tu le sais ? »

« Je le tiens de ma grand-mère. » Il se remit à rire et à tousser. « Elle disait aussi qu'en prenant le chemin de l'arc-en-ciel on peut marcher sur la lune, et qu'en mangeant une poignée de terre on se change en coucou. Elle racontait toutes sortes de choses, ma mémé, elle était aveugle et un peu simple d'esprit, allez savoir ce qu'il y a de vrai là-dedans. Moi, en tout cas, je n'ai jamais mangé de terre, parce que je n'ai pas envie de me changer en coucou. Les coucous, ça ne boit pas de vin, ça doit pondre dans les nids des autres, et moi, tout ce que je veux, c'est boire. À votre santé, les gars ! Je vous assure que le vin, ça n'a rien à voir avec l'amanite tue-mouche ! Ils ont quelque chose dans la caboche, ces étrangers ! Tous au village, c'est là qu'est la vraie vie ! Hourra pour les villageois ! Hourra ! »

Nous le laissâmes brailler, vautré près de l'arbre, et nous traînâmes chez nous. Mais cette rencontre avait donné un nouveau cours à mes pensées.

6

Au milieu de toutes les sornettes que Meeme nous avait débitées, une ou deux choses m'avaient donné matière à réflexion. Pas la peine de courir après la clef, avait-il dit, elle viendra d'elle-même. Bien sûr ! Mon cœur de petit garçon enflait de fierté, car il me semblait que j'avais compris ces paroles, que j'en avais percé l'énigme. Cette clef mystérieuse, il ne fallait pas espérer la découvrir quelque part en forêt, dans la mousse, comme un quelconque lactaire ou une airelle que le premier cueilleur venu peut se fourrer dans la bouche. C'était sans doute quelque chose de très bien gardé, de très soigneusement dissimulé, quelque chose que les personnes concernées se transmettaient. Le vieillard n'avait-il pas fait allusion à des gardiens ? La clef passait sans doute de main en main ; peut-être s'héritait-elle. Cela me semblait le plus probable : pourquoi un gardien se serait-il séparé d'un objet aussi précieux, comme cela, pour rien ? Moi, en tout cas, je ne l'aurais pas donnée pour tout l'or du monde. Mais en cas de décès, c'était autre chose. Un gardien s'en allait, un autre lui succédait.

D'excitation, je me rongeais les ongles. J'étais tout fier de mon astuce, mais ce qui me tourmentait le plus, c'était la pensée que quelques années auparavant, on m'avait fait un cadeau inattendu. La bague de Meeme ! Bien entendu, je n'avais aucune preuve que c'était elle, la fameuse clef qui menait à la Salamandre. Mais de toute évidence, il y avait quelque chose de bizarre dans ce présent. Pourquoi Meeme me l'avait-il fait à moi précisément ? Un homme, ça ne porte pas de bijoux, un petit garçon non plus. Il aurait été bien plus logique qu'elle aille à une femme — même si nos mères et nos sœurs non plus ne faisaient pas grand cas des bagues : ce genre de hochet, il y en avait assez dans chaque famille pour s'en mettre un à chaque doigt. C'étaient ceux que nous avions volé sur les vaisseaux étrangers du temps de la Salamandre : la plupart étaient encore là, inutiles, dans des coffres. Mais la bague de Meeme avait quelque chose qui la distinguait de ses semblables et en soulignait l'importance : le petit sachet de cuir. Il y avait manifestement anguille sous roche, et dans mon ardeur enfantine j'étais sûr et certain que ce mystère avait rapport avec la clef.

La seule chose qui me gênait, c'est que c'était Meeme qui m'avait fait ce cadeau. Pourquoi lui et pas quelqu'un d'autre? Était-il conscient de sa valeur? Et dans ce cas, pourquoi ne pas l'avoir gardé par-devers lui? D'ailleurs, qui était-ce au juste, ce Meeme? Comme j'ai déjà dit, je l'avais toujours vu en train de se vautrer quelque part et de boire, ou bien, les premiers temps, de grignoter un champignon, la mine plus ou moins morveuse, couvert de résine et de boue, le regard vague, les sourcils pleins de pellicules : un aspect fort peu engageant. Si c'était Oncle Vootele ou le Sage qui m'avait donné cette bague, ou même Tambet (mais lui, jamais il n'aurait fait cadeau de quoi que ce soit à un « villageois » dans mon genre), je n'aurais pas eu l'ombre d'un doute au sujet de son importance. Mais avec Meeme, il pouvait s'agir d'une plaisanterie d'ivrogne. Il trouve une vieille bague quelque part, il la met dans un sachet, il me la refile. Et le voilà gai comme un pinson tandis que je me la mets au doigt en espérant qu'elle va me mener à la Salamandre.

La première chose à faire, c'était d'aller trouver mon oncle pour en savoir un peu plus long :

« Parle-moi de Meeme. »

« Qu'est-ce qui te prend de t'intéresser à lui tout d'un coup? Il t'a proposé du vin? C'est interdit d'en boire, ça te ferait tourner la tête. »

« Il ne m'en a pas proposé. Ou plutôt si, mais j'ai refusé. Les champignons aussi. Parle-moi de lui! Pourquoi est-ce qu'il traîne toujours par terre et qu'on ne le voit jamais marcher ? »

« Il doit bien marcher, puisqu'il se déplace », répondit mon oncle en se tripotant la barbe. « Tu sais, gamin, c'est quelqu'un de bizarre, ce Meeme. En son temps, c'était un grand guerrier, vaillant et vigoureux. C'est lui qui aurait dû mener la bataille où ton grand-père est mort. Mais il n'a pas voulu y aller, parce qu'il trouvait parfaitement stupide d'affronter les hommes de fer avec leurs propres armes. Les autres, ils ont même laissé leurs loups à la maison et ils sont venus à pied s'exposer en terrain découvert, ils se sont fait pulvériser sans façon. Meeme l'avait prévu, il disait que c'était idiot de faire la guerre dans ces conditions. Mais ils ne l'ont pas écouté. »

« Pourquoi ? »

« Parce que beaucoup d'entre eux croyaient les hommes de fer plus malins que nous. Dans leur for intérieur, même s'ils allaient les combattre, ils admiraient leurs armures et leurs épées étincelantes. Ils étaient d'avis que de chevaucher des loups et de se battre dans les fourrés, c'est complètement dépassé, qu'aucune armée moderne ne combat plus comme ça. Et quand Meeme leur expliquait qu'il fallait rester fidèles à nos anciennes armes, beaucoup répliquaient que c'était un pur suicide, qu'il nous fallait nous mettre à l'école des peuples développés, et puis que si les hommes de fer se battaient à découvert et sans loups, c'était forcément que c'était mieux et que ça donnait de meilleurs résultats. Il devaient bien savoir ce qu'ils faisaient, quand même ! Sinon, ils ne seraient pas venus du diable Vauvert débarquer sur nos rives ! Il nous fallait nous inspirer d'eux, au lieu de nous présenter sur le champ de bataille comme des primitifs. Et de conclure par ces mots : "Ne faisons pas honte à notre nom d'Estoniens ! Montrons aux hommes de fer que nous savons nous battre comme des êtres civilisés, que nous n'avons pas une coudée de retard sur les autres peuples !"

« C'est ainsi qu'ils sont partis combattre à pied, sans leurs loups, avec des armes qu'ils avaient chipées aux hommes de fer. Évidemment, ils se sont faits tailler en pièces. »

Mon oncle se cura les dents, où un filament de viande s'était pris, puis, l'ayant avalé, il reprit :

« Alors Meeme a continué le combat tout seul, sans épée ni lance, en s'aidant juste de la bonne vieille langue des serpents qui rend les animaux comme fous : il suffisait qu'il le leur ordonne et ils se précipitaient sur les envahisseurs. Il livrait bataille en lisière de la forêt, d'où il guettait les hommes de fer qui s'égaraient. Les loups se précipitaient sur eux d'entre les arbres et les traînaient dans les fourrés, et là, il les taillait en pièce avec une bonne vieille hache. Ce n'était sûrement pas une guerre dans leur goût, aux hommes de fer, elle n'avait rien de moderne — mais elle était tout à fait efficace. Ils se mirent à craindre la forêt comme le feu, sachant que la mort les y guettait, mais ils ne pouvaient pas l'éviter tout à fait, ils étaient bien obligés de la longer ou de la traverser de temps à autre, et souvent ils n'en revenaient pas. On peut s'imaginer ce qui se serait produit si tous les nôtres s'étaient mis à faire la guerre comme Meeme, à l'aide des loups et de la langue des serpents, au lieu de toutes ces minauderies. À lui tout seul, il abattait le travail de dix hommes, et sans faiblir. »

« Mais tandis qu'il se battait comme un enragé, tandis qu'il tombait sur nos ennemis comme la foudre, de plus en plus de gens déménageaient au village. Il avait nettoyé la région des envahisseurs, mais il vint un moment où cela n'eut plus de sens. Il y avait de moins en moins de monde dans la forêt et lui, qui s'était fixé pour objectif de sauver son peuple et de liquider les hommes de fer, se rendit compte que ledit peuple se pressait de son propre gré aux portes des châteaux desdits hommes de fer, et tout ça pour pouvoir se payer un petit bout de terre où ils pourraient moissonner à la faucille, le cul dressé vers le soleil. À quoi bon continuer le combat dans ces conditions ? Meeme voyait bien que les gens n'avaient plus besoin de son aide. Alors il cessa de s'attaquer aux hommes de fer, sauf au cas où ils lui tombaient droit dessus : le reste du temps, il dormait ou bien il mâchait des champignons. »

« Et voilà qu'il s'est mis au vin », dis-je.

« C'est pareil. Il s'en moque, il a renoncé à tout. Tout ce qu'il veut, c'est se reposer. »

Je remerciai mon oncle et m'en fus. La conversation avait été fort instructive, et surtout, elle avait renforcé ma foi dans la bague. Un ancien guerrier comme Meeme pouvait très bien avoir été en possession de la clef. Il se négligeait parce que plus rien ne l'intéressait, pas même la Salamandre. J'avais pourtant du mal à m'imaginer une chose pareille : qu'on puisse renoncer même à elle. Qu'on puisse en être à ce point de lassitude.

Mais ce n'était pas mon affaire. Je me précipitai chez moi, retirai la bague de son sachet et me la mis au doigt. 62

J'avais espéré secrètement que quelque force mystérieuse allait venir sur-le-champ me tirer par le doigt en direction de la fameuse grotte, et qu'il me suffirait de courir assez vite — mais rien. La bague était à mon doigt, un bijou comme un autre, et je compris que cela ne serait pas si facile que cela de dénicher la Salamandre.

En tout cas, j'étais décidé à essayer. Mais pas tout seul. Pärtel n'était pas chez lui, aussi j'allai trouver Ints et je l'invitai à m'accompagner.

Il n'y eut pas la moindre résistance de sa part : à son avis, à la différence de la fleur de fougère dont l'existence lui semblait une pure absurdité, la bague pouvait très bien nous mener à la Salamandre.

« Je ne sais pas grand-chose des bagues et de tous ces objets que fabriquent les hommes, mais si tu penses que c'est la clef, faisons un essai. Comment ça fonctionne ? »

« Je n'en sais rien. Peut-être qu'il faut juste marcher tout le temps, et elle nous mènera toute seule où il faut. »

Nous nous mîmes en chemin. Nous essayions d'aller complètement au hasard, en évitant les chemins que nous avions l'habitude d'emprunter. Je tentai même de fermer les yeux et de marcher à tâtons, mais dans la forêt cela s'avéra difficile :

je passais mon temps à m'égarer dans des buissons et à m'y écorcher le visage.

« Ouvre les yeux », me conseilla Ints. « Si cette bague a vraiment le pouvoir que tu lui prêtes, alors ces simagrées sont inutiles, et ta peau ne s'en portera que mieux. »

Il faut savoir que les serpents sont très attentifs à leur peau. C'est leur grande fierté. La moindre égratignure les fait beaucoup souffrir et lorsqu'il leur arrive quelque mésaventure, ils sont tout impatients de troquer leur vieux costume souillé pour une jaquette toute neuve. Après la mue, ils sont particulièrement sensibles à leur apparence extérieure, et ils peuvent vraiment se mettre en rage si on les éclabousse de graisse ou si on les touche après avoir ramassé des myrtilles. En revanche, ils n'ont que de la répugnance et même de la crainte envers leur vieille peau toute déchirée. Durant les longs mois d'hiver qu'ils passent dans leurs terriers sans jamais sortir, les mamans serpents racontent à leurs enfants des kyrielles de terrifiantes histoires de mues qui, mystérieusement dotées de mouvement, poursuivent leur ancien propriétaire pour l'étrangler. Alors les petits serpenteaux se mettent à trembler comme des feuilles et lorsque leur mère a fini son histoire, ils sifflent sur un ton suppliant :

« Encore, maman ! Encore une histoire de mue ! »

Bref, il se trouve que ce jour-là Ints venait de muer, et rampait habilement entre les mottes de terre en s'efforçant d'éviter les feuilles pourries qui auraient pu souiller sa belle peau toute fraîche et toute luisante d'humidité. Nous allions toujours de l'avant en devisant jusqu'au moment où, sans y prêter garde, nous parvînmes en lisière de la forêt, à proximité d'un champ tout plat au milieu duquel serpentait un petit chemin. Sur ce chemin, il y avait un moine.

Quand j'étais tout petit garçon, je prenais les moines pour les femmes des hommes de fer, vu qu'ils portent le même genre de robes. En vérité, ils n'étaient pas bien beaux, et je m'étonnais de ce que les hommes de fer puissent se choisir ce genre de compagnes. Eux-mêmes n'étaient guère plus attirants : à l'époque, je croyais que leurs visages étaient en fer et qu'ils n'avaient ni nez ni bouche. Ce n'est que plus tard que j'en vis qui enlevaient leur heaume et que je compris que c'étaient des êtres humains. Une autre fois, j'avais vu un moine en train de pisser et je m'étais précipité chez Oncle Vootele, hors d'haleine, les yeux exorbités :

« Tonton, tonton ! La moine, elle a un zizi ! »

« Bien sûr, tous les hommes en ont un. »

« Alors les moines, c'est des hommes ? Je croyais que c'étaient les femmes des hommes de fer. »

Mon oncle éclata de rire et m'assura qu'il n'en était rien. Au début, je refusai de le croire :

« Mais elles ont des nichons. Je les ai vus pendre par-dessous leur robe. Et puis elles sont enceintes. Un homme, ça peut pas être enceint ! »

« Ils ne sont pas enceints et ils n'ont pas de nichons non plus. C'est juste qu'ils sont très gras et que la graisse leur coule sur le ventre, comme la résine sur les troncs des pins. »

Ce moine qui marchait sur le chemin, il était fort gras, lui aussi. M'ayant remarqué, il ralentit le pas, pensant sans doute qu'un petit garçon tout seul ne présentait aucun danger — Ints, dans l'herbe, était invisible. En revanche, il avait tout de suite remarqué la bague à mon doigt : il la fixait en disant quelque chose dans sa langue.

« Je ne comprends pas ce que vous dites », répondis-je en estonien, puis je répétai ces paroles dans la langue des serpents, mais il ne comprenait ni l'un ni l'autre. Il s'approcha de moi sans cesser de fixer mon doigt, regarda furtivement alentour et, voyant que le champ était libre, il me saisit d'une main par le cou tandis que de l'autre, il m'arrachait la bague.

Je lui sifflai à la figure les mots les plus forts de mon répertoire, mais comme il ne les comprenait pas, cela ne lui faisait aucun effet. Il était comme un de ces hérissons qui s'attaquent tranquillement aux serpents, protégés par leurs stupides caboches. Il me flanqua un grand coup sur la nuque et s'éloigna tout en se mettant la bague dans la bouche, sans doute pour la dissimuler à la convoitise de ses congénères.

Je sifflais désespérément et je m'apprêtais à le mordre, quand Ints me devança. Le moine poussa un rugissement de douleur et tomba assis par terre, deux petites taches de sang sur la jambe.

À présent Ints pouvait l'attaquer au gosier. Le moine poussa un cri et agita les bras, mais trop tard : deux petites gouttes de sang lui perlaient au cou, juste à l'emplacement de la jugulaire.

« Merci, Ints. Mais comment est-ce que je vais récupérer ma bague maintenant ? »

« Attendons qu'il soit mort, on lui ouvrira la bouche. » Nous regagnâmes la forêt, car les cris et les gémissements lamentables du mourant nous gênaient. Nous nous allongeâmes confortablement à l'ombre des arbres, jusqu'à ce que le silence revienne. Lorsque nous retournâmes sur le chemin, le moine était mort, mais quand je lui ouvris la bouche avec un bout de bois, il apparut, à ma grande déception, qu'elle était vide.

« Il l'a avalée », dit Ints.

« Et maintenant ? », répliquai-je, furieux. « Il est mort, ça veut dire qu'il ne va plus chier. Est-ce qu'on va devoir attendre qu'il pourrisse ? »

« Ouvre-lui le ventre. »

« Mon couteau est tout petit, j'en aurais pour la journée. Et je n'ai pas le courage de le ramener à la maison, il est affreusement gras et il pèse trop lourd. Pas question non plus d'aller chercher un autre couteau, entre-temps quelqu'un peut passer et l'emmener, ou bien le manger — et alors je peux dire adieu à ma bague. Dis, Ints, tu ne peux pas te glisser à l'intérieur ? Tu tiens largement. »

« Pas question. Je suis sûr que c'est dégoûtant là-dedans. Je vais salir ma belle peau toute neuve. »

« S'il te plaît, Ints ! Au nom de notre amitié. Après, tu iras te laver dans le lac. »

« Je ne rampe pas dans cette crotte. Mais attends, j'ai une idée. Appelons un orvet. »

Les orvets, ce ne sont pas vraiment des serpents, juste des lézards sans pattes. Ints et ceux de sa race les méprisaient, les considérant comme de vulgaires imitateurs, bien trop bêtes pour mériter le nom de serpents. Mais ils avaient recours à eux pour des tâches désagréables, comme c'était le cas. Ints se mit à siffler, et presque immédiatement un long orvet se glissa auprès de nous dans l'herbe, avant de rester à nous fixer humblement.

« Entre là-dedans et ramène une bague », ordonna Ints.

L'orvet approuva du chef et tortilla savamment pour entrer dans la bouche du moine. Bientôt nous vîmes le cou du cadavre se gonfler, puis se dégonfler à son passage.

Pendant un bon moment, l'orvet ne donna plus signe de vie. Finalement, Ints inclina la tête et s'écria :

« Il me semble qu'il essaie de nous dire quelque chose. Tu n'entends rien ? »

Je dus reconnaître que non. Rien d'étonnant à cela : les serpents ont l'ouïe bien plus fine que nous. Ints rampa jusqu'à la bouche du moine et tendit l'oreille.

« Il dit qu'il a trouvé la bague, mais qu'il n'arrive pas à la faire sortir. Elle est trop grosse pour lui. Je crois que tu devrais faire un trou pour qu'il puisse la pousser dehors. »

« Où est-ce qu'il faut que je taille exactement ? » demandai-je en sortant mon petit couteau. Il me montra l'endroit, et je me mis au travail. La tâche était assez ardue, car outre la peau du ventre, il fallait tailler dans une bonne couche de graisse. Le couteau avait presque disparu dans les replis de la bedaine lorsque Ints s'écria :

« L'orvet dit qu'il voit ton couteau ! Élargis le trou maintenant. »

À présent j'entendais l'orvet siffler. Je fouillai jusqu'à faire un trou assez gros pour la bague.

« Allez, pousse ! » s'écria Ints à l'intention de l'orvet.

Au fond du trou, quelque chose bougea, puis un éclat doré apparut dans les entrailles du cadavre : c'était la bague. Un instant plus tard, je la tenais — elle était couverte de sang et de suc digestif, mais je la frottai dans l'herbe avant de me la remettre au doigt.

« Tu peux sortir maintenant ! » s'écria Ints. « Tout va bien. »

Peu après, l'orvet réapparut, non pas par la bouche, mais par-dessous la robe.

« Je ne suis pas arrivé à me retourner. »

« Merci infiniment », dis-je. « Passe chez nous quand tu auras le temps, ma mère te donnera du gigot d'élan. »

« Avec joie ! » promit l'orvet en disparaissant dans la forêt.

« Non, mais tu as vu dans quel état il s'est mis ? » demanda Ints à voix basse. « Dégoûtant ! Je ne peux même pas m'imaginer en train de ramper là-dedans. Qu'est-ce qu'il serait resté de ma peau ? Une telle cochonnerie, pas moyen de s'en débarrasser, même à l'eau de source. »

J'approuvai :

« Les orvets, c'est déjà couleur de crotte, alors sur lui ça ne se voit pas tant que ça. »

Nous discutâmes de l'opportunité de poursuivre notre quête de la Salamandre, mais le soir était tombé et nous avions faim. Nous décidâmes de rentrer manger et d'attendre une autre fois pour reprendre nos recherches.

« Et puis je n'y crois plus trop, à cette histoire de clef », dit Ints, alors que nous étions déjà en chemin. « La vraie clef ne serait pas allée atterrir dans l'estomac d'un moine. La Salamandre ne vit pas dans des entrailles ! »

« C'était un accident ! » affirmai-je, mais Ints secoua la tête d'un air dubitatif.

7

NOUS FÎMES ENCORE PLUSIEURS TENTATIVES POUR ÉPROUVER LE POUVOIR DE LA BAGUE, MAIS EN VAIN. La Salamandre était introuvable. Nos expéditions se terminaient toujours de la même manière : à un moment, las de marcher, nous nous mettions à cueillir des myrtilles.

Je finis par en arriver à la conclusion que cette bague que j'avais reçue en cadeau n'était pas la clef, ou que, si elle l'était, il fallait se donner beaucoup de peine pour la faire fonctionner, et surtout il fallait des connaissances que je n'avais pas. Elle cessa de m'intéresser : je finis par la remettre dans son sachet et je m'occupai d'autre chose.

Lors de mes recherches, souvent j'étais tombé sur la cabane des anthropopithèques. Bien sûr, je les connaissais déjà, il n'y avait plus tant de monde que ça dans la forêt. Ils s'appelaient Pirre et Rääk et c'étaient bel et bien des humains, ils étaient juste d'une autre race, nettement plus velue que la nôtre. Cela se voyait parce qu'au lieu de porter des peaux de bêtes comme tout le monde, ils se promenaient tout nus. Ils prétendaient que telle était la coutume ancestrale et que la décadence de notre peuple n'avait pas débuté lorsque certains s'étaient mis à déménager au village et à manger du pain, mais bien avant, le jour où nous avions commencé à nous mettre des peaux sur le dos et à utiliser des outils en fer chipés sur les bateaux. Il n'y avait pas une once de métal dans leur ménage, rien que des haches en pierre. Elles étaient d'une taille maladroite, presque informes, mais ils assuraient qu'elles étaient d'autant plus commodes à tenir en main, et d'usage efficace.

« C'est de la pierre de chez nous, ça, pas un quelconque métal venu d'on ne sait où. Quand on la prend en main ça donne de la force, ça masse les paumes et ça calme les nerfs. Dans l'ancien temps on s'en servait pour tout, les gens étaient toujours de bonne humeur et il n'y avait jamais de chamailleries. »

Contrairement à Tambet, qui était aussi attaché qu'eux aux us et coutumes ancestraux et s'efforçait inflexiblement de suivre le chemin tracé par les anciennes générations, les deux anthropopithèques étaient très doux. Ils n'exigeaient jamais rien de qui que ce soit ; ils ne prétendaient pas forcer les gens à se mettre le derrière à l'air et ne cherchaient pas la dispute lorsqu'ils voyaient quelqu'un avec un couteau à la ceinture ou une broche à la poitrine. Si un visiteur s'était présenté chez Tambet avec un bout de pain à la main, il lui aurait peut-être lancé ses loups après, en tout cas il aurait agoni d'insultes ce larbin des villageois. Pirre et Rääk, en revanche, n'élevaient jamais la voix. Ils étaient amicaux, offraient à manger à tous ceux qui passaient les voir et ne se vexaient même pas lorsque leur invité ne voulait pas de leur viande à moitié crue. « C'est vrai que tu n'as pas l'habitude », disaient-ils gentiment en riant, exhibant leurs canines jaunâtres. « Tu manges trop de choses grillées. Ce n'est pas grave, on va te le faire cuire jusqu'à ce qu'il soit bien noir, ce bout de viande, si ça te va mieux. Ce n'est pas bon pour la santé, dans l'ancien temps les gens ne mangeaient que de la viande presque crue : c'est plus digeste. Si tu ne veux pas nous croire, tant pis. Pas de larves non plus ? Dans l'ancien temps c'était notre plat national ! Tiens, regarde, prends-en une, fais-la éclater entre tes dents, vide-la sur ta langue — mmmh ! Ce que c'est bon ! »

Ils plissaient les yeux de plaisir en se pourléchant, mais ce spectacle ne suffisait pas à me convaincre de goûter aux larves. Ils n'insistaient pas ; ils faisaient bien cuire le bout de viande et me souhaitaient bon appétit avec un sourire lumineux, et puis ils me laissaient manger tranquille tout en se farfouillant mutuellement dans le pelage pour en extraire aiguilles de pin, araignées et fourmis.

Quand j'étais petit, j'allais déjà leur rendre visite de temps en temps, généralement en compagnie de mon oncle, et puis plus tard tout seul ou avec Pärtel. Mais c'est à l'époque où je cherchais la Salamandre que j'appris à mieux les connaître. Une ou deux fois, je restai même dormir chez eux, car, épuisé d'avoir marché toute la journée, je n'avais plus le courage de rentrer à la maison. Maman savait qu'il ne pouvait rien m'arriver de fâcheux dans la forêt, car je savais parfaitement la langue des serpents : aussi elle ne se faisait pas de mauvais sang lorsque je découchais. De temps en temps, je dormais également avec Ints, dans son terrier, ou alors chez Oncle Vootele. Mais ce qui m'attirait le plus, ces derniers temps, c'étaient les anthropopithèques, à cause des poux.

C'étaient leurs animaux favoris. Ils en élevaient. Comme ils n'avaient pas eu d'enfants, ils reportaient sur eux toute leur attention et leur tendresse. Les poux vivaient dans des cages qu'ils leur avaient construites tout exprès ; il y en avait beaucoup, très différents les uns des autres. Certains étaient des poux ordinaires, tout gris, mais d'autres étaient de la taille d'une grenouille : Pirre et Rääk les avaient obtenus grâce à une alimentation spéciale et à leurs dons d'éleveurs. Parfois ils les prenaient sur leurs genoux et les caressaient de leurs mains velues. Mais le plus curieux, c'était que ces bestioles obéissaient à leurs maîtres. Comme je l'ai déjà dit, les insectes ordinaires ne comprennent pas la langue des serpents. Une fourmi, on peut siffler après tant qu'on veut, cela ne lui fait ni chaud ni froid. Pareil pour le grillon : on peut s'égosiller à lui siffler les mots qui font taire les autres bêtes, les mots qui permettent de dormir en paix — peine perdue, il continue son cri-cri. De même encore pour les araignées et les coccinelles : impossible de leur expliquer quoi que ce soit, elles sont idiotes de naissance.

Les poux aussi, en réalité, ce sont des bestioles parfaitement obtuses : normalement, ils n'obéissent pas. C'était d'autant plus étonnant que Pirre et Rääk soient parvenus à les dresser comme des loups de combat. Ils faisaient exactement ce que leurs maîtres leur ordonnaient : ils s'approchaient, se couchaient, se mettaient en rang, se montaient mutuellement sur le dos et se faisaient rouler par terre comme des renardeaux. Lorsqu'on leur tendait la main, ils donnaient poliment la patte.

Tous ces tours, ils les réservaient aux anthropopithèques. Lorsque c'était moi qui leur donnais un ordre, ils ne remuaient pas la moindre patte. J'en étais fort déçu, car je pensais siffler tout à fait couramment la langue des serpents, aussi bien que Pirre et Rääk en tout cas. Un jour que je demandai à ceux-ci pourquoi leurs pensionnaires ne m'obéissaient pas, ils se mirent à rire de bon cœur.

« Les sifflements ordinaires ne suffisent pas. Écoute-nous attentivement quand nous leur donnons des ordres : nous prononçons à l'ancienne manière, à la mode anthropopithèque. Il y a des dizaines de milliers d'années, lorsque nos ancêtres vivaient encore dans des cavernes et ne connaissaient pas le feu, ils commandaient aussi aux insectes. Sinon, comment aurions-nous pu survivre aux attaques des taons et des moustiques, sans fumée pour les écarter ? Hélas, cet accent archaïque s'est perdu. Même nous, nous ne sifflons plus comme dans l'ancien temps. De tous les insectes, les seuls avec qui nous savons encore communiquer, ce sont les poux, car depuis le temps qu'ils vivent dans les pelisses des hommes, ça les a rendus un peu plus savants. Mais même de chasser un moustique, c'est au-dessus de nos forces. C'est bien dommage. »

Moi aussi, je trouvais ça dommage : j'aurais bien voulu savoir écarter les moustiques et les taons rien que par la parole. Ce sont des bestioles passablement répugnantes, et leurs piqûres et leurs morsures sont douloureuses. Pour l'instant, faute de mieux, je m'efforçai d'apprendre les sifflements qui conviennent aux poux, mais même cela se révéla dépasser mes compétences. J'avais beau m'exercer, impossible de prononcer comme les anthropopithèques. Il s'en fallait d'un cheveu mais, quoi que je fasse, ma langue retombait dans l'ancien sillon.

Pirre et Rääk me dirent que je me torturais pour rien.

« Cela doit venir de naissance, comme les crochets à venin de tes ancêtres : tu auras beau t'affiler les dents autant que tu voudras et te rincer la bouche avec toutes les infusions du monde, tu ne t'en feras pas pousser. C'est pareil avec notre accent : tu n'es pas un anthropopithèque. Nos races sont proches, c'est vrai, mais il y a longtemps que leurs chemins ont divergé. Tu n'as pas non plus de queue. »

Indéniablement, je n'avais point de queue, alors qu'eux avaient une espèce de petite bosse molle au-dessus du derrière. Bref, je renonçai à communiquer avec les poux, mais je voulus savoir si mes deux amis ne pouvaient commander qu'à ceux qu'ils avaient eux-mêmes dressés, ou s'ils y arrivaient aussi avec les poux sauvages.

« Sans doute », répondirent-ils. Il faut savoir qu'ils parlaient souvent tous les deux à la fois : l'un disait un mot, l'autre le suivant, si bien qu'on ne savait jamais avec lequel on était en train de s'entretenir. De manière générale, il était impossible de se les figurer l'un sans l'autre : ils étaient toujours ensemble, se déplaçaient côte à côte et se serraient l'un contre l'autre en s'asseyant. Je ne sais pas si c'était l'effet de leur amour ou si c'était simplement une coutume anthropopithèque. À part eux, je ne connaissais personne de leur race. Sans doute étaient-ils les derniers.

En tout cas, je me mis en quête d'un ours dans la forêt et le priai de me donner une partie des poux qui lui couraient dans le pelage. Il accepta avec grâce. Je l'avais trouvé en train d'espionner la hutte d'une amie de Salme, et je soupçonnais fortement qu'ils avaient rendez-vous, car les ours, c'est tout simplement incapable de se garder des filles. Sûr qu'il y avait anguille sous roche entre ces deux-là, mais ce n'était pas mon affaire — tant qu'il n'allait pas importuner ma sœur. Je pris les poux et le laissai assis dans la broussaille.

Ces plantigrades en train de chasser la femme peuvent se tenir comme ça pendant des journées entières, patiemment, sans manger ni boire, la tête penchée de côté, les pattes paisiblement croisées sur le ventre et l'air bêtement enamouré. C'est incroyable comme ça marche avec les filles. Les voilà qui se mettent à soupirer d'un air attendri : « Oh le mignon nounours ! », tandis que compère Brun, satisfait de son effet, se relève et se met à claudiquer gauchement vers l'élue de ses rêves, un bouton d'or cueilli sur la lande entre les dents. Et lorsque, par-dessus le marché, il a été assez habile de ses pattes pour tresser une couronne de pissenlits et se la mettre sur la tête, un peu de travers, il n'y en a pas une pour résister à ce tableau idyllique.

J'apportai les poux aux anthropopithèques : ils les caressèrent tendrement, les laissèrent faire un petit tour sur leurs doigts velus, puis leur ordonnèrent de se coucher — et les bestioles se mirent sur le dos en gigotant des pattes.

« Tu vois, ils obéissent ! Braves bêtes ! Mettons-les avec les autres, il y a de la place. »

Ils n'en avaient jamais assez, ils en recueillaient partout où ils pouvaient.

À cette époque, ils s'étaient lancés dans une entreprise qui les passionnait. Les poux de la taille d'une grenouille ne leur suffisaient plus, ils en voulaient de plus gros encore, de la taille d'un chevreuil. Ils isolaient les plus costauds, les faisaient se reproduire et choisissaient de nouveau les plus dodus. Tout cela allait assez vite, car c'est un insecte qui se reproduit vite et en abondance. En l'espace de quelques mois, ils obtinrent un spécimen de la taille désirée. Je dois avouer que je le trouvais d'une laideur invraisemblable. Les petits, on ne voit pas trop à quoi ils ressemblent, c'est juste des espèces de grains, mais un pou géant, c'est l'animal le plus désagréable à regarder qu'on puisse se figurer. Tel n'était pas l'avis de ses maîtres, ils étaient très satisfaits de leur monstre.

« Dans l'ancien temps, toutes les bêtes étaient beaucoup plus grandes qu'aujourd'hui. Il y en avait d'une taille incroyable, elles ont disparu ou bien elles se cachent, elles dorment pour toujours dans les ténèbres. Plus c'est gros, plus ça dort longtemps ! Sans doute qu'elles ne se réveilleront jamais plus, ces fières géantes, et le monde oubliera leur existence. C'est pour ça que ça nous fait tant plaisir de voir ce pou digne du pelage de quelque monstre préhistorique. Regarde bien, Leemet ! Ce que tu as devant toi, c'est un petit fragment d'un monde vieux de centaines de milliers d'années ! »

Je considérais ledit fragment, et il ne me disait rien qui vaille. J'étais bien content de vivre maintenant plutôt qu'il y a cent mille ans. Mais je n'allais pas m'en ouvrir aux deux braves anthropopithèques : pour leur faire plaisir, je fis l'éloge de leurs poux, et j'acceptai même d'aller promener leur créature géante, car ils pensaient qu'elle avait besoin d'exercice. Eux-mêmes ne quittaient que très rarement leur caverne, car juste à côté, il s'était conservé un petit bout de la forêt originelle, un fourré impénétrable de plantes étranges, disparues depuis longtemps partout ailleurs, dont ils se nourrissaient et où ils ramassaient les larves dont ils se pourléchaient. Hors de ce petit recoin de l'ancien temps, ils ne se sentaient pas chez eux.

J'invitai Ints et Pärtel à m'accompagner, passais une laisse de cuir au cou du pou et l'emmenais en excursion dans la forêt. Il était certes gros comme un chevreuil, mais cela ne le rendait pas moins stupide pour autant. Manifestement, il ne parvenait pas à se figurer qu'il n'était plus de la taille d'une graine, et, avec une obstination démente, il tentait de se glisser dans les fentes les plus étroites. Sans tenir compte de mes interdictions, il faisait d'héroïques tentatives pour entrer dans des trous minuscules, dix fois plus petits que lui. Le résultat, c'est qu'il passait son temps à se coincer partout et à agiter gauchement les pattes pendant que nous le dégagions à grand-peine. C'était fort lassant, et nous décidâmes de poursuivre la promenade sur un terrain plus dégagé, où il n'aurait nulle part où se fourrer.

Nous arrivâmes sur la rive d'un lac, mais il était encore plus nigaud que nous ne pensions. Sans faire la différence entre l'herbe et la surface du lac, il se précipita dans l'eau et, évidemment, il coula.

«Ça sait nager, ce genre de monstre?» s'écria Pärtel ; j'étais bien incapable de lui répondre, n'étant pas un spécialiste des poux. Mais au bout d'un moment, il apparut que la réponse était affirmative, car notre protégé remonta à la surface et se mit à barboter, mais si stupidement, pour changer, qu'au lieu de regagner la rive, il s'éloignait plutôt de nous.

«Il n'arrivera jamais de l'autre côté», dit Ints. «Il va se fatiguer et couler à pic. Et à mon avis, c'est ce qu'il a de mieux à faire : à qui est-ce que ça peut bien être utile, ce genre de bestiole?»

«J'ai bien peur de devoir quand même me mettre à l'eau pour tenter de le sauver», répondis-je. «Pirre et Rääk seraient trop tristes si on rentrait sans lui. Ils me l'ont confié, j'en suis responsable.»

Je me déshabillai et j'étais sur le point de sauter à l'eau lorsqu'une voix sévère m'arrêta.

C'était Ülgas, le Sage du Bois Sacré.

«Mais enfin, mon garçon, qu'est-ce que tu as dans la tête?» s'écria-t-il, courroucé. «Ne sais-tu pas que ce lac est sacré? C'est le domicile d'un ondin à qui je sacrifie deux écureuils à chaque nouvelle lune, afin qu'il n'en sorte pas pour aller noyer nos demeures. Il est interdit de s'y baigner, ça le mettrait dans une colère noire! Il te tirerait au fond de l'eau par les pieds, et ensuite, il inonderait toute la forêt. Rhabille-toi tout de suite et filez d'ici, tous autant que vous êtes. L'ondin aime le calme, il ne faut pas le déranger.»

«Désolé, mais je dois m'occuper de lui!» dis-je en désignant le pou dont les gestes désordonnées faisaient clapoter l'eau du lac. Ce voyant, le Sage devint livide.

«Mais c'est l'ondin, l'ondin en personne!» grogna-t-il en tombant à genoux comme si ses tibias venaient de se briser net. «L'Être Sacré daigne apparaître à nos yeux. Qu'est-ce que cela peut bien vouloir dire?»

Il écarquillait les yeux de stupeur en fixant le pou, lequel continuait à s'agiter frénétiquement.

«Vous l'avez fâché! Maudits galopins!» tonna-t-il brusquement en levant les yeux au ciel. «L'ondin est venu s'emparer de vous et il n'est pas en mon pouvoir de vous sauver! Il est en droit de réclamer des offrandes.»

«C'est pas un ondin, c'est un pou», siffla Ints d'une voix méprisante. Les serpents ne croient ni aux génies des bois, ni aux ondins, pas plus qu'à la fleur de la fougère. Ils pensent connaître la forêt en long et en large et savoir qui y vit et qui n'y vit pas. Ils n'empêchent pas les hommes de se rendre au bois sacré pour y faire des sacrifices, même si, selon leurs compétences, c'est une activité parfaitement absurde. Ils ne se mêlent jamais des affaires des autres, tant que cela ne les touche pas directement. Pour eux, chacun a le droit de vivre aussi bouffonnement que sa fantaisie le lui dicte.

C'est pourquoi le Sage n'était pas spécialement ravi de la présence d'Ints, qu'il dévisagea d'un air contrarié avant de tourner les yeux vers le lac.

«Qu'est-ce que c'est que cette histoire de pou? C'est tout petit, un pou. C'est l'ondin du lac que vous voyez là, faites-moi confiance pour ce genre de choses. Ne le fâchez pas davantage!»

«Mais si, c'est bien un pou», intervins-je, et j'expliquai l'expérience que Pirre et Rääk étaient en train de mener. L'allusion aux anthropopithèques ne lui fit guère plaisir non plus, car ils ne croyaient pas plus aux génies des bois que les serpents, et ils n'allaient jamais assister à ses rituels. «Dans l'ancien temps, il n'y avait pas de bois sacrés, et toutes ces histoires de génies, ce sont des inventions récentes», disaient-ils. «Il y a très longtemps, lorsque la forêt était encore pleine d'anthropopithèques, les gens rendaient un culte à de tout autres créatures — hélas, nous avons oublié qui c'était et comment on les honorait.»

En tout cas, Ülgas se refusait à croire qu'il s'agissait d'un pou, même géant, et pas d'un ondin. Par bonheur, à ce moment notre protégé parvint à se rapprocher de la rive, retrouva pied et se mit au sec. Il était tout mouillé et pas très fier de lui :

il tremblait légèrement et se précipita sous une racine de pin pour essayer de s'y cacher.

«Tu vois bien que ce n'est pas un ondin», dis-je. «Ou alors c'est que les ondins ressemblent à de gros poux.»

Le Sage continuait à faire la tête.

«Mon garçon!» dit-il en tournant résolument le dos au nageur et en me posant sa lourde main sur l'épaule. «Je dois te dire qu'en jetant à l'eau cette bête affreuse, tu as blasphémé. La demeure de l'ondin a été souillée et seul un sacrifice peut apaiser sa rage. Et ton devoir est de m'assister dans cette entreprise, car tu es le premier coupable. Reviens ici à minuit avec toutes les louves de ta grange — car pour une cérémonie aussi solennelle, le sang d'écureuil ne suffit pas! Il faut que je fasse jouer tous mes pouvoirs pour éviter la vengeance de l'ondin.»

«Maman ne me permettra jamais de tuer nos louves. Elles nous donnent du lait.»

«Ta mère a le devoir d'obéir, car son fils a fait le mal!» répliqua-t-il sévèrement. Plus trace en lui du gentil vieillard de naguère : avec ses yeux en feu et ses moustaches tremblantes de colère, il avait plutôt l'air d'un rat dressé sur ses pattes de derrière. «Une mère est responsable de ses enfants. Elle aussi, elle est coupable, car si elle venait au bois sacré toutes les semaines comme il se doit et t'amenait avec elle, vous sauriez tous les deux qu'il faut être extrêmement respectueux envers les ondins. Autrefois les gens allaient tous les jours au bois sacré pour exprimer leur respect des forces de la nature et pour implorer leur bienveillance et leur amitié. Dans ce temps-là, il ne serait jamais venu à l'esprit d'un petit polisson de souiller un lac sacré avec quelque chose d'aussi dégoûtant qu'un pou. Il va t'arriver des choses affreuses, mon garçon, si tu manques de respect aux ondins et aux génies des bois! Même moi, je n'aurai pas la capacité de calmer les esprits de la forêt si tu les exaspères par ton dévergondage. Tu ferais bien mieux de m'écouter au lieu de frayer avec tous ces serpents et ces anthropopithèques : ce sont nos frères, certes, mais quand même, ils ne sont pas de notre race. »

Ces paroles m'effrayèrent et m'inquiétèrent beaucoup. Devais-je vraiment lui amener toutes nos louves pour qu'il les égorge en offrande à l'ondin ? Que dirait maman ? Nous en avions besoin. Bien sûr, il était possible de s'en procurer de nouvelles — il ne manquait pas de loups abandonnés qui traînaient en forêt depuis que leurs maîtres avaient déménagé au village, mais ce genre de bête qui court les bois depuis longtemps donne fort peu de lait. Et puis il leur faudrait du temps pour s'habituer à notre étable. Bref, changer de troupeau était une opération malcommode. Je me sentais très mal. J'essayai de raisonner Ülgas en lui expliquant que ce n'était pas ma faute si le pou s'était jeté dans le lac, mais il répondit que cette question ne l'intéressait pas, que l'important, c'était que l'ondin était en colère et que faute d'offrande, il allait se passer des choses terribles. Il m'ordonna d'être là à minuit avec nos louves, et alla jusqu'à ajouter que dans l'ancien temps cela n'aurait pas suffi : il aurait fallu tailler le coupable en morceaux (fût-ce un petit garçon) et le jeter au lac, mais lui-même était un Sage si expérimenté et si grand ami des génies des bois qu'il savait les calmer rien qu'avec du sang de loup. En tout cas, il allait essayer.

Ce discours m'effraya encore davantage. Que faire si la tentative échouait et si Ülgas décidait de me sacrifier quand même ? Nous quittâmes le lac en silence, tandis que le Sage restait à marmonner je ne sais quelle incantation.

Je me sentais toujours fort mal, comme tous les petits garçons qui ont fait une bêtise et doivent rentrer l'avouer à leur mère. En même temps, je savais que plus vite je me débarrasserais de ce poids, mieux cela vaudrait. Je voulais me décharger de la décision sur les épaules de maman : qu'elle me dise si je devais obéir ou non.

Je demandai à Ints et à Pärtel de ramener le pou à ses maîtres et je rentrai à la maison au pas de course.

8

MAMAN M'ATTENDAIT, LE VISAGE RAYONNANT. « Devine ce que j'ai trouvé ! » s'écria-t-elle d'une voix pleine de mystère avant de proclamer : « Des œufs de chouette ! Deux pour toi, deux pour ta sœur. »

Je me sentis encore plus mal. C'était ma nourriture préférée, les œufs de chouette, et maman avait du mal à s'en procurer, vu qu'elle s'était mise à grossir et qu'avec un embonpoint comme le sien, c'était un véritable tour de force d'atteindre un nid. En vérité, c'était même un spectacle assez inquiétant de la voir grimper aux arbres : à tout moment les branches menaçaient de rompre sous son poids, et on avait l'impression qu'elle allait se briser les os. Oncle Vootele lui avait dit d'arrêter, que je pouvais très bien y aller à sa place, mais elle était persuadée que je ne savais pas choisir les bons œufs, et puis elle se sentait bien là-haut.

« Un petit peu de gymnastique ne peut me faire que du bien », disait-elle, et souvent, alors que je traînais dans la forêt, j'entendais sa voix et je la voyais me faire signe d'une branche de sapin, tout là-haut, un large sourire aux lèvres. Elle était étonnamment leste quand il s'agissait de dénicher des gourmandises pour ses enfants, et de la nourriture en général.

Tous ces dangers qu'elle devait surmonter pour se procurer les œufs de chouette donnaient une valeur particulière à cette friandise, et j'avais grand-honte de ne rien avoir d'autre à lui offrir en remerciement que la nouvelle qu'il allait falloir laisser égorger nos louves au bord d'un lac. Je bafouillai que j'étais vraiment très content, mais que je n'avais pas faim, et m'assis à table en silence, guettant une occasion de raconter mon histoire.

Pendant ce temps ma sœur s'attaqua à ses œufs, qu'elle goba avidement, en se pourléchant. Ce spectacle me rendait jaloux, car je voyais bien que ses cheveux blonds n'abritaient pas le moindre zeste de préoccupation. Alors que moi ! Maman finit par remarquer ma mine bizarre et me demanda si j'avais mal quelque part.

« Non, mais… Tu sais, maman, il faut que je te dise quelque chose. »

« Mange tes œufs d'abord. Après, il y a des côtes de chevreuil froides, je parie que tu n'as rien pris du tout depuis ce matin. Où est-ce que tu vas courir toute la journée ? Tu étais chez les serpents ? »

« Je n'ai pas faim, maman. J'étais chez Pirre et Rääk… » 80

Salme m'interrompit :

« Mais qu'est-ce que tu fiches là-bas ? Je les trouve affreux, ces deux-là. Et puis cette manie d'être toujours tout nus, c'est dégoûtant ! Rääk, elle a les seins qui lui descendent jusqu'au nombril, toujours en train de pendouiller comme deux grandes feuilles de chêne tout velues. Et Pirre, son instrument est si gros qu'en s'asseyant il est obligé de se le mettre sur les genoux, sinon ça traînerait par terre et les fourmis s'y mettraient. »

« Qu'est-ce que tu racontes ! » s'écria maman. « Il ne faut pas regarder ces choses-là. »

« Comment tu veux que je fasse autrement, il passe son temps à l'exhiber ! Je disais juste que je trouve ça moche. Ça me donne toujours la nausée de voir ce machin. Et puis leurs fesses ! Même pas de poils ! Tout nues et tout violettes, comme deux grosses airelles bien gonflées. »

« Ferme les yeux alors. »

« Ce n'est pas à moi de fermer les yeux, c'est à eux de se mettre quelque chose autour du derrière ! Moi, je ne dérange personne en regardant, c'est eux qui ne savent pas se tenir. Mes copines aussi, elles disent que rien que de penser à son instrument à lui et à ses nichons à elle, ça leur coupe l'appétit. »

«Mais pourquoi vous y pensez alors!» se désola maman. «Je n'y pense jamais, moi. Je ne les vois jamais d'ailleurs, ils ne sortent pratiquement pas de chez eux.»

«Encore heureux!» pouffa ma sœur. «Mais ça ne m'étonnerait pas que Leemet les invite un de ces jours, il est perpétuellement fourré chez eux.» Et, se tournant vers moi : «Toi, je vais te dire une chose : si ces deux-là ramènent leurs fesses violettes par ici, je refuse de continuer à dormir ou à manger dans cette maison!»

«N'aie pas peur, il ne va pas les inviter. De toute façon, ils ne viendraient pas. Mais qu'est-ce que tu fais chez eux, Leemet? Qu'est-ce qu'il y a de si intéressant par là-bas?»

«Ils ont un pou gros comme un chevreuil. Avec Ints et Pärtel, on est allés le promener.»

Je pris mon inspiration, car je voulais me débarrasser une bonne fois pour toutes de mon fardeau de mauvaises nouvelles, mais maman et Salme ne me laissaient pas placer un mot. Tout ce qui les intéressait, c'était de savoir à quoi cela pouvait bien servir d'élever une pareille bestiole, si c'était dangereux et si ma sœur oserait encore se promener en forêt dans ces conditions.

«Qu'est-ce qu'il peut bien te faire?» demandait maman. «Tu n'as qu'à lui crier après ou lui lancer une pomme de pin, ça le fera fuir.»

«Tu n'en sais rien. Ce genre de monstre, ça n'a peur de rien. Il n'y a qu'un anthropopithèque pour inventer un truc pareil. Bon, j'en parlerai à Nounours et il lui fera son affaire.»

«Quel Nounours?» s'exclama maman d'une voix tout à coup glaciale et tendue à la fois, car il n'était pas bien difficile d'imaginer quel genre de créature se cachait sous ce petit nom.

«C'est un ours», répondit Salme de mauvais gré. Elle se rendait compte qu'elle en avait trop dit, mais il était trop tard pour se mordre les lèvres.

«D'où est-ce que tu le connais?» s'écria maman sur un ton comminatoire, et je compris, à mon grand désespoir, que vu le tour que la conversation était en train de prendre, j'allais avoir du mal à exposer mes propres soucis. Si maman avait eu une faiblesse dans sa vie, c'était bien les ours, et s'il y avait une chose au monde qu'elle redoutait, c'était que sa fille prenne le même chemin.

«Je l'ai rencontré dans la forêt. On ne se connaît pas vraiment, on ne s'est vus qu'une fois ou deux. Je t'en prie, maman, ne commence pas! Je sais que tu ne supportes pas les ours, mais lui, il est tout gentil, et puis il n'y a rien de sérieux entre nous, on se dit juste bonjour quand on se rencontre.»

«Salme, à ton âge on ne fréquente pas les ours!» dit maman en tombant assise, l'air épouvanté, comme si un éclair venait de foudroyer le toit de notre cabane et de mettre le feu à son ménage.

«Il n'y a rien entre nous!» répliqua Salme. «Tu entends? On se dit juste bonjour.»

«Il n'y a pas besoin de se dire bonjour.»

«Mais enfin, maman, c'est juste de la politesse! Les gens qu'on connaît, on les salue!»

«Il n'y a pas besoin de connaître ce genre de personne.»

«Maman!»

«Salme, les ours, ça ne pense qu'à une seule chose!»

«Ah oui, et à quoi?»

«Tu le sais très bien! Je t'interdis, tu m'entends, je t'interdis de revoir cet ours! Ils sont beaux gosses et costauds, mais ils n'amènent que du malheur.»

Ma sœur émit un reniflement courroucé.

«Peut-être qu'à toi ils t'ont amené du malheur, mais là, ce n'est pas pareil! Mon Nounours à moi, il m'apporte des airelles et des fraises des bois!»

«Des airelles et des fraises des bois!» s'écria maman en fondant en larmes. «Juste comme le mien! Toujours la même histoire! Ah, ils savent y faire avec les airelles et les fraises des bois! Je le savais, je le savais! Quand il y a une fille à la maison, c'est toujours comme ça que ça se termine : les voilà qui se glissent chez vous comme des lézards un jour de grand soleil! Que faire? Où est-ce qu'il faut que je te cache? Ils passent partout, ils grimpent aux arbres et ils se creusent des trous dans la boue. Sales bêtes!»

Elle avait le visage en feu, et ma sœur était rouge comme une sorbe. Elles se regardaient fixement, Salme d'un air de défi et maman, la mine à la fois désemparée et désespérée. Elle avait sûrement le sentiment que c'était la dernière fois qu'elle voyait sa fille, car un gros plantigrade allait venir l'emporter dans sa grotte. Ayant elle-même été amoureuse d'un ours, sans doute était-elle persuadée qu'il suffisait d'en voir un pour se jeter à son cou. Pendant un moment elles gardèrent le silence, et je saisis cette ultime occasion de raconter tout ce qui s'était passé auprès du lac.

Au début maman m'écouta sans un geste : elle continuait à dévisager sa fille et à penser à l'ours. Mais lorsque j'eus fini mon histoire, elle tourna les yeux vers moi, d'un coup, l'air abasourdi :

«Attends, Leemet, répète-moi ça! Qu'est-ce que c'est que cette horreur?»

Je répétai mon histoire. Maman nous regardait alternativement, ma sœur et moi, avec l'air de se demander lequel de ses enfants était le plus dénaturé des deux. En tout cas, c'était mon affaire à moi qui était la plus urgente, car il n'allait pas tarder à être minuit, alors qu'en ce qui concernait le dénommé Nounours, il n'y avait pas grand-chose à faire pour le moment. Mais maman était incapable de toute décision. Ces deux catastrophes successives semblaient l'avoir traumatisée : elle restait muette, bras croisés, me couvant d'un regard désespéré.

Salme, en revanche, entra dans une fureur noire.

«Tu es vraiment impossible! Les pauvres bêtes, qu'est-ce qu'elles font de mal à part donner du bon lait? Tu es la ruine de la famille! Tu n'as pas honte?»

«Qu'est-ce qu'il faut que je fasse, maman?» demandai-je, au comble du désespoir, sans prêter attention à ma sœur. Bien sûr que j'avais honte, et je me sentais si mal que j'en avais les entrailles douloureuses. J'aurais voulu me fourrer dans un coin et me rouler en boule, mais c'était impossible : le Sage attendait près du lac et je n'osais rien entreprendre de mon propre chef, je voulais que maman me dise quoi faire. «J'y vais ou pas ?»

«Je n'en sais rien», soupira maman, complètement effondrée. «Tout notre troupeau... »

«Qu'est-ce que tu avais besoin de trafiquer avec cette cochonnerie d'insecte ?» reprit Salme. «Qui est-ce qui va nous donner du lait maintenant, espèce d'imbécile !»

«Qui sait, peut-être des ours?», grognai-je, ce sur quoi ma sœur manqua d'exploser et me jeta un morceau d'élan au visage.

«Ça suffit, tous les deux !» supplia maman tout en fondant en larmes. «Toutes ces nouvelles... D'un seul coup... Que faire ? Que faire ?»

«Il est bientôt minuit», insistai-je. «Est-ce qu'il faut que j'y aille ? Dis-moi quoi faire !»

Je la tirais désespérément par la manche.

«Je n'en sais rien», répéta maman. «Tout ça est si affreux !»

Elle pleurait tout bas en s'essuyant les yeux de sa manche.

Moi aussi, je me mis à pleurer.

Quant à Salme, il y avait déjà un moment qu'elle pleurait, de rage et d'humiliation.

C'est alors qu'Oncle Vootele entra.

Il avait coutume de passer chez nous le soir pour s'informer des événements de la journée. Il comprit tout de suite qu'il s'était passé quelque chose. Il resta un instant sur le seuil, interdit, mais je lui fonçai littéralement dessus, le tirai à l'intérieur et, à toute vitesse et en reniflant, je me mis à lui raconter mes malheurs. Il était mon dernier espoir, car maman était manifestement bien incapable de m'aider ; lui était sage et savait ce qu'il faisait. Je lui racontai tout par le menu, les anthropopithèques, le pou, le Sage, l'ondin, tandis que Salme parsemait mon récit de remarques venimeuses destinées à montrer qu'elle était plus âgée que moi, bien plus raisonnable, et qu'elle n'aurait jamais mis la famille dans un tel pétrin. Je la laissai faire : ce qui m'importait, c'était de me décharger de mon récit. Lorsque j'eus fini, je restai à fixer mon oncle d'un air suppliant, avec aux yeux une seule prière : qu'il me libère du poids de la décision que j'avais à prendre !

« En voilà une histoire idiote ! » dit mon oncle.

« Je l'avais bien dit qu'il était idiot ! » approuva Salme. « Comment est-ce qu'il a pu laisser cette saleté de pou se mettre à l'eau ? »

« Un lac, c'est un lac », continua mon oncle. « Tout le monde a le droit d'y faire trempette. Il n'y a pas de quoi sacrifier des loups. Ülgas a perdu la raison. »

« C'est quand même le Sage du Bois Sacré », glissa maman en essuyant ses larmes, mais on voyait que l'arrivée de son frère lui avait fait du bien. Elle se moucha, se leva et se mit à lui couper de la viande. « Peut-être qu'une seule louve suffirait ? Il doit y avoir de quoi apaiser un ondin, ça a beaucoup de sang, un loup. »

« Quel ondin ? Tu as déjà vu un ondin dans ta vie ? »

« C'est la coutume, c'est comme ça. Tu sais bien. Comme dans l'ancien temps. On a toujours fait des sacrifices aux génies et aux ondins. Sinon, à quoi ils serviraient, les Sages ? »

« En fait, je me suis souvent posé la question... Bon, c'est vrai que les us et les coutumes, ça sert à rapprocher les gens les uns des autres, et puis de temps en temps c'est sympa d'aller au bois sacré, voir Ülgas brûler de l'herbe et l'entendre chanter. Mais de là à sacrifier un troupeau entier, comme ça, pour rien ! C'est complètement stupide. Le sang va polluer le lac bien davantage qu'un malheureux insecte. Je t'accompagne, Leemet, il faut que je parle à Ülgas. »

« Vous pouvez toujours prendre une louve », suggéra maman.

« Pas question. Laissons-les bien au chaud dans leur étable.

Et maintenant, à table, et cessons de nous attrister. Je vois que vous avez même des œufs de chouette!»

«Ils sont pour toi si tu veux», dis-je en jetant sur mon oncle un regard proprement enamouré. J'étais tellement soulagé tout d'un coup, comme si on m'avait dégagé de dessous une grosse pierre, et j'avais une faim de loup. Mais j'étais prêt à sacrifier mes œufs de chouette, car mon oncle était mon héros. Il me remercia dans un sourire.

«J'en prends un, l'autre est pour toi. Ça fait du bien de vous voir reprendre figure humaine. En entrant, j'ai cru qu'il s'était passé quelque chose de vraiment grave.»

«J'ai vraiment pris peur lorsque j'ai cru que je devais sacrifier tous mes loups», dit maman. Elle avait retrouvé sa placidité habituelle et passait son temps à apporter des morceaux d'élan sur la table, même lorsque son frère eut cessé de manger depuis longtemps. «Maintenant tout s'est arrangé. Va donc parler à Ülgas. Qu'est-ce qui lui prend à celui-là!»

«J'y vais», promit mon oncle. Tout joyeux, je gobai mon œuf de chouette ; Salme aussi semblait assez satisfaite, car les derniers événements avaient chassé le dénommé Nounours de l'esprit de maman, provisoirement tout au moins.

Il était presque minuit lorsque nous nous mîmes en route. En compagnie de mon oncle, je me sentais complètement rassuré, Ülgas ne m'effrayait plus du tout. Qu'est-ce qu'il pouvait bien me faire à présent? S'il voulait se servir de son couteau, qu'il aille donc sacrifier son grand nez!

Il faisait sombre auprès du lac, et l'eau luisait d'un reflet sombre. On était au cœur de l'été, pourtant la surface semblait recouverte d'une étrange glace noire ; on pouvait tout à fait se figurer qu'un ondin assoiffé de sang vivait au-dessous. Je commençai à me sentir moins bien, et j'aurais volontiers pris mon oncle par la main — mais j'avais honte, car je me tenais déjà pour un grand garçon. Aussi je me contentai de rester le plus près possible de lui ; pour me rassurer, je flairais son odeur.

« Ülgas ! » s'écria mon oncle. « Tu es là ? »

« Oui, je suis là », répliqua la voix du Sage. « C'est une bonne chose que tu sois venu aussi, Vootele. Tu m'aideras à sacrifier les loups en les tenant par les pattes. Tu es certainement déjà au courant de l'épouvantable sacrilège que ton neveu a commis. »

« Je suis au courant, mais je crains de ne pas pouvoir tenir les pattes de qui que ce soit, je vais plutôt devoir me gratter les miennes — c'est le royaume des moustiques par ici ! Et puis nous n'avons pas pris de loups avec nous. Tu conviendras toi-même que cette idée de sacrifice est saugrenue, Ülgas. Qu'est-ce que ça peut te rapporter ? »

« Tu n'as pas apporté de loups ? » répéta le Sage, et je le vis émerger des buissons, un grand couteau à la main. « Qu'est-ce que ça veut dire ? Un sacrifice expiatoire est indispensable, faute de quoi l'ondin du lac va inonder la forêt tout entière. »

« Et comment est-ce qu'il va s'y prendre ? » demanda mon oncle sur un ton quelque peu moqueur. « Comment ce tout petit lac pourrait-il engloutir toute la forêt ? »

« Qu'est-ce que tu en sais, de sa taille ? » s'écria le Sage sur un ton courroucé. « Ce que tu contemples de tes yeux, pauvre sot, ce n'est que le toit du château de l'ondin ! Tout le sous-sol là-dessous est fait d'eau, c'est son royaume ! Si nous ne calmons pas sa rage, il va le faire déborder et il y en aura jusqu'à la cime des plus grands sapins. »

« Tu crois vraiment à ces âneries, Ülgas ? Je comprends qu'il existe d'anciennes habitudes et des coutumes immémoriales ; je sais que les Estoniens ont toujours aimé voir dans les lacs et les rivières non pas de grosses flaques et des courants, mais des êtres vivants comme toi et moi. Et pour mieux le concevoir, pour mieux se l'imaginer, ils ont inventé tous ces ondins qui sont censés vivre dans les profondeurs. C'est un joli conte de fées. »

« Inventé ! Un conte de fées ! Mais qu'est-ce que tu racontes ? »

« La vérité. C'est bien plus beau et bien plus passionnant de se promener dans les sous-bois lorsqu'on se figure que dans chaque arbre vit un petit génie sylvestre et que la Mère des Bois veille sur la forêt tout entière. Et puis cela retient les enfants de casser des branches et de blesser les arbres par pure polissonnerie. Mais il ne faut pas que ces vieilles histoires nous fassent perdre la raison au point d'égorger des loups pour cette seule raison qu'un pou s'est baigné dans un lac. À quoi il sert d'ailleurs, ce lac, sinon à nager et à boire ? Les chevreuils et les élans viennent y laper tous les jours ! »

« Les chevreuils et les élans sont sous la garde de la Mère des Bois et elle a passé un accord avec l'ondin du lac ! »

« Encore un joli conte pour endormir les petits garçons et les petites filles. Es-tu donc retombé en enfance pour prendre ces histoires au sérieux ? »

« Je suis le Sage du Bois Sacré ! » éclata Ülgas. « C'est toi qui es en enfance, autant que ton neveu, ce petit insolent qui trouble la paix du lac sacré et ne sait rien de nos anciennes coutumes. Au lieu de lui enseigner la langue des serpents, tu ferais mieux de lui apprendre à respecter les génies et les rituels. Mais sans doute manques-tu de connaissances pour cela — pas étonnant, vu que je ne te vois pas souvent au bois sacré ! Tu prends les mots des serpents pour la seule source de sagesse, en oubliant qu'ils n'ont aucune influence sur les génies des bois. »

« Ça, c'est vrai », répliqua mon oncle. « Sinon, il y a belle lurette que j'aurais réussi à engager la conversation avec ces intéressantes créatures. »

« Tu persifles ! » répliqua Ülgas, méprisant. « Et cela révèle ton infantilisme. Il faut être versé dans les arts les plus secrets pour pouvoir parler aux génies. En tant que Sage, je sers d'intermédiaire entre eux et les hommes, et si je te dis que pour apaiser l'ondin de ce lac il faut sacrifier votre troupeau, tout ce qu'il te reste à faire, c'est de m'obéir. Je veux ces loups ici, immédiatement ! »

« Reprends tes esprits, Ülgas. Tu sais bien que je ne suis pas sot à ce point. »

« Je veux ces loups ! »

Je commençais à craindre pour mon oncle : le couteau que tenait Ülgas était d'une taille respectable, et il avait l'air assez hors de lui pour s'en servir. Peut-être la soif de sacrifice l'avait-elle excité au point qu'il avait besoin de sauter à la gorge de quelqu'un. Mais mon oncle ne semblait pas impressionné.

« Ülgas. Il reste très peu de monde dans la forêt. Nous sommes parmi les derniers, et il est tout à fait possible que d'autres encore s'en aillent au village. Notre temps est compté et tôt ou tard, tous tes génies et tes ondins vont sombrer dans l'oubli. Est-ce que ça vaut vraiment la peine d'empoisonner le peu de temps qui nous reste avec ce genre d'imbécillités ? J'ai bien peur que tu ne sois le dernier Sage et qu'après ta mort personne ne se souvienne plus qu'un ondin vivait par ici ; et lorsque les villageois partis cueillir des fruits rouges arriveront jusqu'ici, ils s'y baigneront de bon cœur et leurs galopins feront pipi dans tes eaux sacrées. »

« Comment oses-tu ? » s'écria Ülgas d'une voix rauque. « C'est à cause de gens comme toi que tout va mal dans la forêt ! Voici un siècle encore, le bois sacré n'était pas assez grand pour accueillir tous ceux qui voulaient assister aux sacrifices, et les autels ruisselaient de sang frais versé en l'honneur des génies et de la Mère des Bois. Personne n'aurait osé s'adresser à son Sage comme tu viens de le faire, lui aboyer après et ridiculiser ses ordres. Je ne m'étonne plus de ce que ton neveu ne respecte rien et traîne avec des anthropopithèques. Il est bien ton disciple ! Pourquoi est-ce que vous ne rejoignez pas les autres avortons de votre espèce, au village ? Votre place est là-bas ! »

« Je n'ai pas l'intention de déménager », répondit mon oncle sans élever la voix, sur un ton parfaitement paisible. « Je l'aime, cette forêt, et puis c'est chez moi. La seule chose qui me déplaît ici, c'est toi. Par bonheur, les bois sont assez vastes pour que nous puissions nous passer de nous rencontrer. »

« Si tu es un vrai Estonien, tu dois venir au bois sacré ! Et là-bas, tu seras bien obligé de me rencontrer. »

«Eh bien, je vais donc arrêter d'aller au bois sacré. Ce n'est pas un endroit bien intéressant. Et si tu tiens à me considérer comme un mauvais Estonien, eh bien, soit. Ça ne me fait ni chaud ni froid.»

«Gare à la colère des génies!»

«Arrête tes sottises, Ülgas! Tu sais très bien que ça ne tient pas debout. Et si tu ne le sais pas, c'est que tu es vraiment gâteux. Allez, bonsoir!»

Il lui tourna le dos et fit mine de s'en aller.

«Tu vas chercher les loups?» s'écria le Sage.

«Tu ne vas pas recommencer! Je n'ai pas le courage de continuer cette discussion. Je rentre chez moi. Si tu veux sacrifier des loups cette nuit, va les attraper toi-même. Il y a largement assez de bêtes sans maître qui traînent dans la forêt. Bonne chasse!»

«Celles-là ne servent à rien! Ce sont celles de ce garçon qu'il me faut, car c'est lui qui a offensé l'ondin. Ramène-les, c'est un ordre!»

«Hors de question. Rentre chez toi et fais-toi une tisane calmante.»

«Alors c'est toi que je vais sacrifier!» brailla le Sage d'une voix terrible en se jetant sur mon oncle. Mais celui-ci fut plus rapide et l'évita. Quelques secondes plus tard, Ülgas rugissait d'une voix déchirante, car mon oncle lui avait planté ses dents dans le gras du bras et lui avait arraché un petit morceau de chair, avant de le recracher dans l'herbe.

«Bien fait pour toi», siffla-t-il — à cet instant je ne reconnaissais plus mon tonton, si paisible, si gentil : une petite flamme écarlate brillait dans ses yeux déments et une rage terrifiante lui déformait le visage. «Dommage que je n'aie pas hérité des crochets à venin de mon père, je t'aurais fait ton affaire. Tiens-toi à bonne distance de moi et fiche la paix à ce gosse si tu veux revoir la lumière du jour!»

Ülgas ne répondit pas : effondré dans l'herbe, il se caressait le bras en gémissant et fixait mon oncle d'un air terrifié.

Il y eut un silence. La petite flamme dans les yeux de mon oncle s'éteignit peu à peu. Il alla au lac nettoyer le sang qui lui avait coulé dessus.

« File te reposer quelques jours dans ton bois sacré, et quand tu reviendras par ici tu verras que tout ira bien et que les eaux seront toujours à leur place », dit-il sur un ton conciliant. « On n'a jamais vu ce lac déborder. Arrête donc de paniquer devant les génies et les ondins ! Ils n'ont même pas le pouvoir de mouiller tes semelles, sauf si tu marches dans une flaque. »

Ülgas garda le silence. Nous le laissâmes auprès du lac et rentrâmes chez moi. Mon oncle ne disait rien ; je le sentais un peu gêné. En vérité, je ne l'avais jamais vu perdre à ce point le contrôle de lui-même. Sous mes yeux, un loup s'était éveillé en lui. Mais il n'y avait vraiment pas de quoi avoir honte. J'étais fier de lui. Quelle chance d'avoir un oncle comme ça ! Devant sa fureur, le Sage s'était effondré comme une souche pourrie.

Je lui pris la main. Il serra amicalement la mienne. Je me sentais bien, en sécurité, à marcher dans la forêt en sa compagnie.

9

LE LENDEMAIN, NOUS APPRÎMES TOUT UN TAS DE CHOSES INTÉRESSANTES. Pärtel vint nous raconter qu'Ülgas avait expliqué à ses parents en long et en large comment l'obstination et l'arrogance de mon oncle avaient failli mener la forêt à sa perte. L'ondin du lac, n'ayant pas eu sa ration de sang de loup, était entré dans une rage noire. Il avait émergé des eaux sous la forme d'un taureau noir et sur ses talons le lac s'était mis à déborder, bruissant et menaçant comme un gigantesque nuage s'écoulant d'une caverne souterraine. Alors le Sage avait fait preuve d'un véritable héroïsme et d'une stupéfiante sagesse. Par des procédés magiques, il était parvenu à calmer l'ondin, et pour compenser le sang de loup, il avait jeté mille belettes dans le lac. L'ondin avait bien voulu s'en contenter et tant qu'il persisterait dans cet état d'esprit, la forêt était hors de danger.

J'allai rapporter tout cela à mon oncle : pour lui, Ülgas venait de prouver définitivement qu'il n'était qu'un menteur et un imposteur.

« Jusque-là, on pouvait le prendre pour un simple d'esprit, du genre qui croit aux génies et aux ondins et qui a peur de se mettre mal avec eux. Mais cette histoire de taureau noir et de belettes, c'est du pur délire. Où est-ce qu'il aurait bien pu trouver toutes ces bestioles en pleine nuit ? Même à l'aide des plus puissants des mots des serpents, on ne peut pas en faire venir autant. Tout ça ne lui sert qu'à expliquer pourquoi le lac n'a pas débordé, et à fanfaronner en prétendant avoir sauvé la forêt. C'est une pure et simple imposture, et on ne me verra plus de sitôt au bois sacré. Toi non plus, tu n'as plus rien à y faire. »

J'étais tout à fait de son avis car, pour être honnête, depuis les événements de la nuit précédente je craignais Ülgas comme la peste. Je le voyais encore distinctement en train de se jeter sur mon oncle. Par la suite, non seulement j'évitai le bois sacré, mais je fis mon possible pour ne pas croiser le Sage. Ce n'était pas très difficile, car la plupart du temps j'étais avec Ints : or les reptiles entendent arriver les gens de loin et sont capables de les identifier.

Un jour que, pour changer, nous étions tous les trois dans la forêt, Ints, Pärtel et moi, Ints s'immobilisa, aux aguets, puis s'écria :

« Quelqu'un vient. »

« Ülgas ? » demandai-je en sautant sur mes jambes pour m'éloigner.

« Non, Tambet. »

Cela ne changeait pas grand-chose : il m'était tout aussi antipathique. Avant l'affaire du pou, il ne pouvait déjà pas me supporter : depuis, il me haïssait franchement. Le Sage lui avait sûrement raconté l'histoire à sa manière, et il était persuadé que mon oncle et moi étions les seuls coupables. Une fois je l'avais rencontré après cette fameuse nuit et les choses s'étaient fort mal passées. J'étais avec maman. En nous voyant, il se mit à trembler comme une feuille, à gesticuler et à crier :

« Infâme galopin ! Je savais bien que tout ce qui est né au village est pourri de l'intérieur ! »

« Arrête de lui crier dessus ! » s'écria maman. Elle n'avait pas du tout peur de lui — elle aimait raconter une histoire remontant à bien des années, à l'époque où il était encore un jeune homme qui lui courait après. Voulant lui faire un cadeau, il avait grimpé tout en haut d'un sapin pour cueillir des rayons de miel sauvage ; puis il s'était rendu chez elle, mais en chemin, honteux qu'on le voie avec tout ce miel à la main, il l'avait glissé sous ses vêtements, contre son ventre. Une fois chez maman, il avait bien essayé de l'en extraire, mais entretemps, ô drame, le miel s'était réchauffé et s'était mis à fondre : il s'était mêlé aux poils du galant et avait coulé vers le bas de telle manière qu'il était vraiment irrécupérable. Tambet s'était mis à rougir et avait essayé de s'asseoir de manière à ce que personne ne se rende compte de son embarras, mais mon grand-père, celui des crochets à venin, le voyant se tortiller, s'était écrié : «Qu'est-ce qui te prend? Montre voir!» Devant les tergiversations et les bégaiements de l'autre, il l'avait saisi par les basques et lui avait déchiré sa chemise d'un seul coup, découvrant le ventre et le reste tout couverts de miel. C'était un spectacle du plus haut comique, racontait maman : Tambet en train d'essayer de racler le miel de ses mains en gémissant et en ahanant, à moitié mort de honte. On finit par faire appel à un ours, mais en voyant quelle partie du corps il lui fallait lécher, celui-ci avait refusé au motif qu'il était un mâle. En général, l'histoire n'allait pas plus loin, car maman s'étouffait de rire à en tomber par terre, et lorsque plus tard je demandais comment l'affaire s'était achevée, elle se contentait de répondre avec un geste de la main :

«Oh, il a dû s'en sortir d'une manière ou d'une autre : il n'a plus l'air d'être couvert de miel. Encore que je n'ai pas été vérifier.»

Il était évident que cet épisode lui avait ôté tout respect pour Tambet. Bref, lorsqu'il se mit à me crier après, elle se mit en colère et lui répliqua sur le même ton :

«Mêle-toi de tes affaires! Va donc sacrifier tes loups si ça te chante! Tu en as cent fois trop — tu prends des bains de lait ou quoi? Va donc les offrir à Ülgas, vous pourrez les égorger ensemble si ça vous chante. Comme ça, au moins, ta fille sera libre! Tu n'as pas honte de la tenir en esclavage comme ça, non, toute petiote et toute faible comme elle est?»

«Laisse ma fille tranquille!»

«Alors fiche la paix à mon fils! Tu passes ton temps à lui reprocher d'être né au village : est-ce que c'est de sa faute? Tu crois que les gens choisissent l'endroit où ils viennent au monde? Et puis qu'est-ce que ça peut bien faire? Tu es bien né en forêt, toi, et regarde-toi ! »

« Qu'est-ce que tu veux dire ? »

« Espèce de cinglé ! »

« Tu vas la fermer, vieille pute à ours ! », cria Tambet. C'était la pire insulte qu'on puisse adresser à maman ; même moi, j'eus l'impression d'être tombé tête la première dans des flammes. Ces mots brûlaient, littéralement.

Maman resta un instant interdite, le souffle coupé, puis elle se mit à renifler bizarrement, comme si elle avait quelque chose dans le nez. Elle me prit par la main.

« Allez, on s'en va. J'aime bien la forêt, mais peut-être bien qu'on devrait filer au village comme tout le monde. Il ne reste plus que la fange la plus infecte par ici. »

Elle cracha en direction de Tambet — lequel se tenait bien droit, sa tête aux longs cheveux gris fièrement dressée, manifestement convaincu d'avoir vaillamment et valeureusement défendu la forêt et les mœurs antiques, et mis en fuite deux infâmes traîtres. Et c'est vrai que cette fois-là nous prîmes la fuite, maman et moi, et que j'avais bien l'intention de faire de même chaque fois qu'il apparaîtrait à l'horizon. Il suscitait en moi la même horreur que le Sage du Bois Sacré.

Voilà pourquoi nous nous glissâmes dans les broussailles, Pärtel et moi, puis Ints à notre suite. Couchés sous les buissons, nous le vîmes passer, et nous étions sur le point de ressortir de notre cachette lorsque Ints siffla :

« Encore quelqu'un. »

C'était Hiie. Sans doute accompagnait-elle son père, mais bien entendu il ne se préoccupait pas de savoir si elle parvenait à suivre son pas : il marchait fièrement en tête et elle suivait comme elle pouvait. Elle, elle ne nous faisait pas peur : aussi nous nous montrâmes et nous la saluâmes.

Elle était manifestement tout heureuse de nous voir, car elle n'avait que fort peu d'occasions de jouer avec d'autres enfants. Elle fixait d'un air indécis la direction où son père avait disparu, mais il ne revenait pas. Bien sûr qu'elle aurait dû trotter après lui, mais la tentation de rester un instant avec nous était trop forte.

Nous nous assîmes à découvert et nous mîmes à discuter. Surtout nous trois, à vrai dire ; elle, elle se contentait d'écouter et de regarder, mais elle avait l'air contente, la mine animée, comme un papillon qui, venant de s'extraire de sa chrysalide, contemple le monde et ses mille couleurs. Bon, les papillons, c'est vrai qu'on ne voit pas s'ils sont contents ou pas, ils sont trop petits. Elle aussi, elle était toute petite, et tellement maigre : elle faisait pitié, et puis ce n'était pas possible de vraiment parler avec elle. Nous avions nos blagues à nous, qui nous faisaient rire, et nos plans, dont nous devisions ; mais cela ne lui faisait rien de ne pas comprendre grand-chose. Elle était comme un affamé à qui on présente un aliment inconnu et qui l'engloutit, reconnaissant, comme il engloutirait n'importe quelle substance rappelant tant soit peu de la nourriture. Rien que d'entendre une autre voix que celle de ses parents et les sempiternels hurlements de leurs loups, elle était toute heureuse.

Au bout d'un moment, il y eut un silence, et il me vint à l'esprit que je pouvais bien lui poser une question, ne serait-ce que pour relancer la conversation.

« Alors, quoi de neuf ? »

Elle prit ma question fort au sérieux, jusqu'à froncer le sourcil en essayant de se rappeler ce qu'il y avait de neuf. Elle était manifestement en difficulté. Jusque-là, nous avions assuré l'essentiel de la conversation, maintenant c'était son tour et elle ne voulait pas être en reste, mais il ne lui venait tout simplement rien à l'esprit. Elle menait indéniablement une vie fort monotone. D'énervement, elle se mit à pâlir, et elle était peut-être déjà en train de ravaler des larmes, comme tous les enfants qui perdent la face en public, lorsque quelque chose finit par lui revenir. Elle s'écria d'une toute petite voix :

« Cette nuit, avec maman, on va se flageller au clair de lune ! »

C'était une nouvelle dont l'intérêt dépassait nos espérances.

Elle eut un sourire de bonheur, pensant avoir maîtrisé l'art de la conversation enfantine.

C'était une vieille coutume : une fois par an, toutes les femmes et les filles déjà un peu grandes se rendaient dans la forêt en pleine nuit, grimpaient aux arbres, aussi haut que possible, et se flagellaient au clair de lune avec des verges de chêne. Il fallait que ce soit la pleine lune et que le ciel soit dégagé ; cela durait jusqu'au coucher de la lune. C'était censé donner de la force, et d'une certaine manière c'était vrai — car les vieilles qui, n'ayant plus l'énergie de grimper aux arbres, restaient à l'écart de la cérémonie, n'en avaient plus pour longtemps.

Les hommes, eux, n'allaient pas se flageller ; en réalité, ils ne savaient même pas exactement quand le rituel avait lieu. Les femmes tenaient leur langue ; le jour venu, elles se glissaient en secret hors de leur hutte après que leur mari et leurs fils se soient endormis. Au matin, lorsqu'ils se réveillaient, elles étaient déjà de retour, de fort belle humeur, rayonnantes, dorées. Comment savaient-elles quelle nuit était la bonne? Nul homme n'avait jamais percé ce mystère.

Pärtel et moi, comme tous les garçons, nous rêvions d'assister à la flagellation des femmes au clair de lune, de voir exactement comment ça se passait[1]. Mais nous n'avions jamais eu cette chance. Je surveillais maman, bien sûr, mais sans succès. C'était du reste bien difficile de rester à l'affût toute l'année, or la cérémonie pouvait avoir lieu à n'importe quelle saison. Le soir, rien n'annonçait qu'il allait se passer quelque chose de spécial pendant la nuit, et le lendemain matin, maman, resplendissante, tout en nous cuisinant un gigot d'élan, expliquait à quel point ça faisait du bien, une bonne flagellation.

1. (N. d. t.) Dans l'Estonie réelle, c'est au sauna qu'on se flagelle. En principe, les deux sexes vont au sauna séparément, d'où les fantasmes pré-adolescents que le texte transpose.

Ces dernières années, Salme l'accompagnait, mais je n'étais jamais arrivé à me réveiller au bon moment pour les suivre.

On comprendra facilement, dans ces conditions, pourquoi le récit de Hiie nous excitait, Pärtel et moi. Enfin, nous allions pouvoir réaliser notre rêve.

«Tu es bien sûre ?» demandai-je à la petite.

«Absolument ! Maman me l'a dit ce matin.»

«Tu t'es déjà flagellée ?» s'enquit Pärtel.

«Non, c'est la première fois», répondit Hiie, tout excitée et tout heureuse d'être si longuement au centre de la conversation.

Elle aurait bien voulu répondre à des dizaines d'autres questions et nous révéler tous ses secrets, si elle en avait eus. Elle serait volontiers restée assise avec nous jusqu'à l'hiver. Mais une voix d'homme retentit dans la forêt :

«Hiie ! Qu'est-ce que tu fais ?»

«C'est papa !» piaula-t-elle en sautant sur ses pieds, la mine effrayée. Qu'est-ce qu'elle me faisait pitié à cet instant ! Cela devait être terrible de vivre avec un père aussi sévère que Tambet. Je me promis d'aller plus souvent lui rendre visite. J'avais l'impression d'avoir devant les yeux une petite bestiole en train de s'agiter désespérément, prise dans une toile d'araignée. J'aurais bien voulu la libérer — mais hélas, ce n'était pas d'une toile qu'elle était prisonnière, mais bien de son propre foyer. Il n'y a pas moyen de délivrer un enfant de son père, même si c'est le pire des pères. Nous lui fîmes adieu de la main, elle nous rendit timidement notre salut, et nous regagnâmes les fourrés. Déjà Tambet approchait à grand pas.

«Où est-ce que tu étais passée ?»

«Tu marches trop vite, je n'arrive pas à te suivre !» marmonna-t-elle. «Et après tu avais disparu et je ne savais plus où aller.»

«Tu ne connais même pas les sentiers ? Cette nouvelle génération ! Dans le temps, personne ne se perdait jamais dans la forêt, personne !»

Il la prit par la main.

«Allez, viens!»

Et il repartit, à une telle vitesse qu'elle devait courir à côté de lui.

Naturellement, Pärtel et moi, nous décidâmes immédiatement d'aller voir les femmes se flageller. Nous invitâmes Ints — qui, à notre grande surprise, déclina l'invitation en nous expliquant avoir déjà assisté plusieurs fois à ce spectacle.

«Pourquoi tu ne nous en as jamais parlé?»

«Je ne savais pas que cela vous intéressait. Ce n'est pas grand-chose, juste des humaines tout nues à la cime des arbres, en train de se fouetter avec des branches de chêne. Je suis passé en-dessous et, en fait, je n'ai même pas eu envie de lever la tête.»

«Tu aurais pu nous inviter ou au moins nous avertir de la date!»

«C'était avant que je vous connaisse. Et puis, la date, je n'en ai pas la moindre idée. Je les ai vues tout à fait par hasard. Nous, les serpents, nous voyons tout ce qui se passe dans la forêt, mais nous ne nous occupons que de ce qui nous regarde. Je ne vois pas bien ce qu'il y a de si intéressant dans cette histoire.»

«Mais enfin, il n'y a rien de plus captivant!» Ce qui nous excitait, c'était de pouvoir percer un secret jalousement gardé. Peut-être allions-nous être les premiers gars à assister à la flagellation des femmes? En tout cas, nul ne s'en était jamais vanté en notre présence. Et puis, bien sûr, toutes ces femmes nues, ça nous alléchait : nous étions déjà assez grands pour nous intéresser à ce genre de choses. Entre autres, il y aurait Salme et ses amies. Hiie aussi — la pauvre, sans doute n'avait-elle pas saisi qu'en trahissant le secret, elle nous offrait la possibilité de la voir tout nue. Mais peut-être aussi lui était-ce indifférent : l'important était d'avoir pu discuter un moment avec nous et nous montrer qu'elle aussi avait des choses intéressantes à raconter.

Nous nous donnâmes rendez-vous sur le lieu de la flagellation : nos mères et nos sœurs nous y mèneraient.

Cela ne présenta aucune difficulté. Manifestement, maman ne se rendit pas compte que j'avais des soupçons, tant je jouai bien mon rôle. Je mangeai avec autant d'appétit que de coutume et me glissai à tâtons dans ma couche. Salme fit de même, et quelques instants plus tard maman se glissa sous la grande peau d'élan où nous tenions tous les trois quand j'étais petit.

Pendant un long moment ce fut le silence et l'obscurité. Au début, j'eus peur de ne pas résister au sommeil, mais bientôt cette crainte s'évanouit. J'étais bien réveillé, et même excité comme une hirondelle : mon seul souci, c'était que j'avais du mal à tenir en place, j'avais envie de me tourner et me retourner dans tous les sens et de me gratter partout. C'est terrible comme l'impatience donne des démangeaisons ! Mais je parvins à rester immobile, jusqu'au moment où j'entendis maman se lever et secouer ma sœur en chuchotant :

« Allez, on y va ! »

Elles se glissèrent dehors en silence. J'attendis un instant, au cas où elles auraient oublié quelque chose. Comme elles ne revenaient pas, je sautai sur mes pieds.

Je les vis en train de marcher devant moi et me mis à ramper dans l'herbe humide, comme Ints, en m'efforçant de faire le moins de bruit possible. Elles ne me remarquèrent pas. Un peu plus tard, elles tombèrent sur une amie de Salme et sa mère, qui suivaient le même chemin : elles continuèrent à quatre. Je ne les lâchais pas d'une semelle.

Nous finîmes par arriver à une petite clairière. Il ne faisait aucun doute que c'était leur but, car il y avait d'autres femmes en train de se déshabiller et de grimper aux arbres, des verges de chêne entre les dents. J'entendis du bruit dans les buissons, et je vis l'ami Pärtel qui s'approchait de moi.

« La mienne est déjà là-haut ! » chuchota-t-il en désignant un grand sapin au sommet duquel se tenait sa mère, tout nue, ses chairs blanches luisant au clair de lune, en train de se flageller lentement, avec un plaisir évident.

C'était sans nul doute un spectacle enchanteur, mais plus que la mère de mon copain, ce qui m'intéressait, c'était les copines de ma sœur. Je regardai à la ronde et je les vis, sur fond de ciel nocturne, en train de grimper aux troncs jusqu'à trouver une branche qui convienne pour s'installer : baignées de rayons de lune, elles caressaient de verges leur corps nu, comme si elles les enduisaient des rayons dorés de la lune. L'ensemble était fort excitant et nous étions proprement fascinés. Hiie était là aussi, pas loin de maman, en train de frapper doucement ses jambes osseuses à l'aide d'un petit bouquet de chêne ; mais bien sûr, ce n'était pas notre préférée, car elle était tout maigrichonne et avait encore un corps d'enfant. L'une de ses copines en revanche avait des nichons comme des essaims d'abeilles sauvages ! Nous avalâmes notre salive en même temps lorsqu'elle se mit à se flageller, tandis que ses seins tressautaient allègrement.

Quel spectacle ce devait être lorsqu'il y avait encore du monde dans la forêt ! Sans doute les cimes des arbres ployaient-elles sous le poids de toutes ces femmes nues. À présent il n'y avait plus qu'une vingtaine de flagellantes, dont plusieurs vieilles pas bien intéressantes à regarder. Mais toutes se flagellaient vaillamment et de leurs épaules s'élevait, au rythme des branchettes de chêne, quelque chose comme une fine poussière de rayons de lune, brillant comme des étincelles.

« Chouette ! » soupira Pärtel en dévorant des yeux une femme qui, ayant lâché ses verges pour un instant, s'étirait de plaisir, soulevant encore davantage sa puissante poitrine.

C'est alors que nous perçûmes, tout près de nous, un autre soupir d'enthousiasme, qui nous fit sursauter d'effroi. Qui d'autre que nous pouvait être en train de guetter ? En nous retournant, nous aperçûmes, à deux pas, un gros plantigrade en train de contempler les flagellantes, la tête penchée de côté, se rongeant les griffes de bonheur.

«Qu'est-ce que tu fiches là?» m'écriai-je, furieux, car en moi l'homme était déjà en train de s'éveiller, et nul homme ne supporte de voir les ours lorgner nos femmes.

«Je regarde. Ce qu'elles sont mignonnes, quand même!»

«Et les ourses, elles ne se flagellent pas?» ironisai-je. «Pourquoi tu ne vas pas les regarder?»

«Non, elle n'ont pas cette coutume», soupira le grand brun — il ne comprenait pas que je me payais sa tête. Les ours sont insensibles à la moquerie, ce sont les plus ingénues et les plus naïves des créatures. «Et puis elles ne sont pas si belles, avec leur grosse pelisse sur le dos qu'elles ne peuvent pas enlever. Celles-ci en revanche, qu'est-ce qu'elles sont jolies! On dirait qu'on vient de les écorcher!»

«Écorché toi-même!» grognai-je. «Fiche le camp! Va donc écorcher un chevreuil, ça aussi c'est mignon.»

«J'ai essayé, mais ce n'est pas pareil», soupira l'ours : comme tous ses semblables, il était incapable de se vexer. Il s'éloigna quand même un peu en se dandinant, puis se remit à tendre le museau vers la cime des arbres.

Sans doute avions-nous chuchoté trop fort : ma sœur était descendue de son arbre. «Où tu vas?» dit maman. Je regardai autour de moi : à ma grande inquiétude, je me rendis compte que Salme se tenait, tout nue, non loin de nous.

«J'ai entendu des voix», dit-elle, la mine soupçonneuse. «J'ai l'impression qu'il y a du monde par ici.»

Tandis qu'elle fouillait la forêt du regard, nous nous glissâmes au plus profond des fourrés. Impossible d'en sortir en rampant, elle l'aurait remarqué tout de suite, mais nous n'étions pas non plus en sécurité sur place : il faisait très clair dans la forêt, car c'était la pleine lune. Encore quelques pas et elle nous aurait découvert, c'était une question de secondes.

Je sentis de la sueur froide me couler sur la nuque : je n'osais imaginer quel châtiment attend les petits garçons pris en flagrant délit de voyeurisme. La fureur serait certainement générale. Sans doute maman ne les laisserait-elle pas me faire grand mal, mais quelle honte!

Nous aurions voulu creuser la terre comme des taupes, mais ce pouvoir n'a pas été accordé aux hommes, et en ce domaine, les mots des serpents ne sont d'aucune utilité.

Ma sœur fit deux pas en avant. Elle était sur le point de nous tomber dessus lorsque, soudain, une tendre petite voix se fit entendre :

« Salme ! »

En toute logique, elle aurait dû se mettre à crier et même à appeler au secours, mais elle n'en fit rien. Au contraire, elle grogna d'une voix tranquille et gênée à la fois :

« Ah, c'est toi, Nounours. Qu'est-ce que tu fais là ? Tu n'as pas le droit. »

Notre récente connaissance émergea des buissons avec un soupir :

« Qu'est-ce que tu es belle ! J'étais assis et je ne pouvais pas détacher les yeux de toi. Il y a des tas de filles superbes là-haut, mais c'est toi la plus jolie. »

Ma sœur se mit à le gronder, tout en masquant sa nudité d'une main :

« Enfin, Nounours, ça n'est pas bien ce que tu fais là ! »

Elle n'était absolument pas en colère. Je me figurais très bien sur quel ton elle nous aurait parlé, à Pärtel et à moi — c'était à la limite du vexant : son propre frère, elle l'aurait certainement agoni d'injures, mais le premier plantigrade venu, elle lui causait d'une voix pleine de tendresse et de gentillesse, comme à son plus cher ami. Le grand brun s'approcha d'elle et se mit à lécher ses pieds nus.

« Arrête, maman est là-haut » chuchota ma sœur. « Il faut que j'y retourne. On se voit tantôt. »

« Je ne bouge pas d'ici de la nuit », grogna le galant. « Permets-moi d'admirer ta beauté ! »

« Grand fou », dit-elle tendrement en lui caressant la tête. Puis elle regagna son arbre.

« C'était qui ? » s'enquit maman.

« Personne », répondit Salme. Elle prit un faisceau de verges et se remit à se flageller, mais d'une toute autre manière qu'auparavant. Au lieu de se baigner dans les rayons de lune, elle s'exhibait à l'autre qui la lorgnait depuis les buissons : avec la dernière coquetterie, elle lui présentait ses charmes, l'un après l'autre.

« Allez, on rentre », fis-je, dépité — j'en voulais autant à ma sœur qu'à l'ours.

10

J'ÉTAIS ASSEZ REMONTÉ CONTRE SALME, et je serais volontiers allé rapporter à maman à quel genre de parade nuptiale elle se livrait et pour quel espèce de galant. Mais c'était impossible, car il m'aurait fallu avouer ce que je trafiquais cette nuit-là au clair de lune. Je partageais donc le secret de ma sœur, mais sans rien pouvoir en faire — même pas lui glisser quelque pique vénéneuse : elle risquait de découvrir le pot aux roses. Bref, une situation hautement désagréable.

Le plus pénible, c'était que Pärtel, qui avait assisté à l'ensemble de la scène, n'arrêtait pas de me demander : « Alors, ils sont ensemble, ou quoi ? » Ce n'était pas pour me tourmenter, juste l'effet d'une curiosité ordinaire et naïve — mais cela m'irritait quand même. L'affaire était déjà fort peu glorieuse en elle-même — et en plus, il fallait que le monde entier soit au courant ! Les flirts de ma sœur, c'était une affaire de famille, un point c'est tout ! J'exigeai de mon copain qu'il se fasse un nœud à la langue, mais je n'étais pas du tout sûr qu'il tienne sa promesse.

Je savais bien, d'expérience, à quel point c'était difficile. Le secret que j'avais découvert me tourmentait les tripes et me pesait sur la langue — à quoi bon dénicher une histoire croustillante si c'est pour ne même pas pouvoir s'en vanter ? Ce n'était pas seulement cette affaire entre Salme et son ours, c'était tout ce que nous avions vu cette nuit-là sans y avoir droit. En présence des amies de ma sœur, j'étais ivre de victoire et d'orgueil à en avoir la tête qui tourne — dire qu'elles étaient là à me traiter en gamin alors que moi, j'avais vu leurs nichons et leur popotin ! Si seulement elles avaient pu le savoir ! Mais il me fallait me taire et me contenter de faire une moue bizarre lorsqu'elles se tournaient vers moi.

«Qu'est-ce que tu as à sourire comme ça ?» demandaient-elles d'un ton mauvais, mais je ne me trahissais pas : je m'efforçais désespérément de ne pas ouvrir la bouche, et de ne pas dévoiler l'étendue de mes connaissances en matière de nichons et de popotins.

La seule personne à qui j'osais m'en ouvrir, c'était Ints ; mais ces histoires le laissaient de glace. Pour un serpent, un homme ou un ours, c'est bonnet blanc et blanc bonnet, pourquoi est-ce qu'ils ne pourraient pas faire ami-ami. Les charmes secrets des amies de ma sœur lui étaient un autre motif de perplexité, et il était assez naturel après tout qu'un reptile en forme de longue ficelle ait du mal à saisir l'intérêt des nichons et des popotins. Ints écoutait mes récits avec une profonde indifférence avant
de répondre :

«Oui, j'en ai déjà vus, c'est toujours à ça que ça ressemble.»

Je m'étais promis d'aller rendre visite plus souvent à Hiie, et je tins parole. Elle était encore en train de tuer des lièvres lorsque nous émergeâmes des fourrés — Ints venait de me prévenir que ni Tambet ni sa femme n'étaient chez eux. Elle avait l'air bien lasse, mais dès qu'elle nous vit son visage s'éclaira, même si elle avait terriblement honte de son tablier tout taché et des orteils nus rouges de sang qu'elle dissimulait derrière sa grande hache. Elle aurait volontiers engagé la conversation avec nous, mais dans l'étable, les loups affamés hurlaient sans trêve.

«J'en ai sans doute encore pour un petit bout de temps», dit-elle, tout malheureuse. «Sinon ils vont faire un tel vacarme que papa et maman vont revenir.»

«Et tu vas te faire gronder ?»

«Non, non», répondit-elle, mais on voyait à sa mine que telle était bien sa crainte.

«Allons donc les voir, ces bestioles», proposa Ints, et nous pénétrâmes dans l'étable. Je n'avais jamais vu autant de loups ensemble. C'était un spectacle sinistre — des centaines de bêtes, chacune dans son petit box. Lorsque nous entrâmes, elles tendirent le museau vers nous en se pourléchant les babines, dans l'espoir manifeste que nous leur apportions leur ration de lièvre. Nous voyant les mains vides, elles se remirent à hurler d'une voix déchirante : certaines même se mettaient sur le dos et se roulaient par terre pour nous montrer l'étendue de leur désespoir.

« Ils n'ont pas mangé depuis ce matin », expliqua la petite.

« Ça ne doit pas bâfrer autant, un loup », répliqua Ints. « Ceux-ci sont bien trop gras, il y en a qui sont carrément obèses. Regarde celui-là à côté de la porte ! On dirait un ours. Il faut arrêter de les nourrir comme ça ! »

« Mais ils hurlent quand ils n'ont rien à manger. »

« Eh bien, on va les faire taire », dis-je en sifflant très fort. Bien entendu, leurs hurlements couvraient ma voix, mais les mots des serpents, lorsqu'on les siffle correctement, parviennent toujours là où ils doivent — ils se glissent entre les bruits les plus forts et il est impossible de ne pas les entendre. Celui-ci avait le pouvoir d'assoupir les animaux. Les loups cessèrent leur vacarme, se mirent à bâiller à s'en décrocher les crocs, puis fermèrent la gueule d'un coup sec et se couchèrent de tout leur long. Ils nous fixèrent un instant, tout somnolents, puis ils posèrent leur museau sur leurs pattes et entamèrent un gros dodo.

« On ne t'a pas appris la langue des serpents ? » demandai-je à Hiie.

« Pas ce mot-ci », répondit-elle en couvant d'un regard enthousiaste le troupeau silencieux. « Combien de temps ça va durer ? »

« Jusqu'à ce soir, ou plus tard si tu veux, jusqu'à ce qu'on les réveille. Je vais t'apprendre, comme ça tu pourras les nourrir le matin et puis les endormir pour qu'ils ne braillent pas sans raison. Tu veux ? »

Elle hocha vigoureusement la tête. Je répétai le mot en question jusqu'à ce qu'elle l'ait retenu et soit capable de le prononcer. Puis nous fîmes un essai : nous réveillâmes les loups —ils se mirent sur leurs pattes, tout engourdis, et au début ils se tinrent tout à fait tranquilles, mais très vite leur habitude de bâfrer sans répit leur revint en mémoire. Dès qu'ils se furent rendu compte qu'ils n'avaient pas eu leur pension, ils se remirent à hurler à plein gosier. Alors Hiie siffla sans faute le mot qu'elle venait d'apprendre, et ils obéirent : ils se recouchèrent, se couvrirent le museau de la queue, et un instant plus tard ils étaient derechef endormis.

«Tu vois, c'est un jeu d'enfant!» dis-je. «C'est bizarre que tes parents ne te l'aient jamais appris.»

«Sûrement qu'ils veulent qu'elle passe son temps à les nourrir», opina Ints. «Ma mère, elle dit que ce Tambet, il préfère les loups aux gens.»

Hiie rougit : il s'agissait quand même de son père. Elle savait bien que nous ne portions pas ses parents dans notre cœur, et se sentait coupable de leur comportement. Et puis elle devait craindre que notre aversion pour Tambet ne finisse par s'étendre à elle. Elle-même ne l'aimait sans doute pas beaucoup, tant il était dur avec elle, et elle aurait très bien pu répondre à Ints : «C'est vrai. Il est mauvais comme la gale.» Mais elle était trop timide et trop douce pour s'exprimer ainsi. Je ne l'avais jamais entendue dire du mal de ses parents, et pourtant c'était elle qui souffrait le plus de la situation. Ils l'embarrassaient perpétuellement, elle avait honte d'eux comme d'une cicatrice inesthétique, impossible à dissimuler aux regards d'autrui.

Bien sûr, nous savions bien qu'elle n'était pas coupable de la folie de son père. Au contraire, nous avions de plus en plus de plaisir à la fréquenter. Cela nous donnait l'occasion de faire des niches à Tambet. Il voulait que ses loups bien-aimés passent leur temps à manger, mais nous les endormions et, pour parler par images, nous arrachions la petite à sa cage, laquelle consistait en une grande hache et une montagne de lièvres à mettre en pièces. Nous lui rendions visite tous les jours et ses parents ne comprenaient pas pourquoi leur troupeau s'était changé en autant de marmottes sans appétit. Ils allèrent jusqu'à monter la garde, mais les mots des serpents sont rapides à siffler et Hiie se débrouillait toujours pour y arriver.

Inévitablement, Tambet finit par appeler Ülgas à la rescousse. Le Sage vint examiner les loups, qui étaient tout frais du matin et hurlaient comme des possédés ; mais au moment précis où les deux compères se rendaient dans les buissons derrière la cabane pour voir si la Mère des Bois ou les génies sylvestres avaient quelque chose à voir avec le sommeil des loups, Hiie siffla ce qu'il fallait siffler, et lorsqu'ils revinrent à l'étable, la mine pensive, tout le troupeau dormait du sommeil du juste.

« Ça, c'est l'œuvre des génies », opina le Sage. « Aucun doute. Et je crois en subodorer la cause. Tambet, mon vieil ami, tes loups les dérangent dans leur sommeil. Les génies dorment le jour, c'est bien connu : ça les énerve que ces bêtes, dans leur sottise, troublent leur repos sacré. Alors ils les endorment. Il n'y a rien à y faire, il ne faut pas se mettre mal avec les génies ! »

Tambet acquiesça : dès qu'il était question de génies, il devenait doux comme un agneau. Jamais il n'aurait eu l'idée de se révolter contre les anciennes coutumes ou contre les paroles du Sage. Mais ce qui m'étonna le plus, c'est que ni l'un ni l'autre ne pensa aux mots des serpents. Honnêtement, je m'attendais à ce qu'ils découvrent rapidement la ficelle, qu'ils réveillent le troupeau et qu'ils interdisent à Hiie de le rendormir. Tous les deux savaient la langue des serpents et même si le mot qui endort les loups n'était pas à la portée de tous les gosiers, ce n'était pas non plus une rareté comme le père d'Ints m'en avait enseigné un certain nombre. Ils le connaissaient certainement. Mais, bizarrement, l'éventualité qu'on s'en serve contre leur troupeau ne leur passa pas par la tête.

C'est seulement plus tard que je compris que même si Ülgas et Tambet haïssaient tous ceux qui étaient partis au village, eux non plus ne vivaient plus vraiment dans la forêt. Ils vivaient

dans l'amertume et l'aigreur au spectacle de l'agonie du bon vieux mode de vie sylvestre et, par réaction, s'accrochaient aux coutumes et formules magiques les plus antiques et les plus secrètes : ils cherchaient une issue dans le monde imaginaire des génies au lieu de s'intéresser à la langue des serpents. C'est qu'elle leur semblait banale, et surtout inefficace : des mots qui n'avaient su retenir les gens dans la forêt n'étaient bons à rien. Ils ne croyaient qu'en la vertu des sortilèges, et comme les serpents savent bien que les sortilèges n'existent pas, ils ne voulaient plus rien avoir à faire avec eux. Même la Salamandre n'aurait peut-être pas suffi à les satisfaire. Ils croyaient avoir trouvé une force supérieure et passaient leur temps à radoter au sujet de leurs génies et de la Mère des Bois, en s'imaginant
maintenir en vie de très anciennes vertus : en réalité, ils s'en étaient tout autant éloignés que les villageois, mais ils n'en avaient nulle conscience.

Pour Hiie, ce fut une délivrance : ses parents laissaient les loups dormir en paix puisque telle était la volonté des génies. Le matin, ils s'énervaient même lorsque le troupeau tardait à s'endormir et faisait du bruit, tant ils craignaient que les génies ne s'irritent et qu'il ne faille les apaiser par des sacrifices. Une ou deux fois, à notre instigation, Hiie tarda à siffler le somnifère et, depuis les buissons, nous nous amusâmes à regarder Tambet et Mall courir autour de l'étable, tout excités, tentant d'étouffer les hurlements comme ils pouvaient. Il ne leur venait pas à l'esprit de recourir à ce fameux mot des serpents : non, ils comptaient sur quelque incantation dont Ülgas leur avait parlé.

Hiie finissait par prendre pitié d'eux et sifflait. « Ouf ! » soupiraient-ils, tout heureux, sans avoir remarqué la conduite de leur fille, avant de retourner à leurs affaires. Ils ne lui cherchaient pas de nouvelles activités — plus exactement, ils oubliaient de le faire. À vrai dire, ils ne prêtaient pas beaucoup attention à elle, et elle ne s'en plaignait guère. Maintenant elle pouvait venir jouer avec nous, souvent des journées entières. Nous traînions partout ensemble, chez moi ou chez les serpents, nous allions voir les poux chez Pirre et Rääk. Je crois qu'elle n'avait jamais encore été aussi heureuse que cet été où les loups passaient leur temps à dormir et où elle put enfin s'échapper de chez elle.

Il s'était écoulé plus de cinq ans depuis notre aventure au village, à Pärtel et moi, lorsque nous étions restés presque stupides, comme aveuglés par toutes les merveilles que recélait la chaumière du doyen Johannes. Au début j'avais brûlé d'enthousiasme pour le rouet et la pelle à pain, et puis cette passion s'était éteinte avec le temps : j'avais fait d'autres expériences intéressantes, mon oncle m'avait appris la langue des serpents, et la vie en forêt me plaisait de plus en plus. Désormais je pouvais me rappeler ces deux instruments sans convoitise particulière. J'avais grandi en taille et en raison et compris qu'effectivement, je n'en avais que faire : chez nous, ils ne servaient à rien. Le village ne m'intéressait plus guère : c'était un univers étranger et lointain où seule la curiosité pouvait me pousser, et pour cela, j'avais tout mon temps.

Il y avait longtemps que nous avions cessé d'en parler entre nous et que notre aventure nous était sortie de l'esprit, car il s'était passé beaucoup de choses. Ints ne savait rien du village, si ce n'est que les gens là-bas ne comprenaient pas sa langue. Les serpents affectent le plus grand mépris pour ce genre de créatures — à la seule exception des hérissons envers qui ils ressentent non seulement du mépris, mais de la peur. Les villageois en revanche, ils n'ont pas de raison de les craindre, car ils sont sensibles au venin : aussi les serpents se sentent-ils en tous points supérieurs à eux.

Mais à présent que Hiie était avec nous, l'idée nous vint de retourner au village. Nous avions fait le tour de la forêt avec elle et nous lui avions montré tout ce que nous savions et qu'elle n'avait jamais vu. Nous adorions son enthousiasme et cherchions à l'émerveiller toujours davantage, mais nous avions fini par épuiser tout ce qu'il y avait de captivant par chez nous. C'est alors que le village nous revint en mémoire, avec le doyen Johannes et sa fille Magdaleena.

«Allons leur rendre visite», proposai-je ; Pärtel approuva aussitôt, d'autant que Hiie se rebiffait et semblait vraiment effrayée par cette perspective. Son père lui avait sûrement raconté des horreurs au sujet du village. Elle savait bien qu'il médisait de pas mal de choses et de gens, à commencer de moi et ma famille, et dans l'ensemble elle n'y prêtait guère attention, mais le village lui faisait vraiment peur. Évidemment, cela ne fit qu'ajouter à notre enthousiasme : il n'y a rien qui plaise autant à un petit garçon que de traîner vers un quelconque péril une petite fille rétive et tout tremblante. C'est une bonne occasion d'étaler son propre courage — «Nous, on n'a pas la frousse!» ; et lorsqu'à la fin il apparaît que le péril n'en était pas un, on peut se moquer tout son saoul — «Je t'avais bien dit qu'il n'y a pas de danger, tu vois, finalement ça te plaît bien. Ce n'est pas intéressant, ce qu'on te montre?» C'est pourquoi, sans tenir compte des timides protestations de Hiie, nous l'entraînâmes avec nous — ainsi qu'Ints, qui n'avait jamais visité le village et pensait qu'un serpent doit connaître tout ce qu'il y a dans la forêt et alentour.

Nous arrivâmes à la butte qui nous était familière et d'où l'on dominait l'ensemble du village, à commencer par la chaumière du doyen Johannes, qui était la plus proche de la forêt. Hiie était muette comme une carpe, on l'entendait seulement respirer, et lorsque je la pris par la main, sa menotte était mouillée de sueur froide. Elle était manifestement terrifiée : elle n'était jamais sortie à ciel ouvert de sa vie. Même si le temps était couvert, la luminosité et l'étendue du paysage l'épataient. Elle me fixait d'un air suppliant. Sans doute mourait-elle d'envie de retourner se glisser sous les arbres, mais je n'eus pas de pitié. Et elle se soumit à ma volonté, comme elle se soumettait à celle de ses parents.

Nous descendîmes rapidement la colline. À quoi bon le

taire, mon cœur aussi battait la chamade, et celui de Pärtel également sans doute. Nous étions déjà venus une fois, mais il y avait des années de cela, et je me sentais comme quelqu'un qui se dispose à se jeter à l'eau depuis une branche haute : il sait que rien de bien méchant ne l'attend par là-dessous, mais ce n'est quand même pas très rassurant de regarder en bas, et lorsqu'il s'élance, il a comme une sensation de vide dans le ventre.

Tout se passa exactement comme lors de notre première visite. Magdaleena sortit de chez elle : elle avait sacrément grandi, et nous nous figeâmes sur place à sa vue — qu'est-ce qu'elle était jolie ! Elle aussi se figea, cela se voyait, mais sans doute pas à la vue de notre beauté. Bien au contraire, sans doute qu'ils l'effrayaient, ces deux petits sauvageons vêtus de peaux de bêtes qui poussaient entre eux une fillette tout maigrichonne, attifée de même. L'autre fois, elle nous avait salué avec une simplicité enfantine, mais entre-temps, sans doute avait-elle entendu dire du mal des gens de la forêt, car elle se mit à crier : « Papa ! »

« Qu'est-ce qu'il y a ? » cria son père de l'intérieur avant de sortir. Sans se troubler, il nous dévisagea un moment puis demanda dans un sourire : « C'est vous, les garçons ? C'est vous qui êtes venus l'autre fois ? Vous avez grandi, dites donc ! Pourquoi avoir tant tardé ? Je vous avais dit de revenir tout de suite avec vos parents vous installer au village. Mes pauvres petits, vous avez vraiment des têtes de sauvages. Vous avez faim ? Vous voulez du pain ? »

Sans nous laisser le temps de répondre, il disparut à l'intérieur et réapparut un instant plus tard avec une demi-miche de pain noir.

« Je vous en prie ! » dit-il gentiment. « C'est du pain de seigle, il est tout frais. »

Il me le tendit. C'était la première fois que je tenais en main cette matière que les gens de la forêt méprisaient tant : la croûte en était craquante, mais tendre. Hiie me fixait d'un œil terrorisé, elle voulait dire quelque chose mais les mots s'étranglaient dans sa gorge. Elle devait craindre que je m'empoisonne rien qu'à toucher la miche : sans doute encore l'un des contes de fées de son père. Moi, le pain ne me faisait pas peur, je savais qu'autrefois maman en avait mangé et qu'il ne lui était rien arrivé : tout ce qu'elle en disait, c'est que cela avait mauvais goût. Je décidai pourtant d'y goûter — et en présence de Hiie, afin de l'éblouir par ma vaillance. Mais en attendant, j'avais d'autres prodiges à lui montrer.

« Vous avez encore ce rouet ? » demandai-je, sur le ton d'un connaisseur. « Et la pelle à pain ? J'aimerais bien les revoir. »

Johannes sourit.

« Ils sont encore là. Entrez donc, et regardez tout votre saoul ! »

Nous étions sur le point de pénétrer dans la maison. Hiie tremblait comme une feuille, elle commençait à me faire de la peine. En la poussant du coude, j'étais en train de lui chuchoter : « Ce n'est rien du tout ! On jette un coup d'œil et on rentre à la maison. » — lorsque soudain Magdaleena poussa un cri perçant :

« Un serpent ! Papa, un serpent ! »

Le regard empreint d'une peur irraisonnée, elle désignait Ints.

« N'aie pas peur, je vais le tuer ! », cria Johannes « Poussez-vous, que je puisse lui taper dessus ! »

J'étais tellement abasourdi que je me laissai pousser de côté sans réagir, et je le vis saisir un gourdin et tenter de frapper Ints, qui se gara prestement et se mit à siffler furieusement. Sachant que Johannes allait se faire mordre, je m'interposai.

« Mais qu'est-ce qui te prend ? Il ne t'a rien fait ! »

« Les serpents sont nos pires ennemis ! Ils sont la main droite de Satan et le devoir d'un chrétien est de les exterminer ! Où est-ce qu'il est passé ? »

« Mais c'est mon ami ! » criai-je, aussi terrifié que si c'était moi qu'il avait menacé de mort. J'avais même envie de pleurer.

« Il ne faut pas le tuer ! »

« Un homme ne peut pas être l'ami d'un serpent ! Mon pauvre enfant, tu t'égares, et tu dis des choses terribles. Je t'interdis de regagner la forêt : il faut que tu restes au village, faute de quoi ton âme va tout droit à sa perte. Tous les trois, il faut vous baptiser, vous sauver ! Venez vite vous mettre à l'abri à l'intérieur. Quant à cette sale bestiole, si jamais je... »

Il serrait son bâton en regardant autour de lui d'un air dément.

Je commençais à me sentir très mal. Une fois, j'avais vu un élan à qui les villageois avaient fiché un bizarre éclat de bois entre les côtes. Évidemment, ils ne savaient pas la langue des serpents : aussi, au lieu d'appeler tranquillement le gibier à eux, ils étaient obligés de le poursuivre des lieues durant en lui lançant de ces petits bouts de bois. L'élan souffrait horriblement mais sa blessure n'était pas mortelle, et la pauvre bête courait dans tous les sens, les yeux révulsés, couverte de sang, en bramant et donnant des coups de pattes à tout ce qu'elle rencontrait — jusqu'à ce qu'Oncle Vootele la calme avec les mots des serpents et l'égorge pour la délivrer de ses souffrances. Le doyen Johannes me rappelait cet élan furieux : il criait des mots dépourvus de sens et voulait tuer un animal qui ne lui avait rien fait. Avait-il reçu un éclat de bois entre les côtes, lui aussi ? Il semblait avoir complètement perdu la raison. La peur m'ôtait toute capacité de décision : je restai interdit et je l'aurais peut-être laissé me traîner à l'intérieur de la chaumière, si Hiie ne m'avait pas flanqué une bourrade en chuchotant :

« Allez, on file ! Vite ! »

Sans hésiter, je la pris par la main et nous détalâmes sans demander notre reste. Je vis Pärtel, blanc comme un linge, courir à côté de moi, tandis qu'Ints rampait devant lui ; et même si Johannes continuait à crier, je compris que nous étions tous sains et saufs.

11

UNE FOIS DANS LA FORÊT, NOUS NOUS EFFONDRÂMES SUR LA MOUSSE et demeurâmes un long moment silencieux, hors d'haleine, sauf Ints qui, toujours très calme, se mit en quête d'un endroit ensoleillé pour s'y rouler en boule. C'est Pärtel qui finit par rompre le silence :

« Mais enfin, qu'est-ce qui lui a pris ? »

Personne ne savait quoi dire. Finalement, Ints reprit :

« Va savoir. Ils sont comme ça au village. Mon père dit que dès qu'ils nous voient, ils nous sautent dessus. Comme des hérissons. »

« Ils vous mangent ? » demanda Pärtel.

« Qu'ils essaient seulement ! Je lui aurais bien planté mes crocs quelque part si Leemet ne s'était pas interposé. »

« Il t'aurait brisé l'échine avant que tu aies pu le mordre », observai-je.

Pour la première fois, je me rendais compte du danger que les gens pouvaient représenter pour les serpents. Dans la forêt, cela ne m'était jamais passé par la tête : nous étions comme des frères, jamais un humain n'avait levé la main sur un reptile. C'était aussi absurde que de s'imaginer un chêne en train d'attaquer des bouleaux. Entre nos deux espèces, la paix avait toujours régné. Mais je voyais bien à présent que rien n'est éternel, et aussi qu'un homme pouvait très bien tuer un serpent d'un seul coup de canne. Inévitablement, mon regard sur Ints avait changé. Que son corps était fragile ! Pour quelqu'un qui ne comprenait pas la langue des serpents et qui avait un bâton assez long, il suffisait de se garder de ses crochets à venin, et l'affaire était dans le sac. Je me sentais mal, je lui voyais déjà l'échine brisée. Je détournai le regard.

C'est alors seulement que je m'aperçus que je tenais toujours la miche dont Johannes m'avait fait cadeau. Ma première pensée fut d'aller la jeter dans un marécage, et je la lâchai avec dégoût.

« C'est quoi ? » dit Pärtel. « C'est le pain ? Tu l'as pris ? »

« Je n'ai pas pensé à le jeter. »

Il s'approcha et caressa prudemment du doigt la fine croûte brune et craquante.

« On y goûte ? »

« Non ! » s'écria Hiie. « Il ne faut pas ! C'est interdit de manger du pain ! Papa ne veut pas ! Maman dit que c'est du poison ! »

« Ça, sûrement pas, vu que mon père en mangeait avant de mourir. » En prononçant ces mots, je me rendis compte qu'ils étaient ambigus, et fort peu encourageants. « Enfin, je veux dire, ce n'est pas de cela qu'il est mort », ajoutai-je précipitamment. « Maman aussi, elle y a goûté. Elle dit que c'est dégoûtant, mais c'est tout. Et les villageois, ils en mangent tout le temps. »

« En voilà un exemple ! » s'écria Ints. « C'est peut-être bien ça qui les rend bêtes. »

« Juste un bout », argua Pärtel. « Une tout petite miette. Pour voir ce que c'est que ce truc bizarre ! »

« S'il vous plaît, ne faites pas ça ! » supplia Hiie, les yeux écarquillés de terreur. « Il va vous arriver malheur ! J'ai peur ! »

Ce fut sa frousse qui nous décida. Il fallait lui montrer que nous n'avions pas peur d'un bout de pain.

« Allez, une lichette », dis-je, en rompant la miche d'une main légèrement tremblante : c'était quand même interdit, et je n'étais pas tranquille. Peut-être que cela brûlait comme les orties ? Ou alors cela faisait vomir ? Mais Partel s'était déjà servi : nous tenions chacun notre bout de pain entre les doigts en nous regardant. Puis nous inspirâmes profondément, enfournâmes le pain et entreprîmes de mâcher.

En tout cas, ça ne brûlait pas et ça ne donnait pas la nausée. Mais ça n'avait pas non plus vraiment de goût. C'était sec et désagréable, comme de l'écorce : le genre de chose qu'on peut mâcher aussi longtemps qu'on veut, mais qu'on aura toujours du mal à avaler.

Hiie et Ints avaient les yeux fixés sur moi : l'une avec une mine terrifiée, l'autre un air dédaigneux.

« Alors, c'est comment ? » piailla Hiie.

« Ça va », dis-je héroïquement. « Ça ne fait rien du tout. »

« Oui », confirma Pärtel. « Ça se laisse manger. »

« Ça suffit comme ça ! » supplia Hiie.

En vérité, nous n'avions guère envie de répéter l'expérience, mais il aurait été embarrassant de s'arrêter là. C'est pourquoi, sans prêter garde aux supplications de Hiie, nous nous mîmes à rompre d'autres morceaux et à les mâcher lentement.

Il y avait quand même de quoi être fiers — manger du pain, ce produit mystérieux et prohibé, qui par-dessus le marché n'avait pas bon goût : voilà un exploit viril. De petits garçons n'y seraient pas arrivés, ils auraient recraché, mais nous, nous avalions sans faiblir. Nous étions des grands, des adultes.

Nous excitant mutuellement au spectacle de notre bravoure, et rivalisant d'héroïsme, nous mangions désormais à grosses bouchées.

« Allez, Hiie, goûte », dit Pärtel. « Mets-t'en un petit bout sous la dent. »

« Je veux pas ! »

« Allez, vas-y donc ! » insistai-je. « Tu es une grande fille maintenant. Qu'est-ce que ça peut te faire, juste une miette. Chez toi, ils n'en sauront jamais rien. Après, on ira se laver la bouche à la source pour chasser l'odeur. »

« J'ose pas », piaillait la petite. Elle osait tout juste toucher le pain du bout des doigts — au début tout doucement, puis en appuyant de plus en plus fort. Comme la miche était fort tendre, un doigt perça la croûte et resta coincé. Hiie se mit à pousser des cris stridents, retira son doigt et se le cacha derrière le dos.

Nous éclatâmes de rire.

«Qu'est-ce qui te prend de crier comme ça? Tu en as peur comme si c'était une bestiole. Allez, prends-en un bout! Tu n'es plus un bébé!»

Elle secoua la tête.

«Allez, fais pas l'idiote!» ajouta Pärtel. «Ça ne te fera rien du tout.»

Je rompis un bout de pain et le lui tendis. «Tiens, mange!»

«Ne la force pas», intervint Ints. «Mangez-la vous-même, votre saleté. Regardez un peu cette couleur, on dirait de la crotte d'élan. Peut-être qu'ils font ça avec de la crotte? Vous les humains, il faut toujours que vous fassiez des expériences. Mangez plutôt des airelles.»

«Ce n'est pas de la crotte», répliquai-je. «Maman m'a expliqué : ça se fabrique avec un genre de paille. Il paraît que c'est un travail affreusement pénible : il faut encore la battre, et puis la réduire en poudre, et puis je ne sais plus quoi encore. Après, on la met dans un four, et on a du pain.»

«Crotte ou paille, quelle différence? Je ne savais pas que vous mangiez de l'herbe comme les chevreuils.»

«C'est intéressant», dit Pärtel. «Il faut expérimenter les nouveautés. Sinon, comment on peut savoir ce qui est bon?»

«Et c'est bon, alors?»

«Pas vraiment, mais...»

«Et vous continuez à en manger. Bon, vous avez essayé, maintenant ça suffit.»

«On veut que Hiie essaye aussi», m'entêtai-je. «Allez, prends-en! Ça ne fait rien de mal. Ça ne te restera pas dans le ventre, ça s'évacue comme le reste.»

«Sûr?»

«Mais oui! Essaye voir. Juste un bout!»

Elle me lança un regard accablé, ferma les yeux et se fourra un bout de pain dans la bouche. Elle mâcha longuement en retenant son souffle, le visage crispé de dégoût.

«Alors!» Nous jubilions. «C'était pas si terrible! C'est passé!»

«Oui, c'est passé.»

«Encore un bout!»

«Ah non! Ça suffit! Je m'arrête là. Ça me fait déjà tellement bizarre dans le ventre. Pas vous?»

Nous restâmes silencieux un instant, à essayer de sentir ce que cela nous faisait dans le ventre. Sûr que c'était bizarre. Nous nous imaginions les bouts de pain traînant au milieu de nos estomacs, tels des intrus. Nous commencions à nous sentir moyennement bien. Après tout, que savions-nous du pain? Qu'il ne criait pas dans la bouche et qu'il ne brûlait pas les gencives, mais cela ne voulait pas dire qu'il savait se conduire correctement dans un ventre. Est-ce que nous n'allions pas quand même tomber malades? Peut-être que nous n'avions pas mangé comme il fallait, peut-être qu'il y avait un truc qui nous échappait? Honnêtement, à cet instant précis nous ne nous sentions pas bien du tout.

«Je crois que j'ai mal au cœur!» s'écria Hiie en courant derrière un arbre où elle se mit à vomir.

Cela eut pour effet de mettre notre moral en berne. Manger du pain ne pouvait pas être une bonne chose si cela avait ce genre de conséquence. Avec la viande d'élan, cela n'arrivait jamais. En même temps nous étions quasiment jaloux de Hiie, car elle était sûre d'avoir expulsé l'aliment suspect, alors que nous, nous devions continuer à porter notre fardeau sans savoir où cela nous mènerait. Son petit visage en sueur, tout malheureux, pointa derrière l'arbre.

«Je rentre à la maison», dit-elle, et elle disparut.

«Moi aussi», conclûmes-nous d'une seule voix, et nous regagnâmes tant bien que mal nos foyers respectifs, une main inquiète sur le ventre — afin de sentir quand ce maudit pain, absorbé dans un accès de démence, allait commencer à nous empoisonner.

Il ne se passa rien de grave, le pain se tenait bien sage. Pourtant je n'arrivais pas à me tranquilliser. J'avais le sentiment qu'il y avait un étranger à l'intérieur de moi. Une fois à la maison, je me glissai dans un coin pour me tâter le ventre. Il me semblait sentir sous mes doigts de répugnants petits monticules. Est-ce qu'ils allaient rester? Peut-être qu'il n'était pas possible de les digérer?

Maman était gaie comme un pinson.

« Aujourd'hui je me suis lancée et j'ai fait cuire un chevreuil tout entier. Je l'ai bien réussi, tellement croustillant que ça glisse tout seul sous la langue. Viens prendre ta part. Salme a déjà dîné et elle m'a fait des compliments. Pas vrai ? »

Ma sœur me jeta un regard las par-dessus la table.

« Maman me gave », dit-elle d'un ton plaintif. « Elle n'arrête pas de me resservir. Regarde-moi un peu ce tas de viande! Ça fait déjà un bon moment que je lui dis que je n'en peux plus, qu'elle le remmène, mais autant parler à un mur. »

« Allons, sûrement que tu vas retrouver l'appétit », expliqua maman, tout joyeuse. « Fais une petite pause et tu verras. C'est un si beau morceau, j'ai cuisiné toute la journée. »

« Mais ce n'est pas possible de manger autant! Je vais éclater! »

« Allons, tu plaisantes, tu n'as presque rien pris, pas de risque que tu exploses. Et puis je ne t'ai pas dit de manger tout de suite. On a le temps! »

« Demain alors. »

« Pourquoi demain? Demain je vous ferai autre chose. Aujourd'hui, mais dans un petit moment. »

« Dans un petit moment j'irai me coucher. »

« Tu vas bien prendre quelque chose avant d'aller te coucher. Allez, Leemet, viens l'aider! Je te sers. »

Elle entassa dans mon écuelle un tel monceau de viande que j'avais l'impression que c'était le chevreuil tout entier, ou plutôt un gros oiseau dans son nid en train de pondre. Je me levai précautionneusement afin d'éviter de secouer le pain embusqué dans mon ventre, et me mis à table. J'étais sûr d'être incapable d'absorber quoi que ce soit — je me sentais les entrailles endolories, comme si quelque chose me griffait de l'intérieur.

« Je n'ai pas faim », dis-je plaintivement.

« Qu'est-ce que c'est que cette histoire ? »

« Allez, arrête », me gourmanda Salme sur un ton vénéneux. « Pourquoi est-ce que je devrais être la seule à grossir ? »

« Mais ça ne fait pas grossir ! » s'écria maman en poussant l'écuelle plus près de moi. « Allez, il faut manger, fais-moi le plaisir de prendre ce gigot et de le ronger jusqu'à l'os ! Regarde-moi cette merveille, pas un poil de graisse ! »

« Je ne peux pas manger, maman », dis-je, et tout d'un coup je me mis à m'apitoyer sur moi-même. Cet affreux pain était blotti dans mon ventre à me torturer, et je n'avais pas
la moindre idée de quand il pensait en partir. La viande de maman répandait une odeur alléchante, j'aurais bien aimé y goûter, j'aurais tellement aimé, mais je n'y arrivais pas. Il s'en fallut de peu que je me mette à pleurnicher sur mon sort. Je me sentais comme à l'article de la mort.

« J'ai mangé du pain, maman », gémis-je d'une voix à fendre le cœur.

Maman me fixa comme si elle avait reçu une bûche sur le crâne.

« Tu as mangé quoi ? »

« Il a mangé du pain ! » glapit Salme en fronçant le nez. « Pouah ! Comme un villageois ! »

« Et ce pain, maintenant, il est dans mon ventre ! » gargouillai-je en fixant maman d'un air suppliant. Allait-elle pouvoir me tirer de ce mauvais pas ?

Ce n'est pas moi qu'elle semblait plaindre, mais elle-même.

« Mon fils mange du pain ! » dit-elle, vexée. « Ah, c'est comme ça ! Je cuisine toute la journée, du bon chevreuil, pour qu'il ait un bon souper qui glisse sous la langue, et lui, il va manger du pain je ne sais où. Alors tu n'aimes pas ma cuisine ? Avec toute la peine que je me donne ! Moi qui veux que tu aies tout ce qu'il y a de meilleur — et toi, tu manges du pain ! Tu aimes mieux ça que le chevreuil où j'ai mis tout mon soin et tout mon amour ! »

Elle s'assit à table et fondit en larmes.

« Maman ! » bredouillai-je, effaré. « Qu'est-ce que tu vas penser là ! Je n'aime pas ça du tout, le pain ! C'est dégoûtant ! »

« Alors pourquoi tu en manges ? » renifla-t-elle. « Pourquoi tu fais ça à ta mère ? »

« Mais je n'ai fait qu'y goûter ! Juste pour voir. Pärtel a fait pareil ! Et Hiie aussi ! »

Je tentais de détourner une partie de la faute sur autrui, mais maman n'y prêta nulle attention.

« Je m'en fiche, de tes copains, ils peuvent faire ce qu'ils veulent. Mais toi, qu'est-ce qui te prend de goûter à cette cochonnerie ? Tu ne savais pas que ta maman t'attendait à la maison et qu'elle t'avait préparé de la viande avec tout son amour ? »

« Le pain, c'est dégoûtant ! » intervint Salme. « Ça n'a pas de goût. »

« D'où tu sais ça ? » demanda maman en la fixant d'un air sévère. « Toi aussi tu as mangé du pain sans me le dire ? »

Ma sœur se troubla et se mit à bredouiller :

« Juste une fois, avec des copines. Je n'en ai pris qu'un morceau et j'ai recraché tout de suite. »

« C'est bien ça », dit maman d'une voix résignée. « Toi non plus, tu n'aimes pas ma cuisine. »

« Qu'est-ce que tu racontes ? Je mange toujours tout ! »

« Mais tu n'aimes pas ça, tu préfères le pain ! » s'obstina maman, en se remettant à pleurer.

« Je déteste ça ! Je voulais juste goûter, voir à quoi ça ressemble. Je ne suis plus une fillette, je peux quand même goûter du pain une fois dans ma vie. Leemet, c'est encore un gosse, il n'aurait pas dû, c'est très vilain de sa part, mais moi... »

« Toi non plus ! Votre père mangeait du pain, et moi, je ne veux pas que vous marchiez sur ses traces. Ça ne lui a pas porté bonheur, alors pas question que mes enfants s'y mettent. »

Elle s'assit, se frotta les yeux et nous regarda d'un air quelque peu effrayé.

« Tout petits, tout mignons, et ils ont déjà goûté du pain ! Ne me refaites plus jamais ça, je vous en supplie. »

« Mais toi aussi, tu en as goûté », objecta Salme.

« Oui, mais très peu, je détestais ça. Et puis vous n'avez pas à imiter toutes les bêtises que votre mère a faites dans sa jeunesse. Vous êtes plus raisonnables ! »

« Je te promets que je ne mangerai plus jamais de pain », m'écriai-je candidement. « C'était très mauvais. Tu cuisines bien mieux que ça, parole d'honneur ! »

« Ne sois pas triste, maman », ajouta Salme. « Regarde comme j'ai fait honneur à ton chevreuil. Tu as vraiment le coup de main, c'est délicieux. »

Maman sourit à travers ses larmes :

« Je suis contente quand ça vous plaît. Ne faites pas attention à moi : tout ce que je crains, c'est que vous ne preniez le goût du pain, que vous ne vous mettiez à en manger et que vous ne finissiez par partir au village. Comme ton amie Linda, elle a déménagé hier avec sa famille. Je suis passée chez eux, la porte était grande ouverte et il y avait deux louves couchées sur le seuil, tout tristes, le museau entre les pattes. Pauvres petites bêtes abandonnées. »

« Je n'aurais jamais cru que Linda déménagerait », dit Salme. « Elle avait promis de ne jamais le faire. »

« C'est ce qu'ils disent tous, et à la fin ils s'en vont quand même », soupira maman. « Il y en a tellement qui sont partis ! Nous aussi, on a quitté la forêt, mais on est revenus. Je n'aimais pas ça, la vie au village. Rappelez-vous, les enfants, plus jamais je ne m'en irai, je mourrai ici. »

« Mais il n'est pas question que tu t'en ailles où que ce soit ! » s'écria ma sœur. « On reste tous ici, avec toi ! »

« Mais si vous prenez le goût du pain... » reprit maman d'une voix triste, mais Salme s'écria qu'elle n'allait pas recommencer.

À cet instant, je sentis une pression intérieure bienvenue

me signaler qu'il était temps de courir me soulager derrière la hutte. C'était une sensation fabuleuse, j'aurais voulu me caresser le ventre et l'embrasser. Finalement, mon estomac s'était avéré capable de digérer cette cochonnerie ! Je sautai sur mes jambes, courus derrière la cabane et fis ce que j'avais à faire, et, parole, jamais cette opération ne m'avait procuré tant de joie ! Encore un peu de patience et je serais débarrassé du pain !

C'est alors que j'entendis quelqu'un tousser et gémir près de moi. Je me relevai, me couvris le derrière et vis Meemet en train de me regarder, vautré par terre dans les buissons. Plus hirsute que jamais, il avait une oreille couverte de toile d'araignée, et son inséparable outre à la main.

« Tu veux du vin, mon petit gars ? » coassa-t-il.

« Non merci ! » répondis-je, et je ne pus m'empêcher de me vanter : « J'ai déjà mangé du pain aujourd'hui, j'ai eu mon content de nourriture villageoise pour la journée. »

« Le pain, c'est de l'eau de vaisselle. Mais le vin, c'est autre chose. Ça endort si bien qu'on ne sait plus si on est mort ou vivant. Couché, comme un cadavre, et voilà. »

Je ne voyais pas très bien ce que cet état pouvait avoir de plaisant, mais la présence de Meeme me rappela de vieux souvenirs.

« Tu te souviens de cette bague que tu m'as offerte ? À quoi elle sert ? »

« La bague ? » répéta Meeme en prenant une gorgée de vin. « On peut se la mettre au doigt et faire l'élégant dans la forêt. À quoi ça sert, une bague ? Bon, en poussant bien tu peux te la mettre à un orteil aussi. Si tu trouves que ça te va mieux. »

« Il n'y a rien d'autre à en faire ? » insistai-je.

« Et quoi encore ? Qu'est-ce que tu veux faire avec une bague ? La manger ? C'est encore plus mauvais que le pain et c'est dur comme de la pierre. »

« Alors pourquoi tu me l'as offerte ? »

Il éclata de rire.

« C'est juste que je ne savais pas quoi en faire. Tu me vois avec une bague ? Elle pourrirait avec moi et ça serait dommage. C'est quand même joli, ce truc ! »

Il se remit à boire, mais il s'y prit maladroitement et le vin lui coula sur le visage : on aurait dit que du sang lui sortait de la bouche.

Je lui tournai le dos et rentrai. Pour faire plaisir à maman, Salme s'était remise à manger.

« Moi aussi j'en veux ! » m'écriai-je en m'asseyant bruyamment à table. « J'ai une faim de loup ! »

Je me sentais fort et en pleine forme. Le pain n'était plus qu'un mauvais souvenir dans mon ventre, comme un gros bouton sur la figure qui se résorbe, et j'avais bien l'intention de manger autant de chevreuil que mon estomac pourrait en contenir.

12

LE LENDEMAIN, JE RETROUVAI MES DEUX COMPÈRES. Hiie, le visage encore quelque peu barbouillé, se plaignit d'avoir vomi toute la nuit. Je m'étonnai :

« Tu en as juste mangé gros comme le bout d'un doigt — il n'y avait pas grand-chose à vomir ! »

« C'est vrai, mais je me sentais tellement mal. Et puis qu'est-ce que j'avais peur. Peur qu'il ne m'en reste un petit bout dans le ventre. Et quand j'y pensais je courais tout droit dans les buissons. J'en ai encore mal à la gorge d'avoir tant vomi. »

Pärtel en revanche se vanta de ce que le pain ne lui avait rien fait du tout.

« Je ne comprends pas comment ça peut rendre malade. Je pourrais encore en manger trois miches, et sans problème. Allez, on retourne au village, on chipe du pain et on en remange ? »

Je n'étais pas spécialement enthousiasmé par cette proposition.

« Ah non ! À quoi bon se bourrer de ce truc : ce n'est vraiment pas bon. »

J'avais honte de leur raconter la scène que j'avais faite à maman, et à quel point je m'étais senti mal. Je prétendis que le pain ne m'avait fait aucun effet non plus, même si je savais que plus jamais, à aucun prix, je ne goûterais de cette cochonnerie.

J'étais jaloux de Pärtel, dont le corps trapu avait digéré le pain sans dommage. Cette dernière année, il avait grandi d'une tête de plus que moi et s'était épaissi également, si bien qu'à côté de lui j'avais l'air d'un serpent muni de bras et de jambes. J'étais une grande perche blonde tout maigre ; lui était roux, et même son visage était rougeaud.

À cet instant j'étais assez en colère contre lui, car il fanfaronnait sans retenue au sujet de ses capacités digestives, comme si c'était un exploit. Il se moquait de Hiie, qui avait encore des hoquets de dégoût, et me demanda plusieurs fois, d'un air rusé :

« Eh, si ça se trouve, toi aussi tu as été malade ? Moi, rien du tout ! »

Au bout d'un moment, je me fâchai et lui dis que les mouches mangent bien de la merde et pas moi, et que ce n'est pas pour cela que j'allais me mettre à les admirer. Ce fut à son tour de s'énerver et de me dire qu'il rentrait chez lui si j'étais assez dégoûtant pour le comparer à une mouche. Le pain, ce n'est pas de la merde, des tas de gens en mangent et notamment tous les étrangers, ce qui montrait bien que nous n'étions que des sots. Il nous quitta en colère, et moi aussi je lui faisais la tête. Mais comme nous avions déjà eu de graves disputes et que le lendemain nous jouions de nouveau ensemble, je ne fis pas grand cas de sa mauvaise humeur.

Je restai seul un moment avec Hiie, puis Ints nous rejoignit et nous décidâmes d'aller rendre visite aux anthropopithèques. Ils avaient toujours leur pou géant ; il menait quotidiennement de virils combats contre les oiseaux. Malgré sa taille, ceux-ci persistaient à voir en lui un insecte et ils essayaient de se le fourrer dans le bec pour l'emporter dans leur nid, sans succès évidemment. Un aigle serait peut-être arrivé à grand-peine à le soulever, mais à ma connaissance, les aigles ne chassent pas les insectes. Les merles, les hirondelles et les gobemouches en revanche lui tournaient autour, impuissants, en émettant des gazouillements abasourdis, tandis que l'énorme bestiole agitait les pattes, en en assommant plus d'un au passage.

Il avait pris pas mal de plomb dans la cervelle depuis le jour de la promenade au lac. Ses maîtres s'étaient appliqués à le dresser, si bien qu'il ne tentait plus de se glisser dans les fentes et se laissait sagement mener en laisse ; et quand on lui en donnait l'ordre, il s'arrêtait et se mettait sur le ventre. Il avait appris à apprécier la proximité des humains, mais pas à la manière des poux ordinaires qui essaient de se glisser dans les cheveux pour y pondre. Il se contentait de s'approcher de vous et de se serrer contre vos jambes en reniflant.

On ne sait pourquoi, il avait une affection particulière pour Hiie. Il suffisait qu'elle apparaisse et il s'approchait d'elle en trottinant. Elle était tout petite et il lui arrivait à l'épaule. Il se frottait si fort contre elle qu'il la faisait tomber, et il se faisait gronder par ses maîtres. Alors il s'affaissait et s'aplatissait par terre, tout malheureux, jusqu'à ce qu'elle se mette à le caresser en lui disant qu'il était une brave petite bête.

D'après ses maîtres, il n'aurait rien dû comprendre de ce qu'elle disait : elle ne s'adressait même pas à lui dans la langue des serpents, et il était censé ne comprendre que de très anciens mots sifflés avec l'accent anthropopithèque. Ça ne l'empêchait pas de se faire tout joyeux lorsque la petite le flattait, et de se mettre à tourner en rond autour d'elle. Il lui permettait même de le chevaucher : alors il marchait lentement, tout fier, levant les pattes avec précaution comme s'il craignait de trop la secouer. C'était un spectacle étrange que cette fillette maigrichonne chevauchant cet énorme insecte, mais Pirre et Rääk disaient que dans l'ancien temps, lorsque toutes les bêtes étaient bien plus grosses qu'aujourd'hui, de telles choses étaient banales. En tout cas, la petite sur le dos de son pou, avec les deux anthropopithèques assis devant leur caverne et autour d'eux des arbres et des buissons d'espèces disparues partout ailleurs, semblait une visiteuse mystérieusement échappée de l'ancien temps. C'est précisément comme ça que je me représentais les génies dont Ülgas nous rebattait les oreilles. Si tant est qu'ils existaient, ils devaient ressembler à Hiie chevauchant son insecte.

Elle l'aimait bien, son monstre, elle prenait toujours soin de le caresser et de lui gratter la couenne. Moi, je le trouvais vraiment trop laid et j'évitais de le toucher, à part une ou deux tapes amicales auxquelles je m'obligeais. Mais Hiie soutenait qu'il était mignon comme tout.

« Il est si gentil. Et j'ai de la peine pour lui parce que je ne sais pas très bien où sont ses yeux, son nez et ses oreilles. Si ça se trouve, il n'en a pas ? Ce serait d'un triste ! Imagine si tu ne pouvais ni voir, ni sentir, ni entendre. Quand je le regarde, il me fait fondre, je voudrais le dorloter et puis le caresser et puis... La pauvre petite bête ! »

« Je crois qu'il a des yeux et des oreilles et tout le reste, c'est juste que nous ne savons pas les localiser. Les insectes ont tous ces machins à des endroits différents de nous et des autres animaux ; lui, il sait sûrement très bien où ça se trouve. »

Elle secouait la tête d'un air dubitatif tout en continuant
à caresser son pou avec la même tendresse, car à ses yeux ce grand flandrin était non seulement une pauvre petite bête, mais, par-dessus le marché, un pauvre infirme.

Cette fois-là aussi, il trotta gaiement vers nous, se frotta un peu contre moi pour sauver les apparences, s'écarta d'Ints dont il avait peur et se déchaîna sur Hiie, qu'il commença par mettre par terre d'enthousiasme. Puis il se pencha pour qu'elle puisse lui monter sur le dos. Elle le caressa, lui donna des bisous, et le chevaucha fièrement jusqu'à la caverne des anthropopithèques. Ils étaient dehors, en train de frotter une plante contre une grosse pierre.

« Qu'est-ce que vous faites ? » demandai-je en m'asseyant auprès d'eux.

« Tu vas voir », répondit Pirre en mélangeant le suc de la plante avec un liquide d'apparence glaireuse qui le colorait de rouge.

« Nous allons dessiner le pou sur les parois de notre caverne », continua Rääk. « En souvenir. Quand il ne sera plus là, nous regarderons le dessin et nous nous souviendrons de lui. »

Nous pénétrâmes dans leur caverne et nous enfonçâmes jusqu'au fond, là où des générations d'anthropopithèques avaient dessiné leur vie sur les parois. Du sol au plafond, elles étaient couvertes de milliers de tout petits dessins qui représentaient des anthropopithèques et toutes sortes d'animaux disparus depuis longtemps.

« Voilà notre histoire », s'écrièrent-ils, tout fiers, tandis que Pirre entreprenait de dessiner le pou à un endroit où il restait de la place. « Tous les événements passés sont représentés ici avec art. Regarde là-haut, voilà l'apparition des premiers gens de ta race. Au début ils nous ressemblaient pas mal, ils n'avaient pas de vêtements, et tout ça. Mais là », dit-il en désignant une autre image, « ils sont déjà vêtus de peaux de bêtes. »

« On voit la Salamandre ? » demandai-je.

« Bien sûr, à plusieurs endroits », affirma Pirre en me désignant des dessins qui représentaient une créature semblable à un gros lézard en train de voler au-dessus d'individus minuscules, des jambes humaines lui pendant de la gueule.

« Ce sont vraiment de très vieilles images », dit Hiie d'une voix empreinte de respect. « Il y a belle lurette qu'on ne l'a pas vue. »

« Allons, ma petite ! » Pire et Rääk se mirent à rire. « C'était hier ! Il s'est écoulé si peu de temps depuis son dernier vol qu'on ne peut même pas encore le mesurer ! Ces images que tu vois évoquent une période bien antérieure. D'ailleurs elles ne sont pas bien anciennes non plus. Les vraiment vieilles, elles sont là-derrière. » Ils désignaient un gros tas de pierres au fond de la caverne. « Autrefois cette grotte était bien plus vaste, mais voici quelques siècles la terre s'est mise à trembler et la voûte s'est effondrée. Tous les vieux dessins sont restés là-dessous : il y en avait une quantité incroyable, certains remontaient à l'aube des temps. Comme personne n'y a plus accès, on ne peut plus savoir précisément comment les choses se passaient à cette époque. Plus d'images, plus de souvenirs. Mais notre maître pou, au moins, nous en avons fait un beau dessin et les générations futures pourront l'admirer. Il restera. »

Pirre considérait fièrement son œuvre, une grosse forme rougeâtre qui, en vérité, pouvait aussi bien représenter un pou qu'une araignée ou une mouche. Les anthropopithèques n'étaient pas précisément les meilleurs peintres du monde, et un pou, c'est bien difficile à dessiner.

«Regarde, c'est toi!» disait Hiie à son favori, tendrement. Le pou frissonnait de bonheur quand elle le caressait. L'image ne l'intéressait guère et peut-être ne la voyait-il même pas, car en vérité, nous ne savions pas s'il avait des yeux.

Nous passâmes toute la soirée avec Pirre et Rääk, assis autour du feu, à écouter leurs étranges chansons d'anthropopithèques qui n'avaient rien à voir avec ce que chantaient ceux de mon espèce, surtout les femmes et les petites filles. Leurs airs à eux se composaient de sons plutôt que de paroles : il y avait des cris aigus, des grognements, des grommellements, mais l'ensemble était magnifique. Nous essayions de les accompagner, mais sans grand succès. À présent que je n'ai plus rien à faire, de temps à autre je me remémore ces airs immémoriaux que tout le monde a oubliés, je me les murmure. Je préfère infiniment ces anciennes mélodies à cette musique moderne, ce regilaul[1] que caquètent les villageoises d'aujourd'hui et qui m'a toujours donné la migraine. C'est interminable, on dirait qu'elles ne vont jamais s'arrêter. Les chants des anthropopithèques étaient brefs : soit ils se concluaient sur un cri assourdissant, soit ils s'achevaient en un murmure ; et il y avait en eux une étrange puissance. Encore aujourd'hui ils me réchauffent le cœur et me rappellent ces soirs heureux où Pirre et Rääk vivaient encore dans leur caverne et chantaient pour nous.

Elle s'est sans doute effondrée à présent, cette caverne. Nul ne verra plus jamais l'image du pou. Nul ne saura plus qu'un jour la forêt a pu abriter une telle créature.

1. (N. d. t.) Il s'agit de chants monodiques, la forme la plus archaïque de musique qui se soit conservée en Estonie.

Il y a tant de choses que nul ne saura jamais plus.

Nous prîmes congé des anthropopithèques et rentrâmes chez nous. Ints rampa en direction de son terrier, Hiie fila à toute allure : jamais encore elle ne s'était tant attardée et sans doute se serait-elle fait gourmander par ses parents s'ils avaient été chez eux à son retour. Mais ces derniers temps, ils allaient de plus en plus souvent assister aux incantations d'Ülgas, et ce soir-là aussi ils avaient je ne sais quelle réunion nocturne, du genre où l'on sacrifiait des renards au clair de lune en tentant de pénétrer les pensées des génies des bois.

Sur le chemin de chez moi, j'entendis quelqu'un m'appeler. C'était Pärtel. J'étais surpris de le trouver dehors à une heure si tardive, mais je me dis qu'il avait peut-être quelque chose de passionnant à me raconter, et j'étais prêt à l'accompagner dans n'importe quelle aventure. J'avais complètement oublié notre dispute du matin.

Dès que je le vis, je compris qu'il n'était pas d'humeur à blaguer. L'air fort soucieux et même épouvanté, il me prit par l'épaule :

« Où tu étais ? Je t'ai cherché partout ! »

« Qu'est-ce qui se passe ? Quelque chose de grave ? »

« Je ne sais pas. Voilà, je voulais te parler... Papa a dit... Bref, on part au village. »

Rien ne pouvait me bouleverser davantage. Je tombai assis dans les fougères, comme assommé, et mon copain s'assit à côté de moi en me fixant d'un air vaguement suppliant, comme s'il était tombé dans un trou d'eau et qu'il attendait que je le tire par les oreilles pour l'aider à regagner la terre ferme. Mais le trou où il venait de se mettre, il n'était pas en mon pouvoir de l'en extraire.

La seule chose qui me vint à l'esprit, ce fut une question :

« Qu'est-ce qui lui prend, à ton père ? »

« Il dit que ça n'a pas de sens de rester, tout le monde s'en va. Qu'il aurait préféré continuer à vivre ici, mais qu'il n'y a rien à faire. Que ça n'a pas de sens de cracher contre le vent.

Que si les autres ont choisi le village, il faut se résigner et faire comme tout le monde. »

Nous restâmes un instant sans rien dire. Puis je finis par demander :

« Et toi, tu as envie ? »

Il haussa les épaules.

« Pas spécialement », dit-il, tout malheureux. « Mais je n'y peux rien : si papa et maman s'en vont, il faut bien que j'y aille. Je ne peux pas rester ici tout seul. »

Il se rapprocha de moi.

« Et toi, tu viendras ? » demanda-t-il d'une voix chargée d'espoir. « Pas demain, mais un jour. Dans quelque temps. Ça serait chouette, on serait de nouveau ensemble et puis... »

« Tu sais, je suis né au village, mais maman est revenue dans la forêt et elle a juré de ne plus jamais repartir. Et moi non plus je ne veux pas m'en aller. Tu as vu ce qu'ils voulaient faire à Ints. Ils sont tous cinglés là-bas. »

« C'est vrai que c'était moche, cette histoire avec Ints. Et moi, tu crois... Tu comprends, moi aussi je me sens bien ici ! Mais qu'est-ce que je peux y faire ? Il faut que j'y aille ! »

« Je sais », dis-je tout doucement.

Assis à côté de moi, il était comme une montagne de tristesse. J'avais vraiment pitié de lui.

« Ce n'est pas si grave », dis-je. « Le village est à deux pas de la forêt. J'irai te rendre visite de temps en temps, et toi, tu pourras toujours filer lorsque tu auras envie de jouer avec moi. On se verra. »

« Oui, sûrement ! Je te jure que je viendrai te voir ! »

« Et moi j'irai te rendre visite et j'emmènerai Hiie et Ints. Toi, tu ne vas pas te mettre à lui courir après avec un bâton. »

« Je ne suis pas fou ! Moi... Moi, je vivrai toujours comme avant. »

« Sauf que tu vas te mettre à manger du pain. Mais ça ne te fait pas de mal. Tu t'en es bien tiré hier soir. »

« C'est vrai, ça ne me rend pas malade. Mais je ne peux pas

dire non plus que j'aime ça. Bon, je crois qu'au village il y a quand même aussi de la viande!»

«Tu vois, ce n'est pas si terrible», dis-je tout en pensant : «c'est terrible, terriblement terrible, ça ne peut pas être plus terrible! Mon meilleur copain déménage! Comment est-ce que ça a pu arriver? Peut-être qu'au bout du compte il ne va pas partir? Peut-être qu'il va rester en forêt, peut-être que tout va continuer comme avant?»

«Non, ce n'est pas si terrible», marmonna Pärtel à son tour, mais il était tout à fait évident qu'il pensait la même chose que moi.

Nous restâmes encore un moment assis, tout malheureux, puis il finit par se relever.

«Bon, allez», dit-il d'une voix éteinte, comme s'il avait pris froid. «Je rentre à la maison. Je suis parti à ta recherche et comme je ne t'ai pas trouvé, j'ai fait le tour de la forêt. Je devrais être rentré depuis longtemps. On part demain matin, il y a encore des choses à régler d'ici-là.»

«Vous avez relâché vos louves?»

«Demain.» Il restait immobile, à renifler.

«Allez, au revoir», finit-il par bredouiller. «Si tu veux, tu peux passer demain pour voir comment on...»

«J'essaierai.»

«À demain», dit-il avant de reprendre le chemin de sa cabane pour y passer sa dernière nuit en forêt.

La nouvelle était aussi affreuse qu'incroyable. Je me traînai chez moi et me roulai en boule sur ma couche, mais impossible de trouver le sommeil ; je ne m'endormis qu'à l'aube, mais comme une bûche. Maman me laissa dormir : elle aimait bien que je fasse la grasse matinée, comme elle aimait bien que je mange beaucoup. Quand je finis par ouvrir les yeux, il était déjà midi. Pärtel est parti, me dis-je immédiatement ; et à la vérité, j'étais soulagé de ne pas être allé lui dire adieu. Je traînai un bon moment au lit en regardant le plafond.

Il y eut un sifflement du côté de la porte. C'était Ints.

« Qu'est-ce qui se passe ? Tu es malade ? »

« Non, ça va », répondis-je en me levant. Lorsque je sortis de notre cabane, tout était exactement comme la veille, si ce n'est que j'avais la sensation qu'il n'y avait plus personne dans la forêt et que le seul bruit était celui de mes pas.

13

PÄRTEL ET LES SIENS NE FURENT PAS LES SEULS À PARTIR. Ce fut comme une débâcle de printemps, lorsque le premier morceau de glace à se détacher ne tarde pas à entraîner les autres. Sans doute beaucoup de gens étaient-ils depuis longtemps en train de peser s'ils allaient déménager ou non, et l'exemple des parents de Pärtel eut raison de leurs hésitations. Dès le lendemain, une amie de Salme s'en alla avec sa mère, puis ce furent d'autres, puis d'autres, puis d'autres. Il n'y avait déjà plus grand-monde dans la forêt auparavant, mais au bout de quelques semaines il ne resta plus que ma famille, Hiie et ses parents, Ülgas, Meeme, les deux anthropopithèques et deux ou trois anciens d'âge canonique, dont la survie constituait un motif quotidien d'étonnement.

En parcourant la forêt ces jours-là, à la fois effrayé et perplexe, j'avais l'impression de la voir s'effondrer sous mes yeux. Soudain des choses auxquelles je n'avais jamais prêté attention me sautaient aux yeux, des arbres abattus par la tempête, des branches arrachées par le vent, des buissons desséchés ; et tout cela me semblait mystérieusement lié aux défections que notre communauté venait de subir. Je ne peux nier que moi aussi, la pensée m'assaillait que nous aurions peut-être mieux fait de suivre l'exemple quasi général, car ces départs massifs rendaient la forêt moins hospitalière à mes yeux. Un danger semblait nous y guetter, que les autres avaient perçu et qu'ils avaient fui, et lorsqu'une soudaine rafale se mettait à ébouriffer les cimes des arbres, je frissonnais de peur : est-ce que cela y était ? Je ne savais pas ce que je devais craindre, mais c'était comme si l'exil massif de nos voisins avait percé un trou dans le couvert forestier et que, par ce trou, quelque chose d'étranger et de désagréable s'était glissée dans les vieilles futaies familières.

Oncle Vootele, qui m'accompagnait souvent dans mes promenades à cette époque, me rassura en me disant qu'il avait déjà vécu de nombreux exils de ce genre. Ils s'étaient toujours produits par vagues — durant plusieurs années personne ne bougeait, et puis d'un seul coup des dizaines de familles s'en allaient. Par la suite, le calme revenait pour des lustres, il ne passait plus par la tête de quiconque de faire défection, et puis il suffisait qu'une seule famille s'y décide pour une raison ou pour une autre, et elle trouvait des gens pour la suivre. C'était comme les envols d'oiseaux migrateurs en automne : quelques-uns prennent la route du midi dès que le temps fraîchit, tandis
que d'autres attendent que le sol ait blanchi.

« Ceux qui viennent de partir sont ceux qui ont attendu la première neige. Il n'y a rien à leur reprocher, ils sont restés longtemps. »

« Et nous ? »

« Nous, nous sommes les corneilles et les coucous », répondit mon oncle dans un sourire. « Nous passerons l'hiver ici. Au moins ta mère et moi. Vous, avec Salme, vous êtes encore des enfants : pour l'instant vous restez avec votre mère, bien entendu, et quand vous serez grands, vous ferez votre choix. Et si vous partez, ce sera la fin. Il n'y aura plus que des animaux dans la forêt. »

« Moi, pas question que je parte », dis-je sur un ton de profonde conviction.

« Qui sait ce que l'avenir nous réserve. Bien sûr, j'aimerais bien que la forêt ne meure pas tout à fait. Mais réfléchis bien, Leemet : est-ce une vie de rester ici tout seul ? Ta mère et moi, nous ne sommes pas éternels, et un jour il n'y aura plus que ta sœur et toi. Est-ce qu'il n'y a pas de quoi frémir ? »

« Il restera toujours Hiie, et puis Ints et les autres serpents. »

« Hiie, bien sûr. Et les serpents ne s'en iront pas. Bon, qui vivra verra. Mais surtout, ne va pas penser que ta mère et moi, nous exigeons que tu passes toute ta vie dans la forêt. Personne ne t'en voudra si tu décides de déménager. C'est la vie : tout a une fin. Il y a des troncs où les hiboux ont fait leur nid durant des siècles, et tout d'un coup il n'y a plus rien dedans, leurs pensionnaires les ont abandonnés. C'est comme ça. Au moins, tu connais la langue des serpents et je sais que tu ne l'oublieras pas, même quand je ne serai plus là. C'est le plus important. Et va savoir, peut-être que tu parviendras à la transmettre à quelqu'un. »

Les paroles de mon oncle m'attristaient, l'avenir me semblait sombre et sans espoir. L'idée de partir au village m'était hautement désagréable, mais lorsque je tentais de m'imaginer adulte, tout seul dans une forêt déserte, j'avais la gorge serrée. Mon oncle sembla le comprendre, il me tapota le dos et dit en riant :

« C'est bien loin, tout ça, n'y pense pas ! Tout ce que nous pouvons savoir de l'avenir pour le moment, c'est que nous allons chez toi et que ta mère nous a fait du bon chevreuil qui fond sous la langue. Aujourd'hui tout va bien pour nous et demain aussi tout ira bien, et il en sera ainsi pendant de nombreuses années. Ce qui viendra ensuite, personne n'en sait rien. Les désagréments, c'est comme la pluie : un jour ils vont nous tomber dessus, mais il n'y a pas de raison de s'en soucier tant que le soleil brille. Et puis, la pluie, on peut s'en protéger, et beaucoup de choses qui semblent fort laides vues de loin ne sont pas si terribles que ça quand on s'en approche. Allons manger ! »

C'est ce que nous fîmes. Maman était ravie, car à présent son frère passait nous voir presque tous les jours ; comme il avait toujours le ventre vide, ses travers d'élan et ses gigots de chevreuil trouvaient à qui parler.

« Tu me fais plaisir. Quel bel appétit ! Si seulement Leemet tenait de toi ! Je n'arrête pas de lui donner à manger, mais il ne fait que picorer. »

« Mais, maman, je viens d'avaler un demi-travers d'élan ! »

«Et qu'est-ce que c'est qu'un demi-travers pour un grand garçon comme toi, en pleine croissance? Manges-en au moins un entier! Pour qui est-ce que tu le gardes? Il y en a encore! Termine-le, le reste attend.»

«Mais enfin maman, tout un élan, ce n'est pas possible!»

«À bon appétit, rien d'impossible! Regarde ton oncle!»

«Mmh», grogna Vootele. «Exquis. Je reprendrais bien une patte.»

«Je t'en prie, je t'en prie! Prends-en deux! Et toi aussi, Leemet, prends-en une! Goûte au moins!»

Je repris de la patte en soupirant. En vérité je n'avais pas beaucoup d'appétit, mais d'être chez moi, à table, en train de ronger un os de chevreuil, me donnait l'impression que rien n'avait changé dans la forêt et que dans la rosée matinale, on ne distinguait pas tous les jours des empreintes de fuyards.

Je ne revis pas Pärtel de plusieurs semaines, alors qu'il avait promis de revenir dans les plus brefs délais. J'attendais impatiemment sa visite, en me demandant pour quelle raison il ne tenait pas parole. Qu'est-ce qui le retenait donc? Le plus naturel aurait été de profiter de la première occasion pour s'enfuir de ce village répugnant, respirer à nouveau l'air de la forêt et confier à son vieux copain toutes les souffrances qu'il endurait. À sa place, il y a longtemps que j'aurais fait signe. Il savait bien où me trouver, et aussi que je ne pouvais pas lui rendre visite. Une ou deux fois, j'étais allé jusqu'à l'orée de la forêt et j'étais resté à contempler les maisons, nerveux, espérant l'apercevoir quelque part, mais pas de Pärtel en vue. En revanche, j'avais vu d'autres villageois, dont Magadaleena et plusieurs amies de ma sœur qui venaient de déménager. Elles étaient déjà habillées en villageoises, l'une d'elles avait un râteau. Je ne l'enviais pas, cela me semblait étrange et un peu dégoûtant. Je me représentais ma sœur en train de cheminer comme cela, un râteau sur l'épaule, et cela me répugnait encore plus que de me la figurer en train d'embrasser un ours.

En ces temps-là, je n'avais qu'Ints pour me tenir compagnie, car Hiie ne parvenait plus à s'échapper aussi facilement de chez elle. Depuis les départs, Tambet s'enfermait avec les siens dans sa hutte, comme s'il craignait que les émigrants n'aient été touchés par quelque épidémie qui pouvait l'atteindre. Hiie devait rester avec eux, plus question de la laisser traîner dans les bois. À deux ou trois reprises, je vis sa petite figure triste à la fenêtre et lui fis signe de la main : elle me répondit — prudemment, de peur que quelqu'un à l'intérieur ne remarque son geste.

Tambet mettait quand même le nez dehors de temps en temps pour capturer les louves abandonnées dont les divagations heurtaient ses principes. Cela ne faisait qu'augmenter leur troupeau, mais grâce à Hiie et aux mots des serpents, les nouvelles venues apprenaient bien vite, elles aussi, que le jour est fait pour dormir et non pour manger. Un jour que je n'étais pas parvenu à m'écarter à temps de son chemin, Tambet écarquilla les yeux à ma vue et s'écria :

« Qu'est-ce que tu attends encore ? File donc tout de suite au village avec tous ces traîtres ! »

Sans rien répondre, je me réfugiai dans les buissons.

En tout cas, cela m'attristait que Hiie ne vienne plus jouer. Pärtel avait déménagé, elle était bouclée chez elle : je me sentais vraiment tout seul. Il ne me restait qu'Ints, qui essayait de me consoler en traitant d'idiots tous ces lâcheurs et en se moquant d'eux, mais cela n'arrangeait pas mon humeur. Même si nous avions leur langue en commun, les serpents avaient du mal à comprendre tout à fait les humains. Ils avaient tendance à nous percevoir comme de petits frères auxquels un de leurs aînés avait jadis appris leur langue secrète mais qui étaient devenus assez stupides pour rejeter ce précieux présent et s'engager volontairement dans une existence semblable à celles des hérissons ou des insectes. C'étaient des créatures très fières qui ne supportaient ni la bêtise ni l'étroitesse d'esprit ; ils n'avaient aucune peine pour ceux qui venaient de déménager. Sans doute, en pensée, s'étaient-ils déjà détachés de notre espèce, comme d'un aliment tombé à l'eau que le courant emporte vivement au loin et qui nous a définitivement échappé. Plus rien à faire, tant pis! Les serpents n'avaient pas besoin des humains, ils étaient sûrs de pouvoir se débrouiller sans eux.

Je comprenais tout cela et je ne reprochais pas ses moqueries à Ints, mais je ne parvenais pas à me joindre à ses ricanements. Pour me moquer de Pärtel, il m'aurait fallu oublier combien il était triste la veille de son départ. La seule chose qui m'échappait, c'est qu'il ne soit pas revenu me voir. Je passais de plus en plus de temps à l'orée des bois, je finis par y traîner des journées entières : j'avais décidé de guetter jusqu'à voir mon copain. À moins que ceux du village ne l'aient tué, il finirait bien par se montrer! Ints me tenait compagnie : Pärtel ne l'intéressait guère, mais c'étaient de belles et chaudes journées d'automne et il était bien agréable de se mettre en boule et de somnoler au soleil.

Finalement, un matin, je fus récompensé de mon attente. Pärtel apparut brusquement au coin d'une maison, une faucille à la main. Il s'apprêtait à aller quelque part mais je lui sifflai un mot long et perçant, presque inaudible, mais qui parvient immanquablement à l'oreille de celui à qui il est destiné. Il sursauta, se retourna et me vit.

Le plus terrible, c'est qu'il hésita. Il ne me répondit pas, il ne courut pas vers moi à toutes jambes et n'exprima d'aucune autre manière l'indéniable et forte joie qui m'avait envahi à le voir. Il s'immobilisa et se mit à réfléchir. Puis il finit par se diriger vers moi, dissimulant dans son dos la main qui tenait la faucille, un sourire forcé aux lèvres.

« Salut ! Alors te voilà. »

« Je suis venu voir ce que tu trafiques », répondis-je sur un ton moqueur. Dans son comportement et dans sa démarche, il y avait quelque chose qui me poussait à chercher le conflit. Je m'étais figuré que nous allions nous tomber dans les bras, avant de nous mettre à discuter longuement de tout ce qui s'était passé depuis notre dernière rencontre. Et voilà que je me tenais là, tout bête, à le fixer d'un air hostile, tandis qu'il me gratifiait d'un sourire contraint. Sans doute se sentait-il gêné de son nouveau costume et de cette faucille qu'il tenait dans son dos. Mais je n'étais pas disposé m'apitoyer sur son sort.

« Qu'est-ce que tu caches là-derrière ? Une racine ou quoi ? »

« C'est une faucille », répondit-il sur un ton hésitant. « J'étais en train d'aller aux champs. C'est pour ça que je n'ai pas pu aller te voir, tellement il y a de travail. C'est la moisson. »

« Qu'est-ce qui vous prend de couper cette cochonnerie d'herbe ? » reniflai-je, furieux et terriblement malheureux de ce que cette rencontre tant attendue se passe si mal. Je sentais que j'avais le choix entre fondre en larmes et me tirer d'affaire en le blessant, et je choisis la deuxième option.

« C'est pour faire du pain », bredouilla Pärtel. Il baissait les yeux, fuyant mon regard.

« Cette eau de vaisselle ! » grognai-je. « Vous n'avez rien d'autre à manger ? »

« C'est quelque chose de très utile, en réalité. » Il semblait véritablement à la torture ; sans doute son seul désir était-il de filer aux champs et de recommencer à manier son nouveau jouet en compagnie des autres villageois. Mais j'étais son vieux copain, il ne pouvait pas prendre ses jambes à son cou comme ça. Aussi il demeura et, fort courtoisement, me demanda des nouvelles de maman et de Salme. Jamais elles ne l'avaient intéressé, et je le lui dis en face, assez grossièrement.

« Ça ne t'a pas pris longtemps pour devenir franchement bizarre ! Qu'est-ce qu'ils t'ont fait ? Tu te rappelles l'autre soir, quand tu me disais que tu ne voulais pas quitter la forêt. Et maintenant il paraît que tu n'as pas pu venir me voir à cause de cette affaire de moisson. Qu'est-ce que ça peut bien te faire ? Tu es de la forêt ! Tu connais la langue des serpents ! »

« Tu ne comprends rien à rien ! » dit-il brusquement, furieux. « Et puis je n'ai pas de comptes à te rendre ! Si je ne voulais pas partir, c'est que je ne savais rien de la vie au village, mais maintenant je sais. Rien à dire — en fait, c'est vraiment super : il y a des tas de gens et puis d'autres garçons et des filles, on joue ensemble, on s'amuse bien. Et la moisson aussi, c'est chouette, je sais déjà me servir d'une faucille. Après, ils vont m'apprendre à battre le grain et à le moudre. Tout est passionnant par ici et on n'a pas besoin de la langue des serpents, que je la sache ou non c'est du pareil au même. »

« En voilà une nouvelle intéressante ! » éternua Ints, qui jusque-là était resté tranquillement en boule. « Il n'y a que les insectes qui vivent sans avoir besoin de notre langue — mais qu'est-ce que c'est que cette vie ? »

En entendant sa voix, Pärtel sursauta et resta indécis, l'air vaguement effrayé.

« Tu vas peut-être te mettre à lui cogner dessus avec un bâton ? » demandai-je. « Est-ce que tes joyeux compagnons de jeu t'ont déjà appris que tout ce que les serpents méritent, c'est qu'on les rosse ? »

« Non, non », bredouilla Pärtel, avant d'ajouter sur le ton de la provocation : « Mais au village, les gens ne les aiment pas. Ils sont les ennemis de Dieu. »

« C'est qui encore ce Dieu ? »

« C'est le plus puissant de tous les génies. C'est lui qui nous a faits. Il a fait tout ce qui existe, et il sait encore faire des tas de choses. Il est tout-puissant. Ceux qui l'honorent, il les aide, il accomplit leurs souhaits. Mais ses ennemis, gare à eux. »

« Qui est-ce qui t'a raconté ces âneries ? C'est du Ülgas tout craché. »

« C'est le doyen Johannes. À propos, j'ai changé de nom. J'ai été baptisé, maintenant je m'appelle Peetrus. Dieu n'aime pas les gens qui s'appellent Pärtel. Mais il aime bien ceux qui s'appellent Peetrus, et si je lui demande quelque chose, il me l'accordera. »

« Non, mais tu t'entends ? Comment est-ce que tu peux croire à ces bêtises ? Ça n'existe pas, les génies ! »

«Les génies peut-être pas, mais Dieu, il existe. Le doyen Johannes m'en a parlé longtemps. C'était très intéressant. Il a été crucifié et il est ressuscité d'entre les morts.»

«Les gens ne ressuscitent pas», glisse Ints. «Personne n'est jamais ressuscité.»

«Ce n'est pas ce que dit Johannes!» affirma Pärtel-Peetrus, en considérant Ints avec une répugnance tout à fait évidente. «Le monde entier croit qu'il est ressuscité, et tous ces gens ne peuvent pas être des idiots.»

«Et tous les serpents du monde savent que les morts ne ressuscitent pas!» répliquai-je. «Et moi, je les crois!»

«Les serpents, ça ne compte pas!» Pärtel me regardait d'un air buté. «Tu crois qu'il n'y a que les serpents et toi à savoir des choses. Mais si tu savais ce que m'a raconté Johannes... Tu n'es jamais sorti de ta forêt, mais lui, il a voyagé au-delà des mers, dans des pays aussi étrangers que possible. Il y a des tas de gens là-bas et ils croient tous en Dieu, et ils savent qu'il est ressuscité. Et tous autant qu'ils sont, ils moissonnent et ils mangent du pain et aucun d'entre eux ne vit dans la forêt et ne parle aux serpents. Et si c'était toi le demeuré? Johannes dit qu'ailleurs, ceux qui vivent dans la forêt et qui parlent avec les animaux, on les considère comme fous à lier.»

«Mais c'est de là que tu viens!»

«C'est fini, la forêt! C'est du passé! Tout le monde est parti!»

«Va te faire foutre!» m'écriai-je, enrageant de fureur et d'impuissance. Je ne savais pas quoi répondre, et puis je n'avais pas le cœur à discuter : ce que je voulais, c'était que tout soit comme avant, que Pärtel soit de nouveau Pärtel. Mais ce n'était plus Pärtel, ce type en costume villageois, ce Peetrus avec sa faucille à la main, en train de me parler de Dieu et des moissons avec un air de je-sais-tout, et derrière son dos le monde entier ricanait de moi, des millions et des millions de gens qui vivaient hors de la forêt et qui adoraient mâchonner du pain. Moi, tout ce que j'avais, c'était les mots des serpents. Je tournai le dos à Peetrus et courus me réfugier dans les bois.

Je marchai sans m'arrêter, droit devant moi, en écartant les branches et sans contourner les buissons. En dépassant la caverne des anthropopithèques, je vis le pou se dresser sur ses pattes, plein d'espoir : sans doute Hiie lui manquait-elle, mais ces jours-là elle était consignée chez elle et ne pouvait pas lui rendre visite. Ses maîtres regardèrent en-dehors eux aussi, mais je ne m'arrêtai pas chez eux — les derniers anthropopithèques qui vivaient dans leur étrange passé, le derrière à l'air car ils n'avaient même pas appris à se vêtir de peaux de bêtes. À côté du costume de Pärtel, j'étais une créature tout aussi anachronique ! Je continuai au même rythme, furieux contre la Terre entière.

Je marchai ainsi toute la journée, jusqu'à l'autre bout de la 146
forêt, à des endroits où je n'étais jamais allé. Je vis de nombreux animaux : des élans, des chevreuils et des cerfs, qui, à ma vue, s'immobilisaient en me fixant de leurs grands yeux pensifs ; des ours qui tentaient maladroitement de me saluer ; des loups solitaires qui traînaient — mais pas un seul humain. Finalement, vers le soir, alors que j'étais mort de fatigue, le couvert se fit moins dense. Je finis par atteindre l'orée des bois ; au loin, il y avait un village inconnu. Des gens s'étaient rassemblés sur une vaste place, ils faisaient du feu et ils jouaient à la balançoire. Ils criaient, ils riaient. Ils étaient nombreux.

La forêt était assiégée de tous côtés par ces gens et par leurs villages.

« Bon, et alors ? », siffla une voix. C'est alors seulement que je me rendis compte qu'Ints avait rampé à mes côtés durant tout ce temps. Son regard amical ne trahissait nulle lassitude.

« Laisse-les donc être nombreux », dit Ints en se remettant en boule. « Laisse-les vivre en grappes, les uns sur les autres. Comme les fourmis, cette espèce de vermine. Des grains de terre avec des pattes, qui ne méritent pas qu'on leur prête attention. Ils doivent serrer les rangs pour simplement survivre. Pas le choix, ils ne savent pas notre langue. Qu'est-ce que ça peut te faire ! »

Trop fatigué pour répondre, je me jetai sur la mousse en fermant les yeux.

« Je n'ai pas la force de rentrer à la maison. Je dors ici. »

« Tu vas prendre froid, c'est déjà l'automne. Mais si tu veux, il y a un terrier de serpents à proximité. En fait, il y en a un peu partout dans la forêt, notre race en a creusé de partout. Il fait chaud là-dedans, allons-y. Tu dormiras bien. »

« Merci. »

Ints rampa devant tandis que j'essayais de clopiner à sa suite sur mes jambes endolories. C'était sans doute pour cela que Ints ignorait la fatigue : pas de jambes à traîner. Nous arrivâmes à un arbre mort, couché par terre, sous lequel une entrée, étroite comme toujours, menait au terrier.

Je rampai à l'intérieur. Dans le terrier, il y avait d'autres reptiles, qui me considérèrent avec curiosité. J'étais si loin de chez moi que tous m'étaient inconnus. Je les saluai dans leur langue et me couchai dans un coin. Aimablement, ils me firent de la place.

En m'endormant, je me sentais plus serpent qu'humain, et cette sensation me consola un peu.

14

Je ne revis pas Pärtel de sitôt. Je cessai d'aller espionner le village ; et si lui était venu à ma rencontre dans la forêt, je me serais probablement précipité dans les buissons comme je le faisais pour éviter Ülgas et Tambet. Je n'avais pas envie de le rencontrer, car ce n'était plus mon copain Pärtel : c'était Peetrus, il n'y a rien de plus laid que de voir une personne qui nous est familière et chère se changer en une créature étrangère et incompréhensible.

J'avais souvent vu Ints avaler d'un coup une grenouille ou une souris tout entière. La petite bête lui disparaissait lentement dans la gueule, et une fois l'opération achevée, ses formes demeuraient visibles sous la peau de serpent. De même, mon vieux copain avait été gobé par un petit villageois du nom de Peetrus. Sous ce Peetrus, on distinguait encore le nez et les oreilles de Pärtel, mais la digestion était déjà en cours et bientôt les dernières traces de mon copain auraient disparu. Sans doute aurais-je été nettement moins malheureux s'il était mort — j'aurais pu porter tranquillement son deuil. Mais là, je savais qu'il traînait encore quelque part sous une forme dégénérée, souillée, profanée ; il existait encore, mais il n'existait plus pour moi. C'était comme si quelqu'un s'était emparé de mon bon vieux pantalon pour chier dedans — le pantalon était encore là, mais il n'était plus portable, il puait d'une odeur étrangère et répugnante.

Bien entendu, Pärtel ne vint pas me voir, et je n'eus pas besoin de me jeter dans les buissons pour l'éviter. Sans doute se sentait-il à peu près aussi mal que moi. Il était parvenu dans un autre monde et s'appliquait à en apprendre les règles, de même que je m'étais infatigablement tordu la langue pour apprendre les mots des serpents afin que la forêt me parle. Il voulait se fondre le plus vite possible dans sa nouvelle existence, alors que moi, j'étais indubitablement de l'ancien monde. Mon spectacle lui était pénible. Peut-être, d'une certaine manière, se sentait-il un traître, un renégat, mais il avait surtout honte de moi. Je persistais à vivre dans les ténèbres des sous-bois sans rien comprendre à toutes ces nouvelles distractions qu'offrait le village. Il n'avait rien à me dire, alors qu'autour de lui il y avait des tas de garçons et de filles qui vivaient la même vie que lui, se nourrissaient comme lui et s'adonnaient aux mêmes tâches. Eux ne se moquaient pas de lui parce qu'il mangeait du pain ; à leurs yeux, il n'y avait rien d'étrange à manier une faucille. Il était tout à fait naturel qu'il m'échange contre eux, c'était une question de facilité.

Me serais-je conduit différemment si ma mère et mon oncle avaient déménagé au village et si Pärtel était resté en forêt ? Je n'en sais rien. Bien sûr, j'aimerais bien fanfaronner, dire que je n'aurais pas trahi l'ancien monde, que je serais resté l'ami des reptiles et que je serais allé voir mon copain tous les jours. Je n'aurais pas oublié la langue des serpents comme il finit par l'oublier — car la dernière fois que je le revis, bien des années plus tard, il fut incapable d'émettre un seul sifflement. Les mots des serpents n'avaient pas été complètement balayés de sa mémoire, il s'en rappelait quelques-uns, mais il était incapable de les articuler, car à mâcher du pain il avait perdu la moitié de ses dents et sa langue s'était gonflée à force de boire du kvass[1], ce truc aigre que les villageois lapent à la place de l'eau. J'ai beau jeu maintenant de dire que je ne serais pas devenu un bouseux de ce genre, mais je crains de mentir. Sûrement que le village m'aurait gobé, m'aurait avalé, m'aurait lentement digéré comme un gigantesque reptile, une Salamandre étrangère et hostile. Et je me serais soumis à sa

1. (N. d. t.) Boisson à base de seigle légèrement fermenté.

volonté, car ma Salamandre à moi, celle qui était censée me protéger, avait disparu, et nul ne savait où elle dormait.

Aussi je cessai de penser à mon copain Pärtel et me résignai à l'idée que quelque part au village vivait un garçon du nom de Peetrus qui moissonnait l'orge à la faucille, allait jouer à la balançoire[1] avec les autres villageois, et n'avait plus rien en commun avec moi. Je jouais avec Ints et de temps en temps j'allais rendre visite à Hiie, qui avait toujours interdiction de s'éloigner de chez elle ; mais lorsque ses parents étaient absents, nous pouvions échanger quelques mots. Oncle Vootele aussi m'emmenait souvent dans ses promenades, nous allions voir les quelques vieillards qui restaient — mais comme s'ils s'étaient donné le mot, ils moururent tous cet automne-
là, et il y eut encore moins de monde dans la forêt. Ülgas, le Sage du Bois Sacré, les incinéra sur des bûchers funèbres, mais mon oncle et moi nous abstînmes d'assister à ces funérailles, car depuis l'affaire du lac sacré notre famille avait rompu toute relation avec lui. Il psalmodiait ses incantations tout seul auprès du feu ; Tambet, silencieux et morose, était son seul public — bien entendu, il ne manquait aucun rituel lié de près ou de loin à l'ancien temps.

Ce fut un automne sinistre, peut-être le plus désespéré de tous ceux que j'ai vécus, car même si plus tard j'ai connu des temps encore plus tristes et qu'il m'est arrivé des choses bien plus terribles, à l'époque mon cœur ne s'était pas encore endurci comme il s'est endurci par la suite, ce qui me rendit les souffrances plus supportables. Pour parler serpent, je n'avais pas encore mué comme je le fis à plusieurs reprises, plus tard, au cours de mon existence, me glissant dans des enveloppes de plus en plus rudes, de plus en plus imperméables aux sensations. À présent, peut-être bien que rien ne traverse plus.

1. (N. d. t.) Il s'agit de grandes balançoires collectives où l'on tient, debout, à une dizaine de personnes.

Je porte une pelisse de pierre.

Comme la forêt semblait moribonde, je passais beaucoup de temps à la maison. Chez moi, rien n'avait changé : maman s'affairait toute la journée à ses fourneaux, cuisinant des montagnes d'élan et de chevreuil. Elle était de bonne humeur, car elle aimait que ses enfants restent auprès d'elle à manger de la viande au lieu de courir l'aventure dans la forêt toute la journée pour ne réapparaître qu'au dîner. Je mangeais plus que jamais et je prenais du poids, ce qui mettait maman en joie. Elle parvint également à rendre ma sœur ronde comme une bille à force de la gaver, ce qui lui causait encore plus de plaisir : voilà qui montrait qu'elle gardait la main et que ses rôtis d'élan valaient toujours la peine.

Salme aussi était beaucoup à la maison cet automne-là. Avant, elle disparaisssait le soir et ne réapparaissait qu'à la nuit noire, prétendant être allée admirer le coucher de soleil. Cette histoire était cousue de fil blanc, vu qu'en cette saison le soleil se couche tôt : elle aurait mieux fait de prétendre qu'elle allait voir la lune se lever. Et puis, soudain, elle cessa de sortir, se fit tout triste à table, et je compris que son galant hivernait.

En vérité, nous aussi nous hivernions. À la fin de l'automne, en général nous faisions provision de viande, et aux premières neiges nous cessions de sortir — imitant en cela les serpents et les ours, et d'autres animaux plus petits. L'hiver, cela n'avait pas de sens de traîner dehors à patauger dans la neige, il était plus sage de ménager ses forces et d'utiliser ces journées crépusculaires pour se reposer à fond. Nous lâchions nos louves dans la forêt pour qu'elles trouvent à manger tout seules, et elles profitaient pleinement de leur liberté hivernale, attaquant les chevreuils et les élans et aussi les villageois — du fait des coutumes étrangères qu'ils avaient adoptées, l'hiver, au lieu de se reposer, ils continuaient à traîner dehors, et comme ils ne savaient pas la langue des serpents, ils constituaient des proies faciles.

Cette année-là, nous nous disposions à hiverner comme

d'habitude lorsque, un soir, Ints se glissa chez nous et nous fit une proposition :

« Mon père m'a prié de vous demander si vous ne voulez pas venir hiverner avec nous cette année. Il serait très heureux que vous acceptiez. »

C'était une offre inattendue, car les serpents avaient toujours hiverné entre eux, dans leurs grands terriers, et je n'avais encore jamais entendu dire qu'un homme ait passé un hiver en leur compagnie. Mais sans doute restait-il si peu de monde dans la forêt qu'ils pensaient possible de les prendre chez eux. À part ma famille, il n'y avait d'ailleurs pas d'autres invités possibles : ni Ülgas ni Tambet n'auraient jamais accepté, car les reptiles n'honoraient pas leurs chers génies des bois, et les habitants du terrier n'auraient pas supporté les incantations, les formules magiques et tout le bruit dont Ülgas ne pouvait se passer.

Oncle Vootele était chez nous ce soir-là, c'est lui qui prit la responsabilité d'accepter l'invitation :

« Mais bien volontiers. C'est un grand honneur que vous nous faites là. »

Quelques jours plus tard, nous allâmes nous installer chez les serpents. La première neige tombait, c'était le moment idéal pour prendre nos quartiers d'hiver. Maman avait préparé une montagne de viande d'élan, mais les reptiles qui étaient venus nous servir de guides l'assurèrent que c'était inutile :

« Nous avons largement de quoi manger. Gardez donc vos provisions pour le printemps, pas la peine de transporter tout ça. »

J'étais tout excité. Même si j'étais allé souvent chez les serpents, je ne connaissais pas les terriers où ils hivernaient. Et puis ce serait chouette de passer plusieurs mois avec Ints, de sommeiller à ses côtés ; de temps en temps, nous nous éveillerions pour nous raconter nos rêves, jusqu'à ce que l'engourdissement nous gagne à nouveau et que nous retombions dans notre torpeur. J'étais juste triste pour Hiie : elle devrait passer toute la mauvaise saison à la surface avec ses parents. Mais je n'y pouvais rien, il n'était pas en mon pouvoir de la prendre avec moi.

Maman, Salme, Oncle Vootele et moi, nous suivîmes deux gros reptiles à travers la forêt, puis nous empruntâmes un long passage en pente douce qui débouchait sur une grande salle tout chaude où il faisait noir comme dans un four. Mais c'était une obscurité agréable, douce et caressante. Nos yeux s'y habituèrent à une vitesse surprenante, et bientôt je distinguai de nombreux serpents confortablement roulés en boule.

Au centre de la pièce, il y avait une énorme pierre blanche. C'était sans doute justement grâce à elle que l'on voyait si bien dans la pénombre. Il n'en émanait pas à proprement parler de lumière, mais elle était si claire qu'autour d'elle l'obscurité se faisait comme transparente.

« Qu'est-ce que c'est que cette pierre ? » demandai-je à Ints, qui rampait vers moi en remuant la queue pour me saluer.

« L'hiver, c'est elle qui nous fournit notre nourriture. Il suffit de la lécher pour se rassasier. Elle est d'une grande antiquité, et pourtant elle a toujours la même taille. Essaie, lèche un coup, tu verras comme c'est bon ! »

Je m'approchai de la pierre et léchai. C'était doux comme du miel, et je continuai jusqu'à me sentir complètement rassasié. C'était comme si j'avais mangé tout un élan.

« Tu n'auras pas faim avant plusieurs jours. C'est comme ça que nous passons la mauvaise saison. Nous léchons, nous sommeillons pendant deux ou trois jours, nous léchons de nouveau. Il fait chaud et il n'y a pas de bruit, le sommeil vient vite. »

Nous nous installâmes, et je dois avouer qu'il me suffit de me coucher pour qu'une lassitude fort agréable s'empare de moi. Je tournai une ou deux fois sur moi-même comme un renard et m'endormis aussitôt.

De cet hiver, je n'ai que les souvenirs les plus merveilleux. Mes songes me nageaient autour sans jamais m'abandonner, même lorsque, dans un état de semi-inconscience, je me traînais jusqu'à la pierre blanche pour me nourrir, les yeux fermés et le corps tout engourdi. Dans les ténèbres familières, on entendait respirer des centaines de reptiles endormis ; maman, ma sœur et mon oncle étaient quelque part au milieu d'eux, tout était tranquille, tout allait bien ; Pärtel et les autres transfuges semblaient n'être que des ombres qui se dissolvaient instantanément lorsque l'esprit, par hasard, se perdait en eux, et je n'avais qu'une seule pensée : qu'est-ce que c'est bon de dormir !

Je nageais dans le sommeil, il me roulait dessus comme des vagues, je pouvais pratiquement le toucher ; je le sentais doux comme de la mousse, et en même temps il me glissait entre les doigts comme du sable. Il était tout autour de moi, il comblait tous les vides et tous les orifices, il était chaud et frais en même temps, il flottait partout comme un souffle de vent qui caresse et radoucit l'atmosphère. Je n'avais jamais aussi bien dormi de ma vie, et par la suite jamais plus je ne retrouvai un tel plaisir dans le sommeil, même si j'ai passé pas mal d'autres hivers chez les serpents. C'était retrouver un plaisir ancien ; alors que cet hiver-là, plonger dans le songe était une expérience nouvelle et de ce fait, particulièrement enthousiasmante.

Je perdis la notion du temps, je ne savais plus combien de temps j'avais dormi — mais je finis quand même par me réveiller. Au début, je crus simplement que j'avais faim : je me traînai à quatre pattes auprès de la pierre, la léchai et me disposai à retourner dormir à tâtons. Mais, à ma grande surprise, je n'avais plus sommeil. Le doux plaisir de me jeter dans le songe tête première, comme une pierre qu'on a jetée dans un lac, s'était évanoui. Une jambe se mit à me gratter, puis une oreille, et je finis par sentir que je ne pouvais plus rester allongé même un instant, et je me levai prestement.

Autour de moi les serpents dormaient encore, enroulés les uns dans les autres ; un peu plus loin, je vis maman et Salme qui dormaient aussi. Mon oncle en revanche était réveillé. Il s'assit, gratta sa barbe qui avait poussé de moitié pendant l'hiver, et me jeta un coup d'œil.

« Bonjour ! Il est temps de se lever. »

« C'est déjà le printemps ? » Je ne pouvais pas y croire. Il me semblait que nous n'étions entrés que la veille dans le terrier.

« Qui sait, dans cette pénombre ! Allons voir. Je crois que dehors, il fait déjà beau. »

« Les autres n'ont pas fini de dormir. »

« Laisse-les dormir tranquilles. Nous serons les premiers à voir le printemps. »

Nous rampâmes hors du terrier, et dans un premier temps la clarté du jour nous aveugla. Le soleil, que nous n'avions pas vu depuis si longtemps, brillait entre les cimes des arbres. Nous gardâmes les yeux fermés un bon moment avant d'oser jeter un regard à travers nos cils.

C'était bel et bien le printemps. La neige n'avait pas complètement disparu, mais il y avait déjà des fleurs dans les sous-bois et cela sentait la terre mouillée : il venait de pleuvoir. Nous inspirâmes l'air frais et nous frottâmes le visage avec la dernière neige, c'était si bon après ce long sommeil souterrain. Notre engourdissement finit de se dissiper, et il me sembla que je n'aurais plus sommeil avant plusieurs années, tant la fraîcheur printanière me vivifiait les poumons.

« Allons faire un petit tour ! » dit mon oncle. « J'ai les jambes complètement engourdies d'être resté couché tout ce temps. »

C'était passionnant de revoir la forêt après plusieurs mois passés sous terre. Çà-et-là, des arbres s'étaient brisés sous le poids de la neige et dans les buissons on pouvait remarquer les reliefs des repas des loups qui avaient passé l'hiver en liberté : de gros os d'élan et de fins os de chevreuil. C'était bien ma forêt familière, mais en même temps elle avait un peu changé, et ce changement captivait le regard et éveillait l'intérêt comme une fille qui a changé de coiffure ou un serpent qui vient de muer. Le tapis de neige l'avait rafraîchie et empourprée comme une demoiselle, la première pluie de printemps l'avait lavée à fond.

« On va manger ? » demanda mon oncle. « Après tout ce temps passé à lécher cette pierre, j'aimerais bien me mettre quelque chose de plus consistant sous la dent. Qu'est-ce que tu dirais d'un bon gigot d'élan froid ? Moi, je n'ai rien contre ! »

J'approuvai immédiatement. La pierre sucrée, qui jusque-là m'avait si bien rempli le ventre, m'écœurait tout à coup, et l'eau me venait à la bouche lorsque je m'imaginais un bout de viande séchée en plein air comme il se doit : ça, ça a de la consistance, et si bon goût.

Nous allâmes chez mon oncle. Il avait sous sa hutte une cave profonde où il gardait ses provisions, et à l'automne il y avait accumulé une quantité respectable de viande d'élan. Il ouvrit la trappe et nous descendîmes.

« Je crois que nous allons manger sur place », dit-il. « Si ça ne te gêne pas, je ne vais pas me casser la tête à mettre la table. À la bonne franquette, on est entre hommes. Tiens, prends cet os, moi je prends celui-ci et allons-y. »

Je plantai les dents dans un cuissot et c'était délicieux : la viande finit de chasser le goût de la pierre sucrée, et c'est ainsi que l'hiver se termina pour moi. Tout était redevenu comme avant : j'étais réveillé, je mangeais de la viande, et une longue année m'attendait dont je pouvais faire ce que je voulais. À cet instant j'étais parfaitement satisfait de mon sort, j'avais tout ce dont j'avais besoin — mon oncle à mes côtés, un jambon d'élan à la main et les mots des serpents à la bouche — et je me sentais leste et vigoureux.

C'est alors que mon oncle se mit à tousser.

Il se mit à secouer violemment un os à demi rongé qu'il tenait en main et son visage devint aussi rouge que si la peau s'était brusquement déchirée, révélant la chair et les vaisseaux sanguins. Il toussait toujours plus fort, d'une toux qui se changea en un coassement, puis en un affreux craquement. Il jeta l'os et tenta de se donner des coups de poing dans le dos.

C'est alors seulement que je compris que quelque chose s'était coincé dans sa gorge, sans doute un morceau de viande qu'il avait avalé tout rond, ou alors un petit os. Je me précipitai pour lui venir en aide, je lui tapai dans le dos, mais il se mit à émettre des bruits de plus en plus affreux, à piailler, à siffler, et il finit par tomber sur le ventre, les yeux exorbités et la bouche grande ouverte.

Il se tut. Il était mort.

Je mis du temps à comprendre — je ne voulais pas comprendre. Je le secouai, le mis sur le dos, lui tapai sur le ventre, je glissai même la main entre ses lèvres et je tâtonnai, espérant pouvoir retirer le morceau coincé. Sauver mon oncle, le réveiller, faire disparaître cet air terrible qu'il avait, faire qu'il se lève, qu'il recrache son bout d'os et qu'il se remette à me parler comme avant, comme il l'avait toujours fait.

Mais dans sa bouche, il n'y avait rien d'autre qu'une grosse langue tout enflée. Alors il me vint l'idée de le sortir de la cave, de l'amener à l'air libre pour que le vent frais du printemps le remette sur pied — en réalité, il n'y avait plus rien à faire : c'est un cadavre que je me mis à tirer au-dehors.

Il était grand et lourd, moi j'étais maigre et faible et l'échelle était étroite. Mon entreprise était pratiquement vouée à l'échec, mais j'essayai quand même, je fis tout ce que je pus ; je reniflais d'excitation et, assez étrangement, je ne pleurais pas — sans doute espérais-je encore le sauver, et je n'avais pas le temps de sombrer dans le désespoir. Il fallait le sortir de là, car au-dehors il faisait frais, il y avait les serpents, il y avait maman, et parmi tous ces gens quelqu'un devait bien être capable de le sauver.

À force de pousser et de tirer, je parvins à le hisser jusqu'à mi-échelle, en me chuchotant : « Encore un petit peu ! » Je tirais la langue et j'avais les cheveux collés au front par la sueur, tant du fait de l'effort que de la peur que je venais d'éprouver. Je grimpai par-dessus le corps, le pris par un bras, me cramponnai à la trappe de l'autre et tentai de la repousser. Une seconde plus tard, je retombai au fond de la cave avec mon oncle, la trappe se referma, l'obscurité se fit, et, dans un hurlement de douleur, je compris que je venais de me casser le bras.

Cela faisait affreusement mal ; je restai un certain temps par terre à gémir et à pleurer dans le noir complet. Puis je me mis à crier, à appeler à l'aide, à plein gosier, jusqu'à ce que ma voix se brise et que je ne puisse plus parler qu'à voix basse, d'une voix enrouée, tandis que des aiguilles me piquaient le gosier. Alors je me remis à pleurer, car j'avais compris que nul ne pouvait m'entendre vu que nous étions les premiers à nous être réveillés : les serpents dormaient encore, maman et Salme aussi, et avant qu'ils ne se lèvent et ne partent à ma recherche, il risquait de s'écouler pas mal de temps.

J'étais incapable de bouger car mon bras brisé me brûlait littéralement, et je finis par m'endormir d'épuisement et de désespoir. À mon réveil, je ne savais plus si c'était la nuit ou le jour, car dans l'obscurité de la cave je ne voyais même pas le bout de mon nez, et je n'avais aucune idée du temps que j'avais passé à dormir.

J'avais toujours aussi mal au bras, mais je compris que je ne pouvais pas rester couché comme ça, et je me mis précautionneusement à genoux, tenant mon bras blessé avec l'autre. Sans m'occuper de la douleur, je me déplaçai lentement sur les genoux jusqu'à atteindre un mur. Puis je me retournai et allai dans l'autre sens jusqu'à toucher quelque chose qui gisait sur le sol.

D'abord je sursautai d'effroi, pensant que c'était mon oncle, car je m'étais fait à l'idée qu'il était mort. Dans cette obscurité, trébucher sur un cadavre n'était pas l'expérience la plus agréable qui soit. C'était étrange que mon oncle bien-aimé se soit changé en quelque chose d'effrayant ; je me rappelais son visage gonflé par l'asphyxie, ses yeux exorbités et sa bouche grande ouverte où l'on voyait ses dents, et l'obscurité renforçait l'acuité de cette vision. Des frissons glacés me parcouraient l'échine lorsque j'imaginais ce cadavre quelque part tout près de moi, la gueule ouverte, me fixant peut-être de ses yeux vitreux dans l'obscurité. Je sautai en arrière, et me mis à piailler lorsqu'un accès de douleur me parcourut le bras.

Alors je me rappelai que quelque part sur le sol il devait y avoir aussi un grand quartier de viande d'élan séchée. Je me repris et tendis mon bras sain pour en avoir le cœur net. J'avais très peur, car dans l'obscurité mes doigts auraient très bien pu se glisser entre les dents du cadavre. Mais j'eus de la chance : je tombai sur le morceau de viande. Je le mangeai. La cave regorgeait de victuailles, au moins je ne risquais pas de mourir de faim.

Un long moment, je fus incapable de me détacher du quartier d'élan, car même morte elle aussi, cette viande avait quelque chose de sécurisant ; c'était nourrissant et en quelque sorte amical, alors que dans mes pensées mon oncle mort se changeait en une créature toujours plus effrayante en train de me guetter dans l'obscurité silencieuse. Mais il y avait place également dans mon esprit pour un autre oncle, pour le tonton gentil et souriant qui m'avait appris la langue des serpents, et tout autant que j'étais terrorisé par ce cadavre aux yeux exorbités, je regrettais l'oncle vivant et me mettais à pleurer lorsqu'il me revenait à l'esprit que Vootele était mort et que je ne le verrais plus jamais. Cette conscience me venait par vagues et brûlait aussi fort que mon bras cassé, elle tournait au-dessus de moi, me mettait au désespoir et reculait un instant pour rééclater presque aussitôt dans mes pensées. Accroupi auprès de la viande, je pleurais et je mangeais, en deuil de mon oncle et terrifié par son cadavre.

Je finis par me rendormir, et à mon réveil je tentai à nouveau d'appeler à l'aide, mais ma voix n'était pas revenue. Comme mon bras me faisait moins mal, je décidai d'essayer de sortir de la cave par mes propres moyens. Pour cela, bien sûr, il fallait que je recommence à me déplacer, et je risquais de trébucher sur le cadavre ; après un instant d'hésitation, je me mis à ramper. Par chance, je parvins jusqu'à l'échelle sans toucher mon oncle, et je n'eus pas trop de peine à en escalader les premiers barreaux. Mais dès que j'essayai de soulever la trappe en m'aidant de ma tête et de mon bras valide, je compris que je n'y arriverais jamais. La trappe était trop lourde, même à deux mains j'aurais eu de la peine à l'ouvrir : avec une seule, et la douleur dans l'autre bras, c'était peine perdue. Je redescendis, mais dans le noir je glissai sur un échelon, tombai, me refis mal à mon bras cassé et perdis connaissance sous l'effet de la douleur.

Au bout d'un temps indéterminé, je finis par reprendre connaissance. J'étais à moitié abruti et si faible que je ne parvins même pas à me mettre à genoux. Je rampai lentement jusqu'à l'endroit où je pensais trouver la viande, mais naturellement, je heurtai presque aussitôt, du visage, le cadavre de mon oncle.

La douleur à mon bras était si aiguë que même si j'avais voulu sauter au loin, je n'aurais pas eu assez de force. Aussi je me contentai de détourner la tête.

Une odeur désagréable émanait de mon oncle, mais pour le reste il se tenait tranquille et silencieux comme il sied à un cadavre. Soudain, je n'avais plus peur de lui ; vaillamment, j'allongeai mon bras sain et tâtai, et je compris je l'avais heurté dans le dos. Je sentis également son bras, puis le cou de l'autre côté ; au-delà, il devait y avoir le visage, mais je n'avais pas envie de le toucher. Je le laissai reposer en paix et je me remis à ramper. J'avais faim et c'était de viande d'élan dont j'avais besoin, pas d'un homme mort.

Les jours suivants, je ne m'éloignai pratiquement pas des provisions. Mon oncle s'était mis à puer franchement, et l'odeur me soulevait le cœur. Je n'avais plus peur, mais le cadavre me dégoûtait. Il était là, quelque part dans l'obscurité, en train de pourrir doucement, de polluer cet air que moi, son neveu, il me fallait respirer. Jadis il m'avait appris la langue des serpents, et voilà qu'il m'empoisonnait tout doucement.

Blotti dans le noir, hébété et presque idiot sous l'effet de la douleur, du désespoir et de l'odeur, j'avais perdu toute conscience du temps ; des pensées et des rêves étranges me tournaient dans la tête. Dans ma cervelle exténuée la forêt printanière, avant la pousse des feuilles, que j'avais traversée au sortir de chez les serpents, se mêlait en images au cadavre de mon oncle pourrissant à mes côtés : tels des fantômes, les arbres émergeaient de la neige fondue, leurs branches nues comme des membres en putréfaction, et l'ensemble exhalait une odeur de charogne à couper le souffle.

Puis mon oncle se changeait en Salamandre, en un gigantesque reptile ailé, mais lui aussi puant et pourrissant. Je le voyais presque, gisant à mes côtés, et dans mon délire je levais le bras et je tâtais l'obscurité tout autour de moi, consolant l'inexistante créature : «Rien de grave, tout espoir n'est pas perdu!» Mais ma main passait à travers sa carapace pourrie, friable, et il en émanait, avec un chuintement, un souffle puant. Dans ce chuintement, je reconnaissais la langue des serpents et je lui répondais, je sifflais tout seul dans l'obscurité de la cave de mon oncle Vootele, et l'air se faisait toujours plus lourd et plus épais. Lorsque la viande d'élan me revenait à l'esprit, elle aussi s'était mise à puer la mort, et je n'étais même plus sûr de pas être en train de me nourrir du corps de mon oncle. Mais même cette perspective répugnante ne pouvait pas m'effrayer, tant j'étais faible et à bout de nerfs, et mes songes reprenaient leur cours et me torturaient toujours davantage.

Pourtant ce furent précisément ces sifflements qui me sauvèrent, cette même langue que m'avait enseignée cet oncle en train de pourrir par terre, à côté de moi et de cette viande séchée qu'il aimait tant. Je me traînais à travers la cave en proie à mes rêves de mort, sifflant entre mes lèvres desséchées toutes sortes de mots des serpents. Et ces sons à peine audibles se frayèrent un chemin jusqu'à la surface, plus loin que n'aurait jamais pu retentir un cri humain.

Les serpents, qui avaient émergé de leur hivernage, m'entendirent, et leur roi, le père d'Ints, parvint à ronger la trappe. Ils me sortirent de là et me ramenèrent chez moi. Maman dut me soigner longtemps avant que je puisse me remettre à marcher et à parler.

Mon bras gauche en est resté déformé, car c'était une fracture double ; et l'odeur de cadavre n'a jamais quitté mes narines. Parfois, il me semble qu'elle est partie, pendant une période assez longue je cesse de la percevoir, et puis elle me revient, plus forte que jamais, et elle me donne la nausée. Tel est le dernier cadeau que j'ai reçu de mon oncle bien-aimé, l'homme qui m'a appris la langue des serpents, et qui s'est décomposé à côté de moi.

15

La forêt n'est plus la même. Jusqu'aux arbres qui ont changé, ou peut-être tout simplement que je ne les reconnais plus, peut-être qu'ils me sont devenus étrangers. Je ne veux pas dire que leurs troncs se sont épaissis, que leurs couronnes se sont élargies, que leurs cimes sont de plus en plus hautes : tout cela est naturel. Il y a autre chose — la forêt s'est faite nonchalante, négligée. Elle pousse au hasard, elle se glisse là où elle n'était pas, elle me traîne dans les jambes. Elle est échevelée, ébouriffée. Ce n'est plus chez moi, c'est une chose en soi qui vit sa propre vie et respire à son propre rythme. On pourrait presque penser que c'est elle qui est à l'origine de la fuite des hommes, car elle se comporte en vainqueur qui s'étale sur les traces de son ancien maître. Mais c'est autre chose : en vérité, elle s'est simplement approchée comme un charognard, avant de s'étaler comme un oiseau qui se met à couver. Ce sont bien les hommes qui lui ont laissé la place libre : de même qu'ils ont libéré leurs loups, ils l'ont délivrée de ses entraves et elle s'est étendue comme un tas de pourriture. Lorsque je vais chercher de l'eau, de plus en plus souvent je la trouve sur mon chemin. Je la chasse à coups de pied ; elle me fait place, de mauvaise grâce, en bruissant, mais l'instant d'après elle se remet à ramper, à étaler ses branches et ses feuilles et à couvrir de ronces les antiques sentiers des hommes. Un jour viendra où je n'irai plus à la source, et alors elle aura vaincu.

Bien sûr, il y a encore les villageois : eux aussi viennent en forêt de temps en temps, cueillir des fruits rouges ou des champignons ou encore ramasser du bois mort, mais ils ne lui font plus face. Elle leur fait peur, bien plus qu'elle ne le mérite, et pour augmenter encore leur crainte ils ont inventé toutes sortes d'invraisemblables croquemitaines : des loups-garous, des lutins, des fantômes. Même les génies des bois, ils y croient et ils les craignent, pauvres crétins — Ülgas aurait de quoi se réjouir, il a de fidèles disciples, et en nombre. C'est étrange que la langue des serpents soit tombée dans l'oubli, mais que la croyance en des génies demeure. La sottise est plus forte que la sagesse. La bêtise est coriace comme une racine ancrée dans ce sol que les hommes foulaient jadis. La forêt foisonne, il naît de plus en plus de gens au village ; et moi, je suis le dernier homme à savoir la langue des serpents.

Le dernier homme... C'est ce que maman me dit un jour que j'étais rentré à la maison et que je m'étais assis à ma place
habituelle pour me régaler d'une épaule de chevreuil. Il y avait déjà sept ans qu'Oncle Vootele était mort ; j'avais grandi mais j'étais toujours aussi maigre, et si ma barbe était rousse, ma chevelure s'était assombrie. Maman m'apporta une belle tranche bien cuite, s'assit à table en face de moi et poussa un soupir à fendre l'âme.

« Qu'est-ce qu'il y a encore ? » demandai-je, car je savais très bien qu'elle ne soupirait que pour m'arracher cette question. Elle poussa un nouveau soupir.

« Tu es le dernier homme de la famille », commença-t-elle. Je connaissais bien cette entrée en matière, c'était loin d'être la première fois. En réalité, je savais déjà de quoi elle voulait m'entretenir, car de telles conversations se répétaient régulièrement. Il se passait rarement quelque chose de nouveau dans la forêt, tout le monde tournait tranquillement autour de sa queue et nos journées ressemblaient à celles des loups en train de se gratter les puces — d'abord les cuisses, puis le ventre, puis le dos, puis la queue, et puis retour aux cuisses et ainsi de suite, toujours dans le même ordre, sans rien de nouveau qui puisse réserver des surprises.

« Tu es le dernier homme de la famille », dit maman. « Il faut que tu parles avec Nounours. Salme se fait encore du souci. »

Nounours, c'était ce gros plantigrade avec qui ma sœur s'était mise en ménage depuis déjà cinq ans. Je me rappelais très bien comment elle avait quitté notre foyer — pour maman, naturellement, c'était une grande honte et un terrible malheur, car depuis sa triste expérience de jeunesse elle ne pouvait pas voir les ours, même en peinture. Bien sûr, il y avait belle lurette que nous savions que l'un d'entre eux tournait autour de Salme, mais maman faisait tout ce qu'elle pouvait pour tenir sa fille à l'écart du grand brun. À vrai dire, elle ne pouvait pas grand-chose. Salme traînait tout son saoul dans la forêt, et son galant traînait là où il fallait ; dans ces conditions, évidemment, leurs chemins se croisaient sans arrêt dans les fourrés. Il est très difficile à une jeune fille de se garder d'un ours : c'est si grand, si doux, si mignon, et ce museau qui sent le miel. Maman guerroya tant qu'elle put, mais le soir, quand ma sœur rentrait, ses vêtements étaient toujours couverts de poils.

«Tu as encore été avec lui!» pleurnichait maman. «Je t'ai déjà dit que ce n'est pas bien! Il ne t'amènera que du malheur! Ce sont des bêtes méchantes!»

«Nounours n'a rien de méchant! Si tu savais comme il a bon cœur, maman. Peut-être que ton ours à toi était méchant, mais tu ne peux pas généraliser.»

Maman n'aimait pas qu'on lui rappelle «son ours à elle», elle rougissait et changeait de sujet. Mais cette fois c'était impossible : elle voulait expliquer à sa fille que celle-ci était sur le chemin de la perdition. Elle s'emmêla quelque peu et se mit à expliquer que les ours sont des hypocrites et que leur méchanceté n'apparaît qu'au bout de plusieurs années.

«Au bout de plusieurs années!» pouffa Salme. «Tu pourrais aussi bien dire que ça n'a pas de sens que je me marie, vu qu'un jour je devrai mourir. Mais, maman, je l'aime, mon Nounours!»

«Oh, mon enfant, ne me fais pas ça!» geignit maman. «Ne parle pas comme ça! C'est terrible à entendre. Toute ma vie je t'ai mise en garde contre les ours et je t'en ai protégée, et maintenant tu fais tout à l'envers.»

«Mais enfin, maman, qui veux-tu que j'épouse à part un ours? Il ne reste plus qu'un homme jeune dans la forêt, et c'est Leemet. Je ne vais quand même pas me mettre avec mon frère! Ou alors avec Ülgas? Est-ce que ce vieillard répugnant te plairait davantage qu'un bel ours à la fourrure épaisse?»

Faute de pouvoir répondre, maman pleurait comme une fontaine, et ma sœur continuait à fréquenter son ours. Jusqu'au jour où elle annonça qu'elle s'installait chez lui en tant qu'épouse légitime.

«Il n'aime pas que je le quitte tous les soirs. Il dit que ça lui brise le cœur et qu'il n'en dort pas de la nuit, il ne fait que gémir et soupirer à la lune.»

«Si tu t'en vas, tu me brises le cœur! Cet ours me vole ma fille!»

«Comment ça?» s'énerva Salme. «On ne va pas quitter la forêt. Je te rendrai visite. Et toi aussi, maman, tu pourras venir nous voir. Nounours est vexé que tu l'évites comme ça. À plusieurs reprises, il a voulu faire ta connaissance.»

«Jamais, au grand jamais, je n'entrerai dans la caverne d'un ours!» s'écria maman, terrorisée, en agitant les bras comme si un plantigrade lui bourdonnait autour de la tête. «Jamais de la vie!»

«Alors, désolée pour toi!» dit ma sœur d'un air de défi, et elle quitta la maison.

Maman résista très exactement vingt-quatre heures, puis elle fit cuire deux grands travers d'élan en guise de cadeau de mariage, se les mit sur le dos en ahanant, et nous nous traînâmes jusqu'à la caverne de Nounours. Il vint à notre rencontre, la tête naïvement penchée de côté, et lui lécha humblement les pieds.

«Vous êtes donc la mère de Salme», dit-il d'une voix sourde. «Je vous ai vue parfois dans la forêt sans oser m'approcher, vous êtes si belle et si fière.»

Le vieil amour de maman pour les ours, qu'elle contenait pour ainsi dire derrière un barrage soigneusement élaboré, comme un castor, déborda et s'écoula à grands flots — elle fondit en larmes, enlaça Nounours et l'embrassa derrière les oreilles. Elle lui offrit les deux travers d'élan et le regarda d'un air attendri les ronger comme un affamé, nettoyer les os jusqu'au dernier, et lorsque enfin il se remit sur ses pattes de derrière et s'inclina jusqu'à terre pour la remercier, elle était définitivement conquise. Pendant tout le chemin du retour, elle répéta qu'elle n'avait jamais vu un plantigrade aussi joli et bien élevé, et qu'elle était bien heureuse pour sa fille.

« Cet ours saura lui faire honneur et prendre soin d'elle. En vérité, ce sont des animaux bien agréables. Celui que j'ai connu... »

Alors elle s'arrêta, à la pensée qu'il n'était peut-être pas très indiqué de faire en ma présence l'éloge de l'amant qui avait décapité mon père. Elle se trompait : je n'avais pas de rancœur envers ce plantigrade inconnu. Je ne me souvenais plus de mon père et lorsque je tentais de me le figurer, c'était la figure du doyen Johannes, en train d'essayer de massacrer Ints à coups de gourdin, qui me venait à l'esprit. N'importe quel ours m'était plus proche qu'un villageois, fût-ce mon géniteur.

Maman se mit à leur rendre visite tous les jours : elle leur apportait de la viande et elle faisait le ménage dans leur caverne, tandis que pour son salaire, Nounours allait lui cueillir des fleurs sylvestres et lui récolter des rayons de miel. Salme était heureuse dans les bras de son ours. Souvent elle chevauchait son époux à travers la forêt, accrochée à sa fourrure sur son dos comme une petite grenouille, la joue contre sa nuque.

Évidemment, cela ne plaisait pas à Tambet — il était encore en vie et en pleine forme, il persistait à élever ses louves et à regarder notre famille de haut. Le mariage de Salme et de Nounours lui donna de nouvelles raisons de nous mépriser : il tenait l'ours pour une créature infiniment inférieure à l'homme. Les ours n'allaient jamais au bois sacré, ils menaient une existence sauvage et libertine, ils étaient gloutons et libidineux. C'était une honte de voir une humaine se mettre en ménage avec pareille créature. Bien sûr, cela s'était déjà produit dans le passé, mais en secret — d'après feu mon oncle, dans l'ancien temps il arrivait souvent que tandis que les hommes allaient à la bataille sous l'aile de la Salamandre, les femmes restées seules laissaient entrer les plantigrades qui attendaient au fond du jardin, et ceux-ci les consolaient gentiment tandis que leurs maris étaient occupés à égorger les envahisseurs sur le rivage. Bien entendu, Tambet n'aurait jamais voulu admettre que quelque chose d'aussi bas ait pu se produire dans ce passé qu'il idéalisait. L'ancien temps était pour lui un seul et même rayon de soleil qui ne s'éteignait jamais, toutes les taches qui en assombrissaient et en enlaidissaient la splendeur étaient issues du présent et, pour la plupart, de mon infâme famille.

Cela dit, il avait indéniablement raison de traiter les ours de libidineux. Ils l'étaient bel et bien. Et c'était précisément la raison pour laquelle maman gémissait si souvent, le soir, en m'appelant le dernier homme de la famille. Après quelques années de vie commune sans nuages avec Salme, Nounours s'était mis en quête de nouveaux flirts. Dans la forêt, la seule fille accessible était Hiie, et il avait bien essayé de lui faire la cour : il se mettait une guirlande de fleurs sur le crâne et lui tournait autour en hochant tristement la tête, mais elle ne marchait pas. Et pas à cause de ce qu'elle entendait dire chez elle au sujet du libertinage des ours — elle entendait des tas de choses dont, pour la plupart, elle ne tenait aucun compte. Il était clair que moi aussi j'avais également mauvaise presse que possible auprès de ses parents, et cela ne l'empêchait pas de s'entendre au mieux avec moi.

À dix-sept ans, elle était toujours aussi pâle et maigre, pas très jolie, le regard abattu et les épaules osseuses. Malgré tout, il tentait de la séduire, car les ours ne prêtent pas particulièrement attention au physique des filles : ce qui les excite, c'est leur odeur. Mais elle prenait ses jambes à son cou dès qu'elle le voyait s'approcher. Il finit par se lasser et comme il n'y avait pas d'autre femme jeune dans la forêt, il opta pour de nouveaux terrains de chasse, à savoir le village.

Mais là-bas, ses affaires n'allaient pas mieux. Les jeunes villageoises avaient une peur panique de lui et chaque fois qu'il apparaissait à l'orée des bois, elles jetaient leurs râteaux et leurs faucilles et elles se précipitaient dans leur chaumière avec des cris déchirants, fermaient à double tour et regardaient par de minuscules fenêtres si le fauve était encore dans les buissons. Nounours était très affecté par ce comportement, car ses intentions n'étaient nullement mauvaises : au contraire, il était prêt à les aimer toutes — il y en avait tellement, elles sentaient si bon, cela lui faisait perdre la tête. Jour après jour, il allait guetter au village, mais sans l'ombre d'un succès. Elles avaient toujours plus peur de lui, et lui était toujours plus en rut.

En vérité, Salme n'aurait pas dû se préoccuper de ces expéditions, car il était clair que nulle villageoise ne se laisserait jamais séduire par un ours, plutôt mourir ; mais ça ne l'empêchait pas d'être jalouse. Elle détestait savoir son mari assis à l'orée des bois, la langue pendant comme s'il mourait de soif, à lorgner les filles. Voilà pourquoi il me revenait, en tant que « seul homme de la famille », d'aller le chercher, de le rappeler à l'ordre et de le renvoyer, tête basse, à la maison.

C'est encore ce que maman me demanda ce soir-là.

« Il recommence à traîner là-bas toute la journée, et Salme est complètement hors d'elle. Je lui ai bien dit, un ours, ça ne peut rien contre sa nature, toutes les filles lui plaisent, c'est comme ça. Qu'elle le laisse donc les regarder, tant qu'il ne fait rien d'autre ! »

J'avais remarqué que dans les disputes entre Salme et mon beau-frère, maman prenait souvent le parti de ce dernier ; en tout cas, elle aimait mettre l'accent sur le fait qu'elle «comprenait les ours», et elle conseillait à sa fille d'«apprendre à les comprendre» elle aussi. Ce sur quoi Salme se fâchait toujours et se mettait à crier :

«Mais enfin, de qui tu es la mère, de moi ou de Nounours ?»

«Mais de toi bien sûr, ma chérie!» répondait maman avec dignité.

«Alors pourquoi tu le défends ?»

«Parce que je comprends les ours», recommençait maman, et cela durait des heures sur ce ton.

Je n'avais pas spécialement envie d'aller chaperonner mon beau-frère, mais je m'étais fait à l'idée que j'avais des devoirs en tant que «seul homme», et de toute façon je savais que maman ne me laisserait pas en paix avant d'avoir obtenu ce qu'elle voulait. J'imaginais déjà ses objections si je disais que j'étais fatigué et que je voulais aller me coucher : «c'est quand même ta sœur», «elle a tant pris soin de toi quand tu étais petit», «nous sommes une famille, il faut nous entraider», «nous ne devons pas nous conduire entre nous comme des étrangers». Aussi je terminai tranquillement ma bouchée et dis :

«D'accord, j'y vais. Mais après dîner.»

Manger, pour maman, c'était sacré, pas question qu'elle me bouscule. Je mâchais lentement, exprès. Je lui avais dit cent fois que Salme pouvait très bien aller chercher son mari tout seule, ce n'était pas bien difficile : il n'opposait jamais de résistance, au premier appel il obéissait, se mettait sur ses pattes et se dandinait en direction de sa caverne, avec un soupir de tristesse. Mais maman répondait que c'était moi «le chef de famille», et elle revenait à son histoire de «seul homme». Je finis mon repas, bus et me levai.

«Bon, alors j'y vais.»

«Sois gentil!» répondit maman. «Fais ça pour ta sœur. Ne te fâche pas contre Nounours, dis-lui simplement que sa conduite est inconvenante.»

«Je ne me fâche jamais», dis-je en sortant. Le soir était tombé et il commençait à faire sombre dans la forêt, mais j'aurais retrouvé mon chemin les yeux fermés. Nounours était assis exactement au même endroit d'où je l'avais déjà renvoyé chez lui plus de dix fois. Il fixait le village en poussant des soupirs nostalgiques. Il comprit tout de suite la raison de ma venue et commença à se relever, mais au lieu de lui adresser la parole, je m'assis à côté de lui et me mis à regarder dans la même direction.

Les villageois faisaient du feu. De grandes flammes s'élevaient sur la place et autour, il y avait des jeunes gens en train de sautiller, des gars et des filles. Sûrement que Pärtel était parmi eux, Pärtel que je n'avais pas revu depuis cette fois où nous nous étions quittés sur une dispute. Pas moyen de le reconnaître : tous ces villageois se ressemblaient, trapus et avec de gros visages rougeauds. Ils ne me plaisaient pas du tout, ils avaient l'air vaguement obtus. Les filles en revanche étaient jolies, bien plus jolies que Hiie et même que ma sœur. Rien d'étonnant à ce que Nounours vienne les guetter tous les jours.

«Toutes ces filles!» dit-il, rêveur. Puis il me regarda en face et me fit un clin d'œil, d'homme à homme. «Toi aussi, elles te plaisent, pas vrai?»

«Oui», convins-je d'assez mauvais gré.

J'aurais voulu me tenir le plus à l'écart possible du village : je ne voulais rien y avoir à faire, je ne voulais pas qu'il me plaise de quelque manière que ce soit. Mais les filles étaient jolies, difficile de le nier.

Nous restâmes quelque temps assis, à regarder.

Les gars menaient danser les filles. Bien loin de résister, elles les prenaient par la taille et ils virevoltaient autour du feu. Soudain je me sentis très mal. Je me levai en disant à mon beau-frère :

«Allez, ça suffit, on rentre! Ta femme s'inquiète. Qu'est-ce que tu fiches ici tous les jours?»

«Je n'y peux rien», répondit Nounours humblement. «Quelque chose m'entraîne par ici. Salme est une chouette petite femme, mais j'aimerais bien quelque chose de frais. »

« Qu'est-ce qu'elle a, ma sœur ? Je la trouve encore bien fraîche. »

« C'est comme du miel de l'an dernier », dit l'ours, un peu triste. « C'est bon, mais... » Il laissa sa phrase en suspens.

« Tu es vraiment sans vergogne. Tu t'entends parler de ma sœur ? C'est toi qui ressembles à du miel, tu te colles partout. Allez, à la maison, et tâche de t'y tenir. C'est vraiment casse-pieds d'être obligé de venir te chercher tous les soirs. »

« Mais comme ça toi aussi tu peux voir les jolies filles, hein ? » demanda Nounours en prenant tout à coup un air coquin et en me donnant un léger coup de museau à l'aine. C'était si inattendu que je rougis sans trouver de réponse. Une dernière fois, il huma l'odeur des filles, puis il clopina vers les buissons. Je le laissai rentrer chez lui tout seul : je n'allais pas me mêler de leurs conflits conjugaux.

16

JE NE PEUX PAS NIER QU'IL M'ARRIVAIT DE PENSER AUX FILLES. Sauf que dans la forêt il n'y en avait pratiquement pas, à part Hiie. Maman était sûre et certaine que je finirais par l'épouser ; moi, nettement moins. Cela aurait été différent si je n'avais jamais vu d'autres filles : j'aurais pu penser qu'elles sont toutes comme Hiie et je me serais contenté de mon lot. Mais il y avait ma sœur : ce n'était peut-être pas une beauté des plus classiques, mais elle était plantureuse et tout duveteuse. Je me rappelais également ses amies, celles que nous étions allés voir avec Pärtel se flageller tout nues à la cime des arbres. Certaines étaient d'authentiques beautés. À présent elles avaient toutes déménagé au village, mais ce n'était pas si loin que ça, c'était même à deux pas : rien ne m'interdisait d'aller guetter de temps à autre à l'orée des bois.

Non, je ne valais pas mieux que Nounours quand j'allais reluquer les villageoises. Je les avais vues en train de faire les foins, en train de moissonner à la faucille et même, pourquoi le cacher, en train de se baigner dans la rivière. Je savais très bien à quoi une fille est censée ressembler, et Hiie ne faisait pas le poids face à celles du village. Bien sûr, elle était gentille, nous nous voyions souvent pour discuter, mais jamais il ne m'était venu à l'idée, par exemple, de l'embrasser. Elle n'avait pas le genre de physique qu'on a envie de palper, elle était d'une autre espèce. Il y a comme cela plusieurs sortes de fleurs. Certaines appellent à la cueillette : leurs pétales multicolores se détachent sur la prairie et on les remarque même dans l'herbe la plus haute. Quand j'étais petit, j'aimais beaucoup cueillir des fleurs pour les offrir à maman, dès les premiers pas-d'âne au début du printemps. Bien sûr, le pas-d'âne ce n'est pas une vraie fleur, une fois coupé il se fane presque immédiatement, mais avec ses pétales dorés il ressort sur l'herbe sèche de l'automne précédente et provoque le promeneur. Sans parler des fleurs plus tardives, boutons d'or, camomilles, campanules et coquelicots. Enfant, je ne pouvais jamais passer à côté tranquillement, même quand j'étais pressé : c'était comme si mes jambes s'étaient emmêlées quelque part, et l'envie de faire un bouquet me démangeait horriblement.

Mais il y a aussi des tas de plantes qui n'intéressent personne. La forêt en est pleine. Nul ne les cueille jamais : cela semblerait même comique de rentrer à la maison avec une poignée de ces herbes. Qu'est-ce qui t'a pris de faire un bouquet avec ce foin ? Bien sûr, c'est une bonne chose qu'elles existent, car les sous-bois ne peuvent pas être couverts que de fleurs, mais elles ne charment pas le regard. Et malheureusement, Hiie était ce genre de plante. J'aimais bien la rencontrer dans la forêt, mais je n'avais nulle envie de la cueillir, de la ramener chez moi. Ce qui m'intéressait, c'étaient les fleurs qui poussaient au village, surtout ces espèces de nénuphars en train de nager dans la rivière. J'avais assisté plusieurs fois à ce ravissant spectacle, vu que je traînais auprès de l'eau comme un chevreuil assoiffé. Hiie, je ne l'avais jamais vue nager, et pourtant je savais très bien où elle allait se baigner, il m'était même arrivé de la rencontrer alors qu'elle s'y rendait. Je ne la suivais pas en cachette ; la voir nue ne m'intéressait pas. Nous échangions quelques mots : elle me disait qu'elle allait se baigner, je hochais la tête d'un air pensif et nous nous séparions.

Aussi cela m'ennuyait passablement d'entendre maman débattre de l'endroit où elle installerait notre couche lorsque nous vivrions ensemble. Elle avait pour projet d'agrandir notre cabane, de s'installer dans un bâtiment annexe et de nous laisser la vieille maison. Sans me fâcher, je lui rappelais régulièrement que nous n'étions pas encore mariés, mais elle haussait les épaules :

« Bien sûr, mais il faut penser à l'avenir ! Il faudra bien que tu te maries un jour, et avec qui d'autre ? Il n'y a plus d'autre fille dans la forêt. »

Par bonheur, elle ne me pressait pas de me mettre en ménage, vu qu'à ses yeux je n'étais encore qu'un gosse (même si par ailleurs j'étais « le seul homme de la famille ») : ma principale mission était de manger sagement tout ce qu'elle me cuisinait et d'être un bon garçon. Mais plus le temps passait, plus il lui tardait que Hiie goûte à sa cuisine.

« Ça serait chouette quand même si elle venait manger de temps en temps », disait-elle dans un sourire en soufflant sur le feu. Je ne sais pour quelle raison, elle était persuadée que Hiie et moi étions déjà en couple et que c'était par timidité que je ne l'invitais pas. Elle essayait de m'encourager en m'expliquant que même si nous ne vivions pas ensemble, elle n'avait rien contre le fait de la recevoir : plus vite elle ferait la connaissance de sa future bru, mieux cela vaudrait.

« N'aie pas peur, je l'aimerai comme ma propre fille ! » m'assurait-elle en regardant dans le vide d'un air affable, comme si elle voyait déjà Hiie assise à table à côté de moi, en train de dévorer un quartier de viande. Ce genre de discours me coupait l'appétit et je m'abstenais de répondre. Je me rassurais à l'idée que Tambet ne permettrait jamais à sa fille d'épouser un bâtard de villageois dans mon genre.

Effectivement, il ne l'aurait jamais permis. Sa rancœur contre notre famille n'avait pas décru. Bien sûr, je ne me réfugiais plus dans les buissons à sa vue comme dans mon enfance (cela aurait été ridicule, j'étais plus grand que lui maintenant), mais nous ne nous disions jamais bonjour.

C'était en vérité une situation assez étrange : il n'y avait presque plus personne dans la forêt, et nous ne nous fréquentions pas. Tambet et Mall passaient devant chez nous sans tourner la tête, comme de fiers faucons devant un buisson d'orties.

Ülgas était encore en vie, d'âge canonique et tout desséché. Lui nous remarquait et nous adressait la parole, mais c'était uniquement pour nous maudire et nous menacer. À force de broyer du noir dans son bois sacré désert, il avait manifestement perdu la raison : il voyait des génies partout et lorsqu'on le rencontrait, la plupart du temps c'était courbé sur un arbre, en train de faire un sacrifice à la créature qui y avait ses pénates. Il était devenu un véritable fléau pour les petites bêtes et laissait une traînée de sang derrière lui. Il savait les mots des serpents qui obligeaient écureuils, lièvres et autres belettes à lui obéir : il leur tordait le cou, puis il rampait à genoux jusqu'à un quelconque chêne ou tilleul dont il arrosait de sang les racines. Puis il repartait en clopinant, mais presque aussitôt il croyait voir un autre génie arboricole qu'il fallait absolument se concilier par des courbettes, et le bain de sang reprenait : c'était répugnant. Renards et putois étaient perpétuellement sur ses talons, ils dévoraient ses offrandes : heureusement, car sinon la forêt se serait mise à puer le cadavre.

Il nous criait toujours des malédictions : entre autres, que si nous ne retournions pas incontinent au bois sacré, les génies à tête de chien allaient nous déchiqueter. Comme j'avais passé toute ma vie dans la forêt sans jamais voir semblables créatures, je ne prenais pas ces menaces au sérieux. Mais tout cela était lassant, pénible et, franchement, j'attendais sa mort avec impatience. En apparence, il avait déjà un pied dans la tombe : il était devenu squelettique, sa barbe en broussaille lui descendait jusqu'au nombril et ses cheveux ébouriffés se hérissaient en tous sens. Il ne mangeait presque rien et seule sa démence le faisait encore tenir debout. Mais c'était une canne des plus robustes, et il s'obstinait à ne pas crever.

Outre Tambet et Mall, qui nous méprisaient en silence, et Ülgas qui nous criait sa rage à la figure, il y avait encore Meeme, qui ressemblait de plus en plus à une grosse motte de terre. Il lui poussait de la mousse sur les vêtements ; dans la barbe qui lui couvrait le visage s'empêtraient des cadavres d'insectes, des feuilles mortes et toute sorte d'autres cochonneries. De cette fange émergeaient seulement deux yeux aux paupières mêlées de toiles d'araignées, et deux grosses lèvres rouges dont il approchait, à intervalles réduits, une outre pleine de vin. Comment il parvenait encore à se procurer à boire, mystère : à son apparence, on aurait pu penser que des racines poussaient de ses fesses et l'empêchaient d'émerger de la boue. Mais il fallait bien croire que cette motte humaine était encore capable de se mettre debout et de tuer — car il n'était pas possible de se procurer du vin autrement qu'en assassinant un moine ou un chevalier.

Il avait peu de relations avec les autres habitants de la forêt. Parfois, me voyant avec Hiie, il nous criait des obscénités et nous décampions. Une fois, je vis Ülgas tenter de lui faire un sacrifice : sans doute le prenait-il pour la Mère des Bois ou un quelconque Génie de la Mousse — mais Meeme lui cracha dans l'œil avec une précision effarante, et le Sage s'enfuit comme si on lui avait mordu le nez.

Il y avait encore Pirre et Rääk, les anthropopithèques, sauf qu'ils ne vivaient plus dans leur vieille caverne : ils avaient déménagé en haut d'un arbre. Dans leur soif d'antiquité, ils en étaient arrivés à un point où même habiter dans une grotte leur semblait d'une absurde modernité. Ils voulaient remonter le temps autant que possible, car ils croyaient que toute vérité est ancestrale ; ils tenaient l'ensemble de l'évolution de l'humanité depuis l'aube des temps pour un long dérapage qui la menait tout droit au marécage. Les villageois avaient déjà complètement disparu dans un trou d'eau, moi j'y pataugeais jusqu'à la poitrine — la terre ferme, c'était d'avoir une branche sous son derrière tout nu.

Ils affirmaient qu'ils se sentaient en bien meilleure forme à présent, et que ce mode de vie ancestral était la seule clef de la paix et du bonheur. Moi, il me semblait que cette existence arboricole impliquait une gymnastique inutilement pénible, et j'avais peine à voir Pirre grimper lentement et maladroitement à un sapin en grimaçant lorsque les branches lui piquaient son instrument qui pendait à l'air libre. C'étaient quand même des humains, pas des singes : grimper aux arbres ne leur était ni naturel, ni aisé. Et puis ils n'étaient plus tout jeunes : ils avaient le poil gris et peinaient beaucoup à garder leur équilibre sur une branche. Mais au nom de leurs principes, ils étaient prêts à se torturer de toutes les manières possibles.

Pourtant j'allais souvent les voir, car il n'y avait personne d'autre à visiter ; et puis, malgré leurs idéaux bizarres, c'étaient quand même de gentils anthropopithèques. Leur pou aussi était encore en vie, comme si son existence s'était allongée en proportion de sa taille. C'était certainement le plus vieux pou au monde. Lui aussi grimpait aux arbres derrière ses maîtres, puis il s'accroupissait sur une branche comme une grosse chouette blanche. Mais quand Hiie arrivait, il descendait en émettant des grincements pour aller se frotter à ses jambes.

Elle était trop grande à présent pour le chevaucher, mais cela semblait lui échapper : il persistait à s'aplatir. Alors elle le caressait, le tapotait, le prenait par une patte comme un enfant, et le pou marchait à côté d'elle, tout joyeux, sur ses cinq autres pattes.

Ce jour-là, pour changer, j'étais chez les anthropopithèques ; comme d'habitude, ils étaient en train de m'expliquer à quel point les ancêtres étaient bien inspirés de passer leur vie dans les branches, et quelle vue superbe on avait depuis la cime d'un sapin. Je les avais vus se balancer là-haut et j'avais toujours peur que le tronc ne se brise et qu'ils ne se tuent, car sous leur poids l'arbre penchait de manière alarmante. Une fois, Rääk faillit tomber, mais ses seins restèrent collés à la résine et cela lui sauva la vie. Bien sûr, par la suite, cela leur permit de souligner à quel point le choix ancestral de s'installer précisément sur des résineux était judicieux : ils n'avaient pas assez de mots pour s'émerveiller de la sagesse des ancêtres.

Ils ne descendaient presque jamais de leur arbre : tout leur élevage de poux était là-haut, et lorsqu'ils voulaient cueillir des fraises des bois ou des airelles, ils expédiaient l'un de leurs pensionnaires.

J'étais assis sous l'arbre en train de les écouter, lorsque soudain je sentis quelque chose me ramper sur les orteils. C'était Ints. C'était désormais un serpent adulte, un gros et fort serpent de race royale avec une couronne dorée sur le front.

Ints me posa la tête sur l'épaule et me dit qu'il fallait que nous parlions. Je pris congé des anthropopithèques et nous allâmes nous installer auprès d'une grosse souche qui était l'un de ses lieux préférés pour se mettre au soleil. Son corps avait un peu forci, sans doute du fait d'un récent repas en cours de digestion. Ints s'enroula autour de la souche, me regarda d'un air gêné et dit :

« Tu sais, Leemet, j'ai quelque chose à te dire. Je vais avoir des enfants. »

C'était une vraie surprise : je n'avais jamais pensé qu'Ints puisse être en couple. Bien sûr, je l'apercevais parfois en train de ramper avec d'autres serpents, mais d'abord c'était horriblement difficile de distinguer les mâles des femelles, et puis je n'avais jamais surpris de manifestations d'affection. Au comble de la surprise et même un peu vexé, je m'exclamai :

« Félicitations ! En voilà une nouvelle inattendue. Mais pourquoi est-ce que tu ne m'as jamais présenté ta fiancée ? »

« Fiancée ? Quelle fiancée ? »

« Eh bien, la future mère de tes enfants. »

« Mais c'est moi qui vais devenir mère ! Je suis enceinte, Leemet ! Tu me prenais pour un mâle ? »

J'écarquillai les yeux comme si je venais de l'entendre proclamer qu'en réalité, « il » était un lynx. Et « il » me regardait d'un air tout aussi ahuri.

« Enfin, ce n'est pas croyable ! Leemet, il y a des années qu'on se connaît, comment as-tu pu me prendre pour un mâle pendant tout ce temps ? Franchement, est-ce que je ressemble à un gars ? Regarde, ça se voit tout de suite que je suis une femelle ! »

Je regardais tant que je pouvais, mais tout ce que voyais, c'était que j'étais en train de m'entretenir avec un serpent. Pour le sexe, pas le moindre indice.

«Moi, j'ai tout de suite compris que tu es un garçon», ajouta Ints, vexée.

«Mais moi, ça se voit tout de suite. J'ai de la barbe, par exemple, les femmes n'en ont pas. Toi, comment est-ce que je pouvais deviner! En plus, tu m'as dit toi-même de t'appeler Ints.»

«Et alors?»

«En estonien, c'est un nom de garçon.»

«Je ne savais pas. Pour moi, c'était juste un joli mot qui va bien avec mon vrai nom dans ma langue. Je ne peux pas croire que tu sois si bête, j'en suis tout secouée.»

«Moi aussi je suis secoué. D'apprendre que tu es une fille.»

Il y eut un silence.

«Bon, en fait, ça ne change rien du tout», finit par dire Ints. «Maintenant, en tout cas, tu connais mon sexe. Et je suis enceinte. Je vais bientôt accoucher. Je voulais te le dire car tu es mon ami, même si tu n'es pas fichu de faire la différence entre un mâle et une femelle.»

«Je te demande pardon. Mais comme tu dis, ça ne change rien. Nous sommes toujours amis et je suis très content que tu aies des enfants. Qui est le père?»

«Oh, un reptile quelconque. On s'est rencontrés une nuit où on était tous les deux en rut, et voilà. On ne s'est pas revus et on n'a pas l'intention se revoir. Il n'est pas très malin, qu'il aille donc ramper de son côté.»

«Comment ça? Il ne va pas élever vos enfants? Vous ne vous êtes même pas mariés?»

«Qu'est-ce que tu es vieux jeu! Nous n'avons pas ce genre de coutume.»

«Ton père et ta mère vivent bien ensemble.»

«Oui, mais c'est une exception : ils étaient déjà amis avant de faire des serpenteaux ensemble. La plupart du temps, nous nous contentons d'un accouplement. Tu es en chaleur, tu tombes sur un serpent qui te va, et l'affaire est dans le sac. Et si tu ne tombes pas enceinte du premier coup, tu choisis un autre serpent et tu réessaies jusqu'à ce que ça marche. Et chez vous, ça marche comment ? »

« Je ne sais pas, mais... » bafouillai-je en rougissant. « Peut-être qu'il faut qu'il y ait de l'amour... »

« Vraiment ? Alors c'est pour ça que vous êtes aussi peu nombreux. Notre but à nous, c'est de nous reproduire. »

Je haussai les épaules. Pour être honnête, je ne savais pas exactement comment ça marchait pour les humains. Je rencontrais souvent Hiie dans la forêt mais, pour reprendre l'expression d'Ints, il semble que nous n'étions jamais « en rut », et il ne se passait rien du tout. Et au village ? Il y avait des tas de gars et de filles là-bas, ils étaient tout le temps fourrés ensemble et souvent je voyais les premiers étreindre les secondes, une ou deux fois je les avais même vus s'embrasser. Ils étaient en rut alors ? Je me mis à rêvasser, m'imaginant rencontrer quelque part à l'orée des bois une jolie fille en rut, à la recherche d'un partenaire pour s'accoupler, et disposée à essayer avec moi. Je n'étais pas sûr d'être en rut en même temps qu'elle, mais sans savoir pourquoi, j'avais quand même l'impression que si.

« À quoi tu penses ? » demanda Ints. « Tu n'écoutes pas quand je parle. Je te disais qu'il faut que je rentre au terrier et que je ne viendrai plus te voir pendant quelque temps. J'ai déjà du mal à ramper. Mais je t'attends dans une semaine à peu près, je devrais avoir accouché. Je sens que ça vient. »

Elle s'en fut en rampant lentement et je rentrai chez moi. Je racontai à maman qu'Ints était une femelle et qu'elle était enceinte. Cette nouvelle l'excita beaucoup.

« Ce que c'est mignon ! J'irai avec toi quand tu lui rendras visite. Ce que ça doit être chou un petit serpenteau, comme un petit asticot ! Ah, qu'est-ce que j'aimerais avoir un petit-fils ! Il faut t'y mettre, Leemet. Tu es encore jeune et tu vois, ta vieille copine va devenir mère. Il faut que tu te décides à amener Hiie à la maison, ce serait tellement chouette si tu avais un petit bébé ! »

« Je t'en prie, maman ! » soupirai-je, mais pas moyen de l'arrêter : elle passa toute la soirée à m'expliquer à quel point les petits enfants sont mignons. Par moments, elle semblait avoir complètement oublié que ce n'était pas moi qui attendait une descendance, et lorsque je le lui rappelais, elle répliquait :

« Je sais bien que c'est Ints ! Mais tu ne vas pas la laisser te passer devant, alors je sais bien que ça va bientôt être ton tour d'attendre une petite famille. »

« Maman, puis-je te rappeler que contrairement à Ints, je suis un mâle, et que je ne peux pas attendre de petite famille ! » rectifiai-je, mais elle me coupa :

« Je parlais de Hiie, bien sûr ! »

Suivirent les considérations habituelles sur l'endroit où elle
nous ferait dormir et sur celui où elle déménagerait.

Je regrettai rapidement de lui avoir parlé d'Ints et de sa grossesse, car elle ne faisait pas mine de se calmer. À la regarder, il était clair qu'elle se préparait déjà pour mes noces et la naissance de son petit-fils ou de sa petite-fille. Elle se mit à coudre de petites chemises en peau de chevreuil, il en traînait partout sur les meubles. J'essayais de lui expliquer que ce n'était pas chez nous qu'on attendait une naissance mais dans le terrier aux serpents, et que les serpenteaux n'ont pas l'usage de chemises, vu qu'ils n'ont rien à glisser dans les manches. Mais autant parler à un mur.

« Tu me crois folle ? » disait-elle, fâchée. « Ce n'est pas pour les serpents que je travaille, c'est pour tes enfants ! »

« Mais je n'ai pas d'enfants ! »

Alors elle prenait un petit air malin, comme si elle voulait dire : « Je te connais, petit coquin, avec toi ça ne va pas traîner ! », et elle se remettait à coudre, un sourire de bonheur aux lèvres.

Au bout d'une semaine, nous allâmes rendre visite aux serpents. Le père d'Ints, la vieille vipère royale, nous accueillit à l'entrée du terrier en hochant la tête d'un air satisfait.

« Bienvenue ! Nous vous attendions. Nous avons une petite famille. »

Maman fondit en larmes. Nous nous glissâmes à l'intérieur : Ints était couchée sur le sol et, à côté d'elle, trois petits serpenteaux pas plus gros que des libellules rampaient lentement et gauchement.

«Ce qu'ils sont mignons!» glapit maman en leur adressant de tendres sifflements, ce sur quoi ils lui rampèrent dans le giron et se mirent à s'y tortiller.

Je caressai Ints en lui souhaitant beaucoup de bonheur ; elle me lécha de sa langue bifide et me posa la tête sur les genoux, selon sa coutume.

«C'est tonton Leemet!» dit-elle à ses enfants. «Qu'est-ce qu'on lui dit?»

«Bonzour!» sifflèrent les serpenteaux.

«Qu'est-ce qu'ils sont trognons!» s'exclama maman. «Ah, sûr que tu peux être heureuse, Ints! Tu sais, Leemet aussi va bientôt être père. Je le sens. Nous sommes déjà en pleins préparatifs.»

«Vraiment?» s'étonna Ints en me regardant.

«Absolument pas. C'est maman qui raconte encore des bêtises.»

«Pourtant, tu pourrais. Tu n'as pas encore été en rut? Ou en amour, comme tu disais l'autre jour?»

«Eh non!», dis-je en me levant. Maman était déjà en train d'expliquer au père d'Ints où elle allait nous faire dormir, Hiie et moi, et où elle-même allait déménager, et encore combien de chemisettes en peau de chevreuil elle avait déjà cousues. Cela m'épuisait. Je sortis du terrier sous le prétexte d'un besoin pressant, mais je m'assis sur une motte de terre et restai à fixer le vide, accablé.

Une voix retentit :

«Leemet!»

Évidemment, c'était Hiie. À cet instant précis, je n'avais pas la moindre envie de la voir. Sans doute que je n'étais pas vraiment en rut.

«Fiche le camp!»

« Qu'est-ce qui se passe ? » Inquiète, elle s'approcha de moi. « Je suis venue voir les petits d'Ints. »

Il ne manquait plus que ça ! À aucun prix je ne voulais qu'elle entre dans le terrier maintenant. Je m'imaginais maman exultant à sa vue et expliquant au père d'Ints :

« Tiens, voilà ma bru ! La future mère de mes petits-enfants ! »

« On ne peut pas entrer pour l'instant », dis-je en me levant. « Ints n'est pas au mieux. Elle n'est pas encore remise de l'accouchement. »

« C'est vrai ? » s'effraya Hiie, et elle voulut se précipiter à l'intérieur. Je l'enlaçai :

« C'est interdit ! Je t'en prie ! »

Elle me regarda, les yeux grands ouverts. Drôle de situation : c'était la première fois que je la tenais dans mes bras. Elle me faisait face, à une distance vraiment inconfortable. J'aurais voulu la lâcher tout de suite, mais je n'étais pas sûr qu'elle n'allait pas se précipiter dans le terrier, alors je restais tout bête à la tenir. Nous gardions le silence et moi, au moins, je me sentais bizarre, indiciblement bizarre. Je ne savais que faire.

Finalement je relâchai lentement mon étreinte et je m'écartai. Elle ne bougea pas. La mine abattue, elle gardait le silence.

« N'y va pas, d'accord ? » dis-je.

« D'accord. »

Nous restions immobiles. Je me mordais les lèvres en regardant ailleurs. Elle ne bougeait toujours pas.

« Tu rentres chez toi ? » finis-je par demander maladroitement.

« Bien sûr ! » répondit-elle tout de suite, avec une nuance de soulagement dans la voix. « Allez, au revoir ! »

« Au revoir ! »

Et elle s'en alla : elle courait presque, comme si elle fuyait quelqu'un.

Je restai planté devant l'entrée du terrier et, sans savoir pourquoi, je ne me sentais pas très malin.

17

Je comprenais très bien que quelque chose allait de travers avec Hiie. Le sens de cette bizarre étreinte n'était pas bien difficile à saisir : même si la rudesse de mes propos et l'ordre de ne pas entrer dans le terrier l'avaient effarouchée, elle s'était manifestement sentie bien dans mes bras, malgré sa confusion. Elle qui était osseuse comme un renard affamé s'était comme amollie et attendrie. Je mis la moitié de la nuit à trouver le sommeil, en proie à une sensation d'inconfort et de malaise. Le lendemain matin, comme le souvenir de cet épisode continuait à me tracasser, je décidai d'aller la trouver sans plus attendre et de me comporter comme s'il ne s'était rien passé auprès du terrier aux serpents. Je voulais qu'elle oublie aussi bien notre étreinte inattendue que mon impolitesse. Je voulais que nous soyons amis, mais pas qu'elle se mette à se figurer des choses qui n'avaient pas lieu d'être, comme maman, à qui la visite aux serpenteaux avait redonné du grain à moudre. Je voulais laver cette tache sur la journée de la veille, et oublier cette histoire pour toujours.

Je partis donc à la recherche de Hiie. Elle n'était pas chez elle, comme je m'en rendis compte en jetant un coup d'œil par la fenêtre de sa cabane — par chance, ses parents n'étaient pas là non plus. Alors je me mis à traîner dans la forêt : je passai chez les anthropopithèques au cas où elle serait venue rendre visite à son cher pou, mais ils ne l'avaient pas vue de la matinée. Je finis par arriver en lisière de la forêt, et là, j'entendis quelqu'un pousser des cris perçants.

C'était une voix féminine, et un instant je crus reconnaître Hiie ; mais en me rapprochant, je vis que c'était une villageoise. En l'examinant plus attentivement, je reconnus une vieille connaissance : Magdaleena, à qui j'avais rendu deux fois visite avec Pärtel.

Je restai derrière un arbre à la regarder. Je ne comprenais pas ce qui lui prenait de pleurer comme ça. Au début je n'avais pas l'intention de me montrer, mais comme elle n'arrêtait pas de se plaindre, je finis par sortir à découvert et m'approchai d'elle d'un pas mal assuré. Elle ne me reconnut pas ; au contraire, elle se mit à crier encore plus fort et à appeler à l'aide.

« Arrête de beugler comme ça. Qu'est-ce qui t'arrive ? »

« T'es qui, toi ? » s'écria-t-elle en saisissant au sol, pour se défendre, un panier fait de baguettes de bouleau tressées.

« Leemet. Rappelle-toi, on s'est vus deux fois. Tu m'as montré ton rouet et ton père a voulu tuer mon amie serpent. »

À présent elle m'avait sûrement reconnu, mais bien loin de se calmer, elle agitait son panier dans ma direction : des fraises des bois volèrent de tous côtés.

« Et il aurait dû l'exterminer, la sale bête ! Je hais les serpents ! Regarde ce qu'ils font ! Il y en a un qui m'a mordu ! Ma pauvre jambe, je vais mourir ! »

Effectivement, sa jambe droite était de la taille d'un billot de bois, tout rouge et tout enflée. Elle tenta de la remuer, mais sans doute était-ce très douloureux, car elle se remit à hurler.

« Je vais mourir, je vais mourir ! » pleurnichait-elle. « Le venin ne pardonne pas ! Cette sale bête m'a tuée ! Charogne, pourriture ! Au secours ! Papa ! Au secours ! »

« Arrête de brailler », dis-je. J'étais vraiment sidéré qu'un être humain puisse être à ce point sans défense, tel un misérable oisillon, qu'il se laisse mordre par un reptile. Bien sûr, j'avais vu de mes propres yeux Ints tuer le moine, mais pour moi les moines et les hommes de fer n'appartenaient pas vraiment à l'espèce humaine vu qu'ils ne comprenaient ni la langue des gens ni celle des serpents, et bafouillaient des choses parfaitement incompréhensibles. C'était comme des espèces de scarabées, on pouvait les mordre et les tuer tant qu'on voulait.

Mais Magdaleena, c'était bien un être humain, et pourtant elle s'était fait mordre. C'était une telle humiliation que j'en avais franchement honte pour elle. Si elle avait su la langue des serpents, un seul sifflement tout simple aurait fait savoir à son agresseur que c'était une sœur qui se tenait là, et pas une souris, une grenouille ou un autre aliment potentiel. Mais faute de l'avoir apprise en son temps, la voilà en train de se rouler par terre, deux points rouges sur le mollet. C'était bien elle qui avait choisi de s'abaisser au niveau des animaux les plus méprisables au lieu de s'élever jusqu'aux serpents, ce qui est la place qui convient à l'espèce humaine.

« Au secours, je meurs ! » continuait-elle à gémir. « À l'aide, papa ! »

« Ton père connaît la langue des serpents ? » demandai-je sur un ton de légère moquerie, car je subodorais la réponse.

« Bien sûr que non ! Ça n'existe pas, la langue des serpents ! Il n'y a que le diable pour les comprendre ! »

Je ne savais pas très bien qui c'était que ce « diable », mais, au ton de Magdaleena, je supputai qu'il ne s'agissait sans doute pas de quelqu'un de son village. Je m'assis à côté d'elle.

« Alors il ne peut rien pour toi. Seul le serpent qui t'a mordue peut reprendre son propre venin. Il va te sucer la jambe et tout ira bien. C'est tout simple, je l'appelle. »

Tandis que Madgaleena me fixait avec des yeux ronds, je sifflai un mot tout simple qu'Oncle Vootele m'avait appris quand j'étais encore un gosse, et un instant plus tard, un tout petit serpent rampa vers moi. Il n'était pas de race royale : c'était une vipère ordinaire, mais je la connaissais car j'avais hiverné avec elle.

À sa vue, Magdaleena sursauta et, prise de panique, tenta de s'enfuir en rampant, comme si elle craignait que cette petite bête n'aille l'engloutir tout entière. Je la retins en lui disant que cela ne valait pas la peine de s'agiter comme ça et que ce reptile n'allait pas la mordre, parce que je ne le permettrais pas. Elle resta à fixer la vipère qui s'était mise en boule en attendant que je lui dise ce que je lui voulais. Je la saluai poliment et la priai de reprendre son venin.

« Qu'est-ce qui t'a pris de la mordre ? Tu vois bien que c'est un être humain. »

« Mais elle ne sait pas notre langue ! Et puis elle a essayé de me frapper avec son panier. Je lui ai demandé ce qu'il lui prenait, mais elle ne m'a pas répondu. Alors, bon, je l'ai un petit peu mordue. La prochaine fois, qu'elle évite de gesticuler comme ça ! »

Je poussai un soupir.

« Tu sais, ces humains-là, ils sont bêtes, c'est tout », dis-je, comme pour m'excuser. « Il faut leur pardonner, il leur manque une case, c'est pour ça qu'ils ne sont pas fichus d'apprendre votre langue. Il n'y a pas de raison de les mordre, contente-toi de te tenir à l'écart. »

« Ce n'est pas moi qui ai voulu la mordre, c'est elle qui a commencé. Bon, je ne lui veux pas de mal : qu'elle allonge la jambe, c'est plus facile pour sucer. »

« Il faut que tu allonges la jambe », traduisis-je — bien entendu, elle n'avait pas compris un traître mot à notre conversation. « Et la prochaine fois, évite de menacer un serpent avec ton panier. Ils ne t'ont rien fait. »

« Ils me dégoûtent ! » pleurnicha Magdaleena, mais elle allongea quand même la jambe comme on le lui avait demandé, en fermant les yeux bien fort. Le serpent posa le nez sur la blessure et se mit à sucer. L'enflure diminua à vue d'œil : le billot de bois tout rouge et tout enflé redevint une jolie jambe tout mince. Le serpent se releva en faisant la grimace.

« Ça chatouille la langue de sucer comme ça. Allez, c'est fait ! Plus une goutte de venin là-dedans. »

Je le remerciai et il disparut dans l'herbe en ondoyant. Magdaleena se leva et prit appui sur sa jambe guérie, pas très assurée. Mais tout allait bien : plus trace de venin.

Alors, soudain, elle me sauta au cou.

« Merci ! » me dit-elle en m'embrassant très fort sur la joue.

«Mon sauveur! Tu es un magicien! Un sorcier! Un bon sorcier! Viens avec moi, allons chez mon père! Il faut que je lui raconte ce que tu as fait!»

En toute autre circonstance, j'aurais fermement repoussé cette offre : je n'avais nulle envie de revoir le doyen Johannes. Mais dans les bras de sa fille, la joue encore humide de son fougueux bisou, je ne voyais pas comment refuser. Dire que la veille j'avais tenu Hiie dans mes bras, et que maintenant c'était au tour de Magdaleena de me tenir dans les siens — que ces deux étreintes étaient différentes! Avec Hiie, je n'avais éprouvé que de l'inconfort à me sentir si près d'elle. Dans les bras de Madgaleena, en revanche, on était très bien. Elle avait cessé de pleurer et de se plaindre : au contraire, elle rayonnait de joie, et d'un coup je vis combien elle était belle. Je ne vais pas me mettre à la décrire, il suffit que je dise qu'à mon avis elle avait tout pour plaire : elle était bien plus jolie que Hiie, plus jolie que ma sœur, plus jolie même que les plus belles et les mieux pourvues en poitrine de ses amies. Pour parler comme Ints, à cet instant précis j'eus la sensation que le temps du rut était venu.

Comment refuser? Je lui emboîtai le pas.

Le doyen Johannes, tout chenu désormais, ne manifesta nulle surprise à me voir.

«Jamais deux sans trois!» dit-il en faisant un geste bizarre devant son visage. Plus tard, j'appris que c'était une sorcellerie particulière qu'on appelle «se signer», mais je n'ai jamais observé que cela ait une quelconque efficacité. Il me serra la main en ajoutant :

«Je suis sûr que cette fois-ci tu ne vas pas courir te réfugier dans la forêt. La place d'un chrétien n'est pas là où rôdent les fauves et où règne Satan. Entre donc, mon enfant, tu prendras bien quelque chose!»

Mais sa fille le coupa :

«Papa, tu ne devineras jamais ce qui vient de m'arriver!»

Sur le seuil, sans même attendre d'être entrée tant elle était impatiente, elle se mit à lui expliquer comment un serpent l'avait mordue, comment sa jambe s'était mise à enfler et comment elle avait cru sa dernière heure venue, puis comment j'avais rappelé le serpent et comment il lui avait sucé la jambe.

« N'est-ce pas un miracle ? » s'écria-t-elle, au comble de l'excitation, et j'étais quelque peu gêné de la voir s'émouvoir à ce point pour si peu de chose, mais en même temps son enthousiasme me réjouissait, car ses yeux brillants d'excitation offraient un joli spectacle.

Sans rien répondre, Johannes croisa les bras et baissa la tête.

« Dis quelque chose, papa ! » supplia Magdaleena. « Pour moi, c'est un vrai miracle. Ou alors... Tu penses qu'il y a du Satan là-dessous ? » Elle pâlit en me jetant un regard peu assuré. « Tu crois que c'est de la sorcellerie ? Que je n'aurais pas dû laisser ce serpent me sucer la jambe ? Mais, papa, je serais morte ! Tu ne peux pas savoir ce que j'avais mal ! Dis quelque chose ! Pourquoi tu te tais ? »

« Je priais », répondit doucement le doyen Johannes en relevant les yeux vers elle. « N'aie pas peur, mon enfant, tu n'as point péché contre le Seigneur. Bien sûr, le serpent est un être impur et une créature de Satan, mais Dieu est plus fort que l'Antéchrist. Il peut tirer parti de la plus repoussante des créatures. Le Malin a poussé ce serpent à te mordre, et le Tout-Puissant, dans son infinie bonté, t'a envoyé ce garçon pour te sauver. Il a forcé cette créature maléfique à absorber son propre venin et à en crever. Gloire à Dieu au plus haut des cieux ! »

« On n'a jamais vu un serpent mourir de son propre venin », intervins-je. « C'est par erreur qu'il a mordu Magdaleena, et je lui ai demandé de nettoyer la blessure. Il n'y a pas de prodige là-dedans, il suffit de savoir sa langue. »

« Mais personne ne la connaît, cette langue ! » affirma Magdaleena. « Si tu comprends ces bêtes, c'est tout simplement l'effet d'un miracle. »

« Allons, c'est à la portée de tout le monde. Ce n'est pas si difficile que ça. Dans l'ancien temps tout le monde savait la langue des serpents et ils ne mordaient jamais personne. »

Je me sentis soudain très triste et comme toujours dans ce genre de circonstances, une légère odeur de charogne me monta aux narines, cette odeur qui m'est venue d'avoir passé toute une semaine en compagnie du cadavre de mon oncle dans l'obscurité d'une cave. Depuis, elle ne m'avait jamais lâché, comme si, lorsqu'on avait brûlé le corps de mon oncle, la puanteur s'était incorporée à la fumée et était allée se mêler au bleu du ciel ; et maintenant, à tout moment, le vent pouvait la porter jusqu'à moi. Elle arrivait comme un nuage de pluie et jamais je n'en remarquais l'approche avant que les premières gouttes ne me mouillent le nez. Le plus souvent, elle
venait lorsque j'étais triste, et c'était bien le cas à ce moment, face à ces gens qui s'étonnaient de ce que je sache la langue des serpents, chose à mon avis aussi naturelle et banale que le fait de parler en général, ou bien d'avoir des jambes pour marcher et des bras pour travailler. Soudain je me sentais terriblement seul entre ces créatures bizarres, ces étrangers avec qui je n'avais strictement rien en commun : aussi seul et abandonné que je m'étais senti jadis, dans cette cave où je n'avais pour toute compagnie que mon oncle en train de pourrir dans le noir. Je tournai la tête à la recherche d'air frais, mais l'odeur me poursuivait, le monde entier semblait envahi de pourriture. Le doyen Johannes m'invita à entrer : je le suivis, mais à l'intérieur cela puait tout autant.

Magdaleena se mit à s'affairer et à mettre la table, tandis que Johannes s'asseyait à côté de moi et me mettait la main sur l'épaule.

« Ne va pas croire que tu aies pu apprendre la langue des serpents sans que Dieu t'ait élu pour cela ! Il n'a pas voulu qu'une créature innocente comme ma fille aille à sa perte, et c'est pourquoi Il a ouvert ton esprit à la langue des serpents : pour que tu puisses sortir de la forêt et sauver une vie. »

« Je ne sais rien de Dieu et je ne veux rien en savoir. C'est mon oncle qui m'a appris la langue des serpents. Tout le monde la connaît — sauf ceux qui sont partis au village et qui ont tout oublié. »

« Si nous oublions, c'est encore la volonté de Dieu ! Le Seigneur ne veut pas que nous parlions aux serpents, car le serpent est son adversaire — et qu'avons-nous à dire à l'Adversaire ? Nulle part au monde les gens ne parlent aux serpents : crois-moi, j'ai voyagé et je sais de quoi je parle. Pourquoi devrions-nous être les derniers malheureux à être de leur bord ? Qu'ont-ils à nous enseigner, ces misérables reptiles ? Je crois qu'il vaut infiniment mieux écouter ceux qui sont plus sages que nous, tous ces étrangers qui savent construire des forteresses et des cloîtres de pierre, de vastes et véloces navires, et dont le corps cuirassé de fer est invulnérable aux flèches. Sont-ce les serpents qui leur ont appris toutes ces merveilles ? Non, certes : c'est du Seigneur qu'ils les tiennent ! Le Seigneur qui les a éclairés et leur a donné la force, et qui nous viendra aussi en aide si nous lui obéissons. »

« Si on ne sait pas la langue des serpents, ni la pierre ni le fer ne servent à rien. J'ai vu un serpent de mes amis mordre un moine au gosier : il en est crevé sur-le-champ. »

« Dieu du Ciel, ayez pitié ! Quel crime abominable ! Que ce reptile soit maudit ! Tu vois bien à présent que ce sont des serviteurs de Satan, puisqu'ils s'attaquent à de saintes personnes. Par chance, il ne fait aucun doute que ce moine est maintenant au Paradis, dans la félicité éternelle. »

« Moi, je crois plutôt que les renards et les loups errants lui ont bouffé le cuir. Ceux qui ne savent pas la langue des serpents, ils sont plus misérables et démunis que des grenouilles. Pourquoi est-ce que nous devrions ressembler à ces crétins qui ne comprennent pas le moindre sifflement ? Ce ne sont pas des hommes, c'est de la vermine ! »

Je regrettai aussitôt mes propos en me rappelant que j'étais en présence d'une vermine du même genre, imperméable à la langue des serpents. Mais au lieu de se fâcher, il se mit à rire.

«Cela fait vraiment trop longtemps que tu vis dans la forêt, mon garçon!» dit-il avec une espèce de condescendance désagréable. «Comment donc peux-tu te croire plus sage que tous ces grands peuples qui gouvernent le monde au nom du Seigneur? Il faudrait croire que notre Saint Père le pape est un autre imbécile, car lui non plus n'entend pas la langue des serpents. Est-ce cela que tu veux dire? Voilà qui serait un horrible péché. En vérité, c'est déjà péché de ma part de t'avoir posé cette question. Il faudra sûrement que je m'en confesse.»

«Qui c'est encore, ce pape?»

«Le pape est le représentant de Dieu sur terre», reprit Johannes d'une voix douce, en faisant une mine aussi suave que s'il léchait du miel. «Il vit dans la sainte ville de Rome et il étend la main sur nos têtes comme un père aimant. Quand j'étais encore petit garçon, je suis allé lui rendre visite et je lui ai baisé les pieds. Les hommes de fer m'avaient pris avec eux pour que moi, petit sauvage que j'étais, je sache la grandeur du monde, et pour que je saisisse tout ce qu'il y a de sagesse et de puissance dans le christianisme. Ils m'ont emmené à Rome et m'ont présenté au pape, et tout était d'une splendeur à couper le souffle. Partout de l'or, de l'argent, des pierres précieuses, des églises de pierre avec des clochers plus hauts que tous nos sapins. Alors j'ai compris la toute-puissance de ce Dieu que les étrangers révèrent, et j'ai compris aussi que si nous voulons arriver à quelque chose, il est sage de nous tourner vers Lui et d'oublier toutes ces superstitions ridicules qui font de nous la risée du monde entier. De retour dans ma patrie, j'avais honte de nous voir encore en enfance alors que les autres peuples sont parvenus à l'âge adulte. Il nous fallait les rattraper, acquérir toutes les connaissances en usage depuis longtemps dans les autres pays. Par bonheur, il nous arrivait toujours plus de chevaliers et d'hommes de Dieu : ils nous assistaient en tout et nous aidaient à nous rapprocher de la civilisation. Ils nous montrent la voie et crois-moi, un jour, nous parviendrons à leur niveau.»

« Ce n’est pas une raison pour oublier la langue des serpents. »

Johannes se pencha vers moi et dit tout bas :

« Mon cher enfant, mets-toi bien dans la tête ce que je vais te dire. En vérité, cette langue n’existe pas. »

C’était si saugrenu que je n’éclatai même pas de rire : je me contentai de le fixer, dans l’attente de sa prochaine excentricité.

« Non, elle n’existe pas ! Comment sinon serait-il possible que l’Église n’en sache rien ? Crois-tu que si Dieu a fait du pape son représentant sur Terre, Il ne l’a pas fait tout-puissant ? Notre Saint Père est tout-puissant, chacune de ses paroles est la vérité, et avec l’aide du Seigneur il peut même faire remonter les fleuves vers leur source. Si la langue des serpents existait, il la saurait et les autres hommes de Dieu aussi, mais elle n’existe pas, car le Seigneur n’a point donné aux reptiles le don de la parole. Il ne faut pas leur parler, mais les tuer ou les écarter par la prière, et chaque homme de Dieu, en s’aidant de Son verbe, peut les renvoyer tous au plus noir de l’Enfer. C’est ainsi ! Ce n’est pas ton mérite d’avoir sauvé ma fille aujourd’hui, mais celui de Dieu ! Du haut des cieux, Il a porté le regard sur elle et Il a fait que le serpent nettoie la blessure. »

« Mais qu’est-ce que tu racontes ? Je sais très bien que j’ai parlé avec lui comme je parle avec toi. »

« C’est impossible », affirma Johannes, en prenant un air sévère. « Les serpents, ça ne parle pas ! Ce n’est qu’une illusion ! Il faut que tu quittes la forêt, car elle est le royaume de Satan : il te trompe en te faisant entendre et voir des choses qui n’existent pas. Viens au village, fais-toi baptiser, va à l’église et bientôt tu comprendras tout cela ! »

« Jamais de la vie ! » dis-je en me levant. « Il faudrait que je sois devenu fou à lier ! Enfin, je la parle, cette langue ! Écoute ! »

Je sifflai longuement, m’adressant à lui dans mon meilleur serpent, mais il se contenta de me fixer en répétant d’un air obstiné :

« Ce n'est qu'un bruit dépourvu de sens ! Oublie ces idioties ! C'est à cela que je pensais en disant que les Estoniens sont encore en enfance. Il est temps de devenir adultes ! Il est temps de vivre comme les autres peuples ! La langue des serpents, ça n'existe pas ! »

« Bien sûr que si, et si les gens ne l'avaient pas oubliée il n'y aurait pas un seul étranger dans ce pays ! La Salamandre les aurait tous dévorés et on ne verrait même plus leurs ossements sur nos rivages ! »

« Encore des enfantillages. Qu'est-ce que c'est que cette histoire de Salamandre ? Nul ne peut rien contre les preux chevaliers et leurs épées ! »

J'étais furieux. Johannes alignait les absurdités, mais il m'était impossible de l'en convaincre. J'étais bien incapable de lui montrer la Salamandre : elle dormait quelque part dans sa grotte secrète dont je n'avais pas la clef, et de toute façon je n'avais pas la possibilité de la réveiller. Même la langue des serpents, il m'était impossible d'en prouver l'existence, car je ne pouvais pas en faire venir un dans cette maison : cela se serait mal terminé. Et même si je m'étais mis à parler avec un reptile, Johannes aurait continué à n'y entendre que des sifflements vides de sens. Nous vivions dans deux mondes différents, comme deux escargots dont aucun ne peut aller fourrer son nez dans la coquille de l'autre. Je pouvais bien lui affirmer que dans la mienne, il y avait la Salamandre et la langue des serpents : il n'y croirait pas, car dans la sienne, il croyait voir le Seigneur et le Saint Père.

Je voulais m'en aller, car j'étais d'humeur noire et l'odeur de charogne me gênait de plus en plus ; mais sa fille s'approcha de moi, me toucha l'épaule et m'invita à manger. Je savais bien quel genre de nourriture ils allaient m'offrir. Mais de même que j'étais entré dans la chaumière à l'invitation de Magdaleena, à présent, sur son invitation, j'allai m'asseoir.

18

MON INTUITION SE RÉVÉLA EXACTE : sur la table, il y avait une grosse miche de pain, et tout autour, différents plats remplis de substances bizarres, luisantes et gluantes. Rien que de les voir, je me sentais mal, mais Magdaleena était assise à côté de moi et d'un coup je sentis le parfum de ses cheveux se frayer un chemin à travers l'odeur de charogne, m'envahir les narines et me couler jusque dans le gosier : j'avais l'impression d'avoir son goût dans la bouche. Soudain tous ces aliments répugnants m'indifféraient, et j'étais prêt à lui sacrifier ma digestion.

Johannes s'assit à un bout de la table, croisa les bras, baissa les yeux et se mit à marmotter quelque chose. Sa fille suivit son exemple. J'eus l'intuition que c'était encore l'une de ces sorcelleries inefficaces, vu que c'est à peu près comme ça qu'Ülgas avait coutume de procéder avant ses sacrifices. Mais bientôt ils se turent : Johannes releva la tête, prit la miche dans une main, un couteau dans l'autre, et en tailla une belle tranche.

« Voici pour toi, notre hôte ! » dit-il en me la tendant. « Le pain est la nourriture fondamentale du chrétien. Le pain est saint. Le pain est plus ancien que nous. »

Je reçus cette offrande avec un dégoût mal dissimulé, pris mon inspiration et en avalai une bouchée. Cela avait aussi mauvais goût que dans mon souvenir, cela ne voulait pas descendre et cela collait aux dents.

« Mets-y du beurre ! » me dit Madgaleena en me tendant un petit plat d'où une étrange graisse jaunâtre, semblable à de la pourriture, me fixait. Il aurait sans doute fallu me menacer de mort pour que je consente à y goûter.

« Prends-en donc, c'est bon ! » dit-elle en étalant la graisse jaune sur son bout de pain du bout de son couteau ; elle y mordit en prenant l'air aussi gourmand que si cela avait été des fraises des bois.

Je pris mon courage à deux mains, étalai un peu de beurre sur ma tartine et tentai d'y mordre. Ce n'était pas aussi répugnant que je le craignais, mais ce n'était quand même pas bien bon.

« Vous ne mangez pas de viande du tout ? »

« Seulement pour les fêtes », répondit Johannes, tout en dévorant son pain avec appétit. « Alors nous avons toujours un cochon ou un agneau sur la table. »

« Pourquoi seulement pour les fêtes ? Pourquoi pas tous les jours ? »

« Nous n'en avons pas les moyens. Les Estoniens sont encore pauvres. Il n'y a que les chevaliers en leurs châteaux qui peuvent se permettre de la viande tous les jours. Si nous nous livrions à ce genre de gaspillage, nous n'aurions bientôt plus un sou vaillant. »

« Mais il y a autant de bêtes qu'on veut dans la forêt. Des élans, des chevreuils, des lièvres... Pourquoi vous n'allez pas vous servir ? »

Johannes émit un petit grognement.

« Encore faut-il pouvoir les attraper ! Les chevaliers, bien sûr, ils y arrivent : eux, ils chassent, ils ont des chevaux rapides et des javelots tranchants, des objets rapportés de leur pays. Mais pour un vieillard comme moi, c'est presque impossible d'attraper un chevreuil. Des lièvres, oui, on peut toujours poser des collets dans la forêt, mais ils sont malins, ils ne se laissent pas prendre comme ça. »

J'eus un nouvel accès de découragement. Voilà un homme qui avait renoncé à la langue des serpents et en niait même farouchement l'existence. Il était fier de sa décision, il se croyait sur le bon chemin et voulait m'y entraîner. Mais en réalité, il était comme quelqu'un qui s'est mangé les mains et se traîne par terre, sans plus de défense qu'un balluchon. Maman était du même âge que lui, c'était une femme et elle était obèse, et pourtant elle pouvait sans problème ramener chaque jour un grand élan mâle pour notre repas. Nous ne mangions pas tout cela, bien sûr, loin de là, mais sur le principe, c'était possible. Et ce type qui se vantait d'avoir vu cette espèce de pape, il n'était même pas capable d'attraper des lièvres, il s'éreintait à poser ces collets ridicules et se plaignait que des bêtes étaient plus malignes que lui! Il était persuadé que pour attraper un cheveuil il fallait un cheval et un javelot, et des heures de poursuite! S'il croyait à tout cela, pourquoi donc ne croyait-il pas à la langue des serpents, qui permet d'obliger ledit chevreuil à vous obéir instantanément? À nouveau, je sentis que j'étais d'un autre monde.

«Goûte ça», dit Magdaleena en me tendant une cuiller en bois. Au milieu de la table, il y avait un grand plat avec une masse épaisse d'une matière inconnue, à laquelle tous deux faisaient honneur.

«Qu'est-ce que c'est?» demandai-je en touillant avec méfiance à l'aide de la cuiller.

«De la bouillie de farine» répondit Johannes. «Ça tient au ventre, un bon plat de travailleur.»

«C'est fait avec quoi, ce machin?» m'enquis-je avec dégoût. Je ne pouvais pas me représenter maman en train de proposer ce genre de cochonnerie à ses invités. Elle l'aurait traitée comme cela le méritait : elle l'aurait emportée dans la forêt et aurait creusé un trou dans le sol pour éviter la pollution. «Le pape en mange, à Rome?»

Johannes secoua la tête d'un air de reproche.

«Qu'est-ce que le pape vient faire ici? Il est le représentant de Dieu sur terre, nous ne pouvons pas nous comparer à lui. Nous ne sommes que des paysans, il est notre Saint Père! Bien sûr que sa table est mieux garnie que la nôtre, il n'a pas besoin de se contenter de bouillies. On lui sert les gibiers les plus fins, à poils et à plumes, on lui fait venir des fruits rares de pays lointains. Ce serait vanité de tenter de vivre à sa manière.

Chacun doit connaître sa place : nous sommes un petit peuple et nous sommes pauvres ! »

« Moi, je mange de la viande tous les jours. »

« Pardonne-moi, mon fils, mais tu es encore un sauvage. Le loup aussi mange de la viande : devons-nous pour autant suivre son exemple ? Nous tendons vers la lumière et nous servons le Seigneur, et en récompense, Il nous accorde notre pain quotidien et même ce que nous mettons dessus. »

« Tout ça n'a aucun sens », dis-je en jetant mon bout de pain. J'étais incapable de le terminer, car la vue de la bouillie avait fini de me barbouiller. « Je préfère être un loup et me nourrir correctement plutôt que de vivre ici au village à ronger des crottes fabriquées avec de la paille. »

Tous deux restèrent silencieux, à me fixer bizarrement.

« Ne parle pas comme ça », finit par dire Johannes, lentement et précautionneusement. « Dis-moi honnêtement, mon garçon, n'as-tu pas commis le péché suprême ? N'as-tu pas fait le loup-garou ? »

« C'est quoi encore ce truc ? »

« Un loup-garou, c'est un homme qui, par magie, prend l'apparence d'un loup. Les moines m'ont dit qu'une telle chose est possible : dans leur pays, il se trouve des misérables pour maîtriser cet art. Dis-moi, tu ne l'as jamais fait ? C'est un crime épouvantable ! »

« Mais enfin, ce n'est pas possible » dis-je, fort las. « Les hommes sont des hommes et les loups sont des loups. Un loup, ça sert à se faire traire et chevaucher. Personne n'a envie de se changer en loup parce que personne n'a envie qu'on le traie ou qu'on lui grimpe sur le dos. Ils ne sont pas bien dans leur tête, ces moines. »

« Ce sont des sages et ils ont de l'instruction », répliqua Johannes. « Mais si tu me dis que tu ne pratiques pas la sorcellerie, je te crois. Ton visage respire la franchise et, un jour, on fera de toi un bon chrétien. »

« Ça, ça m'étonnerait », marmonnai-je en quittant la table.

Johannes fit un signe de tête à sa fille.

« Va lui montrer le village maintenant. J'espère que cette fois, il ne va plus retourner dans la forêt. Quel dommage ce serait de gaspiller sa jeunesse ! »

« On pourrait aller au monastère », dit Magdaleena. « Écouter chanter les moines. C'est le rendez-vous de la jeunesse du village. Ce que c'est beau ! »

« Bonne idée », approuva son père. « Les chants sacrés réconfortent l'âme. Allez, moi il faut que je travaille maintenant. L'homme est semblable à la fourmi, son destin est de gagner son pain à la sueur de son front. »

Cette comparaison était tout à fait juste, car ni les fourmis ni le doyen Johannes ne savaient la langue des serpents : ainsi, selon les us et coutumes de la forêt, ils figuraient parmi les créatures les plus misérables. Je renonçai à me lancer dans des explications car, trop content de pouvoir rester en compagnie de Magdaleena, je ne voulais pas de dispute. Nous nous mîmes en marche, et chaque fois que je la touchais de l'épaule ou du bout du doigt, je me sentais frissonner. J'aurais voulu laisser traîner ma main de manière à la toucher continuellement, mais je craignais qu'elle ne prenne ombrage d'une telle insistance et, au contraire, je me raidis comme une bûche en m'efforçant de l'effleurer le moins possible. Aujourd'hui j'ai bien honte de ce comportement : les êtres aussi bêtement timides, pas étonnant qu'ils disparaissent. En ce temps-là nous n'étions encore que des ombres au crépuscule, qui s'étendent avant de mourir. Moi, j'ai disparu : nul ne sait plus que j'existe.

J'étais déchiré entre le désir de la toucher et la crainte de l'importuner, mais elle avait de tout autres pensées. Elle s'arrêta soudain et me traîna derrière un arbre pour me chuchoter, tout excitée :

« Dis, tu as menti à papa en lui disant que tu ne fais pas le loup-garou, hein ? En réalité, tu sais faire, n'est-ce pas ? »

« Bien sûr que non. De toute façon, c'est impossible. Un être ne peut pas se changer en un autre. C'est vrai que les serpents muent, mais ce n'est pas pour cela qu'une vipère va devenir couleuvre ou orvet. On n'a jamais vu un homme se transformer en loup. Comment peut-on être aussi crédule ?»

«Moi, j'y crois!» dit Magdaleena, et je regrettai instantanément d'avoir parlé trop vite. «Les moines disent que ça existe. Mais je comprends que tu ne veuilles pas m'en parler. Papa dit que c'est un affreux péché, et tu crois que je pense comme lui. Alors qu'en fait, ça me passionne autant que ça m'effraie. Tu sais, je voudrais tellement être une louve!»

Je ne sus que hausser les épaules.

«Allez, Leemet, dis-moi comment on fait!» insistait Magdaleena.

«Mais je n'en sais rien!» répondis-je. Je lui aurais volontiers rendu ce service, tant elle était mignonne, j'aurais tout fait pour elle — mais la changer en louve, voilà qui dépassait mes compétences. C'est alors qu'il me vint une idée.

«Si tu veux, je t'apprends la langue des serpents!»

«Ça sert à se changer en loup?» s'obstina-t-elle.

«Non, mais ça sert à parler avec les animaux. Je veux dire, ceux qui la savent eux-mêmes. Il y en a beaucoup qui ne la parlent pas mais qui la comprennent quand même, et ils t'obéiront. Plus de problème pour trouver à manger, il suffit d'appeler un élan et de le tuer. Tu vas voir! C'est facile!»

«Comment ça marche?» demanda Magdaleena. Elle ne semblait pas particulièrement excitée, la langue des serpents était une pauvre monnaie d'échange contre la lycanthropie.

J'émis l'un des sifflements les plus faciles et elle tenta de m'imiter, mais ce qui lui sortit de la bouche était un sifflement humain ordinaire, sans rien à voir avec les mots des serpents.

«Ce n'est pas grave. Au début c'est difficile, moi aussi je me tordais la langue à me faire mal. Essaye encore. Écoute bien comme je siffle, et essaye de m'imiter.»

Je me remis à siffler, bien lentement et bien soigneusement, pour qu'elle perçoive mieux les vibrations de ma voix.

Elle fit tout ce qu'elle put, si tendue qu'elle rougit et que de la salive lui gicla d'entre les lèvres. Mais ce n'étaient pas les mots des serpents.

« Non, ça ne va pas », soupirai-je.

« J'ai fait exactement comme toi. »

« Pas tout à fait. » J'essayais d'être le moins vexant possible : j'aurais tant voulu en faire mon élève. Je l'aurais menée dans les plus beaux endroits que je connaissais dans la forêt, nous nous serions assis tous les deux sous un arbre pour siffler à qui mieux mieux. Et peut-être même qu'il se serait passé autre chose. J'étais prêt à tout sacrifier à cet avenir radieux : aussi j'émis un nouveau sifflement et lui demandai de le reproduire.

« Mais c'est exactement la même chose. »

« Comment ça ? Tu n'as pas entendu la différence ? Ça n'a rien à voir. Écoute bien ! »

J'émis successivement les deux sifflements.

« Pour moi, c'est du pareil au même », dit-elle, déjà un peu réticente. « Et ce que j'ai sifflé aussi. » Elle fit un nouvel essai, mais ce qu'elle émit ne voulait rien dire du tout ; en l'entendant, un serpent aurait pensé qu'elle avait un rat crevé dans la bouche et qu'elle ferait mieux de l'avaler si elle avait quelque chose à dire.

Bien sûr, j'évitai de m'exprimer de cette manière ; du reste, elle n'avait rien du tout à avaler. Le problème résidait dans sa langue à elle. Elle était tout simplement stupéfiante de maladresse, cette jolie petite langue rose qu'elle tirait à ma demande pour que je voie ce qui n'allait pas. Incapable de se mouvoir, elle n'était bonne que pour mâcher du pain et pour avaler de la soupe de farine. Je me rappelai avec quelle tristesse Pirre et Rääk regardaient toujours mon derrière quand je me baignais en leur présence — pas trace de queue. Cet organe avait disparu, comme la langue de Magdaleena avait perdu tous les muscles sans lesquels il est impossible de prononcer la langue des serpents. Elle était plantée trop en arrière, elle manquait d'espace pour se mouvoir, elle était faible. L'espèce humaine dégénérait sous mes yeux : je n'avais plus les crochets à venin de mes ancêtres, la langue de Magdaleena n'était plus bonne à rien. Son ouïe aussi s'était émoussée, elle était incapable de distinguer un sifflement d'un autre, les mots des serpents n'étaient pour elle qu'un seul et même bruit sans fin ni sens, comme le murmure des vagues.

Il me fallut renoncer. Impossible de lui enseigner la langue des serpents, elle était condamnée à passer toute son existence au village entre les râteaux et les rouets. Et en vérité, c'était précisément cette vie-là qu'elle souhaitait. Elle avait perdu quelque chose d'inestimable, mais elle n'en avait cure.

« C'est au-dessus de mes forces. Jamais tu n'arriveras à prononcer sans faute. Tu n'as pas la langue assez souple. »

Cela ne parut guère l'attrister.

« Pas grave. Ça ne m'intéresse pas de savoir la langue de ces bêtes qui me font peur. Mais dis-moi, parlons d'autre chose — tu as déjà vu des génies ? »

« Quel genre de génies ? » répliquai-je sans enthousiasme, car ce thème me rappelait le Sage du Bois Sacré. Elle chuchota :

« Il y a forcément des génies dans la forêt ! Papa aussi y croit, et c'est un homme d'une grande sagesse, il a voyagé à l'étranger et il a vu toutes les merveilles du monde. Il parle la langue des étrangers et il discute avec eux — et eux aussi, ils disent que la forêt est pleine d'esprits, de fées et de petits lutins qui vivent sous terre. Ce sont tous des serviteurs de Satan, c'est pourquoi il n'est pas bon que l'homme aille dans les bois. En tout cas, il ne faut pas s'y enfoncer profondément, sinon les génies t'égarent et t'entraînent en leur château. Tu en as sûrement rencontrés ! »

C'était terrible ! Ces gens niaient l'existence de la langue des serpents ; tout ce qu'il y avait de précieux dans la forêt leur était inconnu, étranger — mais les génies, les ondins, tous ces personnages des fables forgées par Ülgas, avaient gagné le village et s'y étaient joliment acclimatés ! Je ne savais pas quoi dire. Si j'affirmais que les génies n'existaient pas, de toute façon elle ne me croirait pas, pas plus que pour les loups-garous. Mais ça me répugnait de répéter ce genre de radotage que l'on n'entendait que trop par chez nous dans la bouche d'Ülgas et de Tambet. Je haussai vaguement les épaules.

« Pas souvent. »

« Mais de temps en temps quand même ? À quoi ils ressemblent ? »

« Euh... Dis-moi, Magdaleena, est-ce qu'on ne devait pas aller entendre des gens chanter ? »

« Tu ne veux pas m'en parler alors ! » reprit-elle tout bas. « Je comprends : tu n'as pas le droit ! Ils sont jaloux de leurs secrets. Mais bon, au moins je sais que tu les a vus. Je vais pouvoir raconter à mes copines que je connais un gars de la forêt qui a vu des génies et des esprits ! Elles vont faire une de ces têtes ! »

Elle me prit par la main et pressa le pas ; je sentais la chaleur de sa paume et je craignais par-dessus tout que mes mains ne se mettent à suer d'excitation. Ayant dépassé plusieurs maisons, nous finîmes par arriver là où Ints, bien des années auparavant, avait tué un moine. Tout près, il y avait un monastère fortifié. Magdaleena me mena auprès du mur et me fit signe de m'asseoir.

« On n'entre pas ? »

« Bien sûr que non ! C'est un couvent d'hommes, les femmes n'ont pas le droit d'y pénétrer. Et toi non plus, puisque tu n'es ni chevalier ni moine. Les étrangers ne laissent pas entrer les paysans dans leurs forteresses. »

« Mais ton père, il y est allé. Je veux dire, chez le Pape et... »

« Papa est une exception. C'est pourquoi tout le monde au village l'honore et le respecte. Il parle aux étrangers dans leur langue et il me l'a un peu apprise. Tu sais quel est mon plus beau rêve ? Qu'un chevalier m'invite en son château ! Je meurs d'envie de voir comment ils vivent. Ils sont si beaux, si fiers, si respectables ! Et leurs armures ! Leurs casques à plumes ! Tu sais, je crois que ce rêve s'accomplira un jour. Parfois ils invitent les paysannes, mais c'est rare, et pas toutes. J'espère que j'aurai de la chance. Il faut que j'aie cette chance ! Ou bien je n'y survivrai pas ! »

Derrière la muraille du couvent retentit une mélodie traînante. Magdaleena se blottit contre la muraille et ferma les yeux en chuchotant :

« Ce que c'est divin ! Qu'est-ce qu'ils chantent bien ! Je suis folle de cette musique ! »

Moi, le chant des moines me laissait perplexe. C'était comme si quelqu'un gémissait par intermittences sous l'effet d'une douleur au ventre, et en plus, je me rendis bientôt compte que c'était une musique soporifique. Il me vint un engourdissement, la mélodie me tournait autour des oreilles et s'affaissait sur ma tête comme un bonnet de mousse. Magdaleena sentait si bon, j'aurais bien voulu lui poser la tête sur l'épaule et m'endormir heureux ; mais bien sûr, je n'osais pas, et je m'efforçais à grand-peine de garder les yeux ouverts. La mélodie traînait et bourdonnait comme si quelqu'un avait geint tout au fond d'une caverne ; je bâillai et une mouche m'entra dans la bouche. Je la recrachai et cela me réveilla un peu. J'observai Magdaleena.

Elle chantonnait tout bas avec les moines, la tête appuyée sur les genoux et sa longue jupe enroulée autour de ses jambes. Elle avait l'air si adorable que j'en oubliai quelque peu la musique : je me concentrai sur elle et entrepris de m'en rapprocher tout doucement. J'en avais chaud dans le cou et le cœur battant d'excitation, mais je finis par parvenir à mon but : assis juste à côté d'elle, je glissai une main le long de sa jambe nue et je lui effleurai la cheville. À cet instant, le sang me monta si bien à la tête que ma vue se brouilla. Je me remis à lui caresser la jambe. C'est alors que des voix retentirent et qu'un groupe de jeunes villageois apparut au coin du monastère. Parmi eux, il y avait mon vieux copain Pärtel, que je n'avais pas vu depuis des années.

19

Ils étaient trois jeunes gars. Les deux autres étaient plus petits que Pärtel (et que moi) d'une tête, mais avec leurs épaules tout aussi larges que les siennes, ils étaient pratiquement carrés. J'appris par la suite que ces épaules musclées leur venaient de cette stupide coutume d'aller tous les jours aux champs pousser la charrue derrière un bœuf. Quant à leur petite taille, ils la devaient à la pauvreté de leur alimentation : à ne se nourrir que de pain et de bouillie, on ne risque pas de s'élever vers le ciel. De toute façon, nul villageois ne rêve d'être grand : quand on moissonne à la faucille, on est penché en permanence, et si on a l'échine trop longue, elle se met à faire horriblement mal. C'est plus facile pour ceux qui ont dépéri et qui sont tout trapus. Et voilà d'où viennent ces avortons contre-nature dont le village a si grand besoin.

Pärtel s'élevait comme une tour à côté de ces deux champignons, mais il ne leur rendait rien en matière d'épaules. Il était devenu une vraie force de la nature, sans plus grand-chose du garçon avec qui j'étais allé regarder la flagellation des femmes au clair de lune, et qui avait été mon meilleur copain. Pourtant je le reconnus tout de suite, et lui aussi me reconnut. Il me regarda en écarquillant les yeux :

« Tiens, te voilà. Alors, tu as fini par te décider à venir ? Je n'y croyais plus. »

« Je ne me suis décidé à rien du tout ! C'est Magdaleena qui m'a invité à venir écouter de la musique. Bonjour, Pärtel ! »

Il fut la grimace.

« J'ai oublié ce nom, il n'y a que toi pour t'en souvenir. Je te l'ai déjà dit la dernière fois, maintenant je m'appelle... »

« Peetrus. Je sais. »

«Très bien, très bien ! Et voici mes amis, Jaakop et Andreas. Lui, c'est Leemet. Un gars de la forêt. »

Jaakop et Andreas me fixèrent en me tendant la main. Encore une de ces coutumes villageoises qui m'échappent — à quoi bon passer son temps à se tripoter ? Qu'on puisse avoir envie de toucher une femme qu'on aime, ça, je comprends. Ma sœur, elle trouve aussi que c'est bien agréable d'ébouriffer le pelage d'un ours ; il va sans dire que je n'ai jamais essayé, mais sur le principe, je peux concevoir qu'en caressant un doux pelage bien dense, on ressent de la chaleur et comme qui dirait des chatouilles. La peau d'un serpent, c'est pareil : c'est comme de la soie, c'est agréable à caresser. Mais la main d'un villageois, c'est rêche, malpropre et collant, c'est plein de miettes de pain sous les ongles. Après en avoir touché une, je voudrais mettre la mienne à tremper des heures dans l'eau fraîche d'une source. Pourtant, plutôt que d'exprimer mes sentiments, je choisis d'honorer les coutumes locales en serrant les mains des deux nabots. Elles étaient trop grandes et aussi pataudes que celles des anthropopithèques.

«On pensait qu'il n'y avait plus personne dans la forêt », dit Andreas. «Pourquoi tu n'es pas venu avant, tu avais un problème ? Tu étais malade ou quoi ? »

J'avais envie de lui répondre que je n'avais été malade qu'une seule fois de toute ma vie, pour avoir mangé de leur cochonnerie de pain, mais je n'ai pas pour coutume d'être insolent et de chercher noise aux gens à la première rencontre. Je me contentai de hausser les épaules et de marmonner vaguement.

«Ce n'est pas grave », dit Jaakop sur un ton paternel. «Mieux vaut tard que jamais. Tu as déjà décidé quel coin de forêt tu vas brûler et te mettre à cultiver ? »

«Non », répliquai-je : cette fois-ci, la franchise n'avait rien de vexant.

Il se mit à me prodiguer des conseils, mais par bonheur, Magdaleena vint interrompre cet absurde caquet.

«Silence, les garçons. Les moines chantent ! Écoutons. »

Pärtel et ses copains s'assirent et restèrent un moment silencieux.

«C'est quand même chouette, ce qu'ils font», finit par dire Pärtel. «Toi, Leemet, je parie que tu ne les avais jamais entendus?»

«Où est-ce que tu veux qu'il ait pu les entendre s'il n'est jamais sorti de la forêt», répliqua Andreas. «Les moines ne vont pas chanter par là-bas! C'est une veine qu'ils aient installé leur couvent juste à côté de notre village. Sinon, il n'y aurait plus eu qu'à traverser la mer pour entendre de beaux chorals.»

«De beaux quoi?» demandai-je.

«Des chorals!» répéta Andreas. «C'est comme ça qu'on appelle cette musique. Elle fait fureur dans le monde entier en ce moment. Toi aussi, ça te plaît, hein?»

«Oui», dis-je prudemment : cette réponse me semblait la moins périlleuse, alors qu'un «non» aurait très certainement débouché sur une dispute. «Sauf que je ne comprends pas un traître mot.»

«Normal, c'est du latin!» dit Pärtel. «Les chorals, ça se chante en latin, c'est comme ça partout. Le monde entier écoute ça!»

«Vous ne pouvez pas vous taire, les garçons!», s'écria Magdaleena, cinglante, en se levant et en s'éloignant de nous. Sur quoi elle se rassit, posa l'oreille contre le mur du couvent et ferma les yeux pour mieux se concentrer.

«Nous aussi, on a pensé apprendre des chorals», chuchota Andreas. «Les filles, ça les rend folles. Les moines en ont autant qu'ils veulent, il n'ont qu'à se mettre à chanter et les voilà toutes qui perdent la tête.»

«On s'est même déjà exercés», confirma Pärtel. «Ça donne bien quelque chose, mais on a un problème : il n'y a pas de castrat dans notre chœur.»

«De quoi?»

«Les chanteurs les plus célèbres sont des castrats», expliqua Jaakop. «Ils en ont un au monastère, il a la voix aussi claire qu'une alouette. C'est parce qu'on lui a coupé les choses.»

«Mais ça fait mal!» m'écriai-je avec candeur. Je n'avais jamais rien entendu d'aussi scabreux.

Andreas eut un grognement méprisant.

«Ah la la, on voit bien que tu es de la forêt! Mal! Qu'est-ce que ça peut bien faire que ça fasse mal! Ça se fait partout de couper les choses! Le doyen Johannes dit qu'à Rome, là où vit le pape, un hommes sur deux n'a plus ses choses, et il chante si divinement qu'il y a de quoi tomber à la renverse. C'est la mode là-bas! Johannes raconte qu'en fait, lui aussi, on voulait les lui couper, un évêque avait lancé le processus, mais malheureusement il y a eu un empêchement, Johannes a dû rentrer et les choses en sont restées là. Chez nous, ça ne se fait pas. C'est quand même loin de tout, ici.»

J'eus une pensée reconnaissante pour le destin qui avait laissé ses choses au doyen Johannes, car sinon, pas de Madgaleena, juste un vieux en train de roucouler comme une alouette — quelle horreur, j'en avais la chair de poule! Mais Pärtel et ses copains avaient vraiment l'air triste. Assis, ils écoutaient le chant des moines en se grattant l'entre-cuisses, et cette opération semblait leur rappeler perpétuellement leur incomplétude.

«Vous pourriez accompagner les moines», glissai-je.

«Ce n'est pas cela», répondit Jaakop. «Il n'y a pas de vrai chœur sans castrat. Bien sûr que tout le monde peut fredonner trois notes au bord de la rivière ou auprès de son poêle, mais ce n'est pas comme ça qu'on devient célèbre. Les vrais chœurs, ils sont dans les couvents.»

«Faites-vous donc moines alors!»

Mais ils secouèrent la tête.

«C'est des choses qui te dépassent», reprit Pärtel. «Des comme nous, ils n'en prennent pas dans les couvents. Qui est-ce qui labourerait et qui ferait les foins, si tout le monde chantait dans les chœurs? C'est la division du travail, tu comprends?»

« Cela dit, on n'a rien contre les labours et la moisson », ajouta Jaakop. « C'est super chouette de se bouger derrière une charrue. Tu as déjà essayé ? »

« Non », répondis-je franchement.

Tous trois se mirent à rire.

« Alors tu n'as jamais rien vu », dit Andreas. « La charrue, c'est un truc génial, avec ça tu laboures comme... enfin c'est super. C'est chouette de labourer, mais moi, ce que je voudrais faire, c'est le choriste, juste pour pouvoir avoir des femmes. Regarde Madgaleena, dans quel état ça la met ! Mon rêve, ce serait de labourer le matin, de chanter le soir, et puis ensuite, d'avoir des femmes. »

« Et puis d'être coiffés comme les moines, ça aussi ce serait épatant », ajouta Pärtel, rêveur. « Encore un truc qui plaît aux filles, mais nous, on n'a pas le droit de se tonsurer. Interdit par les moines. Pas question que de petits paysans se mettent à leur ressembler. »

« Mais pourquoi vous leur obéissez ? »

« Comment ça ? » s'étonna Jaakop. « Ils viennent quand même de l'étranger, ils savent mieux que nous comment le monde marche. C'est à eux de nous commander, pas le contraire. Nous sommes tout juste sortis de la forêt, qu'est-ce que nous avons à leur apprendre ? »

« La langue des serpents. »

Le trio me gratifia d'une mine dédaigneuse.

« Tu connais ce truc alors ? » demanda Andreas.

« Bien sûr. Et Pärtel — enfin Peetrus — dans le temps, il la savait aussi. Pas vrai, Peetrus ? »

Pärtel fit la grimace.

« J'ai tout oublié », répondit-il de mauvais gré. « Quand on est gosse, on joue à des tas de choses et on se figure toutes sortes d'âneries. C'était il y a tellement longtemps, ça m'est sorti de la tête. »

« Tu dois te rappeler ! Ne viens pas raconter que ça n'existe pas : je suis témoin, je t'ai entendu siffler ! »

«Oh, j'ai peut-être bien sifflé quelque chose. Mais ce qui est sûr, c'est que je ne me souviens plus de rien. Et puis ça ne m'intéresse pas. Qu'est-ce que j'en ai à faire, je ne suis pas un serpent, moi! Je suis un homme, j'habite dans un village d'hommes et je parle la langue des hommes.»

«Ce serait autre chose si tu savais le latin», dit Andreas. «Tu chanterais des chorals et tu aurais toutes les femmes dans ton pieu.» Il avait l'air obsédé par cette idée.

«L'allemand aussi, c'est important», ajouta Jaakop. «C'est la langue des chevaliers. Si tu te débrouilles en allemand, peut-être qu'ils te prendront à leur service.»

«Tu rêves d'être valet?» J'étais sidéré.

«Bien sûr! Ce serait super! Pouvoir vivre dans un château et parler avec des chevaliers qui viennent de l'étranger. Mais c'est très difficile d'y arriver : tout le monde veut devenir valet mais ils en prennent rarement parmi leurs paysans, ils préfèrent les importer : nous sommes trop nigauds et nous risquerions de leur faire honte lorsqu'ils sont en fine compagnie.»

«Le doyen Johannes a été quelque temps au service d'un évêque», dit Pärtel, et il ajouta aimablement à mon égard : «un évêque, c'est un peu comme un moine, sauf que c'est beaucoup plus riche et plus important. C'était quand Johannes était encore jeune, quand il est allé voir le pape à Rome. Il avait le droit de vivre dans le château de l'évêque et de manger à sa table. Il a même dormi dans son lit, car à l'étranger, la coutume est que les gens importants dorment aussi bien avec des garçons qu'avec des filles.»

«Quoi?» Je faillis en tomber à la renverse.

«Ah là là, c'est pas vrai, quel sauvage!» ricana Andreas. «Ferme-la et arrête de nous regarder avec ces yeux ronds! Mais bien sûr que c'est la coutume dans le monde! Il faut vraiment sortir tout droit des buissons pour s'étonner de quelque chose d'aussi banal. À Rome, d'après Johannes, tout le monde couche avec des garçons, il n'y a rien de plus banal. Moi aussi j'ai essayé, avec mon frère, mais ça n'a pas donné grand-chose à part de la sueur et des pantalons déchirés. Sûr qu'il faudrait apprendre avec un chevalier ou avec un moine, sinon il risque d'y en avoir pour plusieurs générations avant qu'on sache s'y prendre. »

« Sauf que ça arrive très rarement qu'un chevalier ou un moine prenne un petit paysan dans son lit », soupira Jaakop. « Ils ne nous considèrent pas tout à fait comme leurs égaux. »

Je glissai que cette coutume n'est pas complètement inconnue non plus dans la forêt : parfois on voit un renard en rut monter sur le dos d'un autre renard mâle. Mais cette remarque eut le don de les irriter.

« Non, mais tu me prends pour un renard ? » demanda Andreas, vexé. « Je m'en fiche, de ce que font les bestioles dans ton idiote de forêt ! Je parle de ce qui se passe dans le monde. Tu n'en sais rien, tu ne connais pas les langues ! »

« Sauf celle des serpents ! » ajouta Jaakop avec un sourire en coin. « Ça m'étonnerait qu'ils aient les dernières nouvelles de Rome ! »

Puis ce fut au tour de Pärtel de me prodiguer ses conseils :

« Fais attention à ce que tu dis, Leemet ! Tu viens tout juste d'arriver, tu ferais mieux de garder les yeux et les oreilles grands ouverts et d'essayer d'apprendre le plus de choses possible, pour vivre comme les hommes, pas comme les bêtes dans la forêt. Où est-ce que tu vas t'installer ? Il faut que tu te construises une maison, que tu brûles un coin de forêt, que tu te procures les outils nécessaires. Je peux te prêter une meule à bras, j'en ai deux. »

J'étais sur le point de lui répondre que je n'avais pas l'intention de m'installer au village et qu'il pouvait se mettre sa meule à bras quelque part, lorsque le chant des moines s'interrompit. Madgaleena se frotta les yeux comme si elle s'éveillait d'un charme, et vint nous rejoindre.

« Vous, les garçons, vous êtes bizarres, quand même. Pourquoi est-ce que vous venez au concert si c'est pour passer votre temps à bavarder ? Aujourd'hui ils ont été particulièrement bons et ce castrat sonnait si joliment que j'en avais le cœur qui me remontait dans la gorge. J'adore cette voix ! »

« Je vous l'avais bien dit, ça les fait toutes fondre ! » grogna Andreas. « Moi aussi je sais chanter. Tu ne m'as pas entendu quand on faisait les foins ? J'ai même chanté quelque chose en latin. »

« Mon pauvre Andreas, tu sais bien que tu n'es pas moine. Je n'ai rien contre les paysans qui chantent autour du feu, mais ce sont des cris, pas de la musique. La vraie musique, c'est dans les monastères. »

« Eh oui », soupira Jaakop. « Qu'est-ce que tu veux, nous, les Estoniens, on vient juste de sortir de la forêt, dans nos voix il y a encore quelque chose d'un grognement de bête. Je suis sûr qu'un jour notre peuple produira de grands chanteurs de chorals et des castrats de renommée mondiale. Mais pour cela, il nous faut d'abord avoir assez progressé pour qu'on se mette à nous couper les choses. C'est une vraie honte — qu'est-ce que c'est que ce trou, partout dans le monde on coupe les choses aux gens et chez nous, bernique ! Ton père est toujours fourré avec ces chevaliers et tous ces gens importants, est-ce qu'il a entendu dire quand est-ce qu'on commencera enfin à nous couper les choses ? »

« Non, il n'en a jamais parlé », répondit Magdaleena. « Mais il faut que je rentre, j'ai des tas de choses à faire. »

« Bon, alors nous aussi, » approuva le trio. « Nous avons gratté un peu de temps pour pouvoir écouter la musique, maintenant le boulot nous appelle. Il faut gagner son pain, Dieu ne donne rien gratis ! »

Moi, en revanche, je n'étais pas pressé. Je savais qu'un énorme plat d'élan m'attendait à la maison, mais je n'avais pas encore faim. Et puis je n'avais nulle envie de quitter Magdaleena — cet amour qui venait de me tomber dessus m'avait comme mis en laisse à la queue de sa robe, et je ne savais ni ne voulais m'en délivrer.

«Je t'accompagne», lui dis-je. Pärtel interpréta mes paroles à sa manière :

«Tu as raison, le doyen Johannes est le mieux à même de te conseiller par où commencer ta nouvelle vie.»

Nous regagnâmes le village en flânant.

Lorsque nous arrivâmes à la maison de Magdaleena, son père en sortait justement, un couteau en main.

«Qu'est-ce qui se passe, papa ?» s'écria Magdaleena.

«Miira va de plus en plus mal», répondit Johannes, l'air soucieux. «Elle ne veut plus rien prendre.»

«Vous avez un problème avec votre vache ?» demanda Pärtel.

«Ça fait une semaine qu'elle est malade», expliqua Magdaleena. «Elle ne veut plus manger, elle meugle tout le temps, tout doucement, tout tristement. Pauvre bête, ça fait peine à voir. Papa l'a soignée, mais rien à faire.»

«Je n'ai pas dit mon dernier mot», dit Johannes. «Il me reste les astuces qu'un garçon d'étable des chevaliers m'a enseignées, un authentique Allemand. C'est comme ça qu'il soignait les chevaux de ses maîtres, il s'agit donc de techniques éprouvées. Pas des recettes de bonne femme, mais bien de la science étrangère.»

«Je peux regarder ?» demanda Jaakop. Aimablement, Johannes l'autorisa.

«Allez, venez, les jeunes ! Il y a là une sagesse dont vous pourrez tirer parti. Tant qu'on vit, il faut apprendre.»

Nous entrâmes tous dans l'étable. La pauvre Miira gisait sur sa litière, l'air vraiment misérable et affamée. Au premier coup d'œil, je compris que ses jours étaient comptés. Elle était tout bonnement en train de crever de vieillesse. Les gens ne sont pas éternels, alors les bêtes, à plus forte raison... Johannes avait bien parlé de la soigner, mais j'espérais qu'il se contenterait de lui trancher le gosier pour abréger ses souffrances. Hélas, il semblait d'un autre avis. Il avait si grande foi dans l'enseignement du palefrenier qu'il aurait sans doute cru possible de s'en servir pour ressusciter les morts. Il s'approcha de la vache, prit son couteau et lui fit une profonde entaille sous la queue. Elle gémit de douleur.

« Hahaa ! » s'écria Johannes sur un ton triomphant, sur quoi il se mit également à la saigner aux oreilles.

« Qu'est-ce que vous faites ? » demanda respectueusement Andreas.

« Je lui perce des trous dans le corps pour que le mal puisse s'échapper », expliqua le doyen en faisant une autre petite entaille dans la poitrine de la pauvre bête, qui se mit à saigner et à émettre des sons plaintifs.

« Rappelez-vous, les garçons, les trous se font sur la poitrine, sous la queue et aux oreilles ! » s'écria Johannes ; Pärtel, Jaakop et Andreas répétèrent tout bas pour mieux se souvenir. Moi, ça me faisait de la peine d'assister à ces tortures, mais je n'allais pas m'en mêler — ce n'était pas mon affaire, la façon dont les villageois traitaient leurs bêtes. Même si je savais bien que chez moi, dans la forêt, nul n'aurait fait cela à ses louves.

Mais ce n'était pas le seul tour que le palefrenier allemand avait appris à Johannes. Il alla chercher un bidon où brillait un étrange substance.

« C'est de la graisse de phoque », dit-il. « Il faut qu'elle en boive. »

Évidemment, la vache se refusa à absorber ce genre de gourmandise. Même mourante, elle avait encore assez de force pour fermer vaillamment la gueule et tourner la tête de côté. Johannes soupira.

« Stupide bête, tu ne sais pas ce qui est bon pour toi ! » se mit-il à lui reprocher. « La graisse de phoque chassera le mal par les trous. Venez m'aider, les jeunes ! Ouvrez-lui la gueule avec un couteau pour que je puisse y verser la graisse. »

Un instant après, ils étaient quatre à s'agiter autour de la vache. Seuls Madgaleena et moi nous tenions à l'écart : elle par modestie, pour ne pas se mêler du travail des hommes ; moi, espérant de tout cœur que la pauvre bête allait échapper à ces tortures en crevant une bonne fois pour toutes. On voyait bien que son âme ne tenait plus qu'à un fil.

Et pourtant ils avaient bien du mal à la lui faire boire, sa graisse de phoque. Ils étaient arrivés à grand-peine à lui glisser le couteau entre les dents et Pärtel s'en servait pour lui garder la gueule ouverte, tandis que Jaakop et Andreas se tenaient à califourchon sur sa nuque pour l'empêcher de se débattre. Le doyen Johannes avait plongé un bâton dans la graisse et le lui fourrait dans le gosier, en repoussant de l'autre main la grosse langue sombre. La bête faisait un vacarme épouvantable, comme si elle était sur le point d'étouffer, et cela n'avait rien d'étonnant vu qu'il n'est pas facile de respirer avec un bout de bois enfoncé dans la gorge. Johannes tourna et retourna ledit bout de bois jusqu'à se convaincre que l'huile avait bien coulé là où il fallait. Lorsqu'il le retira, la vache poussa un cri rauque et ses yeux se révulsèrent. Mais elle ne parvenait toujours pas à crever, et c'était son malheur, car le palefrenier allemand avait vraiment appris des quantités d'horreurs à son maître.

« La graisse chasse le mal, mais elle a besoin d'une aide extérieure », dit-il, l'air important. « Un remède pour pousser, un autre pour tirer ! Et pour tirer, ce qu'il faut, c'est de la vapeur. Magdaleena, va à la cuisine et retire du feu la petite marmite que j'y ai mise à bouillir. Vite ! Je vois que la graisse a déjà entamé son travail et qu'elle repousse le mal de toutes ses forces. »

La mine satisfaite, il désignait les blessures : avec toute cette agitation, elles s'étaient mises à saigner abondamment. Même Andreas et Kaajop étaient couverts de sang. Ils considéraient d'un air suspicieux leurs vêtements tout tachés.

« On ne va pas se faire contaminer ? » demanda Andreas.

« Non, non, soyez tranquilles ! Le mal a perdu toute sa force et sa puissance. Il ne reste plus qu'à insuffler de la vapeur dans les blessures, et Miira sera tout à fait guérie. »

J'était sûr et certain qu'elle ne survivrait pas à ce nouveau supplice. Magdaleena était déjà de retour avec la marmite, où son père mit des espèces de pailles à tremper.

«Regardez bien ce que je mets dans l'eau bouillante, les garçons! C'est du grand art et il ne faut rien oublier. L'ordre a de l'importance. Voyez, je commence par du serpolet, puis du millefeuille, et puis de la chélidoine. Il faut l'ajouter tout à la fin, c'est ce que m'a appris le garçon d'écurie. C'est un remède infaillible, le monde entier en fait usage. Maintenant, essayez de lui soulever un peu le derrière, il faut que je lui passe la marmite sous la queue.»

En se servant de deux bâtons en guise de leviers, Pärtel et Jaakop se mirent à soulever la pauvre bête. Elle avait déjà perdu connaissance, mais elle respirait toujours, avec difficulté. Alors que Johannes lui poussait la marmite chaude sous la queue, elle parvint à pousser un dernier meuglement. Puis elle creva.

Je fus le seul à m'en rendre compte, Johannes continuait à la soigner.

«Ça y est, la victoire est à nous!» dit-il tranquillement en s'agitant auprès du cadavre. «Maintenant, passons à la poitrine, c'est par là que le mal s'écoule le mieux. C'est sûrement là que se trouvait le principal foyer d'infection.»

Il ébouillanta le cadavre de tous côtés, marmonna quelque chose, tâta et finit par se rendre compte que quelque chose allait de travers.

«Miira!» s'écria-t-il en ouvrant du pouce l'œil révulsé de la vache. «Qu'est-ce que tu as?»

«Elle est crevée», dis-je.

«Qu'est-ce que tu dis?» s'écria-t-il en lâchant enfin sa marmite. Il eut d'abord l'air passablement désappointé, mais rapidement il se composa un air de soumission et tourna les yeux vers le ciel.

«En vérité, tu as raison. Bon, c'est ainsi. C'était la volonté de Dieu.»

«C'était une si bonne vache», soupira Magdaleena. «C'est bien triste!»

«Il n'y a rien à faire», dit Johannes. «L'homme s'escrime,

Dieu décide. Nous avons fait tout ce qui était en notre pouvoir, mais la décision finale appartient toujours au Tout-Puissant. »

On aurait dit Ülgas et ses génies sur qui il trouvait toujours moyen de rejeter toutes ses erreurs ! Rien de nouveau sous le soleil. Les gens sont toujours en train d'inventer un quelconque croquemitaine pour se décharger sur lui de leurs responsabilités. Je demandai à Johannes si ce fameux garçon d'écurie allemand était jamais arrivé à guérir un cheval avec ce genre de méthodes.

« Évidemment ! » s'écria le doyen, surpris. « Quelle question ! Il ne les a pas inventées lui-même. Il les avait apprises des Francs, qui les tenaient directement des Romains ! »

Ce retour de Rome sur le tapis me rappela un certain évêque 218
et ce que j'avais appris de ses compagnons de lit, et je ne cache pas qu'un bref instant, je considérai mon interlocuteur d'un air étrange. Mais il ne le remarqua sans doute pas, tant il était pressé soudain. Il se mit à s'entretenir avec les trois gars de travaux et d'activités qui m'étaient incompréhensibles, et, me rendant compte que Magdaleena avait quitté l'étable, je sortis à sa recherche.

Je la retrouvai auprès du portail. Elle avait les yeux fixés sur un chevalier que l'on distinguait au loin, au sommet de la colline, en train de galoper.

« Qu'est-ce qu'il a fière allure, quand même ! » me chuchota-t-elle. « Regarde son armure ! Son casque ! Quel cheval luxueux et quelle finesse dans son tapis de selle ! »

J'avais du mal à partager son enthousiasme ; à mon avis, l'armure aussi bien que le casque étaient des instruments parfaitement inutiles, et je n'avais nul motif d'en jalouser le propriétaire. Mon humeur était même en train de s'assombrir, car Magdaleena ne me prêtait plus la moindre attention : elle sortit sur le chemin pour pouvoir admirer le chevalier le plus longtemps possible, et lorsqu'il eut fini par disparaître et qu'elle revint auprès de la maison, je lui dis que je rentrais chez moi.

« Chez toi ? Où ça ? Dans la forêt ? »

« Bien sûr. C'est là que j'habite. »

Je pensais qu'elle allait tenter de me convaincre de rester, comme l'auraient fait son père ou Pärtel, mais elle se contenta de hocher la tête en me chuchotant à l'oreille :

« Allez, file ! Ça me plaît bien de connaître un garçon qui se change en loup-garou et qui a rencontré des génies. Tous ces mystères ! Reviens me voir et apprends-moi une de tes sorcelleries. Je sais que c'est péché, mais c'est captivant. D'accord, Leemet ? »

« Tout ce que je connais, c'est la langue des serpents », grommelai-je.

« Allons, allons, tu sais bien d'autres choses ! C'est juste que tu ne me fais pas encore confiance, j'en suis sûre. Soit, va-t-en ! Je t'attends bientôt. Après tout, tu m'as sauvé la vie. Merci encore, mon loup-garou chéri ! »

Elle m'embrassa sur la joue et se glissa à l'intérieur, et je me mis en route dans le crépuscule.

20

J'ÉTAIS À PEINE PARVENU À COUVERT QUE, DANS LE NOIR, JE TRÉBUCHAI SUR QUELQUE CHOSE DE MOU, quelque chose qui se mit à grogner et à jurer de manière fort grossière : je compris qu'il s'agissait de Meeme et que je venais de lui marcher sur le ventre.

« Oh pardon », dis-je. « Il fait tellement sombre par ici. »

« Sombre ! » s'irrita Meeme, méprisant. « Bien sûr, quand on vient du village, on ne voit plus rien. Tout s'émousse, à commencer par l'intelligence. J'étais juste en train de boire un coup quand tu m'as piétiné l'estomac, maudit crétin. »

Il se nettoya le visage du vin qui y avait coulé, puis se lécha la main.

« Je suis désolé », dis-je. « Mais qu'est-ce que tu fais au beau milieu du sentier ? Tu peux bien aller dormir à l'abri d'un fourré. »

« Où est-ce que tu vois un sentier dans cette forêt ? Il n'y a plus de sentiers, les bêtes traînent dans les buissons, et les hommes, il n'y en a plus. Il n'y a plus personne dans la forêt, à part toi et deux ou trois autres bouffons qui fainéantent et qui viennent déranger ceux qui gisent en paix. Qu'est-ce que tu viens faire par ici ? Tu étais au village, tu y es resté un bon moment. Qu'est-ce que tu veux ? Il n'y a personne là-bas à qui marcher sur le ventre ? »

« Non, il n'y a personne de vautré par terre comme un tas de feuilles pourries. »

Mon irritation eut le don de le faire rire.

« Je ne suis pas comme un tas de feuilles pourries, je suis un tas de feuilles pourries. Tu ne sens pas l'odeur ? »

« Si, si », répondis-je. En vérité, cette odeur de pourriture m'était revenue aux narines, et même si mes vêtements gardaient encore un petit peu du doux parfum de Magdaleena, dans la forêt il se dispersait rapidement. « Ça ne m'étonne pas. Regarde de quoi tu as l'air ! »

Il se remit à rire.

« Oui, je pourris. Et pas que moi, toi aussi. C'est ta propre odeur que tu sens, malheureux ! Tous autant que nous sommes, nous pourrissons et nous tombons en poussière, d'abord ton oncle, ensuite moi, et puis finalement toi. Nous sommes comme des feuilles de l'an dernier qui réapparaissent à la fonte des neiges, tout brunes et déjà décomposées. Nous sommes d'une saison qui n'a plus cours et notre destin est de nous changer en boue, car la vie reprend et aux branches des arbres pointent de nouveaux bourgeons, tout frais, tout verts. Tu auras beau marcher dans la forêt en te figurant que tu es jeune, que tu as la vie devant toi et que quelque chose d'important t'est destiné — en fait, tu n'es que pourriture, comme moi. Tu pues ! Sens-toi ! Sens-toi bien ! Elle est en toi, la pourriture ! »

Il fut pris d'une quinte de toux et je pris mes jambes à mon cou, le dos trempé de peur. Ce qu'il venait de me dire, c'est ce que j'avais toujours craint — que cette puanteur qui me torturait venait de moi-même, que je l'avais héritée d'Oncle Vootele comme une maladie contagieuse. Ce que j'avais senti chez le doyen Johannes, c'était ma propre odeur !

Ce n'était pas d'une blessure visible, ouverte et purulente qu'elle émanait, ni d'un foyer interne de maladie, d'un ulcère caché au creux du ventre ou dans la poitrine, et j'étais pratiquement sûr d'être seul à la sentir — comme on est seul à pouvoir lire et comprendre ses propres pensées secrètes.

Ce qui puait, c'étaient les mots des serpents : c'étaient ces connaissances, devenues inutiles et superfétatoires dans le monde nouveau, qui pourrissaient en secrétant une odeur doucereuse. D'un coup, mon avenir m'apparut avec une terrible clarté — une vie solitaire au fond des bois, avec quelques reptiles pour seuls compagnons, tandis qu'à l'air libre galoperaient les hommes de fer, chanteraient les moines, et que des milliers de villageois iraient moissonner à la faucille. J'étais vraiment une feuille morte, une feuille de l'an dernier qui par malheur avait poussé trop tard pour voir la splendeur de l'été. Avec le printemps, l'arbre se couvrait de feuilles nouvelles, encore tout vertes et qui bruissaient bêtement. L'été dernier était tombé dans l'oubli, ses dernières traces étaient en train de s'évaporer. J'inspirai très fort — pas de doute, c'était bien l'odeur de la décomposition.

Était-il en mon pouvoir de changer quelque chose ? M'installer au village, me mettre à gratter la terre avec les autres paysans et à manger du pain ? Rien ne me plaisait dans cette vie, je me sentais tellement supérieur à tous ces gens,
et tellement plus sensé. J'aimais la forêt, j'aimais les mots des serpents, j'aimais ce monde aux tréfonds duquel dormait la Salamandre — peu importait que j'aie perdu tout espoir de la voir un jour de mes propres yeux. Mais je n'avais plus rien à y faire : à cet instant, je le sentais avec une force tout particulière. Je venais de passer une journée entière au village, et même si les geignements des moines m'avaient déplu et si j'avais détesté voir la vache à la torture, tout à coup je me rendais compte que tout cela m'avait intéressé. J'avais rencontré un tas de gens, j'avais discuté avec eux, nous avions échangé des idées, j'avais fait de nouvelles expériences. Dans la forêt, mes journées étaient d'une terrible monotonie. Certes, quand j'étais petit, c'était chouette de jouer dans les bois, mais quel usage un adulte avait-il de cette immensité déserte ? Comment allais-je pouvoir y passer le reste de ma vie ?

Mes derniers voisins s'occupaient à des distractions futiles qu'ils s'étaient inventées : Tambet et Mall élevaient des armées de louves dont nul n'avait vraiment l'usage, Ülgas trafiquait dans son bois sacré et faisait des sacrifices à des génies imaginaires. Les anthropopithèques élevaient leurs poux et s'escrimaient à revenir aux origines. Maman passait son temps à cuisiner, Salme à prendre soin de son Nounours. Hiie ? Elle aussi traînait dans la forêt, et sans doute se sentait-elle encore plus seule que moi.

Bien sûr, il y avait Ints et les autres serpents, mais c'étaient quand même des reptiles, ils avaient leur vie à eux — surtout à présent que mon amie était devenue mère. Soudain la forêt me semblait un lieu de désolation. L'existence que l'on menait au village était stupide, bien sûr, mais elle débordait d'énergie. C'était là que vivait Magdaleena, l'objet de mes désirs. Y déménager était sans doute le seul moyen d'échapper à cette odeur de pourriture qui me prenait aux narines. Et pourtant, la seule pensée m'en répugnait. Je n'avais rien à faire dans la forêt, je n'y avais pas d'avenir — mais c'était chez moi. Le village, c'était un autre monde. Et ça, il n'y avait rien à y faire. Je ne pouvais pas reverdir, j'étais une feuille de l'an dernier.

Cette conscience de l'impasse où je me trouvais me plongeait dans le désespoir. Je voulais vivre en forêt, je voulais être auprès de Magdaleena, je voulais avoir des gens autour de moi, je voulais qu'ils ne soient pas bornés et qu'ils sachent la langue des serpents, je voulais que ma vie ait un sens, je ne voulais pas pourrir. Mais tous ces souhaits étaient contradictoires, et je savais bien que pour la plupart ils étaient vains. Il en aurait sûrement été autrement si maman n'avait pas quitté le village, si elle n'avait pas commencé à faire ami-ami avec ce plantigrade et s'il n'avait pas décapité mon père. J'aurais grandi parmi les villageois, ma langue se serait épaissie à force de manger du pain et je ne comprendrais pas un traître mot de celle des serpents. Je serais devenu un paysan ordinaire et je mènerais une existence simple et claire comme de l'eau de roche. Mais par la faute de maman et de son ours, au tout dernier moment j'avais regagné la forêt, et j'y étais resté. J'avais voyagé dans le temps et j'étais parvenu dans le passé juste avant que la porte ne s'en referme pour toujours. À présent, il ne m'était plus possible d'en revenir : les mots des serpents me tenaient enlacé.

Je rentrai chez moi au comble du désespoir : toute la famille était là — maman, Salme, Nounours, plus une pleine tablée de viande d'élan où mon beau-frère était certes déjà parvenu à se tailler un large chemin. Je crus d'abord qu'il allait encore être question de ses méfaits et de ses escapades — en tant que seul homme de la famille, moi seul pouvais arrêter une position à leur propos. Il va sans dire que je n'en avais pas la moindre intention : épuisé et en proie à l'humeur la plus noire, je n'avais pas le courage de consacrer le reste de la soirée aux frasques d'un lourdaud de grand brun. Mais il apparut que cette fois, ce n'était pas le couple de ma sœur qui posait problème. L'affaire était bien plus grave.

Maman était tout pâle et à peine fus-je entré qu'elle se jeta
sur moi en criant :

« Il faut que tu fasses quelque chose ! Hiie est quand même ta fiancée ! »

Ce soir-là, après ma rencontre avec Magdaleena et le baiser que j'avais reçu d'elle, je n'avais pas la moindre envie de discuter de la nature de mes liens avec Hiie. Mais maman était dans une tel état d'excitation que je compris que cette fois, il avait vraiment dû arriver quelque chose de grave.

« Qu'est-ce qui se passe encore avec Hiie ? »

« Ils veulent la sacrifier ! » dit Salme, les larmes aux yeux. « Qu'est-ce que tu as fait de ta journée ? Nous t'avons cherché partout, Nounours est même monté en haut d'un sapin pour mieux voir, mais rien à faire. Où est-ce que tu étais fourré ? »

« Peu importe. Qu'est-ce que c'est que cette histoire de sacrifice ? Qui va la sacrifier et à qui ? »

« Miséricorde, mais Ülgas évidemment, ce misérable ! » répondit maman. « Qui d'autre ? Il s'est mis en tête que les choses ne peuvent pas aller mieux dans la forêt avant que les génies aient reçu une jeune vierge en offrande. Vieux cinglé ! Qu'est-ce qui va mal dans la forêt ? De la viande sur la table, le ventre plein — qu'est-ce qu'on peut vouloir de plus ? Eh bien non, ça ne lui suffit pas. Et comme Hiie est la seule jeune vierge dans les environs, c'est elle qu'il a choisie. Encore heureux que Salme soit mariée ! Quelle chance que tu te sois trouvé ce cher Nounours ! »

« Merci, petite mère », remercia paisiblement son gendre, sans cesser de ronger son os.

« Et Tambet et Mall, qu'est-ce qu'il en disent ? » demandai-je, consterné. « C'est quand même de leur fille qu'il s'agit. »

« Ils sont maboules, ils ont perdu la tête ! » pleurnicha maman. « Ülgas les a rendus fous. Il est gaga, et c'est contagieux. Je l'ai vu ce matin en train de ramasser des branches mortes en chantant à tue-tête. Je lui ai demandé ce qui le rendait si joyeux et il m'a répondu que cette nuit la forêt sera sauvée, car en coulant, le sang entraînera toute la fange à sa suite, et dans la fumée du sacrifice, l'ancien monde ressurgira sous nos yeux. Il m'a montré les branches qu'il venait de cueillir en proclamant que sur ce saint bois se consumerait bientôt une jeune vierge. J'ai pris peur, je suis quand même mère moi aussi, et j'ai fait : mais qu'est-ce que c'est que ce délire, qui est-ce que tu veux sacrifier ? Et lui : Hiie. Qu'il va commencer par la saigner pour la plus grande joie des génies, et puis qu'ensuite il la brûlera sur un bûcher. Que les génies lui ont dit que seul le sang d'une jeune vierge ramènera le monde au passé. Je me suis sentie mal, parce que j'ai bien vu que c'est du sérieux — il est fou à lier, il a les yeux qui brillent comme un enragé ! J'ai retroussé mes jupes et je me suis précipitée chez Tambet et Mall — à mon âge et avec mon tour de taille, j'ai cru que le cœur allait me manquer ! »

« Ils étaient devant chez eux et j'ai crié de loin : au secours, à l'aide, Ülgas a perdu la raison, il veut brûler votre fille ! Et figure-toi, Tambet me dit qu'il est au courant. Il avait le visage couleur de cendre et il était tout voûté. Mall ne valait pas mieux, elle n'avait plus figure humaine, et le plus affreux, c'étaient leurs yeux — fixes, comme aveugles, on aurait dit deux poissons crevés. J'ai crié : par pitié, puisque vous êtes au courant, faites quelque chose, allez donc abattre ce cinglé ou bien ligotez-le quelque part, mais Tambet a levé la main et il a dit qu'il le faut. Qu'ils sont prêts à tout sacrifier pour sauver l'ancien monde et ramener la forêt à la vie. Je vais te dire, ce n'était pas une voix humaine qui lui sortait de la bouche, c'était horrible à entendre, c'était une voix de cadavre. Je ne sais pas ce qu'Ülgas a bien pu lui faire. Mais enfin, que je lui dis, c'est ta fille, c'est ta petite fille — tu ne vas quand même pas la laisser être égorgée comme un lièvre ? Alors Mall s'est mordu les lèvres pour ne pas pleurer, mais elle n'a rien dit, et Tambet aussi s'est tu, il s'est contenté de détourner les yeux. »

« Et moi, j'ai encore crié que Hiie est fiancée à mon fils, mais ça l'a mis en rage, il s'est approché de la clôture en rugissant qu'il valait toujours mieux la sacrifier aux génies pour sauver les traditions que de la voir se mettre avec un traître né au village. "Qu'est-ce qui l'attend, de toute façon ?" qu'il m'a jeté au visage. "Je la tuerais de mes propres mains plutôt que de la donner à ton fils ! Laisse-là plutôt mourir noblement, au nom de l'avenir de son peuple, plutôt que d'épouser ce déchet qui la ferait déménager au village, en crachant sur les ossements de nos ancêtres !" J'ai vu que toute discussion était inutile, il était complètement hors de lui. Alors nous nous sommes mis à ta recherche, mais tu avais disparu, et maintenant c'est déjà le soir et il reste si peu de temps. Ils vont la tuer ! Ils vont tuer ta fiancée, Leemet ! Dis-moi ce que tu vas faire ! »

Je n'en avais pas la moindre idée. Tout ce que je savais, c'est qu'il fallait que je la sauve. Bien entendu ce n'était pas ma fiancée, mais c'était une chouette fille, gentille, et elle n'avait pas mérité une fin aussi atroce. Pas question de laisser faire ces deux vieux cinglés qui voulaient la sacrifier à leurs radotages de malades ! L'ancien temps était mort et enterré et nul n'avait le pouvoir de le ressusciter, surtout pas des génies inexistants. Et même s'ils avaient existé, la mort d'une innocente était un prix trop élevé pour quelque miracle que ce soit.

Hiie était mon amie, ma compagne de jeux, nous avions grandi ensemble. Je l'avais toujours prise avec moi, car il n'est pas de plus grand malheur pour un enfant que d'avoir des parents qui ne l'aiment pas. Ils l'avaient toujours tourmentée et malmenée, mais jamais je n'aurais cru qu'ils puissent aller jusqu'à vouloir sa mort. Tambet et Ülgas me répugnaient tant que je me sentis en proie à un accès de rage inattendu ; à cet instant, j'aurais été capable de leur arracher le cœur de mes propres ongles, de leur cogner la tête contre un arbre, de les mettre en pièces et de les jeter au feu. Cet accès de colère noire m'épouvanta, car en général j'étais un garçon timide et paisible, qui préférait se glisser dans les buissons plutôt que de chercher la bagarre. Mais là, je voulais la guerre. Je me rappelais cette fois, près du lac, où Oncle Vootele s'était jeté sur Ülgas comme un serpent furieux. Je regrettais de ne pas être pourvu de crochets à venin comme mon grand-père, j'aurais voulu les planter dans les gosiers de ces deux répugnants personnages, j'aurais voulu massacrer ces charognes... Sans doute les autres remarquèrent-ils qu'il m'arrivait quelque chose, car le pelage de Nounours se hérissa sur sa nuque, et maman et Salme se mirent à crier de concert.

« Qu'est-ce que tu as ? Tu te sens mal ? » demanda maman. « Tu fais une tête si... bizarre ! »

« Je n'ai rien », répondis-je en prenant une forte inspiration. « Je vais voir Tambet et je ramène Hiie. »

Maman et Salme me crièrent quelque chose, sans doute des incitations à la prudence, mais je n'entendis pas. Je bouillonnais toujours de cette rage étrange qui semblait jaillie du plus profond de moi, et j'avais la sensation d'avoir découvert en moi-même quelque caverne secrète dont je n'avais jamais eu même l'intuition de l'existence. C'était comme si un éclair avait mis le feu à de la mousse desséchée, et qu'elle s'était mise à brûler en craquant. Dans le crépuscule, je lançai le long sifflement que les serpents émettent juste avant de planter leurs crochets dans le corps de leur victime. Puis je courus en direction de la hutte de Tambet.

Tout était noir, pas un bruit. Je restai un instant à écouter derrière la porte avant d'entrer. Personne. Ils étaient déjà partis. Il fallait que je me dépêche si je voulais arriver à temps.

Je me précipitai à l'étable. Les louves étaient couchées côte à côte, mais à ma vue elle se levèrent et se mirent à hurler. Je leur sifflai les mots qu'il fallait, et elles se turent. Elles baissèrent la tête, obéissantes. Je sautai sur le dos de l'une d'entre elles et nous filâmes à toute allure vers le bois sacré.

Effectivement, ils étaient déjà là. Le bûcher flamboyait, Ülgas se tenait en pleine lumière, les bras levés au ciel, Hiie accroupie auprès de lui, toute en boule, et un peu plus loin ses parents étaient comme deux statues de pierre.

À cheval sur ma louve, je fis irruption en plein bois sacré, ce qui était en vérité un horrible sacrilège, car les animaux n'ont pas le droit d'y pénétrer. Avant qu'ils ne comprennent, je pris Hiie à califourchon avec moi en sifflant les mots qui signifient : « Cours aussi vite que tu peux! »

Tandis que ma monture pressait le pas, j'entendis Tambet me maudire et Ülgas pousser des cris à donner le frisson. Assez vite, le silence revint. Nous allions comme une flèche sur les sentiers forestiers. Il se mit à pleuvoir et bientôt nous fûmes trempés jusqu'aux os. Hiie avait perdu connaissance, son corps pendait mollement et tendait à glisser. Je sifflai pour que la louve ralentisse. Elle l'aurait fait de toute façon, ce double fardeau était trop lourd pour elle. Au même instant, nous entendîmes d'autres louves hurler derrière nous.

C'était le troupeau de Tambet, et lui-même chevauchait en tête. Derrière lui venait Ülgas, et ils se rapprochaient, car ma monture était fatiguée alors que la plupart des louves qui nous poursuivaient ne portaient pas de cavalier. Comme il était clair qu'ils allaient bientôt nous rejoindre, je me retournai et, à travers la pluie qui redoublait, je sifflai les mots qui endorment.

Mais cela n'eut aucun effet : les hurlements se faisaient toujours plus proches, et j'entendis Ülgas crier :

« Tu peux toujours siffler, féal des serpents! Elles ne t'entendent pas! Je leur ai bouché les oreilles avec de la résine, tu n'as aucun pouvoir sur elles!»

C'était dégoûtant de verser de la résine dans les oreilles de ces bêtes, et surtout c'était dangereux car il n'était pas possible de la retirer, ce qui signifiait que dans l'avenir les mots des serpents ne leur seraient plus d'aucun effet ; elles n'agiraient plus qu'à leur guise, sans obéir à personne. Mais dans sa fureur aveugle contre moi et dans sa frustration d'avoir été empêché de trancher la gorge de Hiie, Ülgas avait pris ce risque. Ma monture commençait à trébucher et je sentais que la fin était proche.

Soudain une autre louve surgit des fourrés et bondit à hauteur de la mienne : je vis que c'était Mall qui la chevauchait.

«Prends à gauche», dit-elle sans me regarder — elle ne fixait que sa fille évanouie que je tenais dans mes bras. «Jusqu'à la mer. Sur la plage, tu verras des rochers ; derrière le plus grand, il y a une barque. C'est votre salut.»

L'instant d'après, elle avait disparu dans les buissons. Je n'eus pas le temps de la remercier, et puis après tout elle n'avait fait que son devoir de mère. Elle n'avait jamais eu de tendresse pour Hiie, mais la laisser sacrifier était quand même au-dessus de ses forces. Même si elle n'osait pas s'élever ouvertement contre les obsessions maladives de son mari, elle s'était quand même décidée à m'aider à sauver sa fille, tout en restant dans l'ombre.

Je pris sur la gauche, et un instant plus tard, nous étions sur la grève.

L'endroit m'était connu : c'était là que, des années auparavant, j'avais assisté aux funérailles de Manivaldi, le guetteur de la plage. Je vis les grands rochers, tandis que derrière moi j'entendais les loups haleter et les grognements d'impatience d'Ülgas. Si Mall s'était trompée ou m'avait menti et qu'il n'y avait pas de bateau, c'en était fait de nous, j'en étais sûr.

En rassemblant ses dernières forces, ma monture atteignit les rochers. La barque était bien là. J'y jetai Hiie et je la poussai à la mer de toutes mes forces. Mais elle était profondément enfoncée dans le sable et ne voulait pas bouger. Je rugis de désespoir, me mordis les lèvres, rassemblai mes dernières forces — et parvins à la mettre en mouvement. Peu de temps après, nous étions à l'eau. Au fond, je trouvai les rames, et lorsque le troupeau de louves parvint sur le rivage avec Ülgas et Tambet, nous étions déjà à bonne distance.

Bien sûr, elles auraient pu se jeter à la mer et tenter de nous nager après, mais comme elles avaient les oreilles bouchées à la résine, il n'était pas possible de le leur ordonner et, spontanément, ce genre d'animal n'aime pas se mouiller. Ülgas et Tambet se mirent quand même à patauger, mais presque aussitôt le Sage sénile glissa sur une pierre sous-marine et s'étala. Quant à Tambet, il continua de marcher jusqu'à avoir de l'eau jusqu'au menton, puis il se mit à nager, longtemps et rageusement, mais sans effet : la barque allait bien plus vite qu'un vieillard, et sa tête se fit de plus en plus petite, jusqu'à se fondre dans l'obscurité. Sa voix mit plus de temps à s'éteindre.

«J'irai vous chercher ! Vous pouvez bien vous enfuir où vous voulez, je vous trouverai ! Je vous attraperai ! Je vous ramènerai par la peau du cou !»

21

HIIE DORMAIT AU FOND DE LA BARQUE, TOUTE EN BOULE, COMME UN SERPENTEAU. Je commençais à m'inquiéter pour elle, craignant que dans la fuite elle ne se soit fait mal, mais en m'approchant je vis sur ses lèvres un léger sourire et je l'entendis respirer profondément et paisiblement. Tout allait bien.

Nous dérivions lentement sur une mer d'huile, sans une seule vague. Il avait cessé de pleuvoir depuis longtemps. J'avais arrêté de ramer, faute de savoir de quel côté me diriger. J'attendais l'aube pour déterminer notre position.

Cet étrange accès de fureur, cette brutalité inouïe qui s'était emparée de moi la nuit précédente, étaient passés depuis longtemps. J'étais redevenu le Leemet de toujours, tout de calme et de prudence, et c'était assez sinistre de repenser à ce péril que j'avais dû affronter. Était-ce vraiment moi qui avais sifflé les mots des serpents dans le ciel nocturne, comme un preux d'antan qui part au combat ? D'où m'étaient venues cette force et cette rage inattendues ? Mais il n'en restait plus trace, et c'était avec inquiétude que je pensais à maman en train de m'attendre, certainement déjà inquiète ; et je regrettais de m'être mis dans un tel pétrin.

Le soleil finit par se lever. Au moment même où les premiers rayons se répandirent sur la mer comme si quelqu'un y avait déversé goutte à goutte de la résine liquide, Hiie se réveilla. Elle ouvrit les yeux, me regarda, vit la mer autour de nous, et dans ses yeux il n'y avait ni surprise ni crainte. Pourtant elle n'avait pas repris connaissance depuis que je l'avais sauvée du couteau d'Ülgas en la chargeant sur la monture. La dernière chose qu'elle pouvait se rappeler, c'était le bois sacré dans la nuit et le Sage en train de vociférer des sons bizarres, les bras levés au ciel. Et voilà qu'elle se retrouvait avec moi dans une barque. Apparemment, cela lui semblait tout naturel. Elle me sourit, se mit sur son séant et jeta un regard à la ronde.

« Alors comme ça tu m'as sauvée. Je le savais. »

« Comment pouvais-tu le savoir ? J'ai bien failli arriver trop tard, et ça n'a pas été facile. Ils ont bien failli nous rattraper. »

Je lui racontai les événements de la nuit — la chevauchée sur la louve, et comment Ülgas avait obturé à la résine les oreilles de ses bêtes. Elle éclata de rire, comme si mon récit était du plus haut comique. Elle ne reprit son sérieux que quand j'en vins au rôle que sa mère avait joué dans son sauvetage.

« Pauvre maman », dit-elle avant d'éclater de nouveau de rire. « Et pauvre papa ! Il doit être furieux. Il avait si bien préparé son affaire, c'était tout simplement magnifique, il s'en est fallu d'un cheveu que la forêt ne soit sauvée, et voilà que nous avons tout gâché et l'ancien temps ne reviendra jamais plus. Qu'est-ce qu'il doit être déçu ! »

Le rire lui jaillissait littéralement de la bouche. Je ne l'avais jamais vue comme ça. Ses yeux brillaient, ses joues s'étaient creusées en de coquines fossettes et lorsque, essayant de se retenir un peu de rire, elle serrait ses petites quenottes de devant, elle avait l'air d'une souris. En une nuit, elle avait tant changé qu'elle était méconnaissable ; en pleine mer, dans la lumière éclatante des premiers rayons du soleil, elle était d'une étrange beauté. On aurait dit qu'en quittant la forêt elle s'était dégagée d'espèces de fils invisibles qui la liaient et l'oppressaient, comme un insecte émergeant de son cocon. Je la dévisageais d'un air sans doute si ahuri qu'elle se remit à rire, tendit le bras dans l'eau et m'éclaboussa.

« Qu'est-ce que tu as à me regarder comme ça ? Tu m'as sauvé la vie, tu as envoyé promener la forêt et culbuté les traditions — et puis quoi encore ? Qu'est-ce que tu sais faire d'autre ? »

La tête sur mes genoux, elle riait en me regardant d'un air malicieux. À cet instant elle me plaisait follement, elle était si mignonne et brûlait d'un tel feu, et dans ses yeux il y avait une lueur polissonne qui m'enthousiasmait littéralement. Soudain il me sembla que maman avait peut-être raison, et que ça valait la peine d'envisager de l'épouser...

Et dire que pas plus tard que la veille, j'étais tombé amoureux de Magdaleena ! À vrai dire, cet amour ne s'était nullement éteint : elles étaient si différentes que je pouvais tranquillement leur trouver des charmes à l'une comme à l'autre. Magdaleena était d'une féminité primitive, des formes généreuses et de longs cheveux clairs : la beauté la plus authentique. Hiie en revanche — du moins à ce moment précis, dans la barque — était toujours aussi maigrichonne et avait toujours l'air d'un garçon avec ses cheveux bruns coupés courts, mais il y avait dans le regard dont elle me fixait un charme particulier, tout frais, comme venant d'éclore.

C'était presque comme si, durant ce long sommeil, elle était née une deuxième fois. Cela m'effrayait même : la nouvelle Hiie, tout rayonnante, ne risquait-elle pas de disparaître tout aussi brusquement pour céder la place à l'ancienne, cette jeune fille pâle et craintive qui se fondait dans les sous-bois ? Cette seule crainte aurait suffi à me retenir de rentrer, car j'ignorais si le miracle qui venait d'avoir lieu en mer n'allait pas s'évanouir si elle retrouvait son environnement familier. De toute façon, tout retour était exclu. Il ne faisait aucun doute qu'un troupeau entier de loups sourds aux mots des serpents nous attendait sur la rive, avec Ülgas et Tambet en train de les exciter à nous sauter au gosier. Notre salut était ailleurs.

« Allons voir là-bas », dit Hiie en désignant une bande de terre qu'on distinguait vaguement au loin, et qui avait tout l'air d'une île. « Ça a l'air assez loin. Tu pourras ramer jusque-là ? »

« Si je me fatigue, je n'ai qu'à me reposer, rien ne nous presse. Mais qu'est-ce qu'on va faire sur cette île ? »

« Et ici, qu'est-ce qu'on va faire ? On ne va quand même pas passer toute notre vie dans une barque ! »

Elle se remit à pouffer de rire.

« Bon, c'est vrai qu'on n'y est pas mal, d'un certain point de vue. C'est facile de se laver, et pour aller nager, pas besoin d'aller bien loin. Mais pour manger ça risque d'être une autre affaire, et si le temps fraîchit, on va avoir froid. Pas vrai ? »

« Tout à fait », admis-je, me laissant entraîner par son ton blagueur. « Ce serait stupide de passer l'hiver ici. Il faut atteindre l'île au plus tard à la première neige. D'autant que la mer va geler et que je ne pourrai plus ramer. »

« Absolument. Donc, pas question de te permettre de longues vacances : un ou deux mois au maximum, après tu te remets à ramer. »

« Bon, je vais essayer de faire en sorte que ça me suffise » promis-je solennellement.

« En attendant, cherchons à tirer le meilleur parti possible de ces quelques jours. Il fait si beau ce matin — que dirais-tu d'une bonne baignade ? »

« Une baignade... » Sans me laisser le temps de terminer, elle se débarrassa de sa peau de loup et se jeta à l'eau, nue comme un ver. Je la fixai, abasourdi.

Elle fit le tour de la barque à la nage et s'écria :

« Allez, viens ! Elle est bonne ! »

J'étais parfaitement incapable de me déshabiller en sa présence, mais il était tout aussi impensable de refuser. Tout honteux, j'ôtai mon pourpoint et mon pantalon et me glissai à l'eau de manière à mettre la barque entre nous.

Au premier contact, malgré tout, l'eau était assez froide, et je fis une série de brasses rapides pour me réchauffer. Son visage coquin, tout humide, s'approcha, nous nageâmes quelques instants côte à côte. La mer nous recouvrait, mais j'étais incapable d'oublier qu'il y avait une fille tout nue en train de nager à côté de moi, et si désirable soudain que je pris la décision de l'épouser, et de n'accorder à Magdaleena que des rendez-vous nocturnes.

Je rassemblai mon courage, m'approchai d'elle et l'embrassai sur le nez. Elle rit et me rendit mon baiser.

Cela m'excita tant que je voulus l'enlacer sur place : je m'arrêtai de nager et coulai instantanément.

Lorsque je refis surface en m'ébrouant, elle était revenue auprès de la barque et riait.

«Tu t'es pris pour un poisson! Allez, au sec!»

Elle se hissa à bord et s'assit, tout nue et tout ruisselante. Le bain l'avait rendue encore plus belle. Elle avait véritablement mué, comme un serpent, et cette nouvelle Hiie, délivrée de ses parents, des louves et de tous ses soucis d'enfance, était si adorable, si séduisante, si irrésistible, que je regagnai la barque le plus vite possible et grimpai à ses côtés.

«Souviens-toi que nous n'avons que jusqu'à l'automne!» chuchota-t-elle quand je l'enlaçai. «Après, on va rester coincés dans la glace!»

«Je sais. Je me remets à ramer avant l'hiver, promis.»

En fait, je m'y remis nettement avant l'hiver : le jour même, vers le soir. Nous avions clapoté en pleine mer toute la journée, nous nous étions embrassés, aimés, nous nous étions remis à l'eau, nous étions remontés sur la barque pour nous y coucher à nouveau et, enlacés, discuter. Jamais elle n'avait été aussi loquace! D'habitude, elle était plutôt du genre taiseux : même au temps où elle jouait avec Pärtel et avec moi, c'était toujours nous qui parlions et qui inventions de nouvelles activités tandis qu'elle nous fixait, les yeux ronds, déjà ravie que nous l'ayons prise dans notre bande, d'accord avec toutes nos suggestions.

C'était notre petite ombre silencieuse, cette minuscule sauterelle dont le plus grand désir était de nous suivre partout — toujours sérieuse et concentrée, comme si quelque chose d'important était en jeu et qu'il fallait s'appliquer le plus possible, comme si elle craignait d'être exclue de notre société en cas de bêtise, ce qui l'aurait de nouveau condamnée à rester chez elle — or chez elle, il y avait Tambet, qui lui imposait le silence, car les bafouillages stupides de sa fille le dérangeaient dans ses méditations sur le prestigieux passé culturel de son peuple. Elle avait tout intérêt à demeurer la plus discrète possible, ou sinon son père risquait de se rappeler, par exemple, qu'elle ne buvait pas de lait de louve : c'est pourquoi elle ne se déplaçait que sur la pointe des pieds, partout, toujours — jusqu'à ce jour où elle venait d'éclore et de fleurir sous mes yeux, ici même, dans cette barque. Je l'avais dans mes bras, tout heureuse et tout nue, et elle n'arrêtait pas de parler. Elle était comme un renardeau qui vient d'ouvrir les yeux et les écarquille pour contempler le vaste monde, et puis se lasse de rester couché, gauche et engourdi, auprès de sa mère, et se précipite hors du terrier. Elle babillait en riant, jusqu'à ce que j'arrive à la faire taire un moment par mes baisers, et puis elle reprenait. Et moi, je me contentais de l'écouter en sentant la chaleur de son corps contre mon corps. Ce fut l'un des plus beaux jours de ma vie : nous étions complètement seuls, à mille lieues des gens et des bêtes, le soleil nous prodiguait sa chaleur et le ciel était sans nuages.

Vers le soir, nous nous rappelâmes que l'homme ne vit pas que d'amour et d'eau fraîche et qu'il était sage de nous chercher pour la nuit une autre couche que notre barque, car la mer est changeante et si une tempête devait se lever brusquement, il n'allait pas être bien confortable de dormir dans cette coquille de noix. Je me rhabillai et empoignai les rames. Deux ou trois heures plus tard, nous étions sur l'île.

«Qui sait si elle est habitée?» se demandait Hiie. «J'espère bien que non. Mon rêve, ce serait de vivre ici seuls tous les deux.»

«Moi aussi», répondis-je. J'avais cessé de m'inquiéter de maman qui m'attendait à la maison sans rien savoir de notre sort. Après tout, c'est elle qui avait exigé que j'aille délivrer ma «fiancée», et j'y étais allé, même si à ce moment-là je ne la considérais pas encore comme telle. Maman avait de quoi se réjouir, car non seulement j'avais sauvé Hiie, mais elle avait fini par devenir effectivement ma fiancée — tout ce temps passé à coudre ces minuscules layettes n'avait pas été perdu. Maman avait fait preuve de plus de sagesse que moi, je le reconnaissais tranquillement tout en faisant le tour de l'île, main dans la main avec Hiie, à la recherche d'une caverne pour passer la nuit, car nous n'allions pas construire une cabane en plein vent. Un grand lièvre traversa le sentier devant nous en bondissant : je l'appelai dans la langue des serpents, il s'immobilisa et je le tuai.

Nous ne mîmes pas longtemps à trouver une caverne convenable. Je fis du feu et Hiie mit le lièvre à rôtir, tandis que j'essayais de rendre notre gîte agréable et confortable. Parfois la vie s'écoule à une vitesse effrayante : il n'y avait pas vingt-quatre heures que j'étais tombé amoureux d'elle, et nous avions déjà une maison à nous et elle était en train de me préparer notre premier dîner de couple. J'avais une femme et un foyer, et peut-être bien même toute une île à moi, car jusqu'ici nous n'avions pas rencontré âme qui vive.

Mais l'île était loin d'être déserte. Tandis que je rentrais à la caverne, les bras chargés de branches, quelqu'un me saisit par la jambe, si fort que je poussai un cri et tombai à genoux. Il faisait déjà assez sombre et dans ma première frayeur, je ne distinguai qu'une paire d'yeux flamboyants, prêts à me sauter au visage, tandis qu'une voix rauque demandait sur un ton comminatoire :

« Qui est ton père ? Dis-moi, qui est ton père ? »

« Mon père... » bégayai-je. « Il est mort depuis longtemps. »

Je distinguai un nez épaté surgissant, comme un champignon émerge de la mousse, d'une barbe grise en broussaille qui envahissait tout le visage.

« Est-ce qu'il s'appelait Vootele ? Réponds, est-ce qu'il s'appelait Vootele ? »

« Non », dis-je en gémissant, car j'avais toujours la jambe prise dans une espèce d'étau. C'est le genre d'impression qu'on doit avoir lorsqu'un loup vous mord jusqu'à l'os. « Aïe, ça fait mal... Vootele, c'était mon oncle, mais lui aussi il est mort. »

« Ah bon, c'est ton oncle ! » s'écria la créature velue aux yeux flamboyants. « Alors tu es le fils de Linda ! »

C'était bien le cas, et je le confirmai. L'étau se desserra instantanément et je sentis au contraire que quelque chose de poilu et de piquant s'enfonçait dans mon visage, comme si on m'avait fourré la tête dans les branches d'un sapin. L'inconnu m'embrassa sur la bouche et me secoua par les oreilles.

« Je le savais, l'odeur ne trompe pas ! Je reconnaîtrai toujours l'odeur de mon sang. Comment tu t'appelles, fiston ? »

« Fiston ? » répétai-je, interdit. « Je m'appelle Leemet, mais alors tu es... »

« Ton grand-père ! » confirma le vieil homme barbu en m'embrassant avec une force effrayante. « Le père de Linda et de Vootele. Alors il est mort, mon cher garçon ! Quelle tristesse ! Qu'est-ce qui lui est arrivé, c'était à la guerre ? »

J'étais trop sidéré pour répondre. Mon grand-père ! Celui-là même dont mon oncle m'avait parlé il y avait si longtemps, ce dément doté de crochets à venin à qui les hommes de fer avaient coupé les jambes et qu'ils avaient jeté à la mer pour l'y noyer. Ainsi il avait survécu. Mais il était bel et bien cul-de-jatte — les jambes de son pantalon étaient nouées au-dessous des genoux pour ne pas traîner par terre. Il avait suivi mon regard :

« Ils me les ont coupées, les charognes. Mais ce n'est pas grave, même sans elles, j'arrive encore à leur sauter à la gorge. Tu tombes bien, fiston, j'ai besoin d'aide. Mais on verra ça plus tard. C'est ta femme, cette fille qui est en train de rôtir un lièvre ? Je ne l'ai pas attaquée parce que je voulais liquider l'homme en premier, et puis tout d'un coup j'ai senti l'odeur de mon sang. Quel bon vent t'amène par ici, Leemet ? Tu pars en guerre ? »

Je lui racontai rapidement tout ce qu'il venait de m'arriver. Il m'écouta avec le plus grand intérêt. Son visage couvert de poils ressemblait à un buisson à l'intérieur duquel deux immenses yeux très clairs me fixaient. Ils brillaient vraiment dans le noir. Il s'appuyait sur des mains énormes, incroyablement osseuses — on aurait dit les serres d'un aigle. Lorsqu'il les enfonçait dans la mousse tout en me fixant sans ciller, il avait l'air d'un hibou. La fin de mon histoire ne lui plut guère, et il hocha la tête d'un air désapprobateur.

« Un homme, ça ne s'enfuit pas ! » dit-il sévèrement. « Moi, je me serais jeté sur ces cochonneries de louves et je les aurais égorgées comme des rats. Et ce Sage, je l'aurais étripé avec mes dents et Tambet, je l'aurais attrapé par les couilles et je lui aurais tout arraché avec la peau du ventre, jusqu'au menton. Ouvre la bouche, fiston ! »

J'obtempérai. Il inspecta l'intérieur et poussa un soupir de déception.

« Qu'est-ce que c'est que ce petit-fils qui n'a pas de crochets à venin. Quel dommage. Je ne sais pas pourquoi je ne suis pas arrivé à les transmettre à mes descendants. Ni à mon fils, ni à ma fille... J'espérais qu'ils ressortiraient à la génération suivante, mais c'est raté. C'est sûr que comme ça, c'est plus difficile de se battre avec des loups, mais il faut quand même essayer. Ce n'est pas viril de fuir ! Tout estropié que je suis, est-ce que je vais me cacher dans une caverne, moi ? Non, je me jette sur les jambes des intrus. C'est mon île et je la défends. »

« Comment est-ce que tu as atterri ici, grand-père ? D'après Oncle Vootele, ils t'avaient jeté à la mer. »

« Ce sont des phoques qui m'ont sauvé. Eux aussi, ils comprennent la langue des serpents. Ils m'ont porté jusqu'ici et j'ai pris possession de cette île. Et pourtant, depuis, j'ai vu débarquer toutes sortes de saloperies, il y a dix ans un plein bateau de chevaliers a accosté et quelques temps plus tard tout un troupeau de moines avec leurs domestiques, ils voulaient y planter un monastère. Je les ai tous liquidés. Je rampais dans l'herbe comme un serpent et je leur plantais mes crochets dans les jambons, ils tombaient par terre et je les égorgeais. Et puis je les équarrissais et je les faisais bouillir jusqu'à ce que leurs os soient bien propres. Les crânes, j'en fais des coupes, histoire de passer le temps. Les soirées sont longues par ici, alors pour me désennuyer, je fais de la sculpture sur crâne. »

« Pourquoi tu les fais bouillir ? » demandai-je avec une pointe de dégoût. « Tu n'es pas cannibale quand même ? »

« Non, j'ai des lièvres et des chevreuils à suffisance. Mais j'ai besoin d'os. Tu comprends, je m'en sers pour me fabriquer des ailes ! Et pour ça, rien ne vaut les os d'homme. Tu y fais des trous, tu enlèves la moelle pour les alléger, et puis tu les arranges ensemble comme il faut. C'est juste qu'il en faut des tas, de ces os — il y a besoin d'au moins cent squelettes pour faire de bonnes ailes qui puissent porter quelqu'un. Je n'ai pas l'intention de passer le reste de ma vie sur cette île ! J'ai un plan, je veux continuer le combat contre les hommes de fer. Je vais leur apprendre à me couper les jambes et à me jeter à l'eau ! Ce n'est pas avec ce genre de blagues qu'on peut espérer se débarrasser de moi. Le vieux Tölp ne se rend pas ! »

Comme il parlait la bouche grande ouverte, je pouvais distinguer deux crochets tout noirs, mais encore aiguisés. Je les admirais. Ce que j'avais devant moi, c'était un authentique sauvage de l'ancien temps, débordant de force, une petite Salamandre à sa manière, étincelant d'une force vitale démente, propre à réduire ses ennemis en cendres. Ah, tu m'as coupé les jambes, eh bien je vais me fabriquer des ailes et t'attaquer par les airs ! De quand datait sa disparition ? C'était bien avant ma naissance, et tout ce temps durant il était resté aux aguets sur cette île, couvant des plans de vengeance, sans jamais perdre espoir, toujours belliqueux, toujours coriace, telle une branche qui plie avant de se redresser pour frapper.

J'imaginais quelle confusion et quelle désolation il aurait semé dans la forêt. Sûr qu'il ne serait pas resté assis dans les buissons comme Nounours et moi à reluquer les villageoises de loin, et qu'il ne serait pas non plus aller s'accroupir au bois sacré avec Tambet et Ülgas, à écouter les voix de génies inexistants. Il se serait tortillé dans l'herbe jusqu'à la grand-route, il aurait mordu les chevaliers qui y seraient passés, il aurait arraché le nez des moines, il aurait mis en pièces le doyen Johannes et tous les autres copains et la valetaille des hommes de fer. Sans doute auraient-ils quand même fini par le tuer, mais entre-temps, ce vieux fou furieux serait sans doute parvenu à détruire plusieurs villages. Il était dangereux, il débordait d'une force immémoriale, et à ses côtés je sentais ressurgir en moi la même rage aveugle que la nuit où j'avais sauvé Hiie — l'envie d'en découdre, le désir de tuer. Cette fureur était comme un feu qui l'envahissait et le consumait de l'intérieur, et cette chaleur rayonnait en moi comme si je m'étais posé une pierre chauffée sur le corps.

« Tu veux que je te montre les coupes que j'ai faites avec tous ces crânes ? »

À cet instant, Hiie poussa un cri : le repas était cuit.

« Ta femme t'appelle ! Allons régler son compte à ce lièvre le plus vite possible, les crânes attendront bien un peu. Ils ne vont pas se mettre en marche ! »

Il éclata de rire en découvrant à nouveau ses crochets à venin.

Il faisait déjà nuit lorsque nous parvînmes auprès du feu — moi à la marche, mon grand-père en se tortillant par terre avec une agilité proprement stupéfiante, comme un reptile velu. Quelle journée ! D'abord je m'étais trouvé une femme, et puis, par-dessus le marché, un grand-père.

22

Bien sûr, Hiie prit peur à la vue de ce vieillard velu qui émergeait de l'herbe en se tortillant, mais je lui expliquai rapidement de quoi il retournait. Mon grand-père rampa auprès du feu, attrapa le lièvre encore brûlant et, incontinent, le déchira en deux.

« Excellent, miam ! » dit-il en dévorant sa part et en recrachant les os. « Bon, vous savez encore cuisiner le gibier, c'est déjà ça. »

Le demi-lièvre disparut dans son gosier à une vitesse incroyable. Il se lécha les doigts en nous fixant d'un air surpris.

« Eh bien quoi ? Qu'est-ce que vous attendez ? Le lièvre, c'est meilleur chaud : en refroidissant, ça prend un goût de trèfle. »

Nous nous partageâmes le demi-lièvre restant et y mordîmes à belles dents. Mon grand-père nous regardait, des flammes dans les yeux.

« Ça fait du bien quand même de revoir du monde en chair et en os. Les autres, je n'ai même pas le temps de les regarder, dès que je vois quelque chose bouger je saute dessus pour mordre. C'est juste quand le gars est mort et que je l'emporte pour le faire bouillir, que j'ai le temps d'y jeter un coup d'œil. Et puis c'est déjà trop tard, la chair se met à se détacher des os et ça fait une espèce de grand pot-au-feu. »

Hiie tordit le nez et il sembla soudain qu'elle avait des problèmes d'appétit. Son dégoût n'échappa pas à mon grand-père :

« Allez, fifille, fais pas cette tête ! Il faut bien que je termine ma machine à voler, et puis c'est grâce à moi que cette île est restée libre. Pas un seul homme de fer n'a pu s'y installer. Bon, maintenant, à votre tour pour les nouvelles ! Comment va ma fille ? Est-ce que tu as des frères et sœurs ? »

Je lui expliquai que maman allait bien, je lui parlai de Salme, et je lui dis qu'elle vivait avec un ours.

« Avec un ours ? Qu'est-ce qui lui prend ? » demanda mon grand-père, l'air mauvais. « Il n'y a plus d'hommes ? »

« Plus personne, ils ont tous déménagé au village. »

« Alors tant qu'à faire, mieux vaut encore un ours qu'un nigaud de paysan. Ils ne sont peut-être pas bien malins, mais ils sont des nôtres. De mon temps, j'avais des tas de potes chez les ours, c'était tellement marrant de les mener par le bout du nez. Ils gobent n'importe quelle blague ! Je leur fourrais carrément des crottes de lièvre sous le nez en leur disant : t'as vu les belles fraises tout brunes, mange ! Et ils mangeaient, et ils mangeaient, par pleins paniers, et ils trouvaient ça bon. À crever de rire ! Ah, ta sœur, je crois bien qu'elle a la belle vie ! Pas besoin de faire la cuisine, elle n'a qu'à attraper un lièvre et le mettre à couver comme un oiseau, et puis elle donne les crottes à son ours en lui disant : tiens, des coucous tout frais pondus, bon appétit ! »

Cette astuce passablement vulgaire et cousue de fil blanc le mit dans un tel état d'enthousiasme qu'il resta un bon moment à coasser de joie.

« C'est quand même pas de veine que je sois coincé ici, j'aurais bien voulu faire sa connaissance, à ton beau-frère ! » ajouta-t-il, de la nostalgie dans la voix. « Je lui en aurais fait des blagues ! Mais c'est pas grave, quand j'aurai mes ailes je viendrai vous voir et on lui fera le coup du lièvre pondeur. »

« Quand est-ce que tu penses les avoir terminées ? Tu as encore besoin de beaucoup d'os ? »

« Non, non, trois ou quatre squelettes, c'est tout. Il y en a pour quelques mois, pas plus. Mais il me manque un truc bien plus important. Elles ne vont pas s'envoler tout seules, ces ailes, il faut du vent. »

« Du vent ? Il y en a tout le temps. »

« Oui, mais pas assez. Il faut qu'il souffle du bon côté et quand j'en aurai besoin. J'ai besoin d'un sac à vents, fiston, et c'est à toi d'aller me le chercher. »

« Où ça ? »

« À Saaremaa[1], chez un vieux pote à moi : Möigas, le Sage des Vents. Il te donnera un sac à vents si tu lui dis que tu viens de ma part. »

« Tu es sûr qu'il n'est pas mort ? » demandai-je avec circonspection. « Quand est-ce que tu l'as vu pour la dernière fois ? »

« Ça fait un bout de temps, mais ils ont la vie dure, ces gars des îles, surtout les Sages. Il arrivent couramment à deux cents ans, à condition de faire une cure de vent de temps à autre. Ils se pressent un sac à vents contre la bouche et ça leur souffle à travers les entrailles, ça chasse les germes et autres cochonneries et le vent leur ressort par le cul en faisant un tel pet que les grands pins penchent jusqu'à terre et se cassent. Après ce genre d'opération, te voilà rincé de l'intérieur et de nouveau en si bonne forme que si quelqu'un ne te flanque pas un coup de hache dans le dos, tu peux durer encore tranquillement un demi-siècle. Ne te fais pas de souci pour la santé du vieux Möigas ! Il nous enterrera tous en continuant à faire paître ses vents. »

Nous convînmes de nous mettre en route dès le lendemain matin, car mon grand-père était pressé d'avoir son sac à vents.

« Va savoir, si ça se trouve demain il va débarquer une flotte entière d'hommes de fer, et le soir même j'aurai tous les os qu'il me faut. Ce serait stupide de rester encore à bayer aux corneilles sur cette île juste parce que je n'ai pas de sac à vents. Tu sais, fiston, j'ai déjà tellement traîné par ici que c'en est franchement une honte. Toutes les nuits je rêve de cogner sur les hommes de fer, de les voir se liquéfier comme une vieille diarrhée. Je veux repartir à la guerre ! Et toi, tu viendras avec moi, parce que quand ces charognes iront se planquer sous un sapin pour que je n'arrive pas à les attraper d'en haut,

1. (N. d. t.) La plus grande île estonienne.

tu iras les en déloger à coups de pied pour je puisse leur fendre le crâne à coups de massue. »

L'ardeur de mon grand-père était si contagieuse qu'à ce moment précis, ce plan m'enchantait, moi qui n'avais jamais rêvé de lutte ni de querelle. Je me voyais tout à fait en train de chasser comme autant de chevreuils des hommes de fer réfugiés sous un arbre pour échapper à mon grand-père volant. Le vieil homme aux crochets à venin, assis près du feu, allumait en moi la flamme des combats, et je sentais mes muscles se tendre tout seuls, comme si la bataille était imminente.

« Mais pour l'instant, au lit, les enfants », dit mon grand-père, et l'oiseau de proie assoiffé de sang céda brutalement la place à un papy prévenant. « Il faut vous reposer, un long voyage en mer vous attend. Moi, je rentre à ma caverne, sinon un renard va encore s'y fourrer et s'attaquer à mes chers ossements — c'est toujours le danger ! Chaque os compte. Vous, dormez donc ici, demain matin je viendrai vous réveiller. Le petit-déjeuner, c'est pour mon compte. Ce soir vous m'avez fait à manger, demain c'est moi qui régale. Invités chez pépé ! »

Il se glissa dans les buissons en se tortillant comme un gigantesque reptile dont on aurait coupé la queue.

« Quel âge il peut bien avoir ? » demanda Hiie.

« À peu près quatre-vingt ans. Je ne sais pas exactement, maman et mon oncle en parlaient toujours comme de quelque chose qui a disparu depuis longtemps, quelque chose de très ancien. »

« Et ils n'avaient pas tort. Il me fait un petit peu peur, mais en même temps c'est rafraîchissant de l'entendre. Rien à voir avec mes parents et leur obsession du passé : tout ce qu'ils font sent le moisi, alors que ton grand-père, on dirait une plante qui fleurit sans s'occuper de ce que l'hiver est déjà là. »

Nous nous enlaçâmes, mais je mis longtemps à trouver le sommeil : je n'arrêtais pas de penser à ce grand-père que je venais de retrouver. Dans une certaine mesure, il me rappelait Oncle Vootele, mais en bien plus sauvage. Ils étaient faits du même bois, sauf que mon oncle ressemblait à un tronc, un tronc lisse et fort mais qu'une tempête peut briser, tandis que mon grand-père était comme une racine, épaisse et coriace, profondément ancrée dans le sol, indestructible, même par un ours. Et moi — moi, j'étais la cime, flexible au gré du vent, et si frêle. J'étais cette partie de l'arbre où les branches se font si fines qu'elles ne supportent même plus le poids d'un oiselet. Après moi, plus personne : plus rien que le ciel, vide et bleu.

Mais pour l'instant, tout cela semblait sans importance. J'écoutais Hiie respirer, endormie dans mes bras ; avec ses oreilles légèrement décollées, elle ressemblait à un petit rat. Je pressai le nez contre sa joue et m'endormis également.

Au matin, mon grand-père nous réveilla en sifflant très fort un mot tranchant comme un couteau, qui chasse instantanément le sommeil. Nous nous mîmes sur notre séant : il était vautré à côté de nous, clignant des yeux, encore plus velu et plus ridé à la lumière du jour.

« Allez, à table ! Je vous ai fait rôtir un élan. Mangez tout ce que vous pouvez, vous emporterez le reste à Saaremaa. »

Il vivait dans une construction plus que bizarre, partie en bois, partie en pierre. Il n'était pas difficile de se figurer quelle peine cela avait dû lui coûter d'amener tous ces rochers hauts comme une jambe. Ne pouvant les soulever, il avait dû les pousser devant lui tout en se traînant comme une fourmi. Et tous ces troncs qu'il avait rassemblés avaient dû exiger une force tout simplement admirable. Je ne pus me retenir de lui demander comment de telles choses étaient possibles, mais il se contenta d'émettre un grognement imprécis d'où il ressortait qu'il fallait bien que la maison soit solide, en cas de guerre.

« Ce n'est jamais possible de savoir s'il ne va pas aborder un de ces bateaux pleins à ras-bord d'hommes de fer et de leur valetaille : je ne peux pas tous les liquider en même temps. C'est pour ça que j'ai besoin d'une forteresse où me replier pour résister à un siège. Il y a toutes sortes de passages étroits entre les rochers, d'où je peux attaquer les envahisseurs par surprise, tandis qu'eux ne risquent pas de m'attraper dans ce tas de pierres et de bois. »

« Mais quand même, comment est-ce que tu as bien pu faire ? Tout seul, cul-de-jatte, et ces pierres et ces troncs sont affreusement lourds. »

« Ça ne vaut pas la peine d'en parler. Dans l'ancien temps, ce genre de trucs, tout le monde y arrivait — je veux dire les hommes, les vrais. Allez, venez que je vous serve vos parts d'élan et que je vous montre les coupes. »

Nous nous assîmes auprès du feu, où rôtissait un énorme élan. Des centaines de crânes étaient entassés à proximité — tous nettoyés avec soin, à en briller, les orifices superfétatoires bouchés, mais exclusivement avec de l'or et des pierres précieuses. Il s'agissait sans doute des bijoux et autres trésors que transportaient avec eux ces malheureux hommes de fer qu'un destin cruel avait jetés sur cette île, si belle et si inoffensive vue de loin, mais où, dans l'herbe, les guettait un méchant vieillard à crocs venimeux.

Mon grand-père remplit trois crânes d'eau de source.

« Cette eau est d'une pureté et d'un goût exceptionnels. Allez, les enfants, faites-moi honneur, buvez ! Ton crâne, Hiie, c'était celui d'un moine. Et le tien, Leemet, celui d'un chef de guerre. Allez, on trinque ! »

Nous entrechoquâmes les trois coupes, et bûmes. Cette vaisselle si particulière nous troublait indéniablement quelque peu : la main de Hiie trembla légèrement quand elle porta son crâne à ses lèvres, et moi aussi je craignais que l'eau n'ait un goût de cadavre. Mais non, elle était effectivement d'une grande pureté et elle avait très bon goût. Mon grand-père avait indéniablement agi de la manière la plus sensée qui soit : à quoi d'autre ces crânes auraient-ils bien pu servir ? Il leur avait trouvé un usage : ils convenaient parfaitement pour boire. Je vidai le mien et le remplis à nouveau.

«Pas vrai qu'elle est bonne?» Mon grand-père hocha la tête. «Fabriquer ces coupes, c'est ma passion. Bien sûr, je n'en ai pas besoin d'autant, une seule me suffirait, c'est juste que j'aime bien la sculpture. Il n'y a pas deux crânes identiques. Il y en a qui sont plus allongés, d'autres qui sont tout ronds comme des airelles. Il y en de bossus. Il y en a de tout petits. Regardez celui-ci! À mourir de rire — on dirait un crâne de rat! Pourtant il était planté en haut d'un cou et son propriétaire était de taille tout à fait ordinaire. Il devait être complètement demeuré avec une tête comme ça!»

«Intéressant», dis-je en tripotant le petit objet qui ne pouvait contenir que quelques gorgées d'eau.

«Vous n'avez pas ce genre de choses chez vous?», s'enquit mon grand-père. «Non? Alors je vous en donnerai à votre retour de chez Möigas. Vous en prendrez autant que vous voudrez et vous les ramènerez à la maison, ce sera mon cadeau de noces.»

Nous échangeâmes un regard et nous nous mîmes à rire, déconcertés.

«Pas sûr qu'on pourra rentrer chez nous», dit Hiie. «Ils voulaient me sacrifier et si ça se trouve, ils sont encore à mes trousses.»

«Un bon coup de hache sur le crâne et le problème sera réglé. Moi, je n'ai jamais eu peur de personne. Je suis toujours allé où je voulais, et je vais bientôt recommencer — je veux dire, grâce à mes ailes, quand vous m'aurez rapporté mon sac à vents. Vous n'avez plus faim? Alors vous feriez mieux d'y aller, je suis comme qui dirait un tant soit peu impatient. Plus vite vous partirez, plus vite vous serez revenus — pas vrai?»

Ils nous ordonna de remplir la barque de viande, car «il faut se nourrir, ça donne des forces». On voyait d'où maman tenait sa coutume de suralimenter parents et amis jusqu'à l'évanouissement. Nous prîmes aussi deux ou trois crânes, en guise de cadeaux pour Möigas. Et déjà nous étions dans la barque, et moi en train de ramer en tentant de tenir le cap que mon grand-père m'avait indiqué.

Le voyage jusqu'à Saaremaa dura nettement plus longtemps que notre première traversée. Peut-être aurions-nous pu aller un peu plus vite, mais nous prîmes notre temps. Certes, mon grand-père avait besoin de vent, mais qu'importait un jour de plus ou de moins pour un homme qui venait de passer plusieurs décennies sur une île déserte. À intervalles réguliers, je lâchais les rames, nous nagions, nous nous embrassions et nous mangions de l'élan froid. C'était notre voyage de noces, même si nous ne le savions pas encore. Nous étions heureux, tout simplement, de pouvoir être ensemble sans que personne ne nous dérange, à part des phoques curieux qui sortaient la tête de l'eau et nous considéraient avec un intérêt non dissimulé. Il y avait également plusieurs sortes de petits et de gros poissons qui bondissaient ; en regardant vers le bas, on pouvait voir leur forme sombre glisser rapidement sous la surface de l'eau. Nous aurions pu pêcher, mais à quoi bon ? Pas moyen de les faire cuire dans la barque, et nous avions de la viande d'élan à suffisance. J'essayais de tenir le cap d'après le soleil et nous dérivions, plus que nous ne voyagions, en direction de Saaremaa.

Le soir, nous n'étions encore arrivés nulle part et nous passâmes la nuit dans la barque, parmi le clapotis des vagues et le murmure des phoques qui émergeaient, puis replongeaient. Nous nous réveillâmes de bonne heure et j'essayai de déterminer notre position. À l'horizon, on distinguait quelque chose de sombre qui avait tout l'air d'un rivage. Je me mis à ramer, mais la barque refusa d'avancer.

« Nous nous sommes emmêlés dans des algues », dit Hiie.

En regardant dans l'eau, je me rendis compte que la barque s'était prise dans une étrange substance grise, exactement comme s'il avait poussé à la mer une peau velue. En tendant la main pour essayer de nous dégager, je découvris, à ma grande surprise, qu'il s'agissait bel et bien de longs poils, gros comme des brins d'herbe et de longueur indéterminable.

« Je n'ai jamais rien vu de pareil », répliquai-je. « Même Oncle Vootele ne m'a jamais dit que la mer pouvait avoir des poils. J'irais presque jusqu'à croire que nous sommes sur le dos d'un animal. »

« Pas sur le dos, dans la barbe. Regarde derrière toi. Nous nous sommes pris dans la barbe d'un poisson, mais il n'a pas l'air d'en être fâché. »

Je me retournai aussitôt, et un spectacle inédit s'offrit à mes yeux. À quelque distance de nous clapotait dans les vagues la créature la plus gigantesque qu'on puisse se figurer. C'était un poisson, mais de la taille d'une montagne. Et sans doute d'un âge canonique, car toute la mer était envahie de sa longue barbe grise. Avec le temps, ses écailles verdâtres s'étaient recouvertes de coquillages et autres ordures marines, ses nageoires gigantesques pendaient mollement comme les ailes d'une gigantesque chauve-souris et son regard très vieux et très las nous fixait avec un mélange de tristesse et de curiosité. Nous le fixâmes à notre tour, et alors la créature fantastique ouvrit la gueule et se mit à siffler dans la langue des serpents la plus pure — même s'il s'y mêlait quelques mots qui m'étaient inconnus, si anciens sans doute que nul autre qu'elle ne se les rappelait plus :

« Bonjour, humains ! Où allez-vous comme ça ? »

« À Saaremaa », répondis-je.

Le poisson chassa les poils de barbe qui lui nageaient dans la bouche.

« C'est droit devant. Vous devriez y être pour ce soir, même si je ne peux pas vous le garantir, car je n'ai jamais vu d'humains dans un si petit bateau. La dernière fois que je suis remonté à la surface, trois drakkars me sont passés dessus, chacun portait au moins quarante personnes, mais ça m'a amusé, vu que dans l'ancien temps, de ces bateaux, il y en avait toujours bien davantage. Et cette fois, plus rien qu'une petite barque de rien du tout avec deux malheureux passagers. Eh oui, c'est comme ça : c'est sans doute le destin qui veut que vous soyez les derniers à me voir. Et les dernières personnes que je verrai. »

« Pourquoi les dernières ? » demanda Hiie.

« Parce que c'est la dernière fois que je viens respirer l'air frais à la surface. Je le faisais tous les cent ans, mais je n'ai plus envie. Je suis trop vieux. Aujourd'hui, je me suis longuement demandé si cela valait la peine que j'abandonne le confort de ma caverne pour me traîner jusqu'ici, et j'ai décidé que ce serait la dernière fois. Ma barbe est si longue que je parviens tout juste à la traîner. Bon, j'y suis quand même arrivé. Eh oui, il n'y a plus personne sur la mer. Où sont passés tous ces gens qui couraient dans tous les sens sur leurs bateaux, dans le temps ? Est-ce qu'une épidémie vous a décimés ? »

Je n'allais pas me mettre à lui expliquer que beaucoup d'Estoniens étaient allés s'installer dans des villages, s'étaient mis à cultiver le seigle et avaient arrêté de ravager des contrées lointaines comme nos ancêtres vikings. Mais les bateaux des hommes de fer, eux, n'avaient pas cessé de naviguer : ils étaient même de plus en plus nombreux. Je demandai au grand poisson s'il en avait jamais rencontrés.

« Des hommes de fer ? Non, jamais vu. Dommage, j'aurais bien voulu savoir à quoi ça ressemble : c'est trop tard maintenant. Peut-être qu'il va en passer un par ici aujourd'hui ? Je n'ai pas beaucoup de temps, il va bientôt falloir que je regagne ma caverne — mais peut-être que j'aurai de la chance ? À quoi est-ce qu'ils ressemblent ? »

« À des gens, en gros, sauf que leur peau est en fer. »

Le poisson émit des clapotis ébahis en grommelant :

« Inouï, jamais vu. Eh oui, le monde change. J'ai trop rarement fait surface, beaucoup de choses m'ont échappé. Et pourtant une fois tous les cent ans, histoire de s'aérer un peu, il me semblait que ça allait. Tout était toujours comme la fois d'avant. La mer était pleine de drakkars et la Salamandre volait dans le ciel. »

«Vous avez vu la Salamandre?» m'écriai-je.

«Bien sûr, souvent! Et je ne me suis pas contenté de la voir : elle s'est posée sur mon dos pour se reposer. Elle était grande et vigoureuse, mais à l'époque j'étais plus fort encore et je la portais sans peine. Maintenant, sûr que je n'y arriverais plus. Ça n'a pas d'importance, vu qu'il y a longtemps que je ne l'ai pas vue. Où est-ce qu'elle est donc passée?»

«Elle dort. Et personne ne sait où.»

Le poisson eut un puissant soupir d'approbation.

«C'est bien comme ça. Dormir, se reposer — c'est ça qui est bien. Bientôt moi aussi je vais aller me reposer : je plongerai tout au fond de l'eau, je me glisserai dans ma caverne et je pourrai dormir en paix. Longtemps, longtemps. Je sais comme c'est bon.»

Il ferma les yeux en remuant lentement les nageoires.

«Peut-être que je vais y aller», dit-il en rouvrant les yeux. «Je vais rater les hommes de fer, mais peu importe. J'ai vu tant de choses au cours de mon existence ; il y a de quoi se rappeler, couché au fond de la mer. En fait, ils ne m'intéressent pas plus que ça, ces hommes de fer. Qu'est-ce que je perds à ne pas les avoir vus? Pas grand-chose. Si vous les rencontrez, dites-leur qu'Ahteneumion est rentré dans sa caverne. Je ne les verrai pas et ils ne me verront pas, et c'est sans doute eux qui y perdront le plus.»

Cette pensée semblait l'amuser : il remua la queue et cligna de l'œil à notre intention.

«Pensez donc, ils passent leur temps à courir à droite et à gauche sur leurs bateaux, vos hommes de fer, ils sont bien incapables de se figurer que quelque part au fond de l'eau, je dors sous ma barbe», dit-il en pouffant carrément de rire. «Ils se figurent que dans la mer il n'y a que des petits poissons, des méduses et autres saletés dans le genre qui traînent à la surface, et ils ne sauront jamais qu'il y a moi aussi. Pauvres niais!»

Il se remit à souffler pour chasser de sa bouche les poils de barbe.

« Adieu, j'y vais. Vous êtes les derniers humains que j'aurai vus, les derniers à m'avoir rencontré. Vous savez où vit Ahteneumion, et ce qu'il fait. Vous êtes les personnes les plus savantes du monde à présent. Les derniers à me voir. Portez-vous bien ! »

Puis il plongea. La mer se mit à faire des vagues et la barque faillit chavirer. Des poils de barbe flottaient autour de nous et je craignais qu'ils ne nous entraînent dans les profondeurs : nos os auraient très bien pu y blanchir pour l'éternité, enlacés à Ahteneumion, avec tout notre savoir. Mais tout alla pour le mieux : la barbe s'engloutit avec son propriétaire, la mer se calma et nous fûmes de nouveau seuls.

« Eh bien, nous voilà donc les deux personnes les plus savantes du monde », dit Hiie. « Les deux derniers humains à avoir vu le grand poisson. »

« Moi, ça fait un certain temps que ça me fatigue, d'être toujours le dernier. Le dernier homme de la famille, le dernier garçon à être né dans la forêt. Et maintenant, le dernier à avoir vu cette bestiole géante. Pourquoi toujours moi, pourquoi est-ce que ça se passe toujours comme ça ? »

« Pour moi, tu es le premier », dit-elle en m'embrassant. Un peu plus tard, lorsque nous nous fûmes rhabillés, je repris les rames.

En vérité, pour elle aussi j'étais le dernier — mais je l'ignorais encore.

23

J'ÉTAIS BIEN FATIGUÉ LORSQUE NOUS PARVÎNMES À SAAREMAA, et la première idée qui me passa par la tête, ce fut que mon grand-père ne nous avait pas donné la moindre indication pour trouver Möigas. Comme toujours, les mots des serpents nous furent d'un grand secours. Deux ou trois sifflements, et déjà un gros reptile apparut dans les genévriers, tête haute.

« Vous me voyez bien surpris », dit-il après les salutations et les formules de politesse d'usage. « Bien sûr que je vous ai vus aborder, mais je m'attendais pas à ce que vous sachiez notre langue. De nos jours, hélas, cela se fait plus que rare. Bien sûr, il débarque toutes sortes de gens par ici, mais pas un seul à qui parler, on dirait qu'ils sont tous muets, ils ne font que balbutier des sons incompréhensibles. Si bien que franchement, j'ai été passablement ahuri de vous entendre m'appeler. Il semble qu'il n'y a que chez nous que les choses vont mal, et qu'ailleurs, on trouve encore des humains cultivés. »

« Ça ne va pas mieux ailleurs », répondis-je. « En fait, je cherche Möigas, le Sage des Vents. Sais-tu où il habite ? »

« Bien sûr. Suivez-moi, je vais vous y conduire. »

Ce n'était pas bien loin : une cabane en bord de mer, bien cachée parmi les genévriers. Le serpent nous souhaita une bonne journée et s'en fut en se tortillant.

Je frappai à la porte et elle s'ouvrit — sur un moine ! Je m'attendais à tout, sauf à cela. Je fis un grand bond en arrière, comme si j'étais tombé sur un nid de guêpes.

« Êtes-vous Möigas, le Sage des Vents ? » demanda Hiie, qui, aussi effrayée que moi, me tenait par la main.

« Hélas non, chère mademoiselle, je ne suis que son fils indigne », gazouilla le moine tout doucement, comme s'il lui coulait du lait de la bouche. Il était encore jeune, mais déjà chauve, et le plus étrange, c'est qu'il n'avait pas non plus de sourcils : son visage avait tout d'un œuf. Derrière son dos, il y eut du bruit, et un petit vieillard à la longue barbe rousse tressée en centaines de petites nattes sortit de la cabane. Cette fois, ce devait être Möigas, ce que confirma aussitôt le moine.

« J'ai l'honneur de vous présenter mon très vénéré géniteur », dit-il en posant la main sur l'épaule du vieillard. « Petit père, ces gens sont venus pour te voir. »

« Je vois bien ! » grogna Möigas. « Qu'est-ce que vous voulez ? »

« Êtes-vous chrétiens ? » coupa le moine avant que nous ayons
pu répondre. « Aimez-vous Jésus-Christ ? »

« Ferme-la, Röks ! » éclata le vieux. « Ne me fais pas honte ! »

« Petit père, je t'ai déjà dit que je ne m'appelle plus Röks », gazouilla le moine en prenant un air béat, comme si chaque mot lui occasionnait une joie sans limite. « Ce n'est pas un vrai nom, aucun chrétien ne porte ce genre de nom. Je m'appelle Taaniel, je te l'ai déjà dit cent fois, cher père. Frère Taaniel, c'est ainsi que les autres dévots m'appellent au monastère. »

Cela me rappela Pärtel, devenu Peetrus, et j'avais beaucoup de peine pour le vieux Sage des Vents, car s'il est triste de perdre un ami, il est plus terrible encore de perdre un fils. Möigas semblait avoir lu dans mes pensées : il prit un air maussade et, comme pour s'excuser :

« Le gamin a mal tourné, désolé. Peut-être parce qu'il a perdu sa mère très tôt. Je n'ai pas su l'élever. Mais qu'est-ce que je peux y faire, c'est quand même mon fils, je ne peux quand même pas l'abattre parce qu'il s'est fait moine. »

« Mais tu m'as très bien élevé, petit père », pépia le moine. « Jusqu'à mon dernier soupir, je te serai reconnaissant de m'avoir engendré et d'avoir tendrement pris soin de moi. »

« Qu'est-ce que tu sais d'engendrer, malheureux ! » soupira le vieux. « Tu n'as même plus de quoi ! »

« Personne n'en a au monastère, c'est la mode en ce moment », répondit le moine. « Cela nous permet de louer Dieu avec la voix des anges. Je t'ai invité à venir nous écouter, petit père — pourquoi ne viens-tu pas ? Tu serais sûrement fier d'écouter ton fils chanter avec d'autres saints personnages. »

« Ça jamais, j'en mourrais de honte ! »

« Oh, petit père, quelles sont donc ces paroles ! Qu'y a-t-il de honteux à cela ? Tout le monde le fait. Notre chœur a quantité d'admirateurs, les femmes pleurent en nous écoutant et même les hommes écrasent des larmes, tant nos voix sont claires et belles. »

« Arrête, tu me donnes la nausée ! » s'écria Möigas en se tournant vers nous. « Pardonnez-moi, étrangers, de vous faire entendre de telles laideurs. Qu'est-ce qui vous amène ? Dites-moi donc ! Et toi, Röks, silence, et ne t'avise pas de leur couper la parole ! »

En quelques mots, j'expliquai le but de notre visite et qui nous envoyait. Le vieux en avait les larmes aux yeux.

« Alors comme ça le vieux Tölp est encore en vie ! » soupira-t-il. « Rien d'étonnant, ça a toujours été un gars coriace. Et voilà qu'il s'est mis en tête de voler ! Pourquoi pas, ma foi, pourquoi pas ! »

« Les gens, ça ne vole pas », intervint le moine. « Il n'y a que les anges qui volent, et Jésus a marché sur les eaux. »

« Je t'ai dit de la fermer et de ne pas nous interrompre ! » fulmina Möigas. « Et puis arrête avec ces âneries ! Pourquoi est-ce que tu me fais honte comme ça devant ces jeunes gens ? Tu ferais mieux de prendre exemple sur eux. Regarde comme ils sont braves ! Ils honorent leur grand-père au lieu de faire ami-ami avec des hommes de fer et des moines. Tu vois ce jeune homme, ce Leemet ? Il a encore ses choses, lui ! N'est-ce pas, Leemet ? »

« Absolument », confirmai-je très vite.

« Tu entends, Röks ! Pourquoi est-ce que toi, justement, tu dois te comporter comme une feuille d'aulne qui flotte au gré du vent ? Laisse le monde à ses folies, à quoi ça sert de toutes les éprouver dans sa chair ? »

« Petit père chéri, pour commencer, je ne m'appelle pas Röks », se remit à gazouiller le moine, lentement, les yeux mi-clos — mais le vieux le fit taire à grands cris.

« Ça suffit avec ces histoires de nom ! Pour moi, tu restes Röks, et je ne vais pas me mettre à t'appeler Taaniel. Maintenant, assis et silence, il faut que j'aille chercher ces sacs à vent à l'intérieur. Vous deux, prenez patience, je n'en ai pas pour longtemps. Ne vous occupez pas de ce qu'il raconte ! Il est un peu demeuré — la honte de la famille ! Quel malheur d'être son père ! »

Sur ces mots, il disparut dans la cabane. Le moine s'assit au soleil et nous fit un signe amical de la tête :

« Papa est d'une autre génération, les trucs des jeunes, ça le dépasse. C'est comme ça, il a fait son temps. Qu'est-ce qu'on pense de Jésus par chez vous ? Moi, je l'adore. J'ai son image au-dessus de mon lit. »

« Je ne sais pas qui c'est, ce Jésus », dis-je.

Il y eut de l'étonnement dans sa voix, on aurait dit le cri d'une mouette.

« Tu ne sais pas qui est Jésus ? » dit-il en se massant les mains et en nous considérant avec un mélange de bienveillance et de compassion. « Mais tu es baptisé quand même ? »

« Non. »

« Vraiment ? Moi qui croyais que de nos jours tous les jeunes étaient baptisés. C'est chouette de se faire baptiser, il y a quelqu'un qui te verse de l'eau sur la tête. Sans baptême, pas moyen d'entrer au couvent. »

« Mais je ne veux pas entrer au couvent ! » affirmai-je, déjà passablement irrité. Le moine me rappelait Magdaleena, la fois où nous étions allés écouter chanter les moines, et à quel point j'étais fou amoureux d'elle. Avec Hiie à mes côtés, c'était un souvenir assez pénible. C'était comme si ce moine allait soudain se mettre à dire : « Tu sais, je t'ai vu avec une jolie fille derrière notre couvent!» Comme Hiie réagirait-elle? Je savais bien que ce n'était pas possible, qu'il s'agissait d'un autre monastère et que c'étaient d'autres moines qui chantaient, mais je persistais à me sentir mal. J'en avais assez de ces gens à la mode qui passaient leur temps à fanfaronner avec leurs nouvelles coutumes et avec leurs idoles bizarres, comme ce Jésus dont je ne savais rien et dont je ne voulais rien savoir. Ce qu'il avait au-dessus de son lit, je m'en fichais éperdument, et je le lui fis savoir, pas si brutalement que cela, mais quand même assez sèchement.

Cela ne lui fit rien perdre de sa suavité. «C'est bête de se fermer à la culture», dit-il seulement en levant le doigt d'un air édifiant. «Tu ne peux tout simplement rien comprendre au
monde d'aujourd'hui si tu ne sais rien de Jésus. Et puis tu n'auras rien à dire en société. Tu es encore jeune, tu veux avancer dans la vie. Bon, si la musique ne te dit rien, tu n'as pas besoin d'entrer au couvent, et ce n'est pas non plus absolument indispensable de se faire couper les choses. Mais si tu n'es pas baptisé et si tu ne sais rien de Jésus, comment veux-tu devenir l'écuyer d'un chevalier?»

«Mais enfin, pourquoi est-ce qu'il faudrait que je devienne l'écuyer de quelqu'un?» demandai-je. Encore un de ces traits répugnants communs à tous ces gens à la mode — l'envie de se mettre au service d'un maître.

«Mais alors, qu'est-ce que tu veux faire de ta vie? Tu veux être paysan, gratter la terre et récolter du grain? Bien sûr que c'est une noble tâche, Adam aussi a labouré et moissonné, et il a cultivé la terre à la sueur de son front. Oui, celui qui manque de dons spirituels, il doit de contenter du travail agricole.»

«C'est qui encore, cet Adam?»

«Notre premier ancêtre, que Dieu a créé à partir de la poussière. Auparavant la terre était informe et vide, et puis en six jours Dieu créa le ciel et la terre, et rien n'a changé jusqu'à nos jours.»

«En voilà des âneries. J'ai vu l'histoire des anthropopithèques, telle qu'ils l'ont dessinée pendant des milliers et des milliers d'années sur les parois de leur caverne. Pas de Dieu ni d'Adam là-dedans. Et puis qu'est-ce que ça veut dire, rien n'a changé? Il y a tant de choses qui disparaissent à jamais. Comme la Salamandre. Ou bien Ahteneumion, le poisson géant, qui a émergé pour la dernière fois ce matin avant de replonger au fond de la mer pour l'éternité. Ou bien la langue des serpents. Tu la connais, Röks?»

«C'est la langue du diable», répondit le moine en perdant son calme pour la première fois. «Il n'est pas bon que les hommes la sachent. C'est le Malin qui a créé les reptiles et leur a donné le don de la parole, pour qu'ils puissent séduire Ève, la première femme. Ce sont tous des suppôts de Satan.»

«Voilà qui montre bien l'ampleur de ta stupidité», dis-je. «C'est toi qui es un suppôt de ton Dieu, des hommes de fer et de cette espèce de pape à Rome — mais les serpents, ils ne sont les suppôts de personne. Personne ne les a créés, ils existaient déjà aux temps les plus anciens, lorsqu'il n'y avait encore dans la forêt ni hommes ni anthropopithèques. Je sais de quoi je parle, je les connais bien. Je connais leur langue, moi! Je crois que cela les ferait bien rire d'entendre tes âneries. Ce n'est qu'un conte de fées à la mode qu'on t'a fourré dans la tête au monastère, mais des contes de fées, il y en a tant qu'on en veut dans le monde. On en oublie, et à leur place, on en forge de nouveaux...»

«Mon cher enfant», reprit le moine, qui avait retrouvé sa placidité. «Je ne veux pas discuter avec toi, car tu n'es pas allé à l'école et tu ne sais rien. L'humanité est devenue plus savante que tu ne peux te le figurer. Je suis simplement désolé que tu ne veuilles pas vivre comme les autres jeunes. Même si tu connais la langue des serpents et si ce n'est pas la langue du diable, à quoi est-ce qu'elle peut bien te servir au jour d'aujourd'hui? Avec qui vas-tu la parler? La jeunesse, c'est à Jésus qu'elle s'intéresse, tout le monde n'a que son nom à la bouche, c'est un succès phénoménal.»

«Eh bien, moi, il ne m'intéresse pas.»

«C'est bien dommage.»

Il y eut un silence. Hiie et moi, nous fixions le moine qui semblait somnoler au soleil. Soudain il se mit à chanter de sa voix claire, ce qui nous fit sursauter.

Aussitôt Möigas bondit hors de la hutte en criant :

«Silence! Silence tout de suite! Arrête de me faire honte devant tout le monde!»

«Petit père, ce n'est qu'un innocent choral où je glorifie l'amour et la miséricorde du Christ», répondit mollement le moine. «Comment une aussi belle musique pourrait-elle te faire honte? Ce choral est en vogue dans le monde entier, on l'entonne à toutes les fêtes.»

«Mais pas ici! Pas devant ma porte!» fulmina le vieux. «Le monde peut marcher sur la tête si ça lui chante, chez moi, on entre sur ses jambes!»

Il nous fit signe, à Hiie et à moi, de le suivre.

«Je n'ai pas un seul sac de prêt en ce moment. Mais peu importe, nous allons empaqueter les vents qu'il faut. Comme ça, ton grand-père pourra voler. Qu'il vienne donc me rendre visite!»

«Oui, qu'il vienne», dit le moine. «Je le saluerai avec plaisir, petit père, je prierai pour ton ami.»

«Non, il vaut mieux qu'il ne vienne pas. Il est irascible, il est capable de te tuer.»

«Super, alors je serai mort en martyr et j'irai tout droit au Royaume des Cieux, et je m'assiérai à la droite du Fils. C'est un grand honneur d'être un martyr, on écrit des livres sur vous et on met votre image dans les églises. Imagine, petit père, que ton fils devienne un martyr!»

«Ça pourrait bien se produire!» hurla Möigas. «Si tu ne la fermes pas une bonne fois pour toutes, il va finir par t'arriver des malheurs. Vite à l'intérieur, les enfants! Il me rend fou!»

Sur ses pas, nous entrâmes dans la cabane. Aux murs pendait une énorme quantité de cordes, des petites, des grosses et d'encore plus grosses, toutes nouées en pelotes. Le Sage des Vents se mit à farfouiller et il en choisit une dizaine.

«Ce sont des nœuds à vent : à chacun son vent. Je vais les attraper en mer sur ma barque, comme d'autres vont pêcher. Sauf que c'est nettement plus difficile d'attraper un vent qu'un poisson, ça va vite et puis ça glisse, il faut beaucoup d'habileté pour le prendre à un lacet. Mais ensuite, il suffit de resserrer le nœud et tu peux accrocher le vent au mur jusqu'à ce que tu en aies besoin. Contrairement au poisson, ça ne se gâte pas. Tu peux le garder suspendu pendant un siècle, lorsqu'on le lâche il hurle et il souffle comme si on l'avait attrapé la veille. J'en ai quelques-uns qui sont vraiment de vieux vents, c'est mon père qui les a pris, des tempêtes et des ouragans comme on n'en fait plus. Et puis il y a celui-là aussi, le tout premier que j'ai attrapé quand je n'étais encore pas bien grand. Ce n'était qu'une brise d'été, du genre qui donne un peu de fraîcheur dans une journée de chaleur. Vous voyez, ce genre de vent, c'est assez facile à attraper mais, à cette époque, même avec lui j'ai eu bien du mal. Une histoire de gosse, il a fallu que je le retienne avec mes dix ongles, la corde menaçait de s'emmêler ; mais quand j'ai fini par le suspendre au mur, je n'étais pas peu fier! Comme si j'avais attrapé une trombe. Des trombes, justement, j'en ai un certain nombre, mais ce n'est pas elles que je vais vous donner, elles ne sont pas bonnes pour voler. On les utilisait pour la guerre — tu les lâches, et elles coulent toute la flotte de tes ennemis, ou alors elles leur rasent leurs villages. Plus fort qu'un incendie! Oh, j'en ai toutes sortes, ici, de vents : des vents d'hiver qui amènent la neige et des vents d'automne qui poussent des nuages de pluie. Ceux-là, ce sont les vents printaniers — tu en lâches un et tout de suite il fait frais, on respire mieux. Il y a des vents de poupe qui aident les marins, et des vents debout avec lesquels on peut se garder de l'ennemi. Il y a de tout. Je n'en attrape plus beaucoup, je me fais vieux, sans doute que je ne pourrais même plus venir à bout d'une vraie tempête — je n'ai plus la force. Et puis, à quoi ça me servirait de les accumuler, quand je ne serai plus là personne n'en aura rien à faire. Je voulais faire de mon fils un Sage des Vents, mais cette charogne a préféré se faire moine. Ma collection ne l'intéresse absolument pas. Aussi c'est bien volontiers que j'en donne quelques-uns à votre grand-père : voilà au moins quelqu'un qui en prendra soin et saura s'en servir. J'en ai choisi dix, ça devrait suffire.»

«On va les transporter comme ça, au bout d'une corde?» demandai-je.

«Non, ce n'est pas possible. C'est savant, un vent, et puis c'est malin, comme un être vivant. Tant qu'il est entre mes mains, il se tient tranquille, car il sait que je suis un Sage et que ça n'a pas de sens de me faire des niches. Mais s'il s'aperçoit que c'est quelqu'un d'ordinaire qui tient le bout de la corde, il commence à s'agiter, il essaye de se libérer. Je vais les mettre dans un sac, comme ça ils n'iront nulle part et vous arriverez sans encombre chez votre grand-père.»

Il alla prendre sous la table un sac fait de plusieurs morceaux de cuir cousus ensemble, et qui fermait à l'aide d'un corde. Il saisit le premier vent et démêla prudemment les nœuds qui le tenaient enchaîné — dans la pièce, l'air se mit brutalement à se mouvoir, Hiie avait les cheveux qui partaient dans tous les sens comme si une rafale soudaine les lui avait emmêlés. Alors Möigas fourra le vent dans le sac. Il fit de même avec les autres pelotes de nœuds, et à la fin le sac était d'un volume respectable. Lorsqu'on y posait l'oreille, on entendait des sifflements et des hurlements étouffés, comme si la tempête faisait rage à l'intérieur.

«Voilà, c'est prêt», dit Möigas. «Tout ce qu'il vous reste à faire, c'est d'entr'ouvrir légèrement le sac pour laisser passer autant de vent que vous en avez besoin. Ton grand-père saura sûrement s'y prendre. Il sait y faire. C'est un sacré bonhomme, lui-même et aussi ses enfants, il les a élevés, ils ont quelque chose dans la tête. Moi, vous voyez, je n'y suis pas arrivé. Oh bonté, encore du bruit dehors! Le voilà qui remet ça! Je lui ai pourtant bien dit que s'il ne se taisait pas, j'allais lui frotter les oreilles. Écoutez ! C'est effrayant ! »

Dehors, on entendait effectivement crier. À la voix claire du moine qui chantait se mêlaient des jurons qui semblaient sortir du fond d'une cuve. Nous nous précipitâmes dehors et vîmes Röks en pleine discussion avec un vieillard aussi minuscule que corpulent, qui agitait rageusement une canne en s'égosillant :

« Est-ce que ces braillements vont se terminer un jour ? On n'aura jamais la paix, il passe son temps à ouvrir tout grand la gueule et à hurler comme un loup ! Qu'est-ce que tu as, tu as mal quelque part ou quoi ? »

« Cher vieux voisin », répondit le moine paisiblement en se frottant lentement les paumes l'une contre l'autre, comme s'il se lavait les mains avec des rayons de soleil, « tu pourrais quand même faire preuve d'un peu plus de souplesse. Ce genre de musique est aujourd'hui fort en vogue dans la jeunesse. Tu es âgé, tu as d'autres goûts, mais tu devrais comprendre que le temps va de l'avant et que ce qui ne te plaît pas peut procurer du plaisir à la jeune génération qui prend exemple sur Jésus-Christ. »

« C'est ce type qui t'a appris à chanter comme ça ? » cria le petit homme trapu.

« Bien sûr que c'est le Christ. C'est l'idole des jeunes, et mon idole à moi aussi. De telles mélodies sont celles qu'entonnent les anges au Paradis et les cardinaux en la sainte ville de Rome — pourquoi devrais-je m'abstenir de les chanter, si tout le monde chrétien les entonne ? »

« Chez moi, ce n'est pas le monde chrétien ! » coupa le Sage des Vents. « Pardonne-nous de t'avoir dérangé, Hörbu. Tu devais être en train de faire la sieste. »

« Bien sûr que je faisais la sieste ! Et juste au moment où je dormais le mieux, voilà ta charogne de fils qui se met à pleurnicher comme si la merde était venue lui boucher le trou du cul. Pourquoi est-ce que tu lui permets de venir chez toi ? Qu'il reste dans son monastère s'il a choisi d'y vivre. Qu'est-ce qu'il a à venir embêter les vieux ! »

« C'est quand même mon fils », soupira Möigas.

« Qu'est-ce que ça peut faire ! Moi, ma fille, je lui a dit, si tu te fais nonne, tu ne mets plus le nez chez moi, espèce de pute ! »

« C'est en vain que tu as béni ta fille d'aussi laides paroles, ô vénéré père de la famille d'à côté », répliqua le moine. « Johanna est une nonne en tous points exemplaire, nous nous voyons souvent. Pourquoi aurait-elle dû rester dans ces contrées sauvages ? Une jeune fille à la mode d'aujourd'hui n'a pas de meilleure voie à suivre pour sauver le vaste monde que de se fiancer au Christ ! »

« Elle aurait mieux fait d'épouser un gars ! » cria Hörbu. « Ces fiancées du Christ, il y en a cinquante là-bas au monastère. C'est parfaitement obscène et c'est le monde à l'envers ! »

« Tu as tout compris de travers », dit le moine, sur un ton de compassion. « Se fiancer au Christ, ça n'a rien à voir avec l'amour charnel. Ces pieuses nonnes vivent dans la vertu la plus parfaite et ne touchent jamais un homme. »

« Et toi ? Tu viens de dire que tu la vois souvent ! »

« Moi, je suis un moine. Ô vénéré père de la famille d'à côté, tu ne comprends rien à la jeunesse d'aujourd'hui. »

« Moi non plus, et je ne veux rien en comprendre », intervint Möigas. « Et puis ne parle pas au nom de toute la jeunesse ! Regarde Leemet, il est jeune lui aussi, mais il n'a rien à faire de toutes ces cochonneries ! »

« Il est de la forêt, il est ignare et aveugle », répliqua le moine, une pointe de mépris dans la voix. « Quel dommage, petit père, que la cécité spirituelle et une fidélité obtuse au passé comptent davantage à tes yeux que l'effort pour progresser et la soif d'apprendre. »

« Si tu es si assoiffé de connaissances, pourquoi est-ce que tu n'as pas voulu apprendre à attraper les vents ? » demanda Möigas, maussade. « Cet art très ancien va mourir avec moi, maintenant. Tu aurais eu un travail honnête, qui nourrit toujours son homme.»

«Bien au contraire, petit père, c'est un métier sans avenir. Les vents, il n'y a pas besoin de les attraper, il suffit de s'adresser à Dieu dans une humble prière et ils tournent aussitôt du côté qu'il faut. Le Seigneur étouffe les tempêtes et il calme les ouragans.»

«Hélas, les choses ne sont sûrement pas si simples», soupira Möigas. «Mais ce n'est pas possible de discuter avec toi. Tout ce que tu crois, ce sont les âneries qu'on te fourre dans la tête au monastère, plutôt que ton vieux père.»

«Pardonne-moi, petit père, mais les saints hommes du monastère ont lu des livres qui sont écrits en latin. Lorsque les sages des pays lointains, au-delà des mers, les ont écrits, nos ancêtres couraient encore la forêt avec les renards», dit le moine avec un grand sourire, comme si le passage d'un état si pitoyable à une si grande sagesse l'emplissait de joie. Il hocha solennellement la tête, nous regarda tour à tour et se leva en soupirant.

«Je prie pour vous, pauvres païens, et tout spécialement pour toi, mon cher père», dit-il. Puis il nous regarda encore une fois, Hiie et moi, avant d'ajouter : «Si un jour vous vous intéressez à Jésus-Christ, vous savez où me trouver. Dans notre monastère, les jeunes gens d'esprit vif sont toujours reçus à bras ouverts ; et pour la fille, je peux intervenir auprès de l'abbesse du couvent des nonnes.»

Je gardai le silence. Il hocha la tête encore une fois, se signa et partit dignement.

Hörbu cracha par terre avec colère.

«Pardonne-moi, Möigas, mais ton fils est quand même un sacré putois.»

«Je sais», dit le Sage, tout triste. «Et dire que c'était un si gentil gamin. Ces vents nouveaux, ils chamboulent tout dans la tête des gens, et je ne sais plus les attraper. Ils vont trop vite.»

«C'est vrai», répliqua Hörbu, déjà plus conciliant. «C'est comme ma fille, ça faisait une si mignonne petite sauterelle. Et la voilà qui fainéante là-bas au monastère! J'ai eu beau lui interdire, je l'ai même battue, mais elle, toujours à filer là où c'était interdit. Qu'est-ce qu'elle pouvait bien y trouver? Qu'est-ce qui lui a pris de se faire nonne? Peut-être que c'est vrai que nous sommes trop vieux pour comprendre comment va le monde.»

«Qui sait», conclut Möigas.

Et moi, je sentais de nouveau cette odeur de charogne qui m'incommodait périodiquement. J'aurais voulu ouvrir le sac à vents et que toutes les tempêtes et les ouragans de Möigas me soufflent au nez pour chasser cette odeur de pourriture ; j'aurais voulu m'en nettoyer les narines. Mais ils étaient pour mon grand-père, pour qu'il puisse voler. Nous prîmes congé de Möigas et de Hörbu et rembarquâmes.

En chemin pour l'île de mon grand-père, nous distinguâmes à l'horizon un bateau plein d'hommes de fer en train de ramer.

«Ahteneumion a fait surface un petit peu trop tôt», dit Hiie. «Aujourd'hui, il aurait vu les hommes de fer. Et eux aussi l'auraient vu. Et maintenant les voilà qui rament sans savoir qu'il dort sous sa barbe, au fond de la mer. Il n'y a que nous à le savoir! C'est chouette, non?»

Moi, il me semblait qu'il y avait déjà bien trop de choses que nous étions les seuls à savoir, et, en revanche, pas assez de choses connues de tout le monde ; mais je gardai mes réflexions pour moi.

24

LA PREMIÈRE CHOSE QUE NOUS REMARQUÂMES EN DÉBARQUANT SUR L'ÎLE DE MON GRAND-PÈRE, ce fut une barque inconnue tirée sur le rivage. Plus exactement, elle m'était inconnue à moi, mais pas à Hiie. Ses traits se décomposèrent, elle m'agrippa par la manche et, sans un mot, se mit à me tirer vers le large.

« Qu'est-ce qui se passe ? »

« Filons d'ici, retournons à Saaremaa, n'importe où, mais filons », marmonna-t-elle en me fixant d'un œil hagard. « Je t'en prie, filons vite ! »

« À qui est ce bateau ? » Je devinais la réponse.

« À mon père, bien sûr ! » s'écria-t-elle d'une tout petite voix. « Tu ne la reconnais pas ? C'est notre barque ! Mon père nous a suivis, il est à notre poursuite, il veut toujours me tuer, il est fou ! S'il te plaît, Leemet, filons ! Loin d'ici, aussi loin que tu pourras ramer ! Je t'en prie ! »

Je dois avouer que moi aussi, de savoir Tambet dans les environs me mettait mal à l'aise. Jamais ce vieux cinglé ne pourrait digérer l'échec du sauvetage du vieux monde. Une fois entrée dans sa tête, cette idiotie y avait adhéré comme une corne. Je n'étais pas sûr du tout d'arriver à protéger sa fille s'il surgissait soudain d'un buisson pour la ramener chez lui, car il était de haute taille et plein de vigueur : à ses côtés, je faisais l'effet d'un jeune sorbier à l'ombre d'un chêne. J'essayai de ranimer en moi cette fureur et ce courage qui m'avaient envahi le soir où j'avais sauvé Hiie du sacrifice, mais cette fois-ci la flamme héritée de mes ancêtres ne voulait pas s'éveiller dans mon âme. Moi aussi, je prenais peur tandis que j'observais la lisière de la forêt en essayant de deviner d'où Tambet était en train de nous guetter et s'il nous avait déjà repérés. Je commençais à me dire que le plan de Hiie de rembarquer et de ramer jusqu'à nous mettre hors de danger n'était pas si mauvais que ça. Quant à elle, elle était déjà dans la barque, en larmes :

« Allez ! Qu'est-ce que tu attends encore ? Filons avant qu'il ne nous voie — sur mer tu ne pourras pas lui échapper, tu ne peux pas savoir comme il rame vite ! »

J'étais presque d'accord pour lui obéir. Une seule chose me retenait : le sac à vents de Möigas. Mon grand-père l'attendait ! Bien sûr, si nous prenions la fuite pour nous cacher durant quelques jours avant de regagner l'île en toute discrétion, on pouvait raisonnablement espérer que Tambet serait reparti ; alors je pourrais tranquillement donner le sac à mon grand-père. Mais cela ne me plaisait qu'à moitié de fuir ainsi, de reconnaître ma faiblesse et ma frousse, alors que mon grand-père, avec ses crochets à venin, se préparait à guerroyer contre le monde entier. Cette pensée me fit passer une autre idée par la tête : à deux, nous pouvions très bien venir à bout d'un seul homme. Il s'était quand même construit une véritable forteresse capable de soutenir un siège : si nous y parvenions sans que Tambet ne nous remarque, nous serions tout à fait en sécurité. Peut-être même que ce n'était pas une si bonne idée que cela de reprendre la mer sous l'empire de la peur, comme Hiie le réclamait : n'était-il pas plus sage de rester sur l'île et de résister à Tambet avec mon grand-père, de lui dire que Hiie était désormais ma femme et qu'il n'était plus question de sacrifice ? Qu'il rentre dans sa forêt, nous, nous restions sur l'île. Nous n'allions pas l'embêter, mais qu'il nous fiche la paix.

« Allez, viens, qu'est-ce qu'il te prend ? » s'écria Hiie du bateau. Elle semblait avoir pleuré toutes les larmes de son corps et crié à s'en rendre aphone, vu qu'elle ne faisait plus beaucoup de bruit, se contentant de me dévisager d'un air triste. Le premier accès de peur était passé, son père ne se montrait pas : lasse, elle attendait la suite des événements.

« On ne part pas. Allons plutôt à la recherche de mon grand-père : il faut que je lui donne le sac à vents, et puis nous lui demanderons de parler à ton père.»

«Mon père n'écoute personne.»

«Eh bien, grand-père le forcera à écouter», dis-je crânement, pour lui donner du courage. Je la pris par la main et la forçai à se relever : «Allez, viens, tout ce qu'il faut c'est arriver chez mon grand-père. Lorsque nous y serons, ton père ne pourra plus rien faire.»

Sans discuter, elle poussa un soupir et m'embrassa par surprise, très fort, puis elle se mit en route à mes côtés.

Nous pénétrâmes dans les broussailles. Chaque fois que nous entendions craquer ou bruire des feuilles, nous avions la sensation que Tambet se tenait derrière nous, les poings sur les hanches et les sourcils froncés en signe de menace, qu'il allait nous attraper par le collet et nous traîner à son bateau comme une paire de lièvres. Mais il ne se produisit rien de tel : nous arrivâmes chez mon grand-père sans encombre, sains et saufs, quoique suants de frousse.

Vautré dans l'herbe, il faisait cuire quelque chose dans une grande marmite.

«Salut, grand-père!» m'écriai-je en me précipitant près de lui. «Nous revoici!»

«Je sais, je vous ai entendus marcher dans la forêt. Vous avez le sac à vents?»

«Le voilà», répondis-je en le lui tendant, «mais...»

«Ahaa!» me coupa mon grand-père avec un rugissement de triomphe. «Le sac à vents! Enfin! Maintenant, il ne reste plus qu'à trouver les derniers os et à les arranger comme il faut — et alors gare à vous, hommes de fer et canailles de moines! Je vais vous tomber sur le dos comme si la lune tombait du ciel, et je vais vous réduire en purée!»

«Grand-père, mon père est sur l'île», dit Hiie. «Tu te rappelles, nous t'avons dit qu'il nous poursuivait. Et il est arrivé jusqu'ici.»

«Oui, ce triste destin lui est échu», dit mon grand-père en pêchant un énorme crâne dans sa marmite. «Ça va me faire la plus belle coupe de ma collection», ajouta-t-il fièrement. «Je t'en ferais bien cadeau, fifille, c'est quand même le crâne de ton père — mais qu'est-ce que tu pourrais bien faire d'un gobelet de cette taille? Une femme, ça ne peut pas boire autant que ça d'un seul coup.»

Nous restâmes muets. Ce Tambet dont nous avions si peur et que nous avions failli fuir jusqu'à Saaremaa, le voilà qui bouillait dans un grand pot, découpé en quartiers comme un vulgaire chevreuil. Son crâne était indéniablement d'une taille et d'une vigueur peu ordinaires : pas étonnant que les idées neuves aient eu tant de mal à se frayer un chemin à l'intérieur, tandis que celles qui finissaient quand même par franchir cette croûte épaisse y restaient comme un oiseau pris au piège.

Je tournai la tête en direction de Hiie, car je me demandais quelle mine elle faisait au spectacle du crâne de son père promis au destin de vaisselle fine. Mais son visage n'exprimait rien de particulier. Elle regarda le crâne, se mordit les lèvres et finit par se cacher le visage entre les genoux.

«Tu pleures?» demandai-je tout bas.

«Non», répliqua-t-elle sans lever la tête. «Pourquoi est-ce que je devrais pleurer? Il était fou, il voulait me tuer. C'est juste que je me sens affreusement fatiguée. Toutes ces émotions ont eu raison de moi. J'ai eu tellement peur en voyant le bateau. Je pensais que... qu'il allait me ramener à la maison et même s'il ne me sacrifiait pas, tout redeviendrait comme avant, cette vie misérable, si triste, si lamentable. Mais maintenant je sais que rien ne sera plus jamais pareil. Il n'est plus là, il n'est plus qu'une coupe. Je me sens si apaisée que ça me donne carrément sommeil. Vous n'allez pas vous fâcher si je fais un petit somme?»

«Bien sûr que non, chère enfant!» répondit mon grand-père. «Va donc dormir tout ton saoul! On ira te réveiller pour le souper.»

Elle se leva dans un sourire et disparut dans la caverne. Mon grand-père la suivit d'un regard attendri, tout en touillant les restes de son père avec une grande cuiller.

«Chouette bout de fille. Pas chichiteuse pour deux sous. J'avais vraiment grand besoin d'os, je ne pouvais tout simplement pas laisser filer un type aussi costaud. Et puis j'ai deviné qui c'était et j'ai compris qu'il vous poursuivait : c'était donc tout à fait sensé d'en débarrasser l'horizon. Je ne l'ai pas attaqué en traître, vu que c'est quand même l'un des nôtres, pas une de ces ordures d'hommes de fer qui ne valent pas plus qu'un moustique. Je lui ai sifflé : "Gare! Je mords!", pour lui laisser la possibilité de se défendre. Mais ça ne lui a fait ni chaud ni froid, il continuait à avancer dans l'herbe, l'air morose, comme s'il n'avait pas compris. Dans ces conditions, plus rien à faire : je lui ai rampé sur les talons et au bon moment, je lui ai mordu le genou gauche. Et quand il est tombé de tout son long en criant, je l'ai mordu encore une fois au gosier, et hop! Fini. Je l'ai équarri, j'ai nettoyé les os en enlevant la viande et le plus gros du reste, et maintenant je les fais bouillir pour qu'ils soient bien blancs et qu'ils claquent en se heurtant. Les tibias sont magnifiques, il y a longtemps que j'en cherchais des comme ça, mais avec les hommes de fer, je pouvais toujours rêver : ils sont tout cagneux à force d'aller à cheval.»

Il fit tourner le crâne de Tambet dans sa main.

«La plus belle pièce, c'est quand même ce crâne. Je ne me fatigue pas de l'admirer. Ce sera mon calice de victoire, c'est là-dedans que je boirai le sang des étrangers que je tuerai à la guerre. À la santé de l'ancienne liberté!»

Tambet n'aurait pas pu souhaiter un meilleur destin à ses ossements, me dis-je avec un petit sourire aigre-doux. Lui qui regrettait tant le bon vieux temps et qui était même prêt à lui sacrifier sa propre fille, voilà que ses os allaient servir à fabriquer des ailes qui permettraient à un vieux guerrier de fondre sur les hommes de fer, tandis que son crâne géant ferait un calice de victoire. Dans son obscurantisme, il avait voulu sacrifier sa fille aux génies des bois, mais c'est lui qui avait fini par être sacrifié, et ce sacrifice-là était bien plus utile.

Son vigoureux squelette mènerait à la bataille la dernière armée des anciens Estoniens. Certes, ladite armée ne se composait plus que d'un seul vieillard à crochets venimeux, mais c'était mieux que rien.

Il avait toujours vécu dans l'espoir que l'on se remettrait à vivre dans la forêt selon les anciennes coutumes, et voilà que, par le plus grand des hasards, il avait débarqué sur l'île où se morfondait l'Estonien sans aucun doute le plus antique qui se soit conservé jusqu'à nos jours. Il aurait dû en être heureux, mais lui-même était devenu trop moderne — il avait oublié la langue des serpents! Ou bien il n'en faisait nul cas et il avait pris l'avertissement de mon grand-père pour un sifflement sans importance, croyant, sans nul doute sous l'influence d'Ülgas, que c'étaient les génies, non les serpents, qui guidaient son destin. Il n'était plus adapté à l'ancien monde, dont il ne comprenait plus la langue : cela lui avait coûté la vie, ses os, qui avaient été mis à bouillir, et son crâne, promis au destin de calice.

«Viens, je vais te montrer mes ailes», dit mon grand-père en se tortillant vers les buissons. L'ayant suivi, je vis deux grandes carcasses faites d'os de toutes tailles assemblés avec soin. On aurait dit deux buissons couverts de givre — denses, et si aériens pourtant qu'on voyait à travers. Fabriquer de tels instruments était sans aucun doute une tâche complexe : mon grand-père n'avait pas paressé toutes ces années durant. Ils me semblaient complets, mais mon grand-père me montra les endroits où il manquait encore plusieurs os importants.

«Ici, et ici, et puis ici bien sûr. Tout doit être bien à sa place, sinon je vais tomber du ciel comme une corneille crevée. J'ai presque fini, mais il me faut encore liquider deux ou trois hommes de fer. Qu'ils se dépêchent donc de venir!»

Il caressait tendrement son chef-d'œuvre.

«Et le jour où je m'envolerai dans le ciel», grommela-t-il, «je me vengerai de toutes ces années où j'ai dû me terrer ici comme un blaireau coincé dans son terrier.»

Il leva la tête, tourna les yeux vers la lune qui s'était levée entre-temps et émit un cri rauque qui lui venait du fond du gosier, et qui me donna des frissons dans le dos.

« Je vais dormir », lui dis-je, mais il ne m'écoutait plus.

« C'est toi ? », dit Hiie lorsque je me glissai dans la caverne.

« Tu ne dors pas ? » dis-je en m'étendant à côté d'elle.

« Je me suis réveillée. Qu'est-ce qu'on fait maintenant ? On rentre à la maison ? C'est redevenu possible. »

Je n'y avais pas pensé mais, à ses paroles, il m'apparut instantanément que la chose était tout à fait envisageable. En deux morsures, mon grand-père avait résolu tous nos problèmes. Que tout était simple en vérité ! Qu'est-ce qu'ils semblaient ridicules à présent, tous nos plans pour convaincre Tambet de nous laisser en paix en lui proposant de déménager quelque part très loin où nous ne le dérangerions plus ! Des bêtises ! Il avait suffi de le tuer, et tout s'était arrangé.

Mon grand-père le savait, et c'est pourquoi il gouvernait son île tout entière et bouillonnait de force vitale, même dans sa vieillesse. Il était véritablement le rhizome où coulait la sève qui donnait vie à l'arbre tout entier. Nous, nous étions les plus hautes branches, celles qui ne font que bruire de manière à peine audible, tandis que lui hurlait. Peut-être, après tout, ces hurlements n'étaient-ils pas de plus d'utilité que notre timide bruissement, mais au moins il retentissait par-delà les forêts et les collines, et il donnait la chair de poule. Il y avait là-dedans de la vie et de la rage, de l'insolence et de la cruauté, de l'indépendance, une superbe indifférence aux conséquences. Il y avait dans ce vieillard quelque chose de la force et du feu de la Salamandre ; en nous, ce feu s'était éteint. Mais qui sait, peut-être pourrait-il se rallumer un jour ?

Couché à côté de Hiie dans la caverne de mon grand-père, je sentis de nouveau monter cette violence qui s'était emparée de moi la nuit où je l'avais sauvée du couteau d'Ülgas. J'allais regagner la forêt, y fonder un foyer avec elle et y vivre selon ma volonté — en homme qui sait les mots des serpents et qui peut, s'il le souhaite, lâcher des loups sur tous les hommes de fer, moines et villageois. Pour la première fois, je compris la force que me donnaient les mots des serpents dans un monde où nul autre ne s'en souvenait plus. Je pouvais demander à un reptile de les mordre, et ensuite je pouvais les sauver de la mort en demandant à ce même reptile de sucer leurs blessures. Je pouvais faire ce que je voulais, tout comme mon grand-père agissait à sa guise. Bon, je n'avais pas de crochets à venin, mais je savais que même sans, je saurais me débrouiller.

Bien sûr que j'allais regagner la forêt! J'enlaçai Hiie et lui chuchotai à l'oreille en riant :

« Dès demain, on rentre à la maison, et tu seras ma femme! »

Elle frotta son nez à mon menton.

« Bonne nouvelle! La seule chose qui m'inquiète, c'est Ülgas. Il est encore dans la forêt et il veut toujours me sacrifier. Bien sûr, maintenant, sans mon père... »

« Il n'en a plus pour longtemps. S'il ose montrer le bout de son nez, je le décapite, je fais bouillir sa charogne et j'envoie le squelette à mon grand-père. Il est d'âge canonique et pourri jusqu'à la moelle, mais si ça se trouve, il y a encore un os d'utilisable. Pas question par contre de faire une coupe avec son crâne : il doit être gâté par la bêtise, et je suis sûr qu'il fuit. »

« Eh bien, Leemet, qu'est-ce qu'il te prend? » demanda Hiie, l'air effrayé. « Je ne t'ai jamais entendu parler comme ça! »

« Aujourd'hui, j'ai hérité de mon grand-père », dis-je en l'embrassant très fort et en roulant avec elle sur le sol de la caverne, à faire voler les peaux de bêtes dans toutes les directions.

« Qu'est-ce que tu as? Tu es devenu fou! »

« Je t'aime », dis-je en lui baisant le nombril.

« C'est très bien. Mais tu es quand même un rien cinglé. J'espère que ça va te passer. »

« J'espère bien que non. Il me semble que je viens seulement de comprendre comment il faut vivre. »

25

LE LENDEMAIN, NOUS PRÎMES LE CHEMIN DU RETOUR. Mon grand-père nous accompagna jusqu'au rivage en nous assurant qu'il ne tarderait pas à nous suivre, lorsqu'il aurait les derniers os et que les ailes seraient prêtes.

« Salue ta mère de ma part. Il y a une éternité qu'on ne s'est pas vus, elle me manque beaucoup. »

« Viens avec nous lui rendre visite si tu veux, ensuite tu reviendras sur ton île », lui proposa Hiie, mais il refusa d'un mouvement de tête.

« Pas question ! Pas le temps ! Ce qui compte avant tout, ce sont les ailes. Quant les hommes vont à la guerre, les femmes doivent attendre. »

Il nous avait rôti plusieurs lièvres pour le voyage, et nous emportions par ailleurs une quantité respectable de crânes.

« Répartissez-les vous-mêmes. Donnes-en à ta mère et à ta sœur et gardes-en pour toi. N'ayez pas peur, le jour où j'atterrirai chez vous j'en aurai d'autres. »

Alors que nous étions déjà dans la barque, en train de nous éloigner du rivage, il agitait encore les bras en criant :

« Ne t'y mets pas tout seul, fiston ! Attends-moi ! Tu les hacheras menu d'en bas pendant que je les mordrai d'en haut : ils seront comme pris entre deux rangées de crocs ! Yahou ! »

Bientôt il fut hors de vue. Je ramais vivement vers chez nous et la mer était de nouveau calme, pratiquement étale, comme elle l'avait été tous ces jours derniers. Cette visite à mon grand-père semblait vraiment nous avoir ramenés au passé, comme pris au piège de quelque mystérieuse étendue marine où le temps s'immobilise et où il n'y a même pas de vent. Ou alors tout ceci n'était-il qu'un rêve, depuis ce jour où, fuyant les loups, nous avions sauté dans la barque et dérivé sur la mer ?

Peut-être était-ce en rêve que j'avais vu mon grand-père et ses crochets à venin, le poisson géant, l'homme de Saaremaa avec ses nœuds à vent ; peut-être était-ce en rêve aussi que, de manière totalement inattendue, j'étais tombé amoureux de Hiie ? De cette Hiie de rêve, si différente de la jeune fille silencieuse et timide que j'avais connue avant de m'endormir.

En tout cas, s'il en était ainsi, le rêve continuait de plus belle, car elle était assise près de moi et ses yeux brillaient toujours aussi fort, si bien qu'à un moment je ne pus me retenir de lâcher les rames pour l'embrasser.

« Tu es mon rêve », dis-je, « et j'ai bien l'intention de ne jamais me réveiller. »

« Gros paresseux », chuchota-t-elle en me couchant au fond de la barque — mais un crâne au menton pointu vint se nicher sous notre flanc, et nous nous relevâmes avec un soupir.

« Il y a vraiment trop de monde dans cette barque pour faire l'amour », opinai-je tandis que Hiie me montrait sa hanche où les orbites vides avaient dessiné deux cercles.

« Il t'a regardé à l'intérieur. »

« C'est ça que je ne supporte pas, qu'un vieux dégoûtant d'homme de fer m'observe comme ça », dit-elle en jetant le coupable à la mer. « Qu'il aille donc observer les poissons, ça lui apprendra. »

Mais à vrai dire, la barque était toujours aussi chargée de crânes, et il n'y avait guère plus de place pour s'étendre : il ne nous restait plus qu'à poursuivre notre voyage.

La première chose que nous vîmes sur la rive, ce fut le pou. Il allait et venait, juste à la limite de l'eau, agitant les pattes, tout excité.

« Qu'est-ce qu'il fait là ? » s'étonna Hiie. « Il n'a pas l'habitude de quitter ses maîtres, et ils ne descendent jamais de leur arbre. J'espère qu'il n'est rien arrivé de grave ! »

Mais presque aussitôt il apparut que l'animal n'avait nullement abandonné les deux anthropopithèques, car nous les vîmes émerger de la forêt. Leur aptitude à la marche se ressentait de leur long séjour dans les arbres : ils chancelaient fortement, et de temps en temps, pour retrouver l'équilibre, ils devaient poser les mains par terre. Il y avait longtemps que je ne les avais pas vus sur le sol, et ce spectacle inhabituel m'inquiéta.

«Qu'est-ce qui se passe?» criai-je tout en essayant de ramer plus vite.

«Nous vous avions vus de là-haut», répondit Pirre, «et plus moyen de tenir le pou. Alors nous avons décidé de venir à votre rencontre. Quel bonheur que vous soyez sains et saufs.»

«Nous avions peur pour vous», ajouta Rääk. «De notre arbre, nous savons tout ce qui se passe dans la forêt. Nous avons entendu les loups vous poursuivre et puis comment vous vous êtes enfuis en bateau, et ça nous a soulagés ; mais le lendemain Tambet a pris la mer à votre poursuite, et nous étions de nouveau inquiets, car même nous, aussi haut que nous grimpions, nous ne voyons pas au-delà de la mer. Ce matin, Pirre a aperçu votre barque, et nous étions si heureux que nous sommes descendus à terre vous saluer.»

«Même si marcher sur ce sol lisse n'est pas ce qu'on fait de plus facile», poursuivit Pirre. «Nos ancêtres anthropopithèques avaient la sagesse de construire leurs maisons à la cime des arbres. Toutes les maladies et tous les maux sont venus de marcher sur terre.»

Il s'assit en soupirant et se mit à frotter ses plantes de pieds endolories.

À ce moment nous étions déjà sur la rive et le pou sautillait comme un fou autour de Hiie. Je pris deux coupes dans la barque et les tendis aux anthropopithèques.

«C'est mon grand-père qui les a faites. C'est pour vous.»

Ils les firent tourner dans leurs mains.

«Beau travail», s'écrièrent-ils, admiratifs. «Comme dans l'ancien temps! De nos jours personne ne sait plus rien faire de tel, et on laisse les crânes se perdre. Mais ne te fâche pas si nous refusons ton cadeau. Nous avons nos propres principes, tu comprends, et puis ces crânes sont trop modernes pour nous. »

« Comment ça, vous venez de dire qu'ils sont faits comme dans l'ancien temps ? »

« Le travail, bien sûr », répondit Pirre dans un sourire. « Mais regarde ce matériau. Ce crâne-ci par exemple, ces courbes et ces arcs. C'est de l'os de contemporain, de l'os d'homme de fer ou de moine. Nous ne prenons pas ce genre de choses chez nous. Ça n'irait pas. »

Je n'allais pas me mettre à discuter avec eux. D'autant plus que je n'en eus guère le loisir, car à cet instant précis Ülgas surgit de la forêt en criant :

« Je vous tiens ! Je savais que Tambet vous mettrait la main dessus et vous ramènerait par les oreilles ! Les génies n'abandonnent jamais leur proie. »

Il était clair qu'il avait attendu notre retour aussi impatiemment que le pou, sauf que celui-ci n'avait eu pour but que de se rouler aux pieds de Hiie, tandis que le Sage voulait nous tuer sur place. Il offrait un spectacle repoussant — il n'avait plus que la peau sur des os, tout squameuse, sa longue chevelure grise volait au vent et ses yeux étaient si enfoncés dans leurs orbites que de loin, on les aurait crues vides.

Voilà un crâne qui est déjà tout prêt pour faire une coupe, pensai-je. Il n'y a plus qu'à le séparer du cou. Je lui montrai le cadeau que j'avais voulu faire aux anthropopithèques en criant :

« Ton ami Tambet, voilà ce qu'il en reste ! Je peux t'en faire cadeau, si tu veux. Sauf que ça n'a pas de sens, vu qu'il va arriver la même chose à ta caboche. »

Sur ces paroles, je lui sautai dessus en faisant tournoyer mon couteau. Emporté par la colère dont je bouillais, j'avais bien l'intention de le décapiter et jouissais déjà de ce moment tant attendu où le sang lui jaillirait à gros bouillons du gosier. Mais je n'avais pas encore assez d'expérience de ce genre de besogne, et au lieu de lui couper la tête, je ne fis que lui arracher l'oreille droite et un bout de joue. Son visage se couvrit de sang tandis que par terre, sur le sable, à côté de restes de joue, alla traîner une oreille solitaire dont surgissait une touffe de poils.

« Assassin ! » hurla-t-il en courant se réfugier dans la forêt — sa tête ressemblait à un lièvre écorché exhalant des bulles de sang. « Tu as osé lever la main contre le Sage du Bois Sacré ! Crains la colère de la forêt ! Les génies à tête de chien viendront te mettre en pièces ! Ils ne font pas de quartier ! Souviens-toi, les chiens du bois sacré ! »

« J'ai toujours vécu dans la forêt et je n'ai jamais rien vu de tel », lui criai-je après. « Ces chiens n'existent que sous ton crâne, Ülgas. Je regrette de ne pas être arrivé à en finir avec toi, j'aurais peut-être enfin eu l'occasion de les voir. Rentre chez soi et si tu ne te vides pas de ton sang, fais quand même ce que tu peux pour crever le plus vite possible, car rappelle-toi, ordure : si je te revois, je te tue et je te taille en pièces ! Je suis de retour chez moi, je vais épouser Hiie, et tu ferais mieux de te pendre dans ton bois sacré ! »

Entre les arbres, Ülgas hurlait des imprécations où il était question de génies avec et sans tête de chien, mais j'étais las d'entendre ces âneries. Je remplis mon sac de ce qui restait de lièvre et de crânes et dis à Hiie :

« À la maison maintenant. Chez moi. »

« Oui, chéri. Dis-moi, est-ce que je peux prendre cette oreille ? Je la ferai sécher au soleil comme une grenouille crevée et puis je m'en ferai un joli collier. Ça te plairait que ta femme porte ce genre de bijou ? »

« Bien sûr. Ça me rappellera ce qui vient de se passer, et aussi que je dois apprendre à mieux frapper. J'aurais préféré te voir porter au cou le cœur séché de ce bâtard, avec une sorbe à l'intérieur pour que ça sonne comme un hochet. »

Nous nous embrassâmes en riant.

« Il n'y a pas bien longtemps que vous êtes partis », s'étonna Pirre, « et pourtant on dirait que cela fait des années. Et c'est comme si toutes ces années avaient coulé à l'envers et que nous étions revenus au bon vieux temps où vos ancêtres taillaient les étrangers en pièces et où la Salamandre tournoyait au-dessus de la mer avant de dévorer les derniers survivants en train de se noyer. »

Hiie et moi, nous éclatâmes encore de rire, et elle s'écria :

« Qui sait ? Peut-être qu'elle va bientôt revenir à tire-d'aile. »

« Ça ne m'étonnerait pas », répondirent les anthropopithèques en hochant la tête d'un air pensif. « Après tout, ça ne fait pas bien longtemps, ça n'a rien d'irrémédiable. C'est encore le monde que nos ancêtres ont représenté sur cette paroi de caverne que nous vous avons montrée un jour. Les images vraiment très anciennes n'existent plus, mais qui sait si quelque chose ne va pas venir ressusciter de l'époque de la Salamandre. »

Hiie et moi, nous n'avions nul besoin d'époques aussi reculées : le présent nous suffisait amplement. Nous saluâmes les anthropopithèques, qui restèrent sur la rive à masser leurs membres désaccoutumés à la marche, et nous poursuivîmes notre chemin. Le pou, épuisé d'avoir dansé autour de Hiie, était couché sur le sable : il semblait hors d'haleine, et léchait la joue arrachée d'Ülgas.

En ouvrant la porte, maman eut un cri de joie.

« Oh bonté, c'est toi, Leemet ! Et toi aussi, Hiie, saine et sauve ! Quel bonheur ! Si vous saviez comme je vous attendais ! Mettez-vous à table tout de suite, il y a un chevreuil sur le feu ! »

Nous entrâmes. Salme courut à moi et m'embrassa très fort tout en fondant en larmes. Nounours, qui était couché dans un coin, se mit sur son séant et nous fit signe de la main. Je me rendis compte que quelque chose n'allait pas :

« Qu'est-ce qui s'est passé ? Qu'est-ce qu'il fait sous ces fourrures ? »

« Il s'est fait mal. Tu ne sais pas tout ce qui nous est arrivé. Tu ne peux même pas te le figurer ! »

Mais maman la coupa :

« Ma petite, je suis sûre que Leemet et Hiie ont eu des malheurs eux aussi, et qu'ils se figurent très bien de quelles turpitudes les hommes sont capables. Mais bon, c'est sûr que c'est affreux, ce qu'ils ont fait à notre Nounours. Imaginez-vous que cette même nuit où vous vous êtes enfuis, Ülgas et Tambet sont venus ici. Ils voulaient savoir où vous aviez filé avec la barque. Je leur ai sauté à la figure en les insultant autant que j'ai pu, je les ai traités de meurtriers et de misérables cafards et je les ai mis en demeure de déguerpir de chez moi, vu que je ne voulais pas voir de créatures aussi répugnantes dans ma cabane. Pardonne-moi, Hiie, d'avoir crié comme ça après ton père, mais c'est quand même un sacré cochon. »

« Pas grave. De toute façon, il est mort. »

« Ah bon ? Comment ça, il est mort ? Racontez-moi ça — attendez juste que j'aie fini mon histoire. Bref, je les ai insultés tout mon saoul. Ça ne leur a fait ni chaud ni froid, ils étaient là, debout, à me fixer comme des limandes froides — je ne sais pas s'ils avaient mangé de l'amanite tue-mouches ou s'ils avaient bu du vin de Meeme, ou tout simplement reçu du bois sur le crâne, mais en tout cas ils avaient l'air franchement bizarre comme ça, tout moroses, l'air mauvais. »

« Ils lui ont dit : ferme-la, la vioque, on finira bien par lui mettre la main dessus pour la sacrifier ! » glissa Salme.

« Est-ce que c'est vraiment la peine de rappeler qu'ils m'ont traité de vioque ? » gronda maman. « Surtout devant Leemet et Hiie ! »

« Mais c'est vrai ! »

« C'est ce qu'ils ont dit, les sales brutes ! Franchement, est-ce que j'ai l'air d'une vioque ? Et moi : non mais tu t'es vu, Ülgas, on dirait un cadavre ambulant, ça te va bien de traiter les autres de vioques. Et toi, Tambet, avec ta tête tout grise, tu n'as pas spécialement l'air d'un jouvenceau ! Alors comme ça il est mort ? Tu vois, et lui qui vient me traiter de vioque ! »

«Laisse tomber, maman!» coupa Salme. «Vous comprenez, ils étaient en train de partir et...»

«Attends! Laisse-moi parler! Ils ne sont pas partis si vite que ça, ils sont restés un bon moment à demander sans arrêt où vous étiez. Nous, on a tout dit comme c'était! — Toi, Salme, tu ferais mieux d'aller voir si le chevreuil est cuit!»

Vexée, ma sœur se retira auprès du foyer, et maman continua.

«Bon, où est-ce que j'en étais... Ah oui, ils sont là, ils posent des questions. Et moi : qu'est-ce que j'en sais, où ils sont partis. Tu ne m'avais pas touché un seul mot de tes intentions, je pensais que tu allais ramener Hiie chez nous et l'épouser. Évidemment, en entendant ça Tambet est devenu tout bleu, mais il en fallait plus pour me faire peur. Je lui ai dit que je voyais que mon fils avait fait le bon choix, qu'il avait pris une sage décision, vu que s'il avait ramené Hiie chez nous il y aurait eu des disputes avec vous, et ce n'est pas une vie quand des meurtriers en veulent à votre femme et passent leur temps à rôder autour de votre maison. J'ai carrément ajouté : même si je savais où ils sont allés, je ne vous en dirais pas un mot! Et maintenant, fichez le camp, car mon gendre va revenir et si vous êtes encore là à m'embêter, il va vous mettre en pièces.»

«Et alors Nounours est arrivé», soupira Salme, qui était en train de servir un quartier de chevreuil.

«Oui, il est arrivé, et moi j'ai dit : excusez-moi, mais voici mon gendre, filez maintenant! Et imaginez-vous, Tambet a poussé Nounours, il est tombé assis sur le foyer et il s'est brûlé le derrière. Montre-leur, allez!»

«Rien de grave, ça va déjà mieux», grogna mon beau-frère depuis sa couche, tout en se retournant pour nous montrer les poils roussis de son derrière.

«Quelles brutes, quand même!» soupira maman. «Pauvre bête! Comment quelqu'un peut-il être assez méchant pour pousser une créature droit dans le feu? Je leur aurais volontiers enfoncé un couteau dans le dos, mais pas le temps — Nounours criait, il fallait le secourir. Ces cochons en ont profité pour s'enfuir et je ne les ai pas revus depuis. Est-ce que ce n'est pas terrible, tout ça? Je dis : il n'y a plus grand-monde dans la forêt, mais il y a bien moitié de fous là-dedans. »

« Est-ce que tu vas arriver à te mettre à table, Nounours? » demanda Salme en caressant tendrement la tête de son époux.

« Je peux aller jusque-là », répondit héroïquement le plantigrade, « mais pas question de m'asseoir. Laisse, mangez donc, vous, moi je reste couché. »

« Il n'en est pas question! » s'écria maman. « Il faut que tu manges pour guérir. On va t'apporter ta viande au lit et rapprocher la table pour que tu ne te sentes pas seul. Leemet, Salme, tirez la table vers le lit, aujourd'hui on mange là-bas. »

Cela prit du temps d'installer la table à la bonne place, puis il fallut trouver un morceau de viande qui convienne au pauvre blessé et l'installer de manière à ce qu'il puisse manger confortablement. C'est seulement à l'issue de toutes ces opérations que nous pûmes nous asseoir. Alors maman prit un air de surprise.

« Mais pourquoi est-ce que vous ne dites rien? Tout le monde brûle de savoir ce qui vous est arrivé, où vous étiez pendant tout ce temps et comment vous avez échappé à ce répugnant personnage! »

« Et puis aussi comment ton père est mort, Hiie! » ajouta Salme.

« C'est ton grand-père qui l'a tué », répondit Hiie.

« Mon grand-père? Je n'ai pas de grand-père. »

Je posai une coupe sur la table et la poussai en direction de maman.

« De la part de ton père. Il te salue, il a dit qu'il viendra bientôt te rendre visite. »

« Mon père? » chuchota maman en me regardant avec des yeux troubles. « Il est mort, ils l'ont jeté à la mer. »

« Oh non, il est bien vivant », dit Hiie. « Bon, il n'a plus de jambes, mais il est en train de se fabriquer des ailes et bientôt nous le verrons arriver par les airs.»

Maman fixait la coupe en murmurant :

«Je me rappelle, quand j'étais petite j'en avais une comme ça. C'est lui qui me l'avait faite, je m'en servais pour boire du lait chaud. C'était ma tasse préférée.»

Elle embrassa la coupe, la serra contre sa joue et se mit à pleurer en silence.

«Vous ne vous rendez pas compte, les enfants», chuchotait-elle à travers ses larmes. «Retrouver son père, à mon âge. Moi qui le croyais mort depuis une éternité... Et vous me dites qu'il va bientôt venir. J'ai l'impression d'être redevenue une petite fille. Ne vous fâchez pas de me voir dans cet état, mais vraiment, je... Simplement, je n'arrive pas...»

Elle embrassa encore la coupe, et des larmes y coulèrent.

«Dommage que Vootele n'ait pas vécu assez vieux pour voir ce jour. Il était toujours si fier de notre père. Il était l'aîné, et il se souvenait mieux de lui que moi. C'est le plus beau jour de ma vie, les enfants.»

«Grand-père n'est pas encore là, maman», dis-je. «Ce n'est qu'une de ses coupes que tu embrasses. Attends un peu qu'il arrive!»

«Non, non», sanglotait-elle. «Cette coupe m'est tout aussi chère. Elle me rappelle mon enfance. Allez, racontez, racontez-moi tout! Comment est-ce que vous l'avez rencontré? Où est-ce qu'il habite?»

Hiie et moi, nous nous mîmes à narrer nos aventures à qui mieux mieux. Maman écoutait, ne nous interrompant que pour s'écrier de temps en temps : «Mangez donc, vous n'avez pas d'appétit!», et juste après que nous eûmes mordu dans la viande : «Et alors, qu'est-ce qu'il s'est passé? Racontez donc!» Si bien que nous devions avaler pratiquement tout rond, et nous remettre à parler. Salme était assise sur le lit à côté de Nounours et lui tendait sans arrêt de nouveaux os qu'il rongeait lentement, mais sans rien laisser. Il avait peut-être le derrière roussi, mais cela ne lui avait rien fait perdre de son appétit.

Peu à peu, le soir tomba. Il n'y avait plus rien à raconter. Nous avions posé toutes les coupes sur la table, et l'enthousiasme de maman n'avait plus de bornes. Elle les aligna et se mit à les caresser tendrement en soupirant :

« Quel artiste, quand même ! Peut-être qu'il t'apprendra son art, Leemet, ce serait chouette. »

« Bon, qu'est-ce que vous pensez faire maintenant ? » demanda Salme.

« Nous marier » répondis-je en enlaçant Hiie.

« En voilà une bonne nouvelle », dit maman dans un sourire. « Espérons que papa sera à vos noces. »

« Je crois qu'on ne va pas l'attendre, » dis-je. Quelque chose me disait qu'il valait mieux célébrer nos noces avant son arrivée, car il risquait fort de m'emmener à la guerre en me disant que les femmes peuvent attendre. Même si je n'avais rien contre l'idée d'aller massacrer du monde en compagnie de mon pépé, je voulais d'abord jouir quelque temps de la tranquillité et de l'insouciance de la vie de famille. « La noce aura lieu dès que possible. »

De sa couche, Nounours approuva du chef.

« Si j'avais une aussi jolie fiancée, je ferais la même chose », dit-il en posant sur Hiie un regard enamouré.

« Et comment va ton derrière ? », s'écria Salme sur un ton irrité en le gratifiant d'une vigoureuse bourrade du coude.

« Ça fait mal », soupira le plantigrade en tournant docilement vers son épouse ses yeux couleur d'ambre.

26

Nous passâmes la nuit dans ma hutte, mais le lendemain Hiie voulut rendre visite à sa mère. Bien entendu, je l'accompagnai. C'était quand même Mall qui nous avait sauvé la vie, et nous ne l'avions pas encore remerciée comme il se doit ; et puis il fallait lui annoncer la mort de Tambet. Maman nous gava de nourriture et nous mit en garde contre les loups qui traînaient dans la forêt.

« Ce sont ceux à qui Tambet et Ülgas ont bouché les oreilles à la résine. Maintenant ils n'obéissent plus à personne, ils sont tout le temps à rôder, à montrer les crocs et à menacer de mordre. Tu peux leur siffler après autant que tu veux, ils s'en fichent, et il n'y a plus qu'à essayer de se réfugier chez soi. Moi, je dis : cette histoire de résine dans les oreilles, c'est la blague la plus idiote qu'on puisse imaginer. Tôt ou tard, ils vont finir par manger quelqu'un. Prenez bien garde, et si vous en voyez un, grimpez à un arbre. »

Et effectivement, à peine avions-nous fait quelques pas dans la forêt que nous vîmes un loup. Il nous guettait dans les buissons et il était impossible de lire dans ses yeux verts s'il avait ou non l'intention de nous sauter dessus.

Je sifflai rapidement quelques mots d'avertissement qui auraient dû le calmer et l'apprivoiser, mais cela n'eut aucun effet, et il s'approcha à pas lents. C'était certainement l'une de ces bêtes assourdies, gâtées, que Tambet et Ülgas nous avaient lâchées après. Peut-être bien qu'il nous reconnaissait et qu'il voulait obéir au dernier ordre qui lui était parvenu à la cervelle avant que ses oreilles n'aient été murées pour toujours. Je pris mon poignard dans son fourreau et me mis sur la défensive.

« On ferait peut-être mieux de suivre les conseils de ta mère et de grimper à un arbre », suggéra Hiie.

« Est-ce que mon grand-père s'enfuirait comme ça, devant un simple loup ? »

« Lui, sans doute pas. À mon avis, c'est plutôt le loup qui, en le voyant, essaierait de grimper à un arbre pour sauver sa peau. Mais tu n'es pas ton grand-père. Tu crois que tu vas pouvoir en venir à bout ? »

« Bien sûr », répondis-je, et c'était la vérité. Dans mon for intérieur, j'en avais l'absolue certitude, même si je n'avais encore jamais combattu de loup — mais le voyage sur l'île avait pour ainsi dire ouvert en moi une porte nouvelle, et par cette porte affluaient la confiance en moi et l'envie d'en découdre, de tailler de la chair en pièces et de boire le sang ennemi. Tout ce que j'espérais, c'était que le fauve allait me sauter dessus, et lorsqu'il le fit effectivement, je gémis de plaisir et me couchai en un clin d'œil. Tandis qu'il me passait par-dessus, je lui entaillai le corps de la gorge à la queue avec mon couteau. Ses entrailles se répandirent, et je parvins tout juste à rouler de côté pour éviter que les intestins ne me touchent le visage.

« Magnifique ! » s'écria Hiie en applaudissant, puis, sur un ton soucieux : « Mais en voilà deux autres. »

Effectivement, deux autres loups, surgis au trot de la forêt, s'approchaient de nous, l'air assoiffé de sang. Hiie eut beau siffler quelques mots, ils tombèrent dans l'oreille de deux sourds, ou plus exactement dans deux paires d'oreilles bouchées à la résine, et les fauves ne tournèrent même pas la tête. Je leur criai à la figure, comme mon grand-père l'autre nuit lorsque, en contemplant la lune, il rêvait aux guerres à venir, et je me préparai à affronter leur assaut.

Mais je n'en eus pas besoin. Il y eut un sifflement que je connaissais bien et les loups sautèrent en l'air en hurlant, avant de s'effondrer au sol où ils se mirent à se tortiller et crevèrent lentement. Deux vipères royales émergèrent de l'herbe haute et je compris qu'elles leur avaient sauté à la gorge. Je les reconnus tout de suite : c'était Ints et son père. Ints était suivie de toute une nichée de serpenteaux.

« Bonjour, cher Leemet ! » s'écria le père d'Ints. « Quelle joie de te voir de retour ! »

« J'aurais voulu être avec toi l'autre nuit », dit Ints. « J'aurais mordu toutes ces cochonneries de loups, et aussi Tambet et Ülgas : même s'ils savent notre langue, ils ne sont plus nos frères. Mais je ne pouvais pas quitter les petits. Maintenant c'est une autre affaire, ils sont assez grands pour mordre tout seuls. Vrai, aujourd'hui ils ont tué un loup. »

« Bon, pas tout à fait tout seuls, à vrai dire », répliqua le vieux serpent. « Tu es comme toutes les mères, tu passes ton temps à faire l'éloge de tes enfants. C'est moi qui l'ai mordu en premier, ce loup, à la hanche, pour qu'il ne puisse plus bouger, et ensuite les petits l'ont achevé. Bon, il faut avouer qu'ils savent y faire. »

Aux paroles de leur grand-père, les serpenteaux hochèrent la tête, tout fiers.

« Où allez-vous ? » demanda Ints. « Vous voulez venir avec nous ? Nous parcourons la forêt à la recherche de ces loups aux oreilles bouchées, pour les éliminer. Un fauve qui ne comprend plus la langue des serpents doit mourir : il est trop dangereux et trop imprévisible. Mon père et moi, nous en avons déjà tués six, et d'autres serpents sont à l'œuvre, mais il y en a encore pas mal qui traînent. Allons chasser de concert ! Ça fait une paie qu'on ne s'est pas vus, Leemet, vieux frère ! »

« Impossible. Une autre fois. Nous allons chez Mall. Tu sais, Ints, je vais me marier. »

« Excellente nouvelle. Alors te voilà enfin en rut. Tu as de la chance : moi, il me faut attendre le printemps prochain pour m'accoupler de nouveau. Combien de temps cela dure chez vous, le rut ? »

« Ça ne s'arrête pas », dis-je en cajolant Hiie. « Ça dure toute l'année. »

«Ooh!» s'écria Ints, jalouse. «Par certains côtés, les humains sont donc plus proches que nous de la perfection.»

«Ne penser qu'à engendrer toute la journée, c'est peut-être quand même un rien excessif», grogna le vieux serpent. «En tout cas, tous mes vœux de bonheur! Passez nous voir ce soir dans notre terrier, vous nous raconterez où vous êtes allés et ce que vous avez vu.»

Nous promîmes d'aller les voir. Ils se remirent en chasse, et nous arrivâmes promptement chez Mall.

La première chose qui attira notre attention, ce fut la porte de l'étable aux loups qui pendait au vent. En nous approchant, nous nous rendîmes compte que ce bâtiment gigantesque, qui avait abrité des centaines de louves, était complètement vide. Plus une seule bête.

«Il a vraiment assourdi tout son troupeau?» s'écria Hiie, effrayée. «Sûr que les serpents vont avoir du travail.»

«Non, pas tout», dit une voix. C'était Mall ; elle se tenait à la porte de sa cabane et nous fixait, les yeux mouillés de larmes. «Une trentaine de bêtes seulement. Les autres, je les ai libérées. Je ne voulais plus les voir, je ne pouvais plus vivre avec elles après cette nuit où elles vous ont poursuivis. Mais te voilà saine et sauve! Les génies t'ont épargnée!»

Elle s'approcha de sa fille et l'embrassa, avec amour mais aussi, quand même, une certaine maladresse. Il était évident qu'elle n'en avait pas l'habitude. Sans doute que pour Hiie aussi, c'était une sensation inaccoutumée : elle répliqua bien à l'embrassade, mais lorsque sa mère relâcha son étreinte, elle s'écarta rapidement.

«Eh oui», continua Mall sur un ton coupable. «Ça ne nous est pas souvent arrivé de nous embrasser. Ton père n'aimait pas ça, sévère comme il était. Avec lui-même comme avec les autres.»

«Maman», dit Hiie, «papa est mort.»

«Je sais», répondit Mall à notre surprise. «Je ne sais pas pourquoi, mais quand il est parti sur ce bateau, j'ai tout de suite su qu'il ne reviendrait pas. C'est alors que j'ai libéré les louves. Tu crois que j'aurais osé si j'avais pensé qu'il pourrait revenir ? Jamais de la vie ! Son fameux élevage », ajouta-t-elle avec un sourire triste. « Leur lait, tu n'as jamais pu en boire. »

« Ça me dégoûtait, mais vous m'obligiez, vous me le versiez dans le gosier. »

« Eh oui », marmotta Mall sur un ton hésitant. « J'ai été trop sévère avec toi, je sais. C'était la volonté de ton père, il voulait faire de toi une véritable Estonienne. »

« Il voulait plutôt me tuer ! »

« Ça, c'est Ülgas qui le voulait », soupira Mall. Elle avait l'air si chétive et si misérablement effondrée sur elle-même que je pris pitié d'elle. « Pour ton père, c'était très dur, mais il était habitué aux sacrifices. Il savait qu'il faut obéir aux génies, qu'on ne doit pas les contredire. De toute façon, ils arrivent toujours à leurs fins. »

« Mais nous sommes là ! » s'écria Hiie. « Sains et saufs ! Le sacrifice a échoué, les génies n'ont pas eu leur offrande. »

« Tout de suite, j'ai su qu'ils ne voulaient pas ta mort. Ülgas se trompait. Les génies sont bons, ils veillent sur la forêt et ses habitants, ils ne peuvent pas vouloir du mal à une enfant. Ils m'ont aidée, ils m'ont donné la force de chevaucher après vous et de vous guider jusqu'au bateau. Vous savez, les enfants, ce sont les génies qui vous ont sauvés ! »

Elle hochait si vigoureusement la tête, ce petit bout de femme tout d'un coup si vieille et si rabougrie, que je m'abstins de lui éclater de rire au visage et de lui dire que les génies n'existent pas et que si quelque chose nous avait sauvés, c'était son cœur, son cœur pur que les contes de fées d'Ülgas n'étaient pas parvenus à souiller tout à fait. Celui de son mari, ces sempiternelles histoires de génies en avaient fait une motte de boue, mais elle, elle était restée un être humain et une mère. Je me retins d'exprimer mes pensées : il y avait tant de naïveté et en même temps de solennité dans son regard que j'eus tout simplement de la compassion pour elle. Qu'elle continue de croire à ses génies si elle ne pouvait pas faire autrement. Je m'inclinai et lui embrassai successivement les deux mains en disant :

« Je vais épouser Hiie, maman. »

« Je m'en réjouis », me répondit-elle avec un sourire timide, en me caressant la tête du bout des doigts — sans doute n'avait-elle pas oublié tout ce que Tambet racontait à mon sujet, et avait-elle encore un peu peur de moi. Depuis cette sombre histoire de pou nageur, j'étais quand même l'ennemi mortel des génies. Elle ne pouvait pas se faire affectueuse du jour au lendemain, mais cela m'indifférait passablement : ce n'était pas elle que j'allais épouser mais sa fille, et, dans ces conditions, ce qu'elle pensait de moi m'importait assez peu.

« Est-ce qu'il faut que j'avertisse Ülgas... » commença Mall, mais elle s'interrompit, se souvenant que nos relations avec lui n'étaient pas des plus cordiales. « Vous ne tenez sans doute pas à l'inviter ? »

« Effectivement. De toute façon, ça m'étonnerait qu'il accepte de nous marier. Hier je lui ai arraché une oreille et une joue, et je lui ai promis que si je le revois, c'est toute sa tête qui suivra le même chemin. »

Mall me regarda d'un air effaré, avala sa salive, puis tourna vers sa fille un regard implorant.

« Où est-ce que vous allez vous marier si ce n'est pas au bois sacré ? »

« N'importe où sauf là-bas. C'est là qu'ils ont voulu me tuer, maman ! Je n'y remettrai jamais les pieds et le seul cadeau de noces que je demande à Leemet, c'est qu'il coupe ces arbres et qu'il y mette le feu dès que possible. »

« Ne parle pas comme ça, mon enfant ! Il y a des milliers d'années que nos ancêtres fréquentent ce bois et y font des sacrifices ! Dans chacun de ces arbres vit un génie. Comment pourrait-on les couper ? Ils sont sacrés ! »

« Il n'y pas d'arbres sacrés ! Ceux-là conviennent tout aussi bien que n'importe quel autre bout de bois pour faire la cuisine. Oui, nous allons célébrer nos noces par un grand feu !

Nous allons en finir avec toutes ces vieilles cochonneries de tilleuls, nous y ferons cuire un élan et nous danserons autour. Telles sont les seules noces que je souhaite, Leemet!»

« Voilà qui est fort bien », dis-je. « Je vais aller abattre ce bois sacré dès aujourd'hui, et j'espère bien en profiter pour régler aussi son compte à Ülgas. »

« Mes enfants! » gémit Mall. « Mes enfants! »

Elle nous regardait avec une mine terrifiée, comme si elle craignait pour notre vie.

« Allez, maman, ça suffit avec ces bêtises », reprit Hiie. « Papa est mort, peut-être qu'Ülgas aussi s'est vidé de son sang, et nous n'avons plus besoin de ces arbres ridicules, qui ne signifient rien de réel. Il reste si peu de monde dans la forêt, nous pourrions au moins vivre honnêtement, sans mentir et sans blaguer. Si tu tiens à croire aux génies, maman, crois-y donc, il y a bien assez d'arbres autour de nous pour s'incliner devant et les décorer, mais je veux que ce répugnant bosquet où on m'a emmenée pour me sacrifier comme un lièvre brûle pour mes noces, et qu'il n'en reste que des cendres. Je hais ces arbres! Tu comprends, maman? »

« Mon enfant, ces paroles sont bien laides! » dit Mall en tremblant de tout son corps. « Tu appelles le malheur sur ta tête. Si les génies t'entendent... Et ils t'entendent sûrement, ils entendent tout! »

« Ils n'entendent pas », répliquai-je. « N'aie pas peur, maman! Il n'y a pas de raison de se mettre martel en tête pour un peu de bois à moitié pourri. Ce qui importe, c'est que nous ayons de belles noces avec un beau feu, que notre repas soit bien rôti et que nous nous sentions bien. »

« J'ai peur pour vous. Peur qu'il se passe quelque chose de terrible. Le bois sacré... S'il vous plaît, épargnez-le! »

« Nous n'avons pas l'intention de vivre à proximité de cette horreur! » reprit Hiie. « Si Leemet ne veut pas le couper, je m'y mettrai moi-même, avec la hache que j'utilisais quand papa m'obligeait à décapiter les lièvres. »

« Pas besoin », conclus-je. « J'y vais. Avec joie. »

On pouvait craindre que ce soit une grosse besogne de raser le bois sacré, mais il n'en fut rien. Les gigantesques tilleuls centenaires étaient complètement pourris de l'intérieur. Ce n'étaient plus que des cadavres en décomposition, un seul trou et le géant s'effondrait tout seul. Par endroits, le bois était si tendre que la hache s'y prenait comme dans une pâte, et j'avais l'impression d'être en train de fendre de la boue. C'était un miracle que tous ces arbres ne soient pas encore tombés. Dans leur chute, ils se brisaient en centaines de morceaux, ils se changeaient en sciure pourrissante, et toutes sortes d'insectes couraient stupidement dans tous les sens, sans comprendre ce qui venait d'arriver à ce tendre foyer où ils avaient pondu leurs œufs blanchâtres.

« Les voilà, les génies », dis-je à Hiie en désignant tous ces mille-pattes et autre vermine qui couraient à toute vitesse dans l'herbe à la recherche de nouveaux nids. « Ils ont tellement fait de trous dans le bois et ils l'ont tellement attendri qu'il ne peut même plus servir pour un bon feu. Tout ce que ça va donner, c'est du bruit et de la fumée. L'élan ne va jamais cuire si nous ne le rôtissons pas sur du bois un peu moins sacré. Il faut rajouter de bons arbres bien secs. » Nous fîmes un grand tas de toute cette saleté, tout ce qui restait du bois sacré, et nous y ajoutâmes des branches sèches : il y en avait en quantité dans la forêt, qui brûlaient bien et qui étaient tout à fait profanes. J'espérais que le spectacle des tilleuls en cours d'abattage attirerait Ülgas, qu'il viendrait défendre son nid, que j'aurais de nouveau l'usage de mon couteau, et que cette fois-ci je serais assez habile pour qu'il n'y ait pas besoin d'une troisième fois. Mais il ne montra pas le bout de son nez : sans doute était-il dans un coin à se remettre de sa blessure, à soigner sa joue mutilée ou à espérer que ses génies la lui soignent. Peut-être même était-il en train de nous regarder, caché quelque part sous les buissons, et bruissait-il d'indignation dans l'herbe, comme les autres bestioles dont les tilleuls sacrés avaient été le foyer. En tout cas, il ne fit pas la moindre tentative pour s'opposer à notre entreprise.

Le soir, il ne restait plus rien du bois sacré et tout était prêt pour le feu. Pas besoin de tuer un élan avant le lendemain matin : Hiie et moi, nous avions un peu de temps libre. Nous avions dans l'idée d'aller rendre visite à Ints, comme nous l'avions promis — lorsque soudain j'aperçus Meeme. Il était apparu aussi soudainement qu'à son habitude, adossé à un arbre et buvant à son outre. Voyant que nous avions remarqué sa présence, il nous fit signe, paresseusement.

«Dis-moi», lui demandai-je, «comment est-ce que tu fais pour te glisser toujours tout près sans que personne ne t'entende? Un coup tu traînes par ici, un coup tu traînes par là, et jamais je ne t'ai vu marcher. C'est quoi, ton truc?»

Il ricana.

«Tu connais la langue des serpents et tu es sacrément savant pour ton âge, mais il y a une ou deux choses que tu ne sais pas et que tu ne sauras jamais. Essaye donc de deviner comment il fait, le vieux Meeme, pour se déplacer en faisant si peu de bruit que même toi qui as l'oreille fine, tu ne l'entends pas!»

«J'ai la flemme de chercher. Ça m'est égal. À propos : je me marie demain, tu es invité.»

«Je suis déjà sur place. La dernière noce dans la forêt, ça vaut le spectacle. C'est comme un mourant qui brosserait une dernière fois ses vieux chicots, comme si ça ne revenait pas au même de brûler sur son bûcher funèbre avec les dents propres ou sales. Si tant est qu'il reste encore du monde pour mettre le feu.»

Il gloussa de rire et toussa et cracha sur sa propre poitrine.

«Encore le dernier!» grognai-je, irrité. «La dernière noce! Pour moi, c'est la première, la seule et la plus importante, et pour Hiie c'est pareil. Nous n'avons pas encore l'intention de finir sur un bûcher funèbre. Peut-être que tu vas si mal que tu te vois déjà mort, s'il faut en croire tes éternels ronchonnements. Si tu te mariais, ce serait du plus haut comique — toi, tu n'as pas de raison de te brosser les chicots. »

« Ouh, qu'il est de mauvais poil ! » ricana Meeme dans sa barbe tout en buvant à son outre. « Le jeune marié ! Le nombril du monde ! »

« Bon, je te promets que quand tu seras mort tu auras un beau bûcher et que j'y mettrai le feu en personne », ajoutai-je pour conclure la conversation.

« Surtout pas ! » s'écria-t-il en levant en guise d'avertissement sa patte dont les ongles avaient poussé hors de toute proportion et s'étaient incurvés comme de vieilles racines de pin. « Au contraire, tu dois me promettre de ne pas faire de bûcher. Je veux pourrir là où je crèverai. Tu vois que je n'en suis pas bien loin, et ne viens pas m'empoisonner avec ton bon cœur et ta compassion. Le bûcher, c'est pour les vaillants et pour les puissants ; un gars comme moi, il doit se décomposer en silence comme un gland au pied d'un chêne. »

« Comme un gland, si tu veux », repris-je, assez las. « Je m'en fiche. Je me marie demain et j'ai autre chose en tête que tes histoires de mort et de pourriture. À la noce, ce serait gentil de ta part de ne pas en parler tout le temps. Si tu as envie de méditer sur ta mort prochaine, fais-le en silence et pour toi-même. Une noce, il faut que ça soit gai. »

« Il y aura du vin ? »

« C'est pour les hommes de fer. Nous, dans la forêt, on n'en boit pas. »

« Arrête tes âneries, mon petit gars ! Tu me parles de coutumes alors que tu viens de raser le bois sacré — beaucoup de travail pour pas grand-chose, soit dit en passant, vu que tout ce bran se serait effondré tout seul d'ici quelques années. Mais ne viens pas jouer à je ne sais quel prophète de l'ancien temps. La fin est proche, alors pas de raison de se priver de ce qui est bon. Qu'est-ce que tu penses offrir à tes invités ? »

« Un élan rôti », dit Hiie.

« Pouah ! Je ne parle pas de nourriture — je n'ai pas faim, j'ai soif. Et vous voulez vous contenter d'eau de source pour l'accompagner, comme des bêtes? Trouve donc du vin, mon gars, ça met en joie! Ou alors tu penses à des amanites tue-mouche? J'ai essayé les deux, et pas mal de fois — et crois-moi, le vin c'est meilleur! C'est tout ce qu'il y a de bon à tirer du village. Le pain, pas la peine, c'est pour donner à ronger aux lièvres. Mais le vin, en voilà une sacrée invention. Crois-moi, mon petit gars, je sais ce que je dis!»

Hiie et moi, nous échangeâmes un regard. Après tout, pourquoi pas? En quelques jours, de toute façon, tout était allé cul par-dessus tête : j'avais détruit le bois sacré et défiguré le Sage. Rien ne serait jamais plus comme avant. Qu'est-ce que ça changeait de faire faire encore la culbute à un autre fondement de notre ancien mode de vie? En vérité, pourquoi pas du vin à mes noces? Il n'y avait plus personne dans la forêt, plus personne dont il nous faille prendre en compte l'opinion. Nous n'avions pas l'intention de nous mettre à vivre à la mode du village, de moissonner à la faucille et d'aller sous les murs d'un couvent écouter chanter des moines châtrés, mais il n'était pas non plus question de nous raccrocher de toutes nos forces aux us et coutumes de jadis. Nous voulions vivre selon nos compétences, librement, comme il nous plairait.

«Ça a quel genre de goût, ce vin?»

«Goûte!»

Je pris l'outre et bus. C'était d'une douceur étonnante et cela chatouillait agréablement la gorge. Le goût était vraiment bon, rien à voir avec le pain et la bouillie. Cela m'étonnait que ces étrangers bizarres aient été capables d'inventer quelque chose de ce genre. Je repris une gorgée.

«Ça te plaît?» ricana Meeme. «Je t'ai bien dit, c'est un truc super.»

«D'où tu le sors?» demandai-je en lui rendant l'outre.

«Va sur la grand-route et attends qu'il passe un homme de fer ou un moine, ils en ont toujours une outre sur eux. Tu les liquides, et à toi le vin. Si tu as de la chance, tu peux en récupérer un tonneau entier.»

Une envie de meurtre m'envahit les entrailles et me fit battre les tempes. Je voyais déjà une tête de fer en train de rouler dans la poussière.

« Je m'occupe du vin », dis-je à Meeme. « Ce sera la première noce de ce genre dans la forêt — tu entends, Meeme, la première, pas la dernière —, la première noce avec de l'élan et cette boisson d'au-delà des mers. »

« Si tu préfères le dire comme ça, eh bien, soit. Première ou dernière, c'est strictement la même chose. »

27

NOUS PASSÂMES LA NUIT CHEZ LES SERPENTS et au matin, nous nous répartîmes les tâches. Hiie tuerait l'élan, maman se chargerait de le faire cuire. Pas moyen de faire autrement, elle se serait mortellement vexée. Elle ne permettait jamais à personne de faire la cuisine à sa place, et si Salme ou moi tentions de l'aider, elle prenait cela pour une marque de défiance, jusqu'à se mettre à pleurer parfois.

« Ah, vous n'aimez plus ma cuisine ! »

« Mais si, maman, on adore ce que tu fais ! »

« Qu'est-ce que vous faites auprès du foyer alors ? Laissez-moi m'occuper de ce lièvre tout seule. »

« On pensait que tu étais fatiguée. Tu cuisines tous les jours, on peut bien t'aider un petit peu. »

« Je le savais bien, vous n'aimez pas ma cuisine », disait-elle en se remettant à pleurnicher, si bien que nous avions renoncé à toute tentative de ce genre. Il allait donc de soi que c'était elle qui cuisinerait pour nos noces.

Lorsque nous lui dîmes que Hiie allait rapporter un élan, elle approuva de la tête en ajoutant qu'elle fournirait deux chevreuils et une dizaine de lièvres.

« Non, maman, on pensait se contenter de cet élan. »

« Vous plaisantez ou quoi ? Ce sont des noces quand même ! Ça ne suffira jamais, il faut du chevreuil et du lièvre. »

« Mais enfin maman, il n'y a pas besoin d'autant de viande ! Qui va manger tout ça ? »

« Ce n'est pas une question de manger ou pas, il faut que la table soit bien garnie », s'entêta maman. « Bien sûr, si vous n'aimez pas ma cuisine... »

Les larmes lui venaient déjà aux yeux.

«Mais non, mais non!» Nous cédâmes immédiatement. «On l'adore! D'accord pour les chevreuils et les lièvres en plus de l'élan. Fais comme tu veux!»

Satisfaite, maman retroussa les manches et se mit à écorcher chevreuils et lièvres et à les couper en morceaux.

J'allai m'occuper du vin, Ints m'accompagna.

«Il faut que je prenne un peu l'air. Toute la journée à la maison avec les gosses, c'est exténuant.»

«Où est-ce que tu les as laissés?»

«Ils viennent avec nous, bien sûr. Eux aussi, ils ont besoin de prendre l'air. Ils n'ont encore jamais vu de moine ni d'homme de fer, ils sont tout excités. Il y a juste deux ou trois jours que je leur ai raconté comment nous avons tué ce moine et comment l'orvet est allé chercher la bague, ça les a bien fait rire. Tu te souviens?»

«Bien sûr. Venez donc tous, peut-être que j'aurai besoin de tes crochets à venin.»

Nous arrivâmes au bord de la grand-route, où passaient souvent des hommes de fer et des moines, et nous nous mîmes à guetter. Les serpenteaux chahutaient et faisaient du tapage entre les tiges d'airelles. Finalement, un cavalier solitaire en armure fit son apparition.

«Ça te va?» demanda Ints.

«Je ne vois rien qui indique qu'il porte un outre», dis-je en observant son approche avec un plaisir qui était pour moi une expérience tout récente. «Mais bon, faisons-lui quand même son affaire.»

Lorsqu'il fut parvenu à notre hauteur, j'émis un long sifflement. Le cheval comprit immédiatement et se dressa sur ses pattes de derrière en hennissant. L'homme de fer perdit les étriers et s'étala sur le dos.

L'instant d'après, j'étais auprès de lui. Je lui tranchai la tête en rugissant.

«Et voilà! Voilà comment on faisait du temps de la Salamandre!»

Je donnai un coup de pied dans la tête coupée, qui s'en alla retomber bruyamment dans les fourrés.

« Bravo ! » s'écria Ints, tandis que ses enfants sifflaient de joie en s'approchant pour renifler le cadavre. « Qui est-ce qui t'a appris ça ? »

« C'est venu tout seul. J'ai hérité ça de mon grand-père. »

J'étais encore tout excité, je haletais. Si, à ce moment précis, on m'avait dit qu'il me fallait rejoindre mes noces et renoncer à guetter au bord du chemin, je m'y serais refusé. À présent je comprenais parfaitement les paroles de mon grand-père, lorsqu'il disait qu'en temps de guerre, les femmes doivent attendre. À aucun prix je n'aurais accepté de mettre fin au combat que je menais. Je voulais jouir encore de cette sensation qui m'avait envahi lorsque la tête s'était envolée dans un sifflement. Et puis je n'avais toujours pas de vin.

Je traînai le corps dans les sous-bois et m'y couchai moi-même, en attente d'une nouvelle victime. Un peu plus tard Ints, qui avait l'ouïe plus fine que moi, s'écria :

« On vient. Et cette fois c'est une charrette, pas un cavalier. »

Bientôt je vis qu'elle avait raison. Nous avions une chance incroyable : sur le chemin s'avançait une paire de bœufs qui traînaient une charrette avec deux moines et deux gros tonneaux.

« C'est le vin de mes noces que voilà. Je ne pouvais pas rêver mieux. »

Ints se mit en boule.

« Je crois que tu peux très bien y arriver tout seul. Je ne vais pas te déranger, tu es bien assez leste. Les enfants, écartez-vous du monsieur, vous êtes dans ses jambes ! Vous regarderez les moines après ! »

« Mais ils n'auront plus de tête », dit l'un des serpenteaux.

« Et qu'est-ce que ça peut bien faire ? Garez-vous ! »

Tout alla aussi bien que la fois précédente. En m'entendant siffler les mots des serpents, les bœufs, jusque-là si apathiques, roulèrent de grands yeux, se firent plus que vifs et entraînèrent la charrette tout droit dans la forêt. Les moines tombèrent dans les buissons avec les tonneaux en criant, et j'en fis ce que je voulais.

«Affaire réglée», dit Ints en bâillant. «À la maison maintenant, les enfants, c'est l'heure du dîner.»

Le soir, les préparatifs étant terminés, la noce put commencer. Le brasier flambait déjà à l'emplacement du bois sacré, et une quantité invraisemblable de viande y était en train de cuire. Les barriques de vin étaient à proximité et Meeme couché à côté d'elles, l'une des coupes de mon grand-père à la main. Il était déjà complètement saoul, mais il continuait à se servir à l'un des tonneaux.

«Essaie donc, toi aussi», dis-je à maman en lui proposant du vin.

«Je n'oserai jamais!» s'effraya-t-elle. «Je n'ai jamais touché à ce genre de breuvage. Et tu ferais mieux de ne pas y toucher non plus, Leemet. Tu es bien comme ton père, il aimait boire et manger comme les villageois. Je me demande ce qu'il pouvait bien y trouver. Et toi aussi maintenant!»

«Les villageois ne boivent pas de vin, maman. Ils n'y ont pas droit, ils ont appris à se contenter de bouillie et d'un bout de pain. Le vin, c'est pour les moines et pour les hommes de fer.»

«C'est encore pire!» s'écria maman avec un geste de dégoût. «Pas question que j'y touche. Prends plutôt du lièvre, regarde cette patte, comme elle est bien grillée.»

«Promis, je la mange, mais toi, tu goûtes le vin. Juste une goutte!»

«Qu'est-ce que tu as à me tourmenter comme ça!» soupira maman en fermant les yeux et en prenant une petite gorgée. Elle la fit tourner dans sa bouche en grimaçant.

«Bon, c'est moins mauvais que la bouillie, mais on ne peut pas dire que ce soit bon. Les gens inventent toutes sortes de bêtises. Pourquoi ne pas se contenter d'eau de source et de lait de louve?

« Laisse-moi goûter aussi ! » demanda Nounours.

Au départ, Maman et Salme m'avaient assuré qu'il serait sans doute trop malade pour venir à la noce, vu que son derrière le faisait terriblement souffrir. Salme avait même envisagé de rester à la maison pour prendre soin de lui. Elle en était tout triste :

« Il ne peut pas se déplacer, il est tout le temps couché. Il me fait vraiment pitié ! Ce beau pelage brun — c'est de cette couleur que je suis tombée amoureuse ! Et le voilà tout brûlé et tout moche. »

« Juste à un endroit », répondis-je pour la consoler, « et puis ça va repousser. »

Nous nous approchâmes de sa couche et le saluâmes amicalement de la tête.

« Dommage que tu ne puisses pas venir », dit Hiie. « On te réservera un chevreuil. »

« Et pourquoi est-ce que je ne pourrais pas venir ? » s'étonna mon beau-frère en se mettant aussitôt sur son séant. « Moi aussi, je veux aller à la noce ! »

« Tu ne peux pas, chéri, mais ce n'est pas grave, je vais rester avec toi pour ne pas que tu t'ennuies. »

« Pas question », dit Nounours d'un air décidé en se levant. « Ton frère se marie et tu resterais à la maison ? Ce n'est pas possible ! Il faut que tu y ailles et moi aussi. »

« Mais tu ne peux pas marcher ! Ça te fait mal ! »

« Bien sûr que ça fait mal », approuva le plantigrade tout en faisant deux ou trois pas en boitant. « Mais si tu me soutiens, je pense que je peux y arriver. »

« Tu crois vraiment ? »

« Bien sûr ! Écoute, Salme, ça n'a pas de sens d'amener de la nourriture ici alors que je peux aller me régaler sur place ! »

Et c'est ainsi que Nounours, geignant et ahanant, s'était traîné jusqu'au brasier. Maintenant il était tranquillement assis sous un arbre, en train de dévorer un bout de viande.

Je lui tendis une pleine outre de vin, il la vida d'un coup et se pourlécha le museau de sa grosse langue rose.

«Ça me plaît bien! Encore autant, s'il te plaît.»

Lorsqu'il eut vidé une deuxième outre, il eut un peu le hoquet, me gratifia d'un clin d'œil malicieux et se mit à courir derrière sa femme avec la dernière agilité.

«Coucou!» fit-il en lui couvrant les yeux de ses pattes. «Qui c'est?»

Ce n'était pas très difficile à deviner : de tous les invités, il était le seul à avoir de grosses pattes d'ours.

«Nounours!» s'écria Salme. «Qu'est-ce qui te prend? Ta blessure va se rouvrir! J'allais justement t'apporter un nouveau gigot d'élan.»

«Je n'ai plus faim!» crâna mon beau-frère. «Et ma blessure, plus de danger, je l'ai léchée avec ma langue. Tu ne sais pas que sur une langue d'ours il y a neuf médicaments? Attends voir que je te montre, ma jolie!»

Il tira vigoureusement l'organe en question et se mit à lui lécher la face.

«Qu'est-ce qu'il te prend!» s'exclama ma sœur. «Il y a du monde!»

«Tu es douce comme le miel! Allez, on danse!»

«Mais ton derrière! Tout à l'heure tu boitais!»

«Tout à l'heure c'était le matin, et maintenant c'est le soir! Le matin je boitais, le soir je fais la culbute, je suis un ours comme ça, moi!» beuglait-il en essayant vraiment de faire la culbute — mais il ne parvint qu'à s'étaler les quatre fers en l'air et il resta comme ça, couché sur le dos, à rire.

«Nounours!» supplia Salme. «Qu'est-ce qu'il te prend? Qu'est-ce que c'est que ces manières?»

«Allez, Salme, on danse!» dit le plantigrade en se relevant, sur quoi il se mit à piétiner vaillamment en rond, avec, de temps en temps, des révérences et autres contorsions. Il fredonnait une bizarre chanson d'ours et semblait au comble de la félicité.

«Maman, regarde Nounours! Quelle honte!»

«Et pourquoi est-ce que ce serait une honte?» riait maman, qui s'était mise à battre des mains au rythme des pas de son gendre. «C'est juste sympa, et puis c'est amusant! Une noce, c'est fait pour rire. Va donc danser avec lui, c'est ton mari!»

«Ah non!» s'écria ma sœur fixant d'un œil mauvais le grand brun qui se dandinait en rond. Mall était de la fête, elle aussi. Elle se tenait un peu à l'écart et regardait craintivement les tilleuls qui brûlaient et l'ours qui se donnait en spectacle.

«Viens manger, maman!» s'écria Hiie.

«Pas question», répliqua Mall, sur un ton où l'on sentait de nouveau cette femme sévère qui, avec Tambet, avait élevé sa fille avec tant de rigueur. «De la viande cuite sur les arbres du bois sacré, ça va me rester dans le gosier. Et puis cette boisson d'étrangers n'a rien à faire ici. Peut-être que je suis vieille et que j'ai fait mon temps, mais pardonne-moi, ma fille, tout cela m'offense. J'ai mes principes.»

«Qu'est-ce que ça peut faire, ce sur quoi on rôtit la viande, ce qui compte c'est qu'elle soit bien juteuse. Et si une boisson nous plaît, pas de raison de s'en priver. Tu sais, maman, j'ai grandi dans une maison tellement envahie de principes qu'il ne me restait plus de place pour respirer. Je hais les principes. Je veux être heureuse!»

Elle me prit par le cou, m'embrassa et m'entraîna du côté où Nounours se dandinait.

«Allez, on l'accompagne!»

Elle me repoussa, tendit les bras et se mit à tournoyer dans la clarté rougeâtre du bûcher. Alors un grand loup surgit de nulle part et lui planta les crocs dans le gosier.

Je hurlai comme si c'était moi qu'on avait mordu. J'entendis Ints et les autres serpents pousser des sifflements perçants. Je donnai un coup de couteau au loup, mais j'étais si excité que je ne parvins pas à le tuer, seulement à lui faire une profonde blessure. Il lâcha Hiie et se tourna vers moi, comme fou. Mall était en train de se précipiter vers sa fille et il l'attaqua au visage, si fort que du sang lui jaillit entre les crocs. Je lui portai encore un coup, mais il ne tomba pas : il apparut seulement une nouvelle entaille à son dos, qui faisait une croix rouge avec la précédente. Alors on entendit un grognement d'ours, une grosse patte s'abattit et l'échine dorsale du loup se brisa dans un craquement répugnant.

Tout ceci s'était produit en un éclair.

Aussitôt je me tournai vers Hiie. Elle avait perdu connaissance, du sang coulait à gros bouillons de son cou brisé.

« Ints ! Fais quelque chose ! Arrête le sang ! Il n'y a pas de mot pour cela dans ta langue ? »

« Un tel mot n'existe pas », dit tout doucement le père d'Ints, qui avait rampé tout près de moi. « Nul ne peut arrêter le sang qui coule,tout comme nul ne peut arrêter un fleuve. Il n'y a plus rien à faire : regarde, la mousse est déjà imprégnée de sang. C'est la vie de ta femme qui s'est déjà largement écoulée, et le peu qui lui reste va bientôt la quitter. Je suis terriblement désolé, Leemet. »

Ints aussi s'était approchée ; elle tendait le museau vers les joues pâles de Hiie. Pour la première fois de ma vie, je vis un serpent pleurer.

Mall gisait à côté de sa fille, méconnaissable sauf à ses vêtements car la morsure lui avait emporté tout le visage. Elle était pourtant en vie, et elle parvenait même encore à parler :

« Un brasier d'arbres sacrés. Je savais bien que ça allait se terminer comme ça. Malheur à nous ! Les génies ne pardonnent pas ! »

« Silence ! » m'écriai-je en perdant tout à fait le contrôle de moi-même. « Arrête de brailler, espèce de vieille folle ! »

« Les génies ! Les génies ! » répétait cette boule de sang qui avait été un visage. « La vengeance des génies ! »

« C'est ton mari qui nous fait du mal même après sa mort ! C'est lui qui a rendu ses loups fous furieux ! C'est lui qui les a assourdis ! C'est sa faute si les mots des serpents ne servent plus à rien dans la forêt ! »

Elle ne dit plus rien. Elle était morte.

J'étais dans un tel état de rage et de désespoir que je flanquai un coup de pied à son cadavre. Puis j'enlaçai Hiie et je me mis à hurler. Je la secouai tant que le cou brisé se mit à pendre bizarrement de côté et que la blessure m'apparut dans toute sa profondeur. Je l'embrassais, je la caressais, je la malaxais si fort qui si elle avait encore eu sa conscience, elle aurait certainement crié de douleur. J'avais complètement perdu la raison et c'est seulement lorsque mon beau-frère nous sépara, usant de toute sa force d'ours, que je consentis à laisser son cadavre tranquille.

Oui, son cadavre. Elle était morte.

« Quelle horreur ! Quelle horreur ! » répétait maman, couchée par terre comme un troisième cadavre et pleurant toutes les larmes de son corps. « Quelle horreur ! »

J'avais mal au cœur. À mes narines était revenue la vieille odeur de pourriture que je connaissais bien, elle me donnait envie de vomir. Des morceaux de viande non digérés, mêlés à du vin, allèrent rejoindre le sang sur la mousse.

Je me rappelle toujours dans les moindres détails ce que je fis ce soir-là, dans les instants qui suivirent la mort de Hiie.

Quand j'eus fini de vomir, je fis plusieurs fois le tour du bûcher qui continuait à se consumer. Je ne pensais à rien, je me contentais de marcher, me concentrant sur ma respiration. J'avais l'impression que faute de cela, j'allais oublier d'inspirer et m'asphyxier. Nul ne me parla, nul n'osa m'arrêter.

Puis je mis en pièces le cadavre du loup, je lui arrachai les pattes et la queue avec une étrange insensibilité, comme si j'accomplissais une tâche fastidieuse mais indispensable. Je laissai les morceaux sur place, jetai mon couteau et m'enfonçai dans la forêt.

Je marchai et marchai encore, sans me soucier de la direction. Les chouettes ululaient, des chevreuils et des lièvres croisaient ma route. Je me frayais un chemin à travers les fourrés les plus épais sans ressentir la blessure des branches et des épines. J'avais la tête complètement vide et l'impression de me voir de loin, d'entre les troncs d'arbres — une petite créature en train de courir vers on ne sait où dans le noir.

Alors une pensée me traversa l'esprit — Hiie ! Je fis aussitôt demi-tour, comme si je venais juste d'apprendre sa mort, et refis le chemin inverse à tout vitesse.

Le feu vivotait encore et les invités étaient toujours là. Hiie gisait à côté de sa mère, et le pou était accroupi, collé à son épaule : l'idée me vint qu'il était en train de sucer le sang de la blessure.

« Qu'est-ce qu'il fait ? » criai-je en m'approchant pour l'écarter d'un coup de pied.

« Il ne fait rien du tout, il est mort », dit Ints. Je m'accroupis pour toucher l'insecte géant. Ints avait raison : il était déjà tout raide, ses petites pattes lancées dans tous les sens, impuissantes.

« Il est arrivé juste après ton départ », dit Ints en me rampant entre les pattes. « Il a couru jusqu'à Hiie, il s'est frotté contre elle et il est mort. »

« Nous avons vu le loup vous attaquer du haut d'un arbre », dit Pirre, dont je n'avais pas remarqué la présence. Les deux anthropopithèques étaient assis sous un grand arbre ; comme ils venaient de marcher sur leurs pieds, ils frottaient leurs orteils pleins de crampes. « Nous sommes venus tout de suite, le pou nous a précédés. Il adorait Hiie. Laisse-le dormir à côté d'elle. »

« Laissons-le dormir », répétai-je, et ma vue se brouilla.

28

JE MIS PLUSIEURS MOIS À ME REMETTRE. Je n'avais tout simplement pas envie de guérir : c'était si bon de rester dans cet état d'inconscience fébrile, sans penser, sans me souvenir. Les rêves venaient et s'en allaient, et lorsqu'il y avait en eux quelque chose de triste ou d'effrayant, presque aussitôt cela me sortait de l'esprit et s'effaçait devant de nouveaux songes. J'aimais garder les yeux fermés tandis que des visions multicolores sans nom ni forme précise me nageaient par la tête dans une brume étincelante, et c'était comme si elles m'avertissaient de ne pas m'éveiller. Même lorsque je sentais quelqu'un (sans doute maman) en train de me faire couler du bouillon de viande dans le gosier, je me refusais à revenir à la réalité. Mon appareil digestif fonctionnait, mais mon cerveau persistait à se cacher, tel un enfant turbulent qui entend ses parents lui crier de rentrer mais reste accroupi sous des branches basses, dans la forêt, refusant de se montrer, de se laisser attraper et ramener à la maison. J'étais mieux là, dans les bois, sous les branchages, je le sentais et je le comprenais dans mon état de semi-inconscience ; tout ce qui m'attendait « à la maison », c'était le chagrin et le désespoir, tandis que dans mes rêves, j'étais libre et j'étais heureux. Je flottais dans un espace inexistant, comme un oiseau qui, ayant traversé les nuages, se trouve soudain coupé de tout ce qui est terrestre.

Ce jeu de cache-cache dura longtemps, et j'aurais volontiers fait traîner ma maladie éternellement. Mais rien à faire : mon corps finit par trahir ma cachette, des mains vigoureuses vinrent me tirer de dessous mon sapin et même si je fermais toujours convulsivement les yeux comme dans l'espérance que ce tour me rendrait invisible, le monde se fraya un chemin jusqu'à moi avec ses bruits et ses couleurs. De temps en temps je me retrouvais en train de fixer le plafond, en tournant la tête je voyais maman s'activer auprès du foyer en faisant bouillir quelque chose dans la marmite. Parfois je voyais aussi ma sœur et son ours, assis à table, en train de ronger bruyamment des os d'élan. Pour échapper à ce spectacle, je faisais mon possible pour reperdre connaissance, mais la fièvre avait reculé, elle m'avait glissé de la tête comme une pelisse, et sans elle j'avais le sentiment d'être nu, j'avais froid et je ne me sentais pas bien. Des jours durant, il me fallut subir les conversations de maman et de Salme : elles tournaient essentiellement autour de Nounours, mais de temps en temps elles glissaient vers ma santé, me noyant sous le flot d'une compassion qui m'incommodait. J'essayais de trouver une issue dans mes rêves, mais ce n'étaient plus que de pauvres succédanés de cette merveilleuse inconscience qui m'avait protégé et câliné plusieurs mois durant. Le sommeil ordinaire me semblait à présent trop bref ; ce n'était qu'une petite flaque où je pouvais au mieux m'immerger la tête, alors que j'avais la nostalgie d'un lac profond aux eaux sombres où je puisse plonger et nager pour le restant de mes jours.

Les matins succédaient aux matins. Maman se mettait au ménage et à la cuisine. Bientôt ma sœur arrivait avec son ours, et je savais que le moment allait bientôt venir où tous trois se rassembleraient auprès de mon lit pour me regarder avec une tendresse mêlée de pitié en demandant : « Alors, Leemet chéri, comment ça va ? » Je ne répondais rien, non par incapacité mais parce que je craignais l'explosion de joie qu'allaient immanquablement provoquer mes premières paroles après ma longue maladie. S'ils se mettaient à battre des mains d'enthousiame et à me féliciter pour l'amélioration de mon état de santé, je craignais de ne pas le supporter et de sauter du lit pour les mordre — je m'en croyais vraiment capable. C'est pourquoi, lorsqu'ils étaient à mon chevet, je me contentais de fermer les yeux, de boire mon bouillon chaud sans faire d'histoires et de les écouter soupirer tristement. Je sentais maman me caresser la tête, et cela m'énervait : j'aurais voulu les voir déguerpir de cette cabane et me laisser en paix. En même temps, ces caresses me tiraient des larmes, ce qui me blessait encore davantage : c'était précisément pour cela que j'avais la nostalgie de ma longue inconscience, lorsqu'il n'y avait ni larmes, ni colère, ni douleur, rien que le silence et une rêverie indifférente, à la frontière de la vie et de la mort.

Je finis par comprendre que je ne pourrais pas supporter plus longtemps ce caquet qui m'entourait durant des journées entières. Pour y échapper, une seule voie : me lever au plus tôt. Alors seulement, si je le souhaitais, je pourrais m'enfuir, passer mes journées dans la forêt, loin de tous les empoisonneurs, et ne rentrer chez moi que la nuit, et encore. Il me semblait 310
que j'étais déjà assez remis ; seule la crainte de l'explosion de joie concomitante à ma sortie du lit me retint encore quelques jours, puis je pris mon courage à deux mains.

Un beau matin, je repoussai les peaux de bêtes d'un geste rapide, me dressai sur mon séant et m'adressai à maman dans ces termes :

« Écoute-moi bien. Je suis guéri, mais je ne veux pas entendre un seul mot. Je vais m'habiller, manger et sortir. Je ne veux pas entendre un seul cri de joie, je ne veux pas voir une seule larme. Compris, maman ? Pas un mot. »

Elle fit un signe muet de la tête et resta à me fixer, les yeux écarquillés. Elle s'était couvert la bouche de la main, mais ses yeux brillaient si fort que je compris que si l'on peut contrôler sa voix, on ne peut rien faire contre ses larmes. Cela me rendit fort nerveux : je voulus m'habiller le plus vite possible pour m'échapper, mais comme par malice, l'opération n'alla pas sans mal, tant j'étais encore faible et maladroit. De savoir maman déjà certainement en train de pleurer me rendait fou. Sans lui jeter un seul coup d'œil, je pris un morceau de rôti de chevreuil sur la table et je me précipitai dehors.

Le soleil manqua de m'assommer. Je me voilai les yeux de la main et trébuchai en direction de la forêt profonde, à l'ombre des arbres. Je me mis en quête d'un lieu solitaire où nul n'allait jamais, pour m'y étendre en attendant le soir. J'étais fort satisfait d'avoir trouvé le courage de m'enfuir — je ne supportais franchement plus du tout ces sempiternelles discussions pour savoir si Nounours avait des vers ou pas, et si oui, comment faire pour l'en débarrasser. Je comprenais bien que la vie suivait son cours dans la forêt et que pour certains, hommes ou bêtes, le problème le plus brûlant était les vers, mais ce genre de conversation m'exaspérait.

Il n'était pas facile de trouver un endroit vraiment solitaire : partout il y avait un oiseau qui sautillait ou un lièvre qui bondissait, et cela me dérangeait. Je marchai jusqu'à l'orée des bois. C'est alors que je tombai sur un groupe de villageoises.

Magdaleena n'était pas parmi elles, comme je m'en rendis compte aussitôt. En vérité, j'aurais dû m'en aller, car elles s'agitaient certainement au moins autant qu'une mésange ou un lièvre, et cela ne convenait nullement à un homme qui recherche la solitude. Pourtant, au lieu de m'éloigner, je me jetai sur le ventre dans les fourrés et me mis à les suivre du regard.

Elles avaient avec elles plusieurs moutons qu'elles pensaient laisser paître sur une prairie humide en lisière de la forêt.

«Mais s'il vient un loup?» demanda l'une d'elles.

«Il y a un remède contre, c'est le doyen Johannes qui nous l'a appris, tu ne te souviens pas? Il faut dessiner un cercle dans l'herbe avec la ceinture que tu portes à l'église. Aucun loup ne peut franchir un tel cercle, Jésus ne le laisserait pas faire.»

«Tu as pris la ceinture de ton habit de messe?»

«Bien sûr, j'y pense toujours quand je sors!» répliqua l'autre sur un ton supérieur. Elle exhiba un long ruban multicolore et s'en servit pour tracer un cercle invisible en lisière de la prairie. Son amie suivit cette opération avec respect.

«La prochaine fois, je prendrai la mienne. Penser que c'est si facile de se garder d'un loup! Ce Jésus, quand même.»

«Sûr», approuva l'autre, qui, son cercle terminé, était en

train de se renouer la ceinture autour de la taille. « C'est une science qui vient de l'étranger ; lorsqu'on la connaît, la vie est bien plus facile. »

Et elles s'en furent tranquillement, sûres et certaines que les moutons étaient hors de tout danger.

Évidemment, presque aussitôt, un loup apparut. Bizarrement, sa vue ne déclencha rien en moi, même si c'était le premier que je voyais depuis l'autre nuit. Je n'avais pas envie de le tuer, ni de me venger d'aucune autre manière. Il n'y avait pas de colère en moi, rien que de l'indifférence. Qu'est-ce qu'il pouvait bien me faire ? M'attaquer ? Je n'étais même pas sûr que j'aurais eu le cœur à me défendre.

Mais il ne s'approcha pas de moi : c'étaient les moutons qui
l'intéressaient. Bien sûr, il ne remarqua même pas le manège de la villageoise avec la ceinture — sans doute ce genre de vêtement ne laisse-t-il même pas d'odeur. Il sauta au gosier de l'un des moutons, l'égorgea et le traîna dans la forêt.

Les moutons bêlèrent faiblement, un petit moment, puis ils se remirent à brouter ; alors vint un deuxième loup qui en emporta un autre. Je n'avais pas envie d'assister à ce massacre — il ne faisait aucun doute que si les filles ne revenaient pas promptement, les loups allaient faire place nette. Et qui sait si à leur retour elles n'allaient pas se faire dévorer aussi, elles, leur ceinture et leur Jésus.

Soudain cette pensée me répugna. Non, cela, il n'en était pas question, je ferais tout pour l'éviter ! Que les loups mangent les moutons, cela m'était égal, mais une autre fille entre les crocs de ces fauves — la tête se mit à me tourner de rage. Jamais je ne permettrais qu'une telle chose se produise, j'allais les protéger, ces villageoises ! Aussi je restai sur place et assistai à la mort des derniers moutons.

Il se passa un bon moment avant le retour des villageoises. Elles n'étaient pas seules : Johannes et sa fille les accompagnaient.

Je me fis aussi petit que possible. Je n'avais pas revu

Magdaleena depuis ce soir où j'étais rentré chez moi, amoureux d'elle — c'était comme si cela s'était produit dans une autre vie. Depuis, il y avait eu la fuite avec Hiie, la rencontre avec mon grand-père et tout le reste — mais ce monde aussi avait à présent disparu, on me l'avait arraché comme on avait coupé les jambes de mon grand-père.

Où était-il, d'ailleurs, ce grand-père qui nous avait promis de venir bientôt nous visiter par les airs ? Lui était-il arrivé quelque chose, n'était-il pas arrivé à se procurer les derniers os ?

Mais j'oubliai aussitôt mon grand-père en son île lointaine pour penser à Magdaleena qui était bien présente, et si proche de moi que si je m'étais levé, elle m'aurait aussitôt aperçu. Elle avait un peu forci mais elle était toujours aussi belle, et à mon trouble, je sentis que je l'aimais encore.

J'essayai d'écarter ce sentiment, tant il me paraissait bassement vulgaire. J'étais venu en forêt pour être seul, pour porter mon deuil en silence, pour me rabougrir comme un ermite, pour me fondre avec la mousse comme Meeme, car qu'était-ce qu'une vie sans Hiie, que j'avais tant aimée ? Et voilà qu'il me suffisait de voir Magdaleena pour ne plus parvenir à la quitter des yeux.

Tous ces sentiments qui m'avaient saisi près du monastère, lorsque nous écoutions le chant des moines, ce désir de la toucher, de m'asseoir auprès d'elle, de sentir son odeur, me revenaient à grand fracas, comme une averse inattendue qui vous tombe sur le dos. Un clin d'œil avait suffi pour que je sois trempé jusqu'aux os.

Voilà bien la chose la plus laide qu'on puisse imaginer ! On aurait dit que je n'avais quitté ma couche que pour venir lorgner Magdaleena à l'orée des bois.

Mais une pensée me traversa soudain l'esprit : celle de mon grand-père, qui, loin de céder au désespoir après la perte de ses jambes, s'était mis à se fabriquer des ailes. Lorsque les choses vont mal d'un côté, il faut essayer d'un autre.

Sur le moment, un tel raisonnement me parut particulièrement ignoble. La seule chose qui me consolait, c'était que je m'en rendais compte.

Et pourtant, je désirais Magdaleena. Elle me plaisait. J'étais amoureux d'elle.

Qu'est-ce que tout cela était dégoûtant ! Comme je regrettais le temps où je brûlais de fièvre, loin de la moindre pensée, du moindre doute !

Et qu'est-ce que c'était bon de revoir Magdaleena !

Tandis que je me combattais moi-même dans les buissons, les filles et le doyen s'occupaient des moutons. Ou plus exactement de l'absence de moutons — les traces dans l'herbe ne laissaient pas le moindre doute au sujet de ce qui leur était arrivé.

« J'ai pourtant bien tracé le cercle sacré autour d'eux avec ma ceinture ! » pleurnichait l'une des filles. « Ça aurait dû marcher ! »

« Ça marche », répliqua le doyen Johannes, « mais seulement contre les loups ordinaires, ceux qui obéissent au Seigneur. Ce n'est d'aucun secours contre les loups-garous : Satan les aide à franchir le cercle. »

« Il y a un loup-garou par ici ? » s'écria une autre fille avec un petit cri de frayeur.

« C'est la seule explication possible à la disparition des moutons. La ceinture sacrée écarte toutes les bêtes ordinaires, c'est une recette bien connue depuis des siècles en Allemagne et dans la sainte ville de Rome. C'est donc un loup-garou qui a fait le coup. »

« Alors Jésus ne peut rien contre lui ? » demanda une autre fille en reniflant.

« Bien sûr que si ! Sauf que contre un loup-garou il faut des armes bien plus puissantes qu'une ceinture. Je vais aller demander conseil aux saints hommes du monastère. Sûrement qu'il existe une prière ou une relique qui fera faire la culbute à ce valet de Satan. »

« J'ai peur ! » soupira l'une des villageoises. « Rentrons ! »

« Oui, venez ! Dommage pour les moutons, c'étaient les derniers du village. Mais Dieu nous aidera sûrement à en avoir d'autres ! »

Ils s'en furent, et je m'étirai pour voir encore Magdaleena avant qu'elle ne disparaisse. Mais au lieu de prendre la direction du village, elle dit quelque chose à son père, s'écarta du sentier et en prit un autre. Puis elle ralentit le pas, regarda autour d'elle comme si elle voulait se convaincre qu'elle était hors de vue du doyen et des autres villageoises, et revint en arrière jusqu'à l'orée des bois. Je pensais qu'elle avait perdu quelque chose, mais à ma grande surprise je l'entendis appeler tout bas :

« Leemet ! Tu es là ? Leemet ! »

Je me redressai et sortis des fourrés.

« Salut. Tu m'as vu ? »

« Non, mais je me doutais bien que tu étais dans le coin », répondit-elle en s'approchant et en me posant les mains sur les épaules. Elle me regarda droit dans les yeux avec un petit rire malicieux. Son odeur me fit vaciller sur mes jambes. Je la pressai sur ma poitrine et l'embrassai.

Elle n'opposa aucune résistance ; je sentis sa langue sur mes lèvres. Puis, dans un chuchotement :

« C'est toi qui as égorgé les moutons ! »

Interloqué, je la repoussai : « Qu'est-ce que tu racontes ? »

« Tu as encore le goût du sang sur les lèvres, et je sais que ce n'est pas le tien » dit-elle en riant sous cape, comme s'il y avait quelque chose qui l'amusait énormément. « Tu as le pouvoir de te changer en loup-garou. Qui d'autre, sinon ? »

« Je t'ai déjà dit que ce sont des bêtises, personne ne peut se changer en loup. Ce sont des loups tout à fait ordinaires qui ont mangé vos moutons. Je les ai vus. »

Il était évident qu'elle ne me croyait pas.

« Je comprends très bien que tu ne veuilles pas tout me révéler. À l'église aussi il y a des tas de choses que je ne comprends pas, avec tous ces moines qui parlent latin. Pour avoir de la puissance, une sorcellerie exige le secret. Je ne te demande plus de m'apprendre à me changer en loup-garou, c'est trop tard pour moi. Mais je veux que tu apprennes à mon enfant. »

« Ton enfant ? » dis-je, encore plus décontenancé. « Tu as eu un enfant ? »

« Pas encore, mais ça ne va pas tarder ! Attends, je vais te raconter ! Je ne veux pas avoir de secrets pour toi, et puis ce n'est pas le genre de choses qu'on peut cacher, bientôt tout le monde va se rendre compte de mon état. Si tu savais comme je suis heureuse ! Tu sais, ça s'est produit le soir où nous nous sommes vus pour la dernière fois. Tu es reparti dans la forêt et moi, je suis rentrée chez moi. Tu te rappelles ce chevalier que nous avions vu juste avant, en train de chevaucher fièrement ? Imagine-toi que je l'ai retrouvé sur le chemin du village ! Il s'est approché de moi, je me suis inclinée et je l'ai salué en allemand. Je ne sais pas beaucoup d'allemand, mais assez pour ça. Il a arrêté son cheval, il m'a regardée, il m'a demandé comment je m'appelais. J'étais si excitée que j'ai eu de la peine à répondre, je n'avais encore jamais parlé à un chevalier. J'ai dit mon nom et alors il m'a pris par le menton et il a regardé mon visage. Il m'a caressé les cheveux, tâté la poitrine et — est-ce que tu vas me croire ? — il m'a prise en croupe et m'a emmenée tout droit dans son château. Qu'est-ce que c'était beau là-dedans ! Des gobelets en argent pur, un lit avec des couvertures hors de prix... Il a couché avec moi ! Tu te rends compte, Leemet, un chevalier étranger a couché avec moi ! Il m'a fait un enfant ! »

Tandis qu'elle rayonnait de joie, je la regardais comme on regarde une simple d'esprit, mais je dois reconnaître que son récit m'avait excité, et que j'aurais volontiers suivi l'exemple du chevalier. D'une certaine manière, elle en devenait encore plus appétissante — si un homme de fer avait eu la permission de lui tripoter les cheveux et les seins, pourquoi pas moi ? La seule chose qui persistait à me gêner, c'était de savoir qu'elle portait un enfant ; c'était comme si un tiers invisible se tenait à côté de nous, en train de la surveiller.

« Alors tu habites au château maintenant ? Tu es la maîtresse de ce chevalier ? »

« Qu'est-ce que tu vas imaginer ! Il m'a évidemment renvoyée chez moi le lendemain matin. Pourquoi aurait-il dû me garder au château ? Il y a tant d'autres villageoises qu'il peut rendre heureuses. Même si j'espère bien qu'il n'en fera rien. Je n'ai pas encore entendu dire qu'une autre fille du village soit entrée au château. Je suis la seule qu'il ait choisie, je suis la seule à laquelle il a fait don d'un enfant ! Tu comprends, Leeme, je vais accoucher d'un Jésus ! »

« Ça, pour sûr, je ne comprends pas. Votre Jésus, ce n'est pas une espèce de génie ? Un Dieu, ou je ne sais pas quel nom vous lui donnez au village. »

« Oui, Jésus est Dieu, mais les chevaliers sont les amis et les disciples de Dieu. Pour moi, ils valent autant que Jésus en personne. Le Seigneur leur a enseigné toutes sortes de recettes et leur a donné force et beauté. Nous aussi, il peut nous rendre forts, beaux et savants, si nous lui obéissons en tout, même si cela prendra du temps. Mais cet enfant que je porte en mon sein, dès sa naissance il sera comme eux, car il a l'un de ces Jésus pour père ! Dans ses veines coule le sang de son père, le sang de Jésus ! Quel succès, quel honneur pour moi ! Il sera chevalier et je suis sûre que dès l'enfance il saura parler allemand comme son papa. Heureusement, il apprendra aussi l'estonien, car je suis sa mère — sinon je ne pourrais pas lui parler. Ce serait bien triste ! »

Elle inclina la tête et reprit :

« Mon père est aussi heureux que moi. Pour lui, il est de la plus grande importance que notre famille se hausse autant que possible. Lui-même est né dans la forêt, moi je suis déjà du village ; mon enfant ira par le vaste monde et il deviendra quelqu'un de célèbre. Peut-être est-ce qu'il naviguera jusqu'à la sainte ville de Rome et qu'il s'y installera. Pourquoi pas ? Ce ne sera plus un paysan mais un Jésus, et au jour d'aujourd'hui ce sont les Jésus qui gouvernent le monde. »

« Tous mes vœux de bonheur », grommelai-je. Je commençai à subodorer que j'allais avoir du mal à coucher avec elle. Quel intérêt pouvait-elle trouver à un sauvage de mon espèce, alors que son ventre abritait un authentique Jésus, un futur maître du monde ? La mode était manifestement d'avoir un enfant d'un chevalier, pas d'une relique moisie du temps de la langue des serpents. La vieille puanteur bien connue me revint aux narines, si forte que je n'arrivais pas à croire que Magdaleena ne la sentait pas.

« Merci, Leemet », répondit-elle, « mais à présent j'ai quelque chose à te demander. Je veux me marier avec toi. »

La proposition était si inattendue que je restai les yeux ronds.

« Pourquoi moi ? »

Elle me prit par le cou et me serra fort tout contre elle. C'était fort agréable, même si je ne pouvais m'empêcher de penser qu'il y avait quelque part un petit Jésus en train de se serrer contre mon ventre, ce qui suscitait en moi une légère sensation d'inconfort. Mais elle glissa sa main sous mon pourpoint et je répondis par un geste semblable, et j'oubliai tous les petits Jésus de la terre. Pour moi, il pouvait bien y en avoir autant que de moucherons — tant que je pouvais caresser le dos nu de Magdaleena, ça ne me faisait ni chaud ni froid.

« Je sais que Dieu est puissant », me chuchota Magdaleena à l'oreille, « mais je sais bien aussi que de temps en temps le Diable est le plus fort. Il arrive que les images saintes et les croix ne soient d'aucune utilité contre lui : aujourd'hui, la ceinture bénite n'a servi à rien, elle ne t'a pas pas empêché de tuer les moutons. »

Je n'eus pas l'énergie de répondre — je me fichais bien de ce qu'elle racontait, pourvu que je puisse palper la chaleur de son corps nu.

« Au village, il arrive souvent des choses comme ça. Papa est un homme d'une grande sagesse, à l'étranger il a appris toutes sortes de sorcelleries utiles, mais toutes reposent sur la force de Dieu. Il a oublié de s'occuper du Diable, et les moines et les autres étrangers ne le connaissent pas non plus : ils se contentent de le craindre, car ils savent bien que Dieu n'est pas toujours d'une grande utilité contre lui. Toi, tu ne le crains pas, tu le connais, tu sais lui parler. Tu as vu les génies et tu sais la langue des serpents, et un serpent et un démon, c'est quasiment du pareil au même. Mon fils sera un Jésus et le monde de Dieu lui sera ouvert, mais je veux que tu lui ouvres aussi le monde du Diable. Je veux que tu l'élèves et que tu l'éduques comme si tu étais son vrai père, je veux que tu lui apprennes tout ce que tu sais, la langue des serpents et puis aussi l'art de se changer en loup-garou. Je t'en supplie, réponds à ma prière ! Si tu ne veux pas quitter la forêt, soit, tu n'as pas besoin de venir vivre avec nous, mais tu devras venir nous rendre visite tous les jours, car lorsqu'il sera grand, il faudra que mon fils sache la langue de Dieu et aussi celle du Diable. Et lorsque tu auras froid sous tes grands arbres, il y aura toujours de la place pour toi dans mon lit. »

« J'ai déjà froid. »

« Déjà ? Ici, dans la forêt, je n'ai pas de lit où te réchauffer. C'est ton monde à toi, mon loup-garou, c'est ta couche. Ici, c'est à moi de te demander s'il y a de la place pour moi dans cette couche. »

« Il y en aura toujours », lui répondis-je, et en vérité, il y avait bien assez de place pour nous deux.

29

« TU VIENS AVEC MOI ? » demanda Magdaleena lorsque nous nous fûmes rhabillés.

« Bien sûr que je viens. »

Pourquoi aurais-je dû m'en abstenir ? Il n'était plus question de vivre en forêt, rentrer chez moi me paraissait totalement exclu — tout spécialement maintenant que, levé pour la première fois depuis la mort de Hiie, j'en avais aussitôt profité pour coucher avec une jolie villageoise. J'imaginais maman et Salme en train de m'attendre, les yeux débordants de tristesse et de pitié, je les voyais s'avancer vers moi pour me raconter à qui mieux mieux tout ce qui s'était passé depuis ces horribles noces, me parler du bûcher funèbre de Hiie, sans doute même voudraient-elles m'en montrer les restes, et moi qui aurais eu sur moi l'odeur d'une autre femme que je venais de quitter — je me serais fait l'effet d'une canaille. Quelle horreur ! Jamais je n'aurais pu supporter pareille torture. Rien que de penser aux yeux larmoyants de maman, au regard endeuillé dont elle me suivrait certainement de jour en jour, de la compassion dont elle m'inonderait, j'en avais comme une boule dans la gorge qui m'étouffait. Je ne voulais pas qu'on prenne pitié de moi, et au village, ce n'était pas à craindre. Personne pour me plaindre, personne pour deviner que j'avais eu des malheurs, que j'avais perdu ma femme le jour de nos noces. J'entrevoyais une possibilité de fuir mon deuil et ma sinistre renommée.

Et puis je désirais toujours autant Magdaleena. Je savais bien que c'était un sentiment d'une bassesse répugnante, que j'aurais dû rester fidèle à la mémoire de Hiie, mais vu que je venais de me comporter comme un ours en rut, je n'avais plus rien à perdre. M'installer au village, me noyer parmi ces villageois obtus, me nourrir de ce pain qui donne la nausée et travailler aux champs comme le dernier des abrutis — voilà ce qui me convenait. Tel serait mon châtiment. Plus de Leemet, place à quelqu'un de complètement différent — un paysan parmi tant d'autres. Une nouvelle vie, de nouveaux vêtements, une nouvelle femme : Leemet est mort avec Hiie, tandis que s'installe au village un petit bonhomme aussi niais que ses voisins.

Oui, c'était bien la seule possibilité. Si je ne saisissais pas l'occasion, j'allais crever de regret — aussi bien d'avoir trahi Hiie que d'avoir renoncé à l'appétissante beauté de Magdaleena, qu'elle m'avait si généreusement offerte. De toute façon je ne pouvais plus reprendre mon ancienne existence, il me fallait un changement radical.

J'avais terriblement peur qu'au dernier moment Ints surgisse des fourrés, ou alors maman, ou bien Nounours, ou l'un des anthropopithèques, et qu'ils me disent quelque chose, ou même simplement qu'ils me voient. Je voulais disparaître sans laisser de traces, je voulais m'arracher au passé d'un seul coup, comme un lézard abandonne sa queue derrière lui et se précipite on ne sait où en se tortillant.

«Allons-y», dis-je à Magdaleena, «je t'aime, je resterai toujours auprès de toi. Jamais plus je ne retournerai dans la forêt.»

«Qu'est-ce que tu es gentil», répondit-elle, rayonnante. «Je savais bien que tu serais d'accord. Tu apprendras des tas de choses à mon enfant, pas vrai? Et tu prendras soin de lui comme s'il était de toi.»

«Exactement», affirmai-je. Et telle était bien mon intention. Bien sûr, elle racontait des âneries au sujet des dieux, diables et autres Jésus, et je ne comprenais rien à cet étrange délire — mais je voulais vraiment être le père de son enfant. Je me rappelais ce qu'Oncle Vootele disait de la langue des serpents : qu'un jour le temps viendrait où il me faudrait l'enseigner à quelqu'un comme lui me l'avait enseignée. C'était indispensable pour qu'elle dure, pour que je ne sois pas le dernier homme au monde à la savoir. J'avais besoin d'un enfant à qui transmettre ma science, et où pouvais-je en trouver un ailleurs qu'au village ? Il n'y en avait plus dans la forêt, et à présent il était parfaitement clair qu'il n'en naîtrait plus jamais. Hiie était morte, la forêt tout entière était en train de mourir — mais les mots des serpents vivraient tant que je serais là, et je voulais qu'ils me survivent au moins un peu.

Cela ne me dérangeait pas du tout que l'enfant de Magdaleena ait un chevalier pour père : je ne ressentais aucune jalousie envers cette bruyante créature en armure qui l'avait fécondée en une nuit. Si mon enseignement était un succès, un jour, d'un seul petit sifflement, il serait capable d'affoler le cheval de son père et de lui briser le cou. Si les espoirs de Magdaleena se concrétisaient et que son enfant quittait un jour son village pour aller voir le vaste monde, alors les mots des serpents pouvaient effectivement lui être de quelque utilité. Je savais d'expérience combien les gens qui ne les savent pas sont vulnérables lorsqu'on les attaque de la bonne manière. Je voulais faire de cet enfant mon héritier, je voulais lui offrir une fabuleuse arme secrète qu'il serait seul au monde à manier. C'était ma dernière pensée, le dernier objectif de mon existence.

Je suivis Magdaleena jusqu'au village, sans un seul regard en arrière. J'en avais fini avec la forêt, plus question de revoir maman ni ma sœur. Je savais qu'elles allaient avoir du chagrin, mais il faudrait qu'elles s'en accommodent. En vérité, si les choses avaient suivi leur juste cours, j'aurais dû mourir de fièvre : ma guérison était absurde et incompréhensible. Je ne pouvais pas repartir de là où j'en étais avant ma maladie, ni même de là où j'en étais avant la nuit où j'avais sauvé Hiie du sacrifice. Trop de choses avaient été bouleversées : il n'était plus possible de retrouver le bon chemin. Ce sentier s'était perdu, et la seule possibilité qu'il me restait était de sauter dans les buissons — c'est ce que j'étais en train de faire. En voyant devant moi la maison de Johannes, j'inspirai profondément, comme un qui s'apprête à plonger.

Le doyen me salua de la manière la plus amicale qui soit.

« Mon pauvre garçon ! Qu'est-ce que tu es maigre, tu as l'air accablé. Mais ton malheur est désormais derrière toi. Entre, je vais te donner du pain. Tu peux en manger autant que tu veux, car grâce à Dieu, nous en avons de reste. »

Tout en feignant un sourire, je me dis : « Allez, ça commence. À peine a-t-on franchi leur seuil qu'ils entreprennent de vous étouffer avec du pain. » Mais j'avais pris ma décision, et je voulais étouffer. Je n'étais pas venu au village pour jouir de la vie ni pour faire bonne chère mais pour être auprès de Magdaleena, et c'était une raison de plus pour oublier les autres plaisirs. Cet aliment semblable à de la mousse, c'était exactement la chair qui me convenait — cela suffisait pour ne pas mourir de faim, et c'était tout ce dont j'avais besoin.

« Je prendrais volontiers un peu de pain », répondis-je à Johannes.

Il me tendit une tranche de pain frais ; j'y mordis et avalai sans mâcher, comme si je voulais me remplir le plus vite possible de cette matière étrangère pour me changer en une créature nouvelle. Bien sûr, il mit ma gloutonnerie sur le compte de la fringale ; il me dévisagea avec compassion en soupirant :

« Quelle vie terrible as-tu dû mener dans la forêt. Mon pauvre garçon ! Pourquoi avoir tant tardé à venir ? Mais cette fois, pas question que tu repartes, d'autant que l'hiver est bientôt là. Tu mourrais de froid et de faim là-bas. »

Devant mes yeux surgit la gigantesque pierre blanche qu'il était si agréable de lécher et cette agréable torpeur qui m'envahissait aussitôt après, ce long sommeil si doux. Je savais que jamais plus je n'hivernerais chez les serpents — dernier humain souffreteux parmi les reptiles pleins de force vitale, croissant et se multipliant avec succès. Je ne voulais pas être leur parent pauvre, je n'avais pas pour projet d'être une rareté, je refusais d'assumer le rôle d'une créature bizarre miraculeusement préservée jusqu'à nos jours. Tout était fini, notre race était morte.

« Je ne vais pas repartir. Je reste ici maintenant. »

« Sage décision », répliqua Johannes. « Il va falloir te trouver un endroit où vivre jusqu'à ce que tu te sois bâti ta propre chaumière. »

« Leemet reste ici, papa », intervint Magdaleena. « Nous allons nous marier. »

Johannes en resta bouche bée.

« En voilà une nouvelle, mon enfant... » marmotta-t-il. « Pourquoi justement lui ? D'autres ont jeté les yeux sur toi, des gars du village que tu connais depuis l'enfance. Tu as toujours été si fière, tu disais que tu n'épouserais jamais un paysan comme ça... Et celui-là, il vient carrément de la forêt. »

« Justement, papa ! Pourquoi est-ce que je devrais épouser un paysan qui ne sait rien d'autre que ce que lui ont appris les moines et les chevaliers ? Je ne veux pas mettre un apprenti dans mon lit mais le maître en personne, et j'y suis parvenue — tu sais, papa, de qui est cet enfant qui pousse dans mon ventre ! »

« Je sais », dit le doyen en couvant la taille de sa fille avec une telle dévotion que son histoire avec cet évêque me revint en mémoire. Une pensée perfide me traversa l'esprit : peut-être bien que le pauvre avait espéré tomber enceint, lui aussi. Quelle déception cela avait dû être pour lui de se rendre compte que même son Dieu tant adoré ne pouvait pas rendre les hommes enceints pour leur permettre de mettre au monde les enfants des étrangers. Mais je gardai mes réflexions par-devers moi, car vu que selon toute probabilité j'allais devoir partager son toit, il n'était pas raisonnable de me quereller avec lui dès le premier jour.

« Je comprends tout à fait », reprit Johannes. « Tu es comme ton père, mon enfant, tu as de hautes ambitions. C'est une grande chose que tu aies réellement connu un chevalier, aucune autre fille de notre village n'a fait pareille expérience et je suis fier de toi. Mais Leemet ? Regarde-le ! Un vrai sauvage ! »

Cela m'étonna qu'il ait le front de parler ainsi en ma présence : sans doute me croyait-il si affamé que je n'avais d'intérêt que pour le pain.

«J'ai mes raisons, papa», répliqua sa fille. «Tu peux bien le traiter de sauvage, mais ce n'est pas un sauvage comme les autres.»

«Certes, mais je ne vois pas en quoi cela le rend plus intéressant», répondit le père en me dévisageant avec une répugnance manifeste. «Je ne dis rien, il finira sûrement par faire un bon paysan qui saura labourer et semer — mais pour l'instant ce n'est personne. Il a vécu comme un animal. Il n'est même pas baptisé. Ma fille, tu es en train de faire une bêtise!»

«Je sais ce que je fais, papa», dit Magdaleena en se redressant. «N'oublie pas que je vais être la mère d'un chevalier! En ton temps tu as beaucoup voyagé et beaucoup vu, mais tu te fais vieux et je comprends mieux que toi le monde moderne. C'est de Leemet dont j'ai besoin et de personne d'autre. Il sera le père de mon enfant. C'est lui qui convient le mieux.»

Elle me dévisagea d'un air de supériorité, comme si elle était en train de m'estimer, mais dans son sourire il y avait comme une nuance d'excuse.

«Et puis je l'aime», roucoula-t-elle en s'asseyant sur le banc à côté de moi et en m'enlaçant le cou. «Ne commence pas à discuter, papa. Ma décision est prise.»

«Soit», soupira Johannes. «Qu'il reste. Nous avons de la place, ce n'est pas la question, c'est juste que... Mais bon. Ah oui, il faut encore que j'aille au couvent demander conseil au sujet de cette histoire de loup-garou. J'en profiterai pour m'entendre avec eux à propos du baptême. Leemet va devenir chrétien, il faut lui donner un nom chrétien. Il faut qu'il apprenne les saintes Écritures et les commandements de Dieu.»

«Dieu? Pas question», coupai-je. J'étais d'accord pour avaler du pain, moissonner, manier la meule à bras, me livrer à toutes les bouffonneries que les villageois avaient appris des étrangers — mais avec Dieu, je voulais garder mes distances.

J'en avais par-dessus la tête de tous ces génies, Jésus et autres inventions. Elles m'avaient gâché la vie dans la forêt et voilà que je les retrouvais au village sous d'autres noms, toujours aussi invisibles et toujours aussi absurdes. Je ne voulais rien entendre de ces âneries, cela me rappelait Ülgas et la fois où je lui avais arraché la moitié du visage. J'avais détruit le bois sacré pour que personne n'y mette plus les pieds et je n'avais pas l'intention de les mettre davantage à l'église : peut-être était-ce plus à la mode, mais je n'y voyais pas grande différence — pour moi, la seule, c'était qu'au lieu d'Ülgas, c'étaient les moines qui chantaient.

«Comment ça, pas question ?» s'irrita Johannes. «Je ne peux pas tolérer un païen sous mon toit. C'est absolument exclu ! Notre village est un village chrétien et nous faisons partie du monde chrétien, une partie comme une autre, même si nous sommes pauvres et encore un peu en retard, mais notre Saint Père le pape, qui vit dans la sainte ville de Rome, veille sur nous comme sur les autres. Tu dois te faire baptiser et adopter la vraie foi, tu dois aller à l'église et apprendre les commandements de Dieu !»

«Hors de question. Écoute-moi bien : je veux bien faire n'importe quel travail, gratter la terre et fabriquer du pain — ce n'est pas bon mais ça remplit le ventre, on peut le toucher, ça a du goût, c'est vrai, c'est authentique. Mais je n'ai pas besoin de nouveaux génies! J'ai assez souffert de ces fables dans la forêt et ça me suffit.»

«Je ne parle pas de génies! Bien sûr que les génies n'apportent que du malheur, car ils sont au service de Satan. Il faut les craindre. Je te parle de Dieu, qui nous protège !»

«Doyen Johannes, j'ai vécu toute ma vie dans la forêt et je te le dis : les génies, ça n'existe pas. Ce n'est pas d'eux qu'il faut avoir peur, mais des gens qui croient en eux. Et avec ton Dieu, c'est la même chose. Ce n'est rien d'autre que les génies sous un nouveau nom que les moines leur ont donné, comme ils iraient me donner un nouveau nom si je me laissais faire.

Qu'est-ce que ça change? Quel que soit le nom qu'on me donne, je reste le même, et il en est de même pour les génies, de quelque manière qu'on les nomme. Je ne joue pas à ce jeu. »

« Ce n'est pas un jeu! » cria Johannes en se levant. « Tu dois choisir — ou tu te laisses baptiser et tu deviens chrétien comme tout le monde au village, ou tu retournes dans ta forêt! Sous aucun prétexte je ne permettrai à un païen de vivre parmi nous! »

« Tais-toi, papa! » s'écria Magdaleena. « Il n'est pas question d'obliger Leemet à aller à l'église s'il ne veut pas. Pas besoin de le baptiser. Je le veux comme il est, un point c'est tout. »

« Mais c'est un païen! Tous les païens sont des serviteurs du diable! »

« Et tu ne crois pas que de son aide à lui aussi, de temps en temps, nous avons besoin ? Tu crois que Dieu est tout-puissant ? Regarde les moutons pas plus tard qu'aujourd'hui, la ceinture bénite n'a servi à rien pour les protéger. On aurait mieux fait de se tourner vers le Diable! »

« Mon enfant, ces paroles sont un horrible péché! » dit Johannes en pâlissant. « Le Malin n'a jamais protégé personne : tout ce qu'il sait faire, c'est attaquer et détruire. Tu vas voir, je vais de ce pas au couvent et les moines vont me donner un remède pour venir à bout de ce maudit loup-garou qui a égorgé nos moutons. »

Magdaleena me jeta un regard craintif, comme si elle craignait que le remède des moines n'en finisse vraiment avec moi, son loup-garou. Je lui souris discrètement et elle se tranquillisa. Quelle paire de crétins, quand même! Elle au moins, elle était jolie, mais Johannes n'avait rien pour se faire excuser. Soudain, une terrible lassitude m'envahit. Le père et la fille continuaient à discuter des pouvoirs de Dieu et de l'impuissance du Diable, ou peut-être était-ce le contraire — je n'arrivais pas à suivre leur bavardage. Qu'elles étaient loin, mes conversations avec Hiie! D'un coup, je me sentis si désolé pour moi-même que les larmes me montèrent aux yeux.

Mais il n'était pas question de revenir en arrière. J'étais là, au cœur de la folie moderne, et mon destin était d'y demeurer jusqu'à la fin de mes jours. J'aurais voulu que Magdaleena accouche à l'instant même et que l'enfant grandisse à une vitesse surnaturelle pour me mettre à lui enseigner la langue des serpents. Je savais que cette espérance était aussi folle que les gens du villages l'étaient avec leurs dieux. Le surnaturel, ça n'existe pas : toute chose suit le cours fixé par la nature, et les naissances et les décès ont lieu aux moments prévus.

« Alors ? Vous en êtes où de votre discussion ? Je peux rester ou je dois repartir ? Qu'est-ce que tu en dis, Johannes ? »

En croisant ses yeux rouges d'irritation, soudain l'idée me passa par la tête de le tuer une bonne fois pour toutes pour en finir avec cette discussion ridicule, de faire une coupe de son crâne et de me mettre tranquillement en ménage avec sa fille sans avoir à supporter son caquet de vieillard borné. Mais je n'étais pas venu au village pour faire la guerre : j'étais venu m'y enterrer, et c'est pourquoi je fis grâce de la vie au doyen Johannes. J'attendis sa réponse ; il haletait de colère — mais il ne dit rien : ce fut sa fille qui prit la parole, sur un ton paisible.

« Bien sûr que tu restes. Tu es mon mari et le père de mon enfant, tu n'as pas besoin de te faire chrétien. Des chrétiens, il y en a des tas au village — si j'avais voulu en épouser un, il y a belle lurette que je l'aurais fait. C'est toi que je voulais. Tu entends, papa ? C'est Leemet que je veux, et mon enfant aussi le veut — mon enfant dont le père est un chevalier et dans les veines de qui coule le sang de Jésus, ne l'oublie pas ! »

« Soit », dit Johannes, et il me sembla l'entendre grincer des dents. « Qu'il reste. Mais je te le dis, ma fille, il n'apportera que du malheur à cette maison ! Jamais le Seigneur ne nous pardonnera d'avoir offert le gîte à un païen, il nous en punira. On ne peut pas servir deux maîtres à la fois ! Toute ma vie durant, j'ai servi Dieu, et il m'a béni pour cela, comme il a béni tous ceux et tous les peuples qui le servent humblement, en leur donnant le pouvoir et la force. Réfléchis avant qu'il ne soit trop tard ! Je ne veux pas de mal à ce garçon, je veux que lui aussi serve un puissant Maître et qu'il en soit récompensé. »

« Je ne suis au service de personne », répondis-je. « Je n'ai nul besoin d'un maître, et à plus forte raison je ne vais pas m'en inventer un. »

« Soit, mais sache que tu es le seul et le dernier païen de notre village ! »

Je m'abstins de répondre. Que dire ? J'avais déjà l'habitude d'être le dernier, partout, toujours.

30

Le soir, Magdaleena me convia à la balançoire. Je n'avais plus mon vieux pourpoint de fourrure : elle me l'avait ôté et, en échange, elle m'avait donné de vieilles hardes de son père. Ce n'étaient pas de mauvais vêtements, mais ils n'étaient pas non plus meilleurs que les autres — or il était évident que cela demandait beaucoup de peine de les fabriquer, alors que dans la forêt, une fourrure, c'était un bon repas par la même occasion.

Auprès de la balançoire, je retrouvai mon vieux copain Pärtel, devenu Petrus, et ses copains Jaakop et Andreas, que j'avais déjà rencontrés auprès du monastère. Il y avait aussi une foule de gars et de filles du village : ils se balançaient, s'asseyaient autour du feu et jouaient à se poursuivre.

Il était clair qu'ils tenaient Magdaleena en grand respect. Aucun d'entre eux ne se permettait de lui tirer les cheveux ni de lui retrousser les jupes par-dessus la tête, comme les garçons faisaient aux autres filles. Les villageoises essayaient de se tenir près d'elle, buvaient chacune de ses paroles et, de temps en temps, lui posaient de timides questions. Toutes semblaient craindre de dire une bêtise et de se trouver ridicules en sa présence. Quant à Magdaleena, elle affichait à leur égard une sévérité maternelle et, pour donner plus de poids à ses paroles, ne manquait jamais de souligner qu'elle portait l'enfant d'un chevalier. Chaque fois qu'elle le rappelait, un murmure d'admiration parcourait la gent féminine.

Les gars en revanche gardaient une distance respectueuse et se contentaient de la fixer du coin de l'œil, comme la petite belette lorgne avidement le butin du lynx et se pourlèche sans oser s'approcher, sachant bien que ce n'est pas pour elle.

La nuit passée avec le chevalier avait fait de Magdaleena une créature inaccessible, et je ressentais une paisible fierté à l'idée que moi seul avais accès à un corps ayant fait l'objet de semblable bénédiction.

Mon arrivée sur la colline de la balançoire fut accueillie par des murmures et des regards curieux, mais comme Magdaleena me tenait fièrement par la main, toutes les villageoises s'accordèrent à trouver que si une créature assez sage pour coucher avec un chevalier trouvait bon de frayer avec un gars de la forêt, c'est que ce devait être du dernier cri, et elles se précipitèrent à qui mieux mieux pour faire ma connaissance. Magdaleena les chassa d'un regard glacial et d'une réplique tranchante. Tout son comportement donnait à entendre que la mode était aux gars de la forêt, mais que n'importe qui ne pouvait pas s'en payer un — seulement celles qui avaient couché avec un étranger.

Je les laissai pour aller saluer mon vieux copain. Sa vue réveilla en moi d'agréables souvenirs d'enfance, et je nourris un instant l'illusion que les gens qui sont sortis de notre vie existent toujours cependant, quoique peut-être sous une autre forme et sous un autre nom, comme Pärtel-Peetrus. Mais je savais bien que si cela valait, ce n'était que pour lui : en vérité, je n'avais guère de joie à retrouver mon ancien compagnon de jeu.

Il me salua sans manifester beaucoup d'intérêt — non par hostilité, mais parce qu'Andreas venait de trouver quelque part un heaume de chevalier. Ce gros machin tout bosselé passait de main en main, les garçons l'essayaient, ce qui les mettait dans un état d'émerveillement et de ferveur.

«Moi je sais, c'est de l'acier d'Espagne», disait Jaakop en frappant doucement de l'ongle contre le heaume ; à chaque léger son, il souriait de bonheur. «Quel travail! Ils savent y faire, quand même!»

«Mais non, ce n'est pas de l'acier d'Espagne», répliqua un gars bien en chair en prenant le heaume et en se mettant à le triturer entre ses deux grosses paluches. « Ça vient d'Allemagne. Sûr et certain — tout le monde connaît le travail des forgerons allemands ! »

« Arrête de le tordre, Nigul ! » s'écria Andreas. « Il est à moi, c'est moi qui l'ai trouvé. Tu vas finir par le casser à le tripoter comme ça. »

« Arrête ! » Le gros Nigul se mit à rire. « Je voudrais bien voir ça, qu'un paysan comme nous arrive à tordre ce genre de heaume à mains nues. Tu ne comprends pas que c'est un travail allemand ? Ça résiste à autant de coups d'épée que tu veux. Les forgerons allemands, ils ne font pas de la merde. »

« En tout cas, pas besoin de le brutaliser », dit Andreas en
reprenant le heaume. « Bon, c'est de la belle ouvrage, les gars, 332
rien à dire. Qualité internationale ! Ah, ils en ont des chouettes trucs, ces chevaliers. »

« Ça va sans dire », approuva le chœur d'une seule voix. « Autre chose que nos galurins. »

« C'est même pas comparable, un heaume et un pauvre galurin ! Regardez, ça brille, c'est du métal. Au village, personne n'a rien qui puisse soutenir la comparaison. Je me le mets sur la tête, toutes les filles me tendent le cul. »

Tous éclatèrent de rire, seul Pärtel osa exprimer un doute :

« Tu vas oser te promener avec ? Et si un chevalier arrive ? »

Il y eut un silence, Andreas prit un air pensif. Mais il reprit rapidement contenance et se mit à crâner :

« Et pourquoi je n'oserais pas ? Pas de jour, bien sûr, et pas sur la grand-route, mais le soir, quand il fait sombre — alors vous allez voir comment je vais me le fourrer sur la tête et comment je vais draguer les filles. Je ferai ça derrière les étables, aucun chevalier n'ira fourrer son nez dans le fumier. »

« Sûr que par là, tu peux être tranquille » approuvèrent les autres, au comble du bonheur de voir comment leur copain s'était sorti de ce mauvais pas, et jouissant déjà de ses futures conquêtes. « Ils ne veulent pas salir les pattes de leurs chevaux. Derrière les étables, sûr qu'il n'y aura personne pour te voir. »

Ils n'étaient pas jaloux ; sans doute même trouvaient-ils juste que le propriétaire d'un si beau heaume de facture étrangère puisse culbuter toutes les femmes du village. La seule chose dont ils rêvaient, c'était d'autres heaumes. Le gros Nigul rêvassait même à voix haute :

« Ah, si j'en trouvais un moi aussi ! Mais je sais bien qu'une veine pareille, ça arrive une fois tous les cent ans — c'est un objet précieux, pas un champignon qu'on déniche sous le premier brin d'herbe. Les chevaliers en prennent soin, de leurs heaumes. »

« Rien de plus facile que de s'en procurer un », intervins-je. « Il suffit de tuer un chevalier, et son heaume est à toi. »

Un silence stupéfait succéda à mes paroles. Ils me regardaient avec autant d'effroi que si je leur avais conseillé de rentrer chez eux manger leur propre mère. Finalement Jaakop reprit la parole :

« Qu'est-ce que tu racontes. Comment est-ce qu'on pourrait tuer un chevalier ! »

« Et pourquoi ce serait impossible ? Vous croyez qu'ils sont immortels ? Ou éternels, comme les pierres ? »

« Non, bien sûr, mais contre eux, on n'a aucune chance. Ils sont à cheval, ils ont des armures, des épées, des lances. Ils sont bien plus forts. Les attaquer, on n'a même pas le droit d'y penser. C'est du délire de débile mental. »

« Peut-être bien que dans ta forêt tu n'as jamais vu de chevalier », ajouta Andreas avec du mépris dans la voix. « Nous au village, on en rencontre tous les jours et on sait ce qu'ils valent. Ce sont de grands seigneurs. Tu te rappelles, Nigul, il y a quelques jours à peine tu ne t'es pas découvert assez vite et il y en a un qui t'a donné un coup du plat de son épée. Heureusement que tu as sauté dans le fossé, sinon tu aurais pris une bonne raclée. »

« Pourquoi est-ce qu'il faut se découvrir ? » dis-je.

Ils rirent sous cape.

« Ah là là, tu es vraiment de la forêt. C'est une antique et fameuse coutume étrangère : là-bas, quand un chevalier passe, les paysans se découvrent. Question de politesse. Celui qui ne salue pas, c'est un plouc. »

« Je ne suis pas un plouc, moi », se mit à expliquer le gros Nigul. « Je me découvre toujours quand un chevalier passe, je m'incline jusqu'à terre. Je suis quelqu'un de correct, je sais me conduire au sein de la société la plus élégante. Cette fois-là, c'est juste que je ne l'avais pas vu, ce chevalier — j'avais ce fichu soleil dans les yeux ! »

« Et ça t'a servi de leçon ! »

« Oui. Dorénavant je ferai plus attention. »

« Tu te rends compte maintenant de ce que tu viens de dire ! » ajouta Jaakop en se tournant vers moi. « Tu veux tuer un chevalier ! Mais pour quoi faire, grand Dieu ? Parce qu'ils nous apportent des trucs aussi magnifiques que ces heaumes ? Sans eux et sans les moines, toutes ces merveilles du vaste monde nous seraient inconnues. Nous vivrions dans les ténèbres, comme des taupes ! »

Je n'eus pas le courage de poursuivre la discussion. Je n'allais pas leur expliquer que dans ma vie, j'avais tué plusieurs chevaliers et jeté leur heaume et leur armure dans la forêt comme de la vieille ferraille. J'aurais même pu les mener à l'endroit précis où cette ferraille rouillait autour de cadavres en putréfaction, si tant est que les loups et les renards ne l'avaient pas déplacée. Mais je n'avais pas envie de leur rendre service, et je voulais surtout m'épargner le spectacle d'un couvre-chef bizarre surgissant de chaque maison du village au crépuscule et pataugeant dans le fumier dans le but de draguer les filles.

Je les laissai s'esbaudir devant le heaume et regagnai le groupe des villageoises. De loin, j'entendis Magdaleena en train d'expliquer : « Bien sûr qu'il connaît le Diable. » Il était évident que ce genre de bruit allait courir sur mon compte. Les filles soupiraient en me regardant avec des yeux tout ronds de frayeur, mais lorsque je m'assis parmi elles, elles ne furent que quelques-unes à s'écarter, sans doute les plus timides.

Les autres, au contraire, se rapprochèrent doucement en me couvant avec avidité, comme si elles espéraient que j'accomplisse sur-le-champ quelque chose d'épouvantable.

Je me contentai de m'asseoir et me mis à mâchonner un brin d'herbe. Je remarquai que certaines m'imitaient : sans doute supposaient-elles qu'il s'agissait de quelque sorcellerie sylvestre. Finalement, une blondinette s'enhardit à m'adresser la parole — elle commença par tousser pour attirer mon attention puis se mit à piailler :

« J'aurais une question ! S'il te plaît, dis-moi si c'est vrai qu'en donnant trois gouttes de sang au Diable, on peut se changer en sorcière et voler dans le ciel. »

Quelques jeunes filles bien trouvèrent la question si inconvenante qu'elles se levèrent avec un air d'effroi et allèrent se balancer, préférant cette innocente distraction à une conversation sur un thème aussi périlleux. Les plus hardies restèrent sur place et attendirent ma réponse en retenant leur souffle. Je les trouvais d'une puérilité affligeante. Dans la forêt, il n'y avait que des bambins de trois ans pour se figurer de telles niaiseries. Je leur dis que je n'avais jamais vu de femmes en train de voler. Je m'abstins de leur parler de mon grand-père et de ses ailes en os, cela aurait déclenché trop de nouvelles questions et je sentais que je n'avais pas envie de me mettre à expliquer mes histoires de famille à ces petites idiotes.

« Il paraît aussi que si on tue une vipère royale et si on mange sa couronne, on comprend le langage des oiseaux », continua la blondinette. « C'est sûrement la vérité — Magdaleena nous a dit que tu parles avec les animaux. »

« Ça n'existe pas, le langage des oiseaux. Ce que je sais, c'est la langue des serpents. Et pour l'apprendre, ça ne sert à rien de tuer quelqu'un, surtout pas une vipère royale, ni de manger leur couronne : une langue, ça s'apprend. Ça prend du temps, mais après, on peut se faire comprendre des autres bêtes, y compris des oiseaux. Mais pas parler avec eux, parce que très peu d'animaux sont capables de répondre. Ils comprennent et ils obéissent, mais ils ne savent pas parler. »

« Ça doit quand même faire un effet de manger la couronne d'une vipère royale », s'entêta la blondinette. « Ce genre d'histoire, ça vient forcément de quelque part. Pas de fumée sans feu. »

« Il n'y pas de feu par ici. Juste des âneries. Les gens qui colportent ce genre de ragots n'ont jamais vu des vipères royales. »

« Et toi, tu en as vues ? » s'enquit Magdaleena : sans doute, devinant ma réponse, voulait-elle impressionner sa camarade.

« Bien sûr », répondis-je sèchement. Encore un thème sur lequel je ne souhaitais pas m'attarder : l'image d'Ints, de son père et des autres serpents était trop nette à mes yeux. Ils étaient mes meilleurs amis, et maintenant je me tenais au milieu de gens qui, sur la foi des fables de quelque idiot, voulaient les tuer et les manger juste pour apprendre un langage des oiseaux qui n'avait jamais existé. J'étais tombé bien bas.

« Je ne conseille à personne d'aller embêter une vipère royale ! Avant que vous puissiez porter la main sur sa couronne, elle aura eu dix fois le temps de vous mordre à mort. Et en plus, encore une fois, ça ne sert à rien. Vous pouvez bien manger un plein tonneau de couronnes, vous ne comprendrez rien de plus au langage des oiseaux, vous resterez ce que vous êtes. Mangez donc du pain, pas du serpent, et contentez-vous de vos petites vies bien fades. »

Je me levai et m'éloignai, le cœur gros, plein de dégoût. J'avais voulu m'enterrer ici, oublier ma vie d'avant — mais n'était-ce pas au-dessus de mes forces ? La bêtise environnante m'éclaboussait littéralement le visage, et me rappelait sans cesse mes heureux moments dans la forêt. Combien de temps allais-je la supporter ? J'étais d'un autre monde que ces villageois, jamais je ne pourrais me mettre à leur ressembler. J'avais fui mon deuil jusqu'au village, et j'étais déjà tout près de fuir devant la bêtise — mais où ?

Alors je sentis quelqu'un me caresser la tête — Magdaleena. Elle m'avait suivi, et voilà qu'elle m'embrassait la nuque en me chuchotant à l'oreille :

« Ne t'occupe pas d'eux! Je sais bien qu'ils sont obtus, ces paysans. C'est pour cela que je n'ai pas voulu de l'un d'entre eux pour mari. Ils ne savent rien ni de la forêt d'où ils viennent, ils l'ont oubliée, ni du vaste monde où ils ne sont pas arrivés et où ils n'arriveront jamais. Ils n'auraient rien eu à apprendre à mon enfant, rien à lui offrir. Toi, tu es différent, tu connais l'ancien monde et tous ses secrets. Je sais que ces secrets méritent qu'on ne les oublie pas. Tu apprendras la langue des serpents à mon fils, son chevalier de père lui a légué son sang — et moi, j'y ajouterai mon amour de mère et j'en ferai un grand homme. Oublie ces crétins là-bas autour du feu! J'ai vu sur ton visage ton envie de retourner dans la forêt, mais tu n'en as pas le droit. Nous devons élever mon fils ensemble, pour qu'il apprenne à connaître aussi bien l'ancien monde que le nouveau. Pour qu'il y ait au moins quelqu'un de différent de ces crétins qui ne connaissent ni l'un ni l'autre. »

« Comment peux-tu être si sûre que ce sera un garçon ? »

« Et quoi d'autre ? » répondit Magdaleena, surprise. « Son père est chevalier. Les chevaliers, ça ne fait pas de filles. »

Je caressai sa douce joue et lui embrassai tendrement le lobe de l'oreille, en pensant : « Elle ne vaut pas mieux que les autres. Mais soit, je reste. Je n'ai nulle part où aller. »

Nous restâmes auprès de la balançoire, mais à une certaine distance l'un de l'autre, et c'était agréable. Les villageois se balançaient avec ardeur, d'avant en arrière, en criant à plein gosier. La scène était assez plaisante, car le crépuscule empêchait de distinguer leur visage : à la lueur du feu, on ne voyait qu'une grosse grappe bruyante et joyeuse.

C'est ainsi que je restai au village. J'allai moissonner le seigle avec les autres, je les aidai à le battre, à le vanner, à le moudre. Je conçus du respect pour toute cette peine qu'ils étaient prêts à prendre pour suivre les coutumes étrangères et pour mâcher ce pain auquel je persistais à trouver un goût d'écorce.

De temps en temps cependant, je m'autorisais un vrai repas : à l'aide des mots des serpents j'attrapais un lièvre sur la lande, le ramenais chez moi et le faisais cuire. Je le partageais avec Magdaleena et avec son père, lequel ne s'était pas encore fait à ce païen qui vivait sous son toit et me regardait par en-dessous d'un air mauvais : dans ces moments, il me rappelait feu Tambet. Il mangeait quand même, incapable de résister à la saveur de la viande.

Tandis qu'il rongeait avidement les os, j'essayais de le pousser à reconnaître que le plus sage aurait été de jeter le pain dans la fosse à fumier et de manger du gibier tous les jours. Le menton luisant de graisse, il me répliquait que l'homme est né pour manger du pain, parce que Dieu en a décidé ainsi et que partout dans le monde développé les gens ont pour coutume de gagner leur pain à la sueur de leur front. Et puis c'était plus élégant de manger du pain, car certains animaux aussi mangent de la viande, tandis que moissonner le seigle et le moudre, nulle bête n'en était capable. C'était indéniable — pas un seul loup, pas un seul ours n'aurait perdu son temps à des âneries de ce genre, et je rétorquais à ces fières proclamations que soit, la prochaine fois que je ramènerais un lièvre, qu'il aille donc se lécher les orteils dans un coin ou manger son pain, il n'aurait pas de viande. Ce sur quoi il prenait un air courroucé en tentant d'extraire la moelle de son os le plus vite possible, comme s'il craignait que je mette immédiatement ma menace à exécution.

Les villageois mangeaient rarement de la viande, car ils chassaient à l'aide de pièges bizarres où seules des bêtes malades ou particulièrement stupides allaient se prendre, ou de flèches qui manquaient leur cible plus souvent qu'à leur tour. Mon habileté à la chasse au lièvre était un sujet d'émerveillement, mais personne ne voulait admettre que je m'aidais des mots des serpents les plus ordinaires : tout le monde mettait cela sur le compte de quelque mystérieuse sorcellerie. Madgaleena était très fière de moi, elle faisait le tour du village en racontant tout ce que dont j'étais capable, elle exagérait abondamment et me décrivait comme une espèce de Sage du Bois Sacré, un sorcier capable de diriger les nuages et d'appeler l'orage à l'aide de formules magiques. Je lui expliquais que je n'étais pas un Sage, et que même si c'était le cas, de toute façon je n'aurais pas su agir sur les nuages, parce qu'une telle chose n'est tout simplement pas possible. Je lui décrivais ces Sages comme de banals imposteurs qui font des blagues sous leurs tilleuls sacrés — la même engeance de fripons que ces moines qui bourraient d'idioties la tête de Johannes et des villageois. J'ajoutai que j'en avais déjà pratiquement coupé un en deux, et que si je tombais sur un autre, je recommencerais. Elle souriait, car elle adorait ma sauvagerie. En se vantant de mes prouesses dans tout le village, elle s'obstinait à m'affubler de ce nom de Sage, car ce mot dont nul ne savait plus la véritable signification éveillait vaguement chez les paysans quelques bizarres souvenirs de l'ancien temps et leur donnait des frissons — en tout cas, c'est ce que Magdaleena prétendait. Cela m'attristait fort de constater qu'en lieu et place de tout ce qu'il y avait eu de beau et de bon dans l'ancien monde, la mémoire collective n'avait retenu que la figure de l'imposteur du Bois Sacré. Pourquoi ne pas se rappeler plutôt la langue des serpents et la Salamandre? Mais non, tout ce qu'ils avaient en tête, c'était le Sage!

Pour couronner le tout, un jour, aux champs, le gros Nigul vint me demander si c'était vrai que dans mon bois sacré, j'avais égorgé de jeunes vierges en l'honneur du Diable. Je lui fis saigner le nez à coups de poings — le souvenir de Hiie et de mon bonheur passé était trop vif.

C'est que, même si Magdaleena était ma femme, je n'étais pas heureux. Nos nuits étaient belles, mais mes journées étaient accablantes. Je me tenais le plus à l'écart possible des villageois, mais il n'était pas possible de les éviter tout à fait. Il y en avait toujours un dans mes jambes à m'échauffer la bile avec son absurde caquet.

La seule chose qui m'intéressait au village en-dehors de

Magdaleena, c'était son enfant. J'en attendais impatiemment la naissance. J'avais vraiment le sentiment que j'allais être père, même si ce bébé qu'elle portait n'était pas de mon sang. Il devait être mon élève, et c'était tout aussi important.

L'hiver vint et le ventre de ma femme s'arrondit à tel point qu'elle avait l'air de cacher un ourson sous sa chemise. Lorsqu'elle traînait au village, les gens la suivaient d'un regard admiratif ; de nombreuses paysannes s'approchaient pour poser l'oreille contre son ventre, comme si elles avaient espéré entendre de l'allemand et le cliquetis d'une armure. Les villageois semblaient vraiment croire que les enfants des chevaliers chevauchent déjà dans le ventre de leur mère, une plume blanche à leur heaume. Leur superstition n'avait
pas de bornes : Magdaleena elle-même aurait mis sa main à couper que l'enfant allait être un garçon, tandis que moi, au contraire, j'attendais une fille, par pur esprit de contradiction, pour pouvoir lui montrer à quel point ses croyances ne tenaient pas debout. En même temps, au fond de mon cœur c'était bien un garçon que j'espérais, car il me semblait que ce serait plus simple de l'instruire ; je me voyais en Vootele et je me figurais le fils de Magdaleena sous mes propres traits. J'étais au comble de l'impatience, car cet enfant était le seul être au village qui soit encore pur, non gâté, le seul à ne rien savoir de ces âneries étrangères qui abêtissent et des coutumes idiotes des paysans. Il ou elle allait devenir mon interlocuteur dans la langue des serpents, mon disciple, mon ami(e), mon enfant.

Il naquit au printemps — et bien entendu, ce fut un garçon. Le hasard avait confirmé les stupides superstitions de Madgaleena. Loin de m'en affecter, je m'inclinai au-dessus du nourrisson et lui embrassai tendrement le visage. Il ouvrit la bouche et me tendit sa langue minuscule, et à ma grande joie je vis qu'elle était bien leste, tout à fait le genre qu'il faut pour prononcer la langue des serpents.

Je lui sifflai quelques mots. Il me regarda avec de grands yeux sérieux et attentifs.

31

BIEN ENTENDU, PAS QUESTION DE ME METTRE TOUT DE SUITE À LUI ENSEIGNER LA LANGUE DES SERPENTS. J'avais tant attendu sa naissance que j'avais fini par oublier qu'il n'allait pas être de sitôt en état d'apprendre. J'allais devoir m'armer de patience! Pour l'instant, tout ce que je pouvais faire, c'était d'expliquer à sa mère qu'il ne fallait pas lui engourdir la langue avec du pain et de la bouillie. Au début, bien sûr, il prendrait le sein, mais par la suite, c'est moi qui m'occuperais de le nourrir. Elle accepta.

Il n'avait pas encore de nom. Évidemment, sa mère voulait l'appeler Jésus, mais Johannes déclara que les moines ne le permettraient pas, car ce nom-là, une seule personne au monde a le droit de le porter. Finalement il fut baptisé sous le nom de Toomas, un autre nom chrétien, censé convenir au fils d'un chevalier. Bien entendu, je ne mis pas les pieds à l'église : à mon avis, les gens reçoivent leur nom au moment où on les appelle pour la première fois, pas besoin de bouffonneries pour cela. Mais comme la cérémonie était de la plus haute importance pour Magdaleena et pour son père, je m'abstins d'exprimer mon opinion. Cela ne faisait aucun mal au petit, et je mis leur absence à profit pour piquer un petit somme bien agréable.

Lorsqu'ils le ramenèrent de l'église, je tentai de prononcer son nom dans la langue des serpents, et cela sonna assez joliment. Il sourit en m'entendant et lorsque je lui caressai le visage, il tourna la tête et se mit à me sucer un doigt, qu'il prenait manifestement pour un téton.

« Il a faim », dis-je à sa mère.

Elle le prit sur ses genoux.

« Les désirs du chevalier Toomas sont des ordres! » lui chuchota-t-elle à l'oreille en le portant à son sein.

Souvent son comportement envers son bébé me surprenait — c'était plus que de la simple tendresse maternelle : il y avait dans sa voix de l'humilité et le plus grand dévouement. J'étais sûr que lorsque l'enfant grandirait, elle serait incapable de lui interdire quoi que ce soit et de le corriger, c'était une créature trop supérieure à elle.

Le comportement des villageois était d'ailleurs tout à fait comparable. Lorsqu'ils venaient chez nous rendre visite au nourrisson, ils n'osaient pas quitter le seuil, ils y restaient à loucher en direction du berceau où dormait le petit bonhomme, et lorsque celui-ci se réveillait brusquement et se mettait à babiller, ils se recroquevillaient et écoutaient révérencieusement. Ils semblaient vraiment tristes ne pas comprendre — sans doute se figuraient-ils que c'était de l'allemand. Je remarquai que même Magdaleena écoutait son fils avec un intérêt mêlé de tension, et que lorsqu'il lui semblait avoir perçu dans ses gazouillements quelque chose qui rappelait de l'allemand, elle souriait, tout émue.

Mais le comble du ridicule à mon avis, c'était la conduite de Johannes. Il avait coutume de venir s'asseoir auprès du berceau, et lorsque le petit se mettait à gazouiller, il l'écoutait, sérieux comme un pape ; de temps de temps, il hochait de la tête et faisait : « Ah ah ! » Je ne savais pas s'il essayait simplement de nous faire croire que lui, qui avait été à la sainte ville de Rome et avait partagé la couche d'un évêque, comprenait le discours du petit chevalier, ou bien s'il avait franchement perdu la tête. Il ne donnait jamais d'explication à son comportement — lorsque l'enfant se taisait, il secouait la tête, comme s'il venait d'apprendre des nouvelles de la plus haute importance ; puis il allait dans son coin et s'y tenait assis des heures durant, avec l'air de réfléchir.

Ce respect, cette déférence des villageois pour Toomas me semblaient d'une telle niaiserie que moi, au contraire, je prenais avec lui toutes les libertés possibles : je le caressais sous le menton, je le faisais sauter dans mes bras et je lui soufflais sur le ventre, à le faire rire aux éclats et agiter de joie ses petits membres. Lorsque je chahutais ainsi avec lui, Magdaleena se tenait toujours près de nous, l'air perplexe, comme si elle n'arrivait pas à décider s'il était convenable ou non de se comporter ainsi avec un jeune chevalier, mais elle ne disait jamais rien. Je remarquai que lorsqu'elle reprenait son fils après nos moments de folie, elle essayait d'être particulièrement tendre et attentive, comme pour tenter d'excuser les polissonneries dont je venais d'importuner une créature de si haute race. Ils étaient vraiment bizarres, ces villageois.

Bientôt je n'eus plus guère le temps de jouer avec le petit Toomas, car ce fut le printemps et il fallut s'atteler aux labours, une tâche épuisante et parfaitement inutile à mon avis. Sans un murmure, je fis ce qu'on m'ordonnait, car j'avais vécu bien des moments plus difficiles, et si c'était le souhait des villageois, après tout, je pouvais bien les aider à faire pousser de l'herbe. Plus que le travail en lui-même, c'était le bavardage de mes compagnons qui me fatiguait.

Leur thème favori, ces derniers temps, c'était le crottin. Il y avait fort peu de chevaux au village, mis à part quelques vieilles haridelles osseuses aux crinières ébouriffées. On labourait avec des bœufs. Mais les hommes de fer galopaient de tous côtés et au lieu d'emprunter les chemins, ils traversaient les champs à leur gré. Aussi il arrivait souvent qu'en plein labour, un villageois tombe sur une belle pièce de crottin, trouvaille qu'il saluait d'un grand cri de joie — et l'instant suivant, tous les laboureurs étaient en rond, le nez sur le bran.

Ils se prenaient tous pour de grands spécialistes en matière de crottin.

« Ça, c'est de la crotte de pur-sang arabe ! » assurait Jaakop. « Je la reconnais toujours, elle est courbe à un bout et modérément friable. »

« Hmm... » grommela Nigul d'un air sceptique, en plongeant pratiquement le nez dans l'objet et en reniflant très fort. « À l'odeur, on dirait plutôt un andalou. »

«Les chevaux d'Espagne ne font pas ce genre de crotte!» répliquait Andreas. «Croyez-moi, je connais un garçon d'étable qui m'apporte parfois du crottin des chevaux de ses maîtres. Vous savez que j'en fais collection. Venez chez moi et je vous montrerai du crottin de cheval d'Espagne. C'est vrai qu'aux yeux d'un profane il y a une petite ressemblance, mais j'ai tout de suite vu que ce crottin vient d'Angleterre. Regardez ces nuances de brun.»

Nigul s'accorda de l'explication d'Andreas et s'excusa en expliquant qu'il avait le nez bouché par un rhume, mais il en fallait plus pour arrêter Jaakop.

«Ça ne tient pas debout!» dit-il en colère. «C'est un arabe! Je connais les montures des chevaliers, j'étudie leur crottin depuis ma plus tendre enfance!»

«Essaie au goût, si tu ne veux pas me croire», dit Andreas. «C'est un cheval anglais, et d'après moi, c'est même une jument.»

Jaakop goûta, garda le silence un instant puis, sur un ton maussade :

«Tu dois avoir raison, l'arabe est un peu plus salé que ça. C'est bien une fichue jument anglaise.»

«Qu'est-ce que j'avais dit, les gars! Je m'y connais en chevaux et en crottin! Sacrée belle pièce! Ah, si seulement on avait de ces chevaux à nous pour nous faire du beau crottin comme ça!»

«Et où tu veux qu'on les prenne?» intervint Pärtel. «Ça coûte une fortune et on n'en trouve qu'à l'étranger.»

«Je sais bien. Mais écoutez-moi bien, les gars, un jour j'en ramènerai un de par-delà les mers! Je vais faire des économies et vous verrez. Vous en serez verts de jalousie.»

«J'y crois pas», coupa Pärtel. «Personne ici n'arrivera jamais à accumuler une telle somme. Et puis ils ne nous laisseront pas quitter le pays.»

«Tu verras bien!» s'obstina Andreas, mais on sentait bien qu'il ne croyait guère à ses propres paroles. Ils se partagèrent le crottin en disant que « c'est joli à regarder » et que « c'est déjà ça, quand on n'a pas le cheval. » Puis ils se remirent à labourer.

De telles discussions avaient lieu au moins une fois par semaine, car les hommes de fer étaient nombreux et ils chevauchaient de toutes parts. Au début, cette fascination des villageois pour le crottin m'amusait, puis elle se mit à m'ennuyer. Un jour que je labourais en silence, je vis une villageoise en train de courir vers moi à travers champs en poussant des cris à fendre l'âme.

« Au secours, à l'aide ! Un serpent ! Il a mordu Katariina ! »

Katariina, c'était la blondinette qui m'avait interrogé sur les vipères royales, l'autre fois, auprès de la balançoire. Je me doutais bien de ce qu'on attendait de moi — tout le monde savait qu'un jour j'avais guéri la jambe de Magdaleena. En vérité, la chose n'était pas bien difficile, il me suffisait d'appeler le reptile qui avait mordu Katariina — mais c'était précisément ce que je voulais éviter. Je craignais de tomber sur une vieille connaissance qui se souviendrait de moi. Qu'est-ce qu'il allait me dire ? Qu'est-ce qu'il allait me demander ? Comment allait-il me considérer, moi qui avais passé plusieurs hivers dans son terrier, moi qui avais été l'un des siens, avec mes vêtements villageois et mon odeur de farine ? En voyant la fille s'approcher de moi, j'avais une forte envie de prendre mes jambes à mon cou dans l'autre sens.

Évidemment, je n'en fis rien. La morsure pouvait être sérieuse, et je ne pouvais pas laisser mourir cette idiote de blondinette.

« Où elle est ? » demandai-je à la fille qui haletait auprès de moi. « Emmène-moi auprès d'elle, vite ! »

« Ah, ah ! J'ai couru si vite que je ne tiens plus debout ! »

Elle tomba allongée sur le sol et se mit à s'éventer à l'aide de sa jupe.

« Eh bien ! Tu avais l'air d'avoir le diable à tes trousses, et là, on dirait que tu veux dormir. »

«Ah, ah! Il me semble que mes poumons vont éclater», ahana la fille. Elle finit par se remettre assez pour m'expliquer où se trouvait Katariina.

Je laissai cette bécasse haleter dans les labours et me mis à courir. C'était tout près, je ne pouvais pas croire qu'un aussi petit trajet l'ait fatiguée à ce point. Il est vrai qu'elle était bien en chair et courte sur jambes.

Katariina était assise sur une pierre, pâle comme un linge, l'air d'être à deux doigts de s'évanouir. Incapable d'articuler une phrase, elle se contenta de montrer sa jambe, où l'on voyait deux traces de crocs sanglantes, tout en piaillant comme un petit d'animal.

Je sifflai rapidement les mots qu'il fallait et à l'instant, un serpent rampa hors des buissons — c'était Ints.

«Toi!» marmottai-je, interdit. Je m'attendais bien à rencontrer une ancienne connaissance, mais Ints, c'était inattendu. La morsure à la jambe de Katariina évoquait plutôt un petit serpent — Ints était de race royale et lorsqu'une vipère royale mordait, c'était toujours au gosier, et c'était irrémédiable.

«C'est lui, c'est lui!» se mit à crier Katariina. «C'est cette sale bête!»

«Silence!» lui criai-je par-dessus mon épaule, en fixant mon amie sans savoir quoi faire. J'avais affreusement honte de mon costume, mais Ints sembla ne pas en faire une affaire — elle se roula en boule comme à son habitude et dit :

«Salut, Leemet! C'est sympa de te revoir. Je n'ai mordu cette fille que pour t'attirer par ici, vu que tu ne te montres plus. Attends, je vais commencer par ravaler mon venin, comme ça nous pourrons parler en toute tranquillité, sans l'entendre geindre.»

«Je t'en prie», dis-je. Elle rampa jusqu'à Katariina et, en un clin d'œil, nettoya la blessure.

«Ça ne fait plus mal?» lui demandai-je.

«Non», répliqua la villageoise en fixant, fascinée, la tête d'Ints avec sa belle couronne. «C'est une vipère royale!»

« Oui, mais tu n'auras pas sa couronne. File chez toi maintenant. »

« Et toi ? »

« Quoi, moi ? Mes affaires ne te regardent pas. File ! »

Elle s'éloigna lentement. Nous attendîmes qu'elle ait disparu derrière les arbres, puis Ints se glissa entre mes jambes et posa la tête sur mes genoux.

« Ça fait un bout de temps qu'on ne s'est pas vus. Comment ça va, vieux frère ? »

« Ça peut aller », marmonnai-je. Il n'y avait pas grand-chose au village dont j'avais envie de l'entretenir, ou dont j'aurais su lui parler. Aussi je répondis par une autre question : « Comment va maman ? »

« Bien. Elle habite chez nous maintenant. Elle est venue passer l'hiver et elle est restée. Elle dit qu'elle n'a pas l'habitude de vivre seule. Tu pourrais venir la voir, elle se languit de toi. »

J'approuvai de la tête, mais Ints poursuivit sans me laisser rien dire. Elle me parla de Salme et de Nounours, du pantalon qu'elle lui avait tricoté pour son anniversaire, avec tant de boucles et de crochets qu'il était incapable de se déshabiller seul et qu'elle pouvait être sûre maintenant qu'il ne la tromperait pas. Elle me dit que Pirre et Rääk avaient bien vieilli cet hiver et que leur pelage était devenu tout gris, si bien que quand ils étaient accroupis sur leur arbre, ils avaient l'air de deux énormes toiles d'araignées. Elle me dit que ses enfants étaient grands maintenant, qu'ils vivaient leur vie, et qu'ils avaient une peau magnifique. En l'écoutant, je sentis à quel point la forêt me manquait, tout particulièrement maman. Revoir ma vieille amie m'éclaircit les idées. Tout ce vieux monde que j'avais cru disparu à jamais serpentait et ondoyait de nouveau autour de moi en la mince personne d'Ints, et soudain je me sentais comme un poisson retombé à l'eau.

Tout d'un coup, je ne parvenais plus à saisir les raisons qui m'avaient fait quitter la forêt et m'installer au village. Au nom de quoi avais-je fait l'idiot tout l'hiver, d'interminables mois durant, au milieu de paysans ennuyeux et stupides, alors que ma mère, ma sœur, mon amie m'attendaient dans les bois ? Bien sûr, il y avait le petit Toomas, l'enfant de Magdaleena, mon futur disciple, mais cela ne signifiait pas qu'il me fallait passer tout mon temps au village, sans rendre visite à ma famille et à mes amis. J'essayais de me rappeler les sensations qui m'avaient fait sauter tête première hors de la forêt, mais je ne parvenais plus à les retrouver. Je n'avais plus peur de la compassion de mes proches, j'aurais même supporté qu'Ints se mette à parler de Hiie — au contraire, à présent je le souhaitais presque. C'était comme si j'avais vécu quelque temps avec les yeux enflés, croyant qu'il en serait toujours ainsi, et tout à coup l'enflure était passée et je recommençais à tout voir comme autrefois.

« Pas plus tard qu'aujourd'hui je passe voir maman. C'est chouette que tu sois venue me chercher. Sinon je ne sais pas combien de temps je serais resté à moisir ici. »

« Oui, moi aussi je pensais qu'il fallait juste te tirer d'ici. Maintenant tu peux regagner la forêt et oublier ce village. »

« Non, quand même pas. » Et je lui parlai du petit Toomas : je lui dis qu'il me fallait lui enseigner la langue des serpents, afin qu'il y ait au moins une personne après moi pour la comprendre. Elle m'écouta et eut un soupir.

« Alors tu y crois encore. Tu sais, mon vieux Leemet, ne te vexe pas, mais je crois bien que ta race est épuisée. C'est triste et moche, mais c'est comme ça. Toi et ta famille, vous êtes des exceptions, et si tu arrives à apprendre notre langue à cet enfant, ce sera une autre exception, mais le reste de l'humanité, on dirait des mésanges qui se sont arraché les ailes et courent par terre dans tous les sens comme des souris emplumées. »

« C'est bien pour ça. Parce que l'une au moins de ces mésanges doit apprendre à voler, pour pouvoir témoigner à la face de l'avenir que la mésange est un oiseau et pas un rongeur. Au moins une ! »

« Ça va quand même faire un petit villageois… » commença Ints sur un ton méprisant, mais je l'interrompis.

« Je sais bien que ç'aurait dû être l'enfant de Hiie. Mais nous n'avons pas eu le temps d'en avoir un ensemble, et c'est trop tard maintenant. »

« Oui, je sais », répondit Ints tout doucement. « Je pensais que tu n'avais pas envie d'en parler. »

« Ça n'a plus d'importance. Comme tu viens de le dire, tu m'as tiré d'ici. Allons dans la forêt maintenant, il me tarde tant de revoir maman. »

Elle avait vieilli, mais pour le reste elle n'avait pas changé. Lorsque je me glissai dans le terrier aux serpents, elle me sauta au cou au sens le plus strict de l'expression, me serra de toutes ses forces puis me relâcha, me dévisagea d'un air vaguement effrayé, poussa un « oh ! » et se précipita au-dehors.

« Maman ! Qu'est-ce qu'il se passe ? Où tu vas ? »

J'essayai de la suivre, mais elle avait disparu. Elle s'était enfoncée dans la forêt et il n'y avait plus trace d'elle entre les arbres.

Je regagnai le terrier pour discuter avec les serpents, compter les enfants d'Ints et la féliciter pour leur croissance. Un peu plus tard, maman réapparut.

« Où est-ce que tu étais passée ? » Tout en parlant, je me rendis compte qu'elle avait du sang sur la joue et que ses vêtements étaient déchirés par endroits. « Il t'est arrivé quelque chose ? » demandai-je, inquiet.

« Mais non, mais non ! Tout va bien. »

« Qu'est-ce que tu racontes, tu es blessée ! Tu t'es faite attaquer ? »

« Ce n'est rien du tout, juste une écorchure », dit-elle en essayant de nettoyer la plaie de la main. « Qui donc pourrait bien m'attaquer ? C'est chez moi, ici. Je suis tombée, c'est tout. »

« D'où ça ? »

« D’un arbre. J’ai glissé sur une branche, je me fais vieille », dit-elle comme pour s’excuser. « Avant je grimpais comme un écureuil, il n’y avait pas d’arbre trop haut pour moi. »

« Mais quelle idée d’aller grimper aux arbres ! On ne s’est pas vus depuis une éternité et me voilà à peine revenu que tu files grimper aux arbres. »

« Je suis allée te chercher des œufs de chouette », dit-elle en sortant deux beaux gros coucous de sa poche. « C’était ta gourmandise préférée dans ton enfance, et tout ce temps où tu étais parti, je me disais que le jour où mon garçon serait de retour, je lui en donnerais, comme autrefois, quand il était petit. Et te voilà, et moi qui n’en avais pas ! Alors j’ai couru en chercher — il y a un nid tout près d’ici — mais tu vois, j’étais si pressée que j’ai trébuché et que je suis tombée de l’arbre. Mais je suis remontée et j’en ai trouvé. Tiens, mon petit, ils sont pour toi. »

Je pris les œufs et les gardai en main quelque temps, sans même penser à dire merci. Maman continuait à se frotter la joue — la blessure était profonde et le sang coulait toujours.

« Et voilà maintenant, mon garçon qui vient me rendre visite et moi, vieille bête, en train de saigner ! » grommela-t-elle, presque fâchée. « Quelle maladroite ! Excuse-moi, Leemet, ce n’est pas beau, cette blessure... »

« Qu’est-ce que tu racontes, maman ! C’est à moi de te demander pardon d’être resté si longtemps sans venir. Tu comprends... »

« Je comprends ! » m’interrompit-elle. « Je comprends tout. Mon pauvre petit... »

Elle s’assit près de moi, m’enlaça et demanda en reniflant :

« Mais pourquoi tu ne les manges pas, tes œufs de chouette ? Tu n’aimes plus ça ? Tu préfères ce qu’ils te donnent, là-bas, au village ? »

« Allons, maman ! Comment peux-tu dire des choses pareilles ? Il n’y a rien comme les œufs de chouette ! »

« Alors gobe-les vite ! C'est comme ça que c'est le meilleur. »

Je fis un trou dans un œuf et en gobai le contenu. Maman me regardait avec une paisible tristesse.

« Voilà au moins quelque chose que je peux encore t'offrir. Si tout le reste tourne mal, au moins tu pourras toujours venir te remplir la panse chez ta maman. »

Elle se passa encore la main sur sa joue sanglante et se leva d'un air décidé.

« Termine tes œufs, chéri, et viens à table. Il y a de l'élan rôti qui t'attend. »

32

C'EST VRAIMENT DRÔLE DE CONSTATER À QUEL POINT, dans ma vie, tout a obstinément tendu à aller à vau-l'eau. On dirait un oiseau qui se fait un nid tout en haut d'un arbre, et au moment où il s'installe pour pondre, l'arbre crève : il s'envole sur un arbre voisin, se reconstruit un nid, pond de nouveaux œufs, et le jour où les oisillons éclosent, une tempête éclate et l'arbre se brise en deux.

À présent que je dévide mon existence, si je ne savais pas que tout cela a réellement eu lieu, je dirais que ce n'est pas possible. Ordinairement, cela ne l'est pas. Et c'est bien le problème : je n'ai pas vécu une vie ordinaire. C'est-à-dire que j'ai bien vécu, ou plutôt j'ai tenté de vivre une vie ordinaire, mais c'est le monde autour de moi qui a changé. Pour parler par images : là où se trouvait la terre ferme, un jour la mer s'est mise à faire des vagues, et je n'étais pas encore parvenu à me faire pousser des branchies, je respirais encore à l'aide de mes anciens poumons qui ne m'étaient plus d'aucune utilité dans le monde nouveau, et du coup, j'étouffais perpétuellement. J'essayais d'échapper à la montée des eaux et de me faire un nid sur le rivage, mais chaque nouvelle vague réduisait mes efforts à néant, jusqu'à ce jour où il n'y eut plus de nid, ni de rivage. Qu'y faire ? Même l'oiseau de tout à l'heure, c'est de sa faute si son nid est régulièrement détruit. Il se comporte comme tous ses semblables se sont comportés depuis des millénaires, il choisit pour y nicher ces mêmes chênes aux cimes desquels ses ancêtres ont toujours couvé leurs oisillons. Comment pourrait-il savoir que le temps de ces arbres est passé, qu'ils sont pourris de l'intérieur et que la première tempête un tant soit peu violente peut les briser comme des brindilles sèches ?

Ce jour-là, dans le terrier aux serpents, il me semblait vraiment avoir retrouvé un petit coin sec, hors de portée de l'inondation. Maman rayonnait de joie, elle passait son temps à me présenter des morceaux d'élan et moi, je dévorais cette viande dont je m'étais si longtemps privé — ce n'était pas de la viande ordinaire mais la cuisine de maman, et je ne pouvais rien souhaiter de meilleur. Ints et les autres serpents étaient à côté de moi, nous parlions de tout et de rien et pour la première fois depuis plus de six mois, je m'entendis rire.

« Tu vas rester vivre chez Ints, maman ? » demandai-je.

« Oh non, maintenant que tu es de retour je rentre à la maison. Tout seule là-bas, c'était affreusement triste, mais avec toi ça change tout. Tu te réinstalles en forêt, n'est-ce pas ? »

Je réfléchis un moment. L'idée de rentrer au village me répugnait vraiment. Vue d'ici, du terrier aux serpents, la vie qu'on y menait semblait si bizarre et si niaise. J'avais du mal à comprendre ce qui m'avait poussé à aller aux champs tous les matins cultiver une céréale dont je n'aimais pas le goût, accomplir des tâches qui m'étaient désagréables. Cette existence n'avait rien de naturel, et il fallait évidemment qu'elle finisse.

Pourtant je ne voulais pas renoncer à Magdaleena ni au petit Toomas. Surtout à ce dernier — mais à elle aussi. Elle me plaisait toujours aussi fort. Il me semblait qu'elle me pardonnerait si je me contentais désormais d'aller lui rendre visite au village, tantôt de jour pour m'occuper du petit, tantôt la nuit pour être avec elle. Après tout, elle était persuadée que j'étais un loup-garou, un Sage et je ne sais quoi encore. J'avais besoin de vaquer à mes affaires sylvestres, elle devait le comprendre. Elle m'avait appelé à ses côtés pour que j'enseigne à son fils d'immémoriales sagesses, pas pour que je gratte la terre derrière un bœuf. Cela, les villageois savaient très bien le faire.

« Oui, maman, je rentre. Mais il faudra que j'aille au village de temps en temps. J'y ai deux ou trois choses à faire. »

Elle approuva immédiatement de la tête.

« Mais oui, bien sûr ! Fais absolument comme tu veux. Tu es le seul homme de la famille, c'est toi qui décides. Ne t'inquiète pas, je ne vais pas te l'interdire ! En cas de besoin, tu peux prolonger tes séjours là-bas : ce sont tes affaires, je ne vais pas venir t'embêter avec ça. »

« Allons, allons, comment est-ce que tu pourrais bien m'embêter. Tu sais, maman, j'ai vraiment envie de rentrer chez toi. Franchement, j'en ai par-dessus la tête de ce village. »

Juste à ce moment, Ints me donna un petit coup de museau :

« Leemet ! Nous avons de la visite. Tes amis semblent avoir suivi tes traces, ils sont dans la galerie d'entrée. »

« Tu veux dire les gens du village ? Même ici, ils ne me fichent pas la paix ! »

« Sûr qu'ils vont te la ficher », répondit Ints en éclatant du rire silencieux des serpents, la gueule grande ouverte et ses puissants crochets à venin bien visibles. « Ça m'étonnerait qu'ils arrivent jusqu'ici, et si tu n'as pas envie de les voir, contente-toi d'attendre tranquillement. Nous allons régler cette affaire en un clin d'œil. »

« Non, je viens avec vous. Je veux voir qui c'est. Des fois que Magdaleena serait parmi eux... Je ne veux pas qu'il lui arrive quelque chose. »

« Alors viens, car nous ne savons pas la reconnaître. Allons jeter un coup d'œil à nos hôtes bien-aimés. »

Nous rampâmes en direction de la sortie : j'étais à quatre pattes et les serpents se tortillaient devant moi et à mes côtés. Bientôt j'entendis des voix. Quelqu'un disait :

« Je me demande combien de temps ça va durer, ce tunnel ? »

« Ça me fiche la frousse, tout ce noir » s'exclama une voix féminine — il me sembla reconnaître celle de Katariina.

« Ce n'est rien, » dit une troisième personne, sans doute Andreas. « Qu'est-ce qu'ils peuvent bien nous faire, ces serpents ? Nous avons tous nos croix bénies autour du cou. Dès qu'on voit cette vipère royale, on lui arrache sa couronne et on file. »

« Mais elle va nous courir après », répondit la première voix, que j'identifiais maintenant comme celle de Jaakop.

« Mais non », répondit Katariina. « Le moine a bien dit que lorsqu'on prend sa couronne à une vipère royale, elle se change en pierre. »

Je soupirai. Pauvre idiote ! Cela donnait à réfléchir, une telle sottise.

« Et comment on va se la partager, cette couronne ? » demanda Andreas. « Un tiers chacun ? »

« J'ai droit à davantage ! » s'écria Katariina. « C'est moi qui ai regardé où Leemet filait avec cette saleté de serpent, c'est moi qui me suis glissée derrière eux et qui les ai vus entrer dans ce trou. »

« N'empêche que tu n'as pas osé les suivre tout seule et que tu es venue nous chercher », répondit Jaakop. « Donc on fera trois parts. Une pour toi, pour le prix de ta trouvaille, et deux pour nous, pour t'être venus en aide et avoir arraché la couronne — ce n'est pas une fille qui va oser le faire ! »

« Bien sûr que si ! Regarde, j'ai pris ma hache. Si la couronne ne vient pas, je coupe la tête du serpent, on aura tout le temps de l'enlever après. »

« C'est la fille de tout à l'heure », me susurra Ints à l'oreille. « Ça n'a pas de sens de gâcher du venin à mordre aux jambes. C'est au gosier qu'il faut s'y prendre. »

Et, joignant le geste à la parole, elle bondit dans les ténèbres et mordit Katariina sous le menton. Les trois chasseurs de couronne se mirent à rugir, mais le cri de Katariina ne mit pas longtemps à s'éteindre.

« Prends ta croix bénite et agite-la ! » criait Andreas. « Prends ta croix... »

L'instant d'après, le père d'Ints passa à l'attaque. Il tomba sur Andreas comme un arbre qui s'effondre et le mordit au visage, lui crevant les yeux au passage.

À ce spectacle, Jaakob eut un petit cri tout à fait incongru pour son sexe et son âge, et s'enfuit au trot en direction de l'entrée.

Deux ou trois jeunes serpents voulurent se lancer à sa poursuite, mais le père d'Ints leur dit que ce n'était pas nécessaire.

« Laissons-le rentrer chez lui et raconter ce qui s'est passé. Comme ça, ils ne viendront plus nous embêter. Pourritures ! Alors comme ça, ils voulaient ma couronne ! Ils n'ont vraiment plus rien d'autre à se mettre sous la dent ? »

« Ils croient que ça va leur donner le pouvoir de comprendre le langage des oiseaux », dis-je d'un ton maussade. Je ne sais pourquoi, je me sentais fort mal, comme si j'avais été moi-même parmi les voleurs de couronne. Extérieurement, ils me ressemblaient quand même de manière trompeuse.

« Le langage des oiseaux ? En voilà une bouffonnerie ! Bon, pas étonnant qu'il leur vienne des idées bizarres : dans leur village, ils n'ont personne à qui parler, vu qu'ils ne savent plus notre langue... Peu à peu, la solitude leur fait perdre la tête. Pauvres insectes. »

Je regardais Katariina, que j'avais sauvée d'une autre morsure quelques heures plus tôt. Cette fois-ci, je ne pouvais plus rien faire pour elle. Elle était morte, tout comme Andreas, qui s'y connaissait si bien en crottin de cheval. Tout à coup, ils me firent de la peine, une peine terrible. Qu'est-ce qu'il leur avait pris de ramper jusqu'ici alors qu'ils auraient pu rester au village au milieu de leurs râteaux, de leurs pelles à pain et de leurs meules à bras ? Puisqu'ils s'étaient construit un monde nouveau, ils auraient dû laisser l'ancien tranquille, ils auraient dû l'oublier. Mais à l'évidence, ils en avaient été incapables, vu que la couronne des vipères royales et le langage des oiseaux les alléchaient encore, et tant d'autres secrets de la forêt qui, dans leur mémoire, s'étaient étrangement déformés jusqu'à prendre une autre signification, toute nouvelle et toute stupide. Ils n'étaient pas parvenus à se libérer totalement de leur passé : il les attirait sans qu'ils sachent pourquoi, mais quand ils tombaient effectivement sur quelque chose de très ancien, ils ne savaient pas se comporter : ils étaient comme de petits enfants qui, en allant s'abreuver à la source, se penchent trop et tombent à l'eau tête première. Et les voilà gisant dans un terrier, mordus à la tête. Les serpents auraient pu être leurs frères, et voilà qu'ils étaient devenus leurs meurtriers.

«Bon, il faut que j'y aille», dis-je à Ints. «Je repasse au village. Dis à maman que je serai de retour demain soir au plus tard.»

«Qu'est-ce qu'il te prend? Tu as de la peine pour eux? Ils sont entrés sans être invités et ils voulaient me couper la tête à la hache. Est-ce qu'on aurait dû leur lécher les pieds pour ça?»

«Non, non, tout va bien. Ils ont eu ce qu'ils méritaient. J'ai juste une ou deux choses à régler avant de me réinstaller durablement en forêt.»

«Je peux venir avec toi? Pour voir ce petit gars à qui tu veux apprendre notre langue. C'est la nuit, les humains dorment, je devrais pouvoir entrer chez toi sans problème.»

«Viens donc. Mais prenons notre temps : je voudrais marcher un peu dans les sous-bois. Il y a si longtemps que ça ne m'est pas arrivé.»

Effectivement, nous prîmes notre temps : lorsque nous arrivâmes au village, il était minuit passé. Tout était silencieux comme il se devait, vu que les villageois étaient sûrement endormis.

Nous arrivâmes chez moi en silence. J'ouvris la porte et chuchotai à Ints :

«Toomas est dans son berceau. Jette un coup d'œil par-dessus et file, je ne voudrais pas que Johannes se réveille et te voie.»

«Moi non plus, je n'y tiens pas spécialement», s'écria Ints en rampant en direction du berceau. Elle se glissa à côté et regarda par en-dessus.

«Leemet!» siffla-t-elle si fort que j'étais sûr que tout le monde allait se réveiller et que des désagréments allaient s'ensuivre. «Leemet!»

« Qu'est-ce qu'il te prend ? » sifflai-je en retour. « Tu vas les réveiller ! »

« Viens par ici ! Cet enfant est mort ! »

C'était comme si on venait de me jeter de l'eau bouillante au visage. Une seconde plus tard, j'étais à côté d'Ints. Le spectacle était si terrible que je me mis à pousser des grognements. Le nourrisson avait la gorge tranchée, le berceau était couvert de sang.

« Magdaleena ! » criai-je à plein gosier ; « Magdaleena ! Qu'est-ce qu'il se passe ? »

Je me précipitai dans son lit, qui, depuis quelque temps, était aussi le mien. Cette nuit, elle y était seule. Couchée sur le dos, des cheveux sur le visage et la gorge ouverte.

La suite m'échappe. À un moment, je me retrouvai à genoux, avec, à hauteur de mes yeux, la tête d'Ints qui se balançait en me sifflant des mots apaisants, de ceux qui amollissent et qui endorment. Je me passai la main sur le visage et regardai à la ronde. La pièce était sens dessus dessous, les bancs et la table étaient en pièces, ainsi que le rouet perché sur le tas de décombres.

« Qu'est-ce qu'il est arrivé ? » demandai-je à Ints, en bâillant sous l'influence de ses sifflements.

« Tu es devenu fou. Tu t'es mis à hurler et à rugir et tu t'es déchaîné comme un élan acculé. Tu as tout cassé et tout retourné, il n'y a que les tapis que tu n'as pas touchés. »

Je jetai un regard sur le berceau de Toomas. De loin, l'objet avait l'air tout à fait innocent et ne dévoilait aucunement son ignoble contenu, mais je sentis que quelque chose se remettait à tournoyer en moi.

« Est-ce qu'il faut encore que je te calme ? » demanda Ints, qui manifestement voyait à mes yeux qu'une nouvelle crise menaçait.

« Pas la peine », répondis-je, en sentant mes lèvres se tordre en un horrible ricanement. « Il n'y a plus rien à casser. »

« Je suis désolée. Je ne les connaissais pas, mais je suis

vraiment désolée. Quelle brute ignoble!»

«Qui donc? Qui est cette brute? Dis-moi qui a fait le coup! Un loup? Encore un maudit loup!»

«Pas du tout. Tu as perdu la tête en voyant les cadavres et tu n'as pas regardé les blessures de près. Ce ne sont pas des morsures de loup, à vrai dire ce ne sont pas des morsures du tout. Aucun animal n'a ce genre de dents. Regarde toi-même!»

«Je ne peux pas, Ints. Je ne veux pas les voir davantage, je n'y arriverai pas. Dis-moi qui les a tués, que j'aille attraper ce monstre et le torturer à mort!»

«Ton vieil ami Ülgas, le Sage.»

De surprise, j'éclatai de rire et me sentis tout entier trembler de rage.

«Il est encore en vie?»

«Hélas. Tu lui as arraché la moitié du visage, mais cela n'a pas suffi à en venir à bout. Je l'ai vu deux ou trois fois dans la forêt — il est horrible à regarder, mais il est bien vivant. Je crois qu'il a perdu la raison : il se promène tout nu, couvert de la boue où il dort et d'une saleté répugnante, et la dernière fois que je suis tombée sur lui il s'était fixé aux doigts des griffes faites d'épines effilées. Il agitait les bras, faisait craquer ses fausses griffes et grommelait confusément. C'est avec ces griffes qu'il a égorgé les tiens!»

«Alors, filons tout de suite à sa recherche», grognai-je sur un ton abruti en me relevant et en assénant au mur un tel coup que la chaumière trembla. Je sentais remonter en moi la volonté de culbuter quelque chose et de le réduire en petits morceaux, mais Ints siffla des mots qui me calmèrent et m'éclaircirent un peu la tête.

«Mais où est donc Johannes?» me vint-il soudain à l'esprit. Dans ce malheur, dans cette maison inondée de sang, il y avait encore quelqu'un. «Il est mort aussi?»

Je jetai un coup d'œil à son lit, mais il était vide.

«Sans doute n'était-il pas chez lui. Curieux, normalement les villageois ne traînent pas dehors la nuit. En tout cas, ça lui a sauvé la vie. La tienne aussi — si tu avais dormi ici, il ne serait pas resté grand-chose de ton gosier. »

« C'est à moi qu'il en avait, cette brute », dis-je en ouvrant la porte. « Le bois sacré ! C'est le bois sacré qu'il ne me pardonne pas, et puis son visage. Bon, je remercie ce saint homme de s'être payé avec la plus grande probité, sans me faire grâce de la moindre dette. Il m'a même estimé au-dessus de ma valeur — mais peu importe, je vais le trouver et nous allons faire nos comptes. Il m'a fait payer le prix d'un visage entier alors que je ne lui en ai arraché que la moitié : il faut donc que je me dépêche de lui arracher l'autre moitié. On ne doit jamais laisser un travail en plan : comme disait Oncle Vootele, ce qu'on fait aujourd'hui, c'est toujours ça de soucis en moins pour demain. Tu sais, Ints, il a pourri à côté de moi, et depuis ce temps j'ai aux narines une étrange odeur de pourriture, je ne t'en ai jamais parlé mais maintenant tu le sais — c'est comme si je pourrissais moi-même. Mais regarde, ce n'est pas moi qui pourris, ce sont les autres qui crèvent ! Tous ceux qui sont autour de moi ! Ils crèvent et ils pourrissent, et il me faut continuer à vivre dans cette puanteur. Qu'est-ce qu'il me reste d'autre à faire, je vis ! »

Je sortis en courant et plantai mon couteau dans le tronc d'un arbre qui poussait devant la maison.

« Je vis ! Réjouissez-vous ! »

« Allez, viens », me dit Ints. « À la recherche d'Ülgas. »

« Ülgas ! » grognai-je. « Oui, allons le chercher et le liquider, car il est encore en vie — et cela ne peut être, car je suis le dernier ! Ce n'est pas lui le dernier, c'est moi ! »

Je parlais à l'arbre, d'une voix rauque, comme mon grand-père devait parler tout seul sur son île. Je finis par suivre Ints, taillant les branchages autour de moi avec mon couteau, abruti de fureur et d'accablement.

33

En arrivant dans la forêt, Ints rejeta la tête en arrière et émit un sifflement assourdissant. C'était pour appeler les autres serpents.

Un instant plus tard, des reptiles se mirent à ramper autour de nous. Elle ne leur posa qu'une seule question :

« Où est Ülgas ? »

Les premiers arrivés n'en savaient rien. Ce n'était pas bien grave : les serpents étaient nombreux, et nul ne pouvait se déplacer dans la forêt à leur insu.

Le dixième, à peu près, hocha la tête en disant :

« Je viens juste de le voir, recroquevillé sous le vieux tilleul que la foudre a frappé il y a deux ans. Il était en train de manger de l'oseille sauvage. »

« Merci beaucoup », dit Ints en se tournant vers moi : « Alors, Leemet ? Tu as entendu ? »

« J'ai entendu. » D'impatience, je massais mon couteau dans ma paume ; je m'étais même blessé sans le faire exprès, mais je ne ressentais pas la douleur et le sang qui me coulait entre les doigts m'indifférait. « Rappelle-toi, Ints, il est à moi. Aujourd'hui je me passerai de tes crochets à venin. »

« Je comprends. »

Alors je courus au tilleul foudroyé, prenant au plus court et me dépêchant autant que je pouvais, sans m'occuper des branches qui me fouettaient le visage. Ints était sur mes talons.

Ülgas était bien là. Si je n'avais pas été aveuglé par la rage, sans doute son apparence m'aurait-elle épouvanté. Il était tout nu, son corps squelettique recouvert de quelque chose qui ressemblait à de l'écorce séchée, un mélange de boue, de branches qui s'y étaient collées et de toutes les autres saletés qui traînent dans les sous-bois. À l'emplacement de la moitié manquante de son visage il y avait une grande cicatrice répugnante, tout rose en comparaison de son corps brunâtre, et qui brillait comme si elle était humide. Aux doigts, il s'était attaché des épines qu'il avait effilées, et il s'en servait pour gratter au sol de l'oseille sauvage qu'il se mettait en bouche avec de la terre, en grommelant tout bas. Une partie de l'oseille lui était tombée dans la barbe et lui pendait au menton comme une moisissure verdâtre. Ce n'était pas un être humain, c'était quelque animal monstrueux ou même une plante, un arbre immonde doté de mouvement, les branches écartées — un tilleul du bois sacré qui avait pris vie et bâfrait de l'herbe en me fixant d'un regard fou. Il me reconnu sur-le-champ et poussa un cri perçant :

« C'est toi ! C'est toi qui as coupé le bois sacré ! Les génies à tête de chien ne pardonnent pas, ils te réduiront en miettes ! Ils arracheront la chair de tes os ! »

Il leva la main d'un air menaçant, agita ses doigts prolongés de griffes et glapit :

« Les génies te reconnaîtront à l'odeur ! Ils viendront te réduire en poussière ! »

Je vis que ses griffes étaient brunes de sang figé. Il ne faisait aucun doute que c'était d'elles que ce monstre s'était servi pour égorger Magdaleena et le petit Toomas. Je sentis ma vue se troubler, la rage m'étouffait. Je m'avançai et, d'un seul coup de couteau, je lui tranchai la main gauche. Il poussa un cri aigu, mais sans reculer pour autant : au contraire, il tenta de me griffer de la main droite — mais je fis un bond de côté et les épines ne griffèrent que l'air. Quelques secondes plus tard, l'autre main tombait dans l'oseille. Je la piétinai en criant :

« Ça n'existe pas, les génies du bois sacré, espèce de brute ! C'est de tes propres mains que tu as assassiné des innocents ! Tu es un monstre, un monstre ! »

« C'est à toi que j'en voulais », coassa-t-il en serrant ses moignons sanglants contre son ventre. « Je t'ai épié, je t'ai guetté, et juste cette nuit où je suis venu te chercher avec mes chiens fidèles, tu n'étais pas chez toi. Mais ils étaient assoiffés, les génies leur avaient promis du sang, et ils ont étanché leur soif. Personne ne peut rien contre les génies, ils sont tout-puissants ! »

Ces paroles était si terribles que je le redressai et, d'un seul coup, je lui ouvris le ventre. Il tomba en émettant une plainte stridente et monocorde.

« Bâtard ! Apprends donc une bonne fois pour toutes qu'il n'y a pas de génies avec ou sans tête de chien, rien que ton cerveau malade qui passe son temps à inventer de nouveaux crimes. Pourquoi est-ce que je ne t'ai pas tué l'autre fois ? Tout est de ma faute ! »

Je plongeai le bras dans sa blessure et en retirai les boyaux. Le Sage grognait et hurlait. Je nouai les intestins au tilleul, puis je lui flanquai un coup de pied au visage.

« Rampe maintenant autour de ton arbre sacré, ordure ! Rampe jusqu'à ce que tous tes boyaux s'y soient enroulés ! Rampe, tu m'entends, rampe ! »

Et c'est ce qu'il se mit à faire ! En laissant derrière lui un sanglant et répugnant sillage de longs boyaux glaireux qui lui pendaient du ventre et s'allongeaient toujours davantage. L'oseille était brune de sang. Sa langue bleuie pendant de sa bouche, il avançait peu à peu, haletant fort, son unique œil gonflé, éteint. Il parvint à faire deux fois le tour de l'arbre avant de se vider de son sang.

« C'est répugnant », dit Ints en détournant la tête de dégoût.

« À présent, venez faire bonne chère, honorables génies avec et sans tête de chien ! » criai-je à plein gosier. « La table est mise ! Venez donc vous régaler, ce mets devrait vous plaire ! Venez sans faute, car c'est la dernière fois qu'on vous donne à manger ! Demain personne ne se souviendra plus de vous, vous êtes condamnés à l'oubli et à mourir de faim ! Votre dernier repas, chers petits génies révérés! Chiens des bois, ouah, ouah! Où êtes-vous donc? Venez vous remplir la panse!»

Mon discours n'attira que des mouches, un gros nuage de mouches qui recouvrit pratiquement le cadavre d'une croûte noire et bourdonnante.

«Allez, on file», dit Ints. «Il y a de quoi vomir.»

Je crachai sur les mouches et sur les restes du Sage, leur tournai brusquement le dos et me mis en marche.

«Qu'est-ce que tu vas faire maintenant?» s'inquiéta Ints, qui rampait à mes côtés.

«Je ne sais pas.»

«Tu vas retourner au village?»

«Non.»

«Tu viens chez nous?»

«Je ne sais pas. Je n'en sais rien.»

Tout ce que j'aurais voulu, c'était marcher et marcher, comme le jour où le loup avait égorgé Hiie, jusqu'à tomber dans un gouffre. De nouveau, tout était passé, tout était fini, tout avait disparu.

«Viens quand même chez nous pour commencer. Il faut que tu te reposes. Que tu lèches un peu la pierre blanche et que tu dormes.»

«Et ensuite?»

«Quoi ensuite?»

«Quand je me réveillerai?»

«Je ne sais pas, Leemet. Nous y penserons plus tard. Sois gentil, viens avec moi.»

J'abandonnai la discussion. Bon, d'accord, je la suivrais. En fait, je me moquais éperdument de savoir où j'irais et ce que je ferais.

Nous cheminâmes un moment en silence sur le sentier qui menait au terrier aux serpents. Soudain, Ints émit un sifflement d'excitation.

«Je sens une odeur de fumée! Vite! Il se passe quelque chose d'anormal!»

Moi aussi, je sentais la fumée. Je me mis à courir, et je me sentis un peu mieux. J'avais besoin d'action. J'aurais souhaité qu'il y ait plusieurs Ülgas, toute une troupe que j'aurais pu torturer et massacrer. La fumée et la lueur qui tremblait entre les arbres pouvaient signifier une nouvelle occasion de me battre, d'enterrer mon désespoir dans une rage aveugle de vengeance. Qui pouvait bien être à l'origine de ce feu ? Des chevaliers ou des moines, peut-être ? Je pris mon couteau et en serrai convulsivement le manche.

« Ça vient de chez nous ! » siffla Ints à côté de moi, au comble de la frayeur. « Qu'est-ce que ça peut bien vouloir dire ? »

Nous pressâmes le pas, et en un instant nous fûmes sur place. Quel spectacle ! Ce n'étaient pas les chevaliers ni les moines qui avaient allumé le feu, mais les villageois, et à leur tête, Johannes. Pärtel était là, et puis Nigul et Jaakop et tous les autres. Ils formaient un cercle autour d'un grand feu qu'ils avaient allumé juste sur l'entrée du terrier. Dans les flammes, ou pouvait voir plusieurs reptiles carbonisés : sans doute avaient-ils tenté de fuir à l'air libre pour ne pas être étouffés par la fumée. Tout ce qu'ils y avaient gagné, c'était d'être rôtis plutôt qu'asphyxiés.

Maman aussi était dans le terrier ! Et le père d'Ints ! Et ses enfants, dont la couronne au front n'était pas encore tout à fait formée ! Ils étaient tous à l'intérieur et n'avaient pas pu s'échapper.

Avec un sifflement terrible, Ints attaqua les villageois dans le dos. L'un des jeunes gars se mit à crier et tomba par terre, puis un vieil homme se mit à gronder, se couvrit le visage de ses mains et s'effondra. Ints mordait à gauche et à droite et les villageois étaient en proie à la confusion et à la terreur.

« Au secours ! Au secours ! » criaient-ils. « L'une de ces créatures de l'enfer s'est échappée ! »

Je n'avais pas l'intention de laisser Ints aller seule au combat. Je vins à sa rescousse en criant à pleins poumons. D'un premier coup de couteau j'égorgeai le gros Nigul, qui s'affaissa sur lui-même comme un sac de graisse. Je taillais autour de moi sans réfléchir, et de temps en temps je devais fermer les yeux parce que du sang me giclait au visage et me piquait les yeux. Mais ils étaient trop nombreux, et vu que j'étais au milieu d'eux, je ne pouvais pas surveiller mes arrières. Je reçus une pierre sur la nuque, j'entendis mon crâne craquer et je tombai par terre en crachant du sang. Tout se mit à tourner et avant que j'aie pu retrouver mes esprits, j'étais ligoté. Ints gisait à mes côtés. Elle était encore en vie et bougeait doucement, mais elle avait l'échine brisée.

Je vis mon vieux copain Pärtel penché sur moi, un gros gourdin à la main.

« Ce n'est pas si dangereux que ça, ces serpents. Il suffit de leur flanquer un bon coup au milieu du dos, et leur compte est bon. Ils ont l'échine fine comme une brindille, un seul coup et elle se casse en deux. »

« Pärtel ! » murmurai-je en crachant du sang. « Tu ne te rappelles pas ? C'est Ints ! C'était ton amie ! »

« Un serpent ne peut pas être l'ami d'un chrétien. Arrête tes sornettes ! C'est toi qui fricotes avec les serpents, car tu es un païen. Et on va te brûler vif pour ça. »

« Espèce de brute », dis-je tout bas. Ses paroles ne me faisaient pas peur — ils pouvaient bien me brûler si ça les amusait, qu'est-ce que j'en avais à faire. De toute façon, tout était fini, tout était déjà fini avant, et voilà qu'ils avaient encore tué maman et toute la famille d'Ints et tous mes vieux copains les serpents. Il n'y avait plus personne, juste mon amie d'enfance à côté de moi, l'échine brisée : sans doute qu'ils allaient la tuer sans tarder. Très bien, qu'ils la tuent, ça me faisait mal de la voir se tordre maladroitement dans la poussière comme un ver de terre et pas un puissante vipère royale.

« Tiens bon, amie ! » lui sifflai-je. Elle me regarda, elle me comprit, mais elle ne pouvait plus me répondre. Son corps mince et svelte était traversé de convulsions. On voyait qu'elle souffrait beaucoup.

«On jette le serpent au feu?» demanda Jaakop en s'approchant et en lui donnant un léger coup de pied.

«Non, sur une fourmilière», répondit Pärtel. Ça sera drôle à voir, les fourmis vont lui ronger la chair jusqu'aux os comme si on l'avait fait bouillir.»

«Monstre, salaud, étron!» lui criai-je, tandis que sous les rires des villageois, il souleva le corps ondoyant d'Ints à l'aide d'une branche fourchue pour l'emporter. Je me rappelai le mépris qu'Ints avait pour les fourmis — et maintenant, elle allait être leur victime. Ces répugnantes et stupides miettes de bestioles allaient la manger, disperser sa chair par petits bouts dans leurs minuscules tunnels et ne laisser qu'un squelette tout blanc. De ridicules et pitoyables créatures qui ne comprenaient pas sa langue, tout comme ces villageois à qui elles devaient cette si belle ventrée. Ints les méprisait aussi, les villageois : mais ils avaient rôti tout son peuple et l'avaient jetée aux fourmis. Ils étaient devenus les plus forts, ils avaient trouvé le moyen de tuer les serpents, et maintenant il n'y avait plus rien pour faire obstacle à l'avancée du monde nouveau. Les mots des serpents n'étaient plus d'aucune utilité contre eux puisqu'ils y étaient sourds — et ils n'offraient pas de protection contre un simple bâton, si facile à manier pour briser la frêle échine d'un reptile.

Pärtel avait dit qu'on allait me brûler, et je m'attendais à ce qu'on me jette au bûcher sans plus attendre. Mais manifestement, les villageois avaient d'autres plans — notamment Johannes, qui s'approcha, me dévisagea longuement avec le plus grand sérieux, puis s'inclina vers moi :

«Tu vois ce qui arrive lorsque l'on méprise la Sainte Croix. Si tu t'étais laissé baptiser par les saints hommes du monastère, le Malin ne t'aurait pas pris en son pouvoir. Tu aurais eu la force de lui résister et l'Adversaire n'aurait pas été ton maître.»

«Je n'ai pas de maître», grognai-je.

«Alors pourquoi nous avoir attaqués? Pourquoi avoir assassiné des chrétiens?»

« Parce qu'ils ont tué mes amis. Est-ce que tu sais, vieux crétin, que vous venez de tuer ma mère ? »

« Ta mère ? Nous avons détruit des serpents, les plus fidèles serviteurs de Satan. Hier, ces bêtes immondes ont tué deux personnes de notre village, le jeune Andreas et notre chère Katariina. Ce crime ne pouvait pas rester impuni, et nous avons enfumé toute cette vermine dans son propre terrier. »

« Ma mère aussi était dedans. »

« Avec les serpents ? » dit Johannes en se signant. « Alors c'était elle-même un serpent, ou pire, une sorcière ! Dans ce cas, elle a eu ce qu'elle méritait ! »

« Écoute-moi bien ! Aujourd'hui j'ai étripé un vieil avorton dans ton genre, le genre qui se prosterne devant les génies. Qu'est-ce que j'aimerais t'ouvrir le ventre à toi aussi et t'arracher le foie pour t'en gifler la face ! »

« Tu parles comme une bête sauvage », répliqua Johannes avec mépris. « Et c'est bien ce que tu es. Le Malin tient si fortement ton âme entre ses griffes que tout espoir t'est interdit de comprendre la bonté de Dieu et de bénéficier de sa miséricorde. Tu nous as attaqués de concert avec ton ami le serpent, cette créature de l'Enfer, mais Dieu nous a protégés en guidant la main de ce bon Jaakop qui t'a touché à la tête avec une pierre. Ton maître est certes puissant, mais il ne peut rien contre le Seigneur. Dès l'aube, nous te brûlerons sur la colline de la balançoire. Et ne crois pas que nous allons nous laisser attendrir par Magdaleena. Elle pourra nous supplier tant qu'elle voudra, je serai inflexible. J'ai toléré trop longtemps sous mon toit un valet de Satan, c'était une faiblesse et un péché. »

J'éclatai d'un rire mauvais, même si j'avais plutôt envie de pleurer — mais je n'avais plus de larmes.

« N'aie pas peur, vieil homme ! » lui criai-je au visage. « Ta fille ne va pas se mettre à te supplier. Pas de souci ! C'est donc pour cela que tu n'étais pas chez toi lorsque la mort est allée visiter ta maison ! Tu étais en train de massacrer les serpents dans la forêt! En vérité, ton Seigneur t'a protégé et t'a sauvé d'un grand péril. Réjouis-toi donc, vieil homme, et remercie ton Dieu de bonté qui t'aime et te garde du malheur!»

«Qu'est-ce que tu racontes?» demanda Johannes, inquiet. «Quand est-ce que la mort est allée visiter ma maison?»

«Mais pas plus tard que cette nuit» ricanai-je entre deux reniflements. «La mort vient toujours de nuit, elle frappe tout doucement : toc toc toc, et elle demande : est-ce que le doyen Johannes est à la maison? Mais il n'est pas là — Où il est alors? — En train de rôtir des serpents dans la forêt! Il a beaucoup de travail, c'est pour ça que son Seigneur l'a élu! Mais la mort ne veut pas rentrer bredouille, il lui faut quelque chose sous la dent! Pas de Johannes, pas de Leemet — mais Madgaleena et le petit Toomas, eux, ils sont à la maison! Chouette! Une jolie fille, un petit garçon! Miam, miam! Les génies avec et sans tête de chien raffolent de chair humaine, pas seulement Dieu! Dieu est déjà en train d'avaler les serpents que son Johannes lui cuisine, eh bien, les génies vont faire bombance de chair humaine. Toutes ces créatures sont tellement affamées! Elles ont de si gros ventres, elles ne sont jamais rassasiées!»

Les derniers mots, je les rugis plus que je ne les dis, en me roulant par terre comme si j'étais sur des charbons ardents. Les villageois m'entouraient, au comble de l'épouvante, sans savoir quoi faire. Johannes se mit à trembler.

«Est-ce que tu as... Est-ce que tu as fait du mal à mon enfant?»

«Pas moi! Les génies, les chiens, les dieux! Ce sont eux qui ont soif de sang, pas moi! Moi, je ne sais que la langue des serpents, et je suis le dernier à la savoir. Vraiment le dernier, puisqu'il n'y a même plus de serpents!»

J'éclatai de rire en essayant de mordre à la jambe le villageois le plus proche. Il sauta en arrière.

«N'aie pas peur, bâtard! Mes crocs ne sont pas venimeux, tu ne vas pas en mourir.»

«Il a perdu la raison», dit Johannes, livide. «Emmenons-le et rentrons vite au village. Je suis très inquiet pour ma fille.»

«Trop tard, vieux fou, trop tard!» hurlai-je, tout à fait comme un dément, en me frappant la tête par terre. «Trop tard!»

«Plus vite!» s'écria Johannes en s'ébouriffant la barbe. «Plus vite!»

34

LORSQUE À PRÉSENT JE REPENSE À CETTE NUIT, mon seul sentiment est une légère gêne liée au désordre de ma conduite. Que de cris insensés et de vain désespoir! Après la mort de Hiie, j'aurais dû être habitué à voir disparaître tous mes proches. Celui qui est tombé une fois dans un gouffre et s'est écrasé au fond, cela ne devrait plus lui faire grand-chose qu'on le porte encore et toujours au sommet d'une montagne pour le jeter toujours et encore dans le vide. Les gens et les animaux auxquels je tenais disparaissaient comme des poissons égarés à proximité de la surface — un seul coup les assommait et ils n'étaient plus là, ils sombraient l'un après l'autre là où je ne pouvais les suivre. Enfin, j'aurais pu les suivre, bien sûr, tout comme on peut toujours se jeter à la mer pour pêcher des poissons, mais sans espoir d'en attraper. Un jour, j'emboîterai le pas à tous ceux qui m'ont été chers, et nous prendrons la même direction, mais même ainsi, nous ne nous rencontrerons jamais plus — tant cette mer est vaste et tant nous sommes minuscules.

Aujourd'hui j'envisage tout cela avec le plus grand calme, et même avec indifférence. Cela ne me fait plus rien d'avoir perdu en une seule nuit Magdaleena et le petit Toomas, Ints, les autres serpents et maman. C'est ce qui devait arriver, car un arbre pourri finit toujours d'un coup — un grand craquement, et il est à terre. Soudain sa haute cime n'est plus là, elle qui dominait la forêt depuis si longtemps : il y a un trou dans le couvert. Et puis, en quelques années, le trou se rebouche, et c'est comme s'il ne s'était rien passé.

J'ai cessé de m'attrister de n'avoir personne à qui transmettre la langue des serpents. Au contraire, j'en ressens une joie mauvaise. Qu'elles vivent donc sans les mots des serpents, ces générations futures que je ne verrai pas et que je ne veux pas voir, ces stupides et misérables insectes! Je ne les envie pas. Eux, bien sûr, ils ne peuvent pas regretter leur ignorance, ils ne savent pas ce qu'ils ont perdu — mais moi, je sais. Et je sais encore bien d'autres choses dont les générations imbéciles qui viendront après moi n'auront plus la moindre idée.

Cette pensée me réjouit. Durant les longues heures où je demeure couché dans ma caverne, c'est ce monde nouveau, justement, que j'essaie de me figurer — un monde sans serpents. De temps en temps, je ris dans ma barbe, tant il me paraît ridicule, cet avenir où je n'ai plus de place. Bizarre et désagréable. Finalement, ce n'est pas plus mal que j'échappe à toute cette sottise.

Non, ce n'est pas le passé qui m'attriste. Il est déjà trop loin de moi. Ceux que j'ai connus et chéris se sont faits semblables aux figures peintes au fond de la grotte des anthropopithèques : je les regarde sans les reconnaître.

Ce matin où on m'emmena au village, ligoté, j'étais à cent lieues de cette paix de l'esprit. Je montrais les dents, je glapissais comme un louveteau et j'insultais tout ce que je voyais — jusqu'à ce qu'un villageois râblé me fasse taire d'un coup de gourdin sur la bouche qui m'ôta plusieurs dents. Alors je me contentai de cracher du sang en silence, mais je bouillais toujours de rage sans ressentir ni la douleur de ma bouche blessée, ni celle de mes membres entaillés par les cordes.

Mais mes cris n'étaient rien à côté de la clameur qui s'éleva lorsque la bande des tueurs de serpents finit par arriver chez Johannes et prit la mesure de la peine que le Sage s'était donnée cette nuit-là dans sa maison. Le doyen se précipita sur moi et se mit à me secouer en hurlant :

« Tu les as tués ! Tu les as mis en pièces ! J'ai toujours su que tu étais un loup-garou ! »

Ces accusations ne me surprirent pas plus qu'elles ne me fâchèrent : je m'y attendais. Je n'avais pas l'intention de lui répondre, mais comme il ne me laissait pas en paix et continuait à me secouer, je finis par marmotter à travers mes lèvres sanglantes :

« Fiche-moi la paix, imbécile. Ce n'est pas moi qui les ai tués, c'est un vieux fou dans ton genre, et si ça peut te consoler, je l'ai étripé. Il a payé pour ses actes immondes, et toi aussi, un jour, tu paieras. »

« Toi ou un autre païen de la forêt, qu'est-ce que ça fait ! » gueula Johannes. « Vous êtes tous des loups-garous ! Qu'est-ce qui ne va pas chez vous, quelle sorcellerie vous pousse à commettre de pareilles horreurs ? »

« Laisse tomber, on le jette sur un tas de bois et on le brûle », dit Jaakop.

« Bien sûr, mais ça ne fera pas revenir ma fille ni le petit, et c'était l'enfant d'un chevalier par-dessus le marché ! Aucune vengeance ne les ressuscitera. »

« Tu as raison sur ce point, vieil homme », dis-je en pensant à Ülgas. J'aurais pu le tuer cent fois, cela n'aurait fait revenir ni ma femme, ni le petit Toomas. L'échange était en tous points inégal : la vie d'un pauvre fou de Sage n'importait à personne ; nul être humain, nul animal ne portait son deuil. Il aurait dû être mort depuis longtemps, au lieu de quoi il avait traîné dans la forêt jusqu'à finir par assassiner des gens qui auraient mérité de vivre et que tout le monde pleurait.

Il y avait effectivement force cris et lamentations. Les villageois se tordaient les mains en gémissant, les yeux tournés vers le ciel. Sans doute s'étonnaient-ils de ce que tous ces dieux et autres Jésus, dont ils espéraient l'aide et dont ils avaient recherché la protection en quittant la forêt, venaient de permettre un tel crime. Tout particulièrement cette même nuit où, obéissant aux commandements divins, ils avaient vaillamment rôti les serpents. Mais je savais qu'ils n'auraient pas de peine à trouver des réponses à ces questions douloureuses. Pour avoir vécu des années en forêt avec Ülgas, je me rappelais très bien avec quelle aisance il expliquait tout et son contraire à Tambet, grâce à son astuce et à des génies qu'il inventait.

Les villageois non plus ne restèrent pas longtemps à se gratter la tête, vu qu'ils avaient la raison à portée de main en la personne de Johannes. Il va sans dire que tout était de ma faute. Dieu ne pouvait supporter qu'un païen non baptisé vive au village, et un loup-garou par-dessus le marché ; voilà pourquoi il avait retiré sa protection à Magdaleena. En ce qui concernait le petit Toomas, il ne l'avait pas puni mais bien plutôt béni. L'enfant d'un chevalier étranger lui était tout simplement si cher qu'il l'avait rappelé à lui le plus vite possible pour se l'asseoir sur les genoux. C'est dire à quel point il l'aimait, ce petit bonhomme!

Bien sûr, les villageois gobèrent ces balivernes avec joie, tout comme feu Tambet prenait pour argent comptant tout ce qui suintait de la dentition malpropre d'Ülgas. Pour le petit, pas de souci, il était en de bonnes mains. Les villageois ressentaient même une joie secrète de ce qu'ici, au fin fond de l'Estonie, il soit né un pareil nourrisson. Ils parlaient déjà de miracle et discutaient pour savoir si l'on pouvait se servir de ses vieux habits pour protéger les poules des renards.

Magdaleena, bien sûr, ils la pleuraient, mais tous étaient d'avis que nul ne doit s'opposer aux commandements de Dieu et que me prendre chez elle avait été un grave péché. Comme j'étais à portée de main, ils venaient me cracher dessus et participaient à l'édification d'un gros tas de branchages sur lequel ils projetaient de me brûler vif.

Ce bûcher me rappelait celui de mes noces, édifié de mes propres mains avec les tilleuls sacrés que je venais de couper. Cette fois-là, maman y avait fait cuire un élan, mais elle n'était plus là et ces abrutis n'étaient même plus capables de se procurer un élan avec leurs pauvres lances — aussi n'y avait-il plus que moi à rôtir.

La mort ne me faisait pas peur : pourquoi donc aurais-je dû la craindre après tous les drames de cette nuit ? Mais j'aurais bien voulu encore faire des dégâts. Au moins tuer le doyen Johannes et mon vieux copain Pärtel, que j'avais moins de mal à appeler Peetrus désormais. J'aurais voulu épancher ma rage, partir en guerre, tout ravager, au lieu de me carboniser comme une grosse pelote impuissante. Je n'avais que ma bouche de libre, et les mots des serpents ne servaient plus à rien. Ils n'étaient d'aucun effet sur les cervelles obtuses de ces villageois semblables à des loups aux oreilles bouchées à la résine, et j'allais mourir aux mains de ces brutes, comme Hiie.

Ils me saisirent et me traînèrent sur le tas de branchages. Voyant que Peetrus me tenait une jambe, je m'adressai à lui :

« Est-ce que tu aurais pu deviner qu'un jour tu tuerais Ints et tu me mènerais au bûcher ? »

« C'est comme ça, chacun choisit son destin. Il y a longtemps, je t'ai invité à me rejoindre au village, mais tu es venu trop tard et tu es resté sauvage. »

« Tu me prends vraiment pour un loup-garou ? » lui demandai-je dans la langue des serpents. « Tu sais bien que ça n'existe pas ! »

Il mit du temps à me répondre : je crus un moment qu'il ne m'avait pas compris, qu'il avait oublié les mots des serpents.

« Au jour d'aujourd'hui, les gens croient qu'ils existent » répliqua-t-il soudain — mais en estonien : sans doute sa langue ramollie par la nourriture villageoise n'était-elle plus capable de former les mots des serpents. « Tous les gens modernes y croient. Donc moi aussi. »

« De quoi tu parles, Peetrus ? » demanda Jaakop, qui me tenait l'autre jambe. Il n'avait pas compris ma question.

« Je dis que les loups-garous me font horreur ! » s'écria Peetrus. « Hop-la ! »

Je m'envolai et allai atterrir sur le tas de branchages. Comme j'avais le soleil dans les yeux, je détournai la tête et vis mon grand-père en train de survoler le village.

Le premier sur lequel il s'abattit, ce fut Jaakop, qui s'apprêtait à allumer le bûcher. Il l'empoigna simplement par la tête, le souleva en l'air et lui planta ses crochets à venin dans la nuque. L'autre retomba par terre avec des convulsions, et en un clin d'œil, il était mort.

Alors mon grand-père saisit une hache qu'il portait à la ceinture et se mit à en faire usage. Terrorisés, les villageois se dispersèrent en hurlant.

« Tu es mort, Leemet ? »

« Non, grand-père, je suis bien vivant ! Juste ligoté. Délivre-moi ! »

Il descendit vers moi en planant. Ses ailes avaient l'envergure de celles d'un aigle, et les ossements humains étaient comme tissés entre eux avec une incroyable habileté. D'une longue griffe qu'il tendit vers moi, il trancha les nœuds.

« Quand je t'ai vu sur le bûcher, tout en sang, j'ai cru que tu venais de mourir et que c'était tes funérailles. Mais maintenant je comprends que ces canailles voulaient te brûler vif. Bon, ça m'étonnerait que tu leur en fasses grâce ! Allez, fiston, on va faire un petit esclandre ! »

Il prit un grand couteau à sa ceinture et me le jeta.

« Tiens, pour piquer. Tu es handicapé des dents, mon pauvre petit. »

Il rejeta la tête en arrière et se jeta sur les villageois en hurlant. Je sautai de mon tas de branchages, le cœur débordant d'enthousiasme. Mon grand-père tombait à pic, c'était exactement ce que j'attendais. Je sentais le simple fait de tenir un couteau en main me rendre fou. Je grognai de joie en massacrant ce même paysan trapu qui m'avait frappé à la bouche, et je me jetai à la poursuite des autres.

Ils n'opposèrent aucune résistance — l'arrivée du vieillard volant les avait plongés dans une telle panique que c'était le sauve-qui-peut général. Nous leur courions après et leur faisions leur affaire, mais pendant que nous en poursuivions un, d'autres se fourraient Dieu sait où et nous n'arrivions pas à les dénicher. J'en avais d'abord après Johannes et Peetrus, mais ils avaient disparu comme une pierre qu'on a jetée à l'eau. Je finis par m'arrêter, hors d'haleine, car tous les survivants avaient pris leurs jambes à leur cou et il n'y avait plus personne en vue à part mon grand-père.

«Ne t'inquiète pas!» me cria-t-il en me voyant tout désemparé. «D'en haut, on voit mieux. Prépare-toi, il arrive des hommes de fer!»

Un instant plus tard, je les vis surgir. Ils étaient six ; entre eux, sur une monture magnifique, chevauchait un gros homme aux vêtements couverts d'ornements et au regard empreint d'arrogance et de mépris. C'était sans aucun doute quelque grand seigneur, peut-être un évêque ou quelque chose comme ça, je ne savais pas précisément car je ne connaissais ce monde nouveau que par les récits de Johannes. En tout cas, ce n'était pas le pape, Johannes avait bien dit qu'il vivait à Rome. Du reste, son identité exacte ne nous intéressait pas tant que cela. J'allai me planter au milieu du chemin, le couteau à la main, tandis que mon grand-père décrivait un grand arc de cercle pour les attaquer par-derrière. Ils ne l'avaient pas encore vu et faisaient mine de ne pas me remarquer non plus : ils chevauchaient droit sur moi, comme si j'étais fait d'air et qu'on pouvait me traverser sans encombre. Sans doute espéraient-ils que j'allais m'écarter humblement, mais je n'en fis rien et mon regard croisa celui de l'important personnage. Ayant remarqué ma présence, il eut une grimace de colère et fit le geste de celui qui veut écarter une mouche ou de l'ordure. Il dit quelque chose sur un ton inquiet. L'un des chevaliers saisit son épée.

Alors je sifflai, et les chevaux prirent le mors aux dents. Deux chevaliers furent immédiatement désarçonnés ; les autres parvinrent à rester en selle, pour leur malheur, car ainsi, il était nettement plus facile à mon grand-père de les décapiter. Il fondit sur eux en hurlant et en tourbillonnant, comme la Salamandre telle que je l'avais vue dessinée sur les parois de la caverne des anthropopithèques. Par deux fois, sa hache s'abattit, et deux têtes de fer roulèrent sur le sol. Il décrivit un nouveau cercle dans le ciel, revint et frappa de nouveau tandis que je faisais leur affaire aux deux chevaliers tombés de selle.

Restait le fier seigneur aux riches vêtements. Il n'y avait plus rien de hautain ni de méprisant dans son regard : il écarquillait les yeux, proprement sidéré de ce prodige, de cet épouvantail ailé qui ne ressemblait à rien de ce qu'il connaissait. Il faut dire que mon grand-père avait vraiment l'air effrayant avec ses ailes d'os, sa longue barbe grise et ses yeux injectés de sang, ses griffes tranchantes et recourbées comme les serres d'un rapace et ses jambes anormalement courtes vu qu'en réalité c'étaient de simples moignons — l'ensemble devait sembler horrible et contraire à la nature aux yeux de tous sauf de moi, le propre petit-fils de l'épouvantail.

Je m'approchai du seigneur et le tuai. Mon grand-père alla
se percher sur un arbre proche : ainsi, il ressemblait encore plus à un oiseau.

« L'affaire est dans le sac ! » s'écria-t-il, satisfait. « Bon début. Ah, fiston, si tu savais combien de temps j'ai attendu cette journée ! »

« Pourquoi est-ce que tu as tant tardé ? J'ai bien cru que tu ne viendrais plus. »

« Je n'arrivais pas à mettre la main sur les derniers os ! C'était terrible ! Après votre départ, plus la moindre visite. Je passais des journées entières à guetter sur le rivage, mais rien, pas un navire. Des mois, une année entière, je croyais que j'allais devenir fou. Les ailes étaient presque terminées, vous m'aviez rapporté les sacs à vent, et moi, toujours cloué sur place. Il y avait bien des animaux sur l'île, mais leurs os ne vont pas ; pourtant j'ai essayé, je me suis acharné pendant plusieurs semaines sur des élans et des chevreuils. Ça n'a rien donné. J'en criais de rage ! Tu sais, fiston, je te le dis franchement, ne va pas te vexer, mais si tu étais arrivé à ce moment-là avec cette fille, je vous aurais massacrés et je me serais servi de vos os, même si tu es mon petit-fils et que je t'aime bien. J'étais complètement aveuglé par la fureur, j'en étais à me dire que je pouvais peut-être essayer de m'extraire des côtes pour compléter mes ailes, mais impossible. À la fin, je ne mangeais plus, je ne dormais plus, je me tenais comme un rocher sur le rivage, à fixer la mer. Finalement, il y a dix jours, j'ai vu un bateau au large, mais il ne naviguait pas vers l'île, il allait même tout à fait dans l'autre sens. Je me suis jeté à l'eau, j'ai nagé comme un fou et je l'ai atteint. Je me suis hissé sur le pont et j'ai tué tout l'équipage en rampant à droite et à gauche comme une écrevisse, un couteau dans chaque main. Mais autre problème : comment ramener le bateau? J'étais tout seul! Je me suis éreinté à ramer, j'ai essayé toutes sortes de trucs, mais il m'a fallu une bonne semaine avant d'être de retour à la maison. Ensuite, j'ai encore passé deux ou trois jours à nettoyer les os et à fignoler les ailes. Mes mains tremblaient en les mettant en place, ces petits os — tu sais, j'étais comme quelqu'un qui a longtemps eu faim et à qui on finit par jeter un gros morceau de viande sous le nez. J'en avais les larmes aux yeux de joie. Enfin les ailes ont été prêtes, j'y ai fixé le sac à vents et j'ai pris mon envol. Je poussais des cris et des hurlements de joie et, par pure allégresse, j'ai réduit quelques mouettes à l'état de bouillie de plumes. Je me suis précipité tout droit ici et je t'ai trouvé sur le bûcher. Pourquoi est-ce qu'ils voulaient te brûler?»

«Ils me prenaient pour un loup-garou. Quelqu'un qui a le pouvoir de se changer en loup.»

«Mais pourquoi est-ce que quelqu'un de sensé voudrait se changer en loup? Il faudrait être cinglé. Moi, en tout cas, pas question qu'on me chevauche et qu'on me traie.»

Il éclata d'un rire sonore.

«De toute façon, j'aurais du mal à donner du lait! On ne peut pas être ce qu'on n'est pas! Je ne suis pas un loup, je suis un être humain, et je suis déchaîné à en noircir la terre!»

Il me considéra d'un air pensif.

«Tu viens avec moi? On y va, on part à la guerre une bonne fois pour toutes? Ou bien ta femme te tient attaché à ses jupes et tu préfères rester à la maison?»

« Il n'y a plus de jupes auxquelles s'accrocher. »

« Mais cette fille qui était avec toi quand tu m'as rendu visite ? Cette Hiie ou je ne sais quoi ? Tu ne t'es pas marié avec ? Elle est bien jolie pourtant. »

« Elle était, grand-père. Elle est morte. »

Il émit un grognement.

« Ah bon. C'est bien triste évidemment, mais comme ça au moins tu es libre de faire ce que tu veux. Tu viens ? Avant, bien sûr, il faut passer dire bonjour à ta mère. Pas question de remettre les visites à plus tard : va savoir ce qui va nous arriver, et si dans quelque temps je serai en état de la saluer. »

« Maman aussi est morte. Ils sont presque tous morts —
alors filons vite, grand-père. À quoi bon traîner par ici. » 380

Il resta à me fixer.

« Morte aussi... Dis donc, vous n'avez pas perdu votre temps par ici. Pendant que je traînassais sur mon île, vous avez vécu jusqu'au bout. Bon, qu'est-ce qu'il me reste à faire, à part me dépêcher de rattraper mon retard ! Allons-y, fiston, ça urge !

Je glissai mon couteau dans ma ceinture et me mis en route, tandis que mon grand-père planait au-dessus de moi tel une gigantesque chauve-souris. Nous laissâmes derrière nous le tas de branchages et un monceau de cadavres. Ainsi mon bûcher a-t-il fini par servir de bûcher funéraire, du moins je l'espère. Lorsque les survivants du massacre osèrent enfin sortir des terriers où ils s'étaient cachés et se mettre à brûler leurs morts, nous étions déjà loin.

35

NOUS PARTÎMES DONC EN GUERRE — une guerre d'un genre particulier, car nous n'avions pas le moindre espoir de vaincre. Nous n'étions tout de même que deux contre le monde entier, tels deux pucerons qui peuvent bien engloutir quelques feuilles, mais n'ont aucune chance de venir à bout de l'arbre tout entier. Nous allions de bataille en bataille, sans un endroit où nous replier après nos succès pour nous reposer et proclamer à nos proches restés à la maison : nous avons vaincu ! Nul ne nous attendait, nul n'espérait notre victoire. Nous ne combattions que pour notre plaisir, et parce que dans ce monde nouveau nous ne savions rien faire d'autre. Nous n'étions pas en quête de reconnaissance, ni d'un refuge où lécher nos blessures. Nous avancions toujours tels une tempête, assaillant tout ce qui nous faisait obstacle, mordant, frappant, tuant. L'un et l'autre, nous brûlions de la folie des combats, et nous savions que lorsqu'elle s'éteindrait, ce serait la mort.

Audacieux jusqu'à la folie, nous ne reculions devant aucun adversaire, car nous n'avions pas de raison de nous épargner. Mourir un peu plus tôt ou un peu plus tard, cela ne faisait pas la moindre différence. Nous ne nous préoccupions nullement de nous protéger, il nous était égal de recevoir une flèche dans la poitrine ou qu'un chevalier parvienne à nous traverser de sa lance — et cette indifférence était la clef de notre succès. Nous venions à bout d'adversaires bien supérieurs en nombre, et laissions leurs cadavres hachés menu sur notre chemin. Leurs flèches ne nous atteignaient pas, leurs épées ne fouettaient que l'air à nos côtés. Nous rugissions de rire, nous hurlions comme des loups et sifflions comme des reptiles, nous ne nous lavions jamais et nous étions pratiquement couverts du sang de nos adversaires, ce qui nous donnait l'air de charognes écorchées. Nous n'étions plus des êtres humains mais des cadavres ressuscités pour le malheur du monde nouveau, et ce monde nouveau était bien incapable de se débarrasser de nous.

Dans nos expéditions, nous passions entre autres par des villages, et lorsqu'un villageois croisait notre route, nous lui réglions son compte — sauf s'il trouvait son salut dans la fuite, car, en général, nous négligions de frapper dans le dos ces mangeurs de pain. Nous les voyions abandonner leurs champs de seigle à notre vue, jeter leur faucille par-dessus leurs épaules et prendre leurs jambes à leur cou sous nos insultes. Je leur criais que la Salamandre était de retour, et mon grand-père décrivait de vastes cercles dans le ciel ; à ce spectacle, ils tombaient à genoux en implorant l'aide de leur dieu nouveau contre les génies de la forêt. Mais nul ne leur venait en aide, et si nous avions voulu, nous aurions tous pu les rosser à mort.

Je les regardais, ces grappes de villageois tout tremblants de peur, et cela me rappelait le temps où j'allais à l'orée des bois avec Nounours reluquer les jolies villageoises, combien je les désirais en secret et combien je haïssais ces idiots de jeunes gars qu'elles gratifiaient de lestes propos tandis que moi, qui savais tant de choses et parlais l'antique langue des serpents, je devais rester tout seul dans la forêt à me morfondre. Assis à la lisière des champs, j'étais triste, j'avais honte, je me sentais tellement seul. Et c'était ce que je ressentais de nouveau en voyant ces mêmes filles — ou plus exactement pas les mêmes, mais de toutes semblables, à ma vue et à celle de mon grand-père, se cacher dans le dos de ces gars obtus pour qu'ils les protègent.

Les protéger contre moi! Ridicule! Que pesait face à moi une de ces créatures pitoyables à la langue trop épaisse et trop engourdie pour prononcer les mots des serpents! Qu'elles étaient donc bornées, ces filles, et quelle profonde sottise dans leur choix! Parfois, incapable de résister, je tombais sur le village et j'exterminais autant d'hommes que possible, et mon grand-père, qui ne disait jamais non à un massacre, me suivait en hurlant. Qu'une fois encore ces hommes des temps nouveaux voient la Salamandre dans toute sa puissance, et tant pis si ce n'était plus la vraie, celle-ci était bien assez bonne pour eux ! Qu'une dernière fois, ils éprouvent la force de son assaut ! Sauf qu'autrefois la Salamandre était à leurs côtés et qu'à présent elle était leur ennemie, car entre-temps ils avaient changé de camp et oublié les mots des serpents. De très anciens souvenirs depuis longtemps dégénérés en contes de fées se ranimaient soudain et se révélaient réalité. Vous avez fait le mauvais choix, les filles ! Il est bien faible, ce monde nouveau, il se déchire comme une toile d'araignée sous les morsures du vieux monde. Est-ce que toutes ces blagues modernes sont d'une quelconque protection à vos imbéciles de maris ? Non, les voilà gisant par terre en désordre et le soir, auprès du feu, mon grand-père sculpte des coupes dans leurs crânes. Tous ces gens qui voulaient vivre à la mode finissent de la manière la plus ancestrale qui soit — leurs crânes servent à boire de l'eau, tout comme voici des millénaires.

Alors, vous voyez comme il est fort et puissant, l'ancien monde ? Admirez-le et aimez-le, les filles !

Mais elles ne s'émerveillaient nullement, et pas question d'amour. Elles pleuraient, elles criaient, elles décampaient sans un regard en arrière. Et elles avaient bien raison, car en vérité le vieux monde n'était pas si fort que cela. Mon grand-père et moi, nous étions comme de la neige tombée, par un caprice météorologique, au début de l'été : pendant une nuit, elle peut certes abîmer les bourgeons et les feuilles, mais dès le lendemain matin elle a fondu, parce que le soleil tape trop fort. Nous pouvions bien massacrer et incendier, ensuite nous quittions le village, les filles sortaient de leurs cachettes, elles se trouvaient de nouveaux maris et elles leur faisaient des enfants dont aucun ne savait la langue des serpents.

J'étais tout à fait conscient de ce que notre combat n'avait pas de sens, et chaque fois que nous venions de détruire un village, je me sentais mal. Mais la fièvre des batailles me brûlait toujours dans les veines, et mon trouble ne durait qu'un instant.

Qu'importe, après tout ! Il n'y a rien à regretter par ici. Que tout ce monde nouveau aille se faire foutre !

Nous concentrions nos attaques sur les hommes de fer. Nous inventions de nouveaux moyens de les massacrer. Ainsi nous recourions à des chevreuils et à des élans que nous placions sur leur chemin à l'aide des mots des serpents. Toujours incapables de résister à la passion de la chasse, ils se précipitaient à cheval à leur poursuite. Nous dirigions le gibier vers des fourrés où nous étions à l'affût, puis nous liquidions les cavaliers en un clin d'œil.

Le soir, mon grand-père polissait ses crânes tandis que je faisais cuire un chevreuil, car toute une journée de massacres nous avait fatigués et affamés. Ces coupes ne nous étaient d'aucun usage car nous ne pouvions pas les emporter avec nous, sinon nous n'aurions plus été des guerriers mais des espèces de montagnes de vaisselle sur deux jambes dont on n'aurait même pas distingué le bout du nez. Dès les premiers jours, je dis à mon grand-père que ce n'était pas la peine de perdre son temps à ce genre d'activités, mais il refusa de me donner raison.

« C'est une vieille coutume de guerre : ça ne se fait pas de laisser traîner les crânes des ennemis, on les sculpte élégamment pour en faire de la vaisselle. Question de politesse. Si tu as le temps de tuer quelqu'un, tu as aussi celui de travailler son crâne. »

« Mais c'est impossible de transporter toutes ces coupes. »

« Tout à fait. Je n'ai pas dit qu'on allait les prendre avec nous. On les fabrique, c'est tout, et puis on les laisse. Si quelqu'un en veut, il en prend une et il s'en sert pour boire. »

Ainsi mon grand-père passait-il des nuits entières à fabriquer des coupes avec les crânes de nos victimes, et au matin nous les abandonnions au bord du chemin, comme des crottes d'un genre particulier, qui proclamaient que deux guerriers de l'ancien temps étaient passés par ici. Ces crânes montraient que le vieux monde était encore là, tout comme l'urine dont les loups marquent leurs sentiers pour signaler leur proximité aux autres animaux.

Un soir, par un sentier qui serpentait dans la forêt, nous atteignîmes un espace dégagé au milieu duquel se dressait une citadelle de pierre. Mon grand-père alla se poser sur une branche et me fit un clin d'œil.

« Allez, fiston, on y va ? »

« Bien sûr ! » répondis-je, et nous nous mîmes à coasser de rire comme deux corbeaux. C'était vraiment une idée assez saugrenue de s'en prendre à deux à une forteresse dont les murailles abritaient des dizaines d'hommes de fer. Certes, mon grand-père pouvait les attaquer par les airs, mais pour lui venir en aide j'aurais au moins eu besoin d'une échelle, et avant que je ne sois parvenu à franchir les murailles, j'aurais certainement reçu plus de flèches qu'un oiseau n'a de plumes. Et mon grand-père, que pouvait-il faire, là-haut, tout seul, si les hommes de fer avaient la possibilité de se cacher dans les tours et de le couvrir de flèches par les meurtrières ? C'était une folie d'attaquer, mais tant pis.

« Par quoi on commence ? » demandai-je.

« Attendons la nuit. Je sens une odeur d'ours. Il y a sans doute des ours en cage dans la forteresse. S'ils nous prêtent main-forte de l'intérieur et que nous attaquons par-dehors, demain je vais avoir du travail avec tous les crânes que nous allons récolter. »

Nous restâmes à couvert jusqu'au coucher du soleil, puis je me glissai jusqu'à la forteresse et sifflai quelques mots dans la langue des serpents. Ils traversaient les murailles et il n'était pas possible de ne pas leur répondre, même à quelqu'un qui aurait rechigné à se trahir ; dans ces conditions, sans surprise, j'entendis aussitôt un sifflement faible et un peu confus, juste du genre de ceux qu'émettent les ours.

Je rampai en direction du sifflement et collai l'oreille contre la muraille tout en sifflant en retour :

« Vous êtes combien ? »

« Dix. »

« Excellent ! Nous avons l'intention de prendre la forteresse et de tuer tous les hommes de fer. Si vous nous aidez, nous vous rendrons la liberté et vous pourrez regagner la forêt. »

« Mais nous ne sommes pas prisonniers », répliqua mon interlocuteur à travers la muraille, à ma grande surprise. « Nous nous plaisons ici. Nous sommes bien nourris. »

« Crétin ! » sifflai-je, furieux. « Est-ce que vous manquez de nourriture dans la forêt ? Quel plaisir y a-t-il à être en cage dans les sous-sols d'une forteresse ? Le soleil ne vous manque donc pas ? »

« On nous promène tous les jours. Nous avons tous un gros collier de cuir. Qu'est-ce qu'il est beau ! Avec tout plein de plaques d'argent et des rubans de toutes les couleurs. Aucun ours dans la forêt n'a rien d'aussi beau. Ça vient de l'étranger, d'au-delà des mers. Nous n'avons pas du tout l'intention de nous enfuir. »

Je sifflai deux ou trois mots pas très gentils, mais mes interlocuteurs ne semblèrent pas y prêter attention — ils étaient manifestement fort satisfaits de pouvoir entretenir quelqu'un de l'étendue de leur bonheur, et ils jacassaient tous en même temps.

« Tout est si raffiné par ici ! Les femmes ont des vêtements d'une élégance inouïe qui les rendent belles à vous faire perdre la tête. Parfois on nous mène dans la grande salle, là où les hommes mangent et dansent, et nous avons le droit de regarder, et on nous donne des os. Et en plus, ils nous apprennent à danser ! Il y a un bossu qui porte un grand bonnet rouge à deux pointes avec une clochette dorée à chaque bout. C'est un étranger, sûrement quelqu'un de célèbre et d'important, aux fêtes c'est toujours lui qui parle le plus et il fait des culbutes, et tout le monde se met à rire et à l'applaudir. Il joue du chalumeau et pas seulement avec sa bouche, mais aussi avec son derrière ! Il enlève son pantalon, il se couche, il se met l'instrument dans le fondement et il joue si bien que tous les seigneurs et leur femme hurlent de rire en battant des mains. C'est lui notre professeur, il souffle dans son chalumeau et nous apprend à piétiner en rythme. Il est très gentil et quand nous avons bien dansé, il nous caresse et il nous distribue des friandises. Bien sûr, nous faisons tous nos efforts, car nous savons bien qu'au jour d'aujourd'hui, la danse est à la mode. Tous les grands seigneurs dansent, même si personne n'égale le bossu aux clochettes dorées. Oh, qu'est-ce que nous ne ferions pas pour être à la mode! Nous voulons apprendre à bien danser, car ainsi nous aussi nous aurons un de ces bonnets rouges à deux pointes avec des clochettes dorées qui tintent si joliment. Et puis nous avons encore un autre rêve — nous aimerions apprendre à jouer du chalumeau par-devant et par-derrière, mais nous craignons d'être trop maladroits et pas assez cultivés, nous avons vécu trop longtemps dans la forêt. Mais qui sait! Peut-être qu'un jour cet art n'aura pas de secret pour nous!»

«Il faut les tuer tous, hommes et femmes, y compris le bossu.»

«Jamais de la vie! Nous les aimons et nous les admirons, tout spécialement notre cher professeur. Nous ne tuons plus personne, c'est une coutume complètement dépassée, il n'y a que dans les profondeurs de la forêt qu'on se comporte encore de la sorte. Nous sommes désormais des ours danseurs.»

«Il faut les tuer tous, hommes et femmes, y compris le bossu», répétai-je, inflexible.

«Pas question! Arrête tes idioties! Qui es-tu pour exiger de nous de pareilles horreurs?»

«Je suis un homme qui sait les mots des serpents», dis-je en émettant un sifflement particulièrement long et complexe. De l'autre côté de la muraille, ce fut le silence, puis on entendit un grognement de démence. Et il ne pouvait en être autrement, car ce sifflement ôtait aux ours leur volonté et éveillait en eux un fol instinct de meurtre.

Sans les voir à travers la muraille, je savais ce qu'il allait se passer. Leurs yeux brûlant, la salive dégouttant de leurs lippes, ils allaient tordre les barreaux, arracher leur collier et se précipiter dans le château en grognant, massacrer tous ceux sur qui ils tomberaient, ravageant le mobilier et jetant les gardes au bas des murailles. Sans doute les hommes de fer allaient-ils se reprendre et résister à ces bêtes soudain prises de folie, essayer de les arrêter, de les calmer, et faute d'y arriver, les tuer. Hommes et ours allaient s'entre-massacrer et lorsque les deux camps seraient exsangues, lorsque les plantigrades auraient mis tout le château sans-dessus-dessous et tué la majorité des chevaliers, j'arriverais avec mon grand-père pour achever le travail. 388

Des cris terribles retentirent dans la forteresse, et je compris que les ours étaient passés à l'attaque. Peut-être étaient-ils précisément en train de dévorer ce même joueur de chalumeau en bonnet rouge qui leur apprenait à danser. Maintenant c'était à lui de danser entre les pattes de ses élèves affolés par les mots des serpents.

Je vis un garde tomber tête la première de la muraille et compris qu'au moins certains ours étaient parvenus jusqu'en haut. Je jetai un coup d'œil — tout allait bien, l'homme s'était brisé le cou — et sifflai mon grand-père. Il avait déjà compris que c'était le bon moment, et arriva en volant dans la nuit comme un gros hibou.

« Accroche-toi, je te monte ! » cria-t-il. Je l'agrippai par les hanches et me sentis transporté en l'air. Un instant plus tard, j'étais sur les remparts et un gros ours se jetait sur moi, la gueule grande ouverte.

Je lui sifflai rapidement les mots qu'il fallait et il me tourna le dos, en quête d'une autre victime, de quelqu'un qui, faute de savoir la langue des serpents, ne pourrait pas lui donner d'ordres. Il tomba sur un homme de fer et se jeta sur lui, mais l'autre lui planta sa lance en plein cœur et l'animal alla rouler dans l'escalier, jusqu'à la cour.

Un instant plus tard, le puissant chevalier suivait le même chemin, sa lance désormais inutile encore en main, car mon grand-père, d'en haut, l'avait mordu à la joue.

En vérité, il nous restait fort peu de travail, car les ours avaient joliment ravagé le château, et même si leurs propres cadavres traînaient partout, ils en avaient massacré presque tous les habitants. Nous liquidâmes les survivants.

Il ne restait plus qu'à calmer les ours. Il n'en demeurait plus que deux, et si furieux qu'ils voulaient se jeter l'un sur l'autre. Un seul petit sifflement les arrêta et ils se mirent à regarder à la ronde sans comprendre, épouvantés du sang qu'ils avaient sur les pattes.

«Ça va, les bruns!» dit mon grand-père. «C'est fini! La citadelle est tombée, tous les hommes de fer sont morts et leur femme aussi. Vous pouvez regagner la forêt.»

Ils nous regardaient en silence.

«Vous ne comprenez pas? Filez dans la forêt! Vous avez fait du bon travail. Vous pouvez prendre les cadavres si vous voulez : il n'y a que les têtes qui sont à nous, vous n'avez pas le droit de les manger.»

Et, planant tout bas au-dessus de la cour, il pêcha parmi les corps celui d'un tout petit bossu. De sa tête pendait un bonnet rouge à double pointe. Il le lui arracha.

«Il a une tête bizarre, celui-ci. Gibbeuse comme une racine de pin. Ça fera une belle coupe.»

«C'est le joueur de chalumeau!» s'écria l'un des ours. «Il nous enseignait la danse et il nous donnait du sucre. Qu'est-ce que vous avez fait?»

«Nous n'avons pas touché à un cheveu de ce personnage. Il a des traces de crocs d'ours à la gorge. Peut-être que c'est toi qui l'as égorgé.»

Il lui coupa la tête et la fourra dans son filet.

«La tête pour moi, le reste pour vous», dit-il gaiement. «Bon appétit!»

Lentement, les ours s'approchèrent du cadavre du bouffon.

Ils lui donnèrent de légers coups de museau, l'un d'entre eux prit dans sa gueule le bonnet rouge à clochettes et le lui posa sur la poitrine. Ils lui léchèrent les mains. Ils pleuraient.

« Mangez vite, imbéciles ! » cria mon grand-père du ciel. « On va brûler tout ce bataclan ! Hourra ! Descends donc, fiston, je mets le feu aux auvents ! »

Quelque instants plus tard, la forteresse était en flammes et un nuage d'étincelles montait jusqu'à la lune. Je marchais sur le chemin illuminé par l'incendie, tandis que mon grand-père planait au-dessus de moi en disant :

« C'est une bonne chose qu'ils aient construit leur château en terrain dégagé, pas de risque d'incendier la forêt. »

À cet instant précis, je me demandai si les ours avaient quitté la forteresse ou s'ils étaient restés à lécher les mains de leur cher professeur, l'homme qui jouait de la musique par-devant et par-derrière. Mais à vrai dire, qu'est-ce que j'en avais à faire ? Qu'ils brûlent et qu'ils crèvent avec leur bossu et son chalumeau si cela les amusait. On ne peut pas avoir de la compassion pour le monde entier ! Pour ce monde nouveau tout entier, en tout cas. Sûrement qu'ils se remettraient de nos attaques, les charognes. Mais nous allions leur mettre autant de bâtons dans les roues que possible.

« Regarde, grand-père, encore une forteresse ! » dis-je en désignant quelque chose devant nous. « À son tour ! »

« Absolument ! À l'attaque, je suis encore tout chaud de la dernière bagarre. »

« Pas d'ours par ici ? »

« Je ne sens pas leur odeur. Mais qu'importe, on va y arriver. »

« Sûr qu'on va y arriver ! » dis-je en sentant le sang me monter à la tête. « On y va ! Hisse-moi sur les remparts comme la dernière fois ! »

Je m'accrochai à lui et nous prîmes notre envol. La masse sombre que nous distinguions à peine dans l'obscurité était soudain juste devant nous. J'étais prêt à me jeter au milieu des lances et des épées, à défendre ma vie et à crever aussi s'il le fallait — je m'en fichais totalement —, mais en voyant la bâtisse d'en haut je compris que ce n'était pas un château mais un monastère.

«On a de la chance, grand-père, pas d'hommes de fer ici, rien que des moines! Ça se cueille comme les champignons, au couteau!»

Du cloître, un moine nous aperçut. Il leva les bras en l'air et cria quelque chose dans sa langue incompréhensible. Les cloches du couvent se mirent à sonner. Moins d'une demi-heure plus tard, elles étaient redevenues silencieuses.

36

NOUS NOUS DÉSHABILLÂMES POUR NOUS SÉCHER À LA CHALEUR DU FEU, car nos mantelets dégouttaient de sang et comme c'était la nuit, nous risquions de prendre froid. Mon grand-père travaillait à ses crânes : quand il avait terminé une coupe, il la jetait par-dessus son épaule et s'attaquait à une autre. Les crânes allaient rouler dans les sous-bois comme des pommes de pin.

Je m'endormis presque aussitôt, et quand je m'éveillai aux premiers rayons du soleil, il était encore à sa tâche.

« Grand-père, tu n'as pas fermé l'œil », dis-je, encore à moitié endormi, tout en me redressant avec un bâillement.

« Pas le temps. J'ai trop traîné sur mon île pour perdre du temps à dormir, il y a trop de choses à faire. Allez, fiston, remplis-toi la panse et habille-toi, j'en ai pour une minute avec la dernière coupe, et puis on va se remettre en route et flanquer encore une raclée aux hommes de fer. »

« D'accord, grand-père. En avant ! »

Cependant il advint qu'à force d'aller de l'avant nous finîmes par revenir sur nos pas, car les chemins forestiers étaient courbes et nous allions sans but précis, là où nos jambes nous portaient et là où il y avait de l'espoir de tomber sur des moines ou des hommes de fer. C'est ainsi qu'un beau soir je me rendis compte que l'endroit où nous nous trouvions m'était familier, et un peu plus tard, je reconnus le lieu où les loups avaient égorgé les moutons du village, où j'avais rencontré Magdaleena et où je l'avais aimée pour la première fois.

« Nous revoici chez nous, grand-père. Notre vieille cabane est à deux pas. »

« Tu veux aller voir ? »

Je n'en avais pas la moindre envie. Cela n'avait pas de sens :

Maman n'était plus là.

C'est alors qu'il me revint à l'esprit que Salme devait encore être dans sa caverne avec son Nounours. Je ne l'avais pas vue depuis longtemps. Lorsque nous avions quitté ces lieux, mon grand-père et moi, je n'avais eu ni le temps ni la volonté de lui dire adieu — à vrai dire, je n'y avais même pas pensé, car dans cette épouvantable avalanche qui avait englouti en une seule nuit tous ceux qui m'étaient chers, j'avais carrément oublié que j'avais encore une sœur. Sur le moment, il m'avait semblé que tout était fini, qu'il ne restait qu'un vieillard et un dément guerroyant sans pitié contre l'humanité entière. Plus tard, Salme m'était parfois revenue en mémoire, mais j'étais loin de chez moi et même avec la meilleure volonté, il m'aurait été impossible de lui rendre visite. Mais à présent c'était différent, nous étions de retour.

«Que dirais-tu d'une visite à ma sœur, grand-père? Pour que tu fasses la connaissance de ta petite-fille.»

«Celle qui a épousé un ours? Allons-y, c'est important de fréquenter la famille ; c'est quand même notre chair et notre sang.»

Nous quittâmes le sentier pour nous enfoncer dans les bois. Mon grand-père avait de la peine à se déplacer car ses ailes étaient trop larges et il avait tendance à s'accrocher aux branches. Aussi il prit de l'altitude et se mit à planer très haut, comme un aigle.

«Crie quand on y sera, que je descende!»

«D'accord, grand-père! Nous sommes presque rendus — à condition que Salme soit toujours chez elle, bien entendu. Pourvu qu'elle n'ait pas déménagé.»

Il n'y eut pas de réponse : mon grand-père volait tout là-haut. De temps à autre il descendait, puis il donnait de puissants coups d'ailes pour remonter.

«Eh, fiston!» s'écria-t-il soudain. «Il y a des hommes de fer dans la forêt! Je les vois! Qu'est-ce que tu penses d'aller leur secouer un peu les puces pour commencer? Comme ça nous aurons quelques beaux crânes à offrir en cadeau, et deux ou trois gigots pour ton beau-frère. »

« Pourquoi pas ! Ils sont où ? »

« Par là ! » cria mon grand-père juste avant de pousser un terrible rugissement, car une flèche partie de « par là » venait de lui traverser l'épaule. Il hurla, tira dessus avec ses dents pour l'arracher, mais ne parvint qu'à la casser en deux. Alors il se mit en vrille et s'écrasa au sol dans un fracas de branches brisées. Il gisait au milieu d'un monceau d'os éparpillés.

« Ça va, grand-père ? » criai-je en me précipitant sur lui, mais à ce moment précis les hommes de fer émergèrent du couvert forestier : ils étaient à cheval, et sur leurs talons il y avait des archers qui couraient. Ils chassaient et cela leur avait réussi,
car même s'ils n'avaient pris ni élan ni chevreuil, ils avaient abattu mon grand-père. C'était vraiment un beau coup, et il me fallut admettre que toutes ces armes étrangères n'étaient pas tout à fait dépourvues de valeur. Pour le moment, je n'avais évidemment pas le loisir de m'en émerveiller, car il me fallait défendre mon grand-père à terre, donc vulnérable, ainsi que moi-même : déjà les hommes de fer passaient à l'attaque. Je sifflai : comme d'habitude, les chevaux prirent le mors aux dents et les cavaliers furent désarçonnés. Je leur sautai dessus et quelques instants plus tard, mon couteau était déjà rouge de sang. Mais les ennemis étaient trop nombreux, et j'étais seul. J'en tuai au moins la moitié, mais ils m'encerclaient et tout à coup je sentis quelque chose de coupant et de terriblement lourd me tomber sur la tête, mon crâne émit un craquement et avant de perdre connaissance, j'eus le temps de penser qu'il n'allait pas faire une bonne coupe, vu qu'il y aurait sûrement un trou dedans. C'était sans doute un coup d'épée qu'on m'avait porté par-derrière. Je m'effondrai, et la suite m'échappe.

Un affreux mal de tête, voilà tout ce que je ressentais. Je me serais volontiers réévanoui pour échapper à cette torture, mais on ne m'en laissa pas le loisir. Quelqu'un me jeta de l'eau froide au visage. J'ouvris les yeux à grand-peine : devant moi, il y avait la gueule ricanante d'un homme de fer qui parlait en riant.

Voyant que j'avais repris connaissance, lui et un autre homme me saisirent par le col et me redressèrent. Je vis que mes vêtements étaient couverts du sang qui me coulait de la tête. J'étais très faible, incapable de me tenir debout tout seul, mais ce n'était pas un problème : ils me ligotèrent à un arbre, et les cordes m'empêchaient de tomber.

Maintenant j'avais tout le loisir d'examiner les environs. Nous étions au bord de la mer, à peu près à l'endroit où j'avais embarqué avec Hiie, fuyant le sacrifice. Alors le rivage était couvert de louves en furie et quelque part dans les vagues, Tambet, furieux, nous criait des malédictions. Maintenant, sur cette même grève, il y avait les hommes de fer. Ils étaient nombreux et leurs regards se concentraient sur moi, ils discutaient entre eux et semblaient attendre quelque chose.

«Ça va, fiston?» demanda une voix éraillée. Je tournai la tête autant que mes liens me le permettaient, et je vis mon grand-père. Lui aussi était attaché à un arbre, depuis la perte de ses jambes c'était la première fois qu'il se tenait debout. Ses vêtements étaient aussi sanglants que les miens, la flèche brisée lui sortait toujours de l'épaule et l'un de ses yeux pendait hors de son orbite.

«Ça va être notre fête. Ces espèces de mouches à merde! En tombant j'ai été bien secoué, et quand je me suis réveillé ces blaireaux m'avaient déjà ligoté. Je suis quand même arrivé à en mordre un ou deux, ils ont crevé sur place. Alors ils m'ont arraché un œil et ils m'ont cogné sur la bouche à coups de gourdin pour me briser les crochets — peine perdue, ils sont solidement accrochés. À la fin, un gros type s'est approché avec des tenailles, mais je l'ai mordu à la main et ça a servi de leçon aux autres. Je vais mourir avec mes crochets à venin, comme j'ai vécu. C'était chouette, tous les deux, fiston. On leur a mené la vie dure, à ces fumiers. Dommage que j'aie pris cette bête flèche, on aurait pu continuer. »

« Ce n'est rien, grand-père. Ça ne pouvait pas durer toujours. »

« Je n'ai pas vu ta sœur. Dommage pour ça aussi. Nous sommes tellement peu maintenant, et tu vois, on ne se fréquente même pas. »

Il se tut un moment, fixant les hommes de fer, puis il siffla très fort. Au loin, quelques chevaux attachés à des arbres se mirent à hennir en tentant de se libérer.

« Les mots des serpents ne servent à rien non plus. On peut affoler les chevaux, mais ces étrons ne sont pas en selle. Et la langue des serpents, ils n'y comprennent goutte. »

Il y eut des roulements de tambours. Deux hommes de fer s'approchèrent de nous avec une courroie de cuir dont ils bâillonnèrent mon grand-père, sans doute pour l'empêcher de se servir de ses crochets à venin. Il gémissait de fureur. Ils le détachèrent et il tomba sur le ventre. Ils éclatèrent d'un rire tranquille.

« Tiens bon, grand-père ! » m'écriai-je. « Je suis fier de toi, tu sais ! S'il y en avait eu davantage, des comme toi, la Salamandre volerait encore dans le ciel et elle avalerait ces bâtards ricanants comme une hirondelle gobe un moustique. »

Mon grand-père me fixa de son œil unique. Puis ils l'emmenèrent.

Sur une petite colline, ils avaient édifié une espèce de plancher de bois. Ils l'y portèrent, puis ils le déshabillèrent et le mirent sur le ventre.

Ensuite, ils lui enchaînèrent les mains au sol et un homme s'assit sur ses moignons pour que la partie inférieure du corps reste immobile.

Puis un autre saisit un grand couteau et lui ouvrit le dos, de la nuque aux fesses.

Il grognait et se tordait de douleur.

L'homme au couteau plongea les mains dans la blessure et

y fouilla. L'œil de mon grand-père se révulsa, mais il ne perdit pas connaissance. Du sang coulait sur le plancher et sur le sable.

Le bourreau avait trouvé les côtes. Il prit une petite hache et se mit à les couper.

Puis il les saisit et les plia vers le dehors, si bien qu'elles se hérissaient dans son dos : on aurait dit des ailes.

Sur la rive, les hommes de fer hennissaient de joie et criaient en agitant les bras, comme s'ils voulaient prendre leur envol.

Mon grand-père était encore en vie, il se frappait la tête contre les planches. Soudain il parvint à rompre la courroie qui le bâillonnait. Avec un grognement, il planta les crocs dans la jambe que son bourreau avait laissé traîner à proximité de son visage.

L'homme poussa un cri étrangement aigu et se mit à trembler. Les autres se précipitèrent pour lui venir en aide, mais après quelques contractions, il s'immobilisa. Il était mort.

Mon grand-père sifflait comme un enragé, tentait de mordre à droite et à gauche tout en crachant un sang brunâtre.

L'un des hommes de fer s'approcha, la mine furieuse, tira son épée et lui trancha la tête. Elle alla rouler sous le plancher de bois, et comme celui-ci était tout poisseux de sang, elle se couvrit aussitôt de sable, si bien que de loin on aurait pu la prendre pour une grosse pierre.

Le cadavre de mon grand-père gisait au milieu d'une flaque de sang, étrangement déformé : décapité, privé de jambes, des os en forme d'ailes émergeant de son dos supplicié. C'étaient des os humains, ils convenaient donc parfaitement pour voler — il ne manquait plus qu'un sac à vents.

Mais, bien sûr, il n'y avait plus de sac à vents.

Mon tour était venu. Les hommes de fer vinrent me détacher. J'étais encore très faible et je titubais, mais ils me soutinrent et me traînèrent promptement jusqu'à l'échafaud. L'un d'eux glissa sur le sang et son épaule heurta ma tête blessée. Je ne pus retenir un cri de douleur.

Ils se mirent à rire et à parler dans leur langue. Je ne comprenais pas un mot, mais ce devait être quelque chose comme : «Ça, c'est de la rigolade à côté de ce qu'on va lui faire!»

Je n'en doutais pas : il était en effet assez clair qu'il devait être plutôt désagréable de se voir découper le dos et retourner les côtes. Mais il n'y avait rien à faire, les mots des serpents étaient inutiles.

Ils m'attachèrent exactement comme ils avaient attaché mon grand-père, et l'un d'entre eux saisit un couteau. Je fermai les yeux et me mordis les lèvres, attendant la première douleur dans la nuque et tout ce qui devait suivre.

Mais le coup ne vint pas. Nul ne me toucha, et d'étranges cris que poussaient les hommes de fer m'incitèrent à rouvrir les yeux.

Ils étaient tous au même endroit, sur cette grève plane qui constituait l'emplacement idéal pour suivre un spectacle sanglant sur l'échafaud de bois. Mais ils avaient cessé de rire, et ce n'était plus vers le lieu du supplice qu'ils tendaient le cou. Ils tordaient plutôt la tête en direction de la mer, et il semblait que lesdites têtes s'étaient mises à peser trop lourd pour leur cou. En tout cas, ils donnaient l'impression d'avoir un problème d'équilibre : on aurait dit que leur chef menaçait de leur glisser des épaules, et que pour les en empêcher, ils étaient obligés de faire un pas en direction de la mer. Puis un autre pas, puis un autre. Mais cela ne réglait rien, leur cou ne se redressait pas, leur tête tirait toujours en direction des flots. Ils s'efforçaient de la remettre en place à l'aide de leurs mains, mais en vain, et ils étaient forcés de la suivre dans la direction qu'elle avait choisie.

Je regardai en arrière : mes bourreaux semblaient avoir le même problème. Ils n'étaient déjà plus sur l'échafaud mais titubaient pas à pas vers la mer, à la poursuite de leur tête devenue folle. Leurs yeux reflétaient une immense stupéfaction et une peur panique : ils ne comprenaient pas ce qui arrivait à cette partie de leur corps jusque-là si obéissante, ni où elle voulait les entraîner. Ils criaient en se tenant le gosier à deux mains pour forcer leur chef à la raison, mais ils étaient impuissants face à la force inconnue qui les mouvait.

J'étais toujours ligoté et malgré tous mes efforts, je n'arrivais pas à me délivrer de mes liens. L'occasion était pourtant exceptionnelle, car les hommes de fer ne me prêtaient plus la moindre attention — ils avaient bien assez à faire avec leur tête en révolte. Je ne pouvais pas savoir combien de temps allait durer ce miracle, et il ne me restait plus qu'à attendre dans l'impuissance, en espérant que cette force étrange qui m'avait sauvé du supplice au dernier moment les entraînerait au diable.

Ils étaient toujours incapables de redresser leur tête : elle les entraînait de plus en plus près de la mer. Déjà certains avaient les pieds dans l'eau, mais pas moyen de s'arrêter. Ils criaient de terreur à l'idée de la noyade, mais leur tête les tirait toujours plus vers le large, et ils trébuchaient derrière elle comme des moutons au bout d'une corde. Leur résistance était vaine, car les têtes étaient les plus fortes. L'un des plus petits avait déjà de l'eau jusqu'à la ceinture ; il grognait comme un fou, mais il était incapable de s'immobiliser, et il ne s'écoula qu'un bref instant avant que de l'eau lui entre dans la bouche. Les vagues l'engloutirent.

Les autres avaient compris ce qui les attendait. Ils braillaient et piaillaient : l'un d'entre eux prit son couteau à la ceinture et se trancha la gorge pour séparer de son corps ce chef meurtrier qui le traînait impitoyablement vers une tombe aquatique. Ce geste lui épargna certes la noyade, mais sans lui sauver la vie pour autant, et la mer se teinta de rouge en se refermant sur lui.

Les survivants, incapables de faire preuve d'autant d'esprit de décision, beuglaient et vociféraient, tendaient les bras au ciel en implorant l'aide de leur Dieu, qu'ils imaginaient sans doute vautré derrière un nuage en train de contempler cet étrange spectacle. Mais rien à faire : l'un après l'autre, ils disparurent dans les flots, et lorsque le dernier eut été englouti, il régna sur la côte un silence inattendu.

Je poussai un profond soupir de soulagement. J'étais en vie, j'étais sauvé, même si la cause de ce prodige m'échappait. Quelle force les avait traînés à l'eau, les avait poussés à cette noyade volontaire, s'était emparée de leurs têtes pour qu'elles cessent brusquement d'obéir à leur maître et se précipitent à la mer ? Je n'en avais pas la moindre idée, et pour l'instant ce n'était pas mon premier souci. Il me fallait me délivrer de mes liens et m'extraire de cette flaque de sang où les hommes de fer m'avaient couché. Je me tortillais comme un ver de terre, mais les cordes ne voulaient rien savoir.

« Attends, on va t'aider ! » s'écria une voix. En tournant la tête, j'aperçus deux formes tout blanches en train de clopiner gauchement vers moi. C'était Pirre et Rääk ! D'abord j'eus de la peine à les reconnaître tant ils avaient vieilli. Leur long pelage clair s'agitait au vent marin et leur donnait l'air d'énormes oisillons duveteux. Ils marchaient avec peine, chancelant et boitant, mais ils finirent par me rejoindre et ils défirent les nœuds de leurs grands ongles jaunâtres.

Je gémis en me mettant sur mon séant, car ma tête blessée recommençait à me faire mal et j'avais de violents élancements dans les membres. Mais c'était bien peu de chose à côté du fait que mon dos était intact et mes côtes, bien sagement à leur place. J'embrassai les anthropopithèques en leur disant :

« Merci, merci. Comment avez-vous fait pour arriver juste au bon moment ? »

« Notre arbre est un excellent poste d'observation. Sauf qu'il y a longtemps que nous n'avons pas marché par terre, c'est pour ça que ça nous a pris du temps. Si nous avions été un peu plus rapides, nous aurions aussi sauvé ton grand-père. C'est notre faute s'il est mort : nous sommes trop vieux et trop lents. »

« Mais qu'est-il arrivé aux hommes de fer ? Qu'est-ce qui les a poussés à l'eau ? »

« Les poux », répondirent fièrement les anthropopithèques.

«Nos chers poux, que nous avons passé notre vie à étudier et à dresser. Nous les avons envoyés se glisser dans les cheveux des hommes de fer, et puis nous leur avons ordonné d'aller vers la mer. Ils se sont mis en marche et tes bourreaux n'ont rien pu faire : nul ne peut résister à des milliers de poux dans les cheveux qui vont tous dans la même direction lorsque ce sont les mots des serpents qui leur donnent force, ces mots que vous, les Estoniens, avez oubliés, mais qui font de l'effet même à certains insectes. Ce sont eux qui t'ont sauvé et qui ont noyé les hommes de fer. Hélas, ils se sont noyés par la même occasion, nos pauvres poux, ils se sont sacrifiés pour toi, Leemet.»

«Je leur suis infiniment reconnaissant. Et c'est bien triste qu'ils aient fini comme ça. Qui donc allez-vous étudier et dresser, maintenant que tout votre élevage est mort noyé ?»

«Il naîtra sûrement d'autres poux — mais nous n'aurons sans doute pas le temps de les entraîner. Nous sommes vraiment trop vieux. Et puis cela n'aurait pas de sens : après nous, de toute façon, personne ne saura plus leur parler. Ces poux qui viennent de noyer toute une armée étaient les derniers qu'on pouvait guider grâce aux mots des serpents ; leurs successeurs vivront leur vie à eux, sans obéir à personne.»

«C'est ainsi», conclus-je. «Tout a une fin. Le dernier homme pourvu de crochets à venin, et qui savait voler par-dessus le marché, est mort aujourd'hui. Dans l'avenir, les gens penseront que de telles choses n'existent que dans les contes de fées.»

Je fis un grand feu sur le rivage et j'y brûlai le corps de mon grand-père. Puis je pris congé des anthropopithèques en leur promettant de revenir bientôt les saluer, et je m'enfonçai dans la forêt pour rendre visite à ma sœur et réfléchir à mon existence future.

37

D'APRÈS LES ANTHROPOPITHÈQUES, SALME N'AVAIT PAS QUITTÉ SA CAVERNE, et c'est donc cette direction que je pris. Même si certains arbres avaient grandi et si d'autres n'avaient pas résisté aux tempêtes d'automne, je retrouvai mon chemin sans problème. Je tirai la peau d'élan qui faisait office de porte et j'entrai en m'écriant d'une voix forte :

« Salut, sœurette ! Tu me reconnais ? »

« Ça alors, Leemet ! »

Elle se leva, prise de frayeur. Il faisait sombre, mais on voyait au premier coup d'œil qu'elle avait bien vieilli. Ses cheveux pendaient en désordre, jaunâtres et collés entre eux par paquets, comme des touffes d'herbe de l'an dernier sous la neige fondante du printemps. Son mantelet de fourrure était déchiré en plusieurs endroits et couvert de suie, tout comme son visage. J'étais interloqué. En tout cas, elle semblait quelque peu gênée de son apparence : elle arrangea son pourpoint et chassa les mèches de son visage.

« Je ne t'attendais plus », dit-elle, confuse. « Ça fait si longtemps... Où est-ce que tu étais passé ? Vrai, je ne savais pas... Personne ne vient plus nous voir. Nounours, regarde qui vient nous rendre visite ! »

Nous échangeâmes un regard — et j'eus l'occasion de contempler le plantigrade le plus obèse que j'aie jamais rencontré. Il occupait la moitié de la grotte. La graisse lui avait littéralement avalé le museau, si bien que sa face tout plate et tout ronde n'avait plus grand-chose de celle d'un ours, on aurait plutôt dit celle d'un grand-duc. De gros plis de peau lui pendaient de toutes parts. Son pelage semblait ne plus suffire à recouvrir ce corps monstrueusement bouffi : à plusieurs endroits la peau était nue, cela faisait comme des taches ou de grosses croûtes. Ses pattes de derrière étaient tout à fait invisibles, vu que la panse les recouvrait comme une douce mousse brune.

«Salut, Leemet!» grogna cette montagne de graisse en tournant vers moi deux yeux minuscules qui avaient de la peine à émerger de ses joues. «Ça fait une paie. C'est chouette que tu sois passé nous voir! Salme, donne à manger à ton frère.»

«Non, merci!» dis-je très vite. En présence d'une créature aussi obèse, je n'aurais pas pu avaler une seule bouchée. Et puis j'avais pris conscience d'une forte odeur fétide qui envahissait toute la caverne et me faisait tourner le cœur. Apparemment, mon beau-frère était devenu si corpulent qu'il ne pouvait plus sortir et faisait ses besoins sous lui. À la pensée de tout ce que pouvait produire ce gros ventre velu qui lui recouvrait les pattes comme une fourrure, j'eus envie de vomir. Et puis il y avait partout des os à moitié rongés qui traînaient avec des restes de viande pourrie : malgré la puanteur, Salme avait négligé de les jeter. De grosses mouches noires couraient dans tous les sens en frottant leurs pattes antérieures l'une contre l'autre, comme pour exprimer leurs satisfaction de se voir servir une table aussi riche. C'était terrible — jamais Maman n'aurait toléré un tel laisser-aller, une telle crasse dans sa cabane. Non seulement c'était dégoûtant, mais c'était honteux : qu'allaient dire les voisins!

C'est alors que je m'avisai que justement, Salme et Nounours n'avaient plus de voisins. Ils étaient complètement seuls. Nul ne franchissait jamais leur seuil, ils n'avaient plus de relations avec personne. Ils étaient les derniers humains de la forêt — et Nounours, à vrai dire, n'en était pas un. Rien d'étonnant donc à ce que leur existence se soit ensauvagée et que l'endroit où ils vivaient ressemble plus à un terrier qu'à une habitation humaine.

«Tu es sûr que tu n'as pas faim?» demanda Salme. «Il y a de l'élan. Bon, il n'est pas aussi cuit que du temps de maman. Tu sais, Nounours préfère quand c'est un rien saignant, et du coup, je fais cuire moins longtemps. Ça a plus de goût comme ça. Tu en veux ? »

Elle apporta un gigantesque plat de viande d'élan froide, pratiquement crue à mon avis. Rien ni personne au monde n'aurait pu me forcer à y goûter. Je mentis :

« Non merci, je sors de table. Parlons juste un peu. Nounours a pris du poids, à ce que je vois. »

« C'est sûr. Il ne peut plus sortir. Il a eu des malheurs, tu n'es pas au courant — les hommes de fer ont voulu le tuer ! Ils lui ont fait la chasse et l'un d'entre eux l'a blessé à la hanche avec sa lance. Il est quand même arrivé à leur échapper en se jetant dans les fourrés et à se traîner jusqu'ici, mais la blessure était grave. Bien sûr, je l'ai soigné comme j'ai pu, mais la gangrène s'est mise à sa patte et il en est resté estropié. Il ne peut plus marcher, juste s'asseoir. Il me fait tant de peine, mais rien à faire, j'ai déjà essayé tous les remèdes, les herbes et le reste. Au moins je le nourris bien, je veille à ce qu'il ne manque de rien. C'est vrai qu'il a un petit peu forci, mais qu'est-ce que ça peut faire, au moins il a le ventre plein. Pas vrai, chéri ? »

« Oui, j'ai le ventre plein », grogna Nounours, qui, pour passer le temps, s'était mis à dévorer la viande qu'elle venait d'apporter. « Tu es une bonne épouse, tu es gentille avec moi. »

« Voilà notre vie à tous les deux », reprit Salme. « Nous ne sommes pas malheureux, même si Nounours aimerait bien sortir de temps en temps, c'est sûr. On ne s'ennuie pas, on fait plusieurs repas par jour et lorsqu'on n'a plus faim, on s'endort dans les bras l'un de l'autre. J'espère que les hommes de fer ne nous trouveront pas, d'habitude ils ne s'enfoncent pas si profond dans la forêt. Ils sont terribles ! Comment peut-on faire la chasse à un ours ? Qu'est-ce qu'il leur a fait ? Ce sont de si braves bêtes. Oh, Nounours, tu as déjà fini ? Tu en veux encore ? »

« Oui, encore », grommela mon beau-frère en jetant négligemment les os par terre, à la grande joie d'un nuage de mouches qui prit son envol, au comble de l'excitation.

J'eus un brusque accès de tristesse et de cafard. Je n'avais rien ressenti de tel lorsque les hommes de fer avaient torturé mon grand-père, ni lorsque j'avais disposé ses restes sur le bûcher funèbre. Il avait eu ce qu'il voulait : il avait combattu vaillamment, tué des centaines d'hommes de fer, et il était mort au combat. Il savait d'avance que tel était son destin. Tôt ou tard, il se serait fatigué : il était âgé, même ses crochets à venin auraient fini par s'émousser. Nous savions que nous n'avions pas la moindre chance de vaincre, que nous ne pouvions que faire le plus de dégâts et semer le plus de confusion possible. Qu'une flèche l'ait touché à ce moment précis, c'était le hasard, il n'y avait rien de honteux là-dedans. Il était tombé en guerrier, il avait dû en supporter les conséquences. Si les hommes de fer ne l'avaient pas torturé, c'est lui qui les aurait torturés. Il n'y avait rien à reprocher à quiconque, il avait eu exactement la fin qu'il souhaitait, et pour notre époque en guenilles, son destin avait été sublime.

Avec ma sœur, c'était une autre histoire. C'était affreux, c'était honteux. Du temps de maman, il lui arrivait parfois d'oublier dans un coin un petit gigot de lièvre ou un autre plat : frais, il aurait été délicieux, mais il se gâtait et se couvrait de moisissures. C'était triste de devoir le reconnaître, mais Salme s'était mise à ressembler à l'un de ces gigots oubliés dans un coin. Il n'y avait plus personne dans la forêt, plus rien qu'elle : un bout de nourriture qu'on a négligé lorsqu'il était frais et qui est devenu immangeable. Elle s'était gâtée — oh, comme cela me dégoûtait de penser cela de ma propre sœur ! Son temps était passé, elle n'était plus un être humain. Elle n'était pas non plus devenue une ourse, mais elle y tendait. Elle était déjà d'accord pour manger de la viande crue, ses cheveux avaient tout d'un pelage ébouriffé. Et je ne pouvais lui être d'aucun secours, car moi non plus je n'étais plus rien d'autre qu'un autre bout de viande en train de moisir, même si j'essayais convulsivement de conserver ma fraîcheur, de m'imaginer que je servais encore à quelque chose. Mais à quoi ? Salme avait trouvé une réponse — elle pouvait encore manger, et dormir dans les bras de son ours. C'était tout. Moi, je n'avais même pas d'ours, je dormais seul.

Voilà le destin qui m'attend dans la forêt, me dis-je avec horreur. N'aurait-il pas mieux valu que les anthropopithèques arrivent un peu plus tard, que mon dos sanglant ait déjà engendré des ailes et que je me sois fièrement envolé en compagnie de mon grand-père — là où s'étaient envolés tous ceux qui m'étaient chers, tous ceux qui m'avaient précédé, tout mon peuple ? Là où s'était évanoui ce plat qui trônait autrefois au milieu de la table, à la place d'honneur, savoureux, chatouillant le nez, les yeux et la bouche de l'assistance, mais dont il ne restait plus à présent que deux miettes en train de pourrir
par terre — ma sœur et moi.

« Pourquoi tu ne manges pas ? » me redemanda Salme tout en rongeant allègrement son élan à moitié cru, si bien que quelque chose de rougeâtre lui coulait à la commissure des lèvres. « Tu as peur qu'il soit trop saignant ? Si ce n'est que ça, je peux t'en remettre un bout à cuire ! »

« Non merci, ne prends pas cette peine. Je n'ai vraiment pas faim. »

Je ne m'attardai pas. Je m'étais fait à l'odeur, mais nous n'avions rien à nous dire. Depuis notre précédente rencontre, il m'était certes arrivé beaucoup de choses, mais je n'avais ni la force ni le cœur d'en parler. Aussi je m'abstins de lui raconter mon grand-père, ma vie au village et la grande bataille qui avait suivi. Il me semblait que de toute façon, elle n'y aurait rien compris. Tous ces souvenirs qui m'étaient chers ou douloureux n'auraient été pour elle que d'incompréhensibles messages en provenance d'un monde lointain et inconnu — une bizarre senteur étrangère envahissant brusquement sa caverne, et qui aurait gêné sa somnolence dans la chaude odeur du foyer. Je sentais qu'il aurait fallu tout leur expliquer par le menu, et que même cela ne servirait à rien.

Je me contentai de dire que j'avais voyagé. Elle se satisfit de cette explication, sans poser d'autre question, et Nounours se contenta de hocher paisiblement de sa tête grasse. Puis elle revint sur la mort de notre mère. Elle n'avait qu'une idée fort vague de ce qui s'était passé — en fait, elle croyait que le terrier aux serpents avait pris feu par accident — et je n'eus pas le courage de me mettre à lui expliquer que les choses n'étaient pas si simples. Je la laissai se plaindre et se lamenter un moment ; Nounours en profita pour s'endormir, un os à moitié rongé dans la gueule, comme s'il vomissait son propre squelette.

Elle conclut par un grand soupir, puis bâilla doucement. Je compris qu'elle avait sommeil, qu'elle voulait s'endormir dans les bras de son ours obèse, et je pris congé.

« Où est-ce que tu vas t'installer ? Dans notre vieille cabane ? »

« Je ne sais pas. Je n'y ai pas encore réfléchi. Peut-être là-bas, peut-être que je m'en bâtirai une nouvelle. »

« Tu peux dormir ici en attendant. Il y a de la place. »

« Merci, mais je préfère avoir mon chez moi. » Salme hocha de la tête, déjà à demi assoupie.

« Passe quand même nous voir. Il y aura toujours à manger pour toi. Cela nous fera plaisir. Nous ne pouvons pas sortir, le pauvre Nounours est trop handicapé. »

Elle couvrit sa montagne d'époux d'un regard apitoyé en ajoutant dans un murmure :

« Bon, il y a au moins une bonne chose là-dedans, c'est qu'il ne peut plus aller se débaucher. Tu sais, lorgner les villageoises. Maintenant c'est mon ours à moi toute seule et je n'ai plus besoin de m'inquiéter de savoir où il est ni ce qu'il fait. Je l'ai tout le temps sous les yeux. »

« Sûr que c'est une bonne chose », dis-je en m'en allant. L'air frais me sauta au visage comme si on m'avait aspergé d'eau froide — après les remugles de la caverne, c'était si agréable que j'aurais voulu y mordre à pleines dents. Je marchai un moment, pour le simple plaisir de respirer. Puis je m'assis, cueillis des airelles car j'avais très faim, et réfléchis à ce que j'allais faire.

Je n'avais pas envie de retourner guerroyer tout seul, sans mon grand-père. J'avais apparemment épuisé ma provision de rage — au lieu de cette fureur et de cette soif de vengeance qui me bouillonnaient encore tout récemment dans les veines, une complète indifférence m'avait envahi. En vérité, je n'avais plus envie de rien faire. Je serais volontiers resté ici pour toujours, entre les arbustes, à me réchauffer au soleil comme un serpent roulé en boule. Les airelles étaient à portée de main, il y en avait beaucoup — de quoi d'autre avais-je besoin ? La tête complètement vide, je sombrai dans une douce torpeur ; seule la fraîcheur me réveilla lorsque le soleil eut disparu derrière les
cimes des arbres.

Je me levai et fis les cent pas en remuant les bras pour me réchauffer. Il fallait quand même que je me trouve un abri, car en automne il ne fait plus assez chaud dans la forêt pour qu'on puisse dormir à la belle étoile. Il était hors de question d'aller chez ma sœur, et ce n'était pas en pleine nuit que j'allais m'atteler à la construction d'une nouvelle demeure. Il ne me restait donc que ma vieille hutte. Longtemps, j'avais eu de la répugnance à l'idée d'y retourner, mais à présent je sentais que cette prévention avait disparu. Pourquoi ne pas aller y faire un somme ? Après tout, ce n'était qu'une cabane, qu'importe qu'elle regorge de tristes souvenirs. Étaient-ils encore tristes, du reste ? Penser à maman et à Hiie n'arrivait plus à m'émouvoir. Tout cela semblait un conte de fées, une de ces fables des temps lointains qui peuvent être drôles ou tristes, mais qui sont sans lien avec le présent. Elles n'étaient que des personnages d'un récit parvenu à sa fin, il n'y avait plus à présent que la forêt sombre et froide, où je me sentais mal, et une hutte vide quelque part à l'autre bout de cette même forêt, où il aurait été si agréable de s'étendre. Rien d'autre n'avait d'importance.

Je me mis en route et mes pas me menèrent à l'orée des bois.

Je ne pus résister à la tentation de jeter un coup d'œil au village de Magdaleena : d'ici, il devait bien se voir. Je quittai le sentier et un instant plus tard, j'étais à la limite du couvert et des terres défrichées.

J'aurais dû distinguer les toits, mais rien. Le village avait disparu et dans l'obscurité, impossible de voir s'il n'en restait pas trace ou s'il en demeurait des ruines ou quoi que ce soit d'autre. J'étais abasourdi, car je ne comprenais vraiment pas comment un village entier avait pu s'évanouir. Mon grand-père et moi, nous ne l'avions pas incendié, car les hommes de fer nous avaient attirés dans une autre direction, et après leur avoir réglé leur compte, nous nous étions désintéressés de l'endroit. Et pourtant, plus rien. Les gens avaient-ils déménagé en emportant leur maison avec eux ?

C'est alors que je vis au loin une forme humaine qui bougeait. Je m'en approchai par curiosité, espérant tomber sur une vieille connaissance. Et c'était effectivement le cas : c'était le doyen Johannes en personne qui clopinait sur l'étroit sentier, une canne à la main, vêtu d'un pourpoint en loques.

« Salut, doyen », dis-je en émergeant des ténèbres. « Quelle bonne surprise, ça fait longtemps ! »

Il me fixa en agrippant sa canne des deux mains, sans doute dans l'intention de se défendre. Mais je n'avais pas l'intention de l'agresser. Ma colère s'était éteinte, et pour le moment j'étais surtout content de rencontrer quelqu'un qui pourrait m'éclaircir le mystère de la disparition du village.

« Arrête d'agiter cette canne comme ça, je ne suis pas venu te tuer. Dis-moi plutôt ce qu'il s'est passé. Vous avez eu un incendie ? Où sont passées les maisons ? »

« Maudit rejeton de l'enfer ! Te revoilà, et tu demandes après les maisons ! Oui, il y a eu un incendie ! Oui, notre village a brûlé jusqu'à la dernière poutre, et c'est ta faute ! »

« Ce n'est pas moi qui ai allumé ce feu. Honnêtement, ça ne m'aurait pas déplu, car vous avez voulu me brûler vif, mais ça m'est sorti de l'esprit. Ne m'accuse donc pas, vieil homme :

c'est quelqu'un d'autre qui vous a joué ce tour. »

« Notre village a brûlé en punition d'un crime inouï, et c'est toi qui en es l'auteur. Avec ton complice volant, cette créature du diable, tu as assassiné un saint évêque, et il nous a fallu subir le châtiment de cet horrible massacre. D'honorables chevaliers sont venus mettre le feu à notre village, car le meurtre d'un homme d'Église est un abominable péché. Tu rôtiras en enfer pour cela ! Bien sûr, nous avons essayé d'expliquer à ces vénérables seigneurs que nous n'avions pas levé la main sur le saint homme, que jamais l'idée de perpétrer un crime aussi affreux ne nous aurait effleurés. J'ai dit que le coupable était un sauvage, un être non baptisé, un loup-garou dont la demeure est la forêt profonde et qui venait d'égorger ma pauvre fille et l'enfant d'un chevalier. Ils ont répondu qu'ils se moquaient bien de savoir quel manant avait commis ce crime. Ils nous ont traités d'animaux et de sauvages, sans culture et sans honneur. Ils ont dit qu'ils ne faisaient pas de différence entre les Estoniens baptisés et ceux qui ne le sont pas, et que dans tous les cas nous étions responsables des crimes de nos frères de race. Et puis ils ont mis le feu au village et ils sont partis sur leurs beaux destriers. »

« Mais pourquoi n'avez-vous pas résisté, pourquoi ne les avez-vous pas tués ? » demandai-je — ce n'est pas que j'avais de la peine pour le village, mais je voulais comprendre pour quelle raison ils s'étaient laissés humilier et torturer comme des moutons.

« Mais parce que nous sommes chrétiens ! » proclama Johannes en levant les bras au ciel, comme il en avait la coutume lorsqu'il s'exaltait et se mettait à crier. « Nous ne sommes pas des sauvages dans ton genre, nous savons comment il convient de se comporter dans le monde moderne. Après tout, les nobles chevaliers avaient raison : le meurtre d'un évêque est le pire des crimes, et il fallait bien que quelqu'un en paie le prix. Telle est la coutume. Si nous nous étions révoltés, si nous avions attaqué de nobles chevaliers, nous aurions conforté leur opinion que nous ne faisons pas encore partie des peuples cultivés, que nous sommes encore des sauvages. Mais ce n'est pas vrai : nous valons bien autant que d'autres ! C'est pourquoi, sans protester, avec une humilité tout chrétienne, nous acceptons notre juste châtiment et nous allons nous reconstruire un village. Pas plus tard qu'aujourd'hui, je suis allé en implorer la permission au château, et le seigneur a eu la bonté de nous donner une nouvelle chance de faire nos preuves. Nous allons renaître de nos cendres, et un jour nous nous tiendrons fièrement aux côtés des autres peuples modernes, sans rien avoir à leur envier. »

J'étais fort las. Des idioties de ce style, j'en avais entendu tout le temps que j'avais vécu chez Magdaleena, tout le monde tenait ce genre de discours. Je n'avais pas envie de discuter avec Johannes, mais de le quitter et ne plus jamais le revoir.

« Très bien, construisez-vous donc un nouveau village et devenez un peuple civilisé. Soyez modernes et priez votre nouveau dieu. Je vous souhaite tout le succès possible. Adieu ! »

Je voulus m'en aller, mais il s'était excité et il avait encore des choses sur le cœur.

« Cesse de persifler, Satan ! Ah, tu nous souhaites du succès ! Je sais bien que tu ne désires que notre perte ! Où vas-tu à présent ? Au plus profond de la forêt, te prosterner devant tes abominables génies et prier les forces de l'Enfer pour qu'elles viennent nous tourmenter ! »

« Très cher doyen, je te jure que je ne vais pas m'incliner devant quelque génie que ce soit, et que je ne vais rien demander du tout à qui que ce soit. Cette mode est passée, tout comme passera celle d'invoquer tes dieux et tes Jésus à toi. Je suis sûr que les gens inventeront encore quelque chose, mais par bonheur, je ne serai plus là pour le voir. Là, je vais tout simplement me coucher, et je te conseille d'en faire autant. Il est tard. »

« Incroyant ! »

« C'est la pure vérité. Je n'en ai pas honte. »

« Assassin ! »

« Cela non plus n'est pas faux ; mais on peut en dire autant de toi, vieil homme. Tu te rappelles le jour où tu as brûlé les serpents ? Tiens, à propos, qu'est devenu Peetrus, celui qui a jeté mon amie Ints sur une fourmilière ? J'espère qu'il a brûlé vif lorsque les hommes de fer sont venus vous punir. »

« Peetrus est la fierté du village ! C'est lui qui a découvert les restes du saint évêque et de ses compagnons et qui a appelé les seigneurs chevaliers pour qu'ils rétablissent l'ordre et rendent la justice. Pour sa récompense, il est devenu l'écuyer d'un chevalier. Voici quelques jours, il est parti avec son maître combattre les incroyants en Terre Sainte. C'est un grand honneur pour notre peuple, le premier Estonien à être allé aussi loin. Avec les représentants des plus grandes nations, il apporte sa contribution à la fondation du monde nouveau. Est-ce que cela ne vient pas confirmer que nous ne valons pas moins que les autres ? »

« J'espère bien qu'ils vont l'écorcher là-bas. Bonsoir maintenant, vieil homme. J'espère qu'avant ta mort, toi aussi tu auras l'occasion de porter une armure : tu l'auras bien méritée. »

« Cet honneur a bien peu de chances de m'échoir », répondit Johannes, sur un ton qui montrait que, malgré tout, mes propos le flattaient. Sa voix se fit solennelle. « Va donc, mon garçon, continuer à vivre dans les ténèbres du passé comme si tu avais encore une queue à la manière des bêtes. Moi, je prends l'autre voie, et tant j'aurai un souffle de vie, je m'efforcerai de tendre vers la lumière, vers un monde nouveau, vers un monde meilleur ! »

« Va donc, toi aussi, et pour que la route te soit plus légère... »

D'un coup de couteau, je lui tranchai un bout de fesse.

« Comme ça, plus de danger qu'il te pousse une queue » dis-je en éclatant de rire, car en vérité il n'entrait pas la moindre colère dans mon geste : ce n'était que l'effet d'une fantaisie qui m'était brusquement venue à l'esprit. « Va en paix, te voilà vraiment moderne ! »

«Espèce de loup-garou!» cria Johannes en tenant son derrière sanglant. «Assassin! Ta place est en enfer, c'est là que tu vas rôtir! Tu m'as tué! Je vais me vider de mon sang!»

«Est-ce que ça fait vraiment tant d'effet, une queue en moins? Quelqu'un de moderne n'en a pas l'usage. Ne gueule donc pas si fort, on dirait un sauvage! Qu'est-ce que les seigneurs chevaliers vont penser de toi si tu ne sais pas te conduire selon les us et coutumes des peuples civilisés? Tais-toi donc un peu, et puis arrête de lorgner ton derrière, regarde en avant! Il te reste ton nez pour savoir d'où vient le vent — de quoi d'autre as-tu besoin? Adieu, vieil homme, porte-toi bien!»

J'éclatai de rire et m'en fus en courant, mais les beuglements de Johannes mirent du temps à s'éteindre.

38

CETTE BONNE BLAGUE M'AVAIT MIS D'HUMEUR JOYEUSE. Je me dirigeai vers chez moi en fredonnant une vieille chanson d'anthropopithèques, mais pour cette nuit je n'en avais pas fini avec les rencontres.

J'entendis quelqu'un me héler dans la langue des serpents. D'abord je crus que c'était un rescapé de l'incendie — tous n'étaient sans doute pas morts asphyxiés dans le terrier. Je sifflai en retour et cherchai du regard, mais en fait de reptile, ce fut Meeme que je vis, vautré par terre comme à son habitude.

Son existence m'était complètement sortie de la tête. Ma sœur et moi n'étions donc pas les derniers humains dans la forêt ! Même si gratifier Meeme du nom d'être humain était une exagération manifeste. Il avait perdu ses derniers contours et quand je m'approchai de lui, je fus incapable de distinguer précisément où s'arrêtait son corps et où commençait la mousse. C'était en partie à cause de l'obscurité, mais il semblait vraiment se dissoudre dans le sol, comme une congère en train de fondre. La même mousse qui poussait sous lui et à côté de lui poussait aussi sur lui. Il semblait ne pas s'être déplacé depuis longtemps car il était couvert d'un épais grouillement de feuilles mortes. Son visage avait pris la couleur de la terre, avec des craquelures par endroits, et sous cette écorce, ses yeux brillaient comme deux gouttes de rosée.

« Alors comme ça tu es encore là », dit-il d'une voix étouffée qui semblait émerger d'un souterrain. J'avais peine à le comprendre, comme si sa bouche s'était éboulée de l'intérieur ou si de la terre était venue l'obstruer. « Je n'espérais plus te revoir. »

« Tu voulais me voir ? » répliquai-je en m'attendant à le voir porter à sa bouche son inséparable outre de vin, boire et se mettre à tousser. J'espérais que cela lui rincerait le gosier et le rendrait plus compréhensible. Mais il n'en fit rien, et en vérité je n'aurais pas su dire s'il avait encore des mains ou si elles avaient pourri et s'il n'avait plus rien pour saisir l'ustensile.

« M'en fous. Je me disais juste, au cas où tu serais encore en vie et où tu réapparaîtrais avant que je ne m'éparpille pour de bon, alors il faudrait que je te parle. Ce n'est pas que ça ait de l'importance — tout ça n'a plus de sens. Mais c'est comme qui dirait la coutume. »

« Et de quoi tu voulais me parler ? »

« De la Salamandre. »

Voilà qui était inattendu. Je m'accroupis auprès de lui, et je fus saisi par l'écœurante odeur de pourriture qu'exhalait son corps en décomposition — pour ne pas dire sa charogne, dont il était miraculeux que la tête soit encore en vie. Je m'écartai avec dégoût, ce qui le fit ricaner de sa bouche terreuse.

« Ça pue, hein ? Ça pue ! Moi je ne sens plus rien, mais je sais bien qu'en vérité je n'existe plus vraiment. Ça fait des mois que je pourris, sans bouger d'ici, sans manger ni boire. Je ne me rappelle plus le goût du vin et si quelqu'un m'en versait dans le gosier, ça filerait droit dans la terre comme de la pluie, car je n'ai plus de dos. Je sens les plantes germer en moi, au printemps prochain elles me traverseront comme une motte de terre et les chevreuils les brouteront sans imaginer que sous leurs sabots, il y a un homme mort. Je ne sens plus ni mes mains ni mes pieds. La caboche tient bon vu qu'elle est dure comme de la pierre, mais à quelques jours près, je n'aurais pas pu te parler. Ça ne m'aurait fait ni chaud ni froid, car ce que j'ai à te dire n'a rien de crucial. Il se trouve que je suis le gardien. Et que les gardiens doivent se choisir un successeur avant de mourir. Tu conviendras que le choix n'est pas bien difficile : à part toi, il n'y a plus personne. Pas besoin de te mettre en peine si ça ne t'intéresse pas, la Salamandre se débrouillera tout seule. Moi, il y a des années que je ne lui ai pas rendu visite. Elle dort, et ça lui est bien égal que quelqu'un aille la caresser. Mais quand même, je me disais que si je te rencontrais, je te parlerais, histoire que tu prennes ta décision toi-même. Moi, je m'en fiche.»

«Et comment est-ce que je peux la trouver?» demandai-je, tout excité.

«Tu te rappelles cette bague dont je t'ai fait cadeau? Bien sûr que tu t'en rappelles, tu es venu me poser des questions à son sujet, mais à ce moment-là je n'avais pas de raison de te répondre. Le gardien n'a le droit de dévoiler son secret qu'à la veille de sa mort. En réalité, je n'aurais pas dû te la donner, cette clef, car tu n'étais qu'un gosse et tu aurais pu la perdre, mais je n'en avais pas grand-chose à faire. De toute façon, tout ça n'a pas de sens, il y a belle lurette que tout est fini et peu importe que je sois le dernier gardien ou qu'il en vienne encore un autre après moi. Ce n'est que l'agonie. Après, de toute façon, viendra le silence, et la Salamandre dormira de son sommeil éternel dans une complète solitude. Peut-être même que j'espérais que tu la perdrais, cette clef, et que, comme ça, cette bouffonnerie finirait plus tôt. Dis-moi, tu l'as perdue ou non?»

«Je ne pense pas. Il y a longtemps que je ne l'ai pas vue, mais elle doit toujours être dans ma cabane. Je la trouverai sûrement. Comment est-ce qu'on s'en sert?»

«Ce n'est pas la bague qui est importante. Ce n'est qu'un bijou sans intérêt, pris sur le cadavre d'un homme de fer. Tout ce à quoi ça peut servir, c'est à viser des oiseaux. Mais elle était dans un petit sachet, si fin et si léger que le moindre souffle de vent peut l'emporter. La bague n'était là que pour son poids, pour l'empêcher de s'envoler, justement. Tu l'as toujours, ce sachet?»

«Sûrement. Qu'est-ce qu'il a de spécial?»

«Il est en peau de Salamandre. Une fois tous les dix mille ans, elle mue, elle l'a déjà fait un nombre incalculable de fois et elle continuera à le faire dans l'avenir. Le gardien doit prélever un tout petit morceau de cette mue et le transmettre à son successeur. Telle est la clef qui mène à la Salamandre.»

«Comment?»

« Il faut la manger. Le reste ira tout seul. »

« Dès cette nuit, j'y vais. Voir la Salamandre, cela a toujours été mon plus cher désir, et voilà que c'est possible. »

« N'oublie pas qu'elle, elle ne te verra pas. Elle dort, et rien ne pourra jamais plus la réveiller. C'est une tâche inutile et stupide dont tu te charges, et je te conseille plutôt de lâcher ce bout de peau au gré du vent et de tout envoyer promener. Il fallait que je te parle, mais tu n'es pas forcé de m'obéir. »

« Mais je veux ! Je veux ! »

« Alors, vas-y. Sois heureux, et donne-lui le bonjour de ma part. Tu auras la chance de mourir assis contre elle. »

Il ferma les yeux. Ce fut notre dernière rencontre, car dans mon impatience, je me précipitai chez moi, et lorsque quelques jours plus tard je repassai au même endroit, il ne parlait plus, son visage s'était décomposé et il ne restait plus de lui qu'une matière humide et collante, une flaque entre les mottes de terre qu'on pouvait franchir d'un saut sans se mouiller les pieds.

Je courus donc à ma vieille hutte, que je trouvai en bon état. Il y avait longtemps que nul n'avait fait de feu et l'odeur de viande grillée, qui ne quittait jamais les murs et mettait l'eau à la bouche dès l'entrée, s'était dissipée. J'avais cru que j'arriverais à revoir mon ancien foyer sans éprouver d'émotion particulière, et pourtant, au spectacle de cette pièce obscure et vide, si triste à sa manière, je sentis quelque chose me monter à la gorge. Mais j'étais si impatient de voir la Salamandre que je n'avais pas le temps de m'adonner à de tristes souvenirs. Je me mis à fouiller les coffres et les caisses, et quelques instants plus tard, je tenais le bijou et le sachet.

Je secouai impatiemment la bague, qui tomba et alla rouler par terre comme un détritus inutile. J'examinai avidement le précieux petit bout de peau, le caressai du bout des doigts, me mis sur le seuil pour mieux l'examiner au clair de lune. Il était d'une minceur vraiment extraordinaire : en le portant à mes yeux, je voyais la lune à travers. J'étais dans un tel état d'excitation que j'avais de la peine à respirer. Je repliai le sachet, en fis une tout petite boule et me le mis dans la bouche. Je n'eus même pas vraiment besoin de l'avaler, ce fut comme si la peau de Salamandre me fondait sur la langue.

Retenant mon souffle, j'attendis ce qui devait se produire. Cela ne m'aurait pas étonné que mon corps se mette à flamboyer, ou que je grandisse d'un coup jusqu'à prendre la taille du plus grand arbre de la forêt. Mais il ne se passa rien de particulier. J'étais toujours sur le seuil de mon ancienne maison et la lune brillait au-dessus de moi — sauf que je savais où dormait la Salamandre. Ce savoir ne me vint pas comme un coup de tonnerre ni comme un éclair, mais de la manière la plus simple qui soit : ce fut comme si je m'en rappelais — tel un souvenir très lointain qui vous revient par hasard en mémoire. Quelque chose comme : ah oui, bien sûr, c'était donc cela, comment quelque chose de si simple a-t-il pu me sortir de la tête ? Je n'arrivais plus à comprendre comment j'avais pu passer tout ce temps à chercher en vain la Salamandre à travers la forêt, alors que sa cachette était si flagrante ! Ce n'était même pas à proprement parler une cachette : ayant mangé le sachet, il me sembla qu'on pouvait carrément trébucher sur la Salamandre — elle était ici même ; depuis toujours, je passais devant l'entrée de sa caverne, sans jamais l'avoir remarquée.

Je refermai la porte de la cabane et pénétrai dans une large ouverture qui béait dans la paroi rocheuse, juste en face, et que je n'avais jamais remarquée. Le tunnel était rectiligne, il s'enfonçait lentement dans le sol. Tout au fond, quelque chose brillait. C'était chaud, doux ; et même de près, cela ne brillait pas davantage et cela ne blessait pas les yeux. La Salamandre rougeoyait comme un feu qui s'éteint.

Maintenant je la voyais. Elle existait donc bien, cette créature mythique dont j'avais tant entendu parler et que j'avais tant rêvé de rencontrer depuis mon enfance. Elle était encore plus grande et plus magnifique que dans mes songes, elle était majestueuse et terrible. J'en fis le tour, au comble de l'excitation et du bonheur. J'avais perdu espoir de l'atteindre, Oncle Vootele disait qu'elle avait disparu pour toujours et qu'elle ne réapparaîtrait jamais plus. Nul ne la verrait jamais plus — et pourtant, moi, je l'avais devant les yeux.

Elle gisait sur le ventre, ses grandes ailes soigneusement repliées dans son dos, les yeux clos, ses formidables griffes enfoncées dans le sable meuble. Elle dormait d'un sommeil paisible et profond, sans rien d'une bestiole sénile qui sommeille en attendant la mort, trop faible et lasse pour soulever ses lourdes paupières. Elle était grande et vigoureuse, elle avait encore toute sa force, et l'on pouvait se figurer tout ce qu'elle aurait pu accomplir si on avait pu l'arracher à son sommeil.

Mais ce n'était plus possible. Pour pénétrer ses rêves secrets, il aurait fallu des milliers de sifflements émis en même temps par des milliers de lèvres — et il n'y avait plus que moi, son dernier gardien. Tous les autres s'étaient trouvé des activités plus intéressantes, ils habitaient un monde nouveau où la Salamandre n'était plus qu'un personnage d'immémoriales légendes que les grand-mères contaient le soir auprès du rouet.

Je m'accroupis près d'elle et je la caressai, je tâtai sa peau si forte et en même temps si douce. Elle était tout chaude et quand je m'adossai à elle, je me sentis bien : auprès de cette géante endormie, j'étais en sécurité. Je pouvais même lui grimper sur le dos sans troubler son sommeil. Rien au monde ne pouvait la déranger, ni la tuer. Elle était éternelle, elle était et elle demeurerait — et pourtant seul un frêle fil d'araignée la séparait de l'anéantissement final, et ce fil, c'était moi. Car le monde s'était détourné d'elle, le monde l'avait trahie, l'avait oubliée, l'avait abandonnée dans le vide. J'étais son dernier compagnon. Après moi, elle disparaîtrait, car ce dont nul ne sait rien, ce que nul n'a vu n'existe plus vraiment. Ce ne serait plus qu'une morte qui respire.

Et pourtant tout aurait pu tourner autrement! Que n'aurait-elle pu encore accomplir! Ce n'était pas de la colère que je ressentais mais une tristesse impuissante, en imaginant combien il nous aurait été facile de combattre et de vaincre, si, dans un accès de folie, nous n'avions pas répudié notre meilleure arme, cette force colossale qui à présent dormait à mes côtés. Même aujourd'hui, elle aurait été tout-puissante — toute-puissante ! — si seulement nous n'avions pas oublié la langue des serpents. Pendant des siècles, sa force avait été à notre service, elle nous avait survolés comme un nuage de tempête menaçant et protecteur. Elle était notre arme secrète, nul autre peuple ne pouvait ni ne savait en faire usage. Et voilà que nous aussi, désormais, nous étions des « autres » ; et voilà que la Salamandre dormait pour l'éternité, et que personne ne l'appellerait jamais plus.

Tout aurait pu tourner autrement ! Mais sans doute n'était-ce qu'un rêve. Le monde change, il y a des choses qui sombrent dans l'oubli, d'autres émergent. Les mots des serpents ont fait leur temps, un jour aussi viendra où ce monde moderne tombera dans l'oubli avec ses dieux et ses chevaliers, et les hommes trouveront quelque chose de nouveau.

Je m'installai plus confortablement, toujours adossé à la Salamandre, et je fermai les yeux. J'étais bien, je ne voulais plus jamais repartir.

Bien sûr, je sors de temps en temps, ne serait-ce que pour prendre soin de ma protégée. J'ai coutume de la laver afin que sa peau brille davantage — je la voudrais aussi belle que possible, même si je suis seul à la voir. Si je sors, c'est aussi pour me procurer de la nourriture, ou bien tout simplement pour marcher dans les sous-bois, voir le soleil et respirer l'air frais après un long séjour sous terre. Il faut dire que la caverne de la Salamandre a une curieuse propriété : lorsqu'on en sort, on débouche n'importe où dans la forêt, précisément là où l'on a l'intention d'aller. Je comprends maintenant comment faisait Meeme pour se déplacer si discrètement. Il venait de chez la Salamandre ; il sortait en rampant de cette caverne dont personne sauf lui, le gardien, ne remarquait l'entrée, et il y retournait de la même manière.

Au début, j'allais rendre visite à ma sœur et à son Nounours, mais pas trop souvent, car l'atmosphère de leur caverne était trop confinée pour moi, et l'odeur était insupportable. Nounours avait fini par tant grossir que la graisse lui avait porté au cerveau et qu'il avait oublié les mots des serpents — il ne communiquait plus avec sa femme que par grognements. La dernière fois que je les ai vus, ils étaient enlacés l'un à l'autre ; il faisait très sombre dans la grotte, mais je revois encore leurs yeux me fixer mélancoliquement dans le noir. C'était d'une affreuse tristesse, et je n'ai pas remis les pieds chez eux. Je ne sais pas s'ils sont encore en vie, mais je crois bien que Nounours a fini par s'étouffer dans sa graisse et que Salme s'est doucement éteinte auprès du cadavre de son époux. En tout cas, c'était le dernier ours à savoir la langue des serpents : ceux que je croise à présent obéissent bien à mes ordres en poussant des grognements ahuris, mais ils ne savent plus me répondre. Ils sont devenus des bêtes comme les autres. Tout se perd.

Quelques jours après avoir trouvé la Salamandre, je suis allé revoir Pirre et Rääk. J'ai aperçu deux vieilles formes maigres couchées sur une branche tout au sommet d'un arbre, et je les ai appelés, mais il n'y a pas eu de réponse, et j'ai compris qu'ils étaient morts, ou bien trop vieux et trop las pour ouvrir la bouche, ce qui revient au même. Après tout, ils avaient pas mal résisté ; leur monde, leur histoire étaient déjà finis depuis longtemps. Ils sont restés tout l'hiver sur leur branche, tels deux blanches congères velues. Au printemps, les feuilles ont poussé et j'ai cessé de les voir, et au retour de l'hiver, les branches étaient de nouveau nues, comme s'il n'y avait jamais eu au monde d'anthropopithèques.

Il n'y a plus que moi — et la Salamandre. Voici quarante ans déjà que j'en suis le gardien, et je me fais bien vieux. Ces derniers temps, je sors de moins en moins. Je dors beaucoup, je rêve. Le plus souvent, je me revois enfant, assis dans la cave de mon oncle qui m'apprend la langue des serpents. Et voilà qu'il pâlit, il tombe, il meurt, mais je n'ai pas peur, je me cale contre son corps et j'ai chaud, je me sens bien. L'odeur de décomposition ne me dérange plus, je la connais, elle me rassure. Je me réveille et je me retrouve adossé à la Salamandre, et j'ai la même odeur aux narines. Je sais qu'elle ne vient pas d'elle, car la Salamandre est immortelle : c'est de moi qu'elle vient.

Dans le vide, je siffle les mots des serpents, ces mots que je tiens de mon oncle, et cela rafraîchit l'atmosphère. Tout le reste en moi peut bien pourrir, la langue des serpents gardera toujours sa fraîcheur. Elle et la Salamandre, dans son sommeil paisible.

Et moi aussi, plus rien ne m'importe. Moi aussi, je pourrai m'endormir tranquille. Nul ne troublera mon sommeil. Nous dormirons en paix — la Salamandre et moi, le dernier homme qui savait la langue des serpents.

Le pamphlet sous la fable

postface de Jean-Pierre Minaudier

Depuis sa parution en 2007, *L'Homme qui savait la langue des serpents* connaît un immense succès en Estonie. À l'évidence, cette popularité est d'abord liée à un talent narratif exceptionnel et à l'élégance d'une langue à la fois précise et imagée, que la présente traduction s'est efforcée de rendre le moins mal possible. Elle s'explique également par un humour dont le lecteur français peut percevoir l'essentiel, même si tout n'est pas transposable d'une langue à l'autre*. Mais elle tient aussi à une dimension pamphlétaire qui, pour le coup, peut échapper au lecteur et demande quelques éclaircissements.

Car c'est aussi comme un pamphlet et non comme un simple conte fantastique que le roman de Kivirähk a été accueilli en Estonie. Cette dimension pamphlétaire n'a pas surpris le public estonien, même si elle était absente des

* Il arrive que des notes soient nécessaires, comme dans le passage qui parodie l'usage du sauna. Inévitablement, certains jeux de langage se perdent en traduction : ainsi en estonien les « mots des serpents » sont en principe ceux qui servent à se protéger des morsures ; quant à la créature fantastique dont nous avons fait « la Salamandre », c'est, en version originale, *Põhja Konn* : « le Batracien du Nord » ou « du Fond » — la deuxième interprétation du mot *Põhja* fait allusion au fait qu'il dort quelque part sous terre, mais aussi à son rôle « fondamental » dans la vie des anciens Estoniens. Comme il peut détourner le sens d'une expression toute faite (« les mots des serpents »), Kivirähk peut aussi détourner un thème spécifique au folklore estonien, ou plus exactement sa perception contemporaine : c'est le cas de la recherche de la fleur de la fougère, censée fleurir une fois par an dans la nuit du solstice d'été, et devenue une expression toute faite synonyme d'entreprise absurde et vouée à l'échec.

précédents romans de Kivirähk : il intervient régulièrement dans les journaux sur des sujets politiques ou de société. Elle n'a pas non plus vraiment fait scandale, car les Estoniens sont tolérants et ont un sens aigu de l'autodérision, et parce que depuis quelques années des essayistes, comme Andreï Hvostov, et des historiens, comme Ea Jansen, disent à leur manière ce que Kivirähk exprime sur le mode romanesque.

*

Certains aspects de l'humour et de la colère de Kivirähk sont universels : les ours, créatures balourdes et ridicules, évoquent ceux du *Roman de Renart* ; les attaques anticléricales sont une vieille tradition de l'Europe latine. Mais il a d'autres cibles proprement estoniennes et, pour l'essentiel, ces allusions ne sont pas gratuites : elles s'inscrivent dans un propos cohérent sur son pays. Ce propos, d'un pessimisme radical qui contraste avec l'humour du livre, est présent dès le début du roman, mais toujours plus développé et toujours plus sinistre au fur et à mesure que l'on approche de la fin ; c'est lui qui explique la présence permanente d'une violence extrême, inspirée, de l'aveu de l'auteur, par la lecture des sagas scandinaves, mais sans doute aussi par les contes populaires.

« Il n'y a plus personne dans la forêt » : c'est la première phrase, et elle revient au moins une dizaine de fois. *L'Homme qui savait la langue des serpents* est l'histoire d'une solitude irrémédiable, malgré tous les efforts faits pour s'en arracher, et un récit du désenchantement du monde : la réalité sylvestre fantastique, débordante au début du roman, disparaît progressivement, exterminée (les serpents) ou tombée dans l'oubli (la Salamandre). Le roman est surtout une réflexion sur ce que c'est qu'être « le dernier des Mohicans », être en retard sur son temps, être en décalage avec le reste du monde ; réflexion menée, de manière très centre-européenne, par le biais de l'identité, du mode de vie, de la culture, de la langue.

Il faut préciser que l'identité nationale estonienne se fonde essentiellement sur la langue : les Estoniens sont très fiers d'avoir pu conserver durant des millénaires leur idiome pré-indo-européen et la culture qu'il véhicule, mais ils les sentent menacés par la modernité. L'extrême agressivité culturelle du pouvoir soviétique (russophone) qui les a opprimés durant un demi-siècle les a fortement alarmés, et la question se pose toujours, quoique autrement, dans notre monde anglophone et globalisé : les petites cultures, les minorités, les petits peuples ont-ils un avenir ?

Mais le roman de Kivirähk n'est absolument pas un livre romantique où s'exprimerait exclusivement la nostalgie de ce qui s'en va. Kivirähk est l'anti-Fenimore Cooper ; même s'il se place du point de vue d'un homme de l'ancien monde et s'il souligne que pour certains d'entre nous il n'est pas d'autre choix possible que le rejet de la modernité, jamais il ne tombe dans le piège indigéniste qui consiste à idéaliser le temps jadis, les gens de la forêt, la dernière tribu, et à mépriser et condamner sans nuance l'ensemble du monde nouveau — cette idéologie raciste à l'envers, en vogue depuis une trentaine d'années, qui rend si pénibles des films comme *Danse avec les loups* ou *Avatar* **. Kivirähk présente la modernité comme ayant ses attraits (à commencer par le vin) : la répulsion que lui témoigne le narrateur est une affaire de goût plus que de bien et de mal. En revanche, l'univers traditionnel de la forêt sécrète des personnages particulièrement antipathiques comme Ülgas et Tambet, enfermés dans leur passion identitaire et tentant de jouer de leur statut de gardiens des

** Au passage, notons l'absence de « politiquement correct » écologique dans *L'Homme qui parlait la langue des serpents* : le rapport des anciens Estoniens à la nature est un rapport de domination et d'exploitation, le thème de l'harmonie des « indigènes » avec la nature et de la destruction de celle-ci par la civilisation est absent. Au contraire, même les gens de la forêt apprécient la lumière qui règne dans les zones défrichées.

traditions pour acquérir une position de pouvoir, jusqu'à devenir des assassins. Ce sont eux les vrais méchants du livre ; les Estoniens qui ont succombé aux sirènes de la modernité ne sont que des imbéciles (manifestement, pour Kivirähk comme pour Flaubert, la bêtise mène le monde). De même, l'anticléricalisme violent et sans nuances de l'ouvrage ne prend pas seulement le christianisme pour cible, mais aussi l'ancienne religion païenne.

L'immense tristesse de ce livre très drôle réside ainsi dans le fait qu'il est le récit d'une impasse, annoncée dès la première page et méthodiquement mise en scène à la manière des tragédies grecques. L'un des leitmotivs est : il est déjà trop tard, nous n'avons déjà plus le choix, nous ne l'avons jamais eu — dès la naissance de Leemet, il n'y avait (presque) plus personne dans la forêt, le vieux monde était moribond ; en même temps, ayant grandi dans la forêt, Leemet ne peut plus s'adapter au village. Kivirähk nous dit que s'il est dramatique de n'être pas de son temps, il peut être tout aussi dramatique de s'enferrer dans la défense d'un univers disparu, d'un mode de vie ancien que d'ailleurs on connaît mal parce qu'on a déjà perdu le contact avec lui : d'un fantôme de passé plus qu'un passé réel — les historiens reconnaîtront ici le thème, fort à la mode chez nous depuis deux décennies, de l'« invention de la tradition » et de la construction de la mémoire, souvent dans le cadre de stratégies de pouvoir. Entre l'un et l'autre de ces désastres, entre le conformisme et la bêtise d'une part, la haine et la folie de l'autre, ne reste que la voie d'une digne solitude, triste mais sans aigreur, celles de la colère et de la révolte ayant été épuisées : c'est à cette digne solitude que le narrateur, pourtant angoissé dès son enfance par la perspective de l'isolement, finit par se résoudre.

*

Kivirähk n'idéalise nullement la modernité occidentale, ni le rôle que les Estoniens s'y attribuent. Outre d'incessantes moqueries sur la passion irraisonnée de ses concitoyens pour tout ce qui est moderne et vient de l'étranger, il y a, au dernier chapitre, une pique contre la participation (numériquement modeste, mais symboliquement importante) de l'Estonie à l'intervention américaine en Irak, depuis 2004 : « Voici quelques jours, Peetrus est parti avec son maître combattre les incroyants en Terre Sainte. C'est un grand honneur pour notre peuple, le premier Estonien à être allé aussi loin. Avec les représentants des plus grandes nations, il apporte sa contribution à la fondation du monde nouveau. »

Pourtant Kivirähk n'a nullement voulu écrire un pamphlet nationaliste exaltant une estonitude éternelle mise à mal par l'occidentalisation. Tout autant qu'au miroir aux alouettes de la modernité, il s'en prend à un ensemble de nostalgies politisées, à un discours nationaliste qui se porte encore mieux en Europe centrale que chez nous, quoique sous des formes assez différentes. Depuis la chute de l'Empire soviétique, une idéologie directement héritée des années 1930 est revenue à la mode, parce que ce que les communistes détestaient ne peut pas être mauvais, parce que dans cette partie de l'Europe le débat intellectuel a été complètement stérilisé pendant un demi-siècle et a donc, dans une large mesure, repris en 1989 là où il s'était arrêté en 1939 ; mais aussi, paradoxalement, parce qu'en réalité le système soviétique a toléré la persistance de fragments importants de cet univers idéologique, lui assurant en quelque sorte la fonction de pensée-refuge pour qui ne croyait pas au communisme.

En ce qui concerne l'Estonie tout au moins, il ne s'agit pas de sympathies pour le fascisme et le nazisme : ces deux idéologies ont toujours été marginales. On est plutôt en présence d'une idéologie ruraliste et nostalgique du passé qui évoque un peu la première phase de la Révolution nationale française (« La terre, elle, ne ment pas »), ou encore le Portugal de Salazar, mais, aujourd'hui tout au moins, sans leur dimension d'hostilité à la démocratie. Elle a régné sous sa forme la plus pure pendant le régime autoritaire de Konstantin Päts (1934-1940), mais elle plonge ses racines dans le mouvement national du XIXe siècle : le nationalisme estonien a toujours été un nationalisme rural et ruraliste — et pour cause : jusqu'à la fin du XIXe siècle les villes estoniennes étaient des univers germanophones et l'estonien était une langue de paysans, essentiellement orale jusque vers 1860 ; aujourd'hui encore, Tallinn, la capitale, est peuplée en légère majorité de russophones, et les Estoniens sont tout juste majoritaires dans l'ensemble des villes de leur pays. En dernière analyse, cette idéologie ruraliste représente une déclinaison locale du romantisme allemand, mis à la mode dans la population indigène par la minorité dominante germanophone entre 1780 et 1850 ; mais les nationalistes estoniens sont persuadés que leurs ancêtres ont toujours eu ces idées, lesquelles expriment de toute éternité l'âme invariante d'un peuple reflétée par sa culture et par sa langue.

À l'époque soviétique, le pouvoir communiste russophone condamnait le « nationalisme bourgeois », mais il laissait s'exprimer, sous des formes certes très contrôlées, la « culture populaire des masses prolétariennes rurales » estoniennes : ainsi les costumes régionaux n'ont jamais été prohibés, non plus que les festivals panestoniens de chant (perçus comme du folklore rural alors qu'il s'agit d'une tradition récente d'origine urbaine et allemande) ; une partie de la littérature nationaliste d'avant 1940 était autorisée, alors que des pans entiers de la pensée occidentale étaient inaccessibles. C'est pourquoi une bonne partie de la résistance au communisme, d'abord passive, puis de plus en plus active dans les années 1980, est passée par ces voies, les seules laissées (relativement) libres, ce qui a conféré une légitimité supplémentaire à une idéologie très ancienne : toute une génération, celle qui a lutté contre le totalitarisme soviétique et est aujourd'hui au pouvoir, a baigné dans une atmosphère de romantisme national qui s'exprimait dans des termes directement hérités du XIXe siècle. Depuis le retour à l'indépendance en 1991, les références à l'entre-deux-guerres et aux pères fondateurs de la nation au XIXe siècle ne font plus l'objet d'aucune censure ; elles ne nourrissent pas de nostalgie d'un régime fort, mais elles forment un « politiquement correct » répandu, dominant peut-être, dans le discours politique, la presse, les manuels scolaires.

Cela met une minorité d'Estoniens mal à l'aise, non tant du fait d'une possible menace pour la démocratie (personne ne la conteste) que de l'archaïsme et du provincialisme indécrottables de ce discours. Particulièrement anachronique est la dimension religieuse de ce « politiquement correct », dans un pays très déchristianisé (18% des Estoniens sont baptisés) mais où une partie de la classe politique se croit obligée de faire assaut de prévenances envers les valeurs religieuses. Manifestement, Kivirähk fait partie de cette minorité ; le succès de son livre montre qu'elle n'est pas négligeable.

Parfois la référence à un discours politique est tout à fait explicite dans le roman, comme lorsque Tölp s'écrit fort anachroniquement : « *À la santé de l'ancienne liberté !* » : cette expression-clef du discours nationaliste du XIXe et du début du XXe siècle (*muistne vabadus*) désigne l'état idéalisé dans lequel les Estoniens sont censés avoir vécu dans la préhistoire, avant l'invasion allemande du XIIIe siècle : un peuple libre qui se gouvernait lui-même, vivait en paix et en harmonie avec la nature.

Mais pour l'essentiel, Kirivähk a choisi l'ironie pour angle d'attaque, moyennant un renversement de perspective qui constitue l'un de ses principaux ressorts comiques : la modernité qui est en train de marginaliser l'univers du narrateur, de ravager sa vie, n'est rien d'autre que la société villageoise et agricole traditionnelle estonienne, qu'idéalisent les nationalistes depuis le XIXe siècle. Le message est que même si nous nous croyons fort traditionnels, nous sommes toujours les modernes de quelqu'un, car toute tradition a un jour été une innovation. Le village, la ferme sont présentés du point de vue d'un homme qui les tient pour des univers hostiles, des instruments d'une invasion et d'une déculturation. L'agriculture est une activité profondément inutile et surtout aliénante, et les travaux des champs, bien loin d'être nobles, sont abrutissants : alors que le nationalisme ruraliste valorise le contact avec la glèbe, Kivirähk le traite comme une malédiction et fait mine de valoriser une existence de chasseurs-cueilleurs sylvestres. À vrai dire, il s'inspire pour cela d'autres mythes nationalistes d'inspiration allemande, qui datent eux aussi du XIXe siècle, et qui font des Estoniens un « peuple de la forêt. » Les Estoniens adorent bel et bien leur forêt ; elle occupe dans leurs loisirs et dans leurs représentations du pays une place sans commune mesure avec celle, assez négative, qu'occupent les forêts françaises dans notre imaginaire à nous.

Le folklore estonien, idolâtré de ceux qui pensent que l'âme de l'Estonie vit dans ses campagnes, est assez peu présent (le dragon cavernicole qui crache le feu et la pierre blanche qui nourrit sont des motifs plutôt germaniques, même s'ils se retrouvent dans des contes populaires estoniens) mais sont ridiculisés à plusieurs reprises, notamment dans l'épisode de la fleur de la fougère. Le *regilaul*, forme musicale paysanne de la plus haute antiquité, purement finno-ougrienne, que l'on considère volontiers comme un trésor national, plus « authentique » que la musique populaire d'origine allemande qui s'est imposée au XIXe siècle, se voit traité de « caquetage moderne qui donne la migraine » ; dans un registre proche, le *kvass*, élément-clef du régime alimentaire paysan traditionnel, n'est qu'un « truc aigre que les villageois lapent à la place de l'eau. » Parmi les mythes nationalistes dont Kivirähk se moque figurent les « vaillants vikings estoniens », en réalité des pirates : aux époques où le pacifisme n'était pas encore général en Europe, ils ont constitué l'une des rares fiertés guerrières d'un peuple dont l'histoire est, jusqu'en 1918, une suite de défaites et d'humiliations.

La religion païenne qu'Ülgas défend jusqu'au crime est un autre mythe nationaliste : beaucoup de gens en Estonie se figurent le christianisme comme la « religion des seigneurs » (allemands), et s'imaginent que les ancêtres des Estoniens n'ont jamais été chrétiens que de manière superficielle ; certains, par réaction, idéalisent ce qu'il y avait avant la christianisation, mais comme nous n'en avons qu'une idée fort confuse, ils se réfèrent en partie à une mythologie inventée au XIXe siècle par des écrivains romantiques, notamment Fæhlmann et le père de l'épopée nationale *Kalevipoeg*, Kreutzwald. Il existe même, depuis les années 1920, de petits groupes de néo-païens (*maausulised*) qui tentent de faire revivre l'ancien paganisme, et notamment les cérémonies dans les bois sacrés (*hiied*) ; ces activités sont cependant moins à la mode en Estonie qu'en Lituanie.

Pour Kivirähk, tout ceci peut être dangereux dans certaines circonstances, mais c'est d'abord ridicule, car artificiel et d'une grande pauvreté intellectuelle : « même si Ülgas et Tambet haïssaient les gens qui étaient partis au village, eux non plus ne vivaient plus vraiment dans la forêt (...) : en réalité, ils s'en étaient autant éloignés que les villageois, mais ils n'en avaient nulle conscience. » Les plus virulents défenseurs du passé sont des gens qui ont perdu le contact avec lui, leur extrémisme exprime avant tout un déséquilibre psychique — quand il n'est pas intéressé.

*

Nous sommes bien loin de la France... En vérité, le sommes-nous tant que ça ? Notre pays aussi a son « business de la nostalgie » : l'industrie touristique et l'industrie agro-alimentaire (dans ses versions plus ou moins « bio », qui se prétendent artisanales) prospèrent sur une image ruraliste, totalement anachronique, de notre pays. Nous n'avons plus vraiment de politiciens ruralistes depuis le désastre du régime de Vichy, mais nous avons nos spécialistes, nés en ville, de l'idéalisation de la Troisième République, ses villages «éternels» serrés autour de leur clocher, ses marchés de campagne, ses maréchaux-ferrands, ses enfants en sabots, ses instituteurs en blouse grise, et, bien sûr, une harmonie sociale que la modernité est censée avoir mise à mal. À l'occasion de la sortie du film *Les choristes* (2004), Vincent Delerm les a étrillés dans une chanson, *Sépia plein les doigts*, dont le propos est exactement celui de Kivirähk :

«Tiens, tiens, les pensionnats
Les chanteurs à croix de bois
Les taloches, les coups de trique
La Troisième République
Tiens, tiens, les belles images
Les enfants du marécage
Le vrai goût des vrais fruits
Dans une vraie épicerie (...)
Tiens, tiens on respirait
Du jasmin du muguet
Et l'air à pleins poumons
Dans les mines de charbon...»

D'une certaine manière, cette idéologie qui idéalise le village face à la modernité, la communauté nationale face au monde qui la menace, est aussi celle des aventures d'Astérix, œuvre comique fort réussie dont le ressort fondamental (l'anachronisme) est le même que celui de *L'Homme qui savait la langue des serpents*, mais dont le propos, moins explicite et moins élaboré, est exactement inverse : alors que Goscinny et Uderzo font un tableau idyllique du «petit village gaulois qui résiste encore et toujours à l'envahisseur», Kivirähk le présente comme ce qu'il a dû être s'il a un jour existé : un univers de tristesse, de violence, de solitude, d'enfermement dans des impasses intellectuelles et culturelles.

*

En lisant cette superbe réflexion sur le passage du temps, la mémoire et l'identité, on pense moins à Astérix qu'à ces Bretons bretonnants morts dans la tristesse de ne pas comprendre leurs petits-enfants devenus francophones, à ces Basques qui se battent légitimement pour sauver leur langue et leur identité, mais dont certains ont choisi le chemin d'Ülgas ; ou encore à ces communautés indiennes progressivement marginalisées, appauvries culturellement, réduites à quelques individus perdus dans un monde nouveau qu'ils détestent car il les a détruits, mais bien incapables de revenir à leur monde traditionnel disparu pour toujours — certains meurent de tristesse et d'alcool, comme Meeme ; d'autres se réfugient dans l'agressivité et la violence, sans espoir de vaincre. Mais face au temps qui passe et à un monde qui change à un rythme de plus en plus vertigineux, nous sommes tous (ou nous serons tous un jour) des Indiens, des Bretons, des Leemet : vivre en faisant le moins de dégâts possible autour de soi, c'est accepter l'inévitable tristesse de tout cela, sans se vautrer dans le conformisme et la bêtise qui triompheront toujours, sans pour autant verser dans la haine ni se réfugier dans l'idéalisation d'un passé fantasmé, qui est une autre forme de bêtise.

Catalogue des éditions Attila

n°I **Gog**, de Giovanni Papini
n°II **Ascension**, de Ludwig Hohl
n°III **L'écorcobaliseur**, de Bérengère Cournut
n° IV **My Lady Nicotine**, de James Matthew Barrie

n°1 **Fuck America**, d'Edgar Hilsenrath
n°2 **La Tombe du tisserand**, de Seumas O'Kelly
n°3 **Le Rapetissement de Treehorn**, d'Edward Gorey et Florence Parry Heide
n°4 **Invention des autres jours**, de Jean-Daniel Dupuy
n°5 **Défouloir**, de Bill Plympton et Roland Topor
n°6 **Paris insolite**, de Jean-Paul Clébert
n°7 **Le Roi et la Reine**, de Ramón Sender
n°8 **Le Trésor de Treehorn**, d'Edward Gorey et Florence Parry Heide
n°9 **Les Idiots**, d'Ermanno Cavazzoni
n°10 **Le Nazi et le Barbier**, d'Edgar Hilsenrath
n°11 **Extraits des archives du district**, de Kenneth Bernard
n°12 **Requiem pour un paysan espagnol**, de Ramón Sender
n°13 **Et qu'advienne le chaos**, d'Hadrien Klent
n°14 **Les Jardins statuaires**, de Jacques Abeille
n°15 **Les Mers perdues**, de François Schuiten & Jacques Abeille
n°16 **Télescopages**, de Fabienne Yvert
n°17 **Le Souhait de Treehorn**, d'Edward Gorey et Florence Parry Heide
n°18 **Ma Vie de garçon**, de Fabio Viscogliosi
n°19 **L'Empire d'un homme**, de Ramón Sender

n°20 **Palabres**, d'Urbano Moacir Espedite
n°21 **Dans le tourbillon**, de José Antonio Labordeta
n°22 **Papa part Maman ment Mémé meurt**, de Fabienne Yvert
n°23 **Les Barbares**, de Jacques Abeille
N°24 **Le Désert et sa semence**, de Jorge Baron Biza
N°25 **Le Livre blanc de Rafael Horzon**, par lui-même
N°26 **La Barbarie**, de Jacques Abeille
N°27 **Les Enfants Fichus**, d'Edward Gorey
N°28 **Les Histoires de Donald**, d'Edward Gorey et Peter F. Neumeyer
N°29 **Le Haret québecois**, d'Anna Boulanger
N°30 **Nuit**, de Edgar Hilsenrath
N°31 **L'Endiguement des renseignements**, de Fabienne Yvert
N°32 **Le Fugitif**, de Ramón Sender
N°33 **Le Voyage imaginaire**, de Léo Cassil
N°34 **Schasslamitt**, de Bérengère Cournut
N°35 **Ma mère, musicienne...**, de Louis Wolfson
N°36 **Le Couple détestable**, d'Edward Gorey
N°37 **Les Ficelles du pantin**, de Yak Rivais
N°38 **Moi, Jean Gabin**, de Goliarda Sapienza
N°39 **Les Écrivains inutiles**, d'Ermanno Cavazzoni
N°40 **Demain vous entrez dans la conjuration**, de Philippe Riviale
N°41 **Où faire pipi à Paris**, de Cécile Briand
N°42 **Considérations de l'instant**, de Rémy Disdero
N°43 **Paris 1926**, de Ludwig Hohl
N°44 **Ode à la ligne 29 des autobus parisiens**, de Jacques Roubaud
N°45 **Le Vaillant Petit Tambour major**, de Boll
N°46 **Total Zoo**, d'Edward Gorey
N°47 **L'Homme qui savait la langue des serpents**, de Andrus Kivirähk
N°48 **Les Cobayes**, de Ludvik Vaculik

Achevé d'imprimer n° 47

L'Homme qui savait la langue des serpents a été mis en page dans une maquette de Diane Malatesta à partir du caractère Fedra Serif B, dessiné par Peter Bil'ak en 2003. L'harmonie de ce caractère, nous confie la graphiste, tient son équilibre d'une écriture manuscrite d'origine humanistique et d'un dessin de linéales rationnelles. C'est sur cette précision que nous avons achevé la préparation de ce livre, au mois de novembre 2012. Après avoir choisi un papier riche en bois (le Pamo Sky), nous avons envoyé le texte à l'impression dans les ateliers des imprimeries Corlet, près de la forêt d'Andaine.

isbn : 9782917084649
dépôt légal : hiver 2012-2013